空《うつ》蟬《せみ》処女《おとめ》

横溝正史

日下三蔵［編］

横溝正史
ミステリ短篇
コレクション

6

柏書房

目次

横溝正史ミステリ短篇コレクション
6
空蟬処女《うつせみおとめ》

白い恋人

映画女優須藤瑠美子《すどうるみこ》が、あの奇怪なサーカスの一《いっ》寸法師《すんぼうし》を刺殺《しさつ》して、返《か》えす刀で自刃《じじん》して果てた理由については、誰一人知っている者がないようである。どう考えて見ても、これは狂気の沙汰《さた》としか考えられないような事件だった。

瑠美子があの悲劇的な瞬間よりまえに、一寸法師を知っていただろうという、あらゆる可能性はその知人たちによって悉《ことごと》く打消《うちけ》されている。彼女の親兄弟、友人たちは口をそろえていうのである。今までかつて彼女が、その薄気味の悪い一寸法師と一緒にいるのを見たこともないし、また彼女がそのような不具者の噂《うわさ》をするのを聞いたこともないと。

そしてこれはまた、一寸法師の側に於《おい》ても同様だった。彼の尊敬すべきサーカスの朋輩《ほうばい》たちの言葉によっても、蜘蛛安《くもやす》——これがあの奇怪な一寸法師の名であったが——が瑠美子を個人的に知っていたゞろうという疑《うたがい》は、悉く否定されている。

これを要するに、瑠美子はその瞬間まで一度も蜘蛛安に会ったことがなかったように見える。それにも拘《かかわ》らず事実はこうなのである。

ある晩、瑠美子は数人の友人たちとダンスホールで踊っていた。その時、彼女がいくらか酔っていたことは確かだけれど、それとても、正気を失うほどでなかったことは、周囲にいた人々の悉くが証言している。ところが、そこへあの蜘蛛安が、名前の蜘蛛のようにのろのろと入って来たのである。すると瑠美子はまるで十年の仇敵《きゅうてき》に出会った如《ごと》く、いきなりその蜘蛛安に躍りかゝると、隠し持った匕首《あいくち》で相手を刺し殺し、その場を去らず自分も咽喉《のど》をついて死んでしまったのである。

あっという間もなかった。周囲にいた人の悉くが「まるで夢のような出来事」と語っているのを見ても、如何《いか》にそれが思いがけない、咄嗟《とっさ》の出来事であったか分るだろう。

発作的発狂による兇行《きょうこう》。――これが瑠美子の行為について下された最後の断案だった。そして、事実まあそれよりほかに考えようがなかったのである。

しかし、瑠美子はほんとうに気が狂っていたのであろうか。いやいや、一見奇異に見えるこの事件の裏には、何かしら、人の知らない深い秘密があったのではなかろうか。

そうなのだ。そして世の常ならぬ、この不可思議な秘密をお話しようというのが、私のこのさゝやかな物語の目的なのである。

「先生」

ある時、瑠美子は私のところに来て、とつぜんこんなふうに話を切り出した。断っておくが、それは彼女があの兇行を演じるより一週間ほどまえのことであった。

「私は近いうちに死ぬのではないかと思いますわ。よく世間で言うじゃありませんか。自分の死ぬところを夢に見た者は、遠からず生命《いのち》を落すと。――そうなんです。私は自分の死ぬところをまざまざと見たんです。いゝえ、それも夢なんかではありませんの、もっとはっきりとあからさまに――それでいて、夢よりも怪しい幻として」

瑠美子はそこで憑《つ》かれたような妖《あや》しい眼つきをして、はげしく身顫《みぶる》いすると、やがて次のような、奇怪な話をはじめたのである。

――それがどこだったか、私はっきりと思い出すことが出来ませんの――。

いえいえ、たとい思い出すことが出来るとしても、私とうていその場所をお話するわけには参りませんわ。何故《なぜ》って、もし先生がもちまえの好奇心から、その場所を探検して見ようなどと思いたゝれては、私ほんとうに困るんですもの。私が見たものを、もし先生に見られたら、まあどんな恥しいことでしょう。だから先生、その場所をお訊《き》きにならないで、そして、たゞ私のいうところを信じて下さい。先生、信じて下さいますわね。

――それは雨催《あまもよ》いの、へんに陰気な暗い晩でした。私久しぶりに体がすいたものだから、二三人の友人と銀座でお茶を飲んだのです。えゝ、その時飲んだのはお茶だけでした。決してアルコールには手をつけなかったのですよ。だからその晩、いくらか疲れていたとはいうものゝ、決して酔っていなかったことを忘れないで下さいまし。えゝ、それがこれからお話する私の奇妙な冒険に、たいへん大きな関係があるんですもの。

――友人に別れてから、通りかゝった自動車を拾ってそれに乗ったのは、多分十一時ごろのことでしたでしょう。私自動車に乗ると、すぐうとうとゝ眠ってしまったのです。いゝえいつでもそうだというわけじゃありませんの。なんしろその時分、徹夜徹夜でろくすっぽ眠る時間もあたえられなかったものですから、その疲れが急に出たのだと思われますわ。とにかく自動車に乗るや、私すっかりいゝ気持ちになって眠ってしまったんですの。ところが、今度眼がさめてみたら、いったいどこにいたとお思いになって。なんだか薄暗いがらんとした部屋のなかですの。私、その部屋の中央にある椅子に腰をおろしたまゝ、まるでズリ落ちそうな恰好《かっこう》で寝ていたじゃありませんか。

――《まあ、私どうしたというんでしょう》そう思って私きょろきょろとあたりを見廻したんですのよ。妙に窒息《ちっそく》するような、息苦しい空気なんです。それが私にすぐ、会社にある試写室を思い出させました。そうなんですの。四方を白い壁に包まれた、窓といってはひとつもない、縦に長いその部屋の恰好が、そっくり試写室と同じなんです。そしてそれはやっぱり試写室だったんですわ。

――私ともかくびっくりして、はっとして椅子から立上《たちあが》ろうとしました。するとその時ふいに、しっと暗闇の中からおさえつけるような声がするんです。

——静かにしていらっしゃい。いまに面白い映画がはじまるところですから。そうその声が言います。

——私その声の主を見極めようとして、闇の中に眼を見張りましたけれど、どこにも人の姿は見えませんの。なんだか私、急に怖《こわ》くなって立上ろうとすると、

——動いてはいけません、瑠美子さん。と相手はちゃんと私の名前まで知っているんです。ほら、始まりましたよ。見ていてごらんなさい。この映画はきっと、あなたのお気に召すにちがいないと思うんですけれどね。

——私はそういう声になんだか聞きおぼえがあるような気がしました。むろん、男の声なんですの。しかし、どうしてもその人を思い出すことが出来ません。なんだか非常に身近いような声でそれでいて、遠い昔の霞《かすみ》に隔てられているような声なんですわ。私じりじりしました。知っていて思い出せないということは随分歯痒《はがゆ》いものですわ。

——あなたはいったい何誰《どなた》です。なんのために私をこんなとこに連れて来たのです。

——相手はそれに答えないで、

——ほら、御覧なさい。面白い映画がはじまっているじゃありませんか。あなたはこれに興味がないんですか。

——私その声に釣込《つりこ》まれるように、向うの壁を見たんです。すると、なるほどそこには白い四角な光のなかに、何やら奇妙な影像がもくもくと動いているじゃありませんか。私、いまから思えば、あんなもの見なければよかったと思いますわ。でも、その時はなんとなく引入《ひきい》れられるような気持ちで、その映画を見てしまったんです。

——先生、私のお話したいというのは、その映画のことなんですの。あゝ、今思い出しても、あまりの気味悪さにゾッとしますわ。でも、でも、私やっぱりお話しなければなりませんわね。

——最初、私の眼についたのは、恐ろしい嵐の場面でした。海のうえに黒い旋風が渦のように舞って

いて、坩堝《るつぼ》のように白く泡立った海の中に、外国の船らしい大きな汽船が、マストを折られ舷側《げんそく》を剝《も》ぎ取られて今にも沈没しようとしている光景なのです。私それを見ると、これはてっきり外国の映画にちがいないと思ったのですが、ほんとうはそうではありませんでした。

——その次の場面になると、たぶんその翌朝なのでしょうか、からりと晴れた美しい海岸の景色なんです。なんでもそこは、日本のずっと南の方にある離れ小島の海岸らしく、嶮《けわ》しい巖《いわ》が到るところに聳《そび》えていて、昨夜の嵐の名残《なごり》の、大きなうねりを持った波が、その巖の麓《ふもと》に白い波頭《なみがしら》を見せて、寄せては返えしています。そういう海岸の波打際で、奇妙な風態《ふうてい》をした、でも確かに日本人とわかる漁師たちが、打ち寄せられた難破船の破片を、嬉々《きき》として拾い集めているのです。ところがこの漁師たちの中に一人の一寸法師がいました。

——あゝ、今思い出してもゾッとしますわ。なんという厭《いや》らしい顔をした一寸法師なのでしょう。鉢《はち》の開いた頭はまるで蜘蛛そっくりで、胴ばかりがいやに長くて、そして手足と来たら、よくあんな大きな頭や胴を支えていて、折れないものだと思われるくらい、短くて細くて、しかも曲っているんです。私あれから後、毎晩のようにこの厭らしい、蜘蛛のような一寸法師を夢に見ます。そして、ひと晩だってうなされないことはありませんわ。

——この一寸法師はたゞ一人、漁師の群をはなれて、嶮しい巖のうえへ登っていきます。いたる所に海藻がこびりついて、小さな蟹《かに》が這《は》い廻っている岩のうえを。——やがて、一寸法師は高い巖頭《がんとう》まで来ました。そして腕組みをして、じっと海のうえを見詰めているんです。長い、おどろの髪がばさばさと風に乱れて、腰にまとった簑《みの》のようなものがひらひらとひるがえるところは、とんと怪しい鳥かなにかのよう。

——そのうちにふと、一寸法師は下を向いて、巖の麓に渦を巻いている深い淵を見おろしました。見るとその淵の中には、何やら白い、奇妙なものがゆらゆらと、海藻にもつれて浮かんでいるんです。碧《あお》い、深い色を湛《たた》えた淵の中に、妙に白々《しらじら》とした肌を陽にさらしながら、ブカブカと浮んでいるのは人間のように見えます。

——一寸法師のドキリとしたような顔。

——次の瞬間、その男は鹿のような敏捷《びんしょう》さでその巌を下りていき、ほとんど一跳《ひとと》びの速さでその淵へ辿《たど》りつくと、奇妙な白い人間を、水の中から抱きあげました。

——あゝ、先生、こうして話をするさえ、私気持ちが悪くなりますわ。だって、だって、……一寸法師が抱きあげたその白いものというのは、人間ではなく、ゴムで作った女の人形なのですもの。私、そのような人形を何に使うのかよくは存じません。でも、それは確かに、昨夜難破したあの外国船の中にあったものにちがいないのです。先生、船の中にはいつでもあのような女のゴム人形があるのでしょうか。もし、あるとしたら、それはいったい何《な》んのために備えつけてあるのでしょう。

——それはさておき、そのゴム人形を抱きあげて、しばらく、その顔を眺めていた一寸法師の顔には、間もなく恍惚《こうこつ》とした表情がうかんで来ました。一寸法師はその厭らしい唇で、人形の額に接吻《せっぷん》します。頬擦《ほおず》りをします。そして、必死となってそれを掻《か》き抱《いだ》きます。

——さて、こゝで人形の顔の大写《クローズアップ》。

——あゝ！

——私は呼吸《いき》がとまりそうでした。私はその時、試写室の中の重苦《おもく》るしい空気が、ふいに火となって、私を焼くのではないかと思いました。

——だって、その人形の顔というのが、私にそっくりなのですもの。いえいえ、私にそっくりというより、私自身だったと言い直したほうが適当だったかも知れませんわ。白い動かない瞳《ひとみ》、ほんのりと微笑をふくんだ唇、肩から胸へかけて、ふさふさと乱れてべったりと吸いついている髪の毛——あゝ、先生、私が死んで石になったら、きっとあゝいうふうになるに違いありませんわ。しかも、しかも、人形のうえに、あの蜘蛛のような一寸法師が、やたらに醜《みにく》い唇を押しつけるのです。あゝ、その気味悪さ！

――私はその暗い試写室の中で、ほんとうに蛭《ひる》にでも吸いつかれたように、じっと身顫いをして、身体《からだ》中《じゅう》に粟立《あわだ》って、そのまゝ気が遠くなりそうでした。

――でも、その映画はそれでまだ終ったわけではありませんでした。いえいえ、それはまだほんの発端なんです。その後《あと》には、もっともっと、恐ろしい、気味の悪い場面が幾《いく》つも幾つもあるのです。

――一寸法師は間もなく、その人形を抱いて、自分の家にかえりました。そして一間《ま》しかない、むさくるしいあばら家《や》の押入の中に、そっと、人知れずその人形を隠しておいて、夜毎《ごと》日毎《ごと》、これを取り出してはにたにたと気味の悪い微笑を洩《もら》します。はては狂気のように、その白い体を掻き抱き、頬擦りし、しまいには、物言わぬ唇、動かぬ瞳に向って、ポロポロと涙をこぼして怨言《うらみごと》を繰返します。

――ところが、どうでしょう。その涙が人形の唇にはいったと見ると、ふいに、今まで動かなかった人形の眼が、くるくると瞬《また》きました。それから唇がかすかに綻《ほころ》びたかと見ると、にっと白い歯を出して笑いました。それから、両手でそっと、醜い一寸法師の頭をかゝえて、胸に引き寄せたのです。

――あゝ、それから後のことはもう聴かないで下さいまし。人形は今や全《まった》く血の通った人間になりました。そしてその人間とは誰あろう、かくいう私なんですもの。先生、私は今までこんな大きな辱《はずか》しめを蒙《こうむ》ったことはございません。私にははっきりと、その写真の欺瞞《ぎまん》が分るのです。私はいまゝでそんな気味の悪い一寸法師を見たことも聞いたこともありません。だから、私がそんな男と共演して、映画を作ったことなど、絶対にないのですわ。それのみならず、私は巧みに継ぎ合されたそのフィルムのトリックをはっきり指摘することも出来ます。人形から徐々に人間になる時の私の大写《クローズアップ》は、『君と共に』という映画の中で、気絶した私が甦《よみがえ》って来る場面なのです。それから、一寸法師とふざけ廻る場面は、『新らしき天地』のなかで、Kさんを相手に鬼ごっこをする場面をとって来たのです。それから最後のシーンのところは、『死の饗宴《きょうえん》』の中で私の死んでいく場面なのです。ああ、私はその時とつぜん、さっき暗闇のなかで聞いた男の声を思い出しました。そいつは、ずっとまえに、私と同じ撮影所にいた、そして『君と共に』や『新らしき天地』や『死の饗宴』を撮影した技師――そして私に失礼なことを働いて、馘《くび》になったMという男なのです。

――私にはすっかり、この忌《いま》わしい映画の欺瞞が分りました。それにも拘らず、この巧妙に継ぎ合されたフィルムを見た時、私は真実、あの醜い一寸法師の毛むくじゃらな手が、私の肌を刺したような恐ろしい身顫いをかんじました。いつか私は、あゝして本当に、一寸法師の手に抱《いだ》かれ、自由に奔弄《ほんろう》されたのじゃなかろうか。あゝ、私のこの体の中には、あの頭の大きい、手足の寸の詰まった、蜘蛛のような男の血が、流れているのではなかろうか。

――あゝ、先生、その映画の最後においては、結局、私の扮した女がその一寸法師を刺殺《さしころ》して、自殺することになっているのですけれど、現実の私も、あの男を見つけたら、この言おうようない冒瀆者《ぼうとくしゃ》を見つけたら、いつかひと思いに刺し殺して、自分も死んでしまいたい。

――先生、先生、私いつかきっと、そのとおりにする日があるにちがいないと思いますの。

――先生、どうか、私を気狂《きちがい》だなどとお思いにならないで。私。……私。……。

――先生……きっと私は近いうちに死ぬ日が来るにちがいないと思いますわ。先生。……

青い外套を着た女

一

　さあッと一雨、烈《はげ》しい夕立《ゆうだち》が通りすぎたあとの、爽《さわや》かな宵《よい》の銀座だった。雨に出足が鈍ったのか、あまり人通りも多くないその舗道を、土岐陽三《ときようぞう》はいかにも楽しげに歩いていた。

　仕立のいゝタキシード、ピカピカ光るエナメル靴《ぐつ》、胸にさした黄色い薔薇《ばら》。知らない人が見ると、どこの貴公子かと疑われるばかり、水際立った風采だったが、いずくんぞ知らん、そのポケットには今や、僅《わず》か十枚足らずの銀貨がじゃらついているばかり、あわれ、その銀貨が彼にとっては全財産なのだ。

　しかし、たとい嚢中乏《のうちゅうとぼ》しくとも、陽三の楽しさには依然として変りはない。十何年振りかでフランスから帰朝したばかりの、この無名画家にとっては見るもの聞くもの総《すべ》て珍らしく、故国にかえって、却《かえ》って異国の風物に接するような心地さえされるのだ。長いあいだ故国を離れていた陽三には、広い東京に親戚《みより》もなければ友人もない。さればこそ、今朝横浜へ着いて、案内人《ガイド》の案内で渋谷にある手頃のアパートに落ちついて、一ケ月分の部屋代を前納すると、あとに残ったのは四円なにがし、つまり財布も軽く身も軽いというのは、今の陽三のような境涯をいうのであろう。

　ふいに水溜りの上を、ザアーッと沫《しぶき》をあげて自動車が通りすぎたので、陽三の楽しい瞑想《めいそう》はふと破れた。

「おっとゝゝゝ」

陽三は危《あやう》くとびのいたが追いつかない。見ると大事な靴先に、べっとりと泥がはねかゝっているのだ。陽三はちょっと眉をしかめたが、それでも別に憤《おこ》ったけしきはない。相変らずにこにこと笑いながら、明るい飾窓《ショーウインド》のそばへ寄ると、ポケットから紙をつかみ出して靴のよごれを拭《ふ》こうとしたが、

「おや」

軽く口のうちで呟《つぶや》いて、そのまゝ身を起してしまった。靴を拭こうとしたその紙片に、何やら妙な文字が見えたからである。

> 日比谷公園の入口で、
> 青い外套を着た女
> に会いたまえ。今宵の幸運が君を待つ

白い西洋紙に達筆で書いた筆の跡。

（はてな、いつこんな物を手に入れたろう）

陽三は本能的にポケットに手をやると、もう一枚の紙片を出して見た。それは某喫茶店の宣伝ビラだったが、二枚の紙を重ねてみると、大きさも同じだったし、折目も皺《しわ》もピタリと符合する。陽三はすぐこの奇妙な御宣託《せんたく》が、どこから舞いこんだか覚《さと》った。さっき通りすぎた尾張町《おわりちょう》の角に、トンガリ帽子におどけた仮面をかぶった男が立っていて、道行く人にビラを渡していた。陽三もその男の手から、二三枚のビラを渡されたが、よくも改めずにポケットの中に突込《つっこ》んで来たのである。

（はてな、喫茶店の宣伝ビラの方はわかるが、青い外套《がいとう》を着た女というのは、いったい何《な》んのことだろう。これも何かの広告かしら）

しかし広告にしては筆で書いてあるのが変だった。陽三はふいにはっとしたように顔色をかえてあたりを見廻《みま》わしたのである。

これは一種の街頭レポではあるまいか。あのトンガリ帽の男は、喫茶店の宣伝ビラの影にかくれて、巧妙に仲間と通信し合っているのではなかろうか、ひょっとすると、これは素晴らしい犯罪団体の一味かも知れないぞ。そうだ、そういえばあの男が、奇

妙な仮面で顔をかくしていたのからして怪しいではないか。しかし、それにしても、一味でもない自分にどうして、このようなレポを手渡したのだろう。人違いをしたのであろうことはうなずけるが、撰《よ》りに撰って、何故《なぜ》自分を間違えたのだろう。

そこまで考えて来た陽三は、ふとタキシードの胸にさした黄色い薔薇の花を見て、はっとした。そうだ、この薔薇なのだ！　レポを受取《うけと》るべき男は、目印にこれと同じ薔薇をさしている事になっていたのにちがいない。

陽三はふいに、血がカーッと頰《ほお》にのぼるのを感じた。よし、行って見よう、いって、青い外套の女に会って見てやろう。――陽三はそこでつと、暗い横町へ曲ったが、しかしみちみち彼はこうも考えるのである。

――お前はどうも物事をロマンチックに考える癖《くせ》があっていけない。なあに、これはなんでもありゃしないのだ。おそらくストリートガールの新戦術かも知れないじゃないか。こういう風変りな方法で、猟奇癖《りょうきへき》にとんだ好色の徒を釣《つ》り寄せようという新手なんだ。「青い外套を着た女」――つまりそいつが街の天使なのだ。――

だが、陽三にとってはどちらでもよかった。さしあたり彼には、しなければならぬ仕事など何一つないのである。青い外套を着た女がどんな女であるか、それを見とゞけるだけでも一興ではないか。――そこで彼はそのまゝ日比谷の方へ足を向けたのである。

二

角に建っている映画館のネオンサインが、雨に洗われてすがすがしく明滅していた。お濠《ほり》の水も、夏らしい涼しさを湛《たた》えて、街灯の灯をさかしまに刻んでいる。しかし、陽三はそんな物には眼もくれず、日比谷公園の入口から中へ入っていったが、と、いくばくも行かずして彼はハッと足をとめたのである。

いた！　ピカピカと真青《まっさお》に光るレーンコートを着た女、薄暗い木蔭《こかげ》に、人眼を忍ぶように佇《たたず》んでいるのがたしかにそれに違いない。

陽三は何喰わぬ顔で、女の側《そば》を一度通りすぎたが、すれちがいざま相手の顔を覗《のぞ》いてみて、あまりの美しさに思わず胸をときめかした。

これが街の女かしら。もしそうだとしたら、こいつ、素晴《すば》らしい掘出《ほりだ》しものだぞ。

陽三はすぐ女の側へとって返した。

「君ですね。僕を待っていてくれたのは?」

女は美しい瞳《ひとみ》をあげて、いぶかしげに陽三の顔を見たが、すぐ何も彼《か》も呑込《のみこ》んだように、

「あら、じゃあなた、古川さんのお友達?」

——あ、するとあのレポを受取るべき男は古川という男だったのにちがいない。

「え、そ、そうです。その古川の友人ですよ」

「古川はどうしまして?　どうしてこゝへ来ませんの」

「古川君はその、一寸《ちょっと》具合が悪くて」

「あら、そう」

女は美しい眉をあげて、

「やっぱりそうなのね。いざとなって急に怖気《おじけ》ついたのね。いゝわ、あんな卑怯《ひきょう》な奴」

吐き出すように言ったが、陽三に気がついて、

「あら、御免なさい、あなたの事じゃないの。それであなた、あたしをどうして下さるの」

「その、どうしようって、つまりその古川が——」

言い淀《よど》むのを女は素早く遮《さえぎ》って、

「つまり古川があなたに万事まかせたというんでしょう。まかされなさいな。さあ、お願いだからあたしを連れてって!」

「連れていくって?」

「いゝのよ、あたしからもお願いするんだわ。とに角《かく》こんなところで愚図々々《ぐずぐず》してちゃ危険だから、早くあたしをどこかへ隠して頂戴《ちょうだい》」

女は右手にかゝえていた鞄《かばん》を、左に持ちかえると、陽三の腕に手をかけて、ぐいぐいと公園の奥へ引きずっていく。陽三は仕方なしに、女のするまゝにまかせながら、さてこれは一体どういう種類の女だろうと考えるのだ。

どうもこれは、陽三が最初考えていたような種類

の女ではないらしい。美しくて気品があって、そういうところは大家の令嬢かとも思われるが、それにしては態度《ものごし》があまりさばけ過ぎる。十年あまり留守にしている間に、日本にもこういう令嬢が出現するようになったのかしら。だが、どちらにしても陽三は悪い気がしないのだ。どうせ乗りかゝった舟なのだ。ひとつ行けるところまで行ってやれ。――

根が楽天家の土岐陽三、そんな事を考えながら、思わずにやにやと笑ってしまった。

「あら、どうなすったの。変な方、思い出し笑いなんかなすって」

「いや、これは失礼。あなたのような綺麗な方と、こうして公園の中を歩くなんて、なんだか擽《くすぐ》ったい気がしたんですよ」

「いやな方ね、あたしの身にもなって頂戴。死ぬか生きるかって場合じゃないの」

「ほい、これは失礼」

「ほゝゝゝほ、まあいゝわ。堪忍《かんにん》してあげるわ。でもあなた随分暢気《のんき》な方らしいわね、お名前なんて仰《おっ》有《しゃ》るの」

「土岐陽三、貧乏画工ですよ」

「あらそう、古川みたいな奴とどうしてお友達になりになったの。あら、そんなことどうでもいゝわ。あたしの名美樹《みき》というの。御存知でしょう」

「あゝ、そう〳〵美樹さんでしたね」

こんな風に書くと、いかにも暢気らしく見えるが、仲々そうではなかった。女はお喋舌《しゃべり》をしながらも、始終おどおどと不安らしくあたりを見廻していて、人影が見えると、怯《おび》えたように陽三のかげに隠れたりした。

やがて二人は公園を抜けて外へ出たが、折よく通りかゝった空車を見つけると、女はすぐ手をあげて呼びとめた。

ところが二人がその自動車に乗り込もうとした時だ。ふいに一台の自動車が来てとまったかと思うと、中からどやどやと降りて来た数名の荒くれ男、美樹の姿を見るとあっと叫び声をあげて、

「おい、美樹さん、どこへいく」

「あ、しまった」

女はさっと裾《すそ》をひるがえして車にのると、

「あなた、あなた、早くいらっしゃい」

続いて乗ろうとする陽三を、

「小僧、女をどこへ連れていく」

引きとめたのは、四十五六の人相のよくない男だったが、まるで結婚の式場へのぞむ花婿《むこ》のように、デカデカとめかしこんでいた。

「どこでもいゝじゃないか。僕は友人の古川君に頼まれて、この婦人を保護しなければならぬ義務があるんだよ」

「なに、古川だと？」

男は呆《あき》れたようにうしろへ振向《ふりむ》くと、

「おい、古川、貴様こいつを知ってるのかい」

しまった！　古川もこの中にいたのか！

「いゝえ、親方、俺アこんな野郎、見た事もありませんやね」

のっぺりとした男が口を尖《とが》らせる。

「小僧、聞いたか、何んでもいゝ、洒落《しゃれ》た真似《まね》をせずと女をこちらに渡しな」

「いゝえ、いゝえ、あなた後生《ごしょう》だからあたしを助けて。古川さん、あなたあたしを裏切ったのね。覚えていらっしゃい」

「なんでもいゝ、美樹さん、車から降りるんだ。変な真似をするとためにならないぜ」

「待ちたまえ」

「何よ、野郎！」

つかみかゝって来るのを、ひらりとかわした土岐陽三、拳固を固めて下から力いっぱい、突上《つきあ》げたのが見事極《きま》ったから耐《たま》らない。俗にいうアッパーカット、男がよろめく隙に、さっと自動車へとびのった陽三、

「野郎！」

と、とびかゝって来る手下の面部《めんぶ》へ、パンパンと小気味のよい音を立てゝ平手打ちを喰わせると、バターンと扉をしめて、

「運転手君、早く、早く！」

運転手も心得たもの、自動車ははやフルスピード

で走り出していた。

三

「大丈夫？」

「大丈夫ですよ、とうとう向うの自動車を撒《ま》いてしまいましたよ」

バックウインドーから外を覗いていた陽三は、くるりと向き直ると愉快そうに笑い出した。

「運転手君、頼むぜ」

「ようがすとも旦那《だんな》、これでもこの自動車は素晴らしいスピードが出るんですからね。だが旦那、さっきはいゝ音がしましたね。一体あいつら何者です。暴力団《ギャング》ですかい」

「ふむ、まあね。美樹さん、そうでしょう」

美樹は不思議そうに陽三の顔を見ていた。

「おや、どうかしたのですか」

「あなた。――あなた嘘《うそ》をおつきになったのね。あなた古川のお友達じゃないのね」

「はゝゝゝは！」

「あなた、いったいどなた？」

「僕ですか、僕はさっきも申上《もうしあ》げたとおり、土岐陽三という貧乏画工ですよ」

「いったい、どうしてあたしを御存じなの」

「それが僕にも分らないのですよ。まあいゝじゃありませんか。これも何かの御縁ですよ」

美樹は呆れたように、陽三の姿を眺めていたが、急に気をかえたように、

「いゝわ、見たところあなた悪い人らしくも見えませんもの」

「そうですね、僕は今まで馬鹿だといわれた事は随分あるが、悪党だといわれた事は一度もありませんね」

「暢気な方ね」

女はそれきり黙りこんでしまった。

陽三は考えれば考えるほど不思議でならない。一体この女は何者だろう。さっきの花婿然たる男はこの女の何に当るのだろう。それに分らないのは尾張町の角で渡されたあのレポだ。一体この女とどうい

う関係があるのだろう。

だが、元来あまり物を考えることが得意でない陽三は、そんな風に考えていると、忽《たちま》ち頭がもやもやとして来る。なあに、そんな事どうでもいゝではないか。この美しい女とこうして一緒に、自動車を走らせているだけでも、結構なことじゃないか。

「旦那、いったいどこへやるんですか」

ふいに運転手が尋《たず》ねた。

「おっと、そうそう、どこへ行きますか」

「どこでもいゝわ。あなたのお住居《すまい》どちら?」

「僕は渋谷のアパートにいるんです」

「そのアパート人眼につかないところ?」

「さあ、今日はじめて部屋をとったばかりだからよくは分りませんが、まあ静かでしょうね」

「じゃ、そこへ連れてって戴《いただ》こうかしら。あなたお一人なんでしょう」

陽三はいくら何んでもびっくりした。この女、ひょっとしたら気でも狂ってるのじゃないかしらと思ったくらいである。

「ほゝゝゝほ、そんな妙な顔をなさらなくてもいゝの。いずれ分るわ。とにかくあたし、そこへ泊めて戴くことにきめちゃった」

「じゃ君、渋谷へやってくれたまえ」

女はそれから、しばらく無言のまゝ窓の外を眺めていたが、何を思ったのか、

「あ、運転手さん、ちょっととめて」

「え?」

運転手があわてゝブレーキをかけたので、自動車がガタンと大きく揺れてとまった。

「どうかしたのですか」

「そこにあるの写真屋さんじゃない? そうね。あなたいらっしゃい。いゝからいらっしゃいよ。運転手さん待っててね」

呆れてきょとんとしている陽三を、せきたてるようにおろした美樹は、そのまゝずんずんと大きな写真館の中へ入っていった。

「いったい、どうしようというのですか」

「写真を撮っていくのよ。記念写真を。あなたタキ

シードを着ていらっしゃるわね。ねえ、あたし達似合いの新郎新婦とは見えないかしら」

言いながら応接室で、青い外套を脱いだ女の姿を見て、さすがの陽三も思わずあっとどぎもを抜かれてしまった。

外套の下から現れたのは眼もさめるばかりの、純白の花嫁衣裳《ウエディング・ドレス》！

四

その夜から渋谷のアパートで美樹と陽三の不思議な同棲《どうせい》生活がはじまったのである。毎晩美樹は陽三のベッドへもぐり込む。そして陽三は仕方なしに床のうえに寝るのである。

最初の晩女は、花嫁衣裳《ウエディング・ドレス》が皺《しわ》苦《く》茶《ちゃ》になるのも構わずに、そのまゝ寝てしまったが、翌日になると、鞄の中から手の切れるような百円紙幣を出して陽三に渡した。

「これで、あたしの身に合いそうな服を買って来て頂戴」

そう言ったかと思うと、謎《なぞ》のような微笑を洩《も》らして、

「あたし、すっかりこの部屋が気に入ったのよ。だから当分あなたと一緒に暮すことにするわ。他人にきかれたら、愛人だとでもいって頂戴な。細君でもいゝわ」

陽三が銀座の店を駈けずり廻って、彼女の身に合いそうな服を買って来てやると、女は彼の好みのよさを褒《ほ》めてくれた。そしてそれを着てかいがいしく立働《たちはたら》くのである。

女は金持ちだった。鞄の中からいくらでも金を出して、陽三にいろんな買物を命じた。

「だって、この部屋あまり殺風景だと思わない？あたしたち形の上だけでも新婚の夫婦なんだもの、もっと華《はな》やかに飾りましょうよ」

女の言葉どおり陽三の部屋はしだいに美しく飾られた。そして女はこゝが自分のうちでゝもあるかのように落着《おちつ》きすましている。

ある日陽三が耐《た》まらなくなって女に訊《たず》ねた。

「一体、君はいつまでこゝにいるつもり？」

「あら、あなた迷惑になったの。いゝわ。それならいつでも出ていくわ。でもね、一週間だけこゝにおいて。今月の二十七日の晩の十二時。――それまであたしをかくまって頂戴」

「いゝよ、僕のほうはいつ迄《まで》もいて貰《もら》いたいぐらいなんだが、しかし、その二十七日までというのは、何か意味があるのかい」

「えゝ、あるの、とても重大な意味が」

そう言った時、日頃の陽気さにも拘《かかわ》らず女の顔には深い憂愁《ゆうしゅう》のかげがあった。しかし女はその重大な意味というのを語ろうとはしない。

「いったい君はどういう人なんだね。君には親戚《みより》というような者はないのかい」

「あるのよ、お父様が一人」

「それじゃ、さぞ心配しているだろう。知らさなくてもいゝのかい？」

「あゝ、そう〳〵忘れてたわ」

女はそういうと、手帳の紙に、

渋谷、花園アパートにいる。

と書いて、

「これを、日々新聞の案内欄へ出して下さらない？」

「なんだ、そんな事をするより、お父さんのところへ電話でもかけたらどうだね」

「ところが、父の居所《いどころ》が分らないのよ。お父さんも姿をかくしているの。逃げているのよ」

「逃げる？　誰から？」

「黒岩《くろいわ》――ほら、この間の暴力団の親方よ。あたし達、どうしても二十七日の晩の十二時まで、あの男から逃げてなきゃならないの」

そう言って美樹がぽつぽつ話したところを綜合《そうごう》すると、大体次《つ》ぎのようなことが察せられた。

美樹の父というのは、あの暴力団の首領の黒岩に、何かしら弱い尻をつかまれているらしい。黒岩はそれを種に、強制的に美樹と結婚しようとしたのだが、その晩、美樹は父としめし合せて、別々に姿をかくすことにしたのである。美樹は黒岩の手下の古川という男を籠絡《ろうらく》して、その男の手で二十七日の晩までかくまって貰おうとしたのだが、相手が土壇場になって裏切ったところへ、妙な羽目から陽三がとびこんで来たというわけだった。

　そこまでは分るが、しかし美樹の父の弱点というのが何んであるか、またそれが二十七日の晩になると、何故解消するのか、そこまでは陽三にも分らなかった。

「しかし、僕と一緒に写真を写したの、あれは、一体どういうわけなんだい？」

「あゝ、あれ？　ほゝゝゝほ！」

　女は急に面白そうに笑うと、

「あたしも随分気《き》紛《まぐ》れな女ね、あたし黒岩との結婚は気に喰わなかったけど、あの花嫁衣裳《ウエディング・ドレス》とても気に入っていたの。だからまあ記念に写真だけでも撮っておきたかったのよ、それにあなたのタキシード姿、とても立派に見えたんですもの」

　美樹はそこで陽気な声を立てると、

「ねえ、呆れた、ずいぶん妙な女だとお思いになるでしょう。でもね、後生だから一週間だけこゝへおいて頂戴」

　そう言ったかと思うと、今度は急に涙ぐんで見せるのだった。何んとも得体の知れない女だった。

五

　こうして一週間たった。二十七日の晩のことである。陽三はふと思い出したように、

「そうだ、今日はあの写真の出来る日だっけ。僕、これから行ってとって来ようか」

「そうね」

　女はなんとなく不安らしい顔をして、

「でももし、黒岩の一味に見つかったら？」

「大丈夫ですよ、僕の顔なんか覚えてるもんですか」

「そうね、じゃいってらっしゃい。あたしもあの写真を早く見たいのよ」

　そこで陽三が、この間の写真館へ出かけていったのは夜の八時ごろのことだった。ところがその写真

館のまえまで来て、陽三がハッとしたことには、そこの飾窓に彼等の写真が麗々《れいれい》しく掲げてあるではないか。

(しまった! もしあいつらの眼にこの写真がとまったら?)

陽三の危懼《きく》は決して杞憂《きゆう》ではなかった。彼が写真を受取《うけと》って帰るとき、ひそかにそのあとをつけている男があったのだが、さすがの陽三もそこまでは気がつかなかったのである。

「どうだい、この写真?」

「あら、素敵!」

美樹もひとめその写真を見ると手を拍《う》って、

「こうして見ると、まるでほんとうの新郎新婦みたいね」

「そうさ。だからさ美樹、いっそこの写真を本物にしてしまう気はない?」

「あら、本物にするってどうするの?」

美樹がわざと空《そら》とぼけて言うのを、陽三はしっかり抱きしめると、

「ねえ、僕は床のうえに寝るなんてもう真平《まっぴら》御免だよ。ねえ、いゝだろう、今夜から――」

「あら、だって、だって。――」

言いながらも美樹は陽三の抱擁《ほうよう》を拒もうとはしなかった。陽三の顔がしだいに美樹の方へ近づいていった。もし、その時、あの荒々しい足音が俄《にわ》かに聞えて来なかったら、恐らく二つの唇は重なり合っていたゞろう。

「あら、あの足音は?」

ふいに美樹が陽三の腕から離れたとたん、荒々しい足音と共に扉がさっと開いて、現れたのは黒岩をはじめ、手下の面々なのだ。

「あ!」

美樹はふいによろめいた。荒くれ男の腕の中に、押し潰《つぶ》されそうに抱えられている老人の姿が、痛々しく陽三の眼にもとまった。

「お父さま!」

「おい、美樹さん」

黒岩が物凄《ものすご》いせゝら笑いを浮かべながら、

「さあ、親爺《おやじ》をつかまえて来たぜ。今度こそ否《いな》やはあるまいな」

「美樹！」

老人が悲痛な声で、

「いゝから、おまえこんな男と結婚するんじゃないよ。俺はもう諦《あきら》めた、運が悪いのだ。俺はやっぱり行くべきところへ行くよりほかに仕様がない」

「だって、だってお父様。今になって、今になって、そんなこと。――」

「運がないのだ。やっぱりこれが神様の思召《おぼしめ》しなんだ」

「いや、いや」

美樹の眼からふいに涙が溢《あふ》れて来た。

「今更そんなこと。――あゝ、あと三時間だのに。仕方がないわ。あたしこの人と結婚するわ」

「美樹、いけない、そ、そんな事、おまえをこんな獣にくれるくらいなら、俺はやっぱり牢屋《ろうや》へいった方がいゝ」

老人がうめくように言った。

「その年で？　その体で？　いけません！　そんなことをすれば、自殺するのも同じことだわ。黒岩さん、さあ、あたしあなたの思召ししだいよ、だから――だからお父様を宥《ゆる》して」

「ふうむ、いゝ覚悟だ、そう来なくちゃ嘘だ。なあ、美樹、そう嫌ったもんじゃねえぜ。俺だってまんざら捨てた男じゃねえ。一緒になって見な、好《よ》くて好くて耐まらなくなるさ」

黒岩が気味の悪い舌なめずりをしながら、美樹の手をとろうとするのを、いきなり陽三が間に割って入った。

「いけないよ、僕が不承知だ」

「何よ、小僧」

「美樹は僕の妻だ。見たまえこゝに結婚の写真もある」

「陽三さん！」

「美樹、おまえは黙っておいで。なあ、黒岩とやら、どこの世界に、女房を他人にとられて指を喰わえている奴があるもんか。貴様、それくらいの事は知っているだろうな」

「ふうむ、洒落《しゃら》くせえ事を、一体どうしようというのだ」

「こうするのだ！」

言葉と共に、いつの間に用意していたのか胡椒《こしょう》の粉《こ》が、パッと黒岩の眼にとんだ。

「あ、畜生《ちくしょう》！」

黒岩が両眼おさえて尻ごみした時である。陽三は机のうえにおいてあった青銅のヴィーナス、こいつを逆手《さかて》につかんで、当るを幸い、無茶苦茶《むちゃくちゃ》に振り廻したから耐《たま》らない。相手には多勢を頼んでの油断があった。鼻血を出す奴、腕を折られる奴。大変な騒ぎだ。

「美樹さん、この間に早くバルコニーから」

「陽三さん、有難《ありがと》う、お父様」

美樹と美樹の父が、バルコニーから庇《ひさし》を伝って外にとびおりる。

「野郎、逃がすな！」

声と共に、黒岩の手からキラリ、大きなナイフがとんだ。

「何よ」

手足まといがなくなったから陽三は百人力である。青銅のヴィーナスを捨てると今度は椅子だ。こいつを振り廻して当るを幸いなぎ倒していたが、やがて程よい頃を見計《みはか》らって、これまたさっと窓から外へとび下りる。

狭い路地を抜けて、大通《おおどおり》へ出ると、眼のまえに一台の自動車が来てとまった。

「陽三さん、早く、早く」

「あ、美樹さん」

陽三もすばやくその自動車にとびのると、夜の闇をついてまっしぐらに。――

「陽三さん、でも、もう駄目だわ。あいつらきっと警察へ報《し》らせるにちがいないわ。非常警戒が張られたら、とても遁《のが》れっこないわ」

ハンドルを握った美樹の顔は真蒼《まっさお》だった。うしろのクッションにいる老人も、放心したように無言だった。

「美樹さん、あなたはいつも言ってましたね。今夜の十二時が過ぎれば何もかもいゝのだって」

「えゝ、そうよ。でもそれまでにはまだ二時間あまりあるわ。とても、それまで逃げおおせること出来やしないわ」

「大丈夫、美樹さん、ハンドルを僕にかしなさい。そして、あなたはお父さまとこの自動車を下りるんですよ」

「下りてどうするの？」

「もいちど、僕のアパートにかえるんです。いゝですか、東京中で、あそこが一番安全な場所なんですよ、誰が、逃げ出したもとの場所へ帰って来るなんて思うもんですか」

「そして、あなたは？」

「僕はこの自動車で、十二時まであいつらを引きずり廻してやります。十二時が鳴ったらアパートへ帰りますからね。それまで待っていて下さいよ」

暗い路地で、美樹と美樹の父をおろした陽三は、それからまた気狂《きちが》いのように自動車を駛《はし》らせていったのである。

それから、二時間あまり陽三はどんなに胸をわくわくさせた事だろうか。行く先々から警官がとび出して彼の自動車を止めようとする。うしろからは、あの暴力団《ギャング》をのせた自動車が、だにのように喰っついて来る。

追跡者の数は次第に多くなって来た。非常線が張られたのだ。しかし、幸い美樹たちがすでに自動車をおりたことは、誰一人気附く者はなかったらしい。

一時間たった。更にまた半時間たった。陽三の神経は綿のようにつかれて来る。それでも彼はハンドルを離そうとはしない。東京中が彼の周囲でぐるぐると躍っているのだ。

あと二十分、十五分、十分、五分。——

「しめた！」

陽三は再び渋谷へかえって来る。アパートのまえでクタクタになって自動車をとめた時、陽三の腕時計はピッタリと十二時をさしていた。

陽三が自動車からおりると、すぐ後から、バラバラと例の暴力団《ギャング》の一味が駈けつけて来た。暴力団のほかに十数名の警官もいた。

「この野郎」

黒岩が陽三の腕を捕えた時である。アパートの正面玄関から、美樹と美樹の父が悠然《ゆうぜん》として現われたのである。

「有難う、有難う、土岐君!」

そういう美樹の父の態度には、さっきまでのあの怯えたような様子は微塵《みじん》もない。昂然《こうぜん》として胸を張ると、並いる警官をズラリと見渡して、

「警官、御苦労でした。しかし、私はもうあなた方の手で、どうにもされませんよ。何故といって、今夜の十二時で、私の時効期間が満了になったのだから」

美樹の父は美樹と陽三の手をとって、

「さあ、二十年振りで私は家へ帰ろう、忠実な私の下僕《しもべ》は、今日の日をよく覚えていて、大門をひらいて私を待っていてくれる筈《はず》だから。警官、私はもう逃げもかくれも致しません。もとの照井《てるい》慎介《しんすけ》になっていますから、御用があったら、いつでも麹町《こうじまち》の屋敷までやって来て下さい」

啞然《あぜん》としている一同を尻眼にかけて、三人は自動車にのった。そして再び夜の闇をついて、しかし、今度は悠然と、麹町にある照井慎介の宏壮《こうそう》な邸宅へ帰っていったのである。

六

美樹の父が犯した罪というのが、果してどのような種類のものであったか、それはこの物語に直接関係のないことだから、こゝに書くのは控えよう。

しかし、それは慎介の側に十分同情されるべき筋合のものであった。もし法律というものが、もう少し人情の機微《きび》を尊重するならば、慎介の罪はむしろ賞揚されていゝぐらいの種類のものだったということである。

しかし、罪はやっぱり罪だった。慎介は当然、幾年かを囹圄《れいご》の人として送るべきだったが、彼は身をもってこの判決に抗議したのだ。当時生れたばかり

の美樹を抱いて、彼はアメリカへ逃げのびたのである。

美樹はそこで大きくなった。そしてつい一年ほどまえ、時効期間が満了するその間際に、彼等は名前をかえ、身分を包んでひそかに故国へ帰って来たのだが、その秘密を暴力団《ギャング》の親方、黒岩に観破されたというわけであった。

「ねえ、あなた、だけどあたしに唯《ただ》一つ分らないことがあるのよ」

その晩、麹町の邸宅でくつろいだ時、美樹が思い出したように陽三に訊ねた。

「あの晩、ほら、あたし達がはじめて日比谷であった晩、あなたの方からあたしに話しかけていらっしゃったわね。あなた、どうしてあたしを御存じだったの」

「ところが、僕にもそのわけがよく分らないんだよ。でも、美樹、そんなことどうでもいゝじゃないか。それよりね、さっき黒岩に邪魔されたあのことね、こゝで完成させちゃいけないかい。その方が皆さんお喜びになるよ」

「あら」

美樹は思わず顔をあからめて、

「いゝわ。どうぞ、御随意に」

と、いくらか擽ったそうに言った。

それから三日ほど後のことである。

陽三と美樹ははれ〴〵とした顔で、銀座を歩いている。

尾張町の角まで来ると、今夜もまたあのトンガリ帽の男が立ってビラをくばっていた。

陽三はつか〳〵とその側へよると、二三枚奪うようにビラを受取ったが、おやという風に顔をしかめた。

日比谷公園の入口で、
青い外套を着た女
に会いたまえ。今宵の幸運が君を待つ

あの時と同じ文句だった。

「ねえ、美樹」

陽三はそのビラを美樹に見せながら、

「あの晩、僕を日比谷に誘《おび》きよせたのは、このビラなんだよ。そして、あの時、君は青い外套を着ていたからね」

「まあ」

美樹は美しい眼を見張って、

「これ、いったい、何んでしょう。ねえ、あなた、もう一度日比谷へ行って見ない」

「O・K」

そこで二人は銀座から日比谷の方へ歩いていったが、やがてその四つ角まで来た時、美樹がふいに大きな声を出して笑い出した。

「どうしたんだね、美樹」

「だって、だって、あなたあれを御覧になって」

美樹が指さしたところを見ると、丁度日比谷の入口と真向いになっているところに、映画館があって、その映画館の正面に、大きさにして十丈《じょう》ぐらいもあろうかと思われる、大きな人形の立看板が飾ってあった。

その人形はたしかに、青い外套を着た女の形をしていたが、その胸のところに、一字一字が方三尺《しゃく》もありそうな大きな文字で、

　　『青い外套を着た女』

　　　大好評につき一週間日延《ひのべ》

と、書いてあったのである。

美樹と陽三はそれを見ると、思わず顔を見合せた。そして、それから爆発するような声をあげて笑うと、やがて二人は切符を買ってこの『青い外套を着た女』という映画を見るために、中へ入っていったのである。

何しろこの映画こそ、彼等にとっては縁結びの神だったのだから。

クリスマスの酒場

一

「やあ、クリスマスというのに、みんな、何《な》んて不景気な面《つら》してるんだい」

すでに、かなり酒がはいっているらしいのである。濁声《だみごえ》でそう叫びながら、重いドアを排して躍るようにこの薄暗い酒場へとびこんで来たのは、年のころ三十二三、顔もからだも眼も鼻も、赤ん坊のようにくりくりとして、ちょっと熟《う》れきった水蜜桃《すいみつとう》を想わせるような、そういう血色のいゝ男なのだ。

「おゝ、冷てえ。ひでえ雪だ。よく降りやがるな」

誰にともなくそういいながら、肩をすぼめて、地《じ》団駄《だんだ》を踏むようなかっこうで、外套《がいとう》につもった雪をバタバタと払いおとすと、

「おゝ、緒方《おがた》、いゝから、ともかく入って来いよ。大丈夫だったら、もういっぱいこゝでやっていこう」

と、ドアの外に向って叫ぶのである。

「ふむ、でも……」

と、ドアの外では煮えきらない声で、

「もうあんまり時間がないぜ」

「大丈夫ったら、そうくよくよしなさんな、ちゃんとこの栗林《くりばやし》がついていらあ」

半びらきにしたドアの隙から、水蜜桃がそういう言葉の尾について、ストーヴの側《そば》から立って来た縮《ちぢ》れっ毛の女が、

「お入りなさいな、緒方さん、そんなとこに立ってらしちゃ、お体の毒ですわ」

「おや、こん畜生《ちくしょう》」

水蜜桃は眼をまるくして、

「こいつめ、こいつめ、いつの間に名前をおぼえやがった。油断のならねえ女だ」

「ほゝゝゝほ、いまあなたが仰有《おっしゃ》ったじゃないの。こちらが緒方さんで、あなたが栗林さん、そしてあたしがお久美《くみ》ちゃん、ほゝゝゝほ、わかって？　さあ、ともかく緒方さん、こちらへお入んなさいよ。そう焦《じ》らすもんじゃないわよ」

緒方はしかたなく、苦笑しながら、まっしろにくるめく吹雪《ふぶき》の街路から、薄暗い土間のなかに入って来た。

「あらあら大変、じっとしてらっしゃいよ。ひどい雪ね、いったい、この雪のなかを、どこをうろついていらしたのよ」

お久美ちゃんに手伝ってもらって、雪を払いおとしながら、緒方ははじめて酒場のなかを見廻した。

ほのぐらい間接照明、あまり広からぬ土間の中央には、樽《たる》型のストーヴがかっかっと燃えていて、冷えきった街路から入って来ると、いちじに、ジーンと血が逆上しそうな暖かさ。なるほどさっき、栗林が不景気な面《つら》をしてるといったのも無理はない。土間の隅っこに唯《ただ》一人、奇妙な仮面——どうやらポパイの仮面らしい——をかぶった男が、混血児《あいのこ》まがいの女を相手に、しずかに酒を飲んでいるほかには、蜘蛛《くも》手《で》にはられた、銀いろのクリスマス・デコレーションも妙にわびしく、ストーヴのそばで、ひとり所在なさそうに、カルタを切っている夜会服《イブニング》の女の耳輪が、ひそやかな光をはなって、さやさやと揺れているのも、なんとなく、哀れを誘うような風景なのである。

横浜の、波止場にちかい、うらぶれた酒場だった。

緒方は白い手袋をとりながら、静かにこの酒場のなかを見廻していたが、何を思ったのか、ふと、端《たん》麗《れい》なその面《おもて》を動かすと、今更のように、床、天井、壁紙と、いちいち仔細《しさい》らしくあらためながら、

「君、君」

と、お久美ちゃんを振返《ふりかえ》って、

「この酒場、なんていうの？」

と、訊《たず》ねた。

「あら、心細いのね」

と、お久美ちゃんは横浜《はま》おんな特有の、大袈裟《おおげさ》な表情で、

「こちらは、ばあ・チンナモミ――よく憶《おぼ》えといて、これからはちょくちょく贔屓《ひいき》にして頂戴《ちょうだい》」

チンナモミ。――その奇妙な名は、緒方の胸を征《そ》箭《や》のごとく貫いた。

彼は思わず、さっと顔色蒼褪《がんしょくあおざ》めたが、すぐ苦《にが》っぽろい微笑をうかべると、すでにテーブルについている栗林のそばに、つかつかと近附いて、

「栗林、そいじゃ僕もついでに、いっぱい飲んでいくよ」

吐きすてるようにいったその頰《ほお》には、なにゆえか、燃えるような亢奮《こうふん》が、白い皮膚の下に抑圧されているのであった。

二

「あゝ、飲みたまえとも。お久美ちゃん、あの時計は間違っちゃいないだろうね」

「えゝ、合ってるつもりだけど、あなたの腕時計は何時？」

緒方は華奢《きゃしゃ》な腕にはめた時計をすかすように見ながら、

「僕のは七時五十分。あゝ、ありゃ五分ほど進んでるね」

「君、君、こゝから波止場まで、自動車で十分もあればいけるねえ」

「あら、あなた、どっかへいらっしゃるの」

「うゝん、俺はどこへもいきやしないがね、こっちが今夜、九時に出るT丸に乗るんだ。つまり、お別れのいっぱいというところだから、大いにサービスをよくして、さあさあ、酒を運んだり、運んだり」

「おっと承知、何がいゝの、あなたはウイスキー、こちらは？」

「僕はシェリーかなにかくれたまえ、船に乗ってから苦しくなると困るから」

ちょっと燃えあがった亢奮が、そのまゝ滓《おり》のよう

に、腹のそこに沈んでしまった、妙にちぐはぐな、侘《わ》びしいような、腹立たしいような気持ちだった。

緒方がそういうこじれた気持ちを持てあますようにいうのを、お久美は委細《いさい》構わず、ウイスキーとシェリーを、瓶《びん》ごとかゝえて来ると、

「門出のお祝いだわ、さあ、陽気に騒ぎましょうよ」

二つのグラスにそれぞれ酒を注いでやりながら、

「行くさきはパリ？　ロンドン？」

「まあ、そんなところさ」

栗林が代ってこたえた。

「わかった、パリでしょう？　こちらは画家《えかき》さんね、そうでしょう」

「ふむ、その辺の見当でしょう」

「いゝわね、クリスマスに船出するなんて。それにこの雪、ロマンチックね。あなた、お目出度《めでと》う」

「ところがさにあらずさ。これでなかなか先生、お目出度《めでた》くないんだよ」

「あら、どうして。こちら、勉強にいらっしゃるんでしょう。それがどうしてお目出度くないのよ」

「勉強は勉強だがね、それは口実さ、実はちと、この日本にいたゝまれない節《ふし》がございましてね、それでつまり、草鞋《わらじ》をはこうて寸法さ」

「おい、栗林、つまらない話はよせ」

緒方が沈んだ調子でさえぎった。彼はまだ注がれたシェリーに口もつけていなかった。

「つまらない？　何がつまらない。それがつまらねえと思うんなら、冗《くだ》らねえ洋行なんか止《よ》せ。ねえ、お久美ちゃんよ」

ストーヴの暖かさに、カアーッと宵からの酔いが出たところへ、たてつゞけに二三杯、ウイスキーを咽喉《のど》へつぎこんだので、栗林は水蜜桃のような頬をいよいよてらてらと輝かせ、はっはっと、いかにも血圧の高そうな息遣いをしながら、

「お久美ちゃん、君、君イ、恋人を持ってるかい」

「ないわ、そんなもの」

「そんなものは情けない。そんなものはないでしょう。あるならあると仰有い。あるでしょう。ねえ、なくても仮りにあるとしときなさいよ。でないと話

がしにくいから」

「じゃ、あることにしとくわ、臨時に」

「臨時か。はゝゝは、臨時はよかった。臨時雇いの恋人か、エキストラ・ラバー、おい、緒方、出来たぞ、出来たぞ、うちの今度のオペレッタに、エキストラ・ラバーというのはどうだい」

「あら、こちら、レヴューに関係してらっしゃるの」

「ほい、しまった」

栗林はあわてゝ、ウイスキーを吸いこみながら、

「呆《あき》れたね、すぐに地金を現わしやがる。これ全《まった》く商売熱心のしからしむるところ、治《ち》にいて乱を忘れずとはこのことさ。有難《ありがた》し、忝《かたじけな》し、ところでと、お久美ちゃん、いまなんの話をしていたっけ」

「あら、いやだ。あたしに恋人があったら、どういうことになるのよ」

「あゝ、そのこと！　そのこと！　お久美ちゃんよ」

と、栗林はけろりとして、

「つまりだね、つまりその恋人を大事にしなさいということさ」

「なあんだ、つまらない」

「つまらない？　つまらないとは何んだ。僕はいま、もっとも高遠なる、えゝ――と、なあんだ、つまり、その女の道を説ききかせているんだぜ。つまらないとは何んだ。それは君が、女に裏切られた男というものを知らないからそんなことをいうのだ。そんな浅墓《あさはか》なことをね。お久美ちゃん、女に捨てられた男という奴が、どんなに惨《みじ》めなものか、そのもっとも手近《てぢか》なモデルを君に見せてやろうか」

「おい、止せ、つまらない話はよせ」

緒方がとつぜん、青白い頬をふるわせながら遮《さえぎ》った。

「それだ！　その声だ、その顔だ！　それが即《すなわ》ち女に捨てられた……」

「馬鹿、止さないか！」

「馬鹿？　そうさ、俺はどうせ馬鹿さ。だが手前《てめえ》は何んでえ。女に裏切られてよ、怨言《うらみごと》のひとこともいうことか、のめのめと指を銜《くわ》えて、外国へ逃げていきやがる。俺ア、情けなくて涙が出らア。何んでえ、何んでえ、その面《つら》ア、口惜《くや》しかったら何故《なぜ》女を引攫《ひっさら》

って来ねえ。何故、女を連れて外国へ逃げねえ」

どーんと、テーブルのうえに肘《ひじ》をついた拍子に、グラスが倒れて、ウイスキーがさっと膝《ひざ》のうえにこぼれた。

「あら、危いわ。いやね、こちら、酔払《よっぱら》って」

お久美が立って、栗林の膝を拭《ふ》こうとするのを、邪慳《じゃけん》に振りはらって、

「いゝよ、いゝよ、構わねえで放っといてくれ。お久美ちゃん、まあ聞けよ。こいつを捨てた女というなア、今夜さる金持ちの茶瓶親爺《ちゃびんおやじ》と、結婚式を挙げることになっているんだ。いまごろはさぞ、高砂《たかさご》やア――はて、洋式だから高砂やはねえかな、ま、どっちだっていゝや。つまり、その、忌々《いまいま》しいホルモン爺《じじい》と偕老同穴《かいろうどうけつ》の契《ちぎり》をお結び遊ばそうてんだ。そいつを日本にいて、見ちゃいられねえてんで、わざわざフランスくんだりまで草鞋をはこうという、可哀《かわい》そうな失恋男、お久美ちゃん、参考までによく面を拝んでおきねえ」

「あら、ずいぶんお賑《にぎや》かなことねえ」

さっきから、ストーヴのそばで、ひとりカルタを切っていた女が、その時とつぜん立上《たちあが》ると、蜥蜴《とかげ》の腹のようにさやさやと光る、イヴニングの裾《すそ》をならしながら、三人のテーブルのほうにちかづいて来た。

「あたしも仲間に入れて戴《いただ》いていいでしょう。緒方さん、ずいぶん暫《しばら》くねえ」

女は牝鹿のようにすんなりとした足を組むと、栗林のシガレット・ケースから、遠慮なく、スリー・キャッスルを一本抜きとった。

三

抑々《そもそも》この緒方、栗林なる二人の人物を何者かというのに、彼等はともに、帝都のさるレヴュー劇場の演出家で、今宵《こよい》、緒方が遠く外国へ鹿島立《かしまだ》とうというのを、横浜まで見送って来た親友の栗林が、暫《しば》しのお別れとばかり、緒方を引っ張ってクリスマスの街を飲み歩いているのであった。

緒方は親友のその厚情を嬉《うれ》しく思わないではなかった。しかし、今みたいに、いかに酒のうえとはい

え、彼がひそかに労《いた》わっている胸の傷を、無遠慮につゝき廻されると、思わずカアーッとするような腹立たしさを感じずにはいられなかった。

栗林がいった言葉は出鱈目《でたらめ》ではない。緒方の外遊の動機の幾部分かゞ、胸にうけた痛手にあることは否《いな》めない事実だった。彼を裏切った女というのは、同じレヴュー劇場に属しているスター女優のひとりで、二人のなかはずいぶん久しいものであったのに、突如、女のほうから裏切って、さる年配の実業家のもとへ走ってしまった。しかも、今宵がその結婚式の当夜なのである。緒方が一刻も早く、日本の土から離れたく思っているのも、無理ではなかったであろう。

彼はさっきから、眉をひそめて、何度舌打ちをしたか知れない。出帆の時刻は刻々として迫っているのに、栗林の毒舌はなかなか歇《や》みそうもない。腹立たしさと、焦立《いらだ》たしさに緒方はいっそ、この酔漢《よっぱらい》を放っておいて、早く船へ帰ろうと、すでに腰をあげかけていた。

あのイヴニングの女が彼等のなかへ割りこんで来たのは、ちょうどその時で、これがまた、心ならずも緒方の腰を落着《おちつ》けさせてしまったのである。

「おやおや、こいつはお安くねえぞ。緒方、君はこの美人を知ってるのかい」

緒方は思わず女の顔を見なおした。年はおそらく十九か二十であろう、こういう場所にいる女としては珍しく荒《すさ》んでいなかった。卵がたをした顔の色艶《つや》もよく、眸《ひとみ》といい唇といい、まだ健康のそうひどく毀《こわ》されていないことを示している。黄色っぽいイヴニングといい、黄金の鈴のついた耳輪といい、とかくいや味になりがちな物だが、すらりと背の高いこの女には、それがいかにもよく似合っている。——しかし、緒方はどう考えても、この女を思い出すことが出来なかった。

「思い出せません？」

女は謎《なぞ》のような微笑をうかべながら、フーッと煙を吐き出して、

「無理ないかも知れないわね。もう随分ふるい事で

すもの。あれは、たしかあたしが十四の時でしたものね。でもね、緒方さん、あたし、あれからずうっとあなたをお待ちしてたの」

「おやおや、おい、緒方、こいつはいよいよ唯じゃすまねえぞ」

「黙ってらっしゃいよ、栗林さん、あんたゞって同類よ、あなたもその時一緒だったんだけど、あたしを憶えてらっしゃらないでしょう」

「はてね」

「失礼だが、君、なんて名なの」

「あたし？　黄枝《きえ》」

「黄枝さん？　そうだね、栗林、君知ってるかい？」

「知らんよ、俺《わし》ゃ、残念だけどね」

栗林は吐き出すようにいった。

黄枝は再び謎のような微笑をうかべながら、

「あなた方、この酒場《バア》へいらしたの、今夜はじめて？　そうじゃないでしょう」

「はじめてだよ、僕ア」

「いゝえ、そんな筈《はず》ないわ。ねえ、緒方さん、あなた憶えてらっしゃるでしょう。五年まえの、そう、やっぱりクリスマスの晩だったわ。そして、今夜のように雪が降ってた。その時、やっぱりお二人でここへいらしたわ」

「そんなことがあったかなあ」

「栗林、ほら、佐伯《さえき》がフランスへいくので送って来たときだよ。僕はさっきから気がついていたんだ。しかし、黄枝さん、君はその時分からこゝにいたの」

「あら、可哀そうに」

黄枝は大袈裟に肩をゆすると、優しい眼で緒方をにらむようにして、

「その時分あたし十四だったといったじゃないの。十四やそこらで、まさかちゃぶ屋勤めはないでしょう」

「ソ、そう、そう言えばそうだね。しかし、君はどうして僕を——？」

緒方は黄枝の口吻《くちぶ》りに、しだいに引きこまれていく自分をかんじた。

「あの晩、こゝでちょっとした事件があったの、憶

えてらっしゃいません？」

「僕は憶えとらんぞ。僕は――」

「あなたは駄目よ、あなたはすっかり酔払っていらしたんだもの。でも、緒方さん、あなた憶えていらっしゃるでしょう」

「はてね、どういうことだったか」

緒方は何故か、じっと黄枝の眸のなかを覗《のぞ》きこみながら、心の騒ぐふうでいった。

「まあ、情けないのね。これだけいっても思い出して下さらないの。ほら、こゝで可哀そうな花売娘が、酔漢《よっぱらい》のマドロスに殴られたのを。――そしてあなたが、その花売娘を救《たす》けて下すったじゃありませんか。あの時の花売娘がこのあたしよ」

「馬、馬鹿な！」

緒方がふいに、びっくりしたような大声をあげたので、さっきからひとり、隅のほうでちびりちびりとウイスキーを舐《な》めていた男が――あのポパイの仮面をかぶった男が――驚いたようにこちらを振りかえった、いやいや、驚いたのはポパイばかりじゃない。黄枝もお久美も、栗林でさえも、あまり激しい緒方の権幕《けんまく》に、しばらく呆気《あっけ》にとられてポカンとしていた。

「いや、失敬しました」

緒方は気がつくと、極《き》まり悪そうにシェリー盃《グラス》を舐めながら、

「君があまりひどい冗談をいうもんだから」

「あら、冗談？　まあひどい。じゃあなた、そんな憶えはないと仰有るんですの」

「いや、たしかにそういうことはあったよ。こゝで可哀そうな花売娘が、酔漢にとっつかまって、散々こづき廻されているのを、見るに見かねて仲裁に入ったのを憶えている」

「でしょう」

黄枝は勝誇《かちほこ》ったように、

「そればかりじゃないわ。あなたはその時、花売娘の花をみんな買ってやったうえに、帰りにはその少女の薄着をあわれんで、着ていたジャムパーを脱いで、花売娘に着せておやりになったわ。あたしが

――あたしがその時の花売娘よ」

「ほ、ほんとうですか」

じっと黄枝の眼のなかを覗きこんでいた緒方の眸には、その時、一種不可思議な表情が動いていた。

「お分りにならないのも無理はないわね、あの時分から見ると、あたし、ずいぶん変ったんですもの。でもね、緒方さん」

黄枝は俄《にわ》かに語気を強めると、

「あの時から、あたしズーッとあなたをお待ちしていたのよ。あたしがこんなところに勤めているのも、いつかはあなたにお眼にかゝれる日があるにちがいないと思ったからなの。だって、あたし今夜まで、あなたのお名前も御身分も知らなかったんですもの」

黄枝は眼をふせると、紅々《あかあか》と燃えあがっているストーヴを見た。それから、泪《なみだ》ぐんだ眼をつとあげると、

「あたし、毎日々々、カルタの人待ちをしてあなたをお待ちしていたわ。そして、今夜――」

黄枝はつと両手をあげると、あっという間もない、緒方の顔を両手にはさんで、稲妻のように素速い接吻《せっぷん》をあたえた。

「さあ、これであの時のお礼はすんだわ」

黄枝はガッカリとしたように、腰をおとしたが、俄かにまたシャンと立直《たちなお》ると、

「だけど緒方さん、ほんとうをいうと、あたしがこんなにあなたをお待ちしていたのは、お礼をいいたかったばかりじゃないの。恩は恩、怨《うら》みは怨みよ。ほんとうはあたし、あなたに深いふかい怨みがあるのよ」

黄枝はそういうと、細い銀の鎖で頸《くび》にかけていた黄金の小金盒《ロケット》をイヴニングの胸の下から取出《とりだ》すと、

「緒方さん、あなたこれに見憶えがあって？」

そういった黄枝の眸は、烈々《れつれつ》と燃えていて、その言葉は火箭《ひや》のように鋭いのだ。

四

一瞬間、黄枝の気魄《きはく》にみんなは圧倒されたかたちだった。栗林さえ、冗談をやめてこのなりゆきを眺めていた。

緒方は驚くというよりも、むしろ好奇心にかられた面持《おもも》ちで、黄枝の掌にのっている楕円《だえん》型のロケットに眼を見張った。すべすべとした黄金の肌に、細かい勿忘草《わすれなぐさ》の彫があって、相当の品物であることは、ひとめでそれと知れるのである。

「いゝや、そんな物、憶えがないね」

「憶えがないとは言わせませんわ。これ、あなたの恵んで下すった、あのジャムパーのポケットの中にあったのよ」

「ほゝう、それで？」

緒方はすっかり度胸をさだめてしまったらしい。何をこの女が言い出すか、むしろ楽しむような口吻りでさえあった。

黄枝は躍起《やっき》となって、

「いゝえ、このロケットばかりじゃないの。あのポケットのなかには、女持ちのハンドバッグが入っていたのよ。鞄《かばん》のなかには、指輪だの、襟飾《ブローチ》だの、金目のものがいっぱい入ってた。そして、それがあたしたちの一家を破滅させてしまったのです」

黄枝はぽっと瞼際《まぶたぎわ》を染めると、挑みかゝるような早口で、

「あたし、そのハンドバッグを見ると、すぐ警察へとゞけなければならぬと思ったんです。だけど、そのまえに一応父に見せました。それがいけなかったんですわ。父はそんなもの、届けるに及ばないといって、そして、その翌日、中にあった襟飾《ブローチ》を売りにいったんです。父はそのまゝ帰って来ませんでした。捕えられて監獄へぶち込まれてしまったんです。あたし、その時分、まだ小さくてよく事情がわからなかったけれど、何んでもそのハンドバッグは、あのクリスマスの朝、横浜駅でさる貴夫人が掏摸《すり》に掏《す》られたものだとかいう話、あたし達がどんなに弁解したってはじまりやしませんわ。事実、その頃父は、そんな事をやりかねまじい程、困窮していたんですもの」

黄枝は急に泪ぐんだ眼を、緒方のほうに向けると、溜息《ためいき》をつくように、

「父は監獄のなかで死にました。お分りになって？　その時ハンドバッグは警察の手から、その持主に返

されたのですけれど、あとになって調べて見ると、このロケットがひとつだけ家のなかに残っていたんです。あたし、わざとこれだけは警察へ持っていきませんでした。そして、こうして肌身離さず持っているというのも、つまりはもう一度あなたに会って、お怨みがいいたかったからなんです。緒方さん」

黄枝はそこでじっと緒方の眼を見ると、

「あたし、今日までどんな複雑な気持ちで、あなたをお待ちしていたでしょう、あの時のあなたの御親切を考えると、あたし胸のなかゞ熱くなるの、それでいてあなたは、あたしにとって父の敵《かたき》なんです。あんな親切な様子をしていて、あの人は掏摸の仲間なんだろうか。――いやいや、そんな馬鹿なことが――と、あたしどんなに苦しんで来たでしょう。でも、今夜おあいしてすっかりその疑いは晴れたわ。あなたは掏摸なんかなさるお人じゃない。だから緒方さん、あたしが今お伺《うかが》いしたいのは、誰があなたに、そのハンドバッグを渡したのか、あたしそれが聞きたいのです。その人こそ、父の敵なんですもの」

のしかゝって来るような黄枝の勢いに、気を呑まれたように、緒方はパチパチと瞬《まばた》きをしながら眼を反《そ》らすと、かたわらにいる栗林の方を振りかえった。栗林は平然として、相変《あいかわ》らずグラスの縁を舐めている。

それを見ると、緒方はふと奇妙な微笑をうかべ、さて改めて黄枝のほうを向き直ると、何かいいかけたが、その時、ふいに彼の言葉を遮《さえぎ》ったものがある。

「あ、それはこの方を責めても無理だよ、黄枝さん、こちらは何も御存じなかったのだから」

隅のほうからふらふらと立上ってやって来たのは、さっきからひとりで酒を飲んでいた男。――ポパイの仮面をかぶった男。

五

「いや、失敬々々、話の腰をおってすまないが、私も満更《まんざら》、この事件に関係はないことはない。黄枝さん、私にひとつ話しさせておくれ」

かなり酩酊《めいてい》しているらしい、ポパイはどーんと音を立てゝ、黄枝とお久美の間に割りこむと、仮面もとらずに、そういってぐるりと一同を見渡した。

緒方はしだいに焦々《いらいら》として来る。出帆の時刻はだんだん迫って来るのだ。しかし、まさかこの仮面劇を捨ておいて、外へとび出すわけにもいかないし、それに、この劇《ドラマ》の進行に対して彼は好奇心を抱いていないでもなかった。

栗林のほうを見ると、彼は悠然《ゆうぜん》として、いかにも面白そうに、意外なこの発展を見守っている。緒方はちょっと時計に目をやったが、そのまゝ、再び腰をすえてしまった。

「黄枝さん、なるほどお前さんがこちら——緒方さんといったかな——この人を怨むのも無理はない。しかしなあ、黄枝さん、こちらにゃ少しも罪はない。というのは、緒方さんがお前さんにジャムパーを恵んで下すった時には、こちら、そんな空恐ろしいものが、ポケットの中にあろうなんて、夢にも御存じなかったんだよ」

「どうして、あなたに、そんなことがお分りですの」

黄枝が冷い、厳《きび》しい調子でいった。ちょっと反噬《はんぜい》するような調子だった。

「というのはな、俺はこの方のポケットの中に、そっとあのハンドバッグを忍ばせた男を知っているからだ。飛んでもない、こう言ったからって、俺ゃ決して掏摸の仲間なんかじゃないぜ。いや、むしろ俺ゃその被害者なんだ」

「え？」

「黄枝さん、お前いま、あのハンドバッグは横浜駅でさる夫人から掏られたものだといったね、その夫人というのがつまり俺の女房なんだよ」

一同は思わずあっと呼吸《いき》をのんだ。あまりといえばあまり意外な邂逅《かいこう》だったからである。それにしても、これは果して偶然なのだろうか。いやいや、偶然と見ゆるこの出来事の裏に、何かしら重大な意味があるのじゃなかろうか。

と、果して、ポパイ紳士は、

「こういうと、話があまりうまく出来ているのに驚くだろう。いや、疑うかも知れんな。しかしな黄枝さん、俺が今夜、こゝに居合せたというのは決して偶然じゃないのだ。何故って、俺は、今夜のこの邂逅を待ちかねて、毎晩のようにこの酒場に足を運んでいたんだから」

「言って頂戴。あなたは一体なにが目的なんですの。そしてあたし達にどういう御用がございますの」

「黄枝さん」

ポパイはふいと、仮面の奥から沈んだ声でいった。

「俺の用事というのはね、お前のよりもっともっと重大なんだ。俺の用事というのは、実に人殺しに関係しているんだよ」

あっと一同が驚くのを尻目にかけて、紳士はぐいと仮面のまゝウイスキーを呷《あお》ると、

「話そう、何もかも話してしまおう。そうすればここにいる人達が、いつの間にやら、世にも不思議な因縁の糸で繋《つな》がれているのが分るだろう」

紳士はほっと吐息《といき》をつくと、

「あのハンドバッグが女房のものであることはさっきもいった。そして、そのハンドバッグが無事に女房の手に戻ったことは、黄枝さん、さっきお前がいったとおりだ。たゞ、ひとつ、そのロケットを除いてはね。その時分、俺たち夫婦も、すでにロケットが紛失している事に気附いていたんだが、女房は女房で、ある理由から、強《し》いてそれを探そうともしなかったし、俺も大して気にとめなかった。そのロケットが後日あんな重大な意味を持って来るとは、その時、夢にも知らなかったからね。

ところで諸君、この俺をいったい幾《いく》つだと思いますね。俺はこれで、今年五十二になる。だからその時分、四十七だったわけだ。そして俺の可愛《かわい》い女房と来たら、その時分やっと二十三にしかならなかったんです。当然俺は女房の素行に対して、どんなに心を苦しめなければならなかったか知れない。女房は派手好きな、そしていつも周囲に若い男の取巻きをおいては喜んでいるというふうだったからな。俺はその取巻きの一人が、たしかに女房とある埒《らち》を踏みこえている事を知っていた。しかし、残念なことに、それが数人の男のうちの誰だかわからないんだ。

ある晩、俺は商用で大阪へいくと称して家を出る

と、その真夜中、そっと引返《ひきかえ》して来たんだ。と、どうだろう、女房が朱《あけ》に染まって殺されているじゃないか。いやいや、女房はまだ死にきっちゃいなかったんです。俺が抱き起してやると、

『堪忍《かんにん》して、堪忍して、あたしあいつに騙《だま》されていたの。堪忍して』

喘《あえ》ぎ喘ぎ、そういうんです。

『誰だ、誰がこんなことをしたんだ』

俺はきゝました、すると、女房は暫く黙っていましたが、やがて、最後の力を振りしぼって、

『あのロケットに——あのロケットの中にあいつの写真が。——』

それが女房の最後の言葉でした。女房はそれきり、がっくりと縡切《ことき》れてしまったんです。

さあ、黄枝さん、それでそのロケットがどんなに重大なものになって来たか、あんたにも分ったろう。黄枝さん、おまえさんはもう忘れたかも知れないが、その当座、俺は二三度お前さんのところへ出向いて、ロケットのことを訊ねた筈だね」

「あ」

黄枝は驚いて口に手を当てる。ポパイはじろりとそれを尻眼にかけながら、

「お前はその時、あくまで知らぬ存ぜぬで、ロケットのことを俺にいってくれなんだ。俺は仕方なしに、今度はあのハンドバッグを掏りとった掏摸を探し出した。こいつはすぐ見附かったが、しかし、その男もロケットのことを知らぬという。そういう物があったかどうか知らぬが、ともかく、あのハンドバッグなら、この酒場のなかで、さる客のポケットへ捻《ね》じこんだという話だ。なんでもあの晩、こゝへ顔見知りの刑事が入りこんでいたので、危いと思って、とっさの間に、隣の人のジャムパーに押しこんだのだそうだ。

「さて、その掏摸も知らねば、黄枝さん、お前も知らぬという以上、ロケットはその客が持っているとしか思えない。しかし、その客を俺がどうして探せよう。掏摸もおまえも、その客人を知らないのだから。ところが、そうしているうちに、俺はふと、黄

枝さん、お前がこの酒場に勤め出したことを知った。すると俺にはちゃんとお前の目的がわかったのだ。お前もあの客を探しているのだ。だからお前を監視していれば、いつかはきっとその客にあえる。——そう思って黄枝さん、俺は年甲斐《としがい》もなく毎夜のようにこの酒場に足を運んでいたんだ。おい、黄枝さん、今こそ、俺は憎い女房の敵を知る事が出来る」

突然、ポパイが手を伸ばしてそのロケットを取りあげた。顫《ふる》える手で、パチッとそれを開いた。息づまるような亢奮のひとゝき。——

が、その瞬間、とつぜん緒方がすっくと椅子から立上ると、

「おい栗林、もういゝ加減にしたらどうだ。いったいこのお茶番はどういう意味なんだ」

と、にべもなく言い放ったのである。

六

「あ」

瞬間、ポパイも黄枝も栗林も、呼吸をつめて、緒方の顔を振り仰いだ。蒼褪めた緒方の面《おもて》には、憤《いきどお》りと軽蔑《けいべつ》が複雑なかげを作って、冷く微笑《わら》っている。

しばらく、栗林と黄枝とポパイとは、じっと眼を見交《みかわ》していたが、

「はゝゝゝは!」

突然、栗林が腹をかゝえて哄笑《こうしょう》すると、それにつれて、今まで熱演していたポパイも、思わずプッと噴出《ふきだ》してしまった。

「駄目じゃないの。笑っちまっちゃ。あゝあ、折角《せっかく》のお芝居もすっかり尻が割れちゃった」

黄枝がガッカリしたように言う。

「いゝよ、いゝよ、大成功だよ。緒方、ともかく、もう一度掛けたまえ」

「いゝや、真平《まっぴら》だ。すぐ出かけなきゃ時間がない」

「時間はもうとっくになくなってるぜ」

「緒方、さっきホテルで飯を食う時、僕はちょっと君の時計を借りたね。あの時、少し針をあとへ戻しておいたんだ。こゝの時計かね、ありゃもう、はじめから黄枝君がおくらせておいてくれたんだ。つま

り今の狂言はね、君にその時間の誤差を気づかれないために、書いたお茶番さ。T丸はとっくに出帆してしまってるぜ」

「栗林！」

緒方の顔がさっと紫《むらさき》色になった。思わず拳を固めてつめ寄ろうとするのを、

「おっと、待った、待った。なるほど君を欺《あざむ》いて、船に乗りおくらせたのは僕が悪い、しかし憤るなら、まあちょっと、うしろを見てからにして貰《もら》いたいね」

緒方はその言葉にふとうしろを振りかえったが、そのとたん、まるで幽霊をでも見たように、たじたじと二三歩うしろへよろめいた。

「藍子《らんこ》！」

眼に泪をいっぱいたゝえて、酒場の入口に立っているのは、まごうべくもない、彼を裏切って、今宵、他の男と結婚する筈の鮎川《あゆかわ》藍子。緒方は夢かとばかり、

「君は――君は――」

「堪忍して、堪忍して、あたし昨日はじめて栗林さんに聞いたの。あたし誤解してたのだわ。あなたに捨てられたと思って、自暴自棄《やけくそ》になってあんな男と結婚しようとしたの。さあ行きましょう、急がなきゃ時間がないわ」

「行くってどこへ行くんだ」

緒方はまるで夢を見ているような声だった。

「T丸で、あたしも一緒にフランスへいくの。見て頂戴」

外套のまえを外すと、藍子はその下から純白の結婚衣裳をちらと覗かせて、

「この衣裳は、あの男のためじゃないの、あなたのために着て来たのよ。さあ、パリへ新婚旅行をするのよ」

「だって、だって、船は――船は――」

「緒方君、安心したまえ、君の時計は間違っちゃいないんだ。大丈夫、まだ十分間にあうよ。はゝゝは、返《か》えす返《が》えすも君を騙してすまないが、なにしろ藍子君がね、あたしのいくまで、どんな事をしても君を船に乗らさないでくれと頼むもんだから、あゝい

う御茶番で、今まで君を引きとめておいたんだよ」

「栗林！」

緒方は思わず咽喉《のど》がつまったように、

「有難《ありがと》う。それから黄枝さん、ポパイ君、有難う、有難う。お礼はいずれパリから」

「よし、話がわかったら諸君、この幸福な一対のために乾盃しようじゃないか」

乾盃がすむと、緒方と藍子は手を取り合って、大急ぎで酒場の外へとび出していった。折からますます吹きつのって来る吹雪の中に、藍子の乗って来た大きなパッカードが待っていた。二人がそれに乗りこんだ時である。

「あ、ちょっと待って！」

黄枝がそばへ走り寄ると、

「緒方さん、あたし一つ聞きたい事があるの」

「なんですか」

「あたし、ずいぶんうまく芝居をしたつもりなのに、どうしてあなた、あの話が嘘《うそ》だとお分りになったの？」

それを聞いたとたん、緒方は思わず意味ふかい微笑を唇のはしにうかべた。

「黄枝さん、あなたのお芝居は満点でした。それからポパイ氏も。――だけど、あの狂言には根本的に誤謬《ごびゅう》があったんです」

「はてね、それは作者として聞捨《ききず》てならんね」

乗り出して来た栗林を振り返って、

「栗林、君はあの花売娘がその後、どうなったかよく調べなかったんだろう。あの可愛い花売娘というのは」

と、緒方はにこやかに微笑《わら》っている藍子を抱きよせると、

「ほら、こゝにいるよ」

「こん畜生！」

とたんに、自動車は警笛《サイレン》を鳴らして、吹雪の中を、波止場へ向ってまっしぐらに、――どこかの空で、赤いネオンの横文字が、降りしきる雪のなかに、まるでシグナルのように楽しく明滅している。

Merry Christmas――

花嫁富籤《とみくじ》

一

花嫁富籤《とみくじ》。

奇抜な花嫁富籤、怪奇な花嫁富籤、滑稽《こっけい》な花嫁富籤。——あの種々様々な悲喜劇をうんだ花嫁富籤の噂《うわさ》が、東京中に大センセーションを捲起《まきおこ》したのは、たしか昭和八年の暮から、その翌年の春へかけてのことだったと思う。

当時、東京中どこへ行っても、寄ると触るとその噂で持ち切りだった。若い男が二三人集まると、必ずその間に持出《もちだ》される話題というのは、その花嫁富籤だった。それはだいたい、次のような塩梅《あんばい》なのである。

「おい、上塚《うえづか》君、ひょっとすると、君があの花嫁富籤を持っているのじゃないか」

「ふふふ、残念ながら僕は持っていないんだよ、水谷《みずたに》君、こんな事と知ったら、僕ももっと精出して銀座を歩くんだったがなあ」

「お互いに損しちゃった。それにしてもひどく焦《あせ》らせるじゃないか。持ってる奴はさっさと名乗り出ればいゝに」

「僕は思うんだがね、ひょっとするとあの当り籤の半分は、もうこの世に存在しないんじゃないかな。誰かゞ反古《ほご》と一緒に焼き捨てるか何《な》んかしたんじゃないかと思うんだ」

「ふふふ、そうなると可哀《かわい》そうなのはあの娘だな。あたら一万円の夢もふいというわけか、やれやれ」

等々と、この花嫁富籤の噂は、語っても語っても、尽きせぬ興味を人々に提供してくれるのだ。

ところでこの花嫁富籤というのは、いったいどんなものか、まさか富籤で花嫁を買おうというわけではあるまい。そんな不道徳なことがこの昭和の御代《みよ》に許される筈《はず》がないから。こゝで一寸《ちょっと》、その花嫁富籤なるものゝ性質を述べておこう。

年末になると、どこのデパートでも売出し《うりだ》に苦労するのである。一人でも多くの顧客を吸収しようと、宣伝に広告に、血みどろな合戦が演じられる。この花嫁富籤というのは、そういうデパートの宣伝戦かららうまれた新戦術で、これは銀座に老舗《しにせ》を誇る大黒屋《だいこくや》デパートの考案によるものであった。

どこのデパートでも年末の大売出しには、きまって景品をつけるものだが、その景品の一種として、その年大黒屋が提供したのが、問題のこの花嫁富籤なのだ。

「十円以上お買上《かいあ》げの方には、当デパート独特の花嫁富籤を提供いたします」

こういう奇抜な広告が新聞に現れたのは、たしかその年の十二月の半ばごろ、物見高いは世間の常、花嫁富籤とは何んだろうとばかりに、これが巧みに人々の好奇心を刺戟《しげき》したから耐《た》まらない、断然その年は大黒屋デパートが素晴らしいヒットを飛ばしたのである。

しかし、その内容をよくよく聞いてみると、案外これが奇抜でもなんでもない。

つまり十円の買物ごとに、一枚の富籤を客に渡しておき、新年の十五日にその富籤の抽籤《ちゅうせん》が行われる。そして一等の当り籤には、それが紳士なら花婿《むこ》衣裳、淑女の場合には花嫁衣裳がひと揃い、そしてどちらの場合にも、副賞として一万円提供するというのである。

なるほど、一万円の副賞というのは大きかった。しかし、これをもって花嫁富籤というのは、世間を欺《あざむ》くも甚《はなは》だしいというべきだったが、それにも拘《かかわ》らず、この花嫁富籤が、当時あんなにも世間を騒がせたというのは、実は、次《つ》ぎに述べるような、世にも不思議な事件が、その花嫁富籤をめぐって、持ちあがったからである。

二

侘《わ》びしいアパートの一室で、十時頃、眼をさました甲野《こうの》絹代《きぬよ》は、あゝゝ、今日も一日、当てもない職を求めて、町をさまよい歩かねばならないのかと、思わず腹のしこりを吐き出すように、遣瀬《やるせ》ない溜息《ためいき》をついたが、しかし、すぐ思い直して、パッと元気よく寝床から跳ね起きた。

絹代はことし二十一、眼の丸い、いつもびっくりしたような唇をしている、小鳥のように快活な娘だったが、さすがに近頃では意気消沈して元気がなかった。彼女は震災で親兄弟を失《な》くしてしまったあわれな娘、去年の暮までは、新橋のさるダンスホールでダンサーとして稼《かせ》いでいたのだが、不況とあってそのダンスホールが閉鎖されてしまってからは、それきり職にありつくことも出来ず、今日はお正月の十五日だというのに、彼女はさむざむとして、自ら紅茶をいれ、固いパンを齧《かじ》らねばならなかった。

しかし根が快活な娘のこと、たとい固パンにしろ腹がくちくなり、熱い紅茶で体があたゝかくなると、スーッとさきほどよりの憂鬱《ゆううつ》も吹っ飛んでしまう。艱難《かんなん》になれた彼女は、どんな悲境のどん底におちても、あまり悲観しないように習慣づけられている。踏みにじられた草が、すぐピンと起き直るように、どんなに叩きのめされても、彼女はあまり希望を失わない。

「いゝわ、構やしないわ。人間七転《ななころ》び八起《やお》きっていうじゃないの。それに禍福《かふく》はあざなえる縄の如《ごと》しって、諺《ことわざ》だってあるんだもの」

彼女は出来るだけ沢山、自分に都合のいゝような格言を思い出しながら、今にも、とんでもない幸運が転がりこんで来るような夢想に、いつも胸をふくらませているのである。

ところが、その一月十五日の朝、いつものように熱い紅茶をすゝりながら、新聞を読んでいた絹代は、突如、その夢想が素晴らしい現実となって現われたのを発見して、思わず、わーっと叫んでとび上ったのである。何しろあまりえらい勢いでとびあがったので熱い紅茶が膝《ひざ》のうえでひっくりかえって、彼女はもう少しで大火傷《おおやけど》をするところだった。

「あら、大変々々、あら、大変だわ、あたしどうしよう、あたし困っちゃったわ。困っちゃったわ」

口では困った困ったを連発しながらも、しかし、その顔は一向困った様子もなく、むしろ歓喜にふるえながら、紅茶々碗《ちゃわん》を片手に持ったまゝ、まるで独楽鼠《こまねずみ》みたいに、部屋のなかをうろうろしているのである。

絹代が、そんなにまで狼狽《ろうばい》したというのも無理ではなかった。

いったい、失業していると、誰でも新聞を隅から隅まで読むものなのである。絹代もその例に洩《も》れず、先《ま》ず当面の問題たる求職欄よりはじめて、社会面から政治経済欄、さては小説から映画の広告に至るまで、およそあますところなく眼を通す習慣であったが、いま、何気なく広告面を眺めていると、そこに、あの花嫁富籤の当り籤番号の広告が大きく出ているのである。

一等当籤《とうせん》番号、はノ八八八八番。

絹代がわっと叫んで、跳びあがったのは、実にその瞬間だった。

はノ八八八八番。

間違いはない。分りやすい番号だから、絹代ははっきりと覚えているのだ。その幸運なる当り籤の持主こそ、誰あろう、実に絹代自身なのである。さてこそ、あら大変々々がはじまったというわけだった。

絹代はしばらく紅茶々碗を持ったまゝ、うろうろと部屋のなかを歩き廻っていたが、やっと気を沈めると、もう一度、おもむろにあの新聞を手に取りあげた。

はノ八八八八番。

まるで活字が躍っているように見えるが、しかし夢を見ているのでもなければ、狐《きつね》につまゝれたのでもなかった。はノ八八八八番はあくまでもはノ八八八八番で、決してそれ以外の番号ではない。

絹代はしばらく虚脱したみたいに、べたんと部屋の中央にへたりこんでいたが、俄《にわ》かにぶるぶると胴《どう》顫《ぶる》いをすると、急に気がついて机のほうへ這《は》いよった。

極《ご》くお粗末な一閑張《いっかんば》りの机なのである、絹代はその抽斗《ひきだし》をひらくと、わなゝく指で、中をかき廻していたが、あった、あった、まるで勧業債券みたいにいかめしいあの花嫁富籤、しかもそのうえにはまぎれもなく、

はノ八八八八八番。

と丸ゴヂックの数字が印刷してある。

「あゝ、一万円、あゝ、一万円だわ」

――さてそれから、絹代がどんな素晴らしい夢想をあたまの中に描いたか、どんなに大きな喜びに胸をふるわせたか、それ等《ら》のことはあまり管々《くだくだ》しくなるから、一切省略するとして、彼女が大急ぎでお化粧をすまし、大急ぎで着物を着かえ、あの花嫁富籤を鷲《わし》づかみにして、今しも一散に部屋のなかからとび出そうとした時である。

出合頭《であいがしら》にばったりと突当《つきあた》った青年があった。

「や、絹代さん、血相かえて、ど、どこへ行くんだ」

「あら、桑原《くわばら》さん、一万円よ、一万円よ」

「げっ、一万円？　き、絹代さん、一万円がどうしたというのだ」

「一万円が当ったのよ、大黒屋の花嫁富籤よ、はノ八八八八八番よ」

「絹代さん、絹代さん、ちょっとお待ち、絹代さんたら。話がある」

「駄目よ、話ならあとの事にして頂戴《ちょうだい》。あたし今それどころじゃないのよ。これから大黒屋へいって一万円貰《もら》って来るの。あなたなんかに用はなくってよ、さよなら！」

後から思うと、絹代はその時、その青年に対してそれほどすげなくするつもりは毛頭なかったのである。

桑原というのは、ついこの近所にあるガレージに働いている、貧しい自動車の運転手で、まえからひとかたならぬ好意を、絹代に寄せていたし、絹代の方でも内々《ないない》、憎からず思っていたのだから、これが

ほかの場合だと、大いに歓待を惜しまなかったのであろうが、なにしろ、今は一万円で気が立っている折柄《おりから》なのだ。彼女は何か話があるらしい桑原の手を振り切って、まっしぐらにアパートからとび出してしまったのである。

さて、こゝで絹代が無事に、あの花嫁衣裳と一万円を手に入れることが出来れば、あのような騒ぎも起らず、したがって、こゝにお話するような物語はなかったわけであるが、それが次ぎのようにこんがらがって来たから、事が面倒になったのである。

三

「甲野絹代さんと仰有《おっしゃ》いますか」

「はあ」

「あなたがあの当り籤の幸運者なのですね」

「はあ」

「番号は間違いなく、はノ八八八八番でしょうね」

「はあ、間違いはございません」

「そこに、富籤をお持ちでしょうか」

「はあ、持って参りました」

大黒屋デパートの重役室なのである。

社長、専務、常務、課長などといった、大黒屋の重役連にずらりと取り囲まれた絹代は、上気した頬《ほお》を真赤《まっか》に火照《ほて》らせながら、わなわなとふるえる手でお粗末なハンドバッグを開くと、中から例の勧業債券みたいな富籤を取出して、正面に坐っている磯野《いその》専務に恭《うやうや》しく手渡したが、その時である。磯野専務はその富籤を手に取るより早く、おやと眉をひそめた。

「なるほど、はノ八八八八番にちがいありません。しかし、どうしたのですか。この富籤は半分しかありませんね」

「あっ、半分ではいけないのでございましょうか」

絹代は思わず声をふるわせる。

あゝ、磯野専務が眉をひそめ、絹代が声をふるわせたのも無理ではない。絹代の持って来た富籤は、まん中からビリビリと真二《まっぷた》つに引裂《ひきさ》かれた、その左の半分しかないのである。

むろん、籤番号は、紙面の両端に印刷してあるから、左の半分だけでも、はノ八八八八番だということは十分わかるのだが、半分はあくまで半分である。磯野専務が眉をひそめたのも無理ではなかった。

「いったい、誰がこんなに富籤を破いたのですか。右の半分はどこにあるのですか」

「それが、あたしにもよく分りませんの」

「分らない？　妙ですね。まさか当店でお受取《うけと》りになった時から、こういう風に破れていたわけじゃありませんでしょう」

「はあ」

と、絹代は思わず真赤になって、

「あの、それ、あたし自身でお店で戴《いただ》いたわけじゃありませんの」

「ははあ、すると誰からか貰われたのですね。ところで、その人は半分だけあなたにお贈りしたのですか」

「えゝ、そうですの」

「ほゝう、そいつは妙ですね」

「あの、ほかから戴いたのだと、駄目なんでございましょうか」

「いやいや、そんなわけは決してございません。どこから手に入れられたにしろ、これは間違いもなく当店から出たものですから、ちゃんと一枚整っていれば、即座にでも景品は差しあげます。どうでしょう、今からその方のところへ行って、あとの半分を貰って来られては」

「それが、あの、あたしその人をどこの誰だかちっとも存知ませんの」

絹代は消え入りそうな声でいった。

磯野専務は思わず、ほかの重役連と顔を見合《みあわ》せたが、事態容易ならずと見てか、ぐいと体をまえに乗り出すと、

「甲野さんと仰有いましたね。いったい、それはどういうわけなのです。あなたはどうしてこの半分を手に入れられたのですか。そこんとこの経緯《いきさつ》を詳しく話してくれませんか。万一のことがあると、これは当店の信用にも関する問題ですから」

「はあ、あの、それは――」

と、散々口籠《くちごも》った揚句、絹代がやっとそこで話したのは、次ぎのような、まことに不思議な話だった。

四

それは暮の二十五日の夕方だった。

その日、僅《わず》かばかりの解雇手当てとともに、新橋のダンスホールを馘《くび》になった絹代は、途方に暮れた面持《おもも》ちで、芝口《しばぐち》のほうから京橋のほうへ向って歩いていた。

師走《しわす》の風が寒く、暗くて、さすが陽気で快活な絹代も、その時ばかりは、まことに暗澹《あんたん》たる表情《かおいろ》をしていたのにちがいない。

世間の人々は新年の買物に急《いそ》がしいのに、自分ばかりは職をうしなって、いったい、これから先どうして暮していけばいゝのだ。アパートにだって部屋代は溜まっているし、こんな涙ほどの手当てなんて、すぐなくなっちまうわ。あゝ、いやだ、いやだ、いっそ首でもくゝって死んじまおうか、だけど、首くゝりって色消しなものね、それより橋のうえから身投げをしようか、ぶるぶるぶる、こんなに寒いのに身投げなんて真平《まっぴら》々、それにだいち、土左衛門《どざえもん》だって、あんまり色っぽいもんじゃないわ。あゝ、そうだ、眠り薬。――眠り薬にかぎるわ。

などと、我れにもなくとつおいつそんな事を考えながら、尾張町《おわりちょう》の角まで来た時なのである。ふいにあの奇妙な紳士が呼びとめたのは。

「もしもし、お嬢さん、君は何をそんなにくよくよしているんです。ははあ、分った。暮れの支払いに切羽《せっぱ》つまって、どうしようこうしよう、さてどうしよう、えゝい面倒くさい、いっそ死んじまえ、だけど首つりは色消しだし、身投げは寒いし、そこで眠り薬とおいでなすったね。どうだ、お手の筋だろう」

「まあ、失礼な」

絹代は思わず柳眉《りゅうび》を逆立てたが、しかし、考えて見ると、あまりうまく心の中を言い当てられたので、おかしくなって思わずぷっと吹き出してしまった。

見ると相手は年輩四十五六の、そろそろ頭の禿《は》げかかった、風采のいゝ紳士なのだが、まるで酒にでも酔っているように、ふらふらと足下も危かった。

「はゝあ、笑ったね。よし大いに笑いたまえ、笑って憂鬱を吹きとばしたまえ。なあに、世の中は気の持ちよう一つさね。僕を見たまえ、僕を、僕はこれで、あとひと月持つまいと医者に宣告された体なんだぜ。だけど、こんなににこにこと嬉《うれ》しそうにしている。どうだ、感心したか」

「えゝ、感心したわ。そしてお礼を申上《もうしあ》げるわ。あたしあなたの御忠告にしたがって、くよくよするの止しちまうわ。眠り薬だなんて、ああ、真平々々」

絹代が足早にいきすぎようとすると、いきなり紳士がその肩をとらえた。

「偉い、感心だ。お嬢さん、君はなかなか素直な娘さんだね。よし、褒美《ほうび》にいゝものをあげよう。大事にしていたまえ、いつか幸運が君のもとへやって来るかも知れないからね」

紳士は紙片《かみきれ》のようなものを絹代の手に握らせると、そのまゝ、躍るような歩調《あしどり》で雑沓のなかに姿をくらませてしまったのである。

その時、絹代の握らされた紙片というのが、つまりこの当り籤の半分なのである。

「というわけで、あたしその人がどこの何んという方やら、また、何んのためにあたしにこんなものを下すったのやら、少しも分りませんの。いゝえ、だいち、今日あの広告を見るまでは、すっかり、その事を忘れていたぐらいなんですもの」

聞くとひとしく、重役連は思わず顔を見合せる。なかでも磯野専務は苦《にが》りきった表情《かおいろ》をしていたが、やおら身を起すと、

「どうもそいつは益々《ますます》妙なことになって来ましたね」

と、困《こう》じ果てたように、

「お話をうかゞって見ると、なるほど、あとの半分を探すのはなかなか容易なことじゃなさそうだ。といって、今あなたに景品を差上《さしあ》げる。さてそのあとへ、あとの半分を持った人物が現れたとする。そうなるとこちらも始末に困りますからね」

「あの、半分ずつというわけには参りませんでしょ

うか」

「さよう、あとの半分を持った人物が現れて、合意のうえなら、そうしてもよろしいが、もしあとで、その人物に異議を申立《もうした》てられると厄介《やっかい》な問題になりますからね。それに金は半分にわける事は出来ても、衣裳のほうの問題もありますし」

「駄目でしょうか」

絹代は思わず絶望のうめき声をあげた。

それを見ると、さすがに重役連も気の毒になったか、額をあつめて暫《しばら》くひそひそ話をしていたが、やがて磯野専務が向き直ると、

「では、こういう事にいたしましょう。一週間だけ待つことにしましょう。一週間も待てば、きっとあとの半分を持った人物が現れますよ。そうすればお二人で御相談のうえ、金を分けるなりなんなりして戴くことにしましょう」

「はあ、で、もし一週間たっても、その人が出て来なかったら」

「その時は、お気の毒ですが諦《あきら》めていたゞかねばなりません」

「え？　諦めるというのは？」

「こういう不完全な奴を、当籤とするのは困りますから、はノ八八八八番は棄権という事にして戴いて、改めて、抽籤のやり直しという事にいたします」

「あ」

絹代が真蒼《まっさお》になってしまったのも、まことに無理からぬ話というべきであったろう。

五

さあ、この事がいつしか外部へ洩《も》れたから耐《たま》らない。新聞では素晴らしい話題とばかり、

「はノ八八八八番の右半分は今いずこ」

というような表題のもとに、でかでかとこの滑稽ないきさつを書き立てる。巷《ちまた》では冒頭に掲げておいた通り、さかんにこの問題が論じられる。大黒屋デパートでも信用問題とばかりに、失われたはノ八八八八番の右半分の捜査広告を新聞に出す。騒ぎは次第に大きくなり、しまいには絹代の肖像入りで、

「今や、危《あや》うく一万円を摑《つか》み損《そこな》いそうになった女性」なんて記事が新聞に出る始末、おかげで絹代は一躍、人気者となったが、失われた右半分は未だに出て来ない。

と、そこへある日、東京の新聞という新聞のこらずに、次ぎのような奇妙な投書が掲げられたのである。

――余《よ》はこゝに、この度の当籤騒ぎを惹起《じゃっき》した責任者として、深く遺憾の意を表するものである。

余は決して、このような騒ぎを起すことを最初から目的としていたものではなかったのである。事実を告白すれば、余は昨年末医者より、不治の胃《い》癌《がん》なる旨の診断を受け、そして余命一ケ月と持つまいと宣告された。そこで余は最後の思い出とばかりに、財産の一部分をもって大黒屋デパートの買物に費《ついや》し、得たる富籤を某日、銀座街頭に於《お》て、なるべく不幸らしく見える人々に頒《わか》ったのである。その時、余はふとした気まぐれより、富籤を全部二つに裂き、右半分を男性に、左半分を女性に頒ったのが、抑々《そもそも》この度の騒ぎを惹起《ひきおこ》す原因となった。今にして余は、不幸にもその当り籤の半分を手にされた甲野絹代嬢に対して、何んとお詫《わ》びを申上げてよいやら、余の気紛《きまぐ》れを責めるのみである。こいねがわくは、余よりはノ八八八番の右半分を受取《うけと》られし男性よ、速《すみや》かに出でて甲野嬢とともに景品並びに副賞を受けられよ。医者より宣告された一ケ月の期限の将《まさ》につきんとするに当りて、これのみが余の心残りとなっているのである。

城南の奇人

さあ、こういう投書が、投書欄ではなくて、社会面のトップに大々的に掲げられたから、そうでなくても人々の好奇心を欹《そばだ》てていたのが、いよいよ、騒ぎは大きくなって来た。

「そういえば、僕も実は、暮れにあの富籤の半分を貰ったのだよ。極《き》まりが悪いから今迄《まで》黙っていたがね」

「ああら、そう、実はあたしもなのよ。だけど、お互いに当り籤でなくて倖《しあわ》せね。今度みたいな事になるとがっかりですもの」

「ほんとに甲野絹代って娘、可哀そうだね。城南の奇人氏も罪なことをしたものさ。やるなら一枚そっくりやればいゝのに」

「だけど、そこが奇抜じゃないの。どうせ、最後の思い出というわけでしょう。あたしこの趣向、ずいぶん突飛《とっぴ》で気に入ったわ」

「そりゃ、そうだが、たゞ可哀そうなのは甲野絹代という娘だということさ」

「あまり、慾の皮がつっ張ってるからよ、ほゝゝゝほ」

全《まった》く可哀そうなのは、甲野絹代だった。

今日はもう、約束の一週間目だというのに、いまだに右半分の持主は現れない。そして彼女は世間から、いゝ笑いものにされているのである。

六

絹代は、もう駄目だと思った。

約束は一週間目の午後五時限りというのに、今はすでに三時過ぎである。もしデパートの方へ、あとの半分の持主が現れたら、すぐ電話をかけてくれる筈になっているが、その電話もまだかゝって来ない。

おおかた、あとの半分は泥溝《どぶ》へでも捨てられたのだろう。それとも、焼きすてられてしまったのかも知れない。どちらにしても、一万円、いや、五千円の夢はどっかへ消しとんでしまった。

それにしても怨《うら》めしいのは城南の奇人氏、あの人の気紛れから、こんな味気《あじき》ない気持ちを味《あじわ》わねばならぬかと思えば、つくづく、あの頭の禿げかゝった、陽気な紳士が憎らしくなって来る。

「あゝ、つまらない、つまらない」

絹代が思わずそう溜息を吐《つ》いた時である。ホトホトと軽くドアをノックする音。

「どなた、お入り下さいな」

声に応じて、ドアをそっと押しひらいて、顔を出したのは、二十五六の、色の生白い、どっか油断のならぬ顔つきをした青年だった。

「甲野絹代さんというのはあなたですか」

青年はいやにねちねちとした口調でいった。

「えゝ、あたし。どういう御用？」

「実は、あの、大黒屋の当り籤のことで来たのですが、はノ八八八八番の右半分を持ってる人が、至急あなたにお目にかゝりたいといってますので」

「何んですって」

絹代はやにわに、その青年にとびついていくと、

「その方――その方――いったい、どこにいますの。そして、どうして、今迄出て来なかったんですの」

絹代の権幕《けんまく》があまり激しかったので、青年は思わず、眼をパチクリとさせながら、

「実はその人、病気で寝ているんです。今迄、新聞を読むことが出来なかったのです。それがさっき、ふと附添いの者から話をきいて、そこで急に騒ぎ出したのです。その人、自分で出て来れないものだから、是非《ぜひ》あなたに来て戴きたいというのです」

「えゝ、参りますわ。参りますわ。どこへでも参りますわ」

時計を見ると三時半である。愚図々々《ぐずぐず》していると、折角《せっかく》、あとの半分が手に入っても、間に合わなくなってしまう。大黒屋デパートでは、ちゃんとこの期限のこと、抽籤のやり直しのことを、新聞に発表してしまったので、たとい、一分一秒おくれても駄目になるのだ。

「待ってて頂戴。いま電話で自動車を呼びますから」

電話をかけると、すぐガレージから自動車がやって来たが、運転手はほかならぬ桑原である。

「桑原さん、桑原さん、喜んで頂戴。一万円。いよいよ一万円よ、あとの半分の持主が見つかったの」

桑原はそれを聞くと、びっくりしたような表情《かお》をしたが、すぐふふんと軽蔑《けいべつ》するように肩をそびやかす。あの日以来、桑原はすっかり気を悪くしているのである。

「あなた、さあ、早く乗って。そして行先はどこな

の？」

「行先は築地《つきじ》なんです」

青年は何故《なぜ》かおどおどした調子でいった。

しかし、嬉しさに有頂天になっている絹代は、そんな事とは気がつかず、

「桑原さん、築地よ、分って？　急いでね。もうあまり時間がないのだから」

桑原は不機嫌そうにむっつりとしてハンドルを握ったが、それでも、間もなく自動車は、まっしぐらに砂塵《さじん》を巻いて走り出した。

やがて、青年の指図《さしず》によって、自動車のとまったのは、新橋演舞場からほど遠からぬ、ゴミゴミとした路地の一角。

「さあ、この家ですよ」

青年はいち早く自動車からとび下りると、ガタピシと立てつけの悪い格子戸《こうしど》をひらいて、

「さあ、君、もういゝから帰ってくれたまえ」

と、桑原にいった。

これはまことに不思議な言い分といわねばならぬ。どうせ富籤が首尾よく揃えば、すぐまた、大黒屋へ駆けつけねばならないのだから、そのまゝ待たせておいた方がよかりそうに思える。

しかし、気の顚倒《てんとう》している絹代には、そんな事さえ気がつかなかった。彼女が急いで家の中へとびこんでみると、見すぼらしい家の中はまるで空家《あきや》のようにがらんとしているのだ。

「あゝ、病人は二階に寝ているんですよ。さあ、僕が御案内しましょう」

青年はそういいながら、そっと格子に鍵をかけたが、絹代はそれにも気がつかなかった。

やがて青年に手をひかれて、ぎちぎちと鳴る危っかしい階段を登っていくと、雨戸をとざした二階の部屋はまっくらである。絹代はそれでもまだ気がつかなんだ。病人のことだから、わざと雨戸をしめて暗くしてあるのだろうと思ったのである。

が、そのとたん、青年がいきなり彼女の体を抱きすくめると、ぐいと側《そば》へひき寄せたから、絹代は思わずあっと低い叫び声をあげた。

「な、何をするんです。そして、御病人というのは、いったい、どこにいるんです」

「ふゝゝゝふ」

青年は急に腹をかゝえて笑い出す。と、

「病人なんか、どこにもいやしねえよ。君はまだ気がつかねえのかい。さっきの話は、ありゃ、みんな嘘《うそ》だ」

「なんですって！」

「はゝゝゝは、欺《だま》してお気の毒だったな。御愁傷《ごしゅうしょう》さま」

「いったい、あなたは――あなたは何誰《どなた》です。なんのために、こんな悪戯《いたずら》をなさるんです」

「俺かい、俺はね、マドロスの史郎《しろう》といって、銀座じゃ少し顔の売れた男さ。俺には妙な癖《くせ》があってね、世間の評判になった女があると、妙にそいつに手を出したくなるのさ。だから、この間も仲間の奴と賭《か》けをしたのよ。甲野絹代という女を、必ず俺のものにして見せるとな。だからさ、じたばたしずにおとなしくしていねえ」

マドロス史郎は、暗闇の中で爛々《らんらん》と不気味な眼を光らせると、スラリと抜いたのは白刃《はくじん》の短刀、絹代はそれを見ると、思わず足下の床がひっくり返るような恐怖にうたれた。

「あなた、あなた、堪忍《かんにん》して。この富籤の破片《きれはし》がいるならあげます。どうぞ、許して、許して」

「馬鹿をいいねえ、そんな反古《ほご》みたいなものを貰ったところで、何になるものか。俺の欲しいのは君の体さ。そいつを俺のものにしなけりゃ、仲間の連中に顔が立たねえ」

ぐいと手を握られて、絹代はもう駄目だと思った。男の荒々しい息遣いが、情慾に燃える体臭が、くらやみの中から嵐のように挑みかゝって来る。

「あれ」

絹代は男の手を振り払って、階段の方へ二三歩いきかけたが、すぐうしろに引倒《ひきたお》された。跳ね起きて、奥のほうへ逃げようとすると、

「こん畜生《ちくしょう》、この刃物が眼に入らねえのか」

焼刃《やきば》の臭いにつーんと鼻をつかれて、絹代はくた

くたとその場にへたばってしまった。それを見るとマドロス史郎、にやにやと薄気味の悪い北叟笑《ほくそえ》みをうかべて躍りかゝって来たが、その瞬間、不思議なことがそこに起ったのである。

ピシャッ！

と、小気味のいゝ平手打ちの音。とたんに、マドロス史郎は、もんどり打って畳をなめた。

「誰だ、どいつだ、邪魔しやがるのは！」

起きあがろうとするところを、暗闇の中から、靴のまゝ、いやというほど脾腹《ひばら》を蹴られたところが、生憎《あいにく》、階段のうえだったから耐まらない、ががらがら、物凄《ものすご》い家鳴りをさせて、階段を転げおちると、そのまゝ、踏みつぶされた蛙《かえる》みたいに動かなくなってしまった。

「絹代さん、絹代さん、僕だよ、どうも様子が変だから、裏口から忍びこんで来たんです」

暗闇の中から、聞きおぼえのある、あの懐しい声。それを聞いたとたん、絹代の双眸《そうぼう》から、どっと熱い泪《なみだ》が溢《あふ》れて来た。

「あゝ、桑原さん、桑原さん！」

七

「桑原さん、あたし馬鹿だったのね。あんな富籤に執着を持っていたから、あゝいう悪い奴につけこまれたのね」

それから間もなく、自動車で銀座を走っている二人だった。運転台に、桑原と並んで坐っている絹代は、いくらか淋《さび》しそうに溜息を吐《つ》いた。

「あたし、もう諦めるわ。あんな富籤のことなんか、どうなっても構やしないわ」

「絹代さん、君はそんなにあの金が欲しいのかい」

「そりゃそうだわ。あたしお金が手に入ったらと、素晴らしい計画を立てゝいたんですもの」

「いったい、どんな計画なんだい？」

桑原が苦りきって聞くと、絹代は思わず頬を紅《あか》らめながら、

「あたしね、あら、だってあたし耻かしいわ」

「何、耻かしいことがあるものか、言いたまえ」

「えゝ、じゃ思い切って言っちまうわ。あたしね、一万円、いや、五千円でもいゝわ。それだけあれば、自動車が二三台買えるでしょう。そしたら、あんたに、そんなによその雇人《やといにん》じゃなくて、自分でガレージの経営をして貰おうと思ってたのよ」

「何んだって！」

桑原が声を立てた拍子に、ハンドルの手もとが狂ったものだから、危く人を轢《ひ》きそうになった。

「気をつけろい」

「あら、すみません。あなた気をつけなくちゃ駄目よ、あたし、まだ話が残っているのに」

「ど、どんな話が残っているんだ」

「そいからね、ついでに花嫁衣裳も貰えるでしょう。そしたら、それを着て、あなたさえいやでなかったら、あたし、あたし。……」

「よし、分った！」

桑原が叫ぶと、自動車は疾風の如《ごと》く銀座を走り抜け、やがてピタリととまったのは、大黒屋デパートの表口、

「あら、あら、あなたどうしたのよ」

「何んでもいゝから、早く、早く」

絹代の体を引きずるようにして重役室へ躍り込んだ桑原は、折から新聞記者に取りかこまれて時計と睨《にら》めっこをしていた磯野専務に向って、

「専務さん、専務さん、あの景品を戴きに参りました」

言いながら、自分のポケットからつかみ出したのは、間違いもない、はノ八八八八番の右半分。

絹代はそれを見ると、うーむとばかりに気を失ってしまったのである。

八

「桑原さんたら嫌い、あなた随分意地悪ね」

無事に花嫁衣裳と一万円を専務の手から受取《うけと》り、幸福な一対として、重役連や、新聞記者諸君から祝辞の雨を浴びせられ、写真班に取りかこまれた時、絹代はそういって桑原を睨むような真似《まね》をしたのである。

「御免、御免、あの日ね、当り籤を新聞で見た時、君を喜ばそうと思って、すぐ君んとこへとんでいったのだよ。ところが、君自身があとの半分を持ってるばかりか、僕をあんな風に、鼻であしらうんだもの、女って奴は金が入るとなると、忌々《いまいま》しくなって、掌《てのひら》を返すようにつれなくなるもんだと忌々しくなって、君を焦《じ》らしてやったんだよ。ほんとうに御免ね、君があんなつもりだとは夢にも知らなかったもんだから」

桑原はペコペコと頭を下げて謝まったことであった。

さて、この幸福な結末に、更に意外な蛇足《だそく》をつけるなら、あの城南の奇人だが、あの人の胃癌というのは、とんでもない医者の誤診であることが、それから間もなく分ったのである。一ケ月どころか、おそらく彼は、今後少くとも二十年は生きるだろうという、他の医者の保証に、喜び勇んだその人は、自ら桑原と絹代の仲人《なこうど》の役を買って出たばかりか、その人はたいへん金持《かねもち》だったので、今後二人の保護人《パトロン》になる事を誓ったのだ。

結婚式の費用は一切大黒屋デパートで受持《うけも》って、至って盛大に行われた。そして絹代があの花嫁衣裳を着ていたことはいうまでもないが、花婿である桑原のほうにも、改めて、大黒屋から式服一切が贈られた。

大黒屋はそれくらいのことをしてもよかったのである。何故といってこの事件が大宣伝となって、一時、その経営を危ぶまれていた大黒屋デパートは、それ以来すっかり持ち直したという噂がある位だから、何んと皆さん、三方、四方こんな目出度《めでた》い話はないじゃありませんか。

仮面舞踏会

一

数年以前、毎年秋に開催される上野の美術展覧会に出品されて、非常に評判になった絵に、「仮面舞踏会」というのがあった。

鹿鳴館《ろくめいかん》時代における仮面舞踏会を描いたもので、その珍しい風俗と、絢爛《けんらん》たる色調が、あっと人々を驚かせたものであった。

一体、鹿鳴館時代の風俗というものは、わが国の風俗史のなかでも一種独特なもので、そこには極端な欧化趣味の権化《ごんげ》が見られると同時に、一方ではまた、まだ消えやらぬ江戸風俗の残紅《ざんこう》が、幻のように尾をひいている。この二つがあい交錯《こうさく》しながら、しかも一種整然たる統制を保ちつゝ織り出したその時代の風俗というものは、現今《いま》から見ると、それよりずっと古い時代の風俗よりも、却《かえ》って、われわれの眼にはもの珍しくかんじられるのである。

「仮面舞踏会」はこういう物珍しいその時代の風俗を、絢爛たる色彩で、たくみにうつしたものだった。

画面にはヴィクトリヤ朝時代の、あの襞《ひだ》の多い、長いスカートを引摺《ひきず》った三人の女と、同じ時代の宮廷使臣みたいな服装をした美貌の青年と、ほかに稚《ち》児輪《ごわ》に結《ゆ》った二人の童女が巧みに按配《あんばい》されている。青年は三人のなかでも、一番美しい婦人の手をとって、いままさに踊り出そうとしていた。そして、二人の童女を除いたほかの全部は、みな顔に黒いビロードのマスクをつけている。——と、だいたい、そういった場面なのである。

当時、この絵は非常に世評が高かったにも拘《かかわ》らず、不思議なことには、肝腎《かんじん》の筆者については、柚木静《ゆのきしず》馬《ま》というその名前以外に、殆《ほと》んど知られるところがなかった。ましてや、この絵にからまる一場の因縁噺《ばなし》にいたっては、極《ご》く少数の当事者のほか、誰ひとり知る者はなかった。私がこれからお話しようというのは、世にも不思議なその因縁噺、一種の復讐綺《ふくしゅうき》譚《だん》ともいうべき物語なのである。

それはこの絵が世評にのぼった年の夏のはじめ頃、——詳しくいえば昭和×年五月下旬の、とある午後のこと、折しも新緑にてり映える日比谷《ひびや》公園のかたすみで、さっきから熱心に、ひそひそ話をつゞけている二人の青年があった。

「それじゃこうだね、何《な》んでもいゝから、だしぬけにその馬を驚かせる。馬車がいきなり疾走する。——と、こういう工合にやればいゝのだね」

「えゝ、そうなんです。ひとつそういう運びに願いたいのです」

「なある。そこであれよあれよという騒ぎになったところで貴公が颯爽《さっそう》ととび出して、車上の佳人を救けるという寸法か。チェッ、うまくやってやがる。しかし、この筋書は少々古いぜ」

「えゝ、古いことは古いのですけれど、さしあたりそれより他に方法が見当らないものですから。——どうでしょう。手伝っていたゞけるでしょうか」

「それはまあ、お前の頼みとあれば、どうでも片肌ぬがざなるまいが。——しかし、相手というのはいったい何者なんだね」

「それは……」

と、言葉をにごして、もの静かな微笑をうかべたのは、年の頃はそう、二十二か三か、のびのびとした姿態はまるで女のように華奢《きゃしゃ》でいながら、しかも、その華奢な筋肉のどこやらに、不思議な強靭《きょうじん》さを秘めている。——とそういった風な、世にも類いまれな美青年、艶々《つやつや》とした黒ビロードの洋服に共色のベレー帽、大きく結んだボヘミアン・ネクタイ。無《む》雑《ぞう》作《さ》なかにも、好みのいゝ統一がほの見えて豹《ひょう》のようにもの静かな底に、何やら得体の知れぬ鋭さを持った青年だった。

それに較《くら》べるともう一人のほうは、年も五つ六つ上なのだろう、色浅黒く、体つきもずんぐりとして、潰《つぶ》れた鼻、裂《ち》ぎれた耳、――この男は水原謙三《みずはらけんぞう》といって、銀座でもちょっと顔の売れた拳闘家くずれ、世間では不良というが、根はいたって善人で、義侠心《ぎきょうしん》にとんだ男だという評判がある。

水原はしきりに爪をかみながら、

「そりゃどうせ、お前ほどの男が眼をつけようという相手とあれば、凄《すご》いような美人にゃちがいなかろうが、いったい、どういう素性《すじょう》の娘なんだい。馬車に乗ってるてえからにゃ、いずれ金持ちの娘にゃちがいないだろうが、どこかのお姫様かい」

拳闘家くずれの水原は、探るように相手の顔を見たが、相手は依然として、物静かに微笑《わら》っているばかり、若葉に映えた顔のいろが、まるで草色水晶のように美しい。

「おいおい、いやに出し惜しみをするじゃないか。なにも向うさまの素性を聞いたからって、タカろうの、強迫《ゆす》ろうのって心算《つもり》じゃない。憚《はばか》りながら静イ《し》ちゃん、こんないやな役目に片肌脱ごうというのも、俺あけっして慾得ずくじゃないぜ。お前に対する友情からだということは、お前もよく分っていてくれるだろうね」

「えゝ、それはよく分っているんです」

「分ってゝ貰《もら》えば有難《ありがた》い。実はね、静イ公、俺あさっきから心配でたまらないんだ。お前のような日頃からおとなしい男がよ、こんな性質《たち》の悪い狂言を書いてまで、その娘とやらと懇意にならなきゃならぬというのにゃ、よくよくの事情があると思われる。そいつが俺にゃ気になって耐《た》まらないんだ」

水原に顔をのぞきこまれて静イ公という青年は、ボーッと頰《ほお》を赧《あか》らめたが、すぐキラキラと輝く瞳《ひとみ》をあげると、

「水原さん。それについては、いずれお話する時機もあると思います。しかし今は。――あまり詳しく言いたくないのです」

と、何事か深く思い込んだ様子。

水原も相手の決心の動かし難いと見るや、半ば諦《あきら》めた様子で、

「そうか、お前がそんなに考えこんでいるんじゃ、よくよく深い事情があるのだろう。俺はもう何もいわねえ。よしよし心配するな、万事は俺が引受《ひきう》けた」

「水原さん、それじゃ、やってくれますか」

「フム、大丈夫ってことよ。お前の望みどおりうまく筋書を運んで見せらあ」

「有難《ありがと》う」

ホッとしたように軽く溜息《ためいき》を吐《つ》く青年の肩に手をおいて、

「馬鹿、礼なんか聞きたくはねえ。それよりお前うまくやんなよ」

と、力強く言ったが、ふと向うに眼を走らせると、

「あ、来た、あれじゃねえか」

「あ、そうです！」

さすがに青年の顔色もさっと変る。

「よし、引受けた、お前はどっかいゝところで待伏《まちぶ》せていねえ」

二人はさっと左右に別れたが、それにしてもこの青年、いったい何を企《たく》らんでいるのだろう。

折からドカーンと花火が揚《あが》って、公園の新緑がさやさやと風にゆれる。

二

その日は日比谷公園のなかで、盛んな慈善市《バザー》が開かれていた。

この慈善市《バザー》の主催者というのが、貴婦人たちからなる、ある有名な団体だったので、当日の客にも名家の子女が多く、公園の入口には主《あるじ》を待つお抱《かか》え自動車がめいめいその豪奢《ごうしゃ》を競っている中に、ひときわ目立って人の注意を惹《ひ》いたのは、近頃珍らしい一台の馬車。

金の定紋《じょうもん》も由緒ありげに二頭の栗毛《くりげ》も手入れがよく行届《ゆきとど》き、その垢《あか》抜けのしたすがたかたちは、月並みな自動車の群のなかにあっていかさま燦然《さんぜん》と異彩をはなっているのである。

今しもこの馬車に向って急ぎあしで近寄って来た

のは二人づれの女、一人は年頃十八九の、それこそどこかのお姫様かと思われるばかりの﨟《ろう》たき娘、洋装の胸に花束を抱えて、ほんのり頬を上気させているのは、おおかた慈善市《バザー》の買物につかれたせいであろう。

もう一人は、ひと目で附添《つきそ》いと知れる中年の、いかつい顔をした女。

「婆《ばあ》や、慈善市《バザー》ってほんとに疲れるものね。あたしあんまり皆さまが、やいやい仰有《おっしゃ》るもんだから、すっかり逆上《のぼせ》ちまって。……」

「それはお嬢さま、あなた様があまりお美しいからですよ。随分きょうは綺麗なかたもお見えでしたが、お嬢さまほど美しい方は一人だってございませんでしたものねえ」

「あれ、婆や、そんな、はしたないことをいうものじゃないわ」

二人はそんなことを囁《ささや》きながら、件《くだん》の馬車に近付いて来たが、それと見るより馭者台《ぎょしゃだい》から、ひらりと飛下《とびお》りた馭者がうやうやしく扉《ドア》をひらく。

「有難う」

軽く呟《つぶや》きつゝ娘は乗った。それにつゞいて附添いの婦人も乗ろうとしたが、その時である、ふいに物《もの》蔭《かげ》から現われたひとりの男が、よろよろと馬の鼻面へ近寄って来たかと思うと矢庭《やにわ》にポケットから取出《とりだ》したのは一挺《ちょう》のピストルだ。こいつをズドンとぶっぱなしたから耐《たま》らない。

馬という奴は元来物に驚き易く出来ている。

このふいの襲撃に、ヒヒーンと前脚高く宙を蹴った二頭の栗毛は、そのまゝ驀地《まっしぐら》に駆け出したから、驚いたのは車上の娘だ。

「あれ、誰か来てえ」

と、狂気のように叫んだが、一旦狂った二頭の栗毛は、そんなことで止まろう筈《はず》がない。咄嗟《とっさ》の出来事に呆然《ぼうぜん》として立ちすくんでいる、馭者と附添いを路傍《ろぼう》にのこして、お濠端《ほりばた》の柳の下をまっしぐらに。

――

「あれ。誰かお嬢さまを助けてえ。お嬢さま、お嬢さま」

漸《ようや》く気がついた附添い婦人が、日頃のたしなみも忘れたか、地団駄《じだんだ》踏みながら泣き叫ぶ。馭者もあわてゝ、しばらく馬車のあとを追って見たが、もとより人間の脚で追いつこう筈がない。

俄《にわ》かの椿事《ちんじ》に、公園附近から濠端へかけて、早《はや》黒山の人だかり。

「そら、危い、蹴殺されるな」

「可哀《かわい》そうにあのお嬢さん、大怪我《おおけが》をしなけりゃおさまりがつくまい」

等々と口々に喧《わめ》きながら、手に汗握っている者はあっても、誰ひとり救いにとび出そうとする者はない。

こういう騒ぎにまぎれて、いつしかさっきの怪漢は姿をかくしてしまったが、こちらは気狂《きちが》い馬車だ。

危く人を二三人蹴殺しそこなった馬は、人の悲鳴を聞くたびに、いよいよ神経を昂《たか》ぶらせて、今はもう無我夢中、鬣《たてがみ》をふるわせ、口から白い泡を吹きながら、この分だと、何かに衝突して大怪我をするか、お濠へでも落ちて死ぬか、二つにひとつ、行くところまで行かないことには、仲々止まりそうな気配は見えない。

車上の娘もすでに観念したのか、もう泣き叫ぶことは歇《や》めた。じっと歯を喰いしばり、瞳《ひとみ》をすえたところは、まるで恐怖の権化《ごんげ》のよう、解けた髪の毛がさっとうしろに靡《なび》いて、顔色は蠟《ろう》のように真白《まっしろ》だったが、それでもよっぽど気丈な性質《たち》と見える。気も失わないで、しっかと馬車にしがみついているのだ。

——と、この時である。

ふいにバラバラと濠端の、柳の下から飛び出したひとりの青年、あっという間もない、ひらりと飛鳥の早業《はやわざ》で馬車へとび乗ったから、驚いたのは逃げまどうていた人々だ。

「あ、危い」

思わず叫んだその刹那《せつな》。

青年は馬車から更に、一頭の栗毛の背へと、ひらりと飛移《とびうつ》るとピタリと体を伏せた。振り落されぬ用心であろう。よほど心得のあるものでなければこうは出来ない。

「叱《し》っ、叱っ、叱っ！」

青年の体は暫《しばら》く、柳の鞭《むち》のようにしなやかに、馬上で揺れていたが、叱《しか》るような、なだめるような、言いきかせるような穏やかな声音《こわね》、更に優しく鬣を叩かれて、不思議や、さしもの荒馬も、しだいに蹄《ひづめ》の勢いが挫《くじ》けていく。それにつれて、ほかの一頭もだんだん気が落着《おちつ》いて来たらしい。

馬にしたってそう無闇にあばれ廻りたくはなかったに違いない。騎虎《きこ》の勢い、自暴自棄《やけくそ》になって疾走していたものゝ、上手に制《と》めてくれる者さえあれば、制めて貰いたかったにちがいないのだ。

かっかっと土を蹴る音が、しだいに穏《おだや》かになって来たから、どうなることかと手に汗握っていた人々のあいだから、思わず拍手の音が湧《わ》き起った。

やがて馬車はピタリと立止《たちど》まる。青年は背をこゞめて、何やら馬の耳に囁いていたが、やがて、にっこりとうしろの娘を振返《ふりかえ》った。

「お嬢さん、もう大丈夫ですよ」

そう言って微笑《わら》ったその青年の美しさ。

令嬢は青年が飛び乗った刹那から、身動きもしないで、じっと後姿を見つめていたが、いま振返ったその顔を見たとたん、どうしたのか、ふいにぎょっとしたように息をのみこんだ。そしてなおも一心に、瞳をこらして青年の顔を見つめていたが、やがて、その頬にはさっと紅《くれない》の色がひろがっていった。

何かよほど感動したらしいのである。

「随分、びっくりなすったでしょう」

青年は美しく微笑《ほほえ》んでいる。

「えゝ、有難うございました」

令嬢の頬にも、はじめて微笑がのぼった。

「でも、あなた、今馬の耳に何を囁いていらっしゃいましたの」

「はゝゝゝは、なあに、何んでもありませんよ。それより——あ、ちょうどいゝ。向うへいらしたのはお連れの方じゃありませんか」

青年の言葉どおり、折からタキシーをかった附添い婦人と馭者の二人が、血相かえて駆けつけて来た。

「まあ、お嬢さま」

「婆や、よかったわ。こちらの方に助けていたゞいたの」

抱きつく婦人に、明《あかる》く微笑んでみせた令嬢は、何やら素早くその耳に囁いたが、すると附添い婦人もびっくりしたように、青年の顔を振返ると、

「あら、まあ、本当に」

と、孔《あな》のあくほど、青年の顔を見つめている。青年は照れたように顔を紅《あか》らめると、

「いや、それでは僕はこれで失礼します。じゃ、気をつけていらっしゃい」

「あれ、あなた！」

附添い婦人は思わず馬車から体を乗り出すと、

「私としたことがお礼も申上《もうしあ》げないで、とんだ失礼をいたしました。せめてお名前でも」

「僕ですか。なあに、僕は柚木静馬という貧乏画家ですよ」

青年は無雑作に言い放ったが、その名は征矢《そや》のように令嬢の心臓をつらぬいた。

彼女はあっと口に手をあてると、見る見る真蒼《まっさお》になっていったのである。

三

緒方《おがた》将軍というのは、維新《いしん》の功臣のなかで、現在まで生きのびている極く少数の一人である。当年とって九十何歳かになる老将軍は、今もなお赤坂《あかさか》にある邸宅の奥ふかく、静かな余生を送っていられるが、この数十年間というもの、老将軍はついぞ一度も外へ出られたことがなかった。どんな会合の席にも、将軍は姿を現わさなかったし、また、どんな噂《うわさ》も将軍の身辺から洩《も》れることはなかった。まるで貝のように頑固な隠遁《いんとん》生活をつゞけていられるので、ひょっとすると、将軍は気が狂っていられるのではなかろうかというような、はしたない取沙汰《とりざた》さえ、世間に流布しているくらいだった。

それはさておき、赤坂にあるこの将軍の邸宅には、将軍のほかに三人の孤独な婦人が住んでいる。将軍の一人娘の澄枝《すみえ》という老女と、将軍の孫にあたる鷺《さぎ》子《こ》という中年の婦人と、もう一人将軍の曾孫《ひまご》にあた

る千晶《ちあき》という、今年十八になる美しい令嬢である。

この千晶という名は、ずっとずっと前に亡くなられた将軍の奥さんの名をそのまゝ貰ったもので、不思議なことには、代々緒方家には、娘が一人ずつしか生まれなかった。しかもこの娘たちの養子が、皆若死《わかじに》をしてしまったので、今では将軍には曾孫、澄枝夫人には孫、鷺子夫人にはわが子にあたる令嬢の千晶が、緒方家の唯一の希望として取残《とりのこ》されているのである。

千晶は母夫人祖母夫人の手で、掌中《しょうちゅう》の珠《たま》といつくしまれ、世にも美しい令嬢となったが、夢見がちなその年頃の常として、彼女はどうかすると、自分の家はどうしてこうも、暗くて陰気なのだろうと、時々歯痒《はがゆ》く思われるのである。

母の鷺子夫人も、祖母の澄枝夫人も、この上もなく優しい気性のいゝ人であったが、彼女たちは話をするにも、殆んど大きな声を立てた事がない。

この赤坂の邸《やしき》というのは、あの大震災の厄《やく》もまぬがれ、今では五六十年も経《た》った古いものであるという話だが、ちょうどこのお屋敷のように、母も祖母も古めかしく、物静かで陰気だった。更に曾祖父の老将軍にいたっては、離れの一室に閉じこもったきりで、千晶ですら、年に何度と数えるほどしか、顔を合わせることはないのであった。

かつてはこの屋敷でも、賑《にぎ》やかな園遊会が開かれたこともあるという話だ。また高貴な方や、外国の使臣をお招きして大広間で素晴らしい舞踏会がひらかれたこともあるという。しかし、それはすべて、千晶のまだうまれない、ずっと昔の話で、そんなことを聞いても、千晶はとうてい信じられぬくらいであった。

尤《もっと》もいまでも年に一度は、この邸内でさゝやかな舞踏会がひらかれる習慣《ならわし》になっている。しかし、それはなんという惨《みじ》めな舞踏会だろうか。――千晶はそれを思うさえ、ぞっとするような肌寒さをかんじるのである。しかも、恒例のその舞踏会は、明後日の晩に迫っているのである。

千晶は今もそれを考えると、ホッと遣瀬《やるせ》なげな溜息をつきながら、青葉の鬱陶《うっとう》しい庭に眼をやった。彼女の体内には、母夫人や、祖母夫人から受継いだ物静かな血と、若い頃の将軍の体内に沸《たぎ》り立っていた、あの強い嵐のような血とがいつも執拗《しつよう》にたゝかっている。そしてどうかすると、若い彼女は後者の本能に打ちまかされそうになるのだった。

千晶は今も、数日まえに起った、あの日比谷におけるスリリングな出来事をうっとりと回想している。疾走する奔馬《ほんば》、木の葉のように動揺する馬車、嵐のようなその激情と、それから突如として現われた、若い美貌の英雄と。——

「柚木静馬」

ひくい声で呟いて、彼女は思わず頰を紅らめる。それから彼女は、卓上に伏せてあった小型の額《がく》を、目のまえに立てかけてみた。

——と、何んということだろう。その額の中にはまぎれもなく、あの青年の凜々《りり》しい半身像がにっこりと微笑《わら》っているのだ。しかも、その写真の一隅には、

——千晶さんへ、柚木静馬

という署名さえあるではないか。

しかし、諸君、早合点《はやがてん》をしてはいけない。あの青年がいつの間にやら、千晶嬢に写真を贈ったものだろうなどと考えたら大間違いである。何故《なぜ》なら、この写真は千晶や静馬がまだうまれない前、ずっと昔に撮影されたものだからである。

もしこの写真を仔細《しさい》に調べて見たら、明治二十三年撮影と打抜《うちぬ》いた文字と、今はもうなくなっている筈の写真館の名前とが発見される筈だった。

何んという不思議なことだろう！

明治二十三年頃にも、千晶という女性と、柚木静馬という青年が、この世に存在したのだ。しかも、その柚木静馬は、現在生きているあの柚木静馬と、そっくり同じ顔かたちをしている。……

「まあ、お嬢さま、こんなところにいらしたのですか」

その時、せか〳〵とした足どりで入って来たのは、この間の附添い婦人である。令嬢はそれを見ると、

バッタリと額をテーブルの上に伏せた。

「まあ、何を御覧あそばしてたのですか」

附添い婦人は容赦をしない、令嬢の伏せた額をとりあげると、別に驚きもしないで、

「ほんとうに不思議ですことねえ。名前ばかりか顔かたちまでそっくりそのまゝなんでございますものねえ。ねえ、お嬢さま、あたし、やっとあの方をこへお招きする口実を見つけましたのよ」

「まあ、婆や」

「何もそんな顔をなさらなくてもようございますわ。悪いことするというのじゃありませんもの。ほら、いつか祖母《おばあ》さまが、嬢の肖像を誰かに描かせたいと仰有ったでしょう。あたしそれで、ちょっとあの方のことを調べて見ましたのよ。何んでもまだ無名なかたですけれど、大変有望なんですって。そういう有望な画家の後援をなさることは、少しも悪いことではありませんわ。それにこの間救《たす》けて戴《いただ》いた御恩もあるんですしね。お祖母さま方だってきっと賛成なさいますわ」

「まあ、婆や、そんなことが出来て？」

「出来るも出来ないもありませんわ。私ちゃんとあの方にお願いして参りましたの。柚木さんも大変乗《のり》気《き》でいらっしゃいましたわ」

「まあ、じゃお前あの方にお眼にかゝったのかい」

「えゝえゝお眼にかゝりましたとも、お嬢さんの御肖像なら是非《ぜひ》画《か》かせていたゞきたいと、それはそれは大喜びでございましたわ。それにねえ、お嬢さま」

と、附添い婦人はふいに声を落すと、

「ほら、明後日の仮面舞踏会ですわね。あれにもあの方に出席して戴いたらどうかと思いますの」

「まあ、そんなこと！」

「いけませんか、いゝじゃございませんか。いかに緒方家の儀式とはいえ、毎年のようじゃあまり陰気ですもの。今年は是非若い男のかたにも一人ぐらい——と、私まえから思っていたのですよ。あの方はあんなに御上品でいらっしゃるし、それに何かしら、御当家に縁がつながっているんじゃないかと思いましてねえ。まあ、万事私にまかせてお置き遊ばせよ」

附添い婦人は何もかものみこみ顔に、ひとりでべらべらとまくし立てるのである。

四

世の中に何が陰気だといって、緒方邸において年に一回催《もよお》される、あの仮面舞踏会ほど陰気なものはほかになかったであろう。

舞踏会というよりも、これは一種の儀式であった。招待客といってはひとりもない。唯《ただ》緒方老将軍の血をひいた三人の女性のみが、古めかしい鹿鳴館時代の衣裳を身にまとい、踊るというよりも、たゞひそひそと囁き交しながら、だゝっぴろい、陰気な大広間をそゞろ歩きするだけの事なのである。

いつごろから、こういう儀式の習慣がはじまったのか知らない。しかし、千晶がもの心ついた時分からそうであった。

若い千晶はこの陰気な舞踏会を何よりもきらった。そして時々母夫人に向って、不平を洩らすことがあったが、そういう時、鷺子夫人の返す言葉はいつもこうである。

「これはお祖父《じい》さまのおいいつけなのです。お祖父さまが生きていらっしゃる限り、この儀式はつゞけねばなりません」

何故そうしなければならないのか、何かこれには深い仔細があるのかないのか、それすら、千晶には分らないのであった。

さて、その年の仮面舞踏会も、例年にたがわず至極陰気にはじまった。

千晶は毎年着せられる、古い、古風な夜会服を着せられて大広間の中央に立たせられた。千晶はこの夜会服を着ると、いつもゾーッと総毛立つような肌寒さを感ずるのだが、かつて曾祖母――彼女と同名の千晶夫人が着たという、この夜会服は、是非とも彼女が着用しなければならないものであった。

祖母の澄枝夫人も、母の鷺子夫人も、似たり寄ったりの古風な夜会服の裾《すそ》を引摺って、世にも物うげに大きな羽根扇《はねおうぎ》を使っていた。千晶はそういう祖母の、しなびた肩や腕を見ると、いつも涙が出そうなほど遣瀬なくなって来る。

かつては高貴の方をお迎えしたこともあるという大広間には、年に一度の大装飾灯《シャンデリヤ》が灯《とも》されているが、それとても、ちっともあたりを引き立てる役に立ちはしない。いやいや、あたりが明るければ明るいほど、一層、名状することの出来ない侘《わ》びしさが、ひしひしと身に迫って来る。

やがて、祖母の澄枝夫人が、

「しっ」

と、扇を唇にあてると千晶の手をとった。

「お祖父さまのお出ましですよ」

なるほど、その時大広間の一隅から、さっと重い帳《とばり》を排して現れたのは、六尺豊かな老将軍だった。長い隠遁生活にも拘らず、将軍の顔色は壮者のような水々《みずみず》しさに溢《あふ》れている。髭《ひげ》も髪も真白《まっしろ》だったが、しかし金ピカの大礼服を着て、シャンと突立《つった》った将軍の姿には、とうてい九十幾歳の高齢とは思えない頑健さがあった。

将軍は広間《ホール》の入口に立ったまゝ、三人の女性を順繰りに眺めている。やがて、その視線が千晶の面《おもて》にとゞまった時、極くかすかな微笑がその唇のはしにのぼった。

「千晶！」

「はい」

澄枝夫人と鷺子夫人からうながされて、千晶は消え入りそうな声で答えた。

老将軍はそれを聞くと満足そうに、

「うむ、お前はやっぱり生きておったのだな。俺《わし》の思うとおりだった。あれはやっぱり夢だったのだ」

老将軍は額に手をおいて、何か考えこんでいる風であったが、やがて、きっと眼をすぼめると、俄《にわ》かに不安らしく、きょろきょろとあたりを見廻しながら、

「だが、——あれはどこへ行った。あの男はどこへ行った。——柚木静馬は。——」

ふいに澄枝夫人と鷺子夫人が、ゾーッとしたように身顫《みぶる》いをした。ふたりは不安そうに眼を見交《みか》わすと、ホッと遣瀬なげに溜息をつく。老将軍の瞳には

さっと恐怖のいろが燃えあがった。

「あゝ、あれはいない。あの男はいない。やっぱり俺《わし》はあの男を殺してしまったのだ」

「いゝえ、閣下」

その時、思いがけなく低いさわやかな声が、ホールの一隅からきこえて来たのである。

「柚木静馬はこゝにおります」

あっというような叫びが、澄枝夫人と鷺子夫人の唇からもれた。二人はふいに冷水でも浴びせられたように、ゾーッとして振返ったが、そのとたん、紙のように真蒼になってしまったものである。

ホールの隅には、画家の柚木静馬が、古い宮廷使臣の礼装を身につけて、にっこりと微笑《わら》っている。その輝くばかり美しい姿を見たとき、二人の婦人はもう一度恐怖の叫び声をあげた。

しかし、老将軍の様子はそれと少しちがっていた。将軍はしばらく、息をつめ、歯を喰いしばり、孔のあくほど相手の顔を凝視《みつ》めていたが、ふいにつかつかと静馬のそばへ近寄っていって、その肩に手をかけた。

「おゝ、君か、やっぱり君は生きていたのか」

「はい、閣下」

静馬がかるく頭をさげると、将軍の面にはさっと歓喜の色がもえあがった。

「有難い、俺《わし》はやっぱり夢を見ていたのだ。それもいやな夢だった。柚木君、柚木君、君はそこにいるね」

「はい、閣下、こゝにおります」

「柚木君、俺《わし》は君におわびを言わねばならぬ。君を疑ったのは俺《わし》のあやまちだった。柚木君、許してくれい」

「閣下」

「千晶、こゝへおいで」

「はい」

「おまえにも俺《わし》は謝罪しなければならぬ。よしない嫉妬《しっと》からお前たちを疑ったのは、重々、俺《わし》のあやまちだったのだ。悪い鬼奴《めやつ》が俺《わし》の理性を喰いあらしおったのだ。さて柚木君」

「はい」

「俺《わし》は改めて君にお願いがある。聞いてくれるか」

「閣下の仰《おお》せなら何事でも」

「肯《き》いてくれるか、有難い。願いというのはほかでもない、千晶と結婚してもらいたいのだ」

「閣下」

「何もいうな、君がさからえば俺《わし》はまた物狂わしくなる。千晶は今日限り離婚する。どうか、この女と一緒になってくれたまえ」

老将軍は静馬の手をとって、千晶の腕を握らせると、はじめて満足そうににっこりと微笑った。

「あゝ、これで俺《わし》も安心した。随分長いあいだ俺《わし》も迷うたように思う。今日のこの決心がつきかねたから、俺《わし》は苦しんだのだ。柚木君、わらわんでくれい」

老将軍はいとも満足げに二人の顔を眺めていたが、その時再び何やら名状の出来ない懐疑のいろが、さっと将軍の面をくもらせた。

すると将軍は胸を射貫かれたように、よろよろとよろめいたが、ふいに背を向けると、すたすたとホールを横切って出て行こうとしたが、そこでくるりと又振返ると、

「柚木君、こちらへ来て見い、千晶もおいで」

言いすてゝまたゴトゴトと歩き出す。

千晶と静馬は思わず顔を見合せたが、二人の婦人にうながされて、将軍のあとへついていった。

将軍の日常起臥《きが》する離れの一棟は、そこから長い廊下でつづいている。

将軍は四人の男女を案内して、その離れへ来ると、ふと一隅の床板をあげた。見るとその床下にはすり減らされた石段がついていて、その下には暗い地下室があった。

将軍が黙々としてその地下室へ入っていくので、四人の男女もそのあとから続いて入っていった。

「灯《あかり》を」

暗い地下室の底で老将軍が呟いたので、静馬がすぐに点火器《ライター》を取出してカチッと鳴らせた。暗がりの中でかすかに揺れる点火器《ライター》のあかり。そのあかりの中で、ふと地下室の一隅に眼をやったとき、ふいに

千晶は、

「あれ」

と、叫んで静馬に取りすがった。

彼女が驚いたのも無理はない。そこには白い二つの骸骨《がいこつ》が抱きあうようにして横《よこた》わっているのだ。しかも、それはなんという奇妙な骸骨だったろう。肉はとけ、白い骨ばかりになっているのに、二つとも、黒いビロードのマスクを着けている。そして、一つのほうは千晶と同じような夜会服を、そしてもう一つのほうは、静馬が着ているのと寸分ちがわぬ礼服を身につけているのだった。

「あゝ――」

老将軍はふたゝび額《ひたい》に手をやると、よろめくようにして呻《うめ》いた。

「俺《わし》はやっぱり夢を見ているのだろうか。千晶と静馬はこゝにいる。そしてこれは俺《わし》が手にかけたのだ」

「いゝえ、閣下、われわれはこゝにいます」

静馬の声はいちじるしく顫えていた。

「閣下はまだ悪い夢を見ていられるのです。いえいえ、屍《しかばね》はよみがえったのです。閣下、われわれはここにいます」

老将軍は再びひくい呻き声をあげてよろめいた。それからひざまずいて、わなゝく指で男の骸骨から指輪を抜取《ぬきと》ると、それを渡しながら、

「柚木君、これを千晶の指に――千晶は――千晶は――君のものだ。――」

静馬がそのとおり、千晶の指に指輪を嵌《は》めたとたん、老将軍は朽木《くちき》のごとくその場に倒れた。澄枝夫人と鷺子夫人があわてゝ側《そば》へかけ寄った時には、老将軍はすでに息絶えていた。――

五

「柚木さん」

澄枝老夫人は、すでに将軍の鼓動が停止しているのを見ると、深い悲しみのいろをうかべながらも、物静かな声で静馬を振返った。

「あなたはいったい、どういう方なのですか。こゝに白骨となっていられる方と、どういう御関係がお

ありなのでしょうか」

「奥さん、私はその人の孫なのです。そして祖父と同じ名をつけられた男なのです。私は幼い時分から、祖母や母から祖父のことを聞かされていました。祖父は緒方老将軍の仮面舞踏会へ出席したまゝ、失踪《しっそう》したという話でした。ですから、いつかは僕がその真相をつきとめるために、このお邸へあがらねばならぬように教訓されていたのです」

澄枝老夫人はそれを聞くと、ほっと深い溜息をついた。

「やっぱりそうでしたか。今はもう老将軍も御他界されたのだから、何もかもお話しいたしましょう。将軍はあなたのお祖父さまと、私の母のあいだを疑われて、ある仮面舞踏会の夜、二人をこゝで殺してしまわれたのです。むろんそれはいわれもない疑いでした。そしてそのことがすぐ後から分ったのです。それ以来、将軍は気が狂ってしまいました。そして長い〳〵間、気の狂った将軍は、毎年その日が来ると、ありし日の仮面舞踏会を思い出し、そうして自分の手にかけた妻と、妻の結婚以前の愛人との面影《おもかげ》をその席に探すのでした。しかし、しかし――」

澄枝老夫人は老いた眼をしばたゝきながら、

「その呪いももう解けました。静馬さん、あなたは千晶と結婚して下さるでしょうね。さっき老将軍にお誓いになったように」

「はい」

静馬と千晶は、一種不可思議な運命の厳粛《げんしゅく》さを感じながら思わず首をうなだれた。

「それがあなたのお祖父さまと、千晶の曾祖母――その方は将軍に対して非常に貞淑《ていしゅく》ではあったが、初恋の人を忘れかねていた哀れな私の母なのです――の遺志なのです。さあ、二人で将軍の眼をねむらせてあげて下さい。そしてこの邸に長いあいだ覆いかぶさっていた、呪いの雲を吹き払ってしまいましょう」

傴僂《せむし》の樹

ことづけ

後から考えると、慎介《しんすけ》とその青年との間には、何かしら眼に見えぬ糸、不思議な因縁とでもいうようなものが、結ばれているように思われてならないのだ。この恐ろしい物語において、慎介が異常な熱心さを示したというのも、無論、事件その物の怪奇さにもよるが、一つには、はからずも彼がその最期《さいご》に立合《たちあ》った、あの不幸な青年との間に結ばれた、因縁の糸の怪しさに心を打たれたからである。

それは伊豆《いず》の伊東から、熱海《あたみ》へ向う乗合自動車での出来事であった。その時、乗合《バス》の中には慎介をのぞいて、たった一人しかほかに乗客はなかった。その一人というのが、いま言った青年なのである。

時刻はかれこれ七時頃、乗合《バス》はその時、八時幾《いく》分かに熱海を出る汽車をつかまえようと、驀地《まっしぐら》に山腹の険所を縫《ぬ》うて駛《はし》っていた。日はすでに暮れ果てゝ、おまけに夕方から降り出した雨が、一入烈《ひとしおはげ》しさを加えて、自動車のフロントグラスを打つ音が、まるで機関銃のような響きを立てゝいた。

慎介は窓ガラスに額《ひたい》をこすりつけて、帽子の縁が反《そ》りかえるのも構わずに、一心に外の闇を凝視していた。折々ザーッと音を立てゝ銀色の雨が横なぐりに窓ガラスを襲った。

しかし慎介がいま凝視しているのは、その雨脚でもなければ、断崖《だんがい》の向うに拡がっている漆黒《しっこく》の闇でもなかった。実はさっきから彼が一心に凝視《みつめ》ているのは、その窓ガラスに映っている蒼白《あおじろ》い青年の横顔なのであった。

（どこかで見たことのある青年だ。どこで、いつ会った青年かしら）――

慎介は非常に身近《みぢか》にかんじながら、しかもどうしても思い出せない焦立《いらだ》たしさに、さっきからあらゆる記憶の抽斗《ひきだし》をつゝき廻しているのだ。――その青年は慎介のすぐ筋斜《すじかい》の席に黙然として坐っている。伊東で一緒に乗った時から一言も口を利かない。普通こういう天候のこういう事情のもとに乗合《のりあわ》せた客の誰でもが交わすような、極《ご》く簡単な挨拶《あいさつ》すら、その青年の唇からは洩《も》れなかった。

眼を閉じ、歯を喰いしばり、蒼白んだ額には、何かしら人をゾーッとさせるような陰鬱《いんうつ》さがあって、その顔を正視していると、犇々《ひしひし》と心の苦悩が乗り移って来そうな気がした。

（たしかに見た顔だ。一体どこだったかしら）

その時、自動車のタイヤがスリップしたらしい。ふいにガクンと大きな動揺が起って、慎介も青年も思わず前にのめりそうになった。

「畜生《ちくしょう》ッ！」

運転手が忌々《いまいま》しそうに舌を鳴らした。

実にその瞬間だった。慎介が忽然《こつぜん》として記憶の抽斗からその青年の顔を探りあてたのは。――

人はどうかすると長い間忘れることの出来ない、他人《ひと》の表情を記憶の底にしまい込んでいるものだが、いまその青年の示した、あの怯《おび》えたような眼の色と、狼狽《ろうばい》した頬《ほお》の痙攣《けいれん》――その表情がそれだった。慎介は最近――それもたった三日前に、同じ青年の同じ表情をあるところで計らずも目撃したのである。

（あゝ、そうだったのか、あの時の青年だったのか）――

慎介はあまりの奇遇に驚きながら、眼を閉じて三日前の小さな出来事を回想した。後になって考えれば、その一見些細《ささい》な出来事こそ、計らずも彼に結ばれついて来た、世にも恐ろしい事件の最初の鎖だったのだが。――

里見《さとみ》慎介はちかごろ漸《ようや》く知られて来た若い小説家だった。そして今はちょうど一ケ月あまりの関西旅行の帰途なのである。この旅行の途次、彼がうまれ故郷の須磨《すま》のほとりに、中学時代の友人、磯貝謙三《いそがいけんぞう》を訪問したのは、つい三日前のことだった。

最初の予定では、彼はそこで三日ほど逗留《とうりゅう》するつもりだったが、生憎《あいにく》磯貝の子供が疫痢《えきり》で寝込んでいるところだったので、僅《わず》か一泊したゞけで早々に引上げねばならなかった。

「どうも済まなかったね。悪い時に子供が病気になったりして。——」

「いや、僕こそ取込みの所を失敬した」

「そんな事。——家内も重々恐縮している。そのうちまた出かけて来てくれたまえ」

雨あがりの朝だった。トランクを提《さ》げていく慎介と、それを見送っていく磯貝とは、屋敷町の綺麗な土をさくさくと踏んでいた。

「もう四五日もしたら桜が咲くんだがね、それまでいて貰《もら》いたかった」

磯貝はそんなことをいって残念がった。

「いや、桜なら四国でいやという程見て来たよ。あちらはもう満開だった。こちらだってもうチラホラ咲いているじゃないか」

慎介は立ちどまって路のうえに枝をのべている桜の老樹を指した。その枝にはうす桃色の花がボツボツと開きかけている。

「吉野だね。ずいぶん見事な樹だ。誰のうちだい。この辺もすっかり変ってしまったが」

慎介は今通って来た路を振返《ふりかえ》る。その道の片側に長い土塀《どべい》がつゞいていて、桜の樹はその塀の中から太い枝をさしのべているのである。

「これか、これは空家《あきや》」

磯貝はフーッと暗い顔をして、

「近所では幽霊屋敷だといっている」

「幽霊屋敷——？　何かあったのかい？」

「ふむ、君に話せば喜びそうな事件だが、今は止《よ》そう。子供が悪い時にそんな話は思い出したくない」

磯貝は急に足を早めたが、あの青年が忽然として、空家の裏木戸から現れたのは、ちょうどその瞬間だった。その眼の中には唯《ただ》ならぬ光——取り憑《つ》かれたような鋭さがあった。

何しろいま厭《いや》な噂《うわさ》を聞いたその空家の中から、ふいに人がとび出して来たので、慎介も驚いたが、相手もよほどびっくりしたらしい。

一瞬ぶるぶると手脚をふるわせて立止《たちど》まったが、ふいに顔を反向《そむ》けると、すたすたと春風を剪《き》って歩き出した。——

その時の青年の、物に怯えたような眼の色、狼狽したような頬の痙攣。——慎介は今まざまざと、それと同じ表情《かおいろ》をこの乗合《バス》の中で見たのである。慎介は奇遇に驚くというよりも、一種不可思議な神秘さに打たれた。

恐らく相手も同じころ神戸をたって、東京への帰途、この伊豆の温泉地に立寄《たちよ》ったものにちがいない。それにしても相手は自分を覚えているだろうか。もしいま、自分があの時の事を話せば、この青年はいったいどんな表情《かお》をするだろう。——

自動車はいよいよ、この街道における最大の難所にさしかゝっていた。数十丈《じょう》の絶壁のうえを縫うている九十九折《つづらお》り、その曲りくねった険阻を、嵐に揉《も》まれ揉まれて、木の葉のように大きな図体を揺ぶりながら這《は》うていく。

一年に一度か二度は、必ず事故を起すというこの難所。しかも今夜のこの嵐。——さすがに慎介もしだいに心細くなって来る。窓ガラスを打つ雨の音は、さっきから見るとまた一段と烈しくなって来た。断崖の下では、岩を噬《か》む怒濤《どとう》の音が、折からの嵐に抵抗するように、物凄《ものすご》い唸声《うなりごえ》をあげている。

青年も同じ思いであったらしい。窓越しに、まっくらな外の闇を覗《のぞ》いていたが、

「どうもひどい嵐ですね」

こちらを向いてはじめて口を開いた。豊かなかんじのする、教養に富んだ口の利きかただった。

「いや、全《まった》く。——」

慎介はそれに相槌《あいづち》を打とうとしたが、その声は折からどっと横なぐりに吹いて来た風の音に揉み消されてしまった。

「こりゃひどい」

二人は思わず顔を見合せて微笑《わら》ったが、この微笑が、二人のあいだの垣を取りのけてくれた。慎介は急にこの青年に対して、一種の親しみをかんじて来たのである。

「失礼ですが、前にも一度お眼にかゝったことがありますね」

「え？」

青年はびっくりしたように慎介の顔を見た。果して彼は、あの時のことを覚えてはいなかったのだ。

「三日ほど前、ほら、須磨のあの空家の側《そば》で――」

慎介はいってしまってから、自分の舌を嚙《か》みきってしまいたいような後悔をかんじた。

その瞬間、青年の顔が白蠟《はくろう》のように真白《まっしろ》に強張《こわば》るのを見たからである。その表情《かお》は恐怖と混乱と猜疑《さいぎ》のために、何かしら無気味な仮面のようにツツーッと冷く凝縮していった。いや、実際に凝縮してしまったのである。

何故《なぜ》なら、慎介があわてゝその失言を取り消そうとした時だ。ふいにドカーンと凄《すさま》じい音響が爆発した。くるくると体が宙に躍るのをかんじた。青年の顔と、車内の電灯と、暗い闇と、銀色の雨脚と、それから、何やらパッと炸裂《さくれつ》する蒼白い火が、まるでフラッシュバックのように彼の眼底に旋回した。噴きあげられるような大きな衝動《ショック》、百千の火華の渦、ついで暗闇の中に引きこまれるような墜落感。――

慎介はどのくらい長く気を失っていたのか知らない。気がついて見ると、自分のすぐ側に、あの青年がうつ伏せに倒れていた。自動車は木《こ》っ葉《ば》微塵《みじん》に砕けて、二三間《けん》向うの雨の中に残骸を横《よこた》えている。

「大変だ！」

慎介は心の中で叫んだ。

「自動車が崖《がけ》にぶつかったのだ。運転手は――？」

しかし、運転手のことをそれ以上考えている暇はなかった。その時、泥濘《ぬかるみ》の中から苦しげな呻《うめ》き声がきこえて来たからである。慎介はズキズキと痛む体を起して、やっとその青年の側に這い寄った。

「君、君、しっかりしたまえ」

抱き起した拍子に、青年の白い頰にタラタラと血が滴《したた》った。その血は慎介自身の唇からしたゝっているのである。

「ムーム！」

青年は苦しげに頭を左右にふった。それから、ポカーッと眼をひらいて慎介の顔を見たが、果してその瞳に慎介の姿がうつっているのかどうか分らなかった。

「君、しっかりしたまえ、大丈夫だ。大丈夫だよ」

「フーム！」

青年はまた苦しげに頭をふった。それから必死となって身をもがくと、

「あなた、――お願い――」

出血がすでに肺を冒《おか》しはじめたにちがいない、青年の咽喉《のど》が無気味にゴロゴロと鳴った。

物慣れない慎介の眼にも、この青年がいまや死にかけていることがはっきりと分った。

何《な》んということだろう！　たった今まで元気に話していたあの青年が。――

「お願いです。――お願い――」

青年の咽喉がまたもやゴロゴロと鳴った。

「何んですか。言って見たまえ」

「ポケットの中にある包みをとゞけて。――」

「よし、引受《ひきう》けた。どこへ届けるんだ」

「小石川《こいしかわ》――小日向台町《こひなただいまち》――人見《ひとみ》――人見千絵《ちえ》――人見千絵――誰にも言わずに――内緒で――内緒で――」

「よろしい、分った。小石川小日向台町、人見千絵さんですね、きっと届けますよ」

「アリ――有難《ありがと》う！」

ふいに青年の眼が真赤《まっか》に充血して来た。ヒクヒクと全身が烈しく痙攣した。と思うと、ふいにガーッと血を吐いた。青年はそれきり、篠《しの》つく雨に打たれながら、動かなくなってしまったのである。

花かんざし

その時のことを考えると、慎介はまるで夢のような気がする。全く一瞬の出来事だった。覗き機械《からくり》の絵板を一枚、カタリと落すとすっかり世界が変って

しまったのだ。運転手も車掌も死んでいた。慎介だけが奇蹟的に――彼はほんのちょっぴり唇の端を噬《か》み切ったゞけなのだ――助かったのである。そして今彼は、青年の最後の頼みを果すべく、江戸川から小日向台町の方へと足を急がせている。

あの時慎介は、折よく通りかゝった、ほかの自動車によって救われたのである。三つの屍体《したい》も熱海の病院へ担《かつ》ぎ込まれた。青年のポケットには投函するばかりになっていた絵葉書があった。その絵葉書から、慎介はその青年が日下部《くさかべ》辰夫《たつお》という名であることを知った。宛名は神戸で日下部耕平《こうへい》様となっていたが、どうやらそれは青年の兄であるらしかった。慎介はその兄のもとへと、伊東の宿でしらべて貰った、東京の宿泊先へと取敢《とりあえ》ず電報を打った。東京からは叔父《おじ》にあたる人が駆け着けて来た。それから半日おくれて、神戸からも兄の耕平が駆け着けて来た。……

こうして慎介は計らずも、この何んの縁故もない青年の仮葬式に参列し、お骨上げにまで立合った。そして、叔父や兄にあたる人たちから、いろいろ感謝の言葉をうけて、漸く東京へ舞い戻って来たのである。そしてその夜さっそく、あの気がかりな使命を果すべく、小日向台町へと出向いていったのであった。

彼のポケットの中には、青年から受取《うけと》った小さな包みがある。それは長方形のボール紙の箱に入ったもので、その上にハトロン紙をかけ、しで紐《ひも》で叮嚀《ていねい》にしばってあった。慎介はむろん、その中に何が入っているか知る由もなかった。しかし、そんなことはどうでもいゝのだ。彼はたゞその包みを、人見千絵なる人物に手渡しすれば使命は終るのだ。――と、彼はその時考えていた。後から思うと、それは大きな間違いだったけれど。――

「人見さん、そうですね、ちょいとお前さん、この辺に人見さんてお宅のあるの知ってる?」

「人見さん――? あゝ、あれじゃないか。ほら、いつもお琴の聞える。――あそこの門にたしか人見と書いてあったように思うよ。それならあなた、ポストのあるところを左へ入った一番奥のうちですよ」

「有難う」

酒屋の夫婦が教えてくれた、ポストのある角を左へ入っていくと、間もなく忍びやかな琴の音《ね》が、折からの朧月夜《おぼろづきよ》に洩れて来た。

（あれだな！）

慎介はその琴の音を目当てに、暗い夜道を進んでいく。その辺はどこかの寮だの、大きなお屋敷だのがずらりと並んでいて、軒灯《けんとう》もまばらで、夜道にははじめての家を訪ねていくにはまことに不便な土地だった。

（こゝだな）

慎介はやっと琴の音のする家を探りあてた。表札を見ると、なるほど古めかしいお家流で人見寓《ぐう》と書いてある。門のうちがわから、白いこぶしの花が、綿のように咲き乱れて外にこぼれていた。

慎介は耳門《くぐり》をひらいて、玄関に立った。目の細い、華奢《きゃしゃ》な格子戸《こうしど》をひらくと、チリチリチリと、澄んだ鈴の音がして、その拍子に琴の音がハタと止まった。

「どなた様でしょうか」

出て来たのは、四十五六の、男のように体のがっちりした醜《みにく》い女である。しかし、その服装《みなり》は悪くなかった。それに口の利きかた、態度《ものごし》などの垢抜《あかぬ》けして、洗練されているのが彼女の容貌の醜さを救っていた。

「人見千絵さんはおいでになりますか」

「はあ、あのどなた様で」

「僕は里見慎介というものですが、ちょっと千絵さんにお眼にかゝりたいのですが」

「あの、どういう御用でございましょうか」

女は露骨に警戒するような表情《いろ》を見せた。

「実は日下部辰夫君に頼まれたことがあって、——千絵さんという方にあって、直接《じか》にお渡《わたし》したい物があるのです」

あっというような低い叫びが女の唇から洩れた。醜い女の容貌が、いっそう醜く歪《ゆが》んだ。この名は彼女にとって、決して快《こころよ》いものではなかったらしい。一瞬、烈しい敵意が彼女の眼のなかにひらめいたが、

すぐ、元通りの、人を喰ったような平静にかえると、

「ちょっとお待ち下さいまし。お嬢さまにお伺《うかが》いして参りますから」

女は奥へ引込《ひっこ》んだが、すぐまた出て来て、

「さあ、どうぞ、お眼にかゝりたいと申しておりますから」

言葉つきは叮嚀だったが、その眼のなかに、露骨に警戒の表情《いろ》がうかんでいるのが、慎介には不愉快だった。ともあれ、彼はこの女を虫が好かなかった。

慎介が通されたのは八畳の客間だった。その客間から鍵の手になって、二間つゞきの離れ座敷がつゞいており、その離れの向うに白い土蔵の壁が見えた。

女が座蒲団《ざぶとん》をすゝめているあいだ、慎介は何気なくその離れのほうへ眼をやっていたが、その時こちらを覗いている若い娘と眼があって、思わずハッとした。それは娘の風態《ふうてい》があまりにも異様だったからである。異様といっても、奇怪というのではない。たゞ慎介の予想とあまりかけ離れていたゞけのことなのだ。

その娘はまるで、浮世絵から抜出《ぬけだ》した、古い幻のような姿をしていた。パッと眼を射るような長い振《ふり》袖《そで》と、真紅《まっか》な帯と、結綿《ゆいわた》の頭に挿《さ》した大きな花簪《はなかんざし》のビラビラとが、押絵《おしえ》のように美しく慎介の眼にうつった。――と、つぎの瞬間、女はハタと障子《しょうじ》をしめてしまった。

「暫《しばら》くお待ち下さいまし。お嬢様はすぐいらっしゃいます」

女は座蒲団をすゝめると、男のように太い声でいった。それからのしのしと離れ座敷のほうへ消えていった。

慎介は呆然《ぼうぜん》としてその座蒲団のうえに腰をおとす。いまちらと垣間《かいま》見た姿が、幻のように彼の眼底にこびりついている。あの娘が千絵という女なのであろうか。そうだ、それにちがいない。そして琴の音の主もやっぱり彼女だったのだろう。何んという名前にふさわしい女だろう。

暫く待たせた後、さやさやと衣触《きぬず》れの音をさせて、さっきの娘が入って来た。彼女は敷居《しきい》のうえで手を

つくと、何やら消え入りそうな声でいった。そして再び顔をあげたところを見ると、眼のふちがボーッと紅《あか》らんで、たった今まで泣いていたことが分った。

「夜分に突然失礼いたしました。でも、出来るだけ早くこの使いを果したかったものですから。――」

「はあ」

娘はちらと慎介の顔を見たがすぐ瞼《まぶた》を伏せた。いかにも遣瀬《やるせ》なげな、握ればそのまゝ、淡雪《あわゆき》のように消えてしまいそうな可憐《かれん》な娘だった。

「日下部君のことは御存知でしょうか」

「はあ、あの新聞で――」

と、いったが、見る見るうちにその眼の中に泪《なみだ》がひろがって来たかと思うと、彼女はつと顔を伏せてしまった。

「僕もあの自動車に乗っていたものです。そしてこの品をあなたに渡してくれるよう頼まれたのです」

千絵ははっとしたように顔をあげると、慎介の顔とその包みとを等分に見較《みくら》べた。

「誰にもいわずに、あなたに直接渡してくれと、そういう頼みでした」

千絵は怪訝《けげん》そうにその包みを受取ると、袂《たもと》を重ねてその上にそれをおいた。そして戦《わなな》く指先で、しで紐をまさぐっていた。

「あの、それだけでございましょうか」

「はあ、それだけでした」

「ほかに何も申しませんでしたでしょうか」

「何も聞きませんでした。いいたい事があったかも知れませんが、何しろ突然のことで――」

ポトリと娘の膝《ひざ》に涙が落ちた。

「それでは僕は失礼いたします。それをお渡しすれば僕の用事はすんだのです」

「はあ」

千絵は泪のいっぱい溜った眼をあげて、縋《すが》るように慎介の顔を見た。そうして、彼女の細い指は無意識のうちに、あの包みを解いていた。彼女はもっと慎介を引きとめたいのだ。引きとめて、日下部辰夫の最期のさまを、もっと詳しく慎介の口から聞きたいのだ。

慎介はそれを思うと、むげに立去《たちさ》りかねた。彼は中腰になったまま、千絵が膝のうえで解いている包みをぼんやりと眺めていた。千絵はいま漸くそのしで紐を解いたところだった。彼女はハトロン紙を取りのけると、白いボール紙の蓋《ふた》をとりのけた。

――と、中から出て来たのは、古びた一本の花簪――ちょうど今千絵が頭に挿しているのと同じような花簪――だった。

千絵はそれを見ると、ぎょっとしたように呼吸をうちへ吸った。それから、あわてゝその花簪をつまみあげたが、ふいに、

「あれ！」

と、叫ぶと、何か恐ろしい物でゝもあるようにその花簪を投出《なげだ》すと、蒴《ひし》とばかりに袂《たもと》で顔を覆うて、その場につっぷしてしまった。

その拍子に、彼女の膝から投出された箱の中から、ひらひらと舞い落ちたのは、五ひら、六ひらの桜の花弁。――

怪しの物

慎介は何が何やら、わけの分らぬ錯莫《さくばく》とした気持ちで、小日向台町から鼠《ねずみ》坂のほうへおりていた。千絵がつっ伏した刹那《せつな》、彼はあわてゝ家の者を呼んだ。しかし、ひろい家の中は森《しん》として人の気配もない。さっきいた女もどこかへ出かけてしまったらしかった。幸い千絵はすぐ顔をあげると、自分のはしたなさを謝りながら、あまり悲しかったものだから――と、低い声で言いわけをした。しかしその声には妙に力がなく、美しい瞳《ひとみ》は濁《にご》って、何かしら唯ならぬ恐怖の表情《いろ》が見られた。

いったい、あの女は何をあのように驚いたのだろう。あの花簪にはいったいどんな意味があるのかしら。――そしてあの桜の花弁は――？

そこまで考えて来て、慎介はふいに、ぎょっとしたように足をとめた。この間、須磨の幽霊屋敷で見た桜の老樹を思い出したからである。ひょっとすると、あの花弁は、あの桜のものではなかったかしら。

――

慎介がそんなことを考えている時である。ふいに背後の方からハタハタと軽い足音が聞えて来た。慎介が何気なく振返った時である。ふいにプスというような音がしたかと思うと、慎介は思わずあっと叫んで、傍《そば》の生垣によろめきかゝった。

プス！

再び異様な物音がして、何やら熱いものが、ヒューッと彼の耳もとをかすめてうしろへとんだ。向うを見ると暗い路上に、何やら異様な姿が蠢《うごめ》いている。

「ダ、誰だ！」

慎介はいきなり身をかゞめて、黒い影におどりかかっていった。そのとたん、相手はくるりと身をひるがえすと、滑るように暗闇の中をとんでいった。一瞬その姿が、ほの暗い街灯の灯に照されたのを見た時、慎介はジーンと血管がしびれて、二度と後を追う勇気は挫《くじ》けてしまった。それは、何んともいえない異様な姿だった。身の丈は子供ほどしかなかった。そして背中には大きな瘤《こぶ》を背負っているのである。佝僂《せむし》だったのだ。しかもその佝僂の脚の速さ。まるで風を巻くように、暗い路地をかけ抜けて姿を隠してしまった。

慎介は呆然としてそこに立ちすくんでいたが、すると、俄《にわか》に左の腕にチクチクと激しい痛みをかんじて来た。気がつくと、手の甲にタラタラと生温い血が垂れている。彼はやっと相手の持っていた武器が、消音ピストルであったことに気がついた。

むろん、その時慎介は早速交番へ届けるべきであった。しかし、彼の心には、何んとやらそうしたくないものがあったのだ。今の佝僂が千絵という娘に関連していることは、どんなに頭脳《あたま》の悪い者にでも想像出来る。いやいや、それはずっと前の、彼がはじめて須磨のほとりで、日下部辰夫に会った時から、尾を曳《ひ》いて来た一連の事件なのだ。彼は今や、何んとも名状出来ない、奇怪な事件の中に捲込《まきこ》まれている自分に気がついたのである。

慎介が痛さをこらえて、やっと原町にある自分の下宿へ帰って来たのは、それから半時間あまり後のことだった。

「あら、どうなすったの？　真蒼《まっさお》な顔をして」

自分の部屋へ入っていくと、思いがけなく、派手な洋装の女が立って彼を迎えた。

「あ、桑野《くわの》君、いつ来たんだ」

「さっきからお待ちしていたのよ。あらあら大変、血が流れているわ」

「なあに、ちょっと怪我《けが》をしたんだ。君すまないが、そこの戸棚にオキシフルがあるから取ってくれたまえ」

慎介は上衣《うわぎ》を脱ぐと、手早くその傷の手当をすませた。幸い弾丸《たま》は少しばかり肉をかすめたゞけで医者に見せる必要はなさそうだった。桑野と呼ばれた少女は、黙って慎介のする事を眺めていたが、ふと上衣の腕にあいた、小さな孔《あな》を見つけると、

「あら、これピストルの跡じゃない？」

と、さっと顔色をかえる。

「叱《し》っ！　誰にもこんなことというんじゃないよ。なに、大したことはないんだ。それより、君は何んの用事があって来たんだね」

桑野はふと眼を伏せると急に悲しげな顔をして、

「あたし、あなたにお伺いしたい事があって来たんだけど、今夜は止すわ。だって、あなたはそれどころじゃないんですもの。喧嘩《けんか》でもなすったの」

桑野百合枝《ゆりえ》というのは、京橋にあるダンスホールに勤めているダンサアだった。慎介とはかなり長い馴染みで、いつも少年のように無邪気で快活な少女なのだが、それが今夜に限って妙に沈んでいるのが慎介の気になった。

「いゝよ、僕のことは心配しなくてもいゝんだ。それより君の話というのを聞こう」

「えゝ」

桑野は屈托《くったく》ありげにうなずいたが、

「あ、そうそう、あたしお見舞いも申上《もうしあ》げないで、この間はたいへんだったのね」

「有難う。何しろ悪運が強いものだから」

慎介は微笑《わら》ったが少女は笑わなかった。

「あたしその事で、お伺いしたのよ。新聞で見たの、

日下部さんと御一緒だったってことを」

「何？」

慎介は思わず相手の顔を見直して、

「それじゃ君は、あの男を知っているのか」

「えゝ、あたし、あたし――」

と、桑野はふいにせぐりあげると、

「暫くあの人と一緒に暮していたの」

と言って、それから急に声を立てゝ泣き出した。

慎介はあまりの意外さにすっかり面喰《めんくら》ってしまう。

馴染みとはいえ、それはダンスホールや喫茶店だけの事で、たまに女のほうから遊びに来ることはあっても、慎介は一度も彼女の住居を訪れたことはなかった。どこかのアパートに住んでいるということを知っているぐらいのもので、従って彼女がどんな男と同棲《どうせい》しているか、そんな事を知る由もなかった。

「君があの男と――？　そうか、それはちっとも知らなかった。これは意外な話だね」

「えゝ、あたしも新聞を見た時、あまりの意外さに驚いたのよ。それであたし、お伺いしたいのですけれど、あの人、死ぬ時何かいやあしなかった？」

むろん慎介は日下部からことづかっていることはあった。しかしそれはこの女に対してゞはない。ほかの女なのだ。

「いゝや、別に――何しろ突然だからね」

「そうね」

桑野は悲しげに溜息《ためいき》をつく。慎介はふと、この女に聞けば分るかも知れないと思った。

「それはそうと、君は人見千絵という人を知っているかい」

「あら」

ふいにさーっと百合枝の面に蒼白い炎がもえあがった。

「それじゃあの人、その方に何か言い残したのね。いゝえ、分ってるわ。こゝのお主婦《かみ》さんが、あなたの行先は小日向台町だといってたわ。日下部のことづけを持って――あっ！」

百合枝はふいに腕の繃帯《ほうたい》に眼をやった。

「あなた――その傷はもしや――もしや――佝僂に

――佝僂に撃たれたのじゃない？」

「なに！　それじゃ、君は――君は――あいつを知っているのかい」

「いゝえ、知らないの、でも日下部に聞いたことがあるのよ。あの方には佝僂が取憑《とりつ》いてるんですって。日下部も幾度かそいつに殺されかけたことがあるんですって。そいつは恐ろしい人殺しなのよ。神戸で二人の人を殺したまゝ行方をくらましているのよ」

「いったい、それは何んの話なのだ」

「何んの話かあたしにもよく分らない。でも千絵という女《ひと》は日下部の昔の許婚者《いいなずけ》なのよ。二人が一緒になるって間際に、何かしら恐ろしい事件が起ったらしいの。でも、でも、あたし口惜《くや》しいわ。日下部はあたしより、やっぱりその方のほうを想っていたのね。いったい、どんなことづけだったの？」

「それは、――他の人には言えないね。そういう約束を日下部君として来たんだから」

「口惜しい！　いゝわ、あたし聞かないわ。あの女《ひと》から聞いてやる。いゝえ、あの女《ひと》はどこかに人殺しをかくまっているのに違いないわ。あたし――あたし――」

百合枝はハンケチで顔を覆うと、ふいに立って部屋を出ていきかけた。

「どこへ行くのだい。無鉄砲な真似《まね》はよせよ」

「放っておいて頂戴《ちょうだい》。愛する人の最後の幻に、ほかの女の影がうつっていたなんて、どんな口惜しいことだかお分りになる」

慎介は呆然として、百合枝の後姿を見送っていたが、急に思い出したように机に向うと、須磨にいる友人の磯貝謙三宛てに手紙を書き出したのである。

狂える呪詛《のろい》

――お訊《たず》ねの幽霊屋敷につき、小生の知るところを簡単に申上げ候《そうろう》。――磯貝謙三からそういう返事が来たのはそれから三日後のこと。慎介はその手紙を読んで、思わず真蒼になった。ゾーッとするような悪寒にうたれた。それは何んともいいようのない程、気味の悪い物語だったのだ。今その手紙の内容を極《ご》くかいつまんでお話することにしよう。

あの幽霊屋敷にはもと、人見弘介《ひろすけ》という有福な官吏の一家が住んでいた。家族は弘介と一人娘の千絵と、波岡《なみおか》ぎんという醜い家政婦と、ほかに女中二人に書生一人、この書生は鵜飼静馬《うかいしずま》といって亡くなった弘介の夫人の遠縁に当る者とやら、彼は幼い時から骨軟化症になやむ哀れな佝僂だった。

当時千絵は十七になったばかりの人形のように美しい娘、いつも波岡ぎんを相手に琴の稽古《けいこ》をしていた。波岡ぎんはもと琴の師匠だったのだが、千絵の母が死後、家政婦代りに同居していた。醜いけれど垢抜けのした婦人で、彼女は千絵を自分の子供のように可愛《かわい》がっていた。——というよりもむしろ、偶像のように崇拝していたという評判。

さて今から三年ほど前、この千絵に一つの縁談が持上《もちあが》った。むろん婿《むこ》養子で、相手は神戸の資産家の次男で日下部辰夫という。話はとんとん拍子に進んでやがて結納《ゆいのう》という運びになったが、そこに一つの事件が起った。


かねてより千絵に想いを寄せていた佝僂書生の鵜飼静馬が突如、姿をくらましたのだ。と、同時に人見、日下部の両家へ、世にも恐ろしい手紙がやって来た。むろん静馬からで、それは一種気狂《きちが》いじみた手紙だった。

——千絵は自分の妻になるべき女だ。いや、事実上彼女はすでに自分の妻である。もし千絵が他の男と結婚するような事があったら必ず恐ろしい事件が起るだろう。俺は永久に千絵の影身に附添《つきそ》うて、彼女の縁談を片っぱしから打ちこわしてやる。——そんなことが不具者特有の、恐ろしい呪詛《のろい》と執念とをもって綿々と書き連ねてあった。

縁談というものはほんのちょっとした陰口でゝも、破れる事のあるものだが、ましてやこれは花嫁の貞操に関する問題だから、日下部の方では急に二の足を踏み出した。どうやらこの縁談は、佝僂の思い通り破れそうに見えた。そこへ乗出《のりだ》したのが波岡ぎんである。

千絵の嘆きを見るに見かねたのか、男まさりの彼女は、自ら日下部へ出向いて静馬の手紙の事実無根なることを滔々《とうとう》と説いた。この弁舌に動かされたのと、当の本人辰夫がしきりに望んでいるのとで、日下部の両親ももう一度考え直すことになったが、そこに計らずも恐ろしい事件が突発したのだ。

人見の邸《やしき》のあの老桜《ろうおう》が、パッと美しく咲き揃った或る朝、いつまでたっても玄関が開かなかった。しかも家の中から気味悪い呻き声の聞えて来るのを御用聞きがきゝつけた。騒ぎは忽《たちま》ち大きくなって、中に勇敢なのが雨戸をこじあけて踏込んで見ると、果して大変なことが起っていた。

主の弘介と女中の一人がたった一太刀で斬《き》り殺されていたのである。波岡ぎんも左肩に重傷を負うていたが、これは辛うじて生命を取りとめた。たゞ不思議なのはこういう騒ぎの中にあって、千絵だけがかすり傷一つ受けずに昏々《こんこん》と眠りつゞけていたことだった。彼女はどうやら麻酔薬を嗅《か》がされたらしい。

他にもう一人、十六になる女中が物音を聞きつけていち速く押入の中へ潜り込み危《あやう》く難をのがれたが、彼女はそこで朝まで気を失っていたのである。この女中と瀕死《ひんし》の波岡ぎんが証人だった。二人ともハッキリ顔を見たわけではないが、姿形からして犯人は佝僂書生の鵜飼静馬にちがいないと申立てた。

静馬は果してあの恐ろしい警告状を実行したのだ。しかし、何故《なぜ》千絵だけを傷つけなかったのだろう。何故、千絵に麻酔薬を嗅がせたのだろう。――そこに恐ろしい疑惑が湧き起る。あの血みどろの中で、睡っている千絵と、佝僂との間にどのような地獄絵巻が繰りひろげられたのだろうか。――むろん、日下部との縁談はそれきりになった。

千絵はそれから間もなく、傷の快癒《かいゆ》した波岡ぎんと共に、人眼を避けて東京へ行ってしまった。人見の家は今では草蓬々《ぼうぼう》と生いしげって、近所の人々から幽霊屋敷と恐れられている。佝僂の静馬はそれからどうしたか、生きているのか死んでしまったのか、警察の必死の努力も空《むな》しく未だに消息をきかない。

――以上が磯貝謙三の手紙の大要であった。慎介は読み終ると、もう一度烈しく身顫《みぶる》いをした。計らずも己《おの》れの捲込《まきこ》まれた事件の、あまりの恐ろしさに彼は、この暖かさにも拘《かか》わらず、ガチガチと歯の鳴るのを禁じ得なんだ。

彼はふと、あの空家の中から現れた日下部辰夫の、幽霊に憑《つ》かれたような眼眸《まなざし》を思い出した。それから、自動車事故で死んでいった時の、苦悩にみちた彼の表情《かおいろ》、奇怪なことづけ、――更にあの花簪と桜の花弁を見た時の千絵の恐怖、その直後に受けた恐しい襲撃。――

そうだ、この奇怪極《きわ》まる事件はまだ終ったわけではないのだ。恐ろしい大団円《だいだんえん》は、いま徐々に眼前に迫りつゝある。しかも、自分は避けがたい因縁の絆《きずな》にひかれて、いやが応でも、その大団円に何か一役演じなければならないだろう。――それにしても、桑野百合枝はどうしたろう。先日、嫉妬《しっと》に狂い立った彼女は、千絵に会うといってこゝを出ていったが、それから彼女はどうしたろう。――

慎介は卒然と夢からさめたように、電話室へ走っていった。そして京橋のダンスホールへ電話をかけて見たが、百合枝は二三日前から姿を見せぬという。更に、百合枝のアパートを訪ねて、そこへも電話をかけて見たが、こゝでも同じような返事、一昨々日の夜、出かけていったきり百合枝は帰って来ないというのだ。しかもその一昨々日といえば、百合枝がこゝへ訪ねて来た晩ではないか。

慎介はふと、あの夜見た恐ろしい佝僂の姿を思いうかべ、すると、いまにも嘔吐《おうと》を催《もよお》しそうな恐怖にうたれたのである。

瘤《こぶ》のある桜

それから二三日、慎介は躍起《やっき》となって百合枝の行方を探しまわったが、誰に訊ねても彼女の消息を知っている者はない。この上はもう、警察へとゞけるか、それとも、直接《じか》に、人見千絵に当ってみるか、二つに一つしか方法はない。――慎介がそう心を極《き》めたある朝のことである。

彼のもとへ、差出人不明の一通の封筒が、郵便でやって来た。封を切ってみると、中から出て来たのは、丁度いま、上野で開かれている、さる美術展覧会の入場券なのである。

ほかの場合なら、むろん慎介は、そんな物に対して、そう心を動かされなかったのにちがいない。職業柄、彼のもとへそういう招待券や入場券がとゞけられるのは別に珍らしいことではなかった。

しかし、今は場合がちがう。彼の神経はピーンと針のように尖《とが》っているのだ。自分の身の周囲《まわり》に起る、どんな些細《ささい》なことがらも、一つ一つ、意味があるように思われてならない。しかも、この封筒には送主《おくりぬし》の名が全く書いてない。

(よし、行って見てやろう。ひょっとすると、これは、あいつから送って来たのかも知れないぞ!)

あいつとは無論、佝僂書生の静馬のことである。あんな怪物のことだから、何を企んでいるか知れたものじゃないと思うと、慎介は気おくれを感ずるどころか、却《かえ》って心のはやるのを覚えるのだ。

それは花時に珍しくない、どんよりと曇《くも》った日であった。上野の桜も漸く八分ほど咲き揃って薄桃色の霞《かすみ》が、うっとうしい鉛色《なまり》の空の下におもく沈んでいた。

そういう、何んとなく気を焦立《いらだ》たせるような騒々《そうぞう》しさを横に見ながら、一歩展覧会へ入っていくと、そこは何んという静けさだろう。

汗ばみそうな、蒸々《むしむし》とした天候にも拘らず、そこばかりはシーンと肌に浸みいるような冷さがあった。時間がまだ早いせいか、会場にはほんの、ちらりほらりとしか人影は見えなかった。

さて、慎介はいったい、何から見ていくべきだったろう。その時彼は、絵を見たいなどという興味は少しも起らなかった。それでも彼はピーンと神経を緊張させながら、二つ三つ、部屋を見て廻ると、急にガッカリとしたような疲労をおぼえたので、場内にある喫茶室へ入っていった。

そのとたん、彼は思わずぎょっと、そこに立ちすくんでしまったのである。

「あら!」

眼を輝かせて、ひくい声で叫んだのは、まごう方もない千絵だった。

むろん、この間のように古風な服装《みなり》はしていなかった。鮮《あざや》かな紫色のコートを着て、髪を無雑作《むぞうさ》にうしろに撫《な》でつけている。相変らず、人形のような、どこか頼りなげな美しさであったが、しかし、この間から見るといくらか生々《いきいき》として見えた。

「おや、――」

慎介は思わず眼をすぼめて、彼女の姿を見守りながら、

「お一人ですか」

「えゝ」

千絵は飲みかけていた紅茶を下におくと、

「こちらへいらっしゃいません？」

「それじゃ御一緒にお願いしましょうか」

慎介は彼女と同じテーブルに腰を下ろすと、

「時々、こういうところへいらっしゃるのですか」

「いゝえ。――あたし殆《ほと》んど外へ出る事はありませんの。でも、この展覧会には、あの方の絵が出ているものですから。――あゝそうそう、お礼があとになってしまって、――この間は有難うございました」

「いやなに、そんなこと。――あの方というのは日下部君のことですか」

「えゝ」

千絵は消え入りそうな声でいって、ほんのりと頬をあからめる。そのあどけない美しさは、どうしても、あんな恐ろしい秘密を持っている女とは見えないのであった。

「そうですか。日下部君は絵を画《か》くのですか。ちっとも知りませんでした。で、もう御覧になりましたか」

「いゝえ、まだですの。何んだか気おくれがしちゃって」

彼女は寂しげに微笑《わら》いながら、カタログを取出《とりだ》すと、

「ほら、これですの」

彼女の指さすところを見ると、なるほど、
桜――日下部辰夫、

と、そんな字が印刷してある。

「桜――ですね」

慎介はふと須磨の老桜を思いうかべながら、

「何んなら一緒に見にいきましょうか。第十一号室ですね」

「え〻」

千絵は言葉少なに身づくろいをしながら、すぐ慎介のあとについて立上った。

日下部辰夫の遺作、「桜」はほかの人が見たのでは、殆んど何んの変哲もない絵だった。あれ果てた庭の一隅に、人知れず咲誇《さきほこ》って、人知れず散っていく桜の老樹――たゞそれだけの絵にすぎなかった。しかし、その絵を見た時、千絵が非常な感動にうたれたらしいのを、さっきから注意していた慎介は見のがさなかった。彼女の頬は一瞬白蠟のように色褪《あ》せた。唇まで血の気を失って、何んだか五つも六つも年が寄ったように見えた。

「この桜を御存知ですか」

「え？　え〻――」

千絵はふいに身をふるわせると、

「知っています。これは昔あたしが住んでいた家の、庭にある桜なのです」

「須磨でしたね」

「え？」

千絵はふいにぎょっとしたように息をつめて、慎介の顔を見た。

「御存知ですの？」

「え〻、僕も一度この桜を見たことがありますよ。そしてこの桜のある家から、日下部君が出て来るところを、はからずも見たのです。この間日下部君のことづけた花弁というのは、この桜なのじゃありませんか」

「先生！」

「あ、ちょっとお待ちなさい。この桜はちょっと妙ですね。ほら、幹に大きな瘤《こぶ》があるでしょう。何んだか、遠くから見ると、佝僂みたいな恰好《かっこう》をしているじゃありませんか」

慎介は決して千絵をおどかすために、そんなことを言ったのではなかった。実際、日下部辰夫の画いた絵がそう見えたのである。背中に大きな瘤を背負って、前かゞみに両手をひろげている佝僂、――その桜は、そっくりそういう恰好をしているのである。

千絵もはじめてそれに気がついた。すると、彼女は喰い入るような眼差《まなざ》しでそれを眺めていたが、急に、サーッと全身から血の色がひくと、彼女は、ふらふらと慎介のからだによろめきかゝって来たのである。

「あ、どうかしたのですか。気分でも悪いのですか」

慎介はあわてゝその体を抱きとめると、真蒼になって歯をくいしばっている女の顔を覗きこんだ。

「いゝえ、あの――先生――」

千絵が何かいいかけた時である。

ふいに静かな場内にたゞならぬざわめきが起って来た。あわたゞしく廊下を駆けていく人々の口から、警官だの、人殺しだの、裸像だのというような無気味な言葉が洩れるのが聞えた。それを聞くと、千絵は何故かしら、弾《はじ》かれたようにハッと身を起した。

「セ、先生!」

「ど、どうかしましたか」

「あたしと一緒に来てみて、――もしや、――もしや!」

慎介の指をつかんだ千絵は、まるで憑かれたようにぐいぐいと、彫塑部《ちょうそぶ》のほうへ彼を引摺《ひきず》っていく。その彫塑部の室の入口は、早《はや》いっぱいの人だかりだった。

「いつの間に、あんな物が運び込まれたのかねえ。昨日締める時までは、確かにあんなものはなかったのだが――」

幹事らしいモーニング姿の男が、いかにも忌《いま》わしげに眉をひそめて、呟《つぶや》いている。慎介と千絵の二人は、その肩越しに、そっと部屋の中を覗いてみた。

見ると部屋の中に群立している塑像の中に、一際目立って大きな石膏《せっこう》像があった。それはどう考えても、素人《しろうと》の手で、たゞむやみ矢鱈《やたら》と石膏を積み重ねたものとしか見えなかったが、ふと気がつくと、その顔面部だけポカーッと石膏が剝《は》げおちて、そこから、蒼黒《あおぐろ》い人間の顔――たしかに人の顔が覗いているのだ。

その顔をひとめ見た刹那、慎介はジーンと耳鳴りがするような恐怖をかんじた。それはまぎれもなく、桑野百合枝ではないか。

「先生！」

その時、彼の耳もとで、千絵のすゝりなくような声音が聞えた。

「黙ってゝ――黙ってゝ頂戴――あたし――あたしもう覚悟をきめたわ」

千絵の顔はそこにある石膏像よりも、もっと真白だった。

人喰い桜

真暗《まっくら》な夜だった。

宵《よい》から降り出した雨が、急にはげしくなって、暗い屋敷町の瓦《かわら》を叩いていた。慎介はいまその雨の中を、まっしぐらに千絵の家へ急いでいる。彼はまだ、さっき下宿で読んだ手紙を鷲《わし》づかみにしていた。

それは千絵の書いた手紙だった。

今日、展覧会場であの恐ろしい惨事を発見したとき、彼は千絵の懇願によって、やっと沈黙を守った。

「先生、この埋合《うめあわ》せは必ずしますわ。今夜まで待って頂戴。今夜まで待って、あたしから何んの音沙汰《おとさた》もない時には、その時こそ、先生の御存知のことを、何もかも、警察へとゞけて頂戴」

彼は相手の必死の懇願にしたがって、そのまゝ千絵と別れた。すると、果して、日暮ごろに千絵から一通の速達がとゞいたのである。慎介はそれを読んで、はじめて事の真相を知ったのである。それは何んともいえぬ程、恐ろしい事実の暴露だった。その手紙の中では、誰も彼もが気が狂っていた。その気狂いじみた情熱の恐ろしさに、慎介自身、憑かれたような気持ちになって、今一散に、千絵の家へ駆けつけている。

漸くその表へたどりつくと、門も玄関も開けひろげたまゝだった。それだけでも慎介は、早くもプーンと変事の匂いを嗅いで、急いで家の中へ駆け込んだ。しかし、そこには何もない。千絵の姿もなければ、波岡ぎんという女の影も見当らない。慎介は部屋という部屋を片っ端から調べて廻った揚句、ふと奥の土蔵に気がついた。

土蔵の門もあいたまゝになっている。慎介はすぐ中へとび込んだ。

「あっ！」

慎介はそこで、世にも恐ろしい物を見たのである。土蔵の中には、一面に石膏の破片が飛散《とびち》っていた。それは、あの桑野百合枝の体を封じ込めた、恐ろしい石膏像が、そこで作られたものであることを示しているのだ。

しかも、その石膏の破片の中に、一人の男——、まぎれもない、あの佝僂が、胸にぐさと短刀を突立《つきた》てたまゝ倒れているのだ。慎介はそれを見ると、一瞬、ブルブルと体をふるわせたが、すぐ勇を鼓《こ》して、その醜い佝僂の顔を覗きこんだ。

「あゝ、やっぱりこいつだったのか」

慎介は思わず唇を噛《か》んで呻いた。

それは、背中に大きな籠《かご》を背負って、佝僂をよそっている、家政婦の波岡ぎんにちがいなかったのである。——

さて、この恐ろしい物語の真相を打明けるためには、千絵の手紙をそのまゝ紹介するのが、最も適当であろう。それは次《つ》ぎのような恐ろしい告白書だった。

——先生、あたしは今日、展覧会場で先生にお眼にかゝって、何も彼《か》も打明け、是非《ぜひ》とも先生に救って戴《いただ》こうと思っていたのです。そのために、わざわざ、先生のお手許《てもと》まで入場券を差上《さしあ》げたのでした。しかし、あの恐ろしい石膏像を見たとき、あたしはもう万事終ったことを知りました。どなたにお縋りしても、自分のもう、とても救われない体であることを悲しくも覚《さと》ったのです。

——先生、あたしの父を殺したのは、佝僂の静馬ではございません。あたしはそれを最初からよく知っていたのでございます。何故といって、あの恐ろしい惨事の起る三日まえに、静馬は死んでいたのですもの。

——あの時のことを考えると、あたしは思い出してもゾッとします。その日、あたしは唯ひとり、お座敷で琴をひいておりました。家の中には父も女中も、家政婦のぎんもおりませんでした。そこへ、飄然《ひょうぜん》として佝僂の静馬が庭のほうから入って来たのです。静馬はあの桜の樹のしたに立って、じっとあたしを眺めておりましたが、やがて、苦しげな、切々な声でこういうのでございます。

——お嬢さん、あなたは誰のお嫁にもなることは出来ませんよ。私は生涯あなたの側にとりついて、決してあなたを誰にもやりません。さあ、私の顔をよく見ておきなさい。これは今死にかけている男の顔ですよ。私はたった今、毒をのんで来たのです。

——そういったかと思うと、ふいにガーッと血を吐いて——ああ、あの時の恐ろしさ、あたしは思わずそのまゝ気を失ってしまいましたが、その次ぎに気がつくと、いつの間に帰って来たのか、ぎんが桜の根元を掘って、佝僂の体を埋めているところでした。

——お嬢さま、こんなことを誰にも喋舌《しゃべ》るのじゃありませんよ。喋舌ればお嬢さまの恥になるばかりです。さあ、こゝにこの男を埋めておけば、誰にも分りゃしません。でも、お嬢さま、この男を少しでも可哀《かわい》そうとおぼしめすなら、その花簪を一緒に埋めておやりあそばせ。

——ぎんはそういって、あたしの花簪を一緒に埋めてしまいました。それは実に恐ろしいことでした。しかし、決して夢でも幻でもなかったのです。佝僂の静馬はあたしの面前で死んで、桜の根元に埋められたのです。

——それだのに、その静馬がふたゝび姿を現わして、父を殺したといいます。あたしはむろん、その間違いであることを知っていました。しかしそれを言おうとすれば、勢い、静馬のほんとうの所在《ありか》を明かさなければなりません。そんな恐ろしいことがどうしてあたしに出来ましょう。それに、あたしには静馬の風をして、父や女中を殺した人間が、誰だかさっぱり分ってはいませんでした。つい、最近まで。——

——先生、あたしは今急いでいます。だから、詳しく申上げるひまのないのを残念に思いますが、あたしがその佝僂の正体を知ったのは、実に、この間先生が、あの恐ろしい花簪を持って来て下さった晩のことでした。あたしははじめて、ぎんこそ、父を殺した佝僂であることを知ったのです。では、ぎんは何故そんなことをしたのでしょう。

——お嬢さま、いゝえ、千絵さま、あたしは千絵さまを誰にもやりたくなかったのです。人形のように美しい千絵さまを、いつまでもいつまでもあたしの側におきたかったのです。

——あゝ、何んということでしょう。それが狂おしいぎんの告白でした。ぎんの歪んだ愛情、あたしに対する忌わしい思慕、それこそ事件のうらにかくされていたすべての秘密だったのでございます。

——先生、あたしは自分でぎんを罰します。そして、自分も、辰夫さまの後を追って参ります。辰夫さまはきっと、あの桜の根元にかくされた秘密を発見なすったにちがいございません。そして、人知れず土の中から掘り出したあたしの花簪をとどけて下すったのでした。先生、さようなら。どうぞあたしの行方を探さないで下さいまし。——

以上が千絵の乱れた筆の跡であった。

おそらく彼女は、ぎんの告白をきいたあとでも、まだ自分の救われる途《みち》があると思っていたのであろう。あの恐ろしい百合枝の死にざまを見るまでは。——あの石膏像を見たとき、彼女はすぐに、それがぎんの仕事であることに気づいたにちがいない。そして、それが彼女に最後の決心をさせたのであった。

慎介は彼女の懇願に従って、強《し》いてその行方を探ろうとはしなかったが、しかし、数日後意外な方面から彼女の消息が入って来たのである。それは須磨に住んでいる友人の磯貝謙三からであった。彼の手紙にはこう書いてあった。


——里見兄。

——幽霊屋敷にはまた新らしい怪談が一つ殖《ふ》えたよ。昨日、あの屋敷の桜の根元で、振袖姿の美しい娘が自ら咽喉をかき切って死んでいるのが発見されたのだ。娘は人見千絵だった。

——僕もちょっとした好奇心からそれを見にいったが、実に綺麗な死にかただったよ。千絵はまるで、芝居の物狂いのような姿で、柔《やわらか》い土のうえに倒れていた。そして、彼女の屍体《したい》の上には、いっぱい桜の花弁がつもっていた。——

飾窓の中の姫君

一

間違いの原因はすぐ分った。

和子《かずこ》は自分が有名な男爵令嬢と、瓜《うり》二つといってい丶ほど、似ているのだそうだと聴かされたとき、一時は腹も立ったが、いくら何《な》んでも、主家の大事なお嬢さんと見違えるなんて、随分そ丶っかしい家《か》扶《ふ》や女中もあったもんだと、あまりの馬鹿々々しさに、おかしいやら、気の毒なやら、すっかり挨拶《あいさつ》に窮してしまった。

「は丶丶丶は、いや、君も果報者だ。あんな有名な人の令嬢に似ているなんて」

滑稽《こっけい》な間違いのいきさつがすっかり分って、家扶や女中が平蜘蛛《ひらぐも》のようにあやまって帰っていったあと、専務は大きな腹をゆすって笑いこけたが、和子は別に、自分を果報者だなんて少しも思わなかった。

男爵の令嬢に似ていようと、子爵のお嬢さんに生《いき》写《うつ》しであろうと、そんなことを光栄に感じて有難《ありがた》がるほど、和子は甘ちゃんではなかった。ディアナ・ダービンに似ているとでもいわれたら、ヒョイとすると嬉《うれ》しかったかも知れないけれど。

しかし和子はやっぱり、今日の出来事をいくらか嬉しがったほうがい丶のかも知れない。何故《なぜ》といって、彼女のようにいつも飾窓《かざりまど》のなかに立っている宣伝嬢が、専務とこんなに馴れ馴れしく口を利くなんて機会は、滅多《めった》にあるべき筈《はず》がないのだから。

「だって、随分そ丶っかしい話ですわ。いかに他人の空似《そらに》ということがあるにしても、面とむかって、まだあんなに剛情をはるんですもの。あたし、いきなりあのお爺《じい》さんに、お姫《ひい》さまってすがりつかれた時には、びっくりして胆《きも》をつぶしてしまいましたわ」

「はゝゝは、あいつは滑稽だったね。あゝいう家庭では、いまごろでもやっぱり、お姫《ひい》さまなんて言葉を使わせているんだね」

この小事件が、退窟な専務にはすっかり気に入ったらしい。上機嫌でもっとこのいきさつを話していたいらしい素振《そぶ》りに、和子も悪い気はしなかった。

「なんだか存じませんけど、いゝ年をしてほんとうに恥かしい話ですわ。お蔭《かげ》で主家の秘密、すっかり明るみに出てしまったじゃございませんの」

「なにね、あれはあの爺さんや女中ばかりの責任じゃないんだ。お母さんさえ、すっかり見違えてしまったんだそうだから」

「あらまあ！」

「これもあの爺さんの話だがね、出入りの者の注進で、男爵夫人も昨日こっそり検分に来たんだそうだぜ」

「あらまあ、そしてお母さんまでお間違えになりましたの」

「そうさ、だから人違いときいて、今頃はさぞガッカリしてることだろう。それにしても、現に腹をいためた産みの母親が見違えるくらいだから、君はよっぽど、そのお嬢さんによく似ているんだね」

専務はいまさらのように、こんな娘がうちの店に働いていたのかといわんばかりに、ジロジロと、しかし、好意のこもった眼で、和子のすがたを見直すのだ。

和子は特別に並外《はず》れた美人というのではなかったが、くるくるとした愛嬌《あいきょう》のある容貌《かおだち》が男にも女にも好かれた。柄も大柄のほうではなかったが、すらりとした体の線が美しく、それに歯切れがよく、言葉の調子が綺麗だったので、デパートの宣伝係などにうってつけだった。いつでも新柄の売出《うりだ》しなどがあると、彼女は一番に飾窓の中に立たされるが、ちかごろでは、ス・フ入り浴衣《ゆかた》の宣伝に大童《おおわらわ》である。

「皆様、ス・フ入り、ス・フ入りと申しましても、これは当店が特別に調製いたさせましたものでござ いまして、すぐによれよれになるの、洗濯が利かないだろうなどの心配は絶対にございません。一時は汗を吸収いたしませんから、健康に悪いだろうなどと取沙汰《とりざた》もございましたが、三割ぐらいの混織でございますと、そういう懸念はむしろ取越《とりこ》し苦労でございまして、お洗濯のほうも、ほんのちょっとしたお手加減でございます。何しろ御承知のとおり、国家非常時の折から――」

と、先《ま》ずざっとこんな工合である。

ところが、その和子に今日たいへんなことが起った。

いつもの通り彼女が、飾窓の中でひと通りス・フ入り浴衣の宣伝を終って、控室でほっとひと息ついていると、専務室から御用があると呼ばれたのである。

こんな事は彼女がこの店へ入ってからはじめてだった。宣伝のしかたが悪いといって、課長や部長から叱言《かす》を喰うことは再々だったが、専務が直接、用事をいいつけるなんて、いったい何んだろうと、恐る恐る擦《すり》ガラスのドアをひらくと、いきなり、

「お姫《ひい》さま」

と、いうわけである。

「あなたはまあ、あなたはまあ」

相手は一見大家の三太夫《さんだゆう》と見える、品のいゝ老人と、同じくこれも品のいゝ老女だ。これが左右からいきなり縋《すが》りついたかと思うと、最初がお姫《ひい》さまで、その次《つ》ぎが、あなたはまあ、あなたはまあなんだから、さすが陽気で、物おじしない和子も、びっくりして肝《きも》をつぶしたのも無理ではなかった。

落着《おちつ》いて話をきいてみると、この二人は有名な某男爵家の者で、数日まえに家出をした令嬢の弥生《やよい》というのと、和子がそっくりそのまゝ、生写しなところから、この騒ぎが起ったのだそうな。

「それにしてもお嬢さま、なんだって家出なんかなすったのでしょうね。あんなに皆様が心配していらっしゃるのに」

「なに、あゝいう家庭にゃいろいろと複雑な事情が

あるもんさ。それに近頃チョクチョク、大家のお嬢さん家出事件というのがあるようじゃないか。流行《はや》っているのか」

「なんだか存じませんけど、ほんとに人騒がせな話ですわ。なんにも知らないあたしにまで迷惑をかけて」

「迷惑なことはないさ。店のいゝ宣伝になる」

「あら、宣伝ですって」

「そうさ、見ていたまえ、今に新聞記者が押しかけて来るから。そうすると、男爵令嬢に瓜二つの宣伝嬢というので、ワンサワンサと見物が押しかけて来る。君、せいぜい腕に撚《よ》りをかけて、当店独特のス・フ入り浴衣を宣伝してくれたまえ」

「あらまあ、するとあたしのことが新聞に出ますの」

和子は急に悲しくなった。

「いやだわ。いやだわ。あたし男爵令嬢に似てることなんてちっとも嬉しかありませんわ。それに、それに――」

「それにどうしたんだね」

「いゝえ、なんでもありませんけれど……」

啓介《けいすけ》がこのことを知ったらどう思うだろう、顔ばかりは男爵令壌に似ていても、懐中《ふところ》工合はちっとも似ていないことを残念がりはしないだろうかと、和子はそれが不安になって来た。

二

専務の予言は当っていた。

それから間もなく、しっきりなしに新聞記者が来るやら、写真班が来るやら、専務には思う壺《つぼ》と見えてひどく御機嫌だったが、和子にはすっかり憂鬱《ゆううつ》の種だった。

おまけにその日の夕刊には、和子と、男爵令嬢弥生姫との写真入りで、三段抜きかなんかで、弥生の家出顛末《てんまつ》から、和子が間違えられたいきさつまでデカデカと出てしまったので、和子は穴へでも入りたいような気持ちで、こんな恥かしい想いをさせる弥生姫とやらが憎らしくてならなかった。

しかし、彼女が心配していた啓介は、幸い、この滑稽ないきさつに手をうって興がっただけで、別に彼女が真実の男爵令嬢でなかったから、以後交際は御免蒙《こうむ》るなんていわなかったので、和子はやっと胸が落着いた。

啓介というのは和子の住んでいるアパートの、すぐ近所に二階借りをしている、某軍需《ぐんじゅ》工場の職工で、ちかごろは検定とやらをとるんだといって、しきりに勉強をしている頼母《たのも》しい青年である。和子とは小学校時代からの友達で、彼女が以前いた叔父《おじ》の家にいられなくなった時、このアパートを世話したのも啓介である。爾来《じらい》、勉強の余暇をさいて、毎晩一時間くらい、和子の部屋でむだ話をしていく習慣になっている。

「だけど、あんたはそういうけど、やっぱりあたしなんかより、男爵令嬢のほうがいゝでしょ。ずいぶんお金持ちだっていうんですもの、素晴らしい自家用かなにか乗り廻してさ、ウビガンか何かの香水をプンプンさせながら、仰有《おっしゃ》ることだって違ってゝよ、お姫さまですもの」

「麿《まろ》がとでもいうかい」

啓介は煎餅《せんべい》をボリボリ頬張《ほおば》りながら、彼女自身宣伝中のス・フ入り浴衣をせっせと縫《ぬ》っている和子の手つきを眺めている。

「馬鹿々々しい、女が麿なんていうもんですか。あなた」

「なんだい。気味の悪い声を出すね」

「お姫さまの台詞《せりふ》よ、これ。何々をあそばせっていうわよ、きっと」

「それで俺はどうなるんだい。お姫さまのお情《なさけ》で、庭番かなにかに使われるのかい、チョッ、真平《まっぴら》だよ、そんなこたあ」

「そうね、お姫さまと職工じゃ、ちょっと釣合《つりあ》わないわね。すっとやっぱり、あたしのような、ス・フ入り浴衣の宣伝嬢のほうがうってつけかしら」

「ス・フ入りのお姫さまっていう寸法かね」

「あら、憎らしい」

「おっとと、御免々々。じゃまけといて純綿《じゅんめん》ということにしといてやろう、おっと、またか、その二尺《にしゃく》ざしは向うへひっこめておけよ。危いお姫さまだ。しかし、ス・フ入りで思い出したが、俺もひとつ浴衣を買おうかな」

「お買いなさいな。縫ったげるわ。あたしが買えばいくらか安く買えるのよ。ス・フ入り、ス・フ入りと申しましても、これは当店が特別に調製いたさせましたものでございまして、すぐによれよれになるだろうの、洗濯が利かないだろうの心配は絶対にございませんから――ひとつお買いあそばせ」

「おっと、ス・フ入り、ス・フ入り」

「あらまた」

と、その晩は甚《はなは》だなごやかな風景だったが、それから二三日して、彼女の身辺にたいへんなことが起ったのである。

というのは、あの夕刊が出てから三日目の夜のこと、彼女の部屋へひとりの婦人客が訪ねて来た。その女《ひと》は名前も名乗らず、部屋に入っても顔をかくしているので、和子はなんだか怖いような気がしたが、間もなく相手が面《おもて》を包んでいるヴェールを取ったのを見たとき、和子は思わずハッといきをのみこんだ。

「あら、まあ」

「御免なさい、びっくりさせて。でも、あたしが誰だかお分りになったでしょう」

これが分らなくてどうしよう。その女《ひと》は姿からかたちから、そういう言葉の調子まで、ソックリそのまゝ和子なのだ。この間のいきさつから、和子が予《あらかじ》め、自分と瓜二つの令嬢がこの世に存在しているということを知っていなかったら、彼女はきっと驚きのあまり気を失ってしまったにちがいない。

「あなた――あなたでしたの？」

「えゝ、そうよ、この間はうちの者がとんだ失礼をしたそうね。御免なさい。でも不思議ね。これじゃ、お母さまがお間違えなさるのも無理ないわ」

「まあ、それじゃあなた、お屋敷へお帰りになりましたの？」

「ウウン、まだ」

男爵令嬢弥生姫は、洒々《しゃあしゃあ》として笑っている。彼女も陽気で屈托《くったく》のない性質と見えて、そういうところまで和子と同じだった。しかしこれもあながち不思議ではない。現代の骨相学によると、すべて人の性格というものは、骨相によって決定されるのだそうだから、瓜二つといってい〻ほど、よく似た骨相を持っている二人の娘が、性質まで似通っているのも別に不思議はないのかも知れない。和子はしだいにこの男爵令嬢に親愛を感じて来た。

「まあ、いけない方ね、何故また家出なんかなさいましたの」

「ちょっと紛擾《いざこざ》があったのよ」

「で、今までいったいどこにいらっしゃいましたの」

「お友達のうちを方々。ところがそのお友達も心配して、家《うち》へ密告しそうになって来たから、飛出《とびだ》して来たのよ。それであなたにお願いがあってお伺《うかが》いしたのよ、聴いて下すって」

「どんな事なんですの」

「びっくりしちゃいやよ。とても妙なお願いなんだから。あたしね、あなたの身替りをしばらく勤めたいのよ」

「え？」

「だからびっくりしちゃいやといってあるじゃないの。あたしね、もう十日、い〻え、一週間でもい〻からこのま〻頑張っていたいのよ。そうすると、家のほうで折れてくれると思うの。いま帰ると、あたし無理矢理に結婚させられてしまうのよ。それも見たこともない人と。いやだわ。いやだわ。あたしそれぐらいならいっそ死んでしまうわ。今迄《まで》、会ったこともない人と結婚するなんて。ねえ、同情してよ」

自分とそっくり同じ声、同じ抑揚で話している男爵令嬢の言葉を聞いているうちに和子は大発見をした。お姫様とて、必ずしもあそばせとは言わないらしい。

「それで、あたしの身替りになって、お屋敷から隠れていたいと仰有いますの」

「そうよ、物を隠すのには、隠さないのが一番安全な方法なのですって。それから泥棒が物を隠す時には、探偵が一度探した場所へ隠すんですって。これ、探偵小説で読んだのよ」

お姫様は探偵小説の愛読者だった。

「あなたは一度、うちの者が調べた——あら、調べたなんて失礼ね。でも、とにかく、ほら当ってみたあとでしょう、それからいつも飾窓の中に立っていらっしゃるんですもの、これつまり、物を隠さないでおくって事になるでしょう、だから、探偵小説の法則にたいへんよく適《かな》っているわけなのよ。ね、お願いよ」

「でも、その間、あたしはどうしますの」

「あなた、御旅行をなさりたくはない？　田舎《いなか》に親類か何かありません？　お金のことなんかいっちゃ失礼だけど、あたし少しは用意があるのよ」

「えゝ、あたし、秋田のほうに母がいますの、一度来てくれ来てくれって、何度も手紙を貰《もら》うんですけれど」

和子はふと、父の死後、複雑な事情で別れた母のことを悲しく思い出した。

「あら、素敵、じゃしばらくの間お母さまのところへ行ってあげなさいよ。大丈夫よ、あたし十分あなたのお役目を勤めてあげてよ。ほら、こういうんでしょう。ス・フ入り、ス・フ入りと申しましても、これは当店が特別に調製いたさせましたものでございまして、すぐによれよれになるとか、洗濯が利かないだろうなどの心配は絶対にございません。えゝと、それから何んだっけ」

「あら、まあ」

和子はほとほと、この陽気な家出人にどぎもを抜かれてしまったのだった。

三

それからどういう風に、和子を口説《くど》き落したのか知らないけれど、とうとう男爵令嬢弥生姫は、その翌日から和子の代りに、飾窓の中に立って、ス・フ入り浴衣の宣伝をすることになった。但《ただ》し、これは絶対に秘密で、啓介にさえ話すことが出来なかったので、これが和子の心配の種である。

ほかの事なら、出来るだけ上手に自分の身替りを勤めて貰いたかったけれど、これぱかりはあまり上手にやられては困るのだ。現代の骨相学によると、同じ骨相を持った二人の娘は、結局同じ人間が好きになるかも知れないのであるが、そうなられては、甚だ困るので、和子は最後におずおずとそのことを切り出した。

「あらまあ素敵ね、で、その方どういう方？」

男爵令嬢は和子の話をしまいまで聞こうともせず、手をうって喜んだ。

「なんでもありませんの、たゞお友達というだけのことなのよ。それに毎晩遊びに来るもんですから」

「お友達にもいろいろあるわ。でもまあ、そんな詮《せん》索《さく》よしにしましょう。で、何をなさる方なの」

「職工なのよ、つまらない男よ、だからあまり。

……」

「あら、あんなことといって。そんなに警戒なさらなくても大丈夫。いゝから安心してらっしゃい。うんと大事にしてあげるわ」

それそれ、それが困るのだ。

「いいえ、あの、そんなに大事になさらなくても。

――あまり大事にするとつけあがって。――」

「つけあがってどうするの？」

「いいえ、あの。――」

話がいよいよ機微に触れて来たので、和子は顔を紅《あか》らめて、すっかり狼狽《ろうばい》してしまった。

男爵令嬢はさとりがいゝ。ははアという表情《かおつき》をして、

「あゝ、分った。つまりその、接吻《せっぷん》をなさるんでしょ」

「えゝ、あの、時々」

「いゝわ、もし、そんな素振りを見せたら、あたし顔をひっぱたいてやるわ」

「あら、だって、だって、そんな乱暴なこと」

「だって困ったわね。あたしそこまで身替りは勤まらないわ。あたしはいゝとしても、あなたお困りでしょう」

「えゝ、それが唯《ただ》一つ、心配の種なんですのよ。とても慣《おこ》りっぽい人ですもの」

「そう、じゃ、まあ何んとか誤魔化《ごまか》しとくわ。でも

随分むずかしいわね。あまり大事にしてもいけないし、といって、喧嘩《けんか》をしてしまっても困るんでしょ」

弥生はス・フ入り浴衣の宣伝より、この方がよっぽどむつかしいと思ったが、結局、お兄さまのように大事にすること、それから、彼女が拒んだ分だけは、和子が帰ってから埋合せすること、という事で、さしものこの難問も決着したのである。

その晩、和子は秋田へたった。

そして弥生はいよいよ、飾窓の中に立って、ス・フ入り浴衣の宣伝を開始したわけである。

幸い和子が徴に入り、デパートのエティケットから同僚の名前、あるいは自分自身の習慣まで話してくれたし、弥生はいたって機転が利くほうなので、思ったより、この身替りは成功しそうだった。

「ス・フ入り、ス・フ入りと申しましても――」

と、飾窓の中に立って、ひと晩かゝって暗誦《あんしょう》した宣伝文句を喋舌《しゃべ》っていると、弥生は何んともいえぬ楽しさを感じるのだ。デパートの中にはひとつの人生がある。弥生はいまそれを身をもって体験している。たとい、それがステープル・ファイバーのように代用品の人生であるとしても。

しかし、弥生にとっては面白いことばかりではなかった。彼女が飾窓の中に立つようになってから三日目、彼女はハッとして思わず口慣れた宣伝文句をトチるような驚きにうたれた。ズラリと飾窓を取りまいた群集の中に、彼女は自分の母の姿を発見したのである。

お母さまは顔をかくすようにして、一心に弥生の姿を見ながら、その声に耳を傾けている。彼女はどうやらまだ諦《あきら》めきれぬらしく、人違いと分っていても、愛する娘の面影《おもかげ》を、そこに求めているのだろう。つまり男爵夫人も、当分代用品で満足するつもりなのである。

四

ところがそれから間もなく、

「和子さん、専務さんがお呼びよ、あらいやだ。和子さんてばさ」

和子に狸《たぬき》という仇名《あだな》があると教えられた、芳子《よしこ》という同僚に、突然耳もとでわめかれて弥生ははじめて、自分のことかと気がついた。

「そうそう、あたしだっけ」

「あらいやだ、和子さんどうかしたの」

「え？　あたしいま何か言って？」

「まあ、あきれた。今日はよほどどうかしてるのね。朝からヘマばかりやってさ。さっきも文句を間違えたじゃないの」

「えゝ、少し変ね」

「変ねもないもんだわ」

「で、何か御用？」

「まあ、あれだ。あなた大丈夫？　この二三日ほんとうに変よ。いえね、専務さんが御用っていうのよ」

「そう、有難《ありがと》う」

スーッと立っていく弥生の後姿を見送って、芳子は思わず小首をかしげた。

「駄目だわ。やっぱりどうかしてるんだわ」

芳子が心配したのも無理はない。


幸い専務室というのも、和子が教えておいてくれたので、弥生はまごつかずにすんだが、唯、専務に呼ばれるということが、どんな心理的影響を、彼女のいま勤めている身替りの少女たちに与えるか、そこまではさすがに研究がいきとゞいていなかったので、その時の彼女の態度はたしかに変だった。

専務はたゞ専務だ。もっと偉い人だっていつもお屋敷にいればペコペコと彼女の前に頭をさげる。で、弥生は平然と専務室へ入っていった。

「何か御用でございましょうか」

「あゝ、よく来た、まあ、そこへ掛けたまえ」

専務は上機嫌だった。見るとその部屋には、見知らぬ一人の男が、専務とさし向いに腰を下ろしていた。色白の、まだ年若い、ちょいとロバート・テイラーに似た、それでいてちっとも気障《きざ》でない好男子だった。

好男子は弥生の顔を見ると、にっこりと眼で微笑《わら》って、軽く頭をさげた。

「君、どうだね、ひとつ映画女優にならんかね」

専務はだしぬけにいった。こんな事はだしぬけにいうに限る。突然であればあるだけ、よけいに相手は喜ぶものである。果して弥生はびっくりして、

「あの、あたしがでございますか」

「そうさ、君がだよ。実はね、こちらにいらっしゃるのはS・P映画会社の常務さんだが」

「あ」

弥生が思わず顔色をかえたのを、勘違いした専務はひとりで悦に入りながら、

「実はこの間の騒ぎがあってから、はじめはちょっとした好奇心で君を見に来られたそうなんだが、一瞥《ひとめ》見て、すっかり君が気に入ったと仰有るんだね。ひとつスターに仕立てゝ、大いに売出《うりだ》したいとこういうお話なんだ。どうだい、いつか君を果報者だといった俺の言葉には間違いはなかったろうが」

だが、折角《せっかく》の専務の言葉も、弥生の耳には殆《ほと》んど入らなかった。専務の前においてある名刺を、ちらと横眼で見ると、宇佐見慎作《うさみしんさく》。

《あ、やっぱりこの人だわ！》

弥生は俄《にわ》かに頬が火照《ほて》って、胸がドキドキとして来た。

《ひどいわ、ひどいわ、そうならそうとお母さま、仰有って下さればいゝのに。常務だなんと仰有るもんだから、あたしどんなお爺さんかと思って、写真も見ずに家《うち》を飛び出したのに》

つまり、S・P映画会社の常務、この宇佐見慎作こそ、彼女が無理矢理に押しつけられようとした結婚の相手なのであった。

「君なら十分天分があると、宇佐見さんは仰有るんだ、で、もしそういうことになって、君がジャンジャン売出してくれるなら、宣伝にもなる事だし、我々としても後援を惜しまぬつもりだが」

「いかゞでしょう。是非《ぜひ》一度テストさせて戴《いただ》けませんか。なに、テストといってもほんの形式だけなんで、あなたなら大丈夫と、私は睨《にら》んでいるんですが」

《あゝ、なんという深味のあるいゝ声だろう。そしてその口の利きかたの穏《おだや》かなこと！》

弥生は膝頭《ひざがしら》が思わずガクガク顫《ふる》えて来た。

ところで、それ以来腹の虫がおさまらないのは啓介だ。

この一週間あまり、和子の態度がすっかり変ってしまった。以前のように素直に自分の要求をいれないばかりか、どうかすると夜おそくなることがあると思ったら、ある日、意外な人の訪問をうけて驚いた。それですっかりムシャクシャしているところへ、その晩も十時すぎに和子が、ウットリとしたまなざしで帰って来たので、先刻《さっき》から彼女のアパートで、しびれを切らして待ちうけていた啓介は、とうとう癇癪《かんしゃく》を爆発させてしまったのだ。

「今頃まで、いったい、どこへいっていたのだい」

「あら、びっくりした。あなた、そこにいらしたの?」

「いたよ、いて悪かったね、ス・フ入りの男爵令嬢」

「あら、それ何のこと」

「畜生《ちくしょう》、この間のことも忘れてしまいやがったのだな。フフン、スターになれると思って、偉張《いば》るない」

「あら、あなた、そのこと知っていたの」

「うん、今日聞いたよ。宇佐見とかいう色の生白《なまじろ》い男がやって来て、是非、君の口から口説《くど》き落してくれって頼んでいきやがったぜ」

「まあ、あなたのところまで来たの。実はあたし、この間からあなたに話そうと話そうと思ってたのだけれど、和子さん――いえ、あたし、ほんとに困るのよ。無断で承諾するわけにもいきませんものね。ね、あなたどう思う。和子さん――いえ、あたしが映画女優になるの、いけなくって」

「そんなことはいゝさ。映画女優だろうがなんだろうが、真面目《まじめ》に身を持ってゝくれさえすりゃ、俺は敢《あえ》て反対しないさ。しかし」

「あら、そう、それじゃ、和子さん――いえ、あたし映画女優になれるわね。で、あなた、何を憤っていらっしゃるの」

「それはいゝんだ。それはいゝが、宇佐見というあの男が気に喰わねえ。聞けば君を口説くために、毎晩、ほうぼうへ引っ張り廻したというじゃないか。それに近頃の君の眼のいろったらないぜ、まるで新らしい恋人でも出来たみたいだ」

「あら、そのこと。だってそりゃ仕方がないわ。あの人、あなたと同じ骨相をしているんですもの」

「な、なんだって？」

「なんでも、骨相学によると、同じ骨相をしている人間は、どうしても趣味も嗜好《しこう》も同じなんですって。だけどあたしあなたを好きになるわけにはいかないでしょう」

「すると、君は俺が好きじゃないのかい」

　この思いきった御託宣《ごたくせん》に啓介が弱々しい声で訊《たず》ねた。

「えゝ、そうよ、そりゃ和子――は好きだけど」

「変だね。少し」

「ちっとも、変じゃないわ。で、あの方あなたと同じ骨相をしてるでしょう。だから和子――が、あなたを好きみたいに、あたしもあの方が好きになるのも無理ないのよ。あたし、あの方と結婚しちまうわ」

「畜生、そして俺はどうなるんだい」

　啓介が蚊《か》のような声で訊ねた。

「あなた？　あなたは極《きま》ってるじゃないの和子――あゝ、あたしだっけ、つまり結婚するんだから安心していらっしゃいよ」

「おいおい、どっちなんだよう」

「えゝ、自烈体《じれったい》、どっちでもいゝじゃないの、みんな骨相学のせいなのよ。ね、分って、骨相学よ、骨相学よ」

　と、そこで彼女は、啓介の眼から見ると、恐るべき自己分裂の徴候を顕《あら》わしたのである。

覗機械倫敦綺譚《のぞきからくりろんどんきだん》

一、相乗車《あいのりぐるま》は地獄と極楽境界《さかいめ》のこと

監獄と雖《いえど》も分け隔《へだ》てをする事を知らぬ、輝かしい太陽が、醜《みにく》い灰色の壁にも惜しみなく其《そ》の光を頒《わか》ち始めた夏の朝まだき厳《いか》めしい門衛に守られた重い鉄の扉がギイと開《あ》いて、どや〱と五六人、一塊《ひとかたまり》となって吐出《はきだ》されたのは、無事に刑期満ちて今日目《こんにちめ》出《で》度《た》く出獄する人々と見られたが、銘々《めいめい》守衛に愛嬌《あいきょう》を振り撒《ま》きながら、思い〱の方角にいそ〱と立去《たちさ》った後から、唯《ただ》一人悠然《ゆうぜん》として出て来たのは、白粉《おしろい》の濃い、華美《はで》な服装《みなり》の年増《としま》女。それと見るより先程から、人待《ひとまち》顔にぶら〱していた、色の生白《なまじろ》い、下《げ》卑《び》た様子の一青年、つか〱と早足に近附いて来たかと思うと、男「お目出度《めでと》う、シャーロッタ。私《わたし》ゃ先《さっき》からどれ程待ち焦《こが》れていたか知れやしない。それにしてもいつに変らぬお前の美しさ、以前とは又一段と立優《たちまさ》ってみえるようだ」とても懐しそうに側《そば》へ寄るのを、女は嬉《うれ》しげにもなくつんと澄して、女「おやまあ、お前さんわざ〱迎えに来ておくれかい。だけどあまり側へ寄って貰《もら》うまいよ。私ゃもうお前さんには用のない体、忌々《いまいま》しい、考えて見てもおくれ、お前さんがヘマをやったばっかりに、私は十八ケ月もお酒のない所で窮命《きゅうめい》させられて来たのじゃないか」とにべもない挨拶《あいさつ》は、余程《よほど》男の失策が癪《しゃく》に障っていると見える。男「まあ、そう憤《おこ》らないでおくれ、あの時は私が悪かったのだから、今度からは屹《きっ》度《と》気を附けるよ。だからさ、そう腹を立てないで機嫌よく私と一緒に帰っておくれ」女「真平《まっぴら》だよ。誰がお前さんなんかと一緒に行くものか」と出獄早々の痴話喧嘩《ちわげんか》、二人が声高に言い争いながら立去った後、今日《こんにち》の出獄者はもうこれだけかと、門衛が扉を閉めようとした時、項垂《うなだ》れ勝ちに悄然《しょうぜん》として出て来たのは、服装《みなり》こそ賤《いや》しけれ、二十一二歳の素晴《すば》しい美人、門衛が待っているのを見ると、女「済みませんと低声《こごえ》に礼を陳《の》べ乍《なが》ら、顔を外向《そむ》けて足早に、通過《とおりす》ぎようとするのをふと呼止《よびと》めた門衛、門「お嬢さん、気を附けて行きなさいよ。二度ともうこんな所へ来る事のない様に、神様にお祈りしますよ」と優しく言われて娘心の気も弱く、早《はや》涙さしぐみながら、娘「有難《ありがと》う、さようなら」も口の中《うち》、十ケ月振りに娑婆《しゃば》の空気は呼吸《す》ったものゝ、さて運が北やら南やら孰方《どちら》へ行ってよいのか途方に暮れた面持《おももち》。それというのも無理ならぬ、この娘の名はブレンダ・ローズといって、元は相当の家庭に生れ、一人娘の愛《いつくし》らしく、蝶《ちょう》よ花よと恵まれ、人並以上の教育も受けていたが、打続《うち》く不幸に両親が相次いで亡くなってからというもの、纔《わずか》の財産も腹黒い人手に横領されて、まだ十八という繊弱《かよわ》い身を、辛い浮世の波に揉《も》まれねばならぬ身となったが、さりとては又運命の苛酷な、よしない人に冤《むじつ》の罪を負わされて、血涙《けつるい》を揮《ふる》っての弁解も、検事判事の取上《とりあ》げる所とならず天涯孤独のみなし児なれば、誰一人弁護に立つ人とてもなく、憂《う》たてやな、到頭《とうとう》何千何百何号と、数字を以《も》って称《よ》ばれる身とはなったのである。その時の恨《うら》み、歎《なげ》き、口惜《くや》しさ、父母いまさば如何《いか》に思召《おぼしめ》すらんと天を仰《あお》ぎ地に伏して泣きに泣いたが、それも昔の夢。判事の申渡《もうしわた》したのは一ケ年の懲役であったが、在監中の行状神妙なりしとて、二ケ月期間を短縮され、今し監獄の正門から放たれたブレンダの懐中には、入獄中の作業の手当にと与えられた十志《シリング》の金と、倫敦迄《ロンドンまで》の乗車券の引換切符、泣くも笑うもこれだけが彼女の全財産であった。先程此《こ》の二品を渡す時、これを資本《もとで》に身を立てる工夫をせよと典獄は仰有《おっしゃ》ったが、たった十志《シリング》の金でどうして此《こ》のセチ辛い世の中に、娘一人が立過《たてすご》して行けようか。そうでなくても世の中は鬼千疋《びき》、切符のあるのが幸《さいわい》に、取敢《とりあえ》ず倫敦へ行ってみる心算《つもり》だけれど、其処《そこ》へ行ったところで親戚があるというではなし、知人友人とて一人もない身の、それから先はどうなる事かと、思えば思う程我が身の果敢《はか》なさ、胸に屈托《くったく》があれば足も進まず漸《ようや》く辿着《たどりつ》いたのが村の停車場、典獄から貰った引換券を、此処《ここ》で乗車券に換えねばならぬが、さりとては麗々《れいれい》しく監獄の印の据《す》わったものを、どうして人前に出されようか。やあこんな可憐《しおら》しい顔はしていても、これが恐ろしい前科者かと、切符売も面《おもて》を見ようし、駅夫《えきふ》も後指を指そう、それを思えば中々にこの引換券がいっそ恨めしく、とつおいつ思案の折柄《おりから》、大声に喧《わめ》き散らしながら入って来たのは、先の年増女と情夫《いろおとこ》、何処《どこ》かの酒場で仲直りに、早《はや》一杯ひっかけて来たと見えて、ほろ酔い機嫌に熟柿臭《じゅくしくさ》い呼吸《いき》を吐きながら、早くもブレンダの姿を認めて、女「おや、お前さんはまだこんな所にうろ〳〵しているのかい。そして切符は引換えてお貰いだったかい」と狎々《なれなれ》しく側へ寄って来るおぞましさ。ブレンダは忌わしげに面を外向けて、ブ「彼処《あすこ》にいる時とはこと違い、外へ出れば赤の他人、これから先も狎々しく、言葉をかけて下さるな」と聞くより女は柳眉《りゅうび》を逆立て、女「ヘン、生意気な事をお言いでないよ。お上品ぶっていてもどうせ将来《さき》は知れている。一度彼処《あそこ》の門を潜った者を、何で世間が相手にするものか。いつかは又私の事を姉さんだの、相棒だのと称《よ》ぶ日が来るに極《きま》っている。その時の娑《しゃ》っ面《つら》が見たいよ」と嵩《かさ》にかゝって辺憚《あたりはばか》らず喧《わめ》き散らす浅間《あさま》しさ、ブレンダは人眼の関も羞《はずか》しく、耳を押えて遁《に》げ出すと、人なき小蔭《かげ》にほっと胸を撫《な》で下すのも不憫《ふびん》である。間もなく汽車は着いたけれど、あの女と一緒になろうと思えば空恐ろしく、中々乗る気にもなれなんだ。その中《うち》に汽車は出た様子、次の列車は何時頃《いつごろ》出るのやらと、辺見廻《あたりみま》わしそう〳〵と駅へ入って行けば、思いがけなく前のを追蒐《おいか》けるように着いたのは急行列車、折からプラットフォームに人影もなく、降りる客とてなさそうなので、駅長は早《はや》発車の合図をしようとしたが、ブレンダの姿を見るより双手《もろて》をあげ、早く〳〵と急立《せきた》てゝ、戸迷《とまど》いしている彼女の体を、無理矢理に押込《おしこ》んだのは一等客車、後の扉をピッタリ締めると、呼笛を口に当てゝピリピリピリ、汽車は早動き出した。駅長に急立てられたブレンダは、切符を引換える遑《いとま》とてなく、我にもあらず一等車に乗込《のりこ》んだが、車掌に咎《とが》められたら何と言訳《いいわけ》しようかと、気も早そぞろに、途方に暮れた面持で、車の中を見廻せば、彼女の他に乗客とては唯一人、それも同じ年頃の容色こそは劣ったれ、素晴しい服装をした娘、先程から新聞にも雑誌にも読み飽きて、相手欲しやと思っていた折柄、ブレンダの顔を見ると莞爾《にっこり》笑って、手招ぎして側の座席を叩くのは、多分此処《ここ》へ来いとの謎《なぞ》か。ブレンダは何となく顔紅《あか》らめながら、ブ「この汽車は倫敦へ行くのでございましょうね」娘「えゝそうよ。そして倫敦迄は何処《どこ》へも停りません。あなた宜《よろ》しかったら私の側へいらっしゃいな。もう〳〵退屈で退屈で……」と他意ない様子で奨《すす》められ、ブレンダは落着《おちつ》かぬ腰を向《むかい》の座席に下した。娘「あなた何方《どちら》から?」ブ「私? 別に何処と云《い》って……」口籠《ごも》るのを娘は別に怪しいとも思わず、娘「倫敦へいらっしゃるのね。倫敦には御両親がいらっしゃるのでしょう」ブ「いゝえ、私両親なんてありませんの」娘「おやまあ、それでは御兄弟でも」ブ「いゝえ、兄弟も親戚《みより》もない独りぽっち、第一私はこんな一等なんかに乗る身分ではございませんの。車掌に調べられたら叱《しか》られますわ。追加料金を支払えなんて言われたらどう致しましょう。私そんなお金は持って居《お》りませんものを」と溜息《ためいき》を吐《つ》くのを娘は屈托のない調子で、娘「それでは何払わないまでのこと。大丈夫、調べになんか来るもんですか。倫敦へ着いたらそ知らぬ顔で、お持ちになっている切符を渡してお下りなさいましよ」その三等切符さえ持ってはおらぬものを。持っているのは忌わしい、監獄の印の入った引換券ばかり。それと知ったらこの娘、どんな顔して驚くことだろう。ブレンダが打沈んでいるのを見て相手は慰《なぐさ》め顔に、娘「何もそう御心配なさる事はございませんのよ。車掌が兎《と》や角《かく》申しましたら失礼ながら私がお立替《たてかえ》してもよろしゅうございますもの」ブ「あれ、滅相《めっそう》もない、見ず識《し》らずの貴女様《あなた》にそんな事をして戴《いただ》いては……」娘「何御遠慮に及びますものか。旅は伴侶《みちづれ》とやら申すではございませんか。それでは倫敦へお出《い》でになって何をなさるお心算《つもり》」ブ「何と云って当《あて》はございませんけれど、譬《たとえ》にも言う通り、都へ出れば食いはぐれはないとか申しますので」娘「それでは全《まった》くお友達もお有りなさらないので」ブ「ハイ、初めてと云ってもよい位でございますもの」娘「おやまあ、それでは私と同じこと、私も倫敦は初めてなんでございますよ」ブ「して何方《どちら》から？」娘「濠《ごう》洲《しゅう》から参りましたの」ブ「あのまあ、遠い〳〵海の向うのあの濠洲から」娘「ハイ、その遠い〳〵濠洲から」ブ「そしてお伴《つれ》もなく」娘「ハイ、伴もなく」ブ「お独りで」娘「ハイ、独りで」ブ「おや、まあ〳〵」とブレンダが眼を瞠《みは》って呆《あき》れ返るのを、娘はさも可笑《おかし》げに打笑いながら、娘「でも、そんな事何でもございませんのよ。あなたゞって父に死別《しにわか》れて、他に頼る者が一人もなくなったら、汽船の一人旅くらい、ほゝゝ、何でもありませんのよ」ブレンダは愈々《いよいよ》感に耐えた面持で、ブ「そして倫敦はどちらの方へ」娘「ケンシントン区ですの。御存じありません」ブ「ハイ、噂《うわさ》には聞いております。大層お金持《かねもち》ばかり住んでおります所だそうで」娘「おやまあそうですか」娘は手提鞄《てさげかばん》を開くと男持《おとこもち》のような大型の紙入《かみいれ》を取出《とりいだ》し、娘「ほら、此処にございました。ケンシントン区シャラアド広場《スクエヤー》三番地、ダーウエント・テート。これが父の従兄弟《いとこ》になりますの。生前父は儲《もう》けたお金を皆この人に預けておいてくれましたので、言ってみれば私の財産管理人兼保護者、何でも奥さんと息子《むすこ》さんとの三人暮しだとのこと、でも私は一度も会った事がございませんのよ」ブ「お羨《うらやま》しいこと、貴女の様なお方なら屹度《きっと》倫敦がお好きになりますわ」娘「いゝえ、倫敦こそ私が好きになりましょう。お金を費《つか》うことより他に何の能もない我儘娘《わがままむすめ》、都には随分こういう娘を虜《とりこ》にしようと、手具脛《てぐすね》引いて待っている人々があるというではありませんか」ブ「本当にあなたは直《す》ぐ、倫敦でも有名な婦人におなりでしょう」娘「あなたもそうお思いになって、私も随分その心算《つもり》、実を云えば私《わたくし》、一昨日もう倫敦へ着いておらねばならない筈の所、サザムプトンで上陸以来観るもの聴くもの面白く、つい二日も道草を食ってしまいました。先《さっき》電報を打っておいたけれど、従兄弟はさぞ心配して居りましょう」ブ「屹度ウォータールー駅まで迎えに来ていらっしゃいますわ」娘「ところが貴女お互《たがい》に一度も顔を見た事のない同志でしょう。私どういうものか幼い時から写真が嫌い、ですから従兄弟が駅へ来てくれても、浜の真砂《まさご》から真珠を探すようなもの、それより此方《こっち》から乗着《のりつ》けた方が万事雑作《ぞうさ》がなくていいと思ったので、迎えには及ばないと申してありますの」ブ「それじゃ倫敦には一人も御存じの方はおありなさらないので」娘「倫敦どころか英吉利《イギリス》中に私の顔を知っている人はございません。ホープ・デーアも、あなたと同じ独りぼっち、ほんとうに頼りない身なんでございますよ。でも私こういう性分ですから、淋《さび》しいなんて思ったことございません。何、すぐお友達も出来ましょうもの」陽気な相手の様子につけても、泌々《しみじみ》と振返《ふりかえ》って見られるのは己《おの》が身の上、ブレンダは遣瀬《やるせ》なげに溜息を吐きつつ、ブ「それじゃあなたのお名前はホープ・デーアさんと仰有《おっしゃ》るので」ホ「ええ、そうなの。父の名はジョージ・デーア。ほほほ、私としたことが調子に乗って自分のことばっかり。……御免なさい。でも私、あなたにお眼にかかれて本当に嬉しいわ。だってサザムプトンに上陸以来、随分沢山の御婦人をお見受けいたしましたけれど、あなたのように綺麗なお方初めてですもの」ブ「おやまあ、何で私がそんなに綺麗なものですか。友達も、親戚《みより》も、お金も、そして名誉もない私のようなものが……」と、再《ふたたび》胸に支《つか》えて来る屈托に、思わず顔を外向けて溜息を吐けば、ホープはさも腑《ふ》に落ちぬ面持、ホ「そんな事私信じられませんわ。英吉利人の云う淑女《レデー》とはきっと貴女の様な方に違いないと、先《さっき》から熟々《つくづく》敬服しながら見て居りますのに、私なんか及びもつかぬ美人でいらっしゃるし、あなたのような方がそれ程お困りだとは……」と言いさしてホープ・デーアの顔色が、その時ふいに変ったからブレンダは驚いた。ブ「おや、どう遊ばして、大層お顔の色が……」ホ「ス、済みません、――あの鞄の中に――ク、薬が――罎《びん》に入った薬が――」と云う声さえも切々《きれぎれ》に愈々切《せつ》なげな様子だから、ブレンダは益々《ますます》驚き周章《あわ》て、ブ「しっかりなさいまし。まあどうしたらよかろうね。はいはい、今直ぐお薬を探して差上《さしあ》げましょう」と、鞄の中を探るブレンダの指に、ふと触れたのは夥《おびただ》しい金貨の山、どれ程あるか分らぬけれど、何でも余程の高に違いないと、思わず生睡《なまつば》を飲込《のみこ》む彼方《かなた》では、ホープ・デーアが瀕死《ひんし》の息使い。ホ「あなた――私はもう駄目。――父も母もこの病気で死にました。――今度発作が起れば危いと言う医者の言葉――ああ苦しい」と云う声さえも早《はや》虫の息。ブレンダは益々狼狽《ろうばい》。ブ「何を仰有るやら、お気の弱い。ほら、ほら、お薬ですよ」娘は微《かすか》に眼を睜《みひら》き、ホ「有難う。でももう駄目。――さようなら。――私のものみんな――みんなあなたに差上げます」と言った言葉がこの世の別れ、がっくりと首項垂《うなだ》れたかと思うと、早《はや》息は絶えていた。実《げ》に人生は蜉蝣《かげろう》の朝《あした》あって夕《ゆうべ》を計られぬ生命《いのち》の果敢《はかな》さ、つい今迄あれ程元気に語っていたものを、地獄と極楽の境界《さかいめ》は真《ほん》に覗機械《のぞきからくり》の絵板一枚、カタリと落ちる転瞬《てんしゅん》の、その間に変るこの世の有様、ブレンダ・ローズは暫《しば》し夢に夢見る心地であったが、再《ふたたび》覚むれば己が身の屈托、一旦捺《お》された前科者の烙印《やきいん》に一生涯歎きを重ねねばならぬ運命、これから長い将来を生きている限りは年に四度、何処でどうして暮していると、一々警察へ届けねばならぬ体、ああ厭《いや》だ厭だと溜息交《まじ》りに身顫《ぶる》いした途端、ふと思い出されたのがホープの言葉である。私の所有物《もの》はみんな貴女に差上げると彼女は言ったが、みんなとあるからには身分姓名まで貰ったとて何悪い事があろう。英吉利中に誰一人、私を知っている者はないとホープの語った言葉こそ勿怪《もっけ》の幸《さいわい》、此処は一つ思いきって、ブレンダ・ローズの殻を脱捨《ぬぎす》て、他人の靴を穿《は》いてみようかと、廻《めぐ》らす思案の我ながら恐ろしく思わず辺《あたり》を見廻したがさりとては悪い料《りょう》簡《けん》。

二、灯《ともしび》に焦《こが》す翼は蛾《が》の無分別

手早く着物を脱更《ぬぎか》えたブレンダの報告《しらせ》によって、駆着《かけつ》けた車掌医者、誰一人彼女を疑う者とてはなく、医「成程《なるほど》、途中からお乗合せになった全く未知の御婦人で……？　それが突然苦しそうに……、いや、そうでしょう。心臓麻痺《まひ》ですからね」ブ「それで私、証人として何処かへ出なければなりませんでしょうか。何しろ倫敦は初めての事、勝手が分りませんものですから」医「何、心臓麻痺という事が明《あきらか》である以上、それには及びますまい」ブ「でも、もしもの事がありましては何ですから、ここへ名刺を置いて参りましょう」医「ははア、ホープ・デーアさんと仰有るので」ブ「はい、濠洲からはじめて参りました者、当分ケンシントン区の親戚《みより》の許《もと》に滞在致すつもりでございますから、御用の節は何時《なんどき》でも……」医「いや、これは御叮嚀《ごていねい》に痛入《いたみい》ります」これで第一の難関は無事突破、ブレンダはほっと一息、ホープさん堪忍《かんにん》しても口の中《うち》、そそくさと列車を降りると、手提鞄の中から見附け出したチッキ三枚、これでホープ・デーアが預けておいたトランクも受出《うけだ》し、馬車に乗って駆着けたのがケンシントン区、シャラアド広場《スクエヤー》三番地というのを探させると、これは思ったよりも貧弱な構え。いや、これでも元は相当立派であったろうと思われるけれど、手入《ていれ》が行届《ゆきとど》かぬかして何となくくすんで貧乏臭く、ブレンダはすっかり予想を裏切られた感じであったが、それだけに又気も軽く呼鈴を押せば出て来た女中の間抜面《まぬけづら》。ブ「テートさんの奥さまはおいでになりまして、私ホープ・デーアです。濠洲から参りましたホープとそう仰有って下さいません」女「おやまあ、あなたがホープさまで、さあさあお待ちかねですからどうぞ」ブ「済みませんけれどそれでは誰かに言って、荷物を中へ運ばせて下さいましな」女「はいはい、承知いたしました」通されたのは広い応接間、一通《ひととおり》道具も揃い、掃除も行き届いて埃《ほこり》も塵《ちり》も止《とど》めぬけれど、地の擦切《すりき》れたカーテン、塗《ぬり》の剥《は》げた椅子卓子《テーブル》から、鼻の欠けた置物の胸像に至るまで、金を費《つか》う事より他に能のないという、彼《か》のホープ・デーアの財産管理人の住《すま》居《い》としては、一々合点のゆかぬ節《ふし》ばかり、何となく審《いぶか》しげに、眉を顰《ひそ》めて辺《あたり》を見廻わしている折しもあれ、扉《ドア》を開いて入って来たのは、痩《や》せた体を黒衣に包んだ小柄の婦人、無愛想な顔に強《し》いて作り笑いを泛《うか》べながら、婦「まあお懐しい、あなたがホープさんで。どんなに心配をしました事やら、何か途中で変った事があったのではないかと、ダーウェントともうそればっかり」と云いながらブレンダの手を握った掌《てのひら》の冷さ、気味悪さ、口程にもなく一向懐しそうにも見えないのは心臆《おく》しているブレンダの気のせいか。ブ「済みません。サザムプトンでつい道草を喰っていたものですから。それではあなたが叔《お》母《ば》様で」婦「そうですよ。叔母のローラ・テートですよ。ほんとうにね、遠い所をよくこそまあ、生憎《あいにく》ダーウエントは外出して居りますけれど、晩御飯までには帰って参りましょう。それから、ああそうそう、貴女のお友達のマースデンさん」ブ「え?」ハッと驚くブレンダ・ローズ。ロ「おやまあ、ホープさんのあの驚きよう。ほほほ、マースデンさん、もう二日も前から此方《こちら》に逗留《とうりゅう》なすって、貴女のお見えを待ち焦れていらっしゃるのですよ」ブ「まあ、マー、マースデンさんが」とブレンダの声の怪しく顫うのを、ローラは一向それと気が附かず、ロ「はい、そうですよ。今はお留守ですけれど、晩には帰って見えましょう。まあ、ホープさんのあのお顔ったら!」ブ「はい、あの少し疲れているものですから」と呟《つぶや》くように云うのも口の中《うち》、ブレンダは今にも床に大穴が開いて、自分の体を一呑《ひとのみ》にしはせぬか、四方の壁が倒れて来て、この体を木《こ》っ葉《ば》微《み》塵《じん》に叩《たた》潰《きつぶ》して呉《く》れゝばいゝと願ったがそんな奇蹟も起らなんだ。ロ「おや、ほんとうにお顔の色が優れませんこと」ローラも初めて気が附いたように気遣わしげに眉を顰《ひそ》めたが、それさえも何も彼も承知の上で、わざと自分を嘲弄《ちょうろう》しているのではなかろうか。ブレンダはこの時初めて、恐怖もあまり劇《はげ》しいと、体も顫えねば動悸も打たぬ事を知った。出来ることなら、このまま何も言わずに遁《にげ》出して了《しま》いたかったが今更それもならぬ口惜《くや》しさ、悲しさ。ああ、何という無分別なことをして了ったのだろうと、今になって悔んでも後の祭とは全くこのこと。ブ「叔母さま、私少し頭痛がして……」ロ「それはいけませんねえ。きっと、旅の疲労《つかれ》が出たのですよ。さあ、お二階に部屋の用意がしてありますから晩迄少し横になっていらっしゃいな」ブ「それでは失礼ですけれどそういう事に」ロ「何の御遠慮が入りますものか。これからも自分の家《うち》同様にして貰わねば困りますよ」ブレンダは部屋の扉《ドア》をしめて一人きりになると、思わずわっと泣き伏した。己が無鉄砲もさることながら、一言この事を言ってくれゝばこんなへまはやらないものと、今更ホープ・デーアを恨んで見たのも、狭い女の愚《ぐ》痴《ち》である。それにしてもマースデンとは抑《そ》も何人《なんぴと》ぞ、ホープ・デーアとは如何《いか》なる間柄ぞ、単なる友達か恋仲か、どちらにしても此の儘《まま》ではよも済むまい。おやこの人は誰と怪訝《けげん》な顔で問われたら、どうして言訳の言葉が出よう。忽《たちま》ち贋物《にせもの》よ、騙《かた》りよと嘲《あざけ》られ、再び突出《つきだ》されるのはあの恐ろしい法廷、身は前科者のしかも今日出獄したばかり、何で世間が赦《ゆる》すものか、又もや暗い監獄へ送られるのは火を見るよりも明《あきらか》なこと、思えば我ながら、この無分別が口惜《くちお》しい。ええ、情ないと歯を喰いしばり身を顫わせて、ひとしきり涙に袖《そで》を濡《ぬ》らしていたが、泣くだけ泣いて了うと人間というもの、不思議に度胸が定《き》まって来ると見え、ええいッ、何ぼ泣いたとて悔んだとて、今更詮《せん》ない還らぬ事、こうなった上からは一か八か、行く所まで行って見る分のこと、相手の出ようによっては、又その時の分別もあるかも知れず、どうせ乗りかゝった船じゃもの、溺《おぼ》れようが沈もうが運否《うんぷ》天賦《てんぷ》、そうじゃそうじゃと浮かぬ心を強いて励まし、溶く白粉も薄情《うすなさけ》、涙を隠す頰紅は、冷い浮世の習慣《ならわし》かと、人の見ぬ間の隠し化粧。トランク開いて取出《とりいだ》す、これも我が身のものならぬ、他人《ひと》の衣裳のゆきたけも身には合えども心には、合わぬ色彩《いろめ》ぞ是非《ぜひ》もなき。折から階下に当ってローラの声。ロ「ホープさん、降りていらっしゃいな。皆様お待ちかねですよ」

階段の上に現れたブレンダの姿を見た時、ローラはその美しさに胆《きも》を潰《つぶ》したが、又顔色の悪さにも驚いた。驚いた筈だ、階段を降《おり》る一歩毎《ごと》に、地獄へ臨むようなブレンダの心地、虎の尾を踏む気持とは、全くこの時の彼女の心であろう。ロ「まあ大層お顔の色が悪いように見えますけれど、それともお召物の具合でしょうか」ブ「いいえ、何ですか頭痛がして少し体がふらふら致しますの」と遣瀬なげに眉根に皺《しわ》を寄せるその美しさ、純白の衣裳が身に合って、それこそ天使のような神々《こうごう》しさだったけれど、心の中は雪と墨、やがて広間の入口にまで来ると、ブレンダは早 雷《いかずち》に撃たれたように、手足が痺《しび》れて動かなんだ。が、そうとは知らぬローラ夫人の手柄顔。ロ「さあ、お待ちかねのお嬢さんをお連れして参りましたよ」声に振向《ふりむ》いたのは二人の男に一人の少年。年長《としかさ》の方がダーウェントであろう、赫顔《あからがお》の縮毛《ちぢれげ》、頬《ほお》髯《ひげ》のもじゃもじゃとした、何となく怖《こわ》らしい大男。ダ「やあやあ！　これがジョージの娘さんかえ。さても美しいよい娘《こ》じゃ。鳶《とんび》が鷹《たか》を生んだとは全くこの事かえ」と云う言葉さえ粗雑《ぞんざい》に、額《ひたい》に唇を当てられた時には、何やら毒虫にでも螫《さ》されたよう、思わずゾッと総毛立ちながら、ブ「叔父《おじ》さま、初めまして……」も口の中《うち》、折から恥らいがちな微笑を泛《うか》べて、少「お姉さま、よくいらっしゃいました」とおずおずと進み出た少年こそ、時にとっては何よりの救いの舟、ブ「おお、まあお可愛《かわい》らしい、これがあの……」と名前を知らぬから躊躇《ためら》うのを、横からローラが引取って、ロ「アーチーですよ。これが家《うち》の一粒種《ひとつぶだね》。これから先も仲よくお頼み申しますよ」ブ「ああ、そうそう、アーチーさんでしたね。ほんとうにお悧巧《りこう》そうな」と此処までは無事に済んだが、済まぬのは愈々これから、マースデンとやらいう男、先刻《さっき》から幽霊でも見るように、息を詰め眼を欹《そばだ》ててこの有様を眺めていたが、この男の一言が生命《いのち》の瀬戸際と思うから、ブレンダは全身の媚《こび》を集めて、哀願する如《ごと》く男の面《おもて》に眼を注げば、その美しさにゾッとしたように、思わず相手は眼を反《そ》らすのをダーウェントはそうとは知らぬから、ダ「マースデン君も人の悪い、ホープがこんなに美しい娘《こ》じゃと一言言っておいてくれゝば、こんなに面喰《めんくら》いはせなんだのに」と言われてマースデンは初めて己《おのれ》に還り、マ「いや、今夜程美しい姿を見たのは私も初めてです」とこれで気を取直したのであろうか、つかつかとブレンダの側に寄ると、腰を抱いて唇の上に熱い接吻《くちづけ》、ああ、ホープとマースデンは恋仲と見えた。この思いがけない接吻《せっぷん》と気の緩みに、ブレンダが思わず蹌踉《よろよろ》とすれば、男は逞《たくま》しい手でしっかと体を抱きしめ、マ「ホープ、何だか顔色が悪いようだが」ロ「ハイ、ホープさんは先程から旅の疲労《つかれ》で頭痛がすると仰有います。あなた精々慰めてあげて」マ「成程、誰だってこういう場合には頭痛がするものさ」男の軽い一言にブレンダは早《はや》胸を射抜かれる思い。ロ「さあ、それではお食事に致しましょう。マースデンさんはホープさんに腕を貸してあげて下さい」と主人役に先に立てばその隙にブレンダの早口、ブ「済みません。どうぞ堪忍して。これには種々理由《いろいろわけ》のあること、今夜ばかりは見逭《みのが》して」という声が耳に入ったのか、入らぬのか、男は如何《いか》にも審《いぶか》しげな顔。やがて食卓についたけれどブレンダは多く物を言わぬ。言わぬのではない言えぬのだ。言えばどんな尻尾《しっぽ》が出ようも知れぬ恐ろしさ、さりとて恋人に向って一言も口を利かぬのは、これ亦《また》異なもの。ブレンダはやっと度胸を定め、ブ「あなたのお名前を仰有って」と低声《こごえ》に頼めば、マ「ゴッドフレー」と男も低声《こごえ》の応答《うけこたえ》。どうやら先《さっき》の頼みを肯《き》いてくれたらしいと思えばブレンダは気も落着き、ブ「ゴッドフレー、あなたは何時《いつ》から此方《こちら》に来ていらっしゃったの」マ「一昨日《おととい》からですよ。あなたは酷《ひど》い。船の中であんなに固く此方での再会を約しておきながら、二日も私に待ち呆《ぼ》けを食わせましたね。私はもう船中であなたと御懇意《こんい》になってからというもの、どういう訳かあなたの事が忘れられず、サザムプトンでお別れしてから後の淋しさ。用事もそこそこに済ませて取るものも取りあえずこちらへお訪《うかが》いしたのですよ」噛《か》んで含めるような怨言《うらみごと》も、多分己れとホープとの関係を、それとなく相手に飲込ませよう親切からであろう、ブレンダは何となく嬉しく、それにつけても思い出されるのは先《さっき》の接吻のこと、横眼でよくよく見れば男らしく引緊《ひきしま》った中々の美丈夫《びじょうふ》、こんな人に思われるとはホープさんは何という果報者、それに引換え我が身の果敢《はかな》さ、この人は自分の事を一体まあ何と思っているだろうと後《うしろ》めたさに気味悪さ、心がここにないものから、兎角《とかく》、応答《うけこたえ》のトンチンカンになるのに自ら気が附き、これ以上襤褸《ぼろ》を出さぬうちにと頭痛を口実に立上《たちあが》れば、先程から彼女があまり親しくマースデンと語らうのが何となく気に入らぬ様子のローラ、ロ「おやそれじゃ一刻《いっとき》も早く部屋へ退《さが》ってお休みなさい。話ならこれから先、いつでも出来ますもの」ブレンダはこれ幸《さいわい》と食堂を抜けて己が部屋へ帰ったが、張りつめた気の緩《ゆる》むにつけて、もうもう心のくるしさ、彼女は思わず長椅子に身を投出《なげだ》して、半時あまり潸々《さめざめ》と心ゆくばかり泣いた。泣いたとてどうなる身というではなし、稍《やや》あって心を鎮めたブレンダは、熱した頭を冷そうと露台《バルコニー》へ通ずるフランス窓を押開けば、その途端、ズイと入って来たのはゴッドフレー・マースデン、あなやと驚くブレンダを制し、マ「声を立ててはいけません。一々合点のゆかぬは今晩の仕儀、これには何か深い仔細《しさい》がありましょう。表から訪《と》うのは容易《たやす》いけれど、この家《うち》の主人の思惑《おもわく》もあれば、わざとこうして露台《バルコニー》から訪《と》いました。先《ま》ず第一に聞きたいはホープ・デーアの事、あの人はどうしました。どうして此処へ来ないのです」ブ「ホープさんは死にました」マ「ええ、死んだ。そして何処でどのように」ブ「ハイ、サザムプトンから来る列車の中で」ブレンダが今朝程よりの一伍一什《いちぶしじゅう》を物語れば、マ「ああ、それでは先程夕刊に載っていた、身許《みもと》不詳の変死人というのはホープの事でありましたか。それでどうやら話の一端は分ったようだが、合点がゆかぬは貴女《あなた》のこと、見ればこんな大それた事を企む女《ひと》とも思われないが」と優しく問われてブレンダは早《はや》涙、ブ「私はこの世に誰一人、頼りに思う人もなく、世間から見捨てられた哀れな女、行く処《ところ》のないままに、悪い事とは知りながら……」マ「行く所がないと云って、ハテ、それでは今日迄どこで何をしていました」ブ「ハイ、監獄に」マ「ええっ、監獄に」ブレンダは心を定めて冤《むじつ》の罪に落ちた身の不運から、今日ホープと列車に乗合せた経緯《いきさつ》まで落ちもなく物語り、ブ「こうして何も彼もお話した上からは、どうぞ許して下さいまし。明日と云わず今夜でも、出て行けと云われゝば出てゆきます。その代《かわり》警察へ突出す事だけはどうぞ堪忍して」と涙片手に物語るブレンダの不憫《ふびん》さ。マ「成程、それで万事飲込めましたが、さりとて此処を出てゆこうというのは悪い料簡」ブ「あれまあ、どうして」マ「まあ、考えても御覧なさい。貴女もこんな大それた悪事を企む女なら、大概私の目的も分っていようものを」と打って変った男の言葉附きにブレンダは早胸をわくわく、ブ「そしてその目的というのは」マ「ハテ私が何でホープのような田舎《いなか》臭い娘に惚《ほ》れるものか。惚れたのは女の財産、うまく蕩《たら》し込んで結婚し女の金で栄耀栄華《えいようえいが》に暮そうというのが私の魂胆《こんたん》、肝腎《かんじん》のホープが死んでしまっては、折角《せっかく》の名案も鶍《いすか》の嘴《はし》だが、貴女のような別嬪《べっぴん》の身替《みがわり》が出来たのは勿怪《もっけ》の幸、此処は何でもホープに仕立て、財産すっかり横領した上、何が何でも私と結婚して貰わねばならぬ。厭だと云えば不愍《ふびん》だが、恐れながらと訴えて出る。ブレンダさん、いやさホープさん、此処は一つ度胸を定めて、一芝居打った方がお互の為でしょうよ」初めて明かす男の本心、聞くよりブレンダは二度吃驚《びっくり》、一目見たその時から、好いたらしい頼もしそうなと、秘かに胸を焦がしていたのに、恐ろしや此処にも鬼の居《い》た事よ。

三、片棒を担《かつ》ぐ女に蟻《あり》の一穴《いっけつ》

人の往復《ゆきき》も繁からぬ、ケンシントン公園の朝まだき、鬱蒼《うっそう》と生い茂る樟《しょう》の樹影に、先程から人待ち顔に佇《たたず》む美人は、言わずと知れたブレンダ・ローズ。清楚な浅緑の衣服に包んだ身のとりなしは、途行《みち》く人の足を止めるくらいの美しさ。葉影洩《も》る夏の太陽は、黄金の箭《や》のように彼女の上に降灑《ふりそそ》いでいたが、その光さえもブレンダの心には、埋火《うもれび》ほどの煖《あたたか》さも与えぬ。冷え切った脅《おび》えた心で待っている人は、今しも馬車から降りて急ぎ足に此方へ。マ「大層待たせましたか」ブ「いいえ、それ程ではございません」ブレンダの声は消えも入りそう。マースデンも今朝は一段と立優《たちまさ》った男振《おとこぶり》。仕立下しの洋服が、ピッタリと身に合って、何処へ出しても恥しからぬ風流紳士。実に計られぬのは人の心。この粒《りゅう》とした美丈夫の中に、あんな卑劣な企みが棲《ひそ》んでいようとは誰が知ろう。マースデンがテート家を出て、一流ホテルに住むようになってから今日で丁度三日目。その間二人は一度も会わなんだから、それでも幾分《いくぶん》懐しそうに寄り沿って、マ「その後何か変った事はありましたか」ブ「いいえ、別に何もございません」マ「ダーウェントはまだ、ホープの財産の事に就《つ》いて何も申しませんか」ブ「ハイ、一向に。こちらから鎌をかけてみても、兎角《とかく》言葉を濁《にご》して、はかばかしく返事を致しませんの。私の思うのに、ダーウェントはもう金を費《つか》い果してしまったのではありますまいか」マ「そんな馬鹿な事があるものですか。費うと云っても一年や二年で費い切れる程の、そんな生優しい金高じゃありませんよ。それに今ダーウェントが関係しているという、事業の方も調べさせていますが、その方で損をした形跡もありません。どんなに少く見積っても三十万磅《ポンド》という金がなければならぬ筈」ブ「まあ、そんな事までお調べになって」マ「それはそうですとも。相手の手札も知らずに勝負をするわけには参りませんからね」ブレンダは何となく空恐ろしげに身を竦《すく》めて、ブ「だけどその金は、誰のものになるのが本当なのですの」マ「さあ、それはホープが死んでしまった以上、ダーウェントから息子のアーチーに行くのが至当でしょうね」ブ「まあ、アーチー、あの可愛いアーチー、あの子のものを横取りしようなんて」マ「ブレンダさん、いやさホープさん、あなたは今更後生気《ごしょうぎ》を出したのではありますまいね」ブ「ああ、その後生気とやらが出せたら。……テート家の人々は主人も奥さんも随分気味の悪い恐ろしい人ですけれども、アーチーばかりは私によく馴附《なつ》いて、あんなに親切にしてくれますものを」マースデンは急に厳しい顔附きになって、マ「いけません、いけません、そんな弱い心でどうします。三十万磅《ポンド》という金が自分のものになるかならぬかという境ですよ」ブ「いいえ、いいえ、私にはその金も要りません。マースデンさま、此処に三千磅《ポンド》という金があります。これもホープさんのトランクの中にあったものですけれど、テート家の人々に見られたら、奪《と》られるかも知れないと思ってこれ、こうしていつも肌身離さず持っております。これを貴郎《あなた》に差上げます。その代《かわり》こんな大それた企みはどうぞふっつり思いきって」マ「馬鹿な、三千磅《ポンド》ばかりのはした金がどうなるものですか。あんな贅沢《ぜいたく》なホテルに泊って、湯水の如《ごと》く資本《もとで》を費《つか》っているというのも三十万磅という金の目的《めあて》があるばっかり、若《も》しこの計画が齟齬《そご》すれば、責《せめ》はみんな貴女にあるのだから、此の儘《まま》では済しませんよ」ブ「このままに済さないとは」マ「胸に手を置いてよく考えて御覧なさい。……とさあ、こんな冷酷な事は言いたくないが、どうせ人間らしい魂は、とうの昔に悪魔に呉《く》れてしまった私の事、貴女が如何に泣いて頼んだとて思い切るような私ではありません。女の涙で心を動かしたのは、それはもう随分昔の事、今では私の心は冷い、堅い金色《こんじき》の夜叉《やしゃ》も同然。ブレンダさん、そのつもりで附合《つきあ》って貰いましょう」とにべもなく言い放ち、そら嘯《うそぶ》いて煙草《タバコ》を吹かしているマースデンの横顔を眺め、ブレンダは思わずはらはらと不覚の涙、暫し手巾《ハンケチ》で面を被い声を忍んで歔欷《すすりな》いていたが、稍《やや》あって顔を上げると、ブ「致し方ありません。これも私の不運と諦《あきら》め、何でも貴郎《あなた》の命令《いいつけ》通りに致しますから、余り酷い事は言わないで」と男の膝《ひざ》に手を置いて、哀願する如く面を仰げば、マースデンも漸《ようや》く顔色を柔らげ、マ「いや、そう仰有れば私も好き好んで、こんな厭な事は言いたくありません。それでは今日から思い切って私の計画に力を貸しますか」ブ「はい、どんな事でも致しましょう」マ「それではこれから帰って早速ダーウェントに強談判《こわだんぱん》して御覧なさい。それでも埒《らち》があかぬ時は愈々私が出馬する事に致しましょう」ブ「ハイ」と答えてブレンダは手早く涙を押し拭《ぬぐ》い、直す化粧もままならぬ、身をかこちつつ男に連れられ、公園を出て行く折しもあれ、ぎょっとしたように傍《かたわら》のベンチから立上ったのは、浮浪人態の一人の男。ブレンダの後姿を穴の開く程眺めていたが、やがてポケットに手を突込《つっこ》み、口笛を吹きながら後を蹤《つ》けてゆく、それとは知らぬマースデンは、待たせてあった馬車にブレンダを扶《たす》け乗せると、マ「左様《さよう》なら、ホープ、用事があったら旅館《ホテル》の方へ電話をおくれ」ブ「ハイ、左様なら。――それではシャラアド広場《スクエヤー》三番地まで願います」ブレンダが馭者《ぎょしゃ》に命ずる行先を、小耳に挟んでにったりと笑ったのは件《くだん》の浮浪者、馬車の後を見送ったその眼附きの凄《すご》いこと、ブレンダが気附いたらそれこそ竦毛《おじけ》を振《ふる》って驚いたことだろうが、気が附かなんだから是非《ぜひ》もない。家《うち》へ帰って見ると生憎《あいにく》ダーウェントもローラも留守。帰る途々《みちみち》ああも言おうこうも訊《たず》ねようと意気込んでいたのに、その鉾先《ほこさき》を折られたから、ブレンダはがっかりもしたが、又一方では少しでも生き伸びたような気持《こころもち》。己が部屋へ還ると帽子を取る間も遅しとばかり、がっくりと長椅子の上に投出した身体《からだ》の怠《だる》さ遣瀬なさ。心配と苦労とで今日此頃は、碌々《ろくろく》夜も眠られぬものから、ついうとうとと仮睡《まどろ》んでしまったが、ふと扉《ドア》を叩く音に目が覚めてみれば、時刻は早《はや》余程移っている様子、驚いて椅子から起上り、夢に流した涙の痕を拭いながら扉《ドア》を開いてみれば女中が手紙を持って入って来た。女「先使《さっきつかい》の者がこの手紙を置いて参りましたが」ブ「おや、手紙、何方《どちら》からだろう」と手に取ってみれば表にホープ・デーア様とばっかり、差出人の名前もないが、何となく怪しくてブレンダは早胸騒ぎ。ブ「そしてこの手紙を持って来た使というのはまだ居るのかえ」女「いいえ、唯お渡し下されば'と云って直ぐに帰りましたが」ブ「そう、それでは用事があったら又呼びますよ」女中が立去るのを待ちかねて、顫える指先で封を切って見て驚いた。驚いた筈だ。――打絶《うち》えての御無沙汰《ごぶさた》おん許し下され度く候《そうろう》、おん許さまの打って変った御出世振りを陰《もと》ながら拝見いたし、お顔に似合わぬ腕の凄さにつらつら敬服仕《つかまつ》り候。本日公園にて睦《むつま》じくおん語らいの紳士は、大変なお金持ちとお見受け申し候えども、果しておん許さまの前名を御承知の上にやとまことに審《いぶか》しく存じ候。それはさておき妾《わたし》ことはする事なす事へま続きにて、目下たいへんな世話場、おん許さまの御出世を見るにつけても羨しく、昔の誼《よしみ》に、この急場をおん救い下さるまじきやと、廻らぬ筆にてこの文認《したた》め申し候、あの厚い壁の中にて楽しく暮し候日のことをおん思い出され候わば、よもこのままおん見捨てなさるまじく、必ず必ず次の所へ御来駕《らいが》あらんことと、首を長くしてお待ち申上候、かしこ。シャーロッタ・クレイトン。読終《よみおわ》るなりブレンダは色を失い、毒虫に螫《さ》されたように劇《はげ》しく身体を顫わした。可哀《かわい》そうなブレンダ、狼《おおかみ》のようなマースデンと豹《ひょう》の如きテートの間に挟まれて、それでなくても身も心も細る思いの今日此頃《このごろ》、又もや現れたのは牝獅子《めじし》のようなシャーロッタ。いつか出獄の日に停車場で会った時、どうせ一度は汚《けが》れた身、どうして世間が相手にするものか、いつかは必ず私たちの仲間に落ちて来る時があろうと云った、あの女の恐ろしい予言が到頭《とうとう》現実となって表われた忌々しさ、浅ましさ、ブレンダは歯を喰いしばり、髪の毛を掻《か》きむしって、いくら後悔しても悔い足りぬ心持《こころもち》、ああ、今更これがどうなろう、手を引こうと云えば、マースデンが承知せぬ、進もうとすれば意外な障害、ええもうこうなれば破れかぶれ、どうなる事か行き着くところまで行って見ようと、憂《うれ》いに慣れた身の涙も溜息も涸《か》れ果てて、身支度もそこそこに訪れたのはウォータールー街の裏通。狭い危い階段をガタピシと上って行けば、その足音に扉《ドア》を開いて迎えたのは、だらしない恰好《かっこう》をしたシャーロッタ。相も変らず熟柿臭い息を吐いていたのが、彼女の顔を見るなり相恰《そうごう》を崩して、シ「おやまあブレンダさん、お呼び立てして済みませなんだわねえ」とお追従《ついしょう》笑いの軽薄さ、ブレンダはゾッと鳥肌の立つのを覚えながら部屋の中を見れば、先《さっき》ちらと公園で見かけた浮浪人態の男、ああそれではこの男がと初めて気が附いたが後の祭とは全く此の事、ブ「シャーロッタさん、そして用事とは何の事ですの」シ「まあ、いいじゃありませんか、そうお急ぎにならなくても、一杯如何《いかが》？」ブ「いいえ、お酒は戴きません。それより用事というのを言って下さい。一体幾何《いくら》欲しいと仰有るの」と早手提鞄を開きにかかれば、シャーロッタは満面に笑崩《わらいくず》れながら、シ「まあ、ブレンダさんの分りが早い、ほんとうにお前さんにそれだけの器量があろうとは、私は夢にも知らなんだよ。だもんだからいつかはねえ、心にもない悪態を吐《つ》いて、ほんとうに済みませんでしたよ。いいえね、こんな事は言いたくはないのだけれど、ここんとこへ来て世話場続きなもんだから……」尚《なお》も哂々《くどくど》と喋舌《しゃべ》り続けようとするのをブレンダは素早く遮《さえぎ》って、ブ「一体幾何《いくら》ですの、欲しいと仰有るのは」シ「それがね、種々《いろいろ》な都合があってね、誠に言い難いんですけれど三十……」ブ「三十――三十磅《ポンド》ですか」と言えば男が素早く横から口を入れ、男「おい、おい、それじゃ約束が違うじゃないか。三十磅《ポンド》ばかりじゃ足りやしねえぜ、どうしても五十磅《ポンド》……」ブ「五十磅《ポンド》？それで宜《よろ》しいのですね」シ「お黙り。お前さんは引《ひっ》込《こ》んでおいで。ほほほ、何も分らない癖に差出口《さしでぐち》をして困るのでございますよ。どうしてもここ百磅《ポンド》――ハイ、百磅《ポンド》、百磅《ポンド》でございますよ。それだけなければ越せませんのですよ」ブレンダはもう一刻も早く、此の罪悪の巣窟《そうくつ》から遁出《にげだ》したい一心。ブ「百磅、それだけ差上げれば、向後《こうご》一切私の事に嘴《くちばし》を入れませんか」シ「何でまあ、そのような胴慾《どうよく》な事を申しましょう。それだけあれば二人で亜米利加《アメリカ》へ渡って当分楽に暮せますもの」亜米利加へ渡るという言葉に、ブレンダは幾分安堵《あんど》の思い。ブ「それではここに百磅あります。これであなたと私とは、今後一切赤の他人、道で会っても知らぬ同志ですよ。分っているでしょうね」シ「それはもう、貴女の御都合次第ですよ。知らぬ顔をしている方が都合がよいと仰有るなら、随分知らぬ顔もしておりましょう。しかしまあ、お前さんは本当にお羨しい御身分。飛んだ出世をしたものだねえ」首さしのべてブレンダの、開く手提鞄を覗《のぞ》く眼《まなこ》の物凄《ものすご》さ、何でこの女が一旦擒《とら》えた餌を指の間から逃すものか。肉を啖《くら》い骨までしゃぶろうとするのは知れた事、思えば覚束《おぼつか》ないブレンダが身の上。

四、子に迷う親の心は六道の闇

何の手強《てごわ》いと云った所で高が素人《しろうと》、少し強面《こわもて》に談判すれば、兜《かぶと》を脱いで往生するのは知れている。そうなった暁《あかつき》は目出度くブレンダと結婚して、濡手《ぬれて》で粟《あわ》の三十万磅《ポンド》。これだけあれば生涯を、栄耀栄華《えいようえいが》に暮せると獲らぬ狸《たぬき》の皮算用、算盤《そろばん》の上ではうまく割り切れているのに、どっこい此奴《こいつ》が中々一筋縄でゆかぬ相手と、分って見ると、マースデンは今日此頃の酷い焦《じ》れよう、これと云うのも一つにはブレンダの弱腰からと思えば、あの可愛らしい顔がいっそ憎らしく、今度会ったら思いきり言ってやらにゃと手具脛引いて待っているのだが、さて次に会った時彼女の可憐《しおら》しい顔、憂《うれ》わしげな眼差《まなざし》を見れば、思った事の半分も、三分の一も言えないのは我ながら驚くばかり。これは一体どうした事と、此頃では自分で自分に呆《あき》れるばかりであった。今日はブレンダがこの旅館《ホテル》へ、やって来る日と先から、ロビイで立ったり坐ったり、吸いもしない煙草に火をつけたり、盛んに焦れ切っている所へ、息も絶々《たえだえ》に転《まろ》ぶが如く入って来たブレンダの顔の蒼《あお》さ。マースデンが思わずはっと腰を上げるのを、女は待たずにぐったりと身を投出し、ブ「貴郎《あなた》水を――水を――」と切なげに求むれば、マースデンは愈々驚き、マ「どうかしましたか、大層お顔の色が悪いが、何か途中で変った事でも」ブ「はい変事も変事、あなた、私はもう少しで殺される所」マ「ええッ、殺されるところとは、そして又誰に」言葉忙《せわ》しく詰寄《つめよ》るマースデン、ブレンダは男の注いでくれた水をぐっと飲干し、それで幾分気も納《おさま》ったのか、さも恐ろしそうに身顫いしながら、語りだしたのは次の一条。ブ「貴郎《あなた》があんなに仰有るものだから、昨夜《ゆうべ》からもうダーウェントと膝詰談判《ひざづめだんぱん》、貴郎は御存じありますまいけれど、あの御夫婦の恐ろしさ、旦那様はまだそれ程でもありませんけれど、奥さんの空世辞《からせじ》の気味悪さ、思い出してもふるふる厭、それがどうでしょう、私が旦那様に話があると云えば必ず側へ来て凝《じ》っと坐って、ジロジロ私の顔を見詰めているのですもの、もうもう厭な事だと思ったけれど、それでは貴郎《あなた》に済まないと、昨夜から今朝へかけての手詰の談判、するとどうでしょう、いつも此事を言い出すと機嫌の悪いダーウェントが今朝は打って変って莞爾《にこにこ》顔の気味悪さ。ホッポや、お前そんなに気になるのなら、お前の財産一切委任してある、弁護士の所へ今日連れて行こう、そして何も私が横領している訳ではないという確《たしか》な証拠をよく、お前に見せてあげよう。いいえ、私何も叔父さまが横領していらっしゃるなんてそんな、だからさ、それでいいではないか、でも私何時《いつ》までも此のお邸《やしき》に御厄介《やっかい》になっている訳にも参りませんので。だから財産はお前に渡すよ。だけどその前に一応弁護士に会って、よく相談して御覧と、それからまるで足許《あしもと》から鳥が立つような急かしよう。出かける時に奥さまのローラと何やら目配《せ》せをしているようでしたが、こちらは何しろ嬉しさが一杯、深くも気も止めませなんだが、表へ出るとそれがどうでしょう、何時も馬車に乗る人が、今日は地下鉄で行こうという訳、私は固《もと》より倫敦《ロンドン》の地理に明《あか》くありませんもの、散々方々引っ張り廻されて、乗った駅が何処やら見当もつきません、まだそれだけならいいんですけれど、地下鉄へ乗ってからも、何遍も何遍もの乗換え、貴郎、シャラアド広場から市部《シティー》とやらへ行くのには、あんなに度々乗換えをしなければならないのでしょうか。随分妙な事をすると思ったけれど、一々訊ねる訳にもゆきませんので、黙って後から蹤《つ》いて行くと、最後に乗換えたのが淋しい停留場、ええ、プラットフォームにだって一人も他の人はいやあしません、私とダーウェントの二人きり、暫く待っていると向《むこう》から電車がやって来ます、プラットフォームには相変らず私達二人きり、するとどうでしょう、ふいに何かに滑《すべ》ったような恰好でダーウェントがよろよろ、そしてどしんと私の体に打《ぶ》つかって」マ「ええッ、危いッ、それからどうしました」ブ「どうもこうもありゃしません。あんな大きな体ですもの、私は線路の方へケシ飛んで……電車は直ぐ眼の前に迫っています。私はもう轢《ひ》かれた事と観念して」マ「観念して、それからどうしました。まさか轢《ひか》れやしなかったでしょうね」と言葉忙《せわ》しく訊ねるマースデンの声は、我ながら審《いぶか》しい顫えよう、ブレンダは呆れたように男の顔を見て、「まさか、ほほほ、轢かれてしまったら、今頃こんなお話は出来ませんわ。観念して眼を瞑《つむ》った瞬間誰やらしっかりと私の体を攫《つかま》えてくれた者がありましたの」マ「誰です、ダーウェントですか」ブ「何の私を殺そうとするぐらいの人、何であの人が私を救ってくれるものですか。それが実に意外な人物で……アーチーなのですよ」マ「アーチー、それじゃあの子も一緒だったですか」ブ「いゝえ、そうじゃないから不思議なのです。何時の間に蹤いて来たのか全く思いがけない事なので、私は夢に夢見る心地、アーチーは偶然、そこに居合せたのだと弁解しておりましたが、あの子がいなければとくの昔に私は轢殺《れきさつ》されている所、それを思えばもうダーウェントの側にいるのは一刻も恐ろしく、馬車を雇ってその場から、こうして駆着《かけつ》けて来たのです。一体私はこれから先、どうしたらいいのでございましょうね」瞑目《めいもく》しながら考え込んでいたマースデン、激情の嵐がおさまるに連れて、擡《もた》げて来るのは日頃の冷静な思慮《しりょ》分別《ふんべつ》、暫くあって眼をひらくと、マ「何、そりゃきっと過失でしょう」ブ「ええ、過失とは」マ「そうですとも、過《あや》まって蹌踉《よろ》けるという事は誰しもありがちな事、それを貴女が日頃から、怖い怖いと思っているから、何となく意味ありげに思えたまでの事、何、ダーウェントだってまさかそれ程深い企みがあるものですか」ブ「まあ、それじゃ貴郎はこの出来事を全くの偶然と仰有るので」マ「そうとしか思えませんねえ」ブ「それじゃアーチーがその場に居合せたのも」マ「そうですとも。だから何も心配する事はありません。機嫌を直してもう一度シャラアド広場へお帰りなさい」ブ「それじゃ貴郎は私がこのまま殺されても宜《よ》ろしいと仰有るので」マ「何のそんな事があるものですか。みんな貴女の疑心暗鬼」ブ「いいえ、殺されます、はい、私はきっと殺されます。口ではうまく言えませんけれど、もうもうあの家《うち》の中の恐ろしさ、気味悪さ、私はもう二度と彼処《あすこ》の閾《しきい》は跨《また》ぎません。どうぞお願いですから貴郎《あなた》の側において」と言えばマースデンは急に恐ろしい顔になり、マ「ブレンダさん、いやさホープさん、貴女はこの間あれ程固く約束したのを忘れましたか。宜ろしい、そんなに聞き分けがない貴女なら、私の方にも考えがあります」と早《はや》呼鈴を押しそうにするのを、ブレンダは周章て押止め、ブ「まあ人を呼んでどうなさるお心算《つもり》」マ「ハイ、警察へ届けさせるばかり、此処に前科者の騙《かた》りがいると云って」ブ「あれまあ」と言ったがブレンダははらはらと涙を落し、ブ「貴郎《あなた》という人は何という恐ろしい人でしょう、血も涙もない鬼のような人間とは全く貴郎《あなた》の事」マースデンはあざ笑い、マ「そうですとも、血や涙というものは兎《と》角《かく》金儲《かねもう》けの邪魔、私の血はとっくの昔に冷えて、涙も涸《か》れてしまいました。さあブレンダさん、貴女はシャラアド広場《スクエヤー》へ帰るのですか、帰らぬのですか」ブレンダは涙を拭いながら恨めしげに男の顔を眺め、ブ「ハイ、帰ります。そしてもうどんな事があってもこんな我儘《わがまま》は云いませんから、警察へ届ける事だけはどうぞ堪忍して」と悄然《しょうぜん》と立って行く後姿の哀れさ、マースデンは何となく胸騒ぎがして、思わず呼止《よびと》めようとしたけれど、ええッ未練なと自分で自分の心を叱りつける。それにしても不思議なは男の心情《こころ》。丁度その頃シャラアド広場《スクエヤー》のテート家では奥の一間で夫妻が額を集めての秘密話《ひそひそばなし》。ダ「どう考えても彼処へアーチーが飛出したのは不思議だよ。あの子さえいなければ今頃は万事うまく片が附いているのに」ロ「本当に親の心子知らずとはあの子の事、何も彼もみなあの子の為、ホープさえ亡きものにすれば、あの莫大な財産が、手もなくアーチーの懐中《ふところ》に転げ込み、生涯安穏に生活出来ると、私達が夜の目も寝ずに苦労しているのに、あの子のまあ、お姉さまお姉さまと馬鹿な慴《した》いよう、それを又よい事にしてホープの奴が手《て》馴附《なづ》けているのだから憎らしいじゃありませんか」と自分の非は棚に上げ、何彼《なにか》につけて他人《ひと》の憎らしいのが小人の常、ダ「それで何かい、あの子はもう眠っているのかい」ロ「はい、先刻《さっき》寝室へ退《さが》りましたけれど、そう云っても油断は出来ませんよ。今朝なんかもどうしてあの計画を嗅《か》ぎつけたのですかねえ」とそれよりは一層声を落しての密談、折々亭主が反対するのか、制《おさ》えつけるようなローラの声、ロ「何も彼もアーチーの為ですよ」とそれ一点張に説伏せる、実に恐ろしきは女の心、雌鶏《めんどり》奨めて雄鶏《おんどり》ときを作るとかや、渋々ダーウェントの承諾したのは、一体どんな計画《げ》が出来上ったのであろうか。折から玄関の開く音して、ブレンダが帰って来た様子に二人は急に面を妝《つくろ》い、ロ「おや、ホープさんかえ、さあこちらへお入りな」といつもの作り声にブレンダは辞《いな》みもならず、虫唾《むしず》が走る程も厭で恐ろしかったが渋々中へ入って見れば、ダーウェントは先からの独酌《どくしゃく》で早かなり酔が廻っている様子、ダ「ホープや、今日は済まなかったねえ、ほんとうに無驚《さぞ》いたことだろうと私もあれから心配でねえ」ロ「ほんとうにダーウェントが飛んだ事をし出かしたんだってねえ、この人は粗忽《そそっかし》屋《や》だから本当に困ってしまうのだよ。だけど悪気があってした事じゃないのだから、どうぞねえ。堪忍してやって頂戴《ちょうだい》よ、そして先《さっき》から済まない済まないと言いつづけて、ほれ、あんなにお酒を飲んでしまってさ」ブ「叔父さん、叔母さん、その事なら済んだ事ですもの、もう何も言わないで、そして私は頭が痛んでなりませんから、二階へ上って横になりましょう」と早出て行きそうにするのをダーウェントは素速く呼止め、ダ「ホープや、それじゃ仲直りにこれを一杯やっておくれ」ブ「あら叔父さん、私はお酒を飲めませんもの」ロ「厭かい、それともこのお酒の中に毒でも入っているとお思いかい」ブ「あれまあ、そんな事」ロ「それでは飲んでおくれ、私も一つお相伴《しょうばん》をしますよ」と波々と注がれた盃を前に置かれ、やむなくブレンダは毒でも仰ぐような思い、舌を痺《しび》らせ咽《のど》を焼くような液体を、眼を瞑って、ぐっと一息、ロ「ああ、見事見事」ブ「叔母さま、これでもう部屋へ退ってもよくって」ロ「おお、いいともいいとも、それでは明日までぐっすりと寝ておくれ」と云う言葉の中《うち》には、何やら毒々しい響きがこもっていたが、それとは気附かぬブレンダ・ローズ、慣れぬ酒とて頭はくらくら、頬は赫々《あかあか》と燃え上り、足はふらふら蹌踉《よろめ》くのを、踏みしめ踏みしめ階段を登れば、嬉しく漸く自分の部屋、出がけには確か閉しておいた、扉《ドア》がなんなく開《あ》いたのも深くは気にも止《とど》めず、転げ込むように部屋の中へ入れば、つんと鼻を衝くガスの匂い、酔ってはいてもさすがにあなやと驚き、再び扉《ドア》を開かんとすれば、誰が閉したのか開かばこそ、露台《バルコニー》の方へ逼《は》い寄ればこれも外からピタリと錠《じょう》、兎角するうちガスの匂いは濛々《もうもう》と襲って来る、救いを求めんにも舌が縺《もつ》れて声は出ず、無慙《むざん》やブレンダはばったりそこに倒れてしまった。強い事を言ってブレンダを帰したものの、マースデンはいつにない胸騒ぎ、悄然《しょうぜん》として立去ったブレンダの、物思わしげな瞳が眼の前にちらつき、凝っとしていられぬ程の不安に、我にもなく旅館《ホテル》を飛出し、やって来たのはシャラアド広場《スクエヤー》、さりとては、この夜更、約束もないのに表から案内も乞《こ》われず、そうかと云ってブレンダの無事な顔を一眼でも見なければ納まらぬ胸の安心、ふと思い出したのはいつぞやの露台《バルコニー》、そうだ、彼処《あすこ》から忍んで行って、そっとブレンダに会って来ようと、塀《へい》乗り越えて露台《バルコニー》に掻登《かきのぼ》れば、こは如何にガラス扉《ど》の隙から濛々と洩れて来るのは窒息《ちっそく》しそうなガスの匂い、見れば部屋の中に誰やら倒れている様子、チェッ、遅かったかとマースデンは早《はや》気も動顛《どうてん》、小刀《ナイフ》を取出し扉《ドア》をこじ開ける間もまどろかしく、部屋へ跳込《とびこ》みブレンダの体を引抱《ひきかか》え運び出したのは庭の彼方、ガラス扉《ど》が自然《ひとりで》に、ピッタリ閉る。マ「ブレンダや、しっかりして置くれ、許しておくれ」と狂気の如く掻き口説《くど》き、灑《そそ》ぐ涙は熱湯の、腸《はらわた》もまた千切《ちぎ》れんばかり、ブレンダはこの声に漸く気がつき、ブ「あなた」と嬉しげに縋《すが》りつけば、男は、マ「ブレンダや、許しておくれ、もうもうこんな恐ろしい企みは断念して、二人で亜米利加《アメリカ》へでも渡って、仮令《たとえ》貧しくとも正直に心楽しく此の世を送ろう、ブレンダ、お前も行ってお呉れだろうね」実《げ》に弱くて強いは女の力、さしもに猛《たけ》き男の悪心も春の氷と解け行く嬉しさ、固《もと》より好いたらしいと思い初《そ》めたマースデンのこと、ブレンダに何の異存があろう、男の首を抱きしめて、ブ「貴郎《あなた》――嬉しいわ」何処やらで鶯《ナイチンゲール》の声、チュンチュンチュン。

*

それから半時間程後のこと、ウイスキーを一本傾け尽して、陶然と酔の廻ったダーウェント、時分は好しと蹣跚《まんさく》たる足を踏み締めながら、上って行ったのはブレンダの部屋の前、扉《ドア》を開いた。扉《ドア》を開いてから気が附いたのは、口に銜《くわ》えた儘立消《たちきえ》になった葉巻、酔漢《よっぱらい》の悲しさには前後の分別もなく、懐中《ポケット》から燐寸《マッチ》を取出して、チュッと擦《す》ったが天なる哉《かな》。――此の世の袂別《わかれ》。

花火から出た話

花火の中から落ちた花束の事

都会という奴は――誰でもいうことだが――ひとつの巨《おお》きな迷路なのだ。この一見、とりすました粧《よそお》いの底には、それこそ、ありとあらゆる秘密や犯罪が巣喰《すく》うている。

スチヴンソンの「新アラビアン夜話《ナイト》」は、現代においては、決して架空の物語ではない。都会の居住者である以上、諸君は好むと好まざるとに拘《かか》わらず、いつ何時《なんどき》、かの善良なるアメリカ人、サイラス・キユー・スカダモーア氏の如《ごと》く、戦慄《せんりつ》的な事件にまきこまれないとも限らないのだ。――ということを、予《あらかじ》め覚悟しておく必要がある。

されば、風間伍六《かざまごろく》があの日、ゆくりなくも手に入った花束から、つぎに述べるような奇々怪々な事件が繰りひろげられたとしても、必ずしも筆者の荒唐《こうとう》無稽《むけい》な空想癖《くうそうへき》とのみ、断じらるべき筋合のものではないであろう。

それはある暖かい早春の日曜日、東京の中心からほど遠からぬ山ノ手に、ちかごろ展《ひら》けたばかりの新《しん》城《じょう》公園の中で、今日しも銅像の除幕式があるとやら、朝からポン〳〵と景気よく花火が揚がっていた。

抑《そもそ》も此《この》銅像の主《ぬし》が何人《なんぴと》かというに、元有名な私立大学の総長をしていた人で、文学博士、理学博士、その他さま〴〵と、一枚の名刺には刷り切れぬほど沢山の肩書をもった新城哲太郎《しんじょうてつたろう》とて名誉の学者、もとこの辺一帯は、博士の邸宅だったが、去年お亡くなりになるとき、有難《ありがた》い御遺言があって、宏壮《こうそう》なお邸《やしき》全部を区に寄附していかれた。その邸跡が立派な公園となって、名づけてこれを新城公園。

されば、その徳を長く記念するために、区の有志たちが相諮《はか》って建立《こんりゅう》した故博士の銅像の今日が除幕式なのである。

「ほんとうに、よいお天気で結構でございますわね」

「有難《ありがと》うございます。御蔭様《かげさま》で。昨夜はあの通りの空模様でございましたから、ほんとうに心配していましたのでございますよ」

「これもやっぱり先生のお徳でございましょう」

「なんですか、もう皆様のお志《こころざし》と、厚く感謝しておりますの」

白襟《しろえり》、黒紋附《くろもんつき》、緑のアーチをくゞりながら、こんな囁《ささや》きを交わしているのは、いずれ博士の由縁《ゆかり》の人々であろう。

空には五色の万国旗、陽炎《かげろう》が雲母《うんも》のようにきらめいて、全《まった》くもって除幕式日和《びより》。

さて、この公園を一望のもとに俯瞰《ふかん》する小高い丘のうえに、その時、ひとりの男が日向《ひなた》ぼっこをしていた。——というところから、この物語は始まるのである。

垢《あか》じんだ海員服、腕の金筋も大分色褪《いろあ》せているけれど、どうやら二等運転士というところらしい。広い胸、逞《たく》ましい腕、日に焦《や》けた浅黒い皮膚、白い歯、全身に海洋の匂いがしいんと浸《し》みこんでいる。

抑もこの人物を何者かというに、ついこの丘の下にあるアパートの住人で、その名を風間伍六という。アパートの名簿には無職としてあるが、船員服を着ているところから見れば海員あがりなのだろう。とにかく、身分はあまり詳《つまび》らかではないようだ。

さて、今しも草のうえに寝ころんだ風間伍六が快い春日のなかに、うーんとばかりに大欠伸《あくび》をした時である。ふいにドカンと花火が揚がったかと思うと、その花火の中から、何やらひらひらと落下して来たものがある。

「旗かな？」

旗ではないらしい。春日を斜《ななめ》にうけてパッと強い色彩が風間の眸《ひとみ》を射た。

「あゝ、花束だな」

そう思ったとたん、礫《つぶて》のように虚空《こくう》を切って、すぐ風間の鼻先に落下して来たのは、まぎれもない、薔薇《ばら》の花束、むろん造花だけれど、薔薇に三色菫《すみれ》をあしらって、その根元をピンク色のリボンであしらってあるのが、こよなく愛らしく見えるのだ。

「ほゝう」

と、ばかりに風間が思わず眼をすぼめて、その花束に見入っている時、俄《にわ》かにガサガサと草を掻《か》きわけて、ひょっこりと現れた一人の紳士、風間の手にした花束を見ると、

「あ」

とばかりに低い叫び声をあげたから、風間も思わず草のうえに起きなおった。

除幕式の客だろう、モーニングを着て、気味の悪いほど色の白い小男、モルモットみたいに神経質そうな紳士なのである。

「君、君」

と、モルモットは風間の側《そば》によると、

「その花束をこっちへ出したまえ。黙って持っていくとは怪《け》しからん」

と、豪猪《やまあらし》みたいにいきまいたものだ。

「何《な》んだと」

「怪しからんじゃないか。ひとの花束を無断で横奪《よこど》りするとは」

「あゝ、この花束のことか」

風間はわざと空《そら》とぼけて、

「こいつがどうしたというんだ」

「こちらに入用があるんだ。いざこざいわずに黙っておいていきたまえ」

「いやだよ」

「いやだ？」

「いやだよ。欲しいなら欲しいで、はなから礼をつくして来ればともかく、そう権柄《けんぺい》ずくに出られちゃ、出したいものでも出せなくなる。まあ、お断りだ」

「君、君」

モルモットは急に賤《いや》しい微笑をうかべると、

「これは大きに僕が悪かった。いくら欲しいんだね。

五円――いや、十円じゃどうだね」

と、風間の顔色をうかゞいながら、

「えゝい、思いきって五十円、いや、自棄《やけ》だ百円、どうだ百円だ、さあ、その花束をこっちへ出したまえ」

百円――？　この花束が――？　風間は呆然《ぼうぜん》として、手にした花束と相手の顔を見《み》較《くら》べる。こいつ、気でも狂ってるのじゃないかしら。

「ほら、十円紙幣が十枚、贋物《にせもの》じゃないぜ。手の切れそうな本物だ。えゝ、どうしたんだ、まさか気が遠くなったんじゃあるまいね」

「止《よ》しやがれ」

さっきからむかむかしていた風間が、とつぜん大声で怒鳴りつけた。巾《はば》のあるいゝ声だ。

「金なんかに用はねえ。僕ァこの花束が欲しいんだ。おい、モルモット君、この次《つ》ぎから人に物を頼む時にゃ、もっと気をつけて口を利きなよ」

くるり、背を向けた風間のうしろから、

「待て！」

「なんだと！」

振りかえった風間の頭上を、ピューッと石ころがとんで、

「畜生《ちくしょう》ッ！」

恐怖と絶望とに、貝殻《かいがら》のように真蒼《まっさお》になったモルモットが、ギリギリと歯ぎしりをしながらとびかゝって来るのを、

「馬鹿野郎」

パチッと小気味のいゝ平手打ち、相手が蛙《かえる》のように土に這《は》ったのを尻眼にかけて、

「欲しけりゃいつでも来い。弥生《やよい》アパートにいる風間伍六という者だ。いつでも相手になってやらあ」

肩をゆすってそのまゝ悠々《ゆうゆう》と丘を下りていったのである。

名射撃手と猫眼石の指環の事

しかし、風間は不思議でならないのだ。

この造花の花束を百円で買おうという。この花束のどこに、そんな価値《ねうち》があるのだろう。糊《のり》でかため

た薄絹の花弁、針金をしんにした緑の茎、見たところ、別になんの変哲もないふつうの造花だ。

「まあいゝや、家へ帰って調べりゃ分る」

公園を右に睨《にら》みながら、丘のだら〳〵坂を下っていく風間は、しかし、その時思わずおやと口のうちで呟《つぶや》いた。

誰かあとから尾《つ》けてくる奴がある！

振返《ふりかえ》って見たわけではないが、猟犬のように鋭い本能が、ピンとそれを感じるのだ。しかも、さっきのモルモットではないらしい。

(一つ引返して正体をつきとめてやろうか)

と、思ったが、俄《にわか》にまた思い直して、

(面白い、相手がどう出るかこのまゝ知らぬ顔をしていてやれ)

丘を下ると閑静な住宅地、その町のはずれの河端《かわばた》に建っているのが、風間の間借りをしている弥生アパート。

風間は玄関を入ると、大急ぎで二階にある自分の部屋へあがっていった。窓のカーテンをひらいて見ると、いる、いる！　河を隔てた向う岸の柳のもとに、帽子を眼深《まぶか》にかぶって佇《たたず》んでいるのが、たしかにさっきちらと見た尾行者なのだ。

外套《がいとう》の下から縞《しま》ズボンが覗《のぞ》いているところを見ると、こいつもやっぱり除幕式の客の一人らしい。顔はよく見えないが、背が低くて、デブデブと肥満していて、さっきのモルモットでないことは一瞥《ひとめ》でわかるのだ。

男はポケットから煙草《タバコ》を取り出して火をつけた。河端には犬の仔一匹とおらない。のどかな春日のなかに、その男の吐き出す煙が、ゆら〳〵と立ちのぼる。

と、この時風間は、ふと妙なことに気がついたのである。その男の立っている柳の根元から、三十間《けん》ほど離れた向うの橋桁《はしげた》に、もう一人、恐ろしく背のひょろ高い男が佇んでいるのだ。しかも、そいつはどうやら、デブの一挙一動にそれとなく注意を払っているらしい。

「おや、おや、こいつは妙なことになって来たぞ。

尾行者に尾行者がついていやがる。まるでソヴェートみたいだ」

風間は悪戯《いたずら》っ児《こ》らしく眼を輝かせると、ポケットからさっきの花束を取り出した。そしてわざと見せびらかすように、しげ〳〵とその花束を調《あらた》めながら、しかし、その眼は油断なく河向うに注がれているのだ。

と、急にデブの様子が変った。俄かにきょろきょろとあたりを見廻すと、煙草をポイと河の中へ投げすて、小脇にかゝえていたステッキのような物を、こちらに向けると見るや、あっという間もない。

ズドンと白い煙が柳の枯枝を包んだかと思うと、風間の手からあの花束が、胡蝶《こちょう》のようにパッと天井に舞いあがった。恐ろしい射撃手だ。

「畜生」

風間は本能的に身をこゞめたが、すぐまた体を伸ばして外を見ると、相手は仕損じたかとばかり、銃を小脇に一目散、向うの路地へ駆け込んでいく。そのうしろから、例ののっぽが、これまたそゝくさと立去《たちさ》るのが見える。

風間は呆然としてしまった。事件があまり急角度に進展して来たので、さすがの彼もあっけにとられてしまったのだ。

と、この時、ドアをひらいて、

「あら、どうしたのよ、風間さん、今の音、あれ何？」

びっくりしたような眼を、小鳩《こばと》のようにくるくるさせながら覗きこんだのは、このアパートの管理人の娘で、お小夜《さよ》という可愛《かわい》い娘。

「あゝ、お小夜ちゃん、いや、何んでもありゃしないよ」

「でも、いまズドンという音がしたでしょう」

「大方、自動車でもパンクしたんだろう」

「そうかしら、でも――」

と、お小夜は部屋のなかを見廻して、

「あら、あら、まあ、この部屋どうしたの。花弁がいっぱい散らかっているじゃないの。あら、あんなところに指環が落ちている」

お小夜が指さしたのは、この部屋で唯一の贅沢品《ぜいたく》、大型のピアノの脚の下だった。

「はてな」

風間は驚いてその指環を拾いあげる。黄金の台に勿忘草《わすれなぐさ》の彫りも美しく、その中央に妖《あや》しげな光を放っているのは見ごとな大粒の猫眼石《ねこめいし》。

風間はどきりとしたような眼をした。さっき、パッと花束が飛び散ったとき、何やら手先からコロコロと床に転がったような気がしたが、すると、あの花束の中にはこの猫眼石の指環が封じこめてあったのか。なるほど、これなら百円出しても惜しくない。

「お小夜ちゃん、お小夜ちゃん」

「なあに」

「この向うに新城という大きなお邸があるね。君、あの家にはどんな人が住んでるか知らないかい」

「新城さん、あゝ、あの偉い学者でしょう。あそこ先生が去年亡くなってから、今ではたしかお嬢さん一人よ。とても綺麗な方。だけどどうしたのよ、風間さん、いやな方ね。何かそのお嬢さんと指環と関係でもあるの」

「うゝん、何んでもないがね、その新城さんとこに、モルモットみたいな男いないかね」

「モルモット?」

と、お小夜は首をかしげて考えていたが、急にプッと噴飯《ふきだ》すと、

「あゝ、いるいる、たしかにあの人のことに違いないわ。色の白い、神経質そうな人でしょう。あれ亡くなった新城先生の秘書の方よ。だけど今でもあのお邸にいるのかしら」

「ふうむ、先生の秘書かい。いや、有難う」

風間は急に活々《いきいき》と眼を輝かせながら、それきり黙って考えこんでしまったのだ。

令嬢を取巻く三人男の事

古来、猫眼石の指環には、素晴らしい幸運か、しからずんば、素晴らしい兇運がつきまとうものとやら、今はからずも、この猫眼石の指環を手に入れた風間は、いずれの運につき当ったのか、とにかく彼

は、飽《あく》までもこの不思議の謎《なぞ》をつきとめようと決心したことだ。

それには先《ま》ず、第一に新城家の内情から探ってかからねばならぬ。あのモルモットが新城家の一員であるからには、この謎の根元《こんげん》は、あのお邸にあると見なければならぬのだ。

さて風間がそう決心したその翌日のこと。

今しも新城家の表玄関へさしかゝった一台の自動車。激しく警笛を鳴らしていたが突然、

「あ、危い」

と、中から女の金切声《かなきりごえ》が聞えたかと思うと、ぐぐんと大きくひと揺れ自体を煽《あお》らせて、そのまゝピタリと停《とま》ってしまった。人を轢《ひ》き倒したのだ。

「まあ、大変、怪我《けが》はなくって」

ドアを開いて、牝鹿《めじか》のように身軽にとびおりたのは、二十一、二の小柄の美しい令嬢、花模様をプリントしたアフタヌーンの、襟元《えりもと》のレースがとてもチャーミングだ。

運転手もあわてゝ運転台からとびおりるとタイヤの側に倒れている男を抱き起して、

「君、君、どこか痛みますか」

「フーム」

歯を喰いしばって、かすかに眼を見開いたのは、薄穢《うすぎたな》い海員服の男、金筋の肘《ひじ》が破れて頬《ほお》に血が滲《にじ》んでいる。いうまでもなく風間伍六だ。

「木下《きのした》さん、ともかく家へお連れして頂戴《ちょうだい》」

と、運転手に命じておいて、令嬢は自動車の中を振返ると、

「史郎《しろう》さん、何をぼんやりしてるのよ。あなたも降りて来て手伝ったらどう?」

「なあに、大したことはありませんよ、珠実《たまみ》さん、木下にまかせておけばいゝでしょう」

「何を暢気《のんき》なことといってらっしゃるのよ。こんなにお怪我をさせてすまないわ」

「だって、あんなに警笛《サイレン》を鳴らしたのに、避《よ》けないのだから向うの方が悪いんですよ」

いいながら、それでものろのろと自動車の中から這《は》い出したのは恐ろしく背の高い男。ひどい近眼《ちかめ》と

見えて度の強い眼鏡をかけているのだが、風間はその男の姿を見たとたん、思わずどきりとした。確かに昨夜、橋桁のところに佇んでいたあののっぽなのだ。

「知らない。あなたみたいな不人情な人に、もう頼みやしないわ。熊野《くまの》さん、熊野さんはいなくって？」

珠実が大声で叫ぶと、新城家の玄関からそゝくさと出て来たのは、これまた昨日のモルモット。

「どうしたんです。珠実さん」

「人を轢いちゃったのよ。あなた木下に手をかして、この方を、うちへお連れして頂戴。あたし大急ぎで山県《やまがた》さんに電話かけて来るわ」

急ぎあしで玄関の中へ駆けこむのは、いわずと知れた新城家の令嬢——というよりは今では女主人の珠実なのだ。

「熊野君、いゝよ、いゝよ僕がやるから」

「いゝえ、珠実さんの命令だから、こいつは僕の仕事ですよ」

「なに、いゝんだ、いゝんだ、僕こそ最初からの係りあいなんだから、君は引込《ひっこ》んでいたまえ」

争いながら、風間のそばへ寄った二人は、殆《ほと》んど同時に、あっと小さい声をあげた。

「おや、史郎さん、あなたこの男を知ってるんですか」

「知るもんか、こんな男。——熊野君、君こそこいつを知ってるんじゃないか」

「知りませんね、ま、ともかく二人で仲よく担《かつ》ぎ込もうじゃありませんか。愚図々々《ぐずぐず》してると、また珠実さんの逆鱗《げきりん》に触れますぜ。どっこいしょと」

風間は心の中で笑い出したくなった。昨日自分に殴り倒された男、それから秘かに自分を監視していた男、その二人に介抱されることになったものだから、この奇妙な廻《めぐ》り合せに、思わず失笑しそうになったことだ。

しかし、奇妙な廻り合せは、たゞこれだけではすまなかったのだ。豪奢《ごうしゃ》な一室に担ぎ込まれた風間は、間もなくそこへ、鞄《かばん》を下げてそゝくさと入って来た医者を見ると、思わずあっとばかりに心中一驚《きょう》を喫したのである。

　背のひくい、デブデブと肥満した男、まぎれもない、昨日、河向うから彼を狙撃したあの射撃手ではないか。

「令嬢は——珠実さんはどこにいますか」

　怪我人よりも先に、令嬢のことを尋《たず》ねるなんて、この医者もよっぽど変っている。

「珠実さんは向うでお化粧中ですよ」

「ふゝん、すると珠実さんには別に怪我はなかったんですな」

「大丈夫、あの人は相変らず悪魔みたいにピンピンしてまさあ。とにかく、怪我人を見てやって下さい」

「どれどれ」

　仔細《しさい》らしく小首をかしげて風間の側へ寄って来た医者は、その顔を一瞥《ひとめ》見ると、思わずあっと顔色をかえた。子供のような赧《あか》ら顔がいっぺんに真白《まっしろ》になって、唇がわなわなと顫《ふる》えた。

　のっぽの史郎はそれを見ると、にやにやと微笑《わら》いながら、

「先生、先生はこの男を御存知ですか」

「さあてね、どこかで見たこともあるような気がしますが、一向思い出しませんな。とにかく傷を見ましょう」

「フーム」

　と、深い吐息を吐きながら、風間はその時はじめて眼を見開いた。

「どこか痛みますか」

「えゝ、右の踝《くるぶし》が少し——、あ」

「あゝ、肋《あばら》を打ったのですね。そのまゝ、そのまゝ、誰か上衣《うわぎ》を脱がせてやって下さい」

　言下に秘書の熊野がそばへやって来て、風間の上衣を脱ぐのを手伝ってやったが、その時彼は妙なことをやったものだ。上衣の中ポケットにある紙入《かみいれ》を抜きとると、素早くそいつを自分のズボンに突込《つっこ》んでしまったのである。

　むろん、誰一人そんなことに気附く者はいない。

　医者は仔細らしく風間の傷を調べると、

「ふむ、右脚を捻挫《ねんざ》していますね。肋の方は大した

ことない。なあに、二、三日湿布《しっぷ》してお置きになればすぐ快《よ》くなりますよ」

そこへ、着更《きが》えをすませて珠実が、花のような姿を現わした。

「山県さん、御病人、どう?」

「あ、珠実さん」

山県医師は相恰《そうごう》を崩して、

「あんた、どこも怪我はしなかったかね」

「あたしのことはどうでもいゝのよ、こちらどうと訊《き》いてるのよ」

「いや、大したことはありませんな。三日も寝てれば快くなるでしょう」

「まあ、よかった」

珠実はほっとしたように、

「あなた、済みません。痛かったでしょう」

珠実の、誠意にみちた美しい眼差《まなざ》しに会うと、風間は思わずへどもどして、

「いえ、なに、大したことありません」

「とにかく、自動車でお送りしますわ。お宅どちらでございますの」

「僕——僕ですか、僕、弥生アパートにいるんです」

「弥生アパート? じゃすぐそこね。あたしお送りして行こうかしら」

「エヘン、エヘン」

その時、史郎が急に意味ありげな咳払《せきばら》いをしたので、珠実はぐいと眉をあげると、

「いゝわ、熊野さんに送って戴《いただ》くわ。あなた、いずれお見舞いにあがりますけど、お名前、何んと仰有《おっしゃ》いますの」

「僕ですか、僕は風間というんですが、そんな御心配には及びませんよ」

「いゝえ、明日にでもお見舞いにあがりますわ。そうしなければあたし気がすみませんもの。じゃ熊野さん、お願いしてよ」

そういいすてると珠実は、ほかの三人には見向きもせずに、さっさと部屋から出ていってしまった。

そのとたん風間は、ふいに掌中の珠《たま》をもぎ奪《と》られたような気がしたことである。

風間伍六ピアノを弾ずる事

珠実はその翌日、約束どおり花束を持って風間を見舞いにやって来た。いやその次ぎの翌日ばかりじゃない。その次ぎの日も、またその次ぎの日も、毎日のようにアパートへやって来た。彼女は物に拘《こだ》わらない、朗《ほが》かな性質だったから、すぐ風間と友達になってしまった。

「あたし、こんなに毎日やって来て、御迷惑じゃありません？」

「どうしてゞす、迷惑どころかほんとうに有難いですよ」

「そう、そんならいゝけど、——史郎さんたら嫌味《いやみ》ばかりいうの」

「史郎というのはあの背の高い人ですね、あの人はどういう人ですか」

「あの人、あたしの又従兄《またいとこ》になるのよ。だけど五月《う る》蠅《さ》いたらないわ。あの人ばかりじゃない。熊野さんだって、山県さんだって、男ってどうしてあんなに五月蠅いんでしょう」

「五月蠅いってどう五月蠅いんです」

「どうって、やっぱり五月蠅いのよ。だから、あたしいっそう反抗して、あなたのところへ遊びに来るのよ」

して見ると、彼等はなるべく珠実を風間のもとへ近附けないように画策しているらしい。

「僕もそのうち、だんだん五月蠅くなるかも知れませんよ」

「ほゝゝほ、お馬鹿さんね」

珠実は声を立てゝ笑ったが、ふと思い出したように、

「そうそう、忘れてた。あなたこの間、紙入を落したでしょう。熊野さんが拾っておいたの頼まれたから持って来たわよ」

「あゝ、そう、有難う」

「あなた、中を調べなくてもいゝんですの」

「大丈夫、別に大事なものは入っちゃいません」

風間は無雑作《むぞうさ》にいったが、しかし、その時彼は気

附かなかったのだ。彼にとって非常に大切なものが、一枚、熊野の手によって抜きとられていることに、その時、風間は気がつかなかったのである。

「時に」

と、珠実は部屋のなかを見廻しながら、

「この部屋には立派なピアノがありますわね。あなたがお弾《ひ》きになりますの」

「えゝ、ほんの少々」

「ねえ、あたしに聞かせて頂戴よ。あたし、この間からいちどお願いしようと思ってたのよ」

「駄目ですよ。あなたなんかに聞いて戴けるようなものじゃありませんよ」

「いゝじゃありませんの。そんな出し惜しみをしなくっても、あゝ、分った、あなたお小夜さんのほかには、誰にも聞かせないってわけなんでしょう」

「お小夜？　はゝゝは」

風間は思わず、あの巾のひろい、豊かな声を出して微笑《わら》うと、

「いつの間に名前を覚えたんです」

「知ってますわ。あの人、いつでもあたしの顔を見るといやな表情《かお》をするんですもの。だから、意地にでもあたし、聞かなきゃおかないわ。さあ、何か聞かせて」

風間にとっても、この美しい令嬢のまえでピアノを弾くということは決して悪い気持ちではなかった。たった一度会ったゞけで、こんなにまで、自分を惹《ひ》きつける女、そしてたった一度会ったゞけで、こんなにまで、自分に親愛をかんじてくれる女——風間はその時甘い、桃色の夢の中にいるような気がするのだ。

「それじゃ、ひとつ拙《まず》いところを聞いて戴くかな」

風間はまだ痛む足を引きずって、ピアノに向った。と、忽《たちま》ち、その指先から歃歔《すすりな》くような、甘い旋律が流れ出して来たのだ。珠実は窓に腰をおろしたまゝ、風間の指先を熱心に見詰めていたが、やがてしだいに恍惚《こうこつ》としてその曲のなかに引きこまれていった。

甘い、香《か》ぐわしい匂い、ほのかなる郷愁、はろばろとした空の色。——珠実はうっとりとして、眼に

涙さえうかべて聴き入っていたが、やがてその一曲が終った時、

「まあ、素敵！」

ぼうっと瞼《まぶた》の縁《ふち》を染めながら、

「あなた、誰にお習いになったの」

「誰に？　なあに、船に乗っている時、つれづれにひとり稽古《けいこ》をしたんですよ」

「嘘《うそ》！」

珠実がふいに鋭い声でいった。

「嘘？」

「嘘だわ。あたしそんなに素人《しろうと》だと思われたくないわ。あなたの指の動きを見ていれば、あなたの技倆《うで》がどんなものかよく分るわ」

珠実は急に、大きな眼を見張って、疑わしそうに風間の姿を見詰めながら、

「あたし、あなたが分らなくなったわ。あなたは船乗りだと仰有る。そうかも知れないわ。またそうでないかも知れないわ。だけど、いずれにしてもあなたは紳士よ。史郎さんや、熊野さんや、山県さんよりも紳士よ。だからあたし、あなたが好きになりかけていたの。だけど、だけど、嘘をつく人嫌い」

そういったかと思うと、くるりと踵《くびす》を返して、そのまゝ、相手に物をもいわせずドアの外に出てしまった。そしてそれきり、姿を見せなくなった。

風間は取り返しのつかぬ失策を演じたような気がし、また、とうとう猫眼石の指環のいわれを聞く機会を取り逃がしたと思ったが、しかし、それから三日ほどのちに、意外にも彼女から一通の手紙が舞いこんで来たのである。

この間は失礼しました。気を悪くしていらっしゃらなくって。それはとにかく、今度の土曜日、宅で仮装舞踏会を催しますの、亡父《ちち》の銅像が竣成《しゅんせい》したお祝いなのよ。よかったら御出席なさいませんか。

その手紙と一緒に、立派な鳥の子の招待状がはいっていた。

風間はこの冷淡とも見えるし、情のこもっているとも見える手紙を、いくどもいくども読み返しする

と、何んだかあの聡明なお嬢さんに手玉にとられているような、一種、甘い快感を覚えたことである。

竪琴を弾くアポロの像の事

さて、いよいよその仮装舞踏会の夜のことだ。

さすがに生前、徳望の高かった新城博士の慰霊祭だけあって、会はなかなか盛大だった。しかし、さすがに会の性質が性質だけに、老人の数はいたって少く、客の大半は若い男女で、したがって会場はいやがうえにも華《はなや》かで賑《にぎ》やかだった。

風間と同年輩の若者も多く、めいめい数寄《すき》をこらした扮《ふん》装《そう》をしていたが、しかし、平凡な海軍士官の制服をつけている風間ほど、すっきりとして、魅力的な姿はほかにちょっと見当らなかった。実際、風間は背が高く、肩巾がひろく、腕も長く逞《たくま》しかったので、金筋の入った海軍士官の扮装は、彼にはうってつけのもので、堂々として、四辺《あたり》を圧するの概《がい》があった。

「やあ、やって来たね」

馴《な》染《じ》みの薄い風間が、ホールの片隅《かたすみ》にぼんやりと立っていると、人混みをかきわけて、突如、彼のまえに立ちはだかったのは山県医師、ビール樽《だる》のように肥満した体に、道《どう》化《け》師《し》の服をつけているのが、いかにもよく似合って、これまた己《おの》れを知るといった扮装なのだ。

山県医師はにやにやと気味悪く微笑《わら》いながら、

「どうだね、その後、怪我のほうは？」

「いや、脚のほうは快くなりましたがね、この間、狙撃されたところが、ほら、こんなに跡がのこっていますよ」

黒く火薬でやかれた指先を見せると、山県医師はぎょっとしたように眼をすぼめたが、すぐせゝら笑うように、

「だからさ、あまり出過ぎた真似《まね》をするんじゃないというのさ」

と、いってから急に声をひくくすると、

「おい、例のものはどこへやった」

「例の物？」

「指環さ、持っているだろう。こちらへ渡せ」

「はゝゝゝは、何んのことをいってるんです。指環なら、こゝに一つ嵌《は》めていますがね、これがどうかしましたか」

平凡な金の指環を抜いてみせると、とつぜん、山県医師は怒った海豹《あざらし》のように髭《ひげ》を逆立てゝ、

「畜生、覚えてろ！　今にその指先よりも、もっと大きな火傷《やけど》をするぞ」

山県医師が、ブルドックみたいな尻をふりながら、のっし〳〵と立去ると、すぐそれと入れ違いに秘書の熊野が現われた。これは普通のタキシードを着たゞけで、別に変った扮装をしているのではなかったが、その黒いネクタイのために、蒼白《あおじろ》い顔がいっそう蒼白く見えるのだ。

「やあ、よく来ましたね、如何《いかが》です、お怪我のほうは？」

この男は叮嚀《ていねい》な口の利き方であればあるほど、いっそう気味が悪いのである。

「いや、有難う、僕のほうは大したことありませんがね、君こそどうです。あ、頰《ほっ》ぺたがまだ少し紫色になっているじゃありませんか」

熊野はふいに、針に触られた豪猪《やまあらし》のようにピンと体を固くしたが、すぐまた、白々《しらじら》しい愛嬌《あいきょう》笑いをうかべると、

「いやあ、なに、何んでもありません。時に風間さん、今夜はゆっくりしていらっしゃい。いまに面白い芝居が始まりますよ」

そういいすてると、すた〳〵と人混みの中にまぎれこんでしまった。

「ふゝゝゝ、こいつはいよ〳〵面白くなって来たが、ところで、もう一人の奴はどこにいるかな」

見廻すと、いた〳〵、ひと際、背のたかいのっぽの史郎が、群衆の向うから冷笑するように、じっとこちらを見つめているのだ。おそらく、メフィストフェレスのつもりだろう、ぴったりと肉に喰い入るような黒いコスチュームを身につけて、その眼は敵意と憎悪に充《み》ち満ちているのだ。

「あら、こんなところにいらしたの」

その時、ふいにうしろから軽く腕に手をふれた者があるので、振返ってみると、珠実が笑み崩れそうに立っている。昔の西洋のお姫様みたいに、ひだの多い古風なスカアトに、大きな羽毛扇《はねおうぎ》を持っているのだが、こよなく愛らしく見える。風間は思わず眼を輝かせて、

「あ、こいつは素晴らしい」

と呼吸《いき》をのむようにして叫んだ。

「あら、お口のうまいこと。あなたこそ、とても立派よ、時に風間さん、さっき、熊野さんと何か話していらしたわね。あの人、何かいっていて？」

「いゝえ、別に……何んだか、今夜面白いお芝居がはじまるようにいってましたよ」

「お芝居？」

珠実の美しい面には、ふいと不安の影がさした。

彼女は思わずせき込んで、

「風間さん、あなた気をおつけにならないといけませんわ。あの人、何かよくないことを企んでいるにちがいありません。風間さん、あなた、何か……」

と口籠《くちご》もりながら、

「あの人に、弱点でも握られているんじゃありません？」

「弱点？　僕が？　それはどういう意味ですか」

「どういう意味だか、あたしにも分りません。でもあの人このあいだからしつこくあたしに、あなたという人は、とても恐ろしい、――つまり、刑法上の罪人だから、あまり近寄っちゃいけないというんです。あなた、憶《おぼ》えがあって？」

「刑法上の罪人？　さあてね」

風間はいまこそあの奇怪な指環のことを切り出すべきときだと思った。そして、今にもそれを口に出しかけたが、その時ふいに湧《わ》き起って来たオーケストラの音が、たちまち彼の言葉を掻《か》き消してしまったのだ。

それから半時間あまり、風間は人生においてもっとも楽しい時間を過ごした。珠実はそれ以上、さっきの問題を追及しようとはせずたてつゞけに彼と踊って、決してほかの男からの申出《もうしで》に応じようとはし

なかった。彼は有頂天になってステップを踏みながら、ふと思い出したように、

「珠実さん、僕はさっきから聞こう聞こうと思っていたのですが、ほら、あのホールの隅にある塑像《そぞう》ですね、あれはなんですか」

それは竪琴《たてごと》を手にして歌っている、等身大のアポロの像だったが、風間は何故《なぜ》か、このホールへはいって来た時から、その像に気を惹かれているふうだった。

「あれ、アポロよ、でも、あれがどうかしまして」

「いや、あまり立派なものですから」

「そうね、あれを拵《こしら》えたかた、とても偉い塑像家なんですの。それに、あのモデルになった方は、とても有名な方……」

いいかけて、珠実はふいにステップを乱した。

「あら、あたし、どうしましょう」

「え？　どうかしましたか」

「だって、だって、あのアポロの顔、あなたに生写《いきうつ》しなんですもの」

だが、その時ふいにホールの一方で、けたたましい男の叫び声が聞えたので、彼等ははっとして立止《たちど》まらねばならなかった。

「たいへんだ、たいへんだ。この中に泥棒がいるぞ」

秘書の熊野の声だった。その声に一同が思わずしいんと立止まったとき、

「猫眼石の指環を盗まれたのだ。その指環を持っている奴が泥棒なのだ」

風間はそれをきくと、思わずどきりとして胸のポケットをおさえたが、それよりも、もっと驚いたのは珠実だった。彼女は一瞬間、紙のように蒼褪《あおざ》めて、思わず風間の腕のなかで倒れそうになったのである。

カードをめぐる三人の求婚者の事

熊野の話によるとこうなのだ。彼は猫眼石の指環を鎖につけて、胸にブラ下げていたのだが、今見ると、その鎖が切れて指環が紛失している。てっきりこの中に掏摸《すり》か泥棒が混っているというのだ。ホールの中には、忽ち世にも不面目なことが起った。山

県医師と史郎の自発的な申出《もうしい》でに追従して、人々はいっせいに身体検査をされることになったのだ。

その時、風間と珠実のふたりは例のアポロの像のまえに立っていたが、そこへ熊野と山県医師と史郎の三人が、残酷な冷嘲《れいちょう》をうかべながら近附いて来た。

「風間さん、お気の毒だが検《しら》べさせて貰《もら》いますよ」

「お待ちなさい」

珠実がふいに遮《さえぎ》ると、

「熊野さん、あなたあの指環を持っていたなんて、ほんとうのことなの？」

「ほんとうですとも、とにかく退《の》いて下さい。風間さんだけを除外するわけにいきませんからね」

熊野がさっき、面白い芝居といったのはこのことだったのだ。彼はにやにやしながら、手早く風間の身体検査をしたが、しかし、不思議なことには、風間の体のどこからも、あの指環を発見することは出来なかった。

熊野はしかし、失望したような顔はしなかった。

「風間君、ちょっと紙入を見せてくれたまえ」

風間が取出した紙入の中から、抜き取るふうをして、その時、素速く熊野は手の中に持っていた一枚の紙片をひろげて見せた。いう迄《まで》もなくそれはこの間、彼がひそかに風間の紙入から抜きとっておいたもので、古い新聞の切抜きなのだ。

「おや、おや」

熊野はその切抜きに目をとおすと、びっくりしたような顔をしてそれを山県医師に渡した。山県医師もそれを読むと、顔をしかめて、すぐ史郎に渡す。史郎は意地悪そうな眼で、それを読んでいたが、

「珠実さん、珠実さん、面白いものを風間君は持っていますよ。ちょっと読んでごらん」

珠実は何気なくそれに眼を通したが、次第に彼女の顔色は蒼褪めていった。そこにはだいたい次《つ》ぎのような記事が出ているのだ。

（基隆《キールン》電報）昨夜当地において残忍極まる殺人事件が突発した。被害者は××丸船長磯貝剛《いそがいたけし》氏並《ならび》に夫人かま子の二人で、二人とも鋭い兇器で咽喉《のど》を抉《えぐ》られ即死していた。犯人はかねて夫人の美貌

に懸想《けそう》していた同船の二等運転士、桑原《くわばら》某なる見込にて、当局では目下その行方厳探中。

「風間さん！」

真蒼な顔で珠実が詰問《きつもん》した。

「あなた、この記事に憶えがあって？」

彼女はむろん相手の否定を期待していた。しかし、あゝ、なんということだ。風間は悄然《しょうぜん》と首うなだれると、断罪を待つように溜息《ためいき》を吐いたではないか。

珠実は思わずよろめくと、その手からひらひらと新聞の切抜きが舞い落ちた。

「行って下さい。出ていって頂戴。この人たちが警官を呼ばないうちに。――」

風間は静かにその紙片を拾いあげると、もう一度珠実の顔を、哀願するように見たが、しかし、相手の憎悪と、軽蔑《けいべつ》に燃ゆる眼を見ると、悄然としてそのホールから出ていったのである。

外は深い霧だった。

風間はその霧の街を夢中になって歩き廻った。彼の胸はふかい絶望と、失恋の痛手でズキズキと痛んでいる。彼はいく度か溜息を吐き、酔漢《よいどれ》のような歩調《あしどり》で霧の街を歩いた。

ふと気がつくと、彼はいつか新城家の表まで来ているのだ。見ると、どう結末がついたのか、人々が三々伍々《さんさんごご》と帰っていくのが見える。彼はいく度か、もう一度その玄関から入ろうかと思ったが、さっきの鋭い珠実の眼差しを思うと、忽ちその勇気も抜けるのだった。

と、その時、彼は夢中になって未だにさっきの紙片を握りしめている自分に気がついた。

「畜生ッ！」

風間は自暴自棄《やけくそ》になって、その切抜きをひき裂こうとしたが、(基隆電報)というあの字が眼につくと、急に彼はぎょっとしたように眼を光らせた。それから、あわてゝ霧の街灯の下にかけ寄ると、大急ぎでその記事に眼を通したが、何を思ったのか、爆発するような笑い声が、とつぜん、その唇から洩《も》れて来たのである。

実際彼は腹をかゝえて笑った。気狂《きちが》いのように笑った。涙さえうかべて笑いころげた。そして、その笑いがおさまると、急にきっと唇をかみしめ、まっしぐらに玄関のほうへ突進して行ったのである。

ところが、ちょうどその時、ホールの一隅《ぐう》では大変、奇妙な場面が進行していたのである。客が去って、がらんとした部屋の一隅に、真蒼な顔をして突立っている珠実を囲んで、山県医師と熊野秘書と、又従兄《またいとこ》の史郎の三人が、黙々として、敵意に充ちた眼を見交しているのだ。見ると、彼らのまえにあるテーブルのうえには、ひと揃いのカードが積んであった。

「いゝかね。ハートの女王《クイーン》を引いた者が、珠実さんの花婿《むこ》になるんだ。今度こそいざこざなしだぜ」

重々しい口調でいうのは道化服の山県医師。

「珠実さん、君も異存はあるまいね」

メフィストの史郎が意地悪そうにいった。

「そうですとも、あの大切な指環を紛《な》くしたのは珠実さんの責任だから、今度こそ否《いな》やはいわせませんよ」

秘書の熊野が舌なめずりをしながらいう。

やがて山県医師が最初のいち枚をめくった。次ぎに史郎が、最後に熊野秘書がそのカードをめくる。彼らはしだいに亢奮《こうふん》し、汗ばみ、息込んで来る。あゝ、なんということだ。彼らはカードの籤《くじ》によって珠実さんの花婿をきめようというのだ。

山県医師がまためくった。それは女王《クイーン》だったので、彼は思わず身顫《みぶる》いしたが、残念ながらハートではなかった。史郎が指をふるわせながら、カードに手をつけた。

と、この時、

「止《よ》せ！」

と、叫びながら、ホールの中に躍り込んできた風間が、いきなりそのカードを突崩《つきくず》すと、

「いったい、これはなんの真似だ」

「あ、風間さん」

珠実は眼に涙をうかべながらも真蒼になった。山県医師はぎょっとしたが、すぐ太々《ふてぶて》しいせゝら笑いをうかべると、

「何んだ、君か。君は警察へつき出されなくて、またこゝへ引返《ひっかえ》して来たのかい」

「馬鹿野郎。君たち――君も珠実さんも誤解しているんだ。僕はいますぐ、その誤解を晴らすことが出来る。しかし、珠実さん、これはいったいどうしたというんです。この人の皮を着た畜生どもは一体あなたをどうしようというのです」

「風間さん」

ふいに、珠実の眼から、ハラ〳〵と泪《なみだ》が落ちて来た。

「この人たちは、籤であたしの結婚相手を極《き》めようというんですの。そしてそれが父の遺言だというんですの」

「お父さんの遺言――？　そ、そんな馬鹿な！」

「お話しますわ。聞いて頂戴」

珠実は蒼褪めた顔に弱い微笑を浮かべながら、

「父の生前、この人たちはしつこくあたしとの結婚で父を責め立てゝいたんですの。父は持てあました揚句、その臨終の時、あたしの指に猫眼石の指環を篏めて、誰でもいゝ、どんな手段でゝも、この指環を珠実から取りあげたものが、彼女《あれ》の婿だといったんです。父はたいへん偉い学者でしたけれど、臨終の間際ですもの、きっと頭が変になっていたのにちがいありませんわ。でも、この人たち、それが亡父《ちち》の遺志だといって、何んとかしてあたしの指からその指環を奪《と》ろうとします。あたし、あまりうるさいものだから、この間、亡父の銅像除幕式の時、指環を花火のなかに入れて打ち揚げてしまったんです。そして、誰でも今夜の仮装舞踏会の果てたとき、その指環をはめて、あたしのまえに現われた人と結婚すると約束したんですの」

「それで、誰かその指環を見つけて来ましたか」

風間は思わず呼吸《いき》を弾《はず》ませる。

「いゝえ、誰も――そしてあたしが故意に指環を紛くした以上、籤で花婿を極めるよりほかにないというんですの」

「はゝゝゝは」

風間がふいに陽気な笑い声を立てたので、三人の男たちはいっせいに、怯《おび》えたような眼をして、彼の顔を――そして彼の指を見た。

「珠実さん、御安心なさい。あなたはこの獣たちと結婚しなくてもいゝのです。あなたと結婚する権利を持った者はほかにあります。しかしそいつはこの獣とちがって、決してそれをあなたに強請《ごうせい》するようなことはありません。御覧なさい、あのアポロの指を。――」

一同の眼は、期せずして、いっせいにあの竪琴をかなでているアポロの指を見た。と、どうだ、そこにはあの猫眼石の指環が燦然《さんぜん》と輝いているではないか。

「さあ、これであなたの方の問題は解決しました。あなたがあの塑像と結婚なさろうとなさるまいと心のまゝです。つぎに僕の弁明をきいて戴きましょうか」

彼はさっきの切抜きを取出すと、

「珠実さん、あなたがさっき読まれたのはこの基隆《キールン》電報という奴でしょう。ところが、僕はこの記事とはなんの関係もないのです。では何故僕が大事そうに、この切抜きを持っていたかといえば、実は、この記事の裏側にある、ほらこっちのほうの記事なんですよ」

風間はくるりと切抜きを裏返しにすると、

「これを読んで下されば、僕がどういう人間だか分ります。読んで見ますから聞いて下さいますか」

風間はそこで、あの幅のひろい声で、一句一句に力をこめてしっかりとその記事を読みあげた。

「如何《いか》なる天才といえども、精進《しょうじん》と自重なくんばその天才もやがて泥土《でいど》に等しいという実例を、今夜の椎名弦三《しいなげんぞう》氏の独唱会がまざ〳〵とわれらの前に示してくれた。弱々しいかすれた声、醜《みにく》い呼吸《いき》切れ、狂った音程、嗚呼《ああ》われらのテナーと持囃《もてはや》された昔日《せきじつ》の椎名弦三氏の面影《おもかげ》いずこ。頻《ひん》々《ぴん》たる女出入り、度し難き飲酒癖、無秩序極まる生活態度、椎名氏はかくして今宵《こよい》、自ら拓《ひら》いた終焉《しゅうえん》の挽歌を聴衆のまえに披露したのである」

読み終った風間は悲しげに珠実を見ると、

「この手痛い批評家の槍玉《やりだま》にあげられた、哀れなテナーが、六年まえのかくいう私なのです。しかも、この批評は間違ってはいませんでした。もっともっと手酷《てひど》い筆誅《ひっちゅう》を加えられてもいゝほど、放蕩無頼《ほうとうぶらい》な私だったからです」

風間はしずかにマッチをすると、その切抜きを焼捨てながら、

「この批評は私の胸を打ちました。私は飜然《ほんぜん》として自分の愚《おろか》さに気がついたのです。私は更生を誓い、人の奨《すす》めるまゝに船に乗って海へ出ました。そして六年間の荒々しい船乗り生活が再び、私に健康と昔日の咽喉《のど》を取り返してくれたのです。珠実さん、遠からぬ将来あなたはきっとテナー椎名弦三の復活を耳にするでしょう。その時こそ、私はあなたの側に戻って来る勇気を持つことが出来るのです。それまでは、では、さようなら」

風間は軽く一揖《ゆう》すると、くるりと背を向けた。しかし、事実をいうと、その時、珠実は彼をいかせなかったのである。後に伝えられたところによると、彼女は彼をひきとめ、そして次ぎのように囁《ささや》いたということである。

「風間さん、待って。あたし今とても大切なことを思い出しましたわ。あのアポロの像のモデルになった人は、たしか椎名弦三という有名なテナーだったのです。そして、あの像が今夜、猫眼石の指環を篏めていたということは、取りも直さず、モデルであるあなたが篏めていたも同じことですわ。だから、だから――」

彼女は汗ばみ、頬を紅《あか》らめ、そして哀れな三人の求婚者たちは、完全にその存在を無視されてしまったということである。

物言わぬ鸚鵡《おうむ》の話

今から十五六年もまえのことです。

当時、まだ学生だった私は、学校の都合から、阪《はん》神《しん》沿線の住吉《すみよし》に、マヤという口の利けない妹と二人で、小さい家を借りて住んでいたことがありました。マヤは可哀《かわい》そうな娘《こ》で、うまれつきの聾唖《ろうあ》ではないのですが、幼い時に烈《はげ》しい熱病を患《わずら》ったのがもとで、それ以来、発声機能に故障が起ったのか、舌がもつれてうまく口を利くことが出来ないのです。

その時分のこと、友人のSという男が、ある日、一羽の鸚鵡《おうむ》を私たちのところへ持って来てくれました。話というのは、この鸚鵡に絡まる一場の物語なんです。

「マヤさんが淋《さび》しいだろうと思って、神戸で見つけて来たんだがね。追々《おいおい》に仕込んでやりたまえ。うまく口が利けるようになったら、マヤさんのいゝお相手になるぜ」

そういってSは立派な鳥籠《とりかご》にはいった鸚鵡をおいていってくれましたが、さて、この鸚鵡というのが、Sの好意を裏切って、我々がどんなに骨折って教えても、ひとことも言葉を憶《おぼ》えようとしないのです。いや、言葉どころか、ふつうの鳴声さえ立てません。つまりこの鸚鵡はまったくの唖《おし》なのです。

「マヤ、この鸚鵡は君と同じだね。美しいけれど、物をいうすべを知らない」

私たちは思わず顔見合せて苦笑しましたが、物をいわぬのも道理、それから二三日たって、マヤがたいへんなことを発見しました。

「兄《に》イサン、コノ鸚鵡ガ口ヲ利カナイワケガ分ッタワ。コノ鸚鵡ニハ舌ガナイノヨ」

或日《あるひ》、マヤがこんなことを言い出したのです。むろん、それは私たち兄妹《きょうだい》の間だけしか意味の通ぜぬ仕方噺《しかたばなし》でしたけれど。

「なんだって、鸚鵡に舌がないんだって?」

私は驚いて、鸚鵡の口の中をしらべてみましたが、なるほど、舌が半分ほどのところで千切《ちぎ》れていて、これではいくら言葉を教えても無駄なことは分りきっています。

マヤはそれ以来すっかりふさぎ込んでしまいました。一体マヤとSとは、かねてから相愛の仲だったのですが、そのSから贈られた鸚鵡の舌が、切断されている。その事が、マヤには何かしら悲しい暗示となって、彼女はすっかり打撃をうけてしまったらしい。Sもそれを知ると、自分の軽率な過失を恥じて、いろいろ彼女を慰《なぐさ》めたり、力づけたりするのですが、一向効果がありません。

さあ、こうなって来ると、私は切断された鸚鵡の舌について、そのまゝではすまされないものを感じて来ました。そこである日、Sに聞いて、彼がその鸚鵡を買ったという、神戸の鳥屋へ出かけていきました。どうして、鸚鵡の舌が切断されたか、その原因を調べてみて、それがいくらかでも、マヤの憂鬱《ゆううつ》を晴らすよすがにでもなりはしないかと思ったからです。

聞いて見るとその鸚鵡というのは、K町に住んでいる、若い婦人から籠ごと買ったのだということでした。

「へえ、あの鸚鵡にゃ舌がなかったのですか。そいつは初耳です。道理で、お喋舌《しゃべ》りをしない鳥だと思っていましたよ」

「そんなことはどうでもいゝんだ。それより、そのことで、一寸《ちょっと》、その婦人に会ってみたいんだが、どうだろう」

「それは雑作《ぞうさ》ありませんやね。会おうと思やいつだって会えますさあ」

鳥屋の番頭がにやにやしながら話すところによると、相手というのが、どうやら、この港町に巣喰っている一種のいかゞわしい職業の女らしい。これには私も辟易《へきえき》しましたが、思いきってそれから二三日たったある夜、とうとう、私はその女のところへ出かけました。

女の名は柚木《ゆずき》まゆみといって、ちょっと混血児のような感じのする女で、表向きは、至極堅気《しごくかたぎ》のように構えている。むろん、私は客のような顔をして、さる手引きによって出かけていったのですから、向うでもそのつもりのもてなしです。

何しろ、当時は私も若かった。初めてそういう場所へ出かけていったものですから、すっかり逆上《あが》ってしまって、そこでどのようなトンチンカンな応待があったたか、いまから考えると冷汗ものですが、とにかく、いろいろあった揚句、女と二人きりになったと思って下さい。そこで私は、いきなり今日の用件というのを切り出したんです。

「ねえ、君、僕がきょう来たのは、決して遊びに来たんじゃないんだ。実は少し君に訊《たず》ねたいことがあるんだよ」

「あら、厭《いや》ね。そんなに改まって。いったいどんなことなのよ」

「鸚鵡のことなんだよ」

何気なく私がそういったとたん、女の顔はとつぜん真蒼《まっさお》になりました。私は今でも、あの時の女の表情を忘れることが出来ません。彼女はふいにスックと立上《たちあが》ると、いまにも私に飛びかゝって来そうな気配さえ示したのです。その態度があまり恐ろしかったものですから、私はあわてゝ、早口に言いました。

「誰が鸚鵡の舌を切ったのだね。何《な》んのためにあんなことをやったんだね」

「あなたは――あなたは警察の方なの?」女は喘《あえ》ぐように訊ねました。

「いゝや、そうじゃない。実は偶然のことから、あの鸚鵡を手に入れたものだが――」

と、私が手短かにSと妹のことを話して聞かせるあいだ、女は眼動《まじろ》ぎもしないで聞いていましたが、ふいに、私の手を捕えると、

「さあ、こちらへいらっしゃい。こゝはあなたの来

るような場所ではありません。鸚鵡の話は、いずれ、分る時がありますわ」

そういったかと思うと、女はいきなり押入《おしいれ》の襖《ふすま》をひらいて床板をめくりあげましたが、驚いたことにはそこに、真暗《まっくら》な地下道みたいな孔《あな》があるんです。

「さあ、こゝからお帰りなさい。この道は隣の古物商の店へ出ますからね。そこへ出たら、知らぬ顔して表へ出るんですよ。口を利いちゃ駄目、よござんすか。妹さんによろしくね」

そういったかと思うと、女はさっき私の渡した金を、いきなり私のポケットに捻《ね》じこんで、ぐいぐいとその抜孔へ押込んだのです。

全《まった》く狐《きつね》につまゝれたような感じというのは、その時の私の心もちでしたろう。私はあっけに取られて、ともかくその恐ろしい家から逃げ出しましたが、実は、その時、その女のおかげで、危《あやう》く自分の生命が助けられたことを知ったのはそれから一ケ月ほど後のことです。

ある日私は新聞で、柚木まゆみという賤業婦《せんぎょうふ》が、亭主のマドロスの竹《たけ》という男を殺害したという記事を読んで駭然《がいぜん》と致しました。

そして、この事件からして、はしなくも港町の裏にかくされた、世にも恐ろしい秘密が曝露《ばくろ》したのです。つまり、マドロスの竹というのは、女房のまゆみを囮《おとり》に、男を引き寄せては、中に金のありそうなのがいると、人知れず殺害していたというのです。何しろ、そういう場所へ出かける場合、誰だって、人に行先を知らせてないものだから、頻々《ひんぴん》たる行方不明事件はあっても、その真相は今まで分らずにいたのでした。

ところがそうして殺された男の中に、ルイという日仏混血児の美少年がありましたが、まゆみはその少年ばかりは真実愛していたらしい。だから亭主に殺されてからも、ルイ、ルイとその名を呼びつゞけているうちに、彼女の飼っていた鸚鵡がその名を憶えこんでしまったのです。

亭主のマドロスの竹もさすがに、鸚鵡の口から自分の殺した少年の名を聞くのが恐ろしかったのでしょう。鸚鵡の舌を切った揚句、売りとばしてしまったのですが、それが廻り廻って、妹のマヤを悲しませることになったというわけです。

妹ですか。妹はこの事件があってから間もなく、急性肺炎で亡くなりました。Sはいま確か蒙古《もうこ》のほうにいる筈《はず》ですが、どうしていることやら……。

マスコット綺譚

一

「幸運の護符《マスコット》って、みんな馬鹿にするけれど、まんざらそうでもないわ。ほんとうにこのお護符《まもり》が、あたしに次から次へと幸運を呼びよせてくれるみたい、ふふふふふ」

豪勢なキャデラックの深々としたクッションに、さも心地よげに身をうずめた早苗《さなえ》は、ひとりでに満足そうな、ひくい含み笑いが、唇のはじにこみあげて来るのをどうすることも出来なかった。

無理やりに飲まされた、二三杯の甘い洋酒の酔い、快《こころよ》いその陶酔が、自動車のかるい動揺につれて、しだいに全身にしみわたっていって、どうかするとおおごえをあげて唄い出したくなるような、浮々《うきうき》とした衝動を、さすがに運転手のてまえもあることとて、やっとおさえつけている、そういういまの早苗なのである。

思えばこの一年のあいだに、何《な》んという激しい変りかたであろう。去年のいまごろは、アパートの払いにもびくびくしなければならなかった。

無鉄砲にも無断で家を飛び出して来て、お定まりのスター志願、やっと撮影所へはいることは出来たものゝ、つく役といっては、通りすがりの群集ばかり、撮影所から貰《もら》うわずかなお給金では、電車賃がやっとだった。

お化粧代はかさむし、いまいましいあのインチキアパートの部屋代には、毎月あたまを悩まさねばならなかったし、それやこれやで、田舎《いなか》からとびだして来たころの、華々しい夢も、希望も自尊心も、すっかり泥まみれになってしまって、いくど、恥をしのんで両親に詫《わ》び状を書こうとしたか知れなかった。

それがいまはどうだろう。

青野《あおの》早苗といえば近頃売り出しの新進スター、この外套《がいとう》、この指輪、この装身具、そしていま乗っている、この乗りごこちのいゝキャデラックだって、現在ではひとのものだけれど、気持ちのもちようひとつで、いつでも自分のものにすることが出来るのだ。

「まあ、よく考えておきたまえ。君みたいな職業をしている女《ひと》は、誰だってひとりや二人、パトロンを持っているものだ、こういっちゃ悪いがね。それとも君は、この僕じゃ喰いたりないというのかい」

さっき、耳許《みみもと》でそう囁《ささや》いた内海《うつみ》の顔が、躍るように瞳《ひとみ》の底にやきついている。

「あら、そんなことありませんけれど」

甘えるようにそう答えたのは早苗だった。

「なら、いゝじゃないか。何もそう考えこむことはないじゃないか」

「えゝ、でも――」

どうせこの男のものになるにしても、そう易々と陥落したくない早苗の肚《はら》だった。引きずれるところまで引きずって、さんざん男を焦《じ》らしておいて、それから話をつけたって遅くはない。一年あまりの経験が、これだけの手管《てくだ》を早苗に教えていた。

「話があまり急ですもの。お眼にかゝってからまだ十日にもならないでしょう。それだのに、もうそんなこと仰有《おっしゃ》って」

「信用出来ないというのかね」

「そうじゃないけど」

と、早苗はにんまり相手をにらみながら、

「あたしだって現在《いま》がいちばん大事なときでしょう、こゝで縮尻《しくじ》ったらたいへんですもの」

「だからさ、君の仕事まで束縛しようたあ言やあしないよ。君のひまな時に、こうして一緒に遊んでくれりゃいゝのさ」

「だって、変な噂《うわさ》がたっちゃ困るわ」

「そりゃ、お互いに気をつければいゝさ。僕だって、君みたいな人のパトロンになったということが知れりゃ、ちょっと穏《おだや》かでないんだよ。御承知かも知れないが、僕は養子の身のうえだからね。おまけにかみさんと来たらとてもこれだからね」

内海はちょっと額《ひたい》に角を生やす真似《まね》をした。

「ほゝゝゝほ、いやね、そんなに奥さんが怖けりゃお止《よ》しになればいゝのに、男ってほんとに気紛《きまぐ》れね」

「いや、御尤《ごもっと》も。その忠告は身にしみてきいておくが、ともかく今の話よく考えておいてくれたまえ」

「ええ」

「今夜はおそいから自動車で送ろう。実はあの自動車だって君にプレゼントしようと思っているんだが」

と、そういうわけで、この素晴らしいキャデラックを、いま一人で駛《はし》らせている早苗なのだ。

まったく彼女は、男に不服があったわけではない。内海というのは、有名な製糖会社の重役の宅へ、去年婿《むこ》養子にはいった男だが、わずか一年ばかりのあいだに、すっかり売出《うりだ》した程の辣腕家《らつわんか》なのだ。若いけれど凄《すご》い男だというのが財界の定評なのである。男振りだって悪くはない。いや、あまり整いすぎて、髭《ひげ》を落した仁丹《じんたん》みたいに、少し冷《つめた》すぎるのが気になるけれど。

いっそ、あの人のいうまゝになってしまおうかしら。製糖会社の専務さんといえば、人に聞かれたって恥しくないわ。

それにしても、あゝ、なんという素晴らしい変化だろう。こういう素晴らしい変化を、自分にもって来てくれるのも、みんなこの大事なマスコット！

早苗は頸飾《くびかざり》のはじにブラ下げた、卵形の縞瑪瑙《しまめのう》にそっと指を触れてみた。露をふくんだように冷い、すべすべした瑪瑙の感触が、いくらか火照《ほて》った指先から、シーンと身内にしみ通る。

だが、その瞬間、早苗は瑪瑙の冷さにも拘《かかわ》らず、まるで指先に火傷《やけど》でもしたように、あわてゝ手をひっこめると、思わず激しく身ぶるいをした。

彼女の幸福な幻想は、酒の酔いとともに、一瞬にしてさめてしまった。紙のように蒼白《あおじろ》んだ彼女の胸には、みじめな恐怖と悔恨《かいこん》と不安が、ひしひしとこみあげて来る。

不思議なことには、このマスコットが自分に幸運をもたらしてくれると信じ切っていながらも、しかも、このマスコットに手を触れる度に、いつも早苗はこうなのである。

彼女のマスコットには一つの秘密がある！

二

早苗のマスコットは、まえにもいったとおり、卵形をした縞瑪瑙で出来ていて、そのおもてには、奇妙な魔神《まじん》の顔が彫りつけてある。

その魔神にどういう意味があるのか早苗は知らない。人にききたいと思っても、きくことの出来ない早苗なのだ。

彼女は誰にもそのマスコットを見せないようにしている。一ケ月ほどまえのこと、某雑誌社から人が来て、各方面の人気者のマスコットを記事にあつかおうと思うのですが、あなたのマスコットは何んですか、と訊《たず》ねられたことがある。

早苗はその時のはずみで、つい大事なマスコットを出して見せた。見せたばかりか写真にまでとらせた。尤も、その来歴については、口から出まかせに喋舌《しゃべ》っておいたが、やがてその記事が、写真入りで雑誌にのったのを、彼女はいまだに、気に病んでいるのである。

早苗のマスコットは絶対に人に見せてはならないものなのである。それはこういう次第だ。

今から一年ほどまえ、早苗はまえにもいったとおり、しがないワンサガールの一人だったが、その時分、撮影所に君臨していたのが、歌川鮎子《うたがわあゆこ》という当時の人気スターなのである。

鮎子はどういうものか、まだ海のものとも山のものとも分らない早苗を、妹のように可愛《かわい》がってくれた。はては、自分の弟子分にして、彼女ひとりが占領している、撮影所の楽屋に、早苗の見すぼらしい鏡台を持ってこさせたりした。

「あなたはきっと今に売り出せる人よ。いえ、ほんと。あたしだって長いあいだこの稼業をしているんですもの分るわよ。あなたは真面目《まじめ》で、ずいぶん熱心ですもの。どんな稼業だって、結局、ものをいうのは真面目さと熱心さよ。見ていらっしゃい。いまに役がつくから」

鮎子はそういって、ともすれば滅入《めい》りがちな早苗を励ましてくれた。

その鮎子が、ある日ふたりきりのところで、ふと、謎《なぞ》のような微笑をうかべて、こんなことをいった。

「早苗さん、あたし随分幸福そうでしょう。そう見えなくって?」

「えゝ、見えますわ。いつも、とても幸福そうで、ほんとうにお羨《うらや》ましいわ」

「そうでしょう。だけど、どうしてあたしがこんなに幸福になれたか、あなた知ってゝ?」

「あら、それどういう意味ですの」

「分らないでしょう。これにはひとつの秘密があるの。あなた喋舌らない? 喋舌らなければ教えてあげるけど」

「ええ、喋舌りません、教えて頂戴《ちょうだい》」

早苗は笑いながらいった。

「あら、笑っちゃ駄目よ、真面目な話よ。ほら、御覧なさいな。これがあたしの秘密よ」

と、いいながら鮎子が胸から取り出したのが、いま早苗の持っている、あの縞瑪瑙の魔神なのである。

「あら、これ、何んですの?」

「あたしのマスコット」

「マスコット?」

「えゝそう、幸運の護符よ。あらいやよ。変な表情《かお》するのねえ。真面目な話なのよ」

鮎子もいくらか擽《くすぐ》ったそうな表情をしながらも、こんな話をした。

「あなた、まえにこの撮影所で、飛ぶ鳥も落すといわれていたほど、羽振りを利かせていた里見淳子《さとみじゅんこ》さん御存知でしょう。このマスコットは先にあの人のものだったの。あの人がジャンジャン売れている時分、あたしはちょうど、今のあなたみたいにワンサの一人だったのよ。ところがある時、この撮影所で宴会があって、その時、淳子さんすっかり酔払《よっぱら》ってしまったの。あの方酔払うと、何んでも人にくれたがる癖《くせ》があってね、その晩、側《そば》にいたあたしにこれを下すったのよ。ところがどうでしょう、その翌日、あたしに素晴らしい役がついて、それが認められたのがきっかけで、以来とんとん拍子じゃないの。ところが、これをあたしに下すった淳子さんはどうでしょう。それからだんだん悪くなって、しまいには監督さんと喧嘩《けんか》してとび出したのはいいけど、いまじゃ、田舎廻りの剣劇の一座かなにかにいるという話じゃないの。分って？　淳子さんは気がついていらっしゃるかどうか分らないけれど、このマスコットを手離したゝめに、あの方の幸運があたしに廻って来たのよ。どう？　怖いものね」

鮎子はその縞瑪瑙に頬摺《ほおず》りしながら、

「だから、あたし、どんなことがあってもこのマスコットを肌身離さず持っているつもりよ。これが失《な》くなったが最後、あたしの幸運は吹っとんでしまうんですもの」

真面目な話か冗談か、よく分らなかったけれど、里見淳子の没落と、歌川鮎子の擡頭《たいとう》とが、殆《ほと》んど時期を同じゅうしていることは事実だった。もしそれがこの縞瑪瑙のせいだとしたら、自分も、こんなに霊顕《れいけん》いやちこなマスコットを欲しいものだと、その時、早苗も考えたことだ。

ところがそれから間もなくのこと、ある晩、撮影がおそくなって、くたくたになって自分の楽屋へかえって来ると、鮎子の鏡台のうえに、そのマスコットが置き忘れられているのを発見した。鮎子はとっくに帰っていたのである。

（まあ、あんなに大事にしていながら、忘れていくなんて！）

このマスコットを失くしたが最後、自分に不運が訪れてくるといった鮎子の言葉が思い出された。さぞ今頃は心配しているだろうと思った。

幸い鮎子の宅へ寄ることは、そう廻りみちでもなかったので、早苗はそれを届けてやろうと決心した。

その晩のことを考えると、早苗はいまでもゾーッと血が冷えるような気がする。

鮎子の家は氷川町《ひかわ》の、女優の家というよりは、妾宅《しょうたく》といったふうな、瀟洒《しょうしゃ》な構えである。とても霧の深い晩で、うた川と書いた門灯が、ボーッと暈《ぼか》したように滲《にじ》んでいたのを早苗はハッキリ憶《おぼ》えている。

早苗がその門をひらこうとした時である。サクサクと門のうちがわから、砂利を踏む靴音《くつおと》が聴《きこ》えて来たかと思うと、ふいに中から、中折帽子《なかおれ》をかぶった男がとび出して来て、どんと早苗にぶつかった。

早苗もびっくりしたが、相手の驚きはもっと激しかった。あっと低い呻《うめ》き声をあげると、そのまゝくるりと顔をそ向けて、風のように霧の中へ消えてしまったのである。

何しろ一瞬の出来事だったし、それに濃い霧と、帽子のふちと外套の襟《えり》とで、早苗は相手の顔を見るひまもなかった。

彼女はしばらく呆然《ぼうぜん》としていたが、やがて気がついてクスクス笑うと、

「馬鹿にしてるわ。歌川さんは堅い堅いという評判だけど、やっぱり当《あて》にならないものね。フフフ」

他人の秘密を握るということは楽しいことだったが、しかし、考えてみるとその復讐《ふくしゅう》が怖くもある。

「あら、とうとう見られちゃって? 弱ったわねえ」

と、笑ってくれゝばいゝけれど、そうでなかったら一寸《ちょっと》困る。早苗はいっそ、今夜はこのまゝ帰ろうかと思ったが、しかし折角《せっかく》こゝまで来たものだ、それに自分の親切を見せておきたくもあったので、暫《しばら》く間《ま》をおいてから、彼女は何喰わぬ顔をして玄関へ立った。

「御免下さいまし、御免下さいまし」

二三度訪《と》うたが返事はなかった。それでいて電灯はあかあかとついているし、玄関には見憶えのある鮎子の靴も並んでいる。

「御免下さいな。歌川先生、お休み?」

依然として返事はなかった。鮎子は寝てしまったとしても、婆《ばあ》やが起きていそうなもの、玄関も表の門もあけっ放しなのである。

早苗はふいと怖くなった。

このまゝ逃げて帰ろうかと思ったが、何かしら心

惹《ひ》かれるものがあったのか、彼女の足はいつしか家の中へ引き寄せられて、勝手知った鮎子の居間をソッと覗《のぞ》いてみたのである。

そして彼女は見たのだ。

鮎子が頸《くび》を絞められて殺されているのを。しかも隣の部屋には婆やまで。

早苗は声を立てなかった。恐ろしさにガクガクと膝《ひざ》がふるえたけれど、彼女は歯を喰いしばって表へ出た。そして霧のなかを出来るだけゆっくり歩いた。もっとも傍《そば》から見るとかなり変な歩きかただったけれど。

自分のアパートへ帰ってから、彼女ははじめて、まだあの縞瑪瑙を握りしめていたことに気がついた。すると、彼女は何んともいえぬ恐ろしさを感じて、思わずその魔神の首を畳のうえに投げ出したのである。

「このマスコットを忘れていったのが悪かったのだわ。あれが歌川さんの運のつきだったのだわ」

彼女は今夜のことを決して誰にも喋舌るまいと思った。何度も何度も警察へ呼び出されたりするのはいやだった。誰もあたしがあそこへいったことを知りはしないのだから、自分さえ黙っていれば分りっこないのだ。

その時彼女は、魔神の首を自分のものにするつもりは毛頭なかったが、人に見られてはいけないと思ったので、わざわざ蟇口《がまぐち》の底を二重に縫《ぬ》って、その中へ鮎子のマスコットをかくしておいた。

ところがその翌日、何喰わぬ顔をした早苗が、蟇口をふところに撮影所へいってみると、思いがけなくも素晴らしい幸運が彼女を待ちうけていたのである。

「青野君、歌川さんの身に昨夜《ゆうべ》間違いがあって、いま撮《と》りかけている『三つの花』にあの人が出られなくなった。君がその代りを勤めるのだ。分ったかね、大役だから一生懸命勉強してくれたまえ。君にとっちゃチャンスだぜ」

監督の言葉に早苗はいまにも眼がくらみそうだった。嬉《うれ》しかったというよりは、むしろ恐ろしかったのだ。彼女は思わずあの蟇口を、犇《ひし》とばかりに握りしめていたが、この役が成功したのがきっかけで、以来とんとん拍子、いまではすっかり鮎子の後継者になってしまったのである。

鮎子を殺した犯人は、いまだに分らない。

その当時はずいぶん騒がれたけれど、人の噂も七十五日、一年たった今では、そんな事件のあったことを思い出す人さえ、滅多《めった》にないに違いない。

「里見さんはこのマスコットを人にやって没落してしまった。歌川さんはこれを忘れたために殺された。あたしは決して決して、生涯これを手離しやしないわ」

三

「あ、運転手さん、ちょっと停めて頂戴」

今宵《こよい》ちょっと顔をのぞかせた幸運（?）のいとぐちから、はからずも、あの恐ろしい過去の幻想にまで遡《さかのぼ》った早苗はこの時ふと気がつくと、自動車はかつて彼女の窮迫時代にいたことのある、アパートのまえを通りかゝっていた。しかもそのアパートの中へ、自動車をよけて、あわてゝ跳《と》び込もうとする、見憶えのある顔を認めたので、早苗は思わずそう声をかけた。

自動車はすぐ停まった。

早苗はみずから自動車のドアをひらくと半身のぞかせて、

「須山《すやま》さん、ちょっと待って。あたしよ」

声に振りかえったのは、いま危く自動車に跳《は》ねとばされそうになった青年だった。怪しむように、こちらを透かしてみたが、早苗の顔を見ると、激しく表情《かお》を動かして、そのままプイといき過ぎようとする。

「あら、待ってよ、須山さん、ひどいのねえ」

早苗はあとから追いすがるように、

「折角あたしが訪ねて来たのにそれがあなたの御挨《ごあい》拶《さつ》なの」

「何しに来たのです。こんなボロ・アパートへ」

「あら、御挨拶ねえ。あなたに会いたくって来たのよ」

「フフン」

背の高い、肩巾《かたはば》のがっちりとした青年は、上からさげすむように早苗の豪勢な外套を見、それからすぐ向うに待っているキャデラックに眼をやった。

「ずいぶん御全盛のようですな。こんなボロ・アパートへ、あんな自動車を乗りつけるなんて、お門《かど》違いでしょう」

「まあ、いやなこと言いっこなしにしてよ。あなた何をおこっていらっしゃるの。そうそう、このあいだ一度お約束をすっぽかしたのを、根に持っていらっしゃるのね」

「三度ですよ」

男が冷い声で訂正する。

「だって仕方がないわ。あたしこれでもずいぶん忙しいんですもの、ついお約束が守れなかったのよ。ね、ね、後生《ごしょう》だから堪忍《かんにん》して。今夜はあたしとても淋《さび》しいの。何かしら無闇にあなたが恋しくなったの。だから、昔みたいに、あたしの話を聞いてよ」

いっているうちに、早苗はほんとに淋しくなって、瞳がうるんで来た。

男もそれを見ると、心が和《やわ》らいだのか、早苗の顔のうえに身をこゞめたが、ふと顔をしかめると、

「君、酒を飲んでるね」

「えゝ、分って？」

「どこで飲んでいたの？」

と、いいながら、男はちょっと不快げに、待たせてある自動車に眼をやった。

「お客様に招待されたの。そのお客様ったらほんとに妙なのよ。お眼にかゝってからまだ十日もならないのに、あたしのパトロンになろうというの」

男の眉がピクピクと動いたけれど、早苗は、それに気がつかなかった。

「その方、それで奥さんもお子さんもあるのよ。とてもお金持ちだけど、そうそう、御養子なのよ。御養子だからうちじゃ偉張《いば》れないのね、それで、自由になる女が欲しくなったのよ、きっと」

「お帰りなさい！」

ふいに男の嶮《けわ》しい声が降って来たので、早苗はびっくりして言葉をのみ込むと、ぽかんとして相手の顔を見上げた。

「お帰りなさい！」

男は軽蔑《けいべつ》と苦痛に激しく眉を顫《ふる》わせ乍《なが》らもう一度叫んだ。

「あら、どうしたの、何が気に触って？　あたし別にその方とお約束したわけじゃないのよ」

「帰りなさい。自動車が待っていますよ。さようなら」

アパートの扉《とびら》をひらいて、男は荒々しく中へはいってしまった。ドアが二三度、男の気持ちを表現するように、バタバタと早苗の眼のまえで跳ねかえった。

早苗は馬鹿みたいに、ポカンとして煽《あお》れるドアを眺めていたが、やがてきゅっと唇をまげると、これまた靴音もあらあらしく自動車にとび乗って、

「運転手さん、やって頂戴！」

と、呼吸《いき》を喘《はず》ませていった。

早苗の心は甚《はなは》だ穏《おだや》かでなかった。

須山という青年は、早苗がこのアパートに窮迫生活を送っていた頃の、最も親しい友達だった。二人ともよくお金に困った。そして金に困ると互いに融通しあったりした。

ある時、早苗が例によって金に困って、須山の部屋を訪れると、彼は黙って蟇口をさかさまにしてみせたが、中から転がり落ちたのは、あわれ五銭白銅一枚きりだった。しばらく二人は、無言のまゝみじめな顔を見合せていたが、やがて須山は着ていた外套を脱いで出ていった。暫くすると、彼は五十銭銀貨を二三枚持って来て、早苗の掌《てのひら》にのせてくれた。冬のさなかで、炭を買う金のない須山は、部屋の中でも外套を着ていなければしのげない時分のことである。だからといって、あの人なにも、あたしのパトロンにまで干渉するって手はないわ。あの人があたしの何んだろう。昔のお友達だというだけじゃないの。友達なら友達らしく、あたしの羽振りのよくなるのを欣《よろこ》んでくれりゃいゝじゃないの。だけどあたしも今夜はどうかしてるわ。あの人に、あそこであんな話をするなんて手はなかったのに。あたし淋しかったのね、そしてあの人に慰《なぐさ》めて貰いたかったのだわ。

自動車はその時大通りへ出ていた。通りは出征軍人とその見送り人の行列でいっぱいだった。

「××君、万歳、万歳！」

という声につれて、旗が波のように揺れていた。その行列をやっとくゞり抜けて、次の曲角《まがりかど》まで来たときである。

「あ、畜生《ちくしょう》！」

運転手の激しい声と共に、自動車が大きく上下に揺れた。向うから出会頭《であいがしら》にトラックが来たのだ。幸い正面衝突はまぬがれたけれど、早苗の不運だったというのは、客席のドアがうまくしまっていなかったことである。自動車が急カーブを切った拍子に、ドアがバタンと開いて、そのとたん、早苗はくるくるくると世間が宙に廻転するのをかんじた。次《つ》ぎの瞬間、彼女は舗装《ほそう》された路《みち》のうえに、ぼろのように叩きつけられて気を失っていた。

四

それから二週間ほど後のこと、早苗はある病院の一室で、つぎのような手紙を書いていた。

――須山さん、あなたがあたしに輸血して下すったのですってね。あたし昨日はじめて、その話を看護婦さんから伺《うかが》って涙が出ました。それだのに、あなたは何故《なぜ》あたしが正気づいてからいちども来て下さらなかったの。あたしもうすっかり快《よ》くなりましたのよ。幸い、眼につくところに傷痕は残りませんでした。あたし是非《ぜひ》ともあなたにお眼にかゝりたいの、それも大至急よ。是非是非、いちど病院へ来て頂戴。

早苗がその手紙を看護婦に出させた翌日、須山は来ずに、彼の手紙が来た。

――小生が輸血を申出《もうしい》でたことは別に他意あったわけではありません。あなたでなくて、ほかの婦人だったとしても、小生はやはり輸血を申出たことでしょう。小生は金が欲しかったのです。そしてその報酬は病院のほうから支払いをうけましたから御心配なく。御健康の速《すみや》かなる恢復《かいふく》をいのります。

早苗はうっすら涙をうかべて、その手紙を揉苦茶《もみくちゃ》にしてしまった。すぐ眼のまえにいた青い鳥がスーッと向うのほうに飛んでしまったような気がした。胸の中に大きな孔《あな》があいたようで、彼女は苦しかった。しばらく早苗は眼をつむったまま、じっとその空虚な苦しみをこらえていたが、やがて、何を思ったのかパチッと勢《いきおい》よく眼をひらくと、

「看護婦さん、あれどうして？　ほら、あたしのマスコット」

「え？　何んでございますって？」

ベッドの側で本を読んでいた若い看護婦が、びっくりしたようにこちらを振返《ふりかえ》った。

「縞瑪瑙よ、頸飾りのさきについていた」

「あゝ、あれですか、あれならそこの抽斗《ひきだし》に入っております、出しましょうか」

「えゝ、出して頂戴」

看護婦がわたしてくれた縞瑪瑙を手にとって、早苗は思わず呼吸《いき》をのんだ。

あの災難のかたみであろう、縞瑪瑙の中程に、縦にスーッと、一本の太いひびが入っているのである。

「あゝ、これだわ。このマスコットにひびが入ったので、あたしの幸運にもひびが入ったのだわ」

早苗は恐ろしそうに、じっとそのマスコットを見詰めていたが、ほっと溜息《ためいき》をつくと、その時一緒に来たもう一通の手紙の封を切った。

――容態は如何《いかが》？　一度お見舞いにあがりたいのだが、人眼があるのでいかれない。悪《あ》しからず。その代り毎日花をおとゞけするようにしておいたが、それにて小生の微衷御斟酌《びちゅうごしんしゃく》を乞《こ》う。そんなことより、退院出来るようになったら、一緒に旅行しないか。伊豆《いず》のほうに人眼のない、静かなよい温泉地がある。傷にもきっとよいだろう。返事をお待ちする。

U生

二伸、手紙は会社のほうへ、男名前でくれ給え。

言うまでもなく内海からの手紙だった。早苗は眼をあげて、枕下に並んでいる、夥《おびただ》しいファンの花束

の中から、Uと書いた花束を数えていたが、そのうちにすっかり決心がついた。

「仕方がないわ。どうせあたしのマスコットにはひびが入ってしまったんですもの」

五

それから更に一週間ほど経《た》って、早苗と内海は人眼をさけて、伊豆のさる海岸にちかい温泉場に姿を現わした。

彼女はすっかり決心がついているつもりでいたが、さていざとなると、須山のことが胸にわだかまっていて、もろくもその決心をつき崩すのだった。

「あたしとても疲れているわ。それにほんとうをいうと、まだ、よく決心が定《き》まっていないの」

波の音の高い一室で、早苗はしぼんだような微笑《ほほえみ》をうかべた。

「仕様のないお嬢さんだ」

内海は肩をすぼめながら苦笑いをする。

「済みません。わがまゝをいって。どうせ一週間はこちらにいるんでしょう。その間にあたしきっと心をきめてよ」

「まあ、いゝようにしたまえ」

内海はいくらか憤《いきどお》ったようにいったが、すぐ機嫌を直してその儘《まま》散歩に出て行った。

内海が出ていったあと、早苗は眠ろうとして枕に頭をつけたが、なかなか眠れなかった。

悔恨がさそりのように胸をかんで、涙がとめどもなく溢《あふ》れて来る。

あたしは馬鹿だったのね。内海に言い寄られた時、これこそ自分の幸福だと感違いしてしまったのだわ。しかし、ほんとうの幸福を発見したのは、病院へ入ってからのことだった。いゝえ、看護婦さんに輸血の話をきくまえからだった。あたし毎日、あの人が来てくれるのをどんなに待っていたことだろう。そしていつまで待っても来てくれないあの人を、内心どんなに怨《うら》んでいたことだろう。その時聞いたのが輸血の話だったのだわ。あたし、一時にパッと眼のまえが明《あか》くなったような気がして、あの手紙を書いたのだけれど。

早苗はいつの間にか、片時も側を離さぬ縞瑪瑙を、横になったまゝ弄《いじ》くりながら考える。

なるほどこの瑪瑙にはひびが入っているけれど、まだすっかり毀《こわ》れてしまったわけじゃないのに、あたしのいましていることは、わざとこれを毀すようなものじゃないかしら。

早苗は瑪瑙の割れ目に爪を立てゝ、ぐいぐいそれを押しているうちに、ふいにあっと低い声を立てて、真蒼《まっさお》になってしまった。彼女の指にあまり力が入りすぎたのか、瑪瑙が縦にパッチリわれてしまったのである。

マスコットを毀してしまった！　早苗はこの結果がどういうふうに酬《むく》いて来るかを考えると空恐《そら》ろしくなって来た。彼女は暫く、呼吸《いき》をつめて、二つに割れた縞瑪瑙を見詰めていたが、そのうちに、ふと首をかしげると、あわててもう一度それを手に取りあげた。

そして暫く、薄暗い灯《ひ》のもとに、たがめすがめつ、縞瑪瑙の割れ目を眺めていたが、だんだん寝床のうえに起き直ると、灯を明くし、はては双眼鏡まで持ち出して、その割れ目を仔細《しさい》に検査しはじめた。そして、彼女の胸はしだいに大きく波打ち、顔色は紙のように真白《まっしろ》になっていった。

その晩、彼女は一睡もしなかったにも拘《かかわ》らず、翌朝早く内海を叩き起して散歩に連れ出した。驚いたことには彼女はちゃんと洋装をしていて、内海にも、

「宿の浴衣《ゆかた》なんていやよ、あなたも洋服にして頂戴な。みっともないじゃないの」

と、洋服を着させた。

「外は寒いから外套を着てらっしゃいな。あら、鳥《とり》打《うち》はいけないわ。中折にしてらっしゃいよ。あなたが鳥打をおかぶりになると、請負師《うけおいし》みたいにみえてよ」

「気難しいお嬢さんだな」

と、言いながらも、嬉しそうに外套に袖《そで》を通し、中折をかぶった内海の横顔を、しげしげと眺めていた早苗は、ふいに激しく身顫《みぶる》いをした。

「おい、どうしたんだ。寒いのか、寒いのなら止《よ》そうじゃないか」

「いゝえ、大丈夫よ。折角だからいきましょうよ」

二人は宿を出て、海を見晴らす崖《がけ》のうえへ出た。まだ日の出まえのこととて、あたりには誰もいなかった。早苗はそこまで来るとふと立止《たちど》まって、

「あたし、疲れてるように見えるでしょう。その筈《はず》よ、昨夜《ゆうべ》寝ないで考えたんですもの。そしてやっと決心がついたわ」

と言って、蒼白《あおじろ》んだ笑いを内海のほうへ向けた。

「何んだ、そんな話をするためにこゝまで俺をひっぱって来たのかい。でも、決心がついて俺は嬉しいよ。では」

と、内海が抱きよせようとする手を、早苗は軽く振り払って、

「駄目よ。そのほうの決心じゃないの。あたしの決心はノオよ」

「え」

「内海さん」

ふいに早苗の声が潤《うるお》いをうしなった。彼女はじっと内海の眼のなかを覗《のぞ》きこみながら、

「あなたの欲しいものは、ほんとうはあたしじゃなくて、これなんでしょう？」

掌にのせて差し出した縞瑪瑙を見ると、みるみるうちに内海の血相が変って来た。

「あたし、昨夜、この瑪瑙の秘密をはじめて知ったのよ。そしてその事を神に感謝するわ。あなたはこの間雑誌にのった写真から、この縞瑪瑙があたしの手許《てもと》にあることを知って、それであたしに近附いていらしたのね」

「な、何をいうのだ、君は――」

「いゝえ、おかくしになっても駄目よ、この縞瑪瑙はちかごろ割れたのじゃなくて、はじめから二つのものを合せてあったのね。そして中に写真が貼ってあったのね。あなたと歌川さんの写真が」

「……」

内海は何かいおうとしたが、その声は口から外へ出ないまえに、泡のように揮発《きはつ》してしまった。

「あなたにとって、この縞瑪瑙がどんなに大切なものであるか、あたしにもよく分るわ。だって、これこそ、あなたの恐ろしい罪をあばくかも知れない唯一の証拠ですもの。あなたと歌川さんが恋仲だったということは、誰一人知るものはなかったのですものね。あたし、昨夜、夜中寝ずに考えたのよ。そしてやっと分ったわ。あなたが内海さんの宅へ御養子にお入りになったのは、歌川さんが殺されたすぐあとでしたわね。つまり歌川さんというものがあっては、その幸運をつかみそこねるかも知れないとお思いになったのでしょう。いゝえ、誤魔化《ごまか》しても駄目よ。あの晩、歌川さん宅の門のまえで会った男を、あたし今こそはっきり思い出すことが出来るのよ。そうして、帽子を眉深《まぶか》にかぶって、外套の襟を立てた顔を」

ふいに早苗は大声をあげると、あわてゝ崖のふちに膝をついた。彼女の話の間、しだいに後退《あとずさ》りしていた内海が、ふいに足踏みすべらして、崖から転落するのを見たからである。

だが、幸か不幸か、内海はすぐ鼻先の岩角につかまって、足をバタバタさせていた。

早苗はそれを見ると、何んの躊躇《ちゅうちょ》もなく、手を差しのべて内海の体をひきあげてやった。そして、ぐったりと足下に首うなだれている内海を見ると、いくらか涙をおびた調子でいった。

「内海さん、あなたはほんとうに崖から転落していく人ね。だけど、あたし自分から手を出してあなたを突落《つきおと》そうとは思わないことよ。それだけは安心してらっしゃい」

早苗は手をあげると、海上めがけて高く、遠く、あの縞瑪瑙をなげうった。

マスコットなんかいらない。あたしにはあの人さえあればいゝ、そうだ、あの人こそ、ほんとうのあたしのマスコットなんだわと考えながら。——

縞瑪瑙は折からのぼりかけた朝日のなかに、きらきらと美しい弧を画《えが》いて、けむったような水面に落ちた。そして沈んだ。

恋慕猿

猿をつれた客

「ほら、瞳《ひとみ》ちゃん、あんたの情人《いいひと》が来てよ」

朋輩《ほうばい》の一枝《かずえ》に肩をつつかれて、なにげなく入口のほうをふりかえった瞳は、

「あら、いやだ、あたしの情人《いいひと》だなんて、一枝さんの意地悪、おぼえていらっしゃい」

と、相手をぶつ真似《まね》をしながら、それでもいそいそと女給溜《だま》りからはなれると、

「いらっしゃあい。直実《なおざね》ちゃん、ばあ、いゝ子ちゃんね。川口《かわぐち》さん、今日もお二階？」

と、いましも、重いガラス扉《ど》を排してはいってきた、不思議なお客を迎えにたった。

「ああ」

と、不思議な客は蒼白《あおじろ》んだ顔に、いくらか極《き》まりわるそうな微笑をうかべると、

「瞳さん、いつものとこ、空《あ》いてる？」

と、訊《たず》ねる。瞳はそれをきくと今までの愛嬌《あいきょう》などこへやら、いっぺんに顔を固くして、

「えゝ、空いてますわ。どうぞ」

と、足音あらく二階へあがっていく。

今戸《いまど》にちかい、ユーカリというカフェーで、盛《さか》り場《ば》からはかなり離れているが、それはそれなりに繁《はん》昌《じょう》して、女給の粒もそろっているし、店のつくりもこっている。夜になると電気蓄音器《ちくおんき》がジャンジャン鳴って、酔客の声もやかましかったが、今はお昼の二時すぎ、こういう店の一番ひまな時刻なので、女給も早番にあたる瞳と一枝しかいない。

「まだろくにお掃除も出来ていないのよ。お召上り物は？　いつものウイスキー？」

「うん、それから果物《くだもの》」

一番隅《すみ》っこの、うすぐらいボックスに腰をおろすと、川口という客は肩にのせていた妙な動物をテーブルの上におろした。

猿なのである。そして筆者がさっきから、この男を不思議な客というのは、この猿のことなのだ。彼は三月《つき》ほどまえから、一週間に一度か二度のわりあいで、いつも同じ時刻に、このユーカリへ現れるのだが、いつもこの奇妙な動物を肩にのっけている。

年は二十七八だろう、倦《う》みつかれたような、妙に暗い表情をしているのと、つれている猿が問題になって、どういう人だろうと、女給の間でも不思議がられていた。

瞳はいったん階下《した》へおりたが、すぐお誂《あつら》え物をもってあがって来ると、

「川口さん、またあのお連《つれ》さんいらして？」

と、怨《えん》じるように男の額《ひたい》をみる。

「ああ」

男はいくらか頰《ほお》をそめていた。

「そう、それじゃ」

と、瞳はためいきをつくように、

「この直実ちゃんが邪魔になるでしょう。あたしがまたお守《も》りをしてゝあげましょうか」

「あゝ、そう願えたら有難《ありがた》いね。こいつめ、妙に君に馴れているんでね。それに……」

と男はいくらか言いにくそうに、

「あの女《ひと》と来たら、こいつがとても嫌いで……」

「えゝ、いゝわ。さあ直実ちゃんいらっしゃい。あなたがいると邪魔になるんですってさ」

瞳が手をだすと直実という猿は、林檎《りんご》をいっぱい頰ばったまゝ、キイキイ嬉《うれ》しそうな声をあげて、ひらりとその肩へとび移った。

「ほんとに不思議だねえ。どうしてこいつ、こんなに君に馴ついたんだろう」

「ほゝゝゝほ、直実ちゃんはいゝ子ねえ。さあ、あの方が見えないうちにいきましょう」

瞳が猿を抱いたまゝ、階段の途中までおりてくると、下からあがって来た婀娜《あだ》っぽい女が、すれちがいざま猿を見て、

「おやまあ、あの人、またそんなもの連れて来てるんですの？」

と、さも忌々《いまいま》しそうに眉をひそめる。

動物には一種不思議な本能があって、自分を好いてくれる人間と、そうでない人間の識別《みわけ》がつくらしい。直実はいつもこの女を見ると、眼をいからせ、歯をむき出して、いまにも跳《と》びかからんばかりの勢《いきおい》を示すのである。

「あら、直実ちゃん、いけませんてばいけません。さあ、どうぞ、お待ちですわ」

いきり立つ猿をおさえて、一息に階段をかけおりた瞳は、今にも泣出しそうな顔だった。

「あら、瞳ちゃん、また猿のお守り？　あんたもお人好《ひとよ》しね。放っといてやればいゝのに。ほんとにいけすかない女ってありゃしない」

一枝はさも忌々しそうに舌打ちしたが、その言葉も耳に入らず、土間の隅に腰をおろした瞳は、うっすら涙ぐんでさえいる。

いったいこの猿に、なぜ直実などという名がついているのか、それを説明することが、ひっきょう瞳と川口のなかの説明にもなるので、こゝにちょっと書いておこう。

川口が二階であの女にあうようになったのは、ごく最近のことで、それまではいつも階下《した》の隅っこで、猿を相手にひとり淋《さび》しく酒をのんでいたが、何しろ、猿をつれた客というので、はじめは誰も気味わるがって近寄らなかったが、そのうちこういう事件があった。

ある時、このカフェーの壁に、芝居か活動のポスターなのだろう、熊谷敦盛《くまがいあつもり》の、あの一谷《いちのたに》の呼戻《よびもど》しをかいた絵がブラ下げてあったが、それをみると、いつもは至極《しごく》おとなしい猿が、俄《にわ》かにキャッキャッと騒ぎだして、その騒ぎは、川口の頼みで、女給がポスターを投げてやるまでおさまらなかったのである。

「どうもすみません。たいそうお騒がせしましたが、

不愍《ふびん》な奴で、こいつはもと猿芝居の太夫《たゆう》でして、熊谷次郎《じろう》直実が十八番《おはこ》だったんです。ところが、その時分敦盛をつとめる猿というのがこれの配偶《つれあい》だったんですが、その牝《めす》猿が肺炎でなくなった時の、こいつの歎《なげ》きというのは、はたの見る眼もいじらしいくらいでした。御覧なさい。敦盛のかおに頬ずりしているでしょう。畜生《ちくしょう》ながらもこの絵姿が、女房の十八番の役だったことが分るんですね」

川口の説明をきくと、女給たちはいっせいにまあと感にたえた眼をみはった。

「まあ、それじゃあなた猿芝居にいらしたの」

「えゝ、しばらくね、とんだところでお里が知れてしまいましたね」

川口は陰気な声でわらったが、それ以来、女給たちの彼を見る眼がかわって来た。わけても瞳は、その話をする時の、川口の妙に悲しげな、陰翳《かげ》のある表情がながく眼についてはなれなかった。

(あの方、猿芝居にいたなんてほんとかしら。そんな方にはみえないけど)

瞳はいつかしら、素姓《すじょう》も知れぬこの男に、つよく心をひかれていく自分を感じていたが、そのうち突然、彼女のまえに強敵が現れたのである。そしてその強敵というのが、いま二階で川口とさしむかいになって話している。……

「瞳ちゃん、二階、妙にしずかだけど、だいぶ話がこみいっているらしいわね」

「そうねえ」

「あんた、あの女をどう思う」

「どうって。——」

瞳にはまさか、女のいまの身分をあからさまに言い切る勇気はなかった。

女はすぐ近所の今戸の河ぷちに住んでいるお囲い者で、名前を柴田《しばた》珠子《たまこ》という。パトロンはもと、市会議員までしたことのあるお髭《ひげ》の紳士とやら、すぐ眼と鼻のあいだのことだから、ユーカリの女給で、そういう話を知らぬ者はひとりもない。

「いえね、あの女ね、ほら柴田珠子という女さ。ありゃ川口さんとはずっと旧《ふる》い仲にちがいないよ、だってさ、よく気をつけてゝごらん、二人ともかくしているけど、どうかすると東北訛《なまり》が出て来るもの」

「そうねえ」

瞳はまえからそのことに気がついていた。いまから思えば、川口がこのカフェーへ来るようになったのも、近所にすんでいる女の様子を探るためらしかった。それがいつか、焼木杭《やけぼっくい》に火がついて――だが、まだ二人のあいだが、しっくりいってないらしいことは誰の眼にもわかる。

「瞳ちゃん、馬鹿ねえ。あんな素姓も分らない人、諦《あきら》めちまいなさいよ。それに、昔馴染《なじ》みかどうか知らないけど、いまはれっきとしたパトロンのある女に、未練が残っているような男を想っていたって、末《すえ》しじゅう、ろくなことはありゃしないわよ」

一枝が、そんなことをいっている時、二階でガチャンと物を投げつけるような音がした。

はっとして、二人が天井を見上げていると、ド、ド、ド、ドと、凄《すさ》まじい音をたてゝおりて来たのは、今噂《うわさ》していた珠子である。二人をみると、さすがにはっとして乱れた髪をかきあげながら、

「ほゝゝゝほ、すみません。ほんに気狂《きちが》いですわ。馬鹿々々しいったらありゃしない。あんな青二才に殺されてたまるもんか」

わけのわからぬことをいいながら、急いで表へとび出したが、そのあとで顔見合せた二人が、おそるおそる二階へあがってみると、川口がテーブルのうえに顔をふせて、髪の毛をかきむしりながら泣いていた。

ふと見ると、床のうえには果物をむくナイフが、折からの西陽《にしび》をすって、妙にしらじらと光っている。瞳と一枝は、これをみるとすぐ何事が起ったか、わかるような気がして、思わず硬《こわ》ばった顔を見合せた。

猿と羽子板

その晩、瞳はお店のほうに泊りの番だった。場所がら、朝かなり早い客があったりするので、いつも二人ずつ交替で泊ることになっているのだけれど、今日の相手は昼も一緒だった一枝である。

一枝はさっきからよく眠っているのに、瞳は妙に頭がさえて寝られない。かんばんまえに酔っ払いの客があって、すきでもない酒を無理矢理にのまされたせいか、頭の芯がジンジン痛んで、息がつまりそうなほど苦しい。

泊り部屋は二階のおくにある四畳半ばかりの、洋風まがいの部屋に畳がしいてあるのだけど、風通しは悪いし、天井はひくいし、おまけに夜具の襟《えり》がよごれていやな匂いをたてるし、そんなことが気になり出すといよいよ瞳は眠れそうになくなった。

さて、眠れぬとなると、頭にうかぶのは川口のこと、そして今日のあの始末。

(川口さんはあの女《ひと》と、無理心中でもしようと思ったのかしら)

そんなことを考えると、瞳は悲しさがこみあげて来て、思わず寝間着の袖《そで》をかんだ。

(あの人、きっと長いあいだ、珠子さんを探していたにちがいないわ。そして、やっと探しあてゝみると、女のほうですっかり心変りがしているので、急に自棄《やけ》になったのだわ)

今日川口が、猿の直実を肩にのせて、帰っていくときの、何《な》んともいえぬ悲しげな表情が、瞳の眼から消えなかった。

「長いこと厄介《やっかい》になりましたね。折角《せっかく》お馴染みになったけど、もう二度と会うようなことはありますまい。こら、直実、おまえも瞳さんによく御《ご》挨拶《あいさつ》せんか」

そういった時の、男の虚脱したような表情が、いまも眼のまえにうかぶ。

(あの方、珠子さんにすてられて、きっとまた猿といっしょに、旅に出るにちがいないわ)

悲しみというものは、考えれば考えるほど深くなるものだ。瞳はいよいよ、堪えられぬ想いで、寝間着の袖をかんだまゝ、ポロポロ涙をこぼしていたが、と、その時だ。何かしらキイキイと窓ガラスをひっかく音がきこえたので、

「おや」

と、瞳が頭をあげると、ほんのりと月光を浴びた

窓のカアテンの向うに、何やら黒い影がムクムクと動いている。

「あら」

と、呼吸《いき》をのんだ瞳は、

「一枝さん、一枝さん、起きてよ、ちょっと起きてよ」

と、急いで朋輩をゆり起した。その間も窓の影はしっきりなしに動いて、しきりにキイキイ、ガラスをひっかいている。瞳はいよいよ怖くなって、

「一枝さんてば、よう、一枝さん、起きて頂戴《ちょうだい》よう、あたし、怖い……」

いまにも泣き出しそうな声をあげたが、その声にやっと一枝が眼をさました。

「あらあ、瞳ちゃん、まだ寝ないの。どうかしたの？」

「ど、どうもこうもありゃしないわ。あれ……あれを見て頂戴」

一枝も窓の影をみると、はっと呼吸《いき》をのんだが、それでも気丈者らしく、

「誰？　そんなところにいるのは？」

と、声をかけた。しかし、相手はそれに返事をするかわりに、いよいよ激しくガラスをひっかく。

「誰だい、今頃、女ばかりだと思って悪戯《いたずら》すると、承知しないよ」

一枝はたってカアテンをあげると、さっと窓ガラスをひらいたが、そのとたん、さあーっと風をまいて跳びこんで来たのは、何やらわけの分らぬ一個の小動物だ。そいつが鞠《まり》のように瞳のからだにとびついて来たから、

「きゃあーっ」

瞳はおもわず尻餅《しりもち》つく。その間にカチッと電気のスイッチをひねった一枝は、

「あら、おまえ、直実じゃないか」

と、頓狂《とんきょう》な声をあげた。

瞳はまるで、魔物にでも跳びつかれたように、歯をくいしばっていたが、その声にはっと眼をひらくと、なるほど、彼女の膝《ひざ》のうえでモグモグ口を動かしているのは、たしかに猿の直実ではないか。

「あら、ほんとに直実ちゃんだ。まあ、おまえ、いまごろいったいどうしたの」

訊《たず》ねたところで、むろん猿が答える筈《はず》がない。見るとなにやら板のようなものをもって、しきりに眼をパチクリさせている。

「あら、瞳ちゃん、それ、羽子板《はごいた》じゃない」

「まあ、ほんとだわ。どこからこんなものを持って来たのかしら」

一枝がその羽子板をとろうとすると、直実はキーッと皓《しろ》い歯をむき出した。

「あら、怖い」

「直実ちゃん、いゝ子ちゃんね。さあ、ちょっとあたしにその羽子板みせてごらん」

瞳が手を出すと、直実は素直に羽子板をわたしたが、そのとたん、

「あら、敦盛《あつもり》よ」

瞳と一枝は思わず眼を見交わした。なるほど、みればその羽子板には、馬を波間にのり入れた敦盛のすがたが、色彩《いろ》美しく押絵《おしえ》にしてあるのだった。

「まあ！」

と、感に堪えたように呼吸《いき》をのみこんだ二人は、

「可哀《かわい》そうに、この姿だけはよくわかるのね」

「でも、いったいどこからこんなものを持って来たのかしら。それに川口さんどうしたんでしょう」

二人はまだ不審のさめやらぬ眼を見交わしていたが、その時ふいに、一枝が頓狂な声をあげた。

「あらあら、たいへん、瞳ちゃん、あんたのその胸どうしたの、あっ、その手、あら、こゝにも、こゝにも、瞳ちゃん、それ血じゃない？」

一枝の声に、じぶんの身の周囲《まわり》を見廻した瞳はふいに、

「あれえッ！」

と、叫んで立ちあがった。自分の胸も、手も、それから蒲団《ふとん》といわず畳といわず、べたべたに赤いものがついている。よくみると、直実のからだ一面、まっ赤に血で塗《まみ》れているのだった。

「まあ、直実ちゃん、あんた、どこか怪我《けが》をしているの」

しかし、調べてみたがどこにも怪我はない。ケロリとして彼は羽子板を抱きしめているのである。

「瞳ちゃん」

ふいに一枝がむんずと瞳の腕をにぎった。

「あんた、あんた、あれ、知ってる？」

一枝の声が、異様にふるえているので、

「あれ？　あれってなんのことよ？」

と、瞳もおもわず声をふるわした。

「あれよ、ほら、柴田珠子ね、川口さんのあの女――あの女の道楽のことよ」

「え？　珠子さんの道楽って？」

「ほら、あの女《ひと》、羽子板をあつめるのが道楽だっていうじゃないの。ひょっとすると、この羽子板、あの女のところから持って来たんじゃない？　そして、この血は――この血は――」

一枝にもそのあとは続けられなかった。

しかし瞳はもうこれ以上きくまでもない。今日の昼、川口のそばにころがっていた、あのナイフの色がはっきりと、彼女のあたまによみがえって来た。

「それじゃ、川口さんが……」

いいかけて、瞳はおもわず呼吸《いき》をのんだ。

猿におびえる夫人

その翌朝、今戸の川ぶちにある、柴田珠子のいえは大騒ぎだった。

一枝や瞳の想像にたがわず、隅田川《すみだがわ》に面した珠子の座敷は、蘇芳汁《すおうじる》をぶちまけたようにまっかにそまって、その血のりのなかにしどけない姿でたおれていた珠子のすがたは、牡丹《ぼたん》の花がくずれたように、妖《なまめか》しくもまた美しかった。

白い乳房のうえをぐさりとひと突き、鋭い傷をうけているのが、珠子の致命傷だったが、そのほかにも、象牙《ぞうげ》のように白い肌いちめん、火星の運河のように、鋭い爪のかき傷がのこっているのは、おそらく、猿の直実がひっかいたものだろう。

なるほど、噂にたがわず珠子は羽子板の蒐集家《しゅうしゅうか》だと見えて、座敷のなかは、床の間《とこのま》といわず、長押《なげし》といわず、数にしておよそ十五六枚の羽子板が、ズラりと飾ってあったが、その羽子板の美しい顔が、無言の微笑をうかべながら、じっと血みどろの座敷を見下ろしているところは、なんともいえぬほど物凄《ものすご》いながめだ。

いったい、こういう惨劇《さんげき》が、どうしてこうも早く発見されたかといえば、いうまでもなく一枝のうったえによるもので、一枝は夜が明けるとすぐ、血塗《ちまみ》れ猿のことや羽子板のこと、さては昨日あった川口と珠子との葛藤《かっとう》などを、近所の交番にうったえて出たのである。

警官もはじめのうちは、半信半疑できいていたが、それでも相手があまり熱心なので、念のため、珠子の住居《すまい》を訪ねてみたが、どうも様子が変なのである。そこで無理に玄関をこじあけて中へはいるとあの騒ぎ。

「ほんとにあたし、びっくりしちゃった。いえね、うすうすそうじゃないかと思っていたんだけど、あの羽子板の間《ま》の血みどろなのをみた時には、いまにも気が遠くなりそうだったわよ」

警官といっしょに、さいしょにあの惨劇を発見した一枝は、その後、客がある毎《ごと》に、その話をきり出すのが常だった。

閑話休題。

さて、驚いたのは警官だ。一枝を帰すと、すぐ署へ電話をかける。象潟《きさがた》署からはすぐ司法主任の一行がかけつけて来る。やがて今戸の界隈《かいわい》は大騒ぎになった。

調べてみると、表のほうの戸締りは厳重だったが、河に面した雨戸がいちまい、むりやりにこじあけてあった。犯人はどうやらそこから押入《おしい》って来たものらしい。

それにしても、これだけの住居に、召使いがおらぬというのは不思議だと話しあっているところへ、ひょっこり勝手のほうからはいって来たのが、この家の婆《ばあ》やでお源《げん》という女だった。彼女もすでに、近所で話をきいて来たと見え、真蒼《まっさお》に唇のいろもあせていた。

さて、彼女の話によるとこうなのである。

昨夜は珠子のパトロンにあたる人がくる晩で、そういう晩には、婆やはいつも、駒形《こまがた》にある姪《めい》のところへ泊りにいくことになっているので、昨夜も宵《よい》のうちから出かけたという。

なるほど、そういわれてみれば、沓脱《くつぬ》ぎには柾目《まさめ》のとおった男の下駄《げた》もあるし、衣桁《いこう》にはラッコの毛皮のついた二重廻《にじゅうまわ》し、それにベロアの帽子、そのほか渋いお召《めし》の男物の着物がひと襲《かさ》ねかけてあった。

してみると、昨夜パトロンがやって来たことは間違いない。しかし、そのパトロンはどうしたのだろう。まさか裸のまゝで出ていくという法はあるまいが。……

「いったい、その旦那《だんな》という人はどういう人だね」

「はい、なんでもお宅は駿河台《するがだい》にあるとか聞きました。矢野目《やのめ》さまと仰有《おっしゃ》るので……、矢野目廉造《れんぞう》さまと仰有います」

「なに？　矢野目廉造、――？　矢野目廉造といえば、ずっとまえに市会議員をしていた人じゃないか」

「はい、そういうお話でございます」

それをきくと司法主任は思わず顔色をかえた。

「おい、誰か駿河台の矢野目家へ電話をかけて、昨夜御主人はお帰りかどうかきいてみてくれ。そして帰っていないようだったら、誰でもいゝからすぐこちらへ来てくれるようにって、……」

騒ぎは急に大きくなった。

かりにも、前市会議員が関係しているとあっては、なかなか忽《ゆるがせ》には出来ない。司法主任が緊張した面《かお》でまっていると、電話の返事はこうであった。

「やっぱり主人は昨夜帰らないそうです。そして、夫人がすぐこちらへ来るという話ですが」

司法主任はそれをきくと、思わず座敷から身をのり出して、すぐ下を流れている隅田川の流れに眼をやった。もしや……という、不吉な考えが、さっとその時、警部の頭をかすめたのである。

さてこちらはユーカリの店先だ。その時分、瞳と一枝が土色になって、ひそひそ話に耽《ふけ》っていた。瞳の膝には、猿の直実が、ムシャムシャとしきりに蜜柑《かん》を頬張っている。

「ねえ、一枝さん、あんたやっぱりあの人が犯人だと思う」

そういう瞳はいまにも泣きだしそうな表情《かおいろ》だった。

「仕方がないわ。なにもかも証拠が揃ってるんですもの。あたしみたのよ、べたべたと血のついた座敷の中にね、この直実が歩きまわった跡がついていたの」

一枝はいまさらのようにゾッと肩をすくめる。

「だって、それじゃどうしてあの人、この猿をおいていったんでしょう」

「さあ、そんなこと分らないけど、瞳ちゃん、あんたつまらない心中立てなんかしちゃ駄目よ。いまにあたしたちも調べられるにちがいないけど、その時は、何もかも正直にいうのよ。あの人、女ばかりじゃなく、旦那のほうも殺《や》ったらしいの。いま、あたしチラと聞いて来たけどね、それで、旦那の奥さんというのが、いまにこゝへ来る筈よ」

そんなことを話しているとき、ユーカリのまえに自動車がとまって、中から毛皮の襟巻《えりまき》をした、四十前後のいかにもしっかり者らしい夫人が、心持ち青ざめた顔をしておりて来た。

「ちょいと、瞳ちゃん、ごらんよ、あの女《ひと》がそうにちがいないわ」

一枝が瞳の袖《そで》をひいたときである。何を思ったのか、いまゝで無心に蜜柑をむいていた猿の直実が、急にパッと瞳の膝からとびおりると、タラタラタラと、表のガラス扉《ど》のところへとんでいって、しきりにキイキイいいながら跳《は》ね出した。

「あら、直実ちゃん、どうしたの。こっちへいらっしゃい。まあ、どうしたのよ」

瞳はあわてゝ駆けよって、ものに狂ったようにあばれ廻る直実を抱きあげたが、その時、毛皮の襟巻をした夫人が、どすんと泥溝板《どぶいた》をふみ外して、それからあわてゝ横町へ曲る姿が、チラといぶかしく瞳の眼にうつった。

写真の女

世の中には物好きな人間がたえないと見えて、その晩のユーカリの繁昌と来たらお話にならない。馴染みという馴染み客が、全部そこにあつまって、一枝と瞳は一躍ユーカリのスターになった。

　瞳はきょうあれから、警察へよび出され、さんざんいろんなことを訊ねられて、さっき帰ったばかりなので、頭ががんがんしてそれどころではなかったが、一枝の方は大得意だ。

「なんしろ、ねえまあさん、真夜中に血まみれの猿がとびこんで来たんでしょ。あたしも瞳ちゃんもキャーッって抱きついちゃったわ。それからねえはあさん」

　と、今度は別の客のほうへ向いて、

「今朝、あたしお巡《まわ》りさんといっしょにあの家《うち》へいったのよ。そしたらほら、あれでしょう。あらいやだいやだ、思い出してもゾッとするわ。あたしどうしよう、今夜はとてもひとりで寝られやしないわ。それからねえ、みいさん」

　と、更にもひとりの客に向うと、

「あたし、パトロンの奥さんてのを見たのよ。きょう、このまえで自動車からおりたんだけど、とても高慢ちきな女よ、妙におたかくとまってさ、旦那様が浮気をするのも無理はないと思うと、ざまあ見ろっていってやりたかったわ。ほんとにいゝ恥さらしですものねえ」

「しかし一《かず》ちゃん、あの旦那は殺されていたんじゃなかったそうだぜ」

「そうそう、寝ているところを、ふいにぐるぐる巻きに縛《しば》られて、舟にのせて流されたんだそうだ。それで、今日ひる頃、佃《つくだ》のへんでプカプカ浮いているのが見附かったというぜ」

「えゝ、そんなことが夕刊に出てたわね。業《ごう》さらしだわずいぶん。殆《ほと》んど裸みたいな姿だってえじゃないの、ふふふふふ」

　実際、矢野目廉造氏は殺されていたのではなかった。見るにたえないあらわな姿のまゝ、ぐるぐる巻きにしばられ、あまつさえ猿轡《さるぐつわ》さえかまされたまゝ、隅田川の下流にブカブカと漂うているのが発見されたのである。

「なんでも、寝入りばなの、しかも暗闇のなかの出来ごとだから、犯人の姿もわからなかったたし、すでにその時、珠子が殺されていたのか、それともそのあとで殺されたのか、それも分らないって話だけど、いずれにしてもとんだ恥さらしだなあ」

「ほんとよ、あの奥さん、それをきいたらどう思ったろう。だから浮気はおよしなさいって、いまごろは旦那さま、ぎゅうぎゅういわされてるにちがいないわ」

一枝の言葉に、一座はどっと笑いくずれる。

「それにしてもあの男は可哀そうだな。ほら、川口って男さ」

「そうそう、あたしも夕刊を読んで、はじめてあの人の過去を知ったのよ。東北の人にちがいないと思ってたけど、やっぱり仙台の人だったのね」

「ふん、仙台で銀行員をしている時分、珠子という女と同棲《どうせい》していて、あの女の虚栄心を満足させるために、つい銀行の金を使いこんだところから、三年あまり喰《くら》いこんでいたんだというね」

「ほんとに可哀そうだわ。あたしね、先《せん》から瞳ちゃんと、妙に陰翳《かげ》のある人だって話していたのよ。誰だって、刑務所から出て、長い苦労の末、女を探しあてゝみれば、これが心変りしてる、と、そうなればかっとするわねえ」

「だいぶひどい事を書いた、脅迫状《きょうはく》みたいなものが、珠子の家から発見されたというが、それにしてもあの男、もうつかまったかな」

瞳はもうそれ以上、こういう仲間にはいっているにたえられなかった。彼女はいまにもわっと泣き出したいのを、やっと怺《こら》えて、その一座からぬけ出すと、二階の泊り部屋へとびこんで、そこでさんざん泣いた。あんなことをしでかした以上、あの人とても生きちゃいないわ。きっと今頃、どこかで死んでいるにちがいないわ。――そう思うと、涙があとからあとから湧《わ》き出してくる。

前科者だった。しかも珠子のような女と同棲していたような男だった。――と、そう考えてみても、少しも川口がいやにならなかった。かえって、あの妙に淋しい笑顔がいまも眼のまえに散らついて、二度ともう会えぬ人かと思うと、いとおしさがいっそう切実になって来る。

(川口さん、川口さん、何故《なぜ》あんたあんな無考えなことをなすったの。なぜ、あたしに打ちあけて下さらなかったの)

瞳は声をのんで泣いていたが、その時、ふと手に触ったのはあの敦盛の羽子板である。猿の直実は警察へもっていかれたが、不思議にこの羽子板のことは誰もわすれていた。

瞳はじっと、敦盛の美しい顔を見つめているうちにまたもやハラハラ涙が落ちて来る。いつか川口の話した言葉が、今更のように思い出されるのだ。猿の直実が、亡くなった牝猿を慕《した》うように、あの人自身も自分をすてた女を慕って東京へ出て来たのだ。そう考えると、あの時の川口の話しぶりの、妙に悲しげだったのがいまさらのように思い出される。

瞳は思わず、きつく羽子板を抱きしめたが、その時、ふと妙なことに気がついた。直実がおもちゃにしている間《ま》にひっぺがしたのだろう。敦盛の首が半分ちぎれそうになっていたが、みるとその押絵と、板のあいだに、何やら、紙のようなものが挟んであるのだ。

「おや、何かしら?」

瞳はいぶかしそうにその紙をとり出してひろげてみると、何やらむつかしい書類のようなもので、矢野目廉造という署名の下に、判までピタリと押してある。瞳はおもわずおやと眼をそば立てた。

ちょうどその時、階下《した》のほうから、

「瞳ちゃん、瞳ちゃん、おりていらっしゃい。とてもいゝものよ。見せてあげるからおりていらっしゃいよ」

と、あわたゞしく呼ぶ一枝の声に、瞳はあわてゝ書類をふところに捩《ね》じこむと、涙をふいて下へおりていった。

「やあ、瞳、どうしたい、泣いていたんじゃないか。瞼《まぶた》がはれているぞ」

いま来たばかりらしい、山下《やました》という、いつも瞳の顔さえみると、いやらしい事をいうきざなモダン・ボーイが、一座のなかで豪然とうそぶいている。いやな奴――瞳はそのほうへは見向きもせず、

「どうしたの、一枝さん、何を見せてくれるのよう」

「やあさんがね、とても素晴らしいものを持って来てくれたのよ、ほら、これを御覧なさいな」

一枝がとり出したのは、いま焼附《やきつ》けたばかりらしい、名刺型の写真なのだ。瞳はなにげなくその写真を取りあげたが、とたんに、さあーっと血の気がひいた。どこか賑《にぎ》やかな通りらしい、自動車が一台とまっていて、中から女がドアを半分ひらいている。そしてそのステップに片足をかけたまゝ、何気なくこちらをふりむいているのは、まぎれもなく川口ではないか。間違いはない。肩にはあの眼じるしの直実がチョコナンと坐っているのだもの。

「どうだい、瞳、君のいゝ人が女と逢曳《あいびき》しているところを見附けたから、早速パチリとやって来たんだ。はゝゝは、でもよかったよ。これが形見の姿になった。瞳、君にやるから毎晩、これを抱いて寝たがいゝぜ。そう思っていま、大急ぎで焼きつけて来たんだ」

瞳と川口のことをかねて知っている山下は、夕刊をみると大急ぎで焼附けたらしい。

「まあ、山下さん、だけどこれいつの写真？」

「昨日《きのう》さ。ほら、そこに電気時計がうつってるだろ。昨日の夕刻五時十五分まえの写真さ」

「そして、これどこ？」

「いやに詮議《せんぎ》がきびしいね。上野《うえの》の山下だよ」

「まあ、そうすると、こゝを出ていってから間もなくのことだわねえ、瞳ちゃん」

一枝の言葉も耳に入らぬのか、瞳は一心に写真を眺《なが》めていたが、ふいにあっという叫びをあげると、みるみる真蒼になり、何やらきっと考えていたが、ふいにさっと立ちあがると、

「やあさん、この写真、戴《いただ》いていってよ」

と、それだけいうと、一枝の声も、山下の声も、さてはほかの客が口々に騒ぐ言葉も、まるで耳に入らぬように、瞳は一散に表へとび出した。

恐ろしき夫婦

「お願いです、お願いです。警部さんに会わせて頂戴、今朝の事件のことで参りました」

血相かえて、瞳がとびこんだのは、今日さんざんに調べられた象潟署である。

「やあ、お前はユーカリの女給じゃないか。なにか新しい聞き込みでもあったのかい」

幸い刑事は瞳の顔をおぼえていたし、それに司法主任もまだ署内にのこっていた。

「おゝ、瞳、どうかしたかね」

司法主任の部屋へとおされると、瞳はいきなり、

「警部さん、これを見て下さい、いえ、これよりこっちの方を先に見て頂戴」

瞳がとり出したのは、さっき羽子板の裏から見附けた書類である。何かしら、ひとかたならぬ瞳の表情《かおいろ》に、警部は不思議そうに書類をとりあげたが、読んでいくうちに、あっと低い叫び声をあげた。

「瞳、おまえ、これをどこから見附けて来たのだ」

「羽子板の裏からですの。ほら、今日お話したでしょう、直実——あの猿ですわ、あの直実ちゃんが、珠子さんとこから持って来た羽子板の裏から見附けたんですの」

瞳は必死となって警部の顔を見ながら、

「ねえ、警部さん、矢野目さんが市会議員をしている間に、大きな疑獄事件がありましたわねえ。矢野目さんもひっぱられたけれど、証拠不十分とやらでかえされたそうですわねえ。あたしお客様からきいたんですけど。——でも、あの人やっぱり関係があったんですわ。その書類が何よりの証拠ですわ」

「瞳、おまえこれを読んだな」

「えゝ、読みましたとも」

瞳は息をはずませて、

「矢野目さんはそういう証拠を珠子さんにあずけておいたのですわ。ところで警部さん、もし珠子さんがこの証拠をたねに、矢野目さんに難題をふきかけたとしたらどうでしょう、矢野目さん、珠子さんを殺してゞも、証拠の品を取り戻したいとは思わない

でしょうか」

「瞳、何を言う！」

「いゝえ、分ってますわ。珠子さんを殺したのは矢野目さんです。そして矢野目さんは、きっと川口さんも殺してしまったにちがいありませんわ」

「馬鹿な、これ、瞳、少し落着《おちつ》いたらどうだ。珠子を殺したのは川口という男にきまっているじゃないか。でなければ、川口の猿が現場《げんじょう》にいるわけがないじゃないか」

「いゝえ、いゝえ、それはみんな矢野目さんが、川口さんに罪をきせるための狂言なのですわ。矢野目さんは、珠子さんからあの人の話をきくか、それともあの人の手紙をみるかしたにちがいありません。警部さん、これを見て頂戴」

　瞳はもう必死の面持《おもも》ちだった。唇まで真蒼になりながら、警部のまえにつきつけたのは、山下がスナップして来たあの写真なのだ。

「なんだ、この写真は——？　おゝ、こゝに猿をつれているのが川口という男かね」

「えゝ、そうですわ。そしてこの写真はそこの電気時計でもわかるように、昨日の夕方、五時十五分まえにうつしたものですのよ」

「それがどうかしたかね」

　司法主任もしだいにひきこまれて来る。瞳のいおうとするのがなんであるか、俄《にわ》かに熱心の表情《いろ》をうかべて、彼女と写真のおもてを交《かわ》るがわる眺めている。瞳は胸にせまって来るこの思いを、どういうふうにいったらいゝか、いかにももどかしそうな調子で、

「五時といえば、まだ珠子さんが生きている時分ですわ、ね、そうでしょう。ところで警部さん、その自動車にのっている女がお分りになって？」

　警部は写真をのぞくようにしながら、

「さあ、分らんね。どうも光線が暗いし、それにこの女、ヴェールをかぶっているらしいじゃないか。おまえにはこの女が分るのか」

「えゝ、あたしにも顔はわかりませんの、でも、ほら、ドアの窓に手をかけて、その手が馬鹿に大きく

うつっているでしょう」

「うんうん」

「その手に大きな指輪がはまってますわね」

「うん、馬鹿にごつい指輪だね」

「あたし、きょうそれとそっくりの指輪をはめた人を見ましたの」

「ほゝう、それはいったい誰だね」

「矢野目さんの奥さんですわ」

警部はふいに、すっくと椅子から立ちあがった。そして世にも複雑な表情《かおいろ》で瞳の顔を見つめていたが、次《つ》ぎに口をひらいた時には、何んともいえぬほどやさしい、慈愛にみちた口調だった。

「瞳——ほんとうかね」

「ほんとうです。そしてその写真をとった人の話によると、川口さんはそのまゝ自動車に乗っていってしまったそうですの。だから、だからいまごろは——」

警部はその話をしまいまで聞いてはいなかった。彼は大急ぎで私服を呼ぶと、何やら耳打ちしていたが、刑事が出ていくと、瞳のそばへ寄ってきて、まるで娘をだくように、そっとその肩に手をおいた。

「瞳、こいつが事実だとすると、おまえ、大した手柄だぞ。しかし、お前のような年《とし》はもいかぬ娘に、どうしてこんな複雑な事情がわかったのか、——あゝ、そうだ、川口という男は、おまえの店の常連だったそうだな。いや、泣かんでもいゝ。泣かんでもいゝ」

司法主任はそれから、亢奮《こうふん》したおももちで、部屋の中を歩き廻っていたが、やがてそこへ、二三人の刑事が、どやどやとひとかゝえの羽子板をもってかえって来た。おおかた、珠子の家から持って来たのだろう。

「いゝか、その羽子板の押絵をひっぺがすのだ。注意しろ、中に書類のようなものがはいっているかも知れないからな」

司法主任の言葉に、刑事はかたっぱしから羽子板をひっぺがしにかかったが、

「あゝ、ありました」

「これにもありましたよ」と、十五六枚の羽子板のなかゝら出て来たのは、都合《つごう》六通の書類である。警部はそれに眼を通していたが、

「フーム、これだけでも矢野目廉造を検挙するには十分だ。瞳、礼をいうぞ、こいつは大事件だ」

それから後の署内の騒ぎはいうまでもない。電話のベルが鳴る、刑事や巡査が右往左往する。事件が外部へもれてはならぬというので、瞳はそのまゝ、鄭重《ていちょう》に署内の一室にとめおかれたが、その明方《あけがた》、満面に喜色をうかべてどやどやと帰って来た司法主任は、瞳を見るといきなりそのからだを抱きしめて、

「瞳、有難《ありがと》う、有難う、大成功だ。象潟署近来の大捕物だったぞ。だがな、それだけのお礼はすることが出来たから喜んでくれ。誰かそこにいる男をつれて来てくれ」

言下にドアをひらいて、刑事がつれて入って来たのは、あゝ、夢ではないか、すでに殺されたとばかり諦めていたあの川口ではないか。

「まあ、川口さん！」

「瞳ちゃん！」二人はひしと抱きあって、そのまゝよゝとばかりに泣きくずれてしまったのである。

その翌日の新聞は大騒ぎだった。

鬼畜《きちく》の元市会議員夫妻、――女給さんの大手柄――危《あや》うかりし青年の命。

そんな記事が初号活字でべたべた出たので、瞳は一躍東京中の人気者になってしまった。事実、刑事の踏みこみがもう一刻おくれたら、川口は矢野目夫妻に毒殺されてしまうところだったのだ。

その後、取り調べがすゝむに従って判明したところによると、矢野目夫妻の計画は、瞳の推測と寸分もちがわなかった。

矢野目はいろんな瀆職《とくしょく》事件に関係していたが、それらの金員の受領の場合、いつも珠子の家が選ばれていた。つまり珠子は、すっかり矢野目の尻尾《しっぽ》をにぎってしまったわけだ。おまけに証拠書類をどこかへかくしてしまって、それをたねに、ちかごろ莫大な金を矢野目に要求しはじめたのである。

すっかり当惑した矢野目は、そこではじめて事情

を夫人にうちあけた。夫人の生家《さと》が有名な金持ちなので融通を頼もうと思ったのだが、こゝで夫人は珠子に対して、二重の憤《いきどお》りをかんじたわけだ。

一つは嫉妬《しっと》と、もう一つは一家の恥辱《ちじょく》ということである。気位《きぐらい》の高い夫人は、良人《おっと》の瀆職事件が暴露《ばくろ》するということ、しかも、その秘密が良人の隠し女に握られているということ、――考えてみても気が狂いそうだった。

ちょうどその折から、矢野目が川口のことや、川口から珠子に送った脅迫状めいた手紙のことを探って来たので、賢い夫人は忽《たちま》ち一策を案じた。珠子を殺してしまおう、そしてその罪を川口にきせよう――それが夫人の鬼畜のような考えだったのだ。

珠子を殺してしまえば、ほかに親戚のない女だから、いずれ家具財産は全部こちらへ引きとることが出来る。そうしたらゆっくり証拠書類を探そうと、そういう考えだったのだが、どっこい、直実の敦盛に対するふかい思慕から、ひと足さきに書類のほうが暴《あば》かれてしまったというわけだ。

さて、こういう相談がまとまると、夫人が先《ま》ず第一に川口を誘拐《ゆうかい》してしまった。あとから聞くと、夫人は珠子と親しいもので、もう一度珠子に話をしてあげようと、そういう口実のもとに川口に近附いたのだそうである。そしてそのまゝ、川口を自分の屋敷につれこんでしまった。むろん、自動車の運転手は良人の矢野目その人だった。

そうしておいて、その晩矢野目はなに喰わぬ顔で珠子の家へいくと、真夜中ごろ珠子を殺してしまった。そのあとから、猿をつれた夫人が出かけて、良人を縛って舟にのせ、それを隅田川へ流すという趣向だ。

むろん、これは良人に罪がかゝらぬようにするためだったが、もう一つは、良人に対する一種辛辣《しんらつ》な夫人の復讐《ふくしゅう》でもあったのである。

そのあとはもう言うまでもない。夫人は証拠の猿をおいてかえったが、この直実は、床《とこ》に飾った羽子板の中から、夢にも忘れぬ敦盛の姿をみつけると、それをかゝえて家を抜け出したのが、夫婦の罪の発覚の端緒となったのだから、これほど皮肉なことはない。

「それにしても奥さん、そこまで綿密に計画を立てながら川口をなぜあの時まで生かしておいたのですか」

取りしらべのとき、検事がそう追及すると、

「だって、あなた、探偵小説なんかみると、よく死後の推定時間ということが書いてあるじゃありませんか。あたし川口に毒をのませ、隅田川へでも投げこんで、自殺したように見せかけようと思ったんですけど、珠子よりさきに死んでいちゃ拙《まず》いんですものね。だから、ひと晩、生かしておいたんですけど、それが運のつきだったんですわ」

すっかり度胸をきめたこの恐ろしい夫人が、洒《しゃ》蛙《あ》々《しゃ》々《あ》としてそんなことをいったのには、さすがの検事もおもわず舌をまいたという。

X夫人の肖像

一

「あなた、あなた」

細君の妙子《たえこ》が、けたたましい声で呼びながら、あたふたと書斎へはいって来た。見ると、手にした新聞に眼を落したまゝ、仰山《ぎょうさん》そうに呼吸を弾《はず》ませている。隆吉《りゅうきち》はペンを握ったまま、うるさそうに振りかえって、

「どうしたんだ。新聞に何か変ったことでも出ているのか」

と、たしなめるような口調で訊《たず》ねる。

「えゝ、これよ。あなたこの写真をどうお思いになって？」

隆吉のそばにべったりと横坐《よこずわ》りになって、新聞をつきつけた細君は、依然として呼吸を弾ませている。もうかれこれ三十に手が届こうというのに、子供がないせいか、いつまで経《た》っても娘気質《むすめかたぎ》の失《う》せぬこの細君は、ちょっとした事にでも、笑いころげたり、びっくりしたりする癖《くせ》が抜け切らないのである。

「なんだい、何《な》んの写真だい」

「ほら、これよ、『X《エッキス》夫人の肖像』というこの絵よ。あなたこれをどうお思いになって？」

と、細君が指さしたところを覗《のぞ》いてみると、そこは文芸欄で、今上野《うえの》で開かれている美術展覧会の批評がいっぱいに出ている。そして、その展覧会でも、特別評判のいゝ絵が、二三枚写真版になって掲載されているのだが、細君のいう「X夫人の肖像」というのも、そのうちのひとつなのだ。

「この絵がどうかした？　だいぶ評判のようだが……お前、この画家《えかき》を知っているのかい？」

「そうじゃないのよ。この絵よ、ほら、このX夫人の顔よ。あなた、似てるとはお思いにならない？」

「似てるって、誰にさ？」

「まあ、お分りにならないの。よく御覧なさいよ、そっくりじゃありませんか」

と、何かしら仔細《しさい》ありげな細君の様子に、馬鹿馬鹿しいとは思いながら、隆吉もつい引きつけられたように、その写真に眼をやったが、すると間もなく、彼の面《おもて》にも細君と同じような緊張のいろが現れて来た。

「ほら、ね、お分りになったでしょう」

「うん、お前のいうのはお澄《すみ》さんかい？」

「えゝ、そう、似てるでしょう？」

「そういえばそうだね、気がつかなかったけど……」

「似てるわ。そっくりだわ。この絵、きっとお澄さんをモデルにして画《か》いたのよ」

「まさか……モデルはあるんだろうが、他人の空似《そらに》というやつだよ」

「ところが、そうじゃないのよ。もっとよくこの写真を御覧なさいよ。生憎《あいにく》、小さいのでよく分らないけど、ほら、唇の右下に、ちょっと黒いものがあるでしょう。あたしこれ黒子《ほくろ》じゃないかと思うの。もしこれが黒子だったら……ねえ、お澄さんも、唇の右下に黒子があったわね」

「どれどれ……なるほど。だけどこりゃ写真の瑕《きず》だよ、きっと。お前がそう思うから、そう見えるんだ」

「あら、まだそんなこと言ってらっしゃるの。それじゃもうひとつ証拠をお眼にかけるわ。ほら、このX夫人の着物をよく御覧なさいよ。矢絣《やがすり》を着てるでしょう。ところでお澄さんは、いつでも矢絣の着物を着てたじゃありませんか。現に家出をなすった時もそうよ。こんなに何もかも揃ってるんですもの。この人きっとお澄さんにちがいないと思うわ。お澄さん、きっとまた東京へかえって来てるのよ」

「そういえば、そんな事かも知れないけど、しかし、おかしいじゃないか、あれからもう五年もたってるのに、まだあの時の着物のままだなんて」

「そうね、そういえば少し変だけど、でも、あたしやっぱりこの人、お澄さんだと思うわ。ねえ、あなた今日お暇《ひま》ない?」

「どうするんだ」

「上野へいってみたいのよ。写真じゃよく分らないんですもの。絵を見ればもっとよく、お澄さんだってことが分るにちがいないわ」

思い立つと子供のようになる性質《たち》の細君は、もう夢中だった。

隆吉はペンをおいて、煙草《タバコ》を取りあげながら、もう一度「X夫人の肖像」というのに眼を落して見る。それは二十三四の若い女の半身像だったが、成程《なるほど》よく似ている。顔容《かおかたち》のみならず、あどけないうちにも、どこか哀愁を湛《たた》えたような、そういう表情までが、実によくとらえてある。髪の恰好《かっこう》から、着物の好みにいたるまで、隆吉の知っているお澄という女にそっくりだった。

「お澄さんについちゃ、僕よりお前のほうが詳しい筈《はず》だが、この八木英三《やぎえいぞう》という画家《えかき》をお前知らないかい」

「知らないわ。お澄さんの友達なら、たいてい知ってるつもりなんですけど……あなた、御存知ない?」

「知らないね。まだ若い人らしいね。今度初入選の、いきなり特選になったというので、だいぶ評判のようだが」

「ねえ、あなた、上野へ行ってみましょうよ。そして絵を見て、お澄さんに間違いないという確信がついたら、一度八木という人に会ってみるのよ。モデルになるくらいだから、この人に聞けば、きっとお澄さんの消息がわかるにちがいないと思うわ」

「ふむ」

と、隆吉は煮え切らない態度で、鼻から煙草の煙を吐き出しながら、じっと新聞の写真を眺めていたが、やがて思いきったように言った。

「ねえ、妙子、伯父《おじ》さんもこの写真に気がついてるだろうか」

「さあ」

と、細君は言葉を濁《にご》したが、実はその疑問こそ、彼女がさっきから、何度も口に出しかけては、言いそびれていた言葉だったのだ。

二人は顔を見合せると、フーッと暗い表情《かお》になり、暫《しば》くまじまじと、どこか陰気な翳《かげ》のある、その「X夫人の肖像」という絵に見入っていた。

二

お澄という女が、何故《なぜ》こんなに二人の関心を呼ぶか、それには深い仔細があった。

お澄と妙子とは昔からの仲好《よ》しだった。妙子は小説家の児玉《こだま》隆吉と結婚するまえ、ある新劇団に関係していたのだが、お澄もその劇団の女優だった。劇団といっても殆《ほと》んど素人《しろうと》ばかりの集まりで、働いたところで金になるわけではなく、妙子などもほんのお道楽みたいにやっていたのだが、お澄はそれとちがってかなり真剣でもあり、また事実、その劇団のなかでも、一番天分を認められてもいた。

その劇団は間もなく解散してしまったが、お澄は十分玄人《くろうと》のあいだに認められていたから、他の劇団へ行こうと思えばいけたし、そう多くの収入を期待するのでなかったら、働く口はいくらでもあった。事実、彼女も舞台にはまだ多くの未練があったし、出来るなら、真面目《まじめ》に、しっかりとやっていきたい肚《はら》があった。しかし、不幸なことには彼女の健康がそれを許さなかった。極《ご》く軽微なものだったが、その時分彼女は肺尖《はいせん》をやられていて、芝居のような過激な仕事に向かなくなっていた。そういう煩悶《はんもん》があるものだから、お澄はよく、その当時結婚したばかりの妙子のところへ相談にやって来ていたが、すると、そういう彼女に、突然、思いがけない結婚の申込《もうしこ》みがあった。

その相手というのが隆吉の伯父なのである。隆吉の伯父というのは児玉晋作《こだましんさく》といって、今ではすっかり第一線を退いて、某私立大学で講座を受け持っている以外には、世間から忘れられてしまったが、明治時代の有名な英文学者だった。

むろん、年齢《とし》は親子以上にも違っていた。お澄はまだ二十四だというのに、晋作はもうそろそろ六十という年輩だった。しかし、それにも拘《かかわ》らず、お澄からこの申込みの話をきいた時、双手《もろて》をあげて賛成したのは妙子だった。

「あら、素敵じゃないの。年齢なんか問題じゃないと思うわ。伯父さんという人、とても真面目な、立派な紳士よ。そんな申込みをなさるには、よくよくの御決心にちがいないと思うわ。決してあなたを不仕合せになんかなさりはしないと思うわ」

「ええ、それは分ってますけど……結婚後も、劇団のほうの仕事がしたければしてもいいと仰有《おっしゃ》るのよ」

「そうでしょう、それくらいの理解はある方よ。いいじゃないの、子供があるわけじゃなし、煩《うるさ》い係累があるわけじゃなし、あたし、あなたが伯父さんの伴侶になって、慰《なぐさ》めて下されば、どんなに嬉《うれ》しいかと思うわ。あの人、ほんとに気の毒な方なんですもの」

と、そういって妙子は、伯父の不幸な前の結婚の話をした。

晋作は二十代で妻を持ったのだが、その妻というのがひどいヒステリーで、それから後の三十年は、それこそ煉獄《れんごく》の苦しみだった。しかし彼は、いかにも英国流の紳士らしく、じっとそれに耐えて来て、甥《おい》の隆吉にだって、ひとこともその苦痛を洩《も》らしたことがなかった。

「それこそ、三十年というあいだ、気違いのお守《も》りをして来たようなものよ。だから、伯母《おば》さんが死んだ時なんか、そういっちゃなんだけど、伯父さんを知っている人は、みんな赤飯をたいてお祝いしたいぐらいの気持ちだったわ」

晋作の旧友の娘で、幼い時から隆吉などよりも可《か》愛《わい》がられて来た妙子は、そういって瞳《ひとみ》をうるませた。

それから間もなく、お澄は晋作と結婚したのである。

三

「どうだろう、上野へいくなら、途中で伯父さんのところへ寄ってみようか」

妙子にせきたてられて、やっと机のまえから腰をあげた隆吉は、家を出る時、そういって妙子のほうを顧《かえり》みた。晋作の家は鶯谷《うぐいすだに》だから、ちょうど道順にあたっているわけである。

「そうねえ、でも、もう少し様子を見ましょうよ。いよいよあの絵の本人がお澄さんだということがかるまでは。……お気の毒な伯父さんをあまり昂奮《こうふん》させないほうがいゝわ」

「ふむ、俺もそう思う」

ピシッとステッキの先で石ころを飛ばしながら、隆吉も呟《つぶや》くようにいった。

「しかし、妙子、おまえあの絵がお澄さんだったら、いったいどうしようというんだ」

「お澄さんの居所《いどころ》を探しあてゝ、もう一度、伯父さんのところへ帰って貰《もら》うのよ」

「そんなことが出来ると思うのかい?」

「出来ると思うわ。お澄さん、あんな不人情なことをなすったけど、あたしどうしてもあの人を憎むことが出来ないのよ。伯父さんだって憎んではいらっしゃらないと思うわ。いゝえ、黙っていらっしゃるけど、今でも心の底では、深く愛していらっしゃるのよ。だからこそ、あんなに衰えていかれるのですわ。あたし、近頃の伯父さんの御様子を見るとお気の毒でお気の毒で。……どうしても、伯父さんにはお澄さんが必要なのよ」

「しかし、お澄さんには殿村《とのむら》という男がついていることを考えなくちゃいけないぜ」

「あんな奴と、いつまで一緒にいるもんですか。とっくの昔に別れてるに違いないと思うわ。お澄さんという人も可哀《かわい》そうね。あの人ほんとうに好《い》い人なんだけど……」

好い人間同志だから、謝まりさえすれば、元通りになれぬ筈《はず》はないと、思いこんでいるらしい、この単純な細君を、隆吉は憐《あわ》れむように見ながら、飴《あめ》のようにキラキラ光る秋風の中で溜息《ためいき》をした。

晋作とお澄が結婚したのも、このように美しく晴れた秋の日だった。極く内輪に式をあげた晋作の家の庭に、その日、雁来紅《がんらいこう》が血のように色づいていたことを、隆吉はいまでもハッキリ思い出すことが出来る。

式に連なったのは、隆吉夫婦のほかに、お澄がそれまで身を寄せていた、伯母にあたる京橋《きょうばし》の下駄《げた》屋の夫婦だけだった。人の好いこの夫婦は、涙を流して、お澄の好運を祝福したものだが、その朴訥《ぼくとつ》な夫婦と、新しく甥になった、謹厳な伯父との、滑稽《こっけい》な応対なども、隆吉はいま眼をつぶると、ハッキリと思い出すことが出来るくらいだ。

結婚当時の晋作とお澄は幸福そのもののようだった。男と女が、理解さえしてしまえば、年齢の差など問題でないという、最もいゝ例がこの夫婦だった。実際、双方からよりかかり合って生きている二人を見ると、年齢《とし》のちがう夫婦もまた、美しいものだと思わないわけにはいかなかった。

その時分、隆吉が戯《たわむ》れにいった言葉をかりると、晋作は全力をあげてお澄を愛していたのである。お澄のほうでも同じことで、結婚の日まで、あれほど未練をもっていた舞台への執着《しゅうじゃく》なども、ケロリと忘れたような表情《かお》をして、彼女もまた、全力をあげて、この年齢《とし》の違う良人《おっと》を愛していた。いや、尠《すくな》くともはたから見ると、愛しているように見えたのである。

そういう状態だったから、お澄が突然若い男と逃げたという事がわかった時には、隆吉も妙子も、まったく開いた口がふさがらないくらいだった。もっともそのまえに隆吉は、伯父の口から、

「殿村三郎《さぶろう》という男を知っているか」

と、聞かれたことがある。その時の伯父の顔色がかなり険悪だったことも、後になって思いあわされた。隆吉はその、殿村という男に会ったことはなかったが、お澄の属していた劇団にいた青年で、晋作はかなりまえから、お澄との仲を疑っていたらしい。

「殿村が悪いのよ。あいつは昔から有名な女蕩《たら》しで、劇団でも鼻つまみだったのよ。とても押しが太くて、図々《ずうずう》しくて……お澄さんのような聡明な人が、あんな男に騙《だま》されるとは思えないけど、きっと何かのはずみで、抜きさしならぬ羽目《はめ》におとし入れられたの

ね」

家出してから十日ほど後、大阪から寄越したお澄の手紙を読んだ時、妙子はホロホロと涙をこぼしながらそういった。

その手紙はいまでも、隆吉が保存している。さすがにお澄も心が乱れていたのだろう、途切れ途切れのおぼつかない筆つきで、晋作の愛に叛《そむ》いて済まないという事や、言うに言われぬ深い事情から、殿村と一緒に姿を隠すが、どうか死んだものと思って、決して行方を探してくれるなというような事が、前後乱れた、たどたどしい文章で綴《つづ》ってあった。

「お澄さん、これを書きながら泣いたのよ。ほら、ところどころ涙の痕《あと》があるわ」

単純な妙子はそう言い言いしては貰い泣きしていた。

同じような手紙が晋作のところへも来ていた。ただそれには、自分は殿村のような下卑《げひ》な男を決して愛していない、自分の愛しているのは、ただあなただけだという事が、繰り返し繰り返し述べてあって、これも運命だと思って諦《あきら》めてくれという風に結んであった。そして、この方の手紙には、もっと沢山、涙の痕がついていたのである。

隆吉はともかく捜索願いを出すか、誰か人を大阪へやって、探してみては、何んなら自分たち夫婦が出かけていってもいゝと言ったが、伯父は唯《ただ》、無言のまゝ首を横に振っただけだった。そして、その日以来晋作は学校のほうも止《よ》してしまい、家から一歩も出なくなり、枯木のように日に日に衰えていった。

お澄と殿村の消息は、それきり遂に分らない。殿村はかつて上海《シャンハイ》にいたことがあるから、大阪からまた海を渡って、いまごろはお澄さん、上海あたりで苦労しているのじゃないかしらと、妙子はよく、懐しそうに思い出したものだった。

そして五年たった。そのお澄の肖像画とおぼしいものが、突然、上野の展覧会に現れたのだから、子供のようにびっくりする癖のある妙子が、夢中になったのも無理はない。

四

「ねえ、あなた、もしあの肖像がお澄さんにちがいないときまったら、あなた一度、八木英三さんという方に会ってみて頂戴《ちょうだい》よ。誰かに頼めば、つてはあるでしょう。あたし、どうしても、もう一度お澄さんにかえって貰わなければ気がすまないわ。妻として許されなくても、附添いとか、なんとか、ねえ。でないと、伯父さまはきっとあのまゝ、衰えておしまいになるわ」

いよいよ上野の会場へはいる時も、妙子はそう言って隆吉に念を押していた。一度あんな事があったものが、たといお澄が謝まり、伯父が許すといったとしても、昔の通りなれるかどうか、心許《こころもと》なく思っていた隆吉は、それに対しても生返事しか出来なかったが、いよいよお澄の居所が分るという昂奮で夢中になっている妙子は、少しもそんなことを気にかけているふうはなかった。

その日はちょうど祭日にあたっていて、それにお誂《あつら》えの上天気だったので、散歩がてらの客も含めて、会場はひとかたならぬ混雑を呈していた。だが、その混雑のなかに、何かしらふだんと違うものがあることを、会場へ一歩踏入れた刹那《せつな》、隆吉は気づいた。廊下を右往左往する、画家たちの様子に、どこか異様な昂奮が看《み》てとられた。

妙子はしかし、むろん、そんなことには気がつかない。彼女は一刻も早く、「X夫人の肖像」を見たい一心で、ほかの絵など、てんで眼に入らない様子だった。その絵は第三室にある筈だった。

ところが、その第三室へはいりかけた時である。隆吉夫婦はばったりと、古い友人の芳賀《はが》という画家に出会った。

「よう」

「よう。お揃いで?」

と、出会頭《であいがしら》の挨拶《あいさつ》だったが、その挨拶ももどかしげに、妙子が横から口をはさんで、

「芳賀さん、あたし『X夫人の肖像』という絵を見に来たのよ。どこにあって?」

と、訊ねたが、その時、隆吉は芳賀の顔色が変ったばかりか、周囲にいた人々がいっせいにこちらを振りかえったことに気がついて、何かしらはっと胸をつかれるものがあった。

「奥さん、お気の毒でしたね。あの絵はもうこゝにはありませんよ」

「え？　ないんですって？　それはどういう意味？」

「盗まれたんです」

「盗まれた？　いつ？」

今度は隆吉のほうが驚いて口を挟んだ。

「よく分らないんだけど、昨日《きのう》の閉場間際じゃないかと思うんだ。昨日はあの通り雨で、客も少かったし、こゝはとても暗かったのでね。隙を見て切りとっていったらしいんだよ。なに、そう大きいものじゃないから、ぐるぐる巻いて、外套《がいとう》か二重廻《にじゅうまわ》しの下にでも隠せば、分らずにすんだわけだよ」

「その絵ひとつだけ？」

隆吉はなにかしら、ギリギリと背骨に錐《きり》を揉《も》みこまれるような苦痛をかんじながら、そう訊《き》きかえした。妙子も、漠然とした一種の不安を感じたのか真《ま》っ蒼《さお》になっていた。

「うん、その絵一枚だけだ。狙ってやって来たらしい。八木君も気の毒だよ。近頃は災難つゞきで」

「何かあったんですの？　その方にまだほかに。……あたし、是非《ぜひ》、紹介して戴《いただ》きたいと思っていたんですけれど」

「えゝ、少し変なことがありましてね。君、茶でも飲みにいかないか。ひょっとすると八木君に紹介することが出来るかも知れない」

芳賀はなんの気もつかずにそう言った。

探《たず》ねる八木英三は喫茶室にも見えなかった。

「ねえ、芳賀さん、八木さんという方はどんな方ですの。まだ、若い方なんですの。あたしちょっとお訊きしたいことがあったんですけど」

「そう、それじゃいつか機会をこしらえて紹介しましょう。いゝ男ですよ。とても有望なんです。それだのに、今度のようなことで出鼻を挫《くじ》かれて、奴《やっこ》さん悄気《しょげ》なければいゝがと思うんですがねえ」

「そうそう、それで、近頃災難つづきだというのはどういうことですの」

妙子はどうしても、八木という画家の輪郭をつかまずにはいられない気持ちらしい。

「それがねえ、妙な事件でしてね。君たちも新聞で読んだにちがいないと思うんだが……なに、八木君自身に直接関係のあることじゃないのだが」

「どんな事ですの」

妙子はまえにおいた紅茶の冷えるのも構わずに、飽迄《あくまで》もこの問題を追究するつもりなのだ。

「御存じありませんか。僕も新聞のうえでだけ知っているんですが、何んでもねえ、鷺谷のほうにね、大きな工場が立つとかいうんで、古い家を潰《つぶ》していったんですよ。ところが、ある家の床下から古い人骨が出て来たんです。若い女らしいというんですがね」

「あゝ、そういう記事なら、僕も読んだような記憶がある。たしか一ケ月ほどまえだったね。しかし、その事件と八木君と、どういう関係があるんだね」

「つまりね、そこでその家の住人というのを、過去に遡《さかのぼ》って調べていったところが、そこに八木君が住んでいたことがあるんだよ。なに、八木君の住んでいたのは、もう五年もまえのことだがねえ」

妙子は大きく眼を瞠《みは》ったきり、なんとも答えなかったが、卓子《テーブル》の下で、激しく膝頭《ひざがしら》のふるえているのが隆吉にもわかった。隆吉も舌が上顎《うわあご》にくっついたまゝ、暫くなかなか口を利くことが出来なかった。

「で、八木君、なにかその白骨のことを知っていたのかね」

「むろん、知る筈がないさ。前に住んでいた奴か、あとから来た住人の仕業にちがいないやね。そこへ住んだことがあるというのが、つまり八木君の災難さ。警察へひっぱられたりなんかしてね、奴《やっこ》さん、大分《だいぶ》参ったらしい。幸い八木君の知合いのなかに、その年頃に相当する失踪《しっそう》者なんて、ひとりもなかったので、まあ疑いは晴れたわけだが、それを思うと、人間、借家住まいもうかうか出来ないわけだな。はゝゝゝは」

芳賀は腹をゆすって笑ったが、隆吉と妙子は、それに調子をあわせるのに、非常な努力を払わねばならなかった。

五

鷺谷——五年まえに住んでいた家——女の白骨——X夫人の肖像——そしてその肖像の紛失——そういうふうに考えてくると、妙子の頭脳にも、隆吉の頭脳にも、同じようなある恐ろしい想像が湧《わ》いて来る。

「ねえ、あなた、あなた何新聞でその記事をお読みになったの?」

芳賀に別れて帰り途《みち》、妙子が恐ろしそうに身顫《みぶる》いしながらそう訊ねた。

「何新聞って、当時の新聞にはみんな出ていたよ」

「で、なにか着物のことやなんか出ていなかった? その——白骨の——」

「妙子」

隆吉はふいに怖い表情《かお》をすると、

「お前、なんのことを考えているんだ。まさか、お澄さんが……」

「だって、だって……」

「まあ、お聴き、お澄さんは失踪してから、十日も経《た》ってからわれわれのところへ手紙を寄越したんだぜ。鷺谷で白骨になっている者が大阪から……」

「でも、でも、分らないわ。あたし、なんだか恐ろしくなって来たわ。あの絵、そして今の話——、八木さんという方が、きっとこの秘密を握っていらっしゃるのよ」

「そうです。僕がその秘密を知っています」

日はうららと照っていたが、なにしろ、鷺谷のほうへ抜ける淋《さび》しい林の中だった。落葉がしきりなしに降っている、そういう人気《ひとけ》のないところから、ふいに声をかけられたのだから、妙子がびっくりしてとび上ったのも無理はなかった。

振りかえってみると、黒いビロードのブルースに、紐《ひも》ネクタイを結んだ、色の白い男が、ひらひらと舞い落ちる落葉のなかに立っていた。長い髪が、パサパサと頬《ほお》にかゝって、唇の紅《あか》さが特別に目立っていた。ひと目で隆吉と妙子には、その男が何者であるかが分ったが、すると、名状しがたいある冷い感覚が、電流のように二人の心臓を貫いた。

「失礼しました。いま芳賀さんから、あなたたちのことをお伺《うかが》いしたものですから、急いで後を追っかけて来たのです」

「八木英三さんですね」

「そうです」

「僕を御存じですか」

「知っています。五年まえのある夜以来」

またもや、ある黒っぽい、じめじめとした感じが二人の胸を襲って来た。

「それはどういう意味ですか」

「お話しましょう。いつかはお話しなければならぬと思っていたのです。ちょうどよい機会です。こういう林のなかでお話するに、ふさわしいような話です」

八木の瞳には、ちらと暗い翳《かげ》がさした。すると、白い頬や、長い髪の毛や、特別に紅い唇が、何んともいえぬほど淋しい翳を宿して見えた。

妙子は隆吉のうしろにかくれるようにして、この奇妙に悲しげな画家の顔を見詰めている。その足下で、落葉がざわざわと風に吹かれて舞った。

「いま奥さんは、僕の住んでいた床下から出て来た白骨が、どんな着物を着ていたか、お訊ねの様子でしたね。家へ帰って新聞をお調べになる迄もなく、僕の口からお話しましょう。その白骨はボロボロになった矢絣の着物を着ていて、右の大臼歯《だいきゅうし》に金冠がかぶせてあったそうです」

あっというような叫びが、妙子の唇から洩《も》れた。彼女は必死となって、良人《おっと》の袂《たもと》に縋《すが》りながら、しかし、その瞳《め》は八木英三の表情に釘《くぎ》付けになっている。

「誰が——誰がその死体を埋めたのです？」

「僕が埋めたのです。しかし、誤解なすっちゃ困ります。その女《ひと》を殺したのは、僕じゃありません」

妙子は再びあっというような叫びを洩らしたが、相手はそれにはお構いなしで話しだした。

「これは奥さんのまえで、お話するような話ではありません。しかし、また考えようによっては、是非奥さんにお話しておかねばならぬ話でもあるのです。あなた方がおたずねの女《ひと》は、五年まえから既にこの世のものではないのです。人手にかゝって殺されたのですよ」

「誰に――誰に――？」

隆吉が喘《あえ》ぐように訊ねた。

「僕も知りません。しかし殺されたことだけは確かです。お話しましょう。誰もほかに聴いている者はありませんから」

八木は林の中を見廻しながら、さて、ゆっくりと、つぎのような話をしたのである。

「いまから五年まえの、忘れもしない四月十七日の晩でした。あなた方御夫婦もきっと、その晩がじめじめとした雨催《あめもよ》いの夜だったことを覚えていらっしゃるでしょう。その晩僕は、鶯谷の駅から自分の家のほうへ歩いていたのですが……そう、時刻はかれこれ十二時すぎのことだったでしょう。

僕の家のすぐ近くに、大きな空屋敷があります。あなた方もよくあの辺へいらっしゃるから御存じでしょうが、もと蟇大尽《がまだいじん》といわれた成金《なりきん》が住んでいたところから、附近では蟇屋敷と呼ばれています。その蟇屋敷の塀外《へいそと》に、若い女《ひと》が虫の息で倒れているのに、僕がつき当ったのです。その女《ひと》はひどい怪我《けが》で……というより、恐ろしい刺傷《さしきず》をうけて、もう、とうてい助かる見込みはありませんでしたが、それでも僕が驚いて助けを呼ぼうとすると、必死となって僕に縋りつきながら、どうか人を呼ばないでくれと頼むのです。

僕も当惑しましたが、しかしそのまゝには捨てゝおけませんので、すぐ近くの自分の家へ担《かつ》ぎ込みましたが、その女《ひと》はどうしても医者を呼ぶことを承知しないのです。そして、後生《ごしょう》だから、誰にも知られぬようにこのまゝ死なせて欲しいというのです。瀕《ひん》死《し》の苦悶《くもん》のうちにありながらも、そういう彼女の表情には、何かしら容易ならぬ固い決心のいろが見えました。それで、僕が躊躇《ちゅうちょ》していると、その女《ひと》は僕に、ペンとレターペーパーを貸してくれといいました。僕が渡してやると、いま考えても不思議なほどの気力で、二通の手紙を書きあげたのです」

そう言って、八木英三はじっと隆吉夫婦の顔を眺めていたが、やがてまた、その恐ろしい話の続きをはじめた。

「さて、二通の手紙を書き終ると、その女《ひと》は端然と正座して、真正面から僕の顔を見ながら、あなたは正直そうな、信頼の出来そうな方だから、こゝに折《おり》入《い》ってお願いがあるといいます。よろしい、何んでも言って御覧なさいと言いますと、わたしが死んだら、誰にも知らせずに、人知れずどこかへ死骸《しがい》を埋めてくれというのです。僕も驚きました。それで何かいおうとすると、その女《ひと》は激しく手を振って僕を制《と》めながら、いやいや、お願いというのはこればかりではない、もっと恐ろしいことを頼まねばならぬというんです。で、どういうことかと訊ねてみると、蟇屋敷の邸内にある古井戸に、もうひとつ死骸がある筈だから、これも人眼につかぬよう、古井戸を埋めてくれというんです」

隆吉も妙子も一言も口を利くことが出来なかった。蒼褪《あおざ》めた頰に、ちらちらとしきりなしに落葉が舞いかゝったが、二人ともそんなことに気がつかぬ程、茫然《ぼうぜん》としていた。

「僕はいよいよ驚いて、いったい、誰がそんなことをしたのだ、そして、その古井戸にある死体とは何者だと訊ねると、その女《ひと》は暫く黙って眼をつむっていましたが、やがてくわっと焼けつくような瞳を僕に向けると、その死骸は悪い男です。そしてわたしに耐えがたい侮辱《ぶじょく》を与えようとしたから、わたしが殺したのです。そして、わたしは自殺するのですという返事です。しかし、僕にはすぐ、彼女の言葉が嘘《うそ》だということが分りました。何故といって、その女《ひと》の傷は、とても自分の手で突けるような場所ではないのです。それで僕が黙っていると、その女《ひと》は構わずに、さっき書いた二通の手紙を僕のほうへ押しやりながら、今夜から十日ほどたったら、どこか遠いところから、この手紙を投函《とうかん》してくれ。その旅費には、わたしの指輪や、時計などを売ってあてゝくれ。もしあまったら、あなたに差上《さしあ》げますから、どうとも御自分の好きなようにしてくれという頼みです。そして、それだけいうと、僕の返事も待たずに死んでしまいました。そして、僕が結局、彼女の願い通りにしたことは、あなたも御存じの筈です。僕が大阪から投函した手紙の一通は、あなたがたの手にとゞいた筈ですから」

八木はそこで言葉を切った。しいんとした沈黙が、水のように三人のあいだを流れた。やがて妙子のしくしくと咽《むせ》び泣く声が、雨垂れの音のように、遣瀬《やるせ》なく隆吉の背後から洩れて来た。

「僕が何んで、そんな恐ろしい頼みを引受けたか、その秘密をあなたがたは御存じですか。僕だって、そんなことをして、発覚したら法に問われることは知っていました。しかし、それでいて、その女《ひと》の頼みを引受けずにいられなかったのは、その女《ひと》の健気《けなげ》さに打たれたからです。僕はすぐ、この事件の秘密を看破してしまいました。井戸の中の死体——それはまだ若い男でしたが——も、その女《ひと》も、同じ人物の手にかゝって殺されたことは明《あきら》かでした。それでいて、その女《ひと》は、自分を殺した人物を必死となってかばおうとしていたのです。僕はその恐ろしいまでに深い愛情——犯人に対するその女《ひと》の愛情に打ち負かされたのです。さあ、僕の話というのはこれきりです。今度の『X夫人の肖像』の事件から、僕はまた、警察でいろいろ取調べを受けることでしょう。ひょっとしたら、警察でも、あの絵と、床下の白骨がまとうていた矢絣の着物との関係を、嗅《か》ぎつけるかも知れません。しかし、もしあなたがあの人に会ったら言っておいて下さい。僕の口から、この秘密が洩れることは決してないと……」

「しかし、しかし、あの絵を盗んだのは？」

八木英三の眼と隆吉の眼がそこでピタリと会った。二人はすぐに、相手が理解していることを諒解《りょうかい》しあった。

「僕は知りません。しかし、あの絵を持ちかえったあの人物こそ犯人でしょう。じゃ、さようなら、あの人に会ったらよろしく言って下さい。X夫人の肖像の主《ぬし》は、最後まであの人を愛しつゞけていたのだと……」

八木英三は落葉のなかを風に吹かれながら、蹌踉《そうろう》として立ち去っていった。

その夜おそく、隆吉夫妻は激しく表戸を叩く音に呼びさまされた。訪れて来たのは、伯父の家に召使《めしつか》われている老婢《ろうひ》で、その口から、伯父の晋作が急死したことを知らされた。

夫婦が取るものも取りあえず、鶯谷へかけつけると、晋作は床の間に「X夫人の肖像」を飾り、そのまえに香花を手向《たむ》けて、従容《しょうよう》として服毒していた。遺書はなかったが、その原因は明《あきら》かだった。その枕下に、あの白骨事件の切抜きがおいてあり、そして、その記事の、次《つ》ぎのような一節に圏点《けんてん》がほどこしてあったから。

白骨は矢絣の衣類をまとい、右の大臼歯に金冠をかぶせあり、死後五年ぐらい経過するものと認められている

八百八十番目の護謨《ゴム》の木

日時計の遺書

銀座《ぎんざ》のニュース映画劇場をとび出して来た三穂子《みほこ》は、唇の色まで真蒼《まっさお》になっていた。

いま見て来た文化映画「南十字星」のある場面が、くっきりと眼底に焼きつけられて、三穂子の心臓は昂奮《こうふん》のために、早鐘《はやがね》を撞《つ》くように躍っている。

「あれだわ。あれだわ。日時計に書かれていたあの恐ろしい文字の意味はあれなんだわ」

あまり意外な発見に、口のなかがからからに乾いて、いまにも息がとまりそうだった。

「あゝ、どうしよう、どうしよう、これで慎介《しんすけ》さんの冤罪《えんざい》は分ったけれど、でも誰がこんな妙なことを信じてくれよう。でも、間違いはないわ。緒方《おがた》さんが死ぬ間際に、血で書いた文字の意味はあれだったんだわ」

銀座の舗道《ほどう》が波のようにゆれて、三穂子は感動のために泣き出しそうだった。いまや恋人を救う秘密の鍵は自分の手に握られている。三穂子がいま発見した事実に間違いないとしたら、彼女の恋人にかゝっている殺人の嫌疑は、少くとも一応は解消するわけだった。

だが、この発見をいったいどこへ持ち出せばいゝのだ。警察が自分の言葉を素直に信じてくれるだろうか。それはあまりにも物語めいた発見だし、第一その証拠というのは、海を越えた遠い向うの国にある。

「あゝ、慎介さん、慎介さん、あなたはいまどこにいらっしゃるの。あなたはあれにお気附きにならなかったの。お気附きになったのなら、なぜ逃げ隠れしないで、警察へ出てありのまゝお申立《もうした》てにならなかったの？」

三穂子はふと、今から三月《つき》ほどまえに起ったあの恐ろしい事件を思い出すと、思わず賑《にぎ》やかな銀座のまんなかで身顫《みぶる》いするのだった。

大谷《おおたに》慎介——これが不幸な彼女の愛人の名前なのである。三穂子がこの青年と識合《しりあ》ったのは、いまから数年まえのことだった。

その頃両親を失って、伯母《おば》の厄介《やっかい》になっていた三穂子は、その隣家に下宿して、苦学しながら外語へ通っていた慎介にしだいに引きつけられていった。慎介も幼い頃、両親をなくした孤児だったが、そういう似通った境遇が二人を結びつけたのだろう、慎介と三穂子の間には、いつか結婚の約束まで出来ていた。

外語では慎介は、馬来《マレイ》語を専門に勉強していた。将来南方へ雄飛したいというのが、慎介の年来の希望だったが、その夢がかなって、学校を卒業するとすぐ、慎介はこの上もない就職口にありつくことが出来た。南洋で護謨《ゴム》園《えん》を経営している緒方順蔵《じゅんぞう》という人物に見込まれて、その秘書ということに話がきまったのである。

「三年待っておくれ。三年の間に僕も地盤を築いて来る。そうしたらきっと君を迎えに来るから、それまで待っていておくれね」

三穂子にそう固い約束を残して、勇躍南洋へ渡航した慎介だった。しかも南洋における慎介の境遇は、予想以上に幸運だったらしい。彼の主人緒方順蔵という人は、赤手空拳《せきしゅくうけん》南洋へ渡って、現在の地位を築きあげた成功者の一人だったが、愛する妻を異郷の地に失ってからは、二度と娶《めと》らず、子供とてない淋《さび》しさからか、慎介をわが子同様に可愛《かわい》がって、いくいくは自分の後継者と目している。……と、そういう慎介からの便りを受取《うけと》るたびに、三穂子の胸は希望でわくわくするのだった。

こうして三年たった。待ちに待った約束の日が、とうとうやって来たのだ。

　慎介からは近く緒方氏とともに帰国するからその時結婚式を挙げよう、そして新婚旅行は南十字星の下だ、君もそのつもりで用意していてくれというような嬉《うれ》しい便りがやって来た。

「あの時はどんなに嬉しかったろう。いえいえそれより、横浜港で三年ぶりに、逞《たくま》しく日焦《ひや》けしたあの人の顔を見たときの嬉しさ、それだのに、あゝ、それだのにあんな恐ろしいことが起って……」

　と、三穂子はその時のことを思い出すと、いまでも胸が潰《つぶ》れそうになる。

　緒方氏は南洋の土になる覚悟をきめているので、内地には家《うち》も持っていなかった。だから日本へかえって来ると、いつも自分の事業共同者、日疋龍三郎《ひびきりゅうざぶろう》氏のところへ逗留《とうりゅう》することになっている。

　日疋龍三郎というのは、緒方氏のかつてのよき共同者、日疋専市《せんいち》氏の令息で、専市氏の死後は自らその椅子をついでいるが、まだ三十前後の年若い独身者、病身のせいかめったに南洋へ渡ったこともなく、内地にあって専《もっぱ》ら護謨園の代理店みたいな事をやっている。

　緒方氏と慎介は、ひと先《ま》ず鎌倉《かまくら》にある、その龍三郎氏の邸宅に旅装をといたが、その夜、恐ろしい事件が突発したのである。

　真夜中ごろだった。

　庭のほうからけたゝましい悲鳴が聞えて来たので、下男《げなん》のひとりが驚いて飛び出してみると、寝間着《パジャマ》一枚の緒方氏が、月光に濡《ぬ》れた日時計にもたれかゝってぐったりとしている。見ると、その背中のあたりから真赤《まっか》な血がぶくぶくと吹出《ふきだ》しているから下男も胆《きも》を潰《つぶ》した。

「あ、旦那《だんな》、だれが――誰がこんなことを！」

　怒鳴ったが、緒方氏は咽喉《のど》をゴロゴロ鳴らしただけで、口を利くことも出来なかった。そのまゝくなくなと芝生のうえに倒れそうになるのを、下男がしっかり抱きとめて、

「しっかりして下さい。旦那、あゝ、誰か来てえ、大変だ、大変だ、人殺しだ！」

その声を聞きつけて、邸内は俄《にわ》かに騒がしくなったが、その時だ、緒方氏が最後の力をふりしぼり、血に濡れた指で日時計のうえに書いたのは、O谷《オーたに》と、唯《ただ》それだけ、そのまゝ緒方氏は召使いの胸に抱かれて息絶えてしまったのである。

O谷、——妙な書きかただが、むろん大谷のことに違いない。緒方氏は実に、断末魔《だんまつま》の際に慎介の姓を日時計のうえに書残《かきのこ》したのだ。

それから後のことは、思い出しても三穂子はぞっと身内が寒くなる。被害者がそう書残した以上、慎介に殺人の嫌疑がかゝるのは尤《もっと》もだった。しかも慎介は、それに対して一言の弁解もなく、突如姿をくらましてしまった。

逃亡こそもっとも雄弁な告白なのだ。だから今では誰一人、慎介の有罪を疑うものもなく、爾来《じらい》三ケ月、彼の行方は厳重に捜索されている。

だが……あゝ、だが、三穂子はいまや慎介にかゝっている疑惑の一端を解くことが出来たのだ。少くともO谷と書かれた日時計の文字が、慎介をさしているのではなく、もっとほかのものを示している事を発見したのだ。それが何を意味しているのか、まだよく分らなかったけれど。……

三穂子は昂奮と激動のために、まるで酔い痴《し》れたような歩調《あしどり》で、銀座の舗道を歩いていく。

映画は語る

「日疋様でいらっしゃいますか。私磯貝《いそがい》三穂子でございます。はあ、大谷慎介のことで二三度お眼にかゝりました。……その節はいろいろ御心配をおかけいたしまして。……ところで、あの、突然でございますけれど、私あのことでとても妙なことをきょう発見いたしましたの、緒方さんが日時計の上に書残されたあの文字、……それについて、こうではないかと思われるような事実を発見したのでございますけれど、あの、恐入《おそれい》りますが御都合がつきましたら、すぐお出掛け下さいませんでしょうか。私、いま銀座のS屋の二階にいるんですけれど。あの、お出掛け下さいますか、有難《ありがと》うございます。では、恐入りますがどうぞ、どうぞ……」

三穂子が銀座のS屋から、日疋龍三郎に電話をかけたのは、あれから三十分ほど後のことだった。

警察へ訴えて出るにしても、三穂子は一応誰かに、自分の意見を聞いておいて貰《もら》いたかった。といってこんな事を打明ける然《しか》るべき知人を一人も持たぬ彼女は、さしあたり日疋龍三郎よりほかに思いあたる人物はなかった。

龍三郎とはあの事件以来、二三度会ったことがあるきりで、冷い、取っつきの悪い人だと思っていたが、いま、三穂子が電話をかけると、相手も非常に驚いたらしく、すぐ出向いていくという返事。

三穂子がいらいらしながら待っていると、やがて龍三郎の黄色い顔がS屋の階段から現れた。それにしても、慎介とあまり年齢《とし》も違わないのに、何《な》んという大きな相違だろう。慎介のあのピチピチとした若さに引きかえ、龍三郎と来たら、まるで老人のように皮膚が艶《つや》気《け》を失って、眼のふちにはいつも黒い隈《くま》が出来ている。過度の飲酒と享楽は、三十歳の若さにして、早くも惨《みじ》めに龍三郎のからだから、青春を蝕《むしば》みつくしているのだった。

しかし今の三穂子にはそんなことを考えているひまもない。

「あ、よくいらして下さいました。突然で失礼かとも思ったのですけれど、あたしどうしていゝか分からなかったものですから……」

「いや、そんな事はどうでもいゝが、で、あなたの発見というのはどんな事なんですか。だいぶ昂奮していられるようだが」

「えゝ、それが大変妙なことでございまして……」

と、三穂子は腕時計《リスト・ウォッチ》に眼をやりながら、

「あゝ、ちょうどよろしゅうございますわ。間もなくあれがはじまる時分ですから、あなたの眼で一応鑑定して戴《いただ》きたいのですけれど」

「あれって、何がはじまるんです」

「それが、……あの……映画なんですの」

「映画？」

龍三郎は啞《あ》然《ぜん》として三穂子を見詰めている。

「えゝ、そうですの。あたし半年ほどまえに、その時分まだ南洋にいた大谷から手紙を貰ったことがございますの。内地から文化映画の撮影班が来て、目下『南十字星』という映画をとっている。その中に自分の働いているオガタ護謨園の風景もうつっているから、内地で封切されたら、是非《ぜひ》見てくれるようにと云《い》って来たんです。ところが今日新聞を見ると、その『南十字星』が銀座で封切されている模様なので、何気なく見に来てみると……」

「何かあったんですか、その映画に……？」

「えゝ、緒方さんが死ぬ間際に、日時計のうえにお書きになった文字、あの秘密がハッキリと分ったんです。でも、こんな事私の口から申上《もうしあ》げるより、一度見て戴いた方が早道ですわ。あ、間もなく始まる時間です。御足労ですけれど、是非どうぞ、どうぞ……」

　懇願するような三穂子の眼を、龍三郎は呆気《あっけ》にとられたような表情《かお》で見返していたが、それでも相手の熱心に、しだいに動かされて来たらしい。

「そうですか。それじゃとも角《かく》お伴《とも》しましょう」

　と、それからすぐに連れ立って、さっき三穂子がとび出して来たばかりの、ニュース劇場へ入っていったが、恰《あたか》もよし、いま問題の「南十字星」がはじまろうとするところだった。

　だいたいこの映画は、南洋における邦人の活躍を、手際《てぎわ》よく纏《まと》めた一種の宣伝映画だったが、その一部分に、蘭領《らんりょう》ボルネオにあるオガタ農園の風景もおさめられているのだった。

「気をつけて下さい。もうすぐですから」

　三穂子の注意に龍三郎が、眼を皿のようにしてスクリーンを見詰めていると、やがて珍奇な南洋風物の紹介につゞいて、オガタ農園の整然たる労働が繰りひろげられていく。

　――オガタ農園は蘭領ボルネオの西部にあり、邦人経営の護謨園としてはもっとも成功せるものでございます。あの第一次欧州戦争後の大不況時代、他の邦人たちが多く失敗して引上《ひきあ》げた中に、オガタ農園のみは主《あるじ》緒方順蔵氏と共同者日疋専市氏の血のにじむような苦心の結果、遂に今日の成功をかち得たものであります。その経営たるや実に秩序整然たるもので、一齣《いっせき》に百本ずつ植林された護謨の木は、碁《ご》盤《ばん》の目のように整然とならび、しかもその一本一本にはO《オー》の印《マーク》とともに、植林番号が彫りつけられてあります。これによって、護謨の木の数を一目にて知り得るはいうまでもなく、病木、枯死、補植など一目瞭然、判明するようになっているのであります。

……

と、そういう解説と同時に映出《うつしだ》された護謨園の護謨の木には、なるほど、一本一本、O一〇〇〇、O一〇〇一というふうに、彫りつけられているのである。

「あれです。証拠というのはあの番号ですわ」

低声《こごえ》に囁《ささや》く三穂子の言葉に、

「あれって、あの植林番号ですか」

「そうですわ。まだお分りになりませんか？　一〇〇〇という数があるくらいなら、当然、八八〇という数もなければなりません。八八〇——これを、いま息を引取る間際の人が、おぼつかない手附きで書いたとしたら……」

突然、龍三郎はぎくりとして椅子のうえから尻を浮かした。

八八〇——あゝそうだ、そういえば、日時計のうえに書かれていた谷という字には、どこか妙なところがあった。龍三郎はいまでもハッキリ思い出す事が出来る。それは次《つ》ぎのような恰好《かっこう》だった。

あゝ、それではあれは谷という字ではなく、八八〇という意味だったのか。

「ねえ、お分りになりまして。あれは大谷という名前ではなかったのです。O八八〇という番号だったのですわ」

「しかし、しかし……それはまたどういうわけなのです。何んだってまた、緒方氏は死ぬ間際に、そんなことを書き残したのでしょう」

「それは私にも分りません。でも、その護謨の木に、——八百八十番目の護謨の木に、何か秘密があるのでございますわ。加害者の名前より、もっと大事な秘密が……」

鸚鵡《おうむ》の声

炎《も》ゆる太陽、緑玉色《エメラルドグリーン》の海、砂は白く、椰子《やし》の葉は青く、すべてが赤道直下の毒々しい原色に塗りつぶされた、こゝは西部ボルネオの一開港地。

いましもシンガポールから入って来た一汽船から、この港の桟橋《さんばし》へおり立った二人づれの日本人がある。いうまでもなくこの二人づれとは、日疋龍三郎に磯貝三穂子だ。

はるばると来つるものかな。——三穂子はいまさらのように、この熱帯の奇異な港におり立って、感慨無量なるものがあった。

時恰《あたか》も、支那《シナ》事変が起ったばかりの時で、蘭印《らんいん》いったいにかけても、ものものしい雰囲気《ふんいき》がかんじられ、ふつうならば、日本人の上陸はなかなか容易ではなかったのだろうけれど、龍三郎はオガタ護謨園の共同経営者でもあり、今度は護謨園整理のためという名目もあったので、上陸許可にそう大してひまもかゝらなかった。三穂子はその女秘書という触込《ふれこ》みなので、これまた大した取調《とりしら》べもなく。

「さあ、こゝまでは無事に来たけれど、これから先がたいへんですよ」

「護謨園まではまだ大分ありますの?」

「そうですね。この町から六十キロあまりも河を遡《さかのぼ》らねばなりません。しかもその河と来たら鰐《わに》がうようよするほどいるんですよ。行ってみる勇気がありますか」

「えゝえゝ、ございますとも。あたしあの八百八十番目の護謨の木をみるまでは、どんなことがあってもこの旅行を思いきりませんわ」

龍三郎は奇妙な薄笑いをうかべながら、

「いや、なかなか大した勇気ですな。行ってみて、落胆《がっかり》というようなことにならなければいゝですがね」

「あら、それはどういう意味ですの」

「いやね、君がせっかく意気ごんでいるところだから、こんなことは云いたくなかったけれど、どうも僕には君の発見には信用がおけないような気がするんだ。だって、何んだかあまり物語めいているんだからね」

「あら、じゃ、八百八十番目の護謨の木なんて、ないと仰有《おっしゃ》いますの」

「いや、それはあるだろう。しかし、あったところでたかが護謨の木だ。遠い内地の空で起った殺人事件なんて、知っている筈《はず》がないと思うんだがね」

「それは、いずれ問題の木を見てからのことですわ。もしその木に、何んの秘密もなかったら、あたし断念《あきら》めますわ」

「いや、諦《あきら》めるなら、いまから諦めた方がいゝね。やっぱりあれは大谷という意味だったんだよ。君には気の毒ながらね」

その日は町にある、都《みやこ》ホテルという日本人の旅館へ一泊することになった。こういう異郷にも日本人の経営する旅館があるかと思うと、三穂子は心強かったが、それに引きかえ、この港へ上陸するやいきなり、がらりと変った龍三郎の態度が、なんとなく気になってならぬのだ。

今度の旅行に出るについては、実は三穂子は、さんざん龍三郎に奨《すす》められて、ついその気になったのだった。彼女のつもりでは、まさか赤道直下までやって来る気はなく、一応龍三郎の意見を叩いたうえで、あとは警察へ一任するつもりだった。それを龍三郎の熱心な勧めで、ついその気になったばかりか、これまた彼の意見にしたがって、自分の発見を、誰にも話さずに来たことが、今更のように気にかゝる。龍三郎に、何か腹黒い企《たくら》みでもあるのではあるまいか、……そんな事を考えると、この熱帯に身をおきながら、ゾッと氷につゝまれたような薄ら寒さだった。

都ホテルの主人は志賀《しが》という広島の者で、もう二十年ちかくもこの地に旅館をひらいているという事だったが、この辺には珍らしい年若い、しかも美しい内地娘の三穂子を見ると、眼をすぼめて喜んだばかりか、いろいろと面白い話もきかせてくれた。

龍三郎はホテルへ着くと、あらかじめ彼の電報で来ていた馬来人《マレイ》と一緒に、どこかへ出かけてしまって、ホテルのロビーには志賀と三穂子の二人きり。三穂子にはいよいよ龍三郎のことが気がかりになっていた。

「ねえ、あの日疋さんという人は、ときどきこちらへ来ることがあるんですの？」

「そうですね。まあ一年に一度か、二年に一度くらいでしょうね。来てもすぐ引上げてしまいます。あの人にゃ、熱帯で汗を流して労働するより、銀座あたりで女の尻でも追っかけている方が性《しょう》にあっているんでしょうよ」

三穂子はそれを聞くと顔を赧《あか》くした。

「いや、これは失礼、お嬢さんのことをいってるんじゃありませんよ。お嬢さんのことなら、大谷さんからよくお名前を聞いていましたよ。お目にかゝれてこんな嬉しいことはありませんよ」

「あら！」

三穂子は嬉しげに、

「じゃ、あの方を御存じなのね」

「知ってますとも。この辺の日本人で私の知らないのはありませんや。町へ来るといつも寄ってくれましてね。いゝ青年でさ。海外で成功するには、あれでないといけません。大胆で、奇智があって、それで誠実ですからね。誰にでも可愛《かわい》がられますよ。ちょうど緒方さんや、龍三郎の親爺《おやじ》さんの専市さんというのが、若い時分、あれでしたがね」

「まあ、ずいぶん古いことまで御存じね」

「そりゃ……何しろ私はこゝの草分けですからね。それにひきかえて、意気地のないのはあの龍三郎の奴ですよ。あれじゃ親の面汚《つらよご》しでさ。もっとも、彼奴《あいつ》は専市さんの実子じゃなく、死んだ女房の連子《つれご》ということですがね。それでも、緒方さんは旧友に対する誼《よし》みを思えばこそ、あゝして共同者《パートナー》としているんですが、彼奴に、大谷さんの血が半分でもあればねえ」

志賀は溜息《ためいき》をつくと、

「おっと忘れてました。それにしても緒方さんはお気の毒なことになりましたねえ。それに大谷さんがその下手人《げしゅにん》だなんて……そんな馬鹿なことがあるもんかって、こゝの日本人はみんな憤慨してますよ」

「えゝ」

と、三穂子は思わず泪《なみだ》ぐみながら、

「その事であたしもはるばるこゝまで来たんですけれど、ねえ、小父《おじ》さま、慎介さんが犯人でないとしたら……いえ、犯人でないことは分りきってますけれど、そうだとすると、いったい誰が犯人でしょうねえ。小父さま、何か心当りはございません？」

「分ってますよ。彼奴《あいつ》ですよ」

「彼奴？」

「そう、彼奴でさ。私ゃちゃんと知ってるんだ。あいつのほかに誰が緒方さんのような善人を殺すもんですか」

「小父さま、いって頂戴《ちょうだい》。あいつって誰のことですの？」

「分りませんか、お嬢さん、あいつというのは……」

云いかけたが、志賀はそのまゝピタリと口を噤《つぐ》んでしまった。その時ホテルの入口から、龍三郎がはいって来たからである。

龍三郎はゾッとするほど物凄《ものすご》い眼で、しばらく二人の様子を眺《なが》めていたが、やがて、乾いたような笑声を立てると、

「は、は、は、は、いやに話が持てるね。志賀君、あまり冗《くだ》らんことをこの人の耳に入れるもんじゃないぜ」

そういいながら、疑い深《ぶ》かそうな眼で、三穂子の様子を凝視《みつ》めていたが、その時だった。ふいに妙な声が、控室《ロビー》中にとゞろき渡った。

「ミホコサン――ミホコサン！」

あっと驚いた三人が、声のする方を振返《ふりかえ》ると、窓に吊《つ》るした鳥籠《とりかご》の中で、羽根の美しい鸚鵡《おうむ》が首をかしげて、さも得意げに、

「ミホコサン――ミホコサン！」

「まあ！」

三穂子は思わず息をのんで、
「この鸚鵡、どうしてあたしの名を知っているのでしょう」
「妙ですね。これは昨日やって来た、薄穢《うすぎたな》い髯《ひげ》ぼうぼうの支那苦力《クーリー》がおいていったものなんだが……」
小首をかしげて呟《つぶや》く志賀の言葉を聞くと、龍三郎は何故《なぜ》かさっと顔色をかえたのである。

熱帯の太陽

碧黒《あおぐろ》く淀《よど》んだ水が流れるともなく緩《ゆる》い屈曲をえがいて、大密林を貫いている。

両岸を見るとどこもかしこも森また森、マングローブが根をさかしまに植えたように奇怪な幹をつらねて、その密林の尾根を、おりおり猿の大群が渡っていく。まったく人跡未到の大密林だった。仰《あお》げばその密林に区劃《くぎ》られた空のうえに、ぎらぎらするような太陽が、わがもの顔にきらめいて、曲り角の三角洲《デルタ》には鰐が群《ぐん》をなして甲羅《こうら》を干している。

そういう河の上を、ゴトンゴトンと単調な音を立てゝ、いましも一艘《そう》の小蒸気が遡行《そこう》していく。甲板のうえには支那人や馬来人《マレイ》や、蘭人と土人の混血児が、死んだように蹲《うずく》まって、誰ひとり口を利く者もない。三穂子は懶《ものう》げな眼でこういう風景を見ながら、頭脳《あたま》のなかでは果しない想いを追いかけていた。

いったい、都ホテルのあの鸚鵡を持って来た支那人というのは何者だろう。どうしてあの鸚鵡が自分と同じ名を口走るのだろう、いやいやそれより、昨日都ホテルの主人が云いかけた、犯人の名というのが気にかゝる。今朝、河岸《かし》の波止場まで見送りに来てくれた志賀が、妙に落着《おちつ》かぬ物腰で、

「気をつけて下さいよ。こゝから奥へ入るとそれこそ法律の圏外みたいなところですからね。気をつけて下さいよ、殊《こと》に龍三郎のつれのあの馬来人《マレイ》に用心したほうがいゝですよ」

と、早口に囁《ささや》きながら、そっと彼女に握らせてくれた一挺《ちょう》のピストル。三穂子がスカートの下でそのピストルを握りしめながら、向うを見ると、龍三郎があの馬来人《マレイ》とならんで何やら熱心に話している。

この馬来人《マレイ》は名前をヌクラといって、どうやら白人の血が混《まじ》っているらしい。妙に狡猾《こうかつ》そうな眼で、ときどきこちらを振返るのが、三穂子にはなんとなく気がかりだった。やがてヌクラが何やら囁くと、龍三郎もこちらを振返り、にやりと笑うと、

「鰐が……」

と、顎《あご》で三角洲《デルタ》のほうをさし示す。三穂子もなにげなく、三角洲《デルタ》に甲羅を干している、あの嫌《いや》らしい鰐の群に眼をやったが、やがてまた龍三郎のほうを振返ったとたん、相手の眼にうかんでいる奇妙な光を見つけて、思わず鳥肌の立つような冷気を感じた事である。

やがて日が暮れて夜になる。密林の空には美しい月が出て、どこかでカメレオンのけたゝましい声が聞える。おりおり黒い虹《にじ》をかけつらねたように、巨大な蝙蝠《こうもり》が空をわたっていく、三穂子はそのたびに熱帯の夜のうすら寒い風景に身をちゞめるのだった。

「あの、オガタ農園はまだなかなかでしょうか」

「そうだね。向うへつくのは明方《あけがた》になるだろうよ。

寝室へはいって寝てたらいゝだろう」

甲板には支那人、馬来人《マレイ》がいぎたなく眠っている。三穂子は寝室へさがったが、なかなか眠るどころではなく、ともすれば頭脳《あたま》のなかを去来するのはあの奇妙な護謨の木のこと、恋人大谷慎介のこと。

明方ごろ、機関《エンジン》の音がしだいに弱くなって来たので甲板へ出てみると、さしもに広い大密林もしだいに疎《まばら》になって、ちらほらと番人の小屋が見える。やがて船は河岸につき出た粗末な桟橋《さんばし》に横着けになった。

「さあ、着いた。気をつけて降りたまえ」

桟橋におりて見ると、意外にその辺はひらけていて、小高い丘のうえまで坦々《たんたん》たる路がついている。オガタ農園はその丘のうえにあった。見るとヌクラはすでに番小屋にあずけてあった馬車に乗りこんで二人を待っている。

「あの、この辺には日本人はいないんですの」

「いや、いることはいるがね。あいつらに会うとうるさいから」

いかにも素《そ》っ気《け》ない調子だった。さっさと馬車に乗りこんだ龍三郎のあとから三穂子も仕方なしについて乗る。

ガタ馬車に揺られること三十分、二人が辿《たど》りついた荘園は思ったより立派な建物で、さすがに緒方氏が永住の覚悟をきめていただけに、植民地などによくある腰掛式な建物とは趣《おもむ》きがちがっていた。

「どうだね。問題の護謨《ゴム》の木を見るかね」

「えゝ、でも護謨園はまだ奥のほうでしょう？」

「いや、ところがあの一本に限ってこの荘園の中にあるんだ。というのは緒方氏が八百八十番目の護謨の木を植えようとした時、あの人の奥さんがなくなってね。で、その紀念《きねん》にその一本だけは荘園の裏に植えて、愛妻の墓標としたのだ。来たまえ、すぐそこだ」

そういう龍三郎の様子にも、一刻もはやくそこへ行きたい素振《そぶ》りが見える。三穂子は油断なくピストルを握りしめながら、龍三郎とヌクラのあとからついていったが、荘園の裏側はまた緩い下り坂になっていて、その坂を下りきると、十数丈の崖下《がけした》に、さっき遡行してきた河の支流だろう、白い流《ながれ》が光っている。対岸は千古の大密林、八百八十番目の護謨の木は、その崖上の柵《さく》の中に立っていた。

「さあ、これこそお望みの護謨の木だ。よく御覧《ごろう》じろ」

せゝら笑うような声なのである。なるほど粗《あら》い樹皮を削って〇八八〇の印が彫ってある。

三穂子は思わず胴顫《どうぶる》いしながら、

「日疋さん、あたしにはわからない。この護謨の木がどういう秘密を抱《いだ》いているのか、あたしには見当もつきません。でも、この世に唯《ただ》二人それを知っている人があります」

「誰だね、それは？」

「あなたです。あなたとヌクラです。二人はそれを知っていればこそ、いまこゝへやって来たのです。さあ、その秘密というのをあたしに話して頂戴」

龍三郎はヌクラと顔を見合せていたが、やがてふふんとあざ笑うように鼻を鳴らすと、

「なるほどよく云った。それじゃ話してあげるがね、これは僕だけが知っている秘密だが緒方氏はこの護謨の木の下を、金庫がわりに使っていたんだ。この辺じゃときどき恐ろしい強盗団が徘徊《はいかい》することがある。二三度それにやられた緒方氏は、それ以来大事な品や書類を手提金庫《てさげ》に入れ、この護謨の木の下へ埋めておいたのだ。つまり亡妻の霊がそれを護《まも》ってくれようというわけだね」

と、龍三郎はヌクラを振返り、

「さあ、ヌクラ、掘ってみろ。何が出るかな」

一種異様な緊張のうちにも、いかにも楽しそうな様子なのである。ヌクラはすぐさま、馬車から持って来た鶴嘴《つるはし》で、護謨の根方を掘りはじめる。一尺、二尺——土がしだいに掘られていくに従って、龍三郎の呼吸がせわしくなって来る。額《ひたい》には汗がびっしょり。

やがて鶴嘴の先端《さき》が何かにあたってかちりと音を立てた。と、そのとたん、龍三郎は猛然とヌクラを押しのけ、守銭奴《しゅせんど》のように両手で土を掘りはじめたが、やがて土の下から掘り出したのはいくらか錆《さ》びた手提金庫。

「あったぞ、あったぞ！」

龍三郎の眼中にはもう三穂子のこともヌクラのこともなかった。呼吸を弾《はず》ませ夢中になって金庫の円盤《ダイヤル》を廻していたが、その時だ、

「危い！」

三穂子が叫んだのである。まったくそれは間一髪の差だった。三穂子の声に龍三郎が本能的にとびのいた途端、ヌクラの振りあげた鶴嘴が、虚空《こくう》を切って落ちて来たのである。

「ヌクラ、何をする！」

だがヌクラはそれに応《こた》えようともしない。悪鬼の形相《ぎょうそう》もの凄《すご》く、またもや鶴嘴をふりあげると逃げまどう龍三郎を追って来る。

「ヌクラ、何をする。気でも狂ったのか」

右に避《よ》け、左に避《よ》けつ龍三郎が逃げまどうているうちに、いま掘り返した穴の中へ片脚つっ込んだからたまらない。あっと叫んで四つん這《ば》いになった。

その上から、ピューッと風を切って落ちて来た鶴嘴、これをまともに喰《くら》ったら、龍三郎の生命《いのち》はないところだったが、その時だった。

ズドン、ズドンとつゞけさまに銃声二発。三穂子の指がピストルの引金にかゝったのである。銃声は密林から密林へとこだまして、大蝙蝠の群が胡麻《ごま》をふったように空に舞いあがったが、やがてそれもおさまると、あとは千古《せんこ》の大静寂《おおしじま》。

三穂子はまだピストルを握りしめたまゝ、放心したように突立《つった》っている。胸板を貫かれたヌクラはヒクヒクと手脚を動かしていたが、やがてぐったりと動かなくなった。

龍三郎は夢からさめたように、

「三穂子さん、君が……僕の生命《いのち》を救ってくれたのですか」

三穂子は手にしたピストルに眼をやりながら、はげしく頭をふって、

「いゝえ、あたしじゃありません。あたしも夢中で引金を引きましたけれど、狙いが外れて、ほらあの石に当って跳返《はね》っていますわ」

「じゃ、ヌクラを斃《たお》したのは……？」

二人はふいに護謨の木のほうを振りかえった。その木の背後《うしろ》から、まだぶすぶすと煙を吹き出しているピストル片手に、ぬっと現れた一人の男――おお、三穂子はその顔を見るなり、夢中になって相手に縋《すが》りついた。

「おゝ、慎介さん、あなたでしたの。あなたでしたの。やっぱりあなただったのね。都ホテルへ鸚鵡を預けておいて下すったのは？」

「おゝ、大谷君！」

龍三郎も夢から覚めたような顔色で、

「それじゃ僕を救ってくれたのは、大谷君、君だったのか」

慎介はにっこり笑いながら、

「そうです。日疋さん、あなたはこれでもまだ眼がさめませんか」

「大谷君、許してくれたまえ」何もいえなかった。慙愧《ざんき》と悔恨《かいこん》に胸をかまれて、龍三郎は粛然《しゅくぜん》と首うな

だれる。

三穂子は不思議そうに、

「慎介さん、話して頂戴。これはいったいどういうわけなの？」

そういう三穂子の手をとりながら、慎介はいかにもいとおしげに相手の眼を凝視《みつ》めて、

「そうだ、三穂さんは何も知らなかったのだね。ああ、話してあげようとも。はるばるボルネオまで来てくれた君には、それを聞く権利があるんだからね」

そして次ぎのような話をはじめたのである。

「緒方さんはこのボルネオの奥地に大金鉱を発見したのだよ。あの人が帰国されたのもその金鉱採掘について政府と打合せるためだったのだが、その秘密を嗅《か》ぎつけたのが、あの白人と馬来人《マレイ》との混血児ヌクラだ。後でわかったのだが、あいつは白人財閥《ざいばつ》のスパイとしてこの荘園に入込《はいりこ》んでいたのだ。そしてその財閥の指令によって、緒方氏を日本まで尾行していくと、とうとう鎌倉で緒方氏を殺してしまった。目的は緒方氏の持っている金鉱の所在を示す地図にあったことはいうまでもないが、どっこい、緒方氏はその地図をこの木の下へかくしておかれた。そして断末魔の苦悶《くもん》のうちにも、日時計のうえにその所在を解く鍵を書遺《かきのこ》しておかれたのだ。僕はあれを見るとすぐ地図の所在がわかったが、うっかりそれをいうと、緒方氏を殺した犯人が先廻りして地図を横奪《よこど》りするかも知れない。そこで僕は官憲のとんでもない間違いを、弁解しようともせずに、そのまゝ姿をくらまして、支那人に化けてこゝへ帰って来ると、ひそかに地図を取り出しておいたのだ」

「そうです。僕も緒方氏を殺した犯人が、あのヌクラであることは知っていました」龍三郎も悔恨に声をふるわせながら告白するのだ。

「僕は現にその現場を見たのです。ところがあいつの口車に乗せられて……つまり金鉱の所在を示す地図を見つけたら、二人で利益を山分《やまわけ》にしようという、あいつの言葉に欺《だま》されて、人知れずあいつを逃がしてやったのです。そしてあいつはこのボルネオへ帰り、この荘園を探す、僕は鎌倉にのこって緒方氏の

所持品を調べる……そういう約束になっていたところへ、三穂子さんからあの護謨の木の秘密をきゝ、はじめて地図の所在を覚《さと》り、すぐさまこゝへやって来たのだが、ヌクラがあんな恐ろしい奴とは、夢にも思いませんでした」

「いや、過ぎ去ったことを詮索《せんさく》するのは止《よ》しましょう。この地図は誰のものでもない。日本政府のものなんです。この金鉱を採掘するまでには、まだまだ幾多の難関が横《よこた》わっているだろう。だが、われわれはやらねばならぬ。開拓者としてそれをやりとげねばならぬ。日疋さん、あなたも手伝って下さるでしょうね」

「やります。いや、やらせて下さい。僕もこの大自然の気にふれて、はじめて眼がさめたような心持ちです」

「慎介さん、あたしにも手伝わせて頂戴」

感激にふるえる三穂子の手をとって、

「むろん、それは僕からお願いしたいところだ。ああ、見たまえ日疋さん、三穂子さん、あの密林のうえから登る太陽を……」

三人ならんで立ったその向う、大密林のはるかかなたから、その時くるめくような熱帯の太陽がおごそかに登って来たのである。

二千六百万年後

発端

私も今年は四十である。

岡本《おかもと》かの子《こ》さんの小説によると、人間四十の声をきくと元の根にかえるものだということである。この元の根にかえるというのは、持ってうまれた血の本能にかえるという意味らしい。つまり附焼刃《つけやきば》の教養なんかなんの役にも立たん、そんなものは一切合切《いっさいがっ》さい切かなぐり捨てゝ、先祖代々つたえられた血――かの子流にいうと、所謂《いわゆる》「いのち」にかえりたくなる本能にかられるというのである。

ところが一方、四十は古来不惑《ふわく》とよんで、この年頃になると、あまり人生に迷わなくなる。子供の成長なんかを楽しみながら、そろそろ系図しらべをしたくなったりするのが、この年頃の徴候だということになっている。一見矛盾《むじゅん》のようだが、よくよく考えてみるに、怪しげな系図などをひねくり廻して喜ぶというのが、そもそも血の本能にかえろうとする第一症状であるかも知れない。

それはさておき、恥を打ちあけていうと、私もちかごろわが家の系図というものに、少からず興味をかんじはじめたのである。ボロボロになった系図の一巻をひっぱり出したり、仏壇の奥から紙魚《しみ》に喰いあらされた過去帳を取り出したりして、大いにわが家系に箔《はく》をつけるつもりでいたところが、そのうちに大変な人物をわが家の先祖のうちに発見したのである。と、いってもあわてゝはいけない。何も平将門《たいらのまさかど》がわが家の先祖だというのでもなければ、石川五右衛門《いしかわごえもん》が中興の祖だというわけでもないから、その点安心なのである。が、その大変な人物というのが、実にかの夢想兵衛《むそうびょうえ》君なのである。

夢想兵衛君といえば知ってる人は知ってるだろう。浦島《うらしま》からもらった釣竿《つりざお》でこさえたところの紙鳶《たこ》にのって、少年国、色慾国、強飲国《ごういんこく》、貪婪国《どんらん》などを経廻《へめぐ》った奇人で、その伝記は「夢想兵衛胡蝶《こちょう》物語」という題で、曲亭《きょくてい》主人馬琴《ばきん》先生によって綴《つづ》られた筈《はず》である。

この発見によって、私も大いに発明するところがあった。齢《よわい》不惑に達しながら、とかく思案もぐらつきがちで、少年のように夢多い私の性質は、きっとこの夢想兵衛君の血をうけついでいるに違いないと感づいた。すると忽《たちま》ち先祖の魂が乗りうつったものか、私はしきりに遊意が動きはじめたのである。ひとつ先祖の兵衛君にまけず劣らず、私もどこか奇抜な国々を経廻りたいと思うのだが、残念なことに、兵衛君にめぐまれたようなチャンスは、なかなか私には訪れて来ないのである。毎日のように仮名川《かな》の沖に舟を漕《こ》ぎ出して、大いに祈ったものだけれど、ついに浦島は現れないのである。

これには私も甚《はなは》だ落胆したものだが、その時天啓のように眼にうつったのが、アメリカの作家リーコックという男が書いた「千年後」という一文の書き出しなのである。参考のために、その書き出しの一節を掲げると、

――理想の社会はたいてい眼がさめたら紀元二千年だったというようなことで始まっている。ユートピアを書く小説家は先《ま》ず睡眠力に富まなければならない。ところが考えてみると私も文筆家の端くれだ。社会問題にはかなり深い興味をもっている。殊《こと》に取柄《とりえ》は寝坊である。或《あ》いは二三百年眠る能力があるかも知れないと思いついて、定評ある修養書を買い集めた。云々《うんぬん》――（佐々木邦《ささきくに》氏訳）

そして修養書のおかげで首尾よく熟睡したリーコックが、今度眼が覚めてみたら千年後の理想の社会

だったというのである。

私はこの一文を読んで大いに発奮するところがあった。リーコック如《ごと》きにしてしかりとすれば、夢想兵衛君の血をひいている私に、やわか叶《かな》わぬことはあるまいと、早速本屋へかけつけて、某々氏著《あらわ》すところの「人生は光だ」「肚《はら》を作る法」等々々、評判の修養書をしこたま買いこんで来たのだが、あゝら不思議、霊顕《れいけん》すこぶるいやちこにして、修養書を枕下へおくがいなや、私は昏々《こんこん》として眠ってしまったのである。

第一の理想郷《ユートピア》

さて、私はいま理想の社会をあるいている。紀元何千年か何万年か知らんが、ともかくあの修養書を枕下において眠ったからには、私の睡眠がただならぬものであったことは疑いをさしはさむ余地がない。したがっていま私の歩いているところは、当然理想の社会でなければならぬ筈である。

ところが正直のところ、いま私の歩いている理想の社会というの甚だしく居心地がよろしくない。先ず第一に道路《みち》である。かつて私が生きていた紀元二千六百年の社会においても、都会はおおむね鋪装《ほそう》されていた筈である。ところがいま私の歩いている道《み》路《ち》と来たら、そのかみの武蔵野《むさしの》の原野のごとく、膝《ひざ》まで埋まりそうな泥濘《ぬかるみ》なのである。天気の日にはさぞかし紅塵万丈《こうじんばんじょう》であろうと思うと、やれやれこれが理想の社会であろうかと、私の第一印象は甚だよろしくない。

搗《か》てゝ加えて、この道路《みち》をさしはさんでいる建物というのが、甚だ私の心を寒からしめた。それはあたかも二千六百年時代の刑務所の塀《へい》の如く、道路の両側にそびえていて、しかもそこには窓もなければ扉《ドアー》もないという、すこぶる殺風景きわまる建築物なのである。

最初のほどは私も、これをもって特殊の目的をもった建物であろうと、大いに好意的に見ていたのだが、訝《いぶ》かしいことには、どこへ行っても全部同じ式の建物ばかりである。

私はしだいに心細くなって来た。それというのが建物のせいばかりではない。道路《みち》という道路はどこを見ても人っ子ひとり通らないのである。いや、人の姿が見えないばかりではない。その昔私は探偵小説を書くことをもって業としていたものであるから、これで相当観察眼は発達しているつもりであるが、いかに虫眼鏡で探したところで、道路のうえには人の足跡というのが更にない。いや、足跡のみならず、自動車のタイヤの跡すらも発見出来ない。

私は忽ち一種異様な戦慄《せんりつ》にとらわれた。ひょっとすると地上から生物というものが悉く《ことごと》一掃されたものではあるまいか。そしてこゝはギリシアのクレータ島のような廃墟《はいきょ》ではあるまいか。即ち《すなわ》理想の社会というのは、あらゆる生物の根絶したあとにやって来る、一切無の世界ではあるまいか……

だが、これは私の杞憂《きゆう》にすぎなかった事がすぐに判明した。

その時、空のかなたにあたって、物凄い《ものすご》轟音《ごうおん》がきこえて来たのである。それにつづいて華やかな男女の話声《はなしごえ》が、頭上から降って来るのにはじめて気附いた私は、いままで地上に向けていた視線を思わず天界に投げたのである。そしてそのとたん、私は心臓の鼓動がとまりそうなほどの驚駭《きょうがい》にうたれたのである。

大空のはるかかなたを、かつてみた映画「大地」の蝗《いなご》の如き大群が、悠々《ゆうゆう》として飛翔《ひしょう》しているのを発見したからである。はじめのうち私は、それがなんであるか見当もつかなかった。とにかく紀元二千六百年ごろの生物学の智識では判断しかねる一種異様な動物の大群なのである。

彼らはいずれも摩訶《まか》不思議な翼をひろげて、悠々と空を飛翔している。一匹——？　一羽——？　一人——？（何《な》んと呼んでよいか判断に苦しむのであるが）で、快適な散歩を楽しんでいるような風情《ふぜい》の奴もあるし、いかにも用事ありげに虚空《こくう》をきって翔《か》けっていくのもある。なかには雌雄翼をならべて、嘻々《きき》として打ち興じていく様も見える。（そして、この最後の群《むれ》が一番多かったのだが……）また、ところどころに立っている大鉄塔の横木——それは恰《あたか》も紀元二千六百年時代の電柱の大仕掛けな奴みたいなものであるが——に目白押しにとまって、何か待ちかまえている連中もある。

——と、その時、さきほど耳にした轟音が、いよいよ近附いて来たかと思うと、アクロン号を数十台つないだような、怪物が、長蛇《ちょうだ》の如く空のかなたから現われて来たのである。この長蛇の怪物は、やがて鉄塔のそばにとまったが、すると中からバラバラと飛び出したのは、いずれも翼をもった奇生物なのである。これがあらかた飛び出してしまうと、いままで鉄塔の横木にとまっていた奴が、一列励行を厳守しながら規則正しく乗りこむと、やがて長蛇の怪物は、ふたたび空のかなたに消えてしまったのである。

その時の私の驚きを、いったい何んといって形容したらよろしかろう。アクロン号の怪物も怪物だが、それよりも空を真黒《まっくろ》に埋めているあの怪動物である。フラフラと眺めているうちに、異様な翼こそ肩から生えているものゝ、それがまぎれもない私同様の人間であることを発見したからだ。

私は驚いた。怖《おそ》れた。気が遠くなりそうだった。事実、あの親切な有翼《ゆうよく》老紳士が、空から私の姿を見つけてひらひらと舞いおりて来た時には、危《あやう》くその場へ卒倒するところだった。

一羽の老紳士はひらひらと私の頭上を飛び廻りながら、

「もしもし、あなたは一体何者ですか」

と、怪訝《けげん》そうに眼鏡をかけ直して私の姿を見た。その顔色に悪意はなさそうであったから、私もやっといくらか安堵《あんど》して、

「私ですか。私は人間ですが」

「人間？」

老紳士は奇妙な叫びをあげると、恰も私の体を吟味するようにひらひらと、私の周囲を飛びまわっていたが、やがてハタと翼をうち、

「あゝ、分りました。私はかねて本で読んだことがあります。われわれ人類の祖先には、かつて直立歩

行時代というのがあったそうです。そうするとあなたは、あの未開時代の人類の遺物ですね」

これには私も少からず憤激した。紀元二千六百年といえば、人類の進歩がその頂点にあった時代であると自認していた私にとって、これは何んという大きな侮辱《ぶじょく》だろう。さすが温厚な私も肚《はら》にすえかねて憤然《むっ》としていると、かの有翼老紳士は翼をふるわせて笑いながら、

「はゝゝゝは、憤《おこ》りましたね。すると未開時代にも人類には自尊心があったと見える。これは大した発見だ。早速今夜の講演で発表せねばならんが……」

と、胸のポケットから手帳を取出《とりだ》して何か書きつけながら、

「しかし、あなたは仕合《しあわ》せですよ。私に発見されたから命が助かりました。私はこれでも考古学者でしてね。些《いささ》か人類の歴史に明るい者だから、あなたを見てもあえて驚倒しません。さもなくばあなたは怪物としてたゞ一撃《う》ちに翼でうち殺されるところでした」

どちらが怪物だかわからないが、これを聞いて私は少からず心細くなった。こゝの住民はそれほど兇暴なんですか。

「すると何んですか」

「いや、そういうわけではありませんが、何しろあなたはあまり変っていますからね。とにかく御案内しましょう。何、心配する事はありません。あなたは実に貴重な人類の参考資料ですから、危害を加えるようなことはありません。安心していらっしゃい」

老紳士はひらひらと空へ舞いあがりかけたが、地上に残された私を見ると、俄《にわ》かに気附いたように、

「そうそう、あなたは飛翔する事が出来ないのでしたね。やれやれ、何んという不自由なことだろう。よござんす。いまタクシーを呼んで来ますから、ちょっと待って下さい」

老紳士は空へ舞いあがったが、やがてオートヂャイロみたいな一台の小型飛行機をつれて来た。私はなんだか気味が悪かったが、ここでこの老紳士におきざりにされるのは心細い。私が思いきって紳士と

並んで乗りこむと、タクシーはすぐさま空へ舞いあがったのである。

さて、こゝで私ははじめて有翼人物なるものを間《ま》近《ぢか》に観察することが出来たのだが、それは一種異様な動物だった。先ず肩甲骨《けんこうこつ》が異状に発達していて、手頸《てくび》から脇腹へかけて蝙蝠《こうもり》のような薄膜が張っているらしかった。つまり鳥類と同様に上肢《じょうし》が発達して翼と化したものらしいが、鳥とちがうところは手としての器能はそのまゝ残っているらしく、その証拠にはタクシーの運転手が、水搔《みずか》きのついた五本の指で巧みにハンドルを廻しているのでもわかるのである。その代り脚は著《いちじる》しく退化して、これが飛翔する時には尾翼の役目を果すらしい。こういう体の構造にしたがって、服装などもだいぶ変っているが、それは先ず、紀元二千六百年時代のインバネスを想像すれば、大して間違いはないと思う。

さて、われわれを乗せたタクシーは、間もなくさっき私が地上から仰いだ、あの織るような交通の中心へ乗入《のりい》れたが、みるとあたりには、その昔のモダンボーイ、モダンガールといった恰好《かっこう》の青年男女が、夥《おびただ》しく群をなして飛翔しているのである。

私は思わずかたわらの老紳士をつかまえてこう訊《たず》ねた。

「いったい、こゝはどこですか。何んだってこんなに沢山人が飛んでいるんです。何かあったのですか」

すると老紳士は笑いながら、

「何、別に変った事があったわけではありません。こゝは銀座《ぎんざ》尾張町《おわりちょう》といいましてね、あの連中は日に一回こゝを散飛《さんぴ》しなければ眠れないという困った人たちなんです。俗にこれを銀とびといいましてね」

何んだって。これが銀座だって？　私は思わずタクシーの窓から下を覗《のぞ》いたが、そのとたん思わずあっと叫んだ。なるほどさっき地上から見た建物の、すべての窓、すべての入口は全部空にむかって開いているのである。そして水平にしつらえられた飾窓の中にはいろいろ珍しいものが並べてあったが、その中に翼輪《よくわ》だの、翼飾などという文字も見えた。またある商店の入口には、美翼術という看板が出ていたが、どうやらこれは美爪術《マニキュアー》の後身らしいのである。この美翼術の隣は喫茶店らしく、そこには大勢の男女が、いずれも停まり木にとまって茶を喫《の》んでいた。

「なるほど、人体構造がかわるにつけて、すべての生活様式が変ったわけですね」

「そうそう、未開時代には窓だの入口だのはすべて垂直についていたそうですね、なんてまあ、無恰好な事だったろう」

「しかし、入口が空を向いているのは雨の降る日なんか困りはしませんか」

「なに、そういう時はあま戸をしめます。そうそう、昔はあま戸と書くのに雨戸とかいたそうですが、いまでは天戸と書きますよ。どうです。これでも私はなかなか未開時代のことに詳しいでしょう」

この老紳士がいちいち私たちの時代のことをさして未開時代というのは、甚だ癪《しゃく》だったが、しかし話してみるとなかなか教養もあり、学問もあるので、私はふと思いついて、いったい人類がいつ頃から飛翔時代に入ったのか聞いてみた。するとこの問題は、老紳士にとっては得意の題目だったらしく、彼は翼をあげながら滔々《とうとう》として語りはじめたのである。

以下その話というのをこゝに紹介しよう。

「そうです。実は今夜私が講演しようというのも、その題目なんですが、よろしい、それではおさらえのつもりでこゝで話してあげましょう。さて、いまから何万年昔のことか。残念ながら文献が散逸しているので、正確なところは考証する由もありませんが、ともかく人類がまだ未開で、二本の脚で歩行していた時代があります。未開時代とはいえ、その頃人類の進歩にはかなり見るべきものがあって、科学が長足の進歩をとげ、現代からみると甚だ幼稚なものではあるが、発明発見があいついで起った。ところが何しろ未開時代のことだから、この幼稚な発明発見をもって当時の人類は驚異となし、このように科学が発達しては、遠からず人類の滅亡を来すのではあるまいかと、悲観説をとなえる学者——なに、当時の学者のことだから、われわれの眼から見ると虫ケラみたいなもんですが——が出て来ました。ところがまた、それに応酬して人類の未来について可能を信じる一派は、つぎのような説を樹《た》てました。果して現代は——その当時のことですよ——科学の発達が、人類にとって絶対的なものであろうか。そもそもこれを、人類が最初に火を発見した時の大変革にくらべれば、果していかんぞや、と、そういう学者もあったわけです。むろん前者にくらべれば後者の方がはるかに謙譲で賢明だったわけですが、われわれの眼から見るならばまだまだ短見のそしりはまぬがれない。なるほど火の発見は人類生活に大変革をもたらしたが、それは生活様式についてであって、そのまえに、人類の構造自身に大変革はなかっただろうか。いや、ありました。即ち、それまで逼《ふく》行《こう》動物であった人間が、二本の脚で直立しはじめた事です。これこそは人類の曙《あけぼの》であり、このために他の百獣を征服し、火の発見も可能だったわけです。されば、直立時代のつぎに来る人類の大変革とは何んであるかというのに、とりも直さず飛翔時代でなければならぬ。それも当時の学者が自惚《うぬぼ》れていた如く、飛行機その他を使用して飛翔するのであってはならぬ。人体構造そのものを改造して、鳥のごとく自由自在にとぶのでなければならぬ。——それがわれわれの先祖——つまりあなたがた未開人にとっては子孫ですが、それが考えはじめたことなんです」

「なるほど……」

「しかし、この本能はたしかあなたがた未開人時代にもあったらしい。というのはちかごろ私の読んだフロイドという当時の心理学者の説によると、その頃の青年はよく空を翔《か》ける夢をみたらしい。フロイドはこの夢を分析して、これは体内精力の充実を意味するといっていますが、人間が精力の充実した時には何を夢想するでしょう。つまり次に来《きた》るべき人類の可能に対する憧憬《あこがれ》にほかなりません。つまり未開時代に青年の見た空翔ける夢こそは、人類のつぎに来るべき時代への本能を暗示していたのです。ゝで、逼行時代の人類が何んの文献も残していないのは甚だ残念だが、その当時にあっては、青年は必ずや夜毎《ごと》直立して歩く夢を見ていたにちがいありませんよ」

「なるほど、そんなもんですかねえ」

　ちかごろちっとも見なくなったが、若い頃しきりに空を翔《と》ぶ夢を見た私は、こゝにおいて少からずこの老紳士に敬意を表したものである。私が感嘆したものだから、老紳士はいよいよ得意になり、

「そうです。そうです。こゝに想到したわれわれの先祖は、そこで直ちに人体構造を飛翔に適応するように改造を開始したのです。何しろ、あなた方の時代のダーウィンのいうように、突発的に変種が現れるまで待ってはいられなかったものですからね。ともかく一日も早く飛翔時代に入った人類こそ世界を征服するというわけで、いっせいに飛翔運動にとりかゝったのです。何んでもその当時この運動を助長するために、次《つ》ぎのような唄《うた》さえ作って奨励したということですよ。飛べよ、飛べ飛べ、飛べよ飛べ……」

　かの老紳士が調子にのって、翼をひろげて唄い出したときである。そこに非常に不幸な事故が起ったのである。飛翔人類にも交通事故はまぬがれなかった。向うから来た空のタクシーと、われわれの乗った奴が衝突したからたまらない。あっという間に私は空に投出《なげだ》されて、翼を持たぬ悲しさには、大地にむかって真逆様《まっさかさま》に……。

第二の理想郷《ユートピア》

「もしもし、どうかしましたか」

　呼び起されて私はやっと気がついた。見ると側《そば》には鼻眼鏡をかけた紳士が立っている。私は本能的にその紳士の肩に眼をやったが、そこには翼なんて怪しげなものは見られなかったので、私はやっと安心した。やれやれ、どうやら修養書の利目《ききめ》もおわりになったらしい。ただ不思議なことには、さっき寝る時は、私はたしかに寝床の中に身を横《よこた》えていた筈だのに、いま気がつくと、道路のうえにぶっ倒れているのである。これには私もいささか面喰《めんくら》って、あわてゝ起きあがったが、それを見るとかの鼻眼鏡の紳

士はにやにや笑いながら、

「どうしたんですか。夢でも見たんですか」

と、訊《たず》ねるのである。

「えゝ、変な夢を見ました。有翼人類と空を一緒に散歩――いや、散飛していた夢です」

「な、なんですって？」

そのとたん、鼻眼鏡の紳士の顔が、さあっと土色になったから、私は少からず驚いた。

「有翼人と散飛していたのですって。あゝ、分った、あなたは有翼人のスパイですね。さあ、白状なさい。有翼人の国からこの国へ、後方攪乱《かくらん》にやって来たんですね。あなたは第五列ですね」

相手の権幕《けんまく》があまり激しいので、私はすっかり面喰ってしまった。

「まあまあ、待って下さい。あなたの仰有《おっしゃ》ることはさっぱりわかりません。私は夢を見ただけなんです」

すると、相手はいよいよひどい権幕で、

「何を馬鹿な。そんな事をいっても私は誤魔化《ごまか》されませんよ。いまこの国が有翼人と戦争していることを知らぬ筈はないでしょう。戦争はもう十八万八千八百年もつづいているのです。それを知らぬとはあまり人を馬鹿にした言いぐさではありませんか」

「な、なんです。戦争が十八万八千八百年もつづいているんですって。すると今年は紀元何年なのです」

「それもあなたは知らないのですか。今年は紀元二千六百万年ですよ」

「な、なんですって。私は紀元二千六百年時代の人間ですよ」

鼻眼鏡の紳士はつくづく私を見ていたが、

「これはおかしい。気が狂っているようでもない。それに翼のないところを見ると、有翼人でもないらしい。もしもし、あなたは本当に紀元二千六百年時代の原始人ですか」

原始人――？　やれやれ、するとこゝもやっぱり未来国のひとつなのか。

「はい、そうですよ。すみません」

「なるほど、そういえば少し様子がかわっている。これは驚いた。実に意外な珍物だ」

と、骨董《こっとう》好きが骨董でも覗《のぞ》きこむような眼付きで、鼻眼鏡をつまみながらしげしげ眺めるのだから、これには私もくさらざるを得ぬ。

「もしもし、すると今年は紀元二千六百万年なんですね。しかし、それにしてはおかしいじゃありませんか。見たところあなたの姿は私と少しもちがってはおりません。すると人類という奴は案外進歩しないものですね」

すると鼻眼鏡の紳士は俄《にわ》かにからから笑って、

「なるほど、あなたがそういうのも無理はない。しかし、これで人類は大変革を遂げているんですよ。さあ御覧なさい。何かあなたの時代と変った事柄に気がつきませんか」

「そうですねえ」

私はきょろきょろあたりを見廻しながら、

「別に変った事は見当りませんねえ。ただ……そうだ。そういえば赤ん坊の泣声がちっともしないのが不思議ですねえ……われわれの時代は産めよ殖《ふや》せよの時代で、十軒の家に九軒までおしめがひろがっていたもんですが……」

「何んですって、おしめ……？　おしめとは何んです。ちょっと待って下さい。いま古代百科辞典を引いてみますから」

と、鼻眼鏡の紳士はポケットから、小型の辞典を出してしらべていたが、

「あゝ、分りました。こゝに書いてあります。おしめとは人類が未《ま》だ哺乳《ほにゅう》動物なりし古代において、嬰児《えいじ》の大小便を包むためにその腰に巻きたる布にして、普通木綿《もめん》あるいはスフを用う。——これだから未開時代はやりきれない。何んという不潔なことだろう」

「なんですって。それじゃこゝではおしめを用いないのですか」

「勿論《もちろん》。そんなものを用いる必要がありませんよ。現代においては大小便を垂れ流しにする嬰児なるものは存在しないのですから」

「え？　それはどういう意味です。赤ん坊いや、辞典を持ち出さなくてもよろしい。赤ん坊とは乳児のことです。——その乳児がいないとなれば人類は絶

滅するではありませんか」

こゝにおいて、鼻眼鏡の紳士は再びからからと笑うのである。

「なるほど、あなたの未開な頭でそういう疑惑を起すのは無理もありませんが、われわれは乳児を持ちません。まあ聞きなさい。なるほどわれわれの先祖もかつては哺乳動物であった時代がありました。そして愚かにも、哺乳動物こそは最高の動物だと自惚れていたんですが、それは間違いなんです。哺乳動物ほど厄介《やっかい》なものはありません。母親は子供をうむと何年間か、授乳のために手がはなせません。しかも嬰児がひとり歩きが出来るまでは、実に数年以上の年月を要します。こんな不合理なことはありませんか。そこで思いきってわれわれから幾万代かの昔において、人類を卵生動物に改造したものです」

「え、卵生？」

「そうですよ。卵をうむんです。あなたの時代に桃《もも》太郎《たろう》説話というものがあったそうですね。あれは卵生伝説のひとつで、あなたがたよりずっと昔の人間は、かえってあなたがたより遥かに賢明だったのです。かれらは人類が卵生動物なら、どんなに都合がよかろうと、あゝいう説話を作りあげたのですよ。桃太郎はバンザイを叫びながら桃からうまれます。そしてまたゝく間に生長して鬼が島へ鬼を征伐《せいばつ》にいきます。つまり人類を卵生動物に改造したわれわれの祖先は、あの説話の合理さにヒントを得たんです」

「すると卵生ということはそれほど便利ですか」

「便利ですとも。ちかごろの婦人はみな卵をうみます。そして二十一日間これを抱いてとやにつくんです。すると卵が孵化《ふか》して中から子供が出て来ますが、この子供はちょうどひよこが卵からかえるとすぐ自分で餌《えさ》をついばむ如く、少しも両親に手間をかけません。一ケ月もすると言葉をおぼえ、二ケ月目には国民学校へ入ります。おかげで母体は少しもいたむ事がありませんから、自由に活躍出来るわけです」

「あ、なるほど！」

私が感歎の言葉をもらすと、鼻眼鏡の紳士はますます得意になって、

「いや、合理的なのはまだそればかりではありません。婦人は結婚すると更年期までの二十余年間に毎年一箇ずつ卵をうみます。しかし、必ずしもその全部を孵化しなければならぬ義務はなく、おの〳〵の資産状態に応じて、三人子供が欲しければ三箇、五人子宝が欲しければ五箇と、任意に孵化することが出来ます。しかも卵の雌雄鑑別法というのが発達していますから、男でも女でも自分の欲する子宝を得ることが出来るわけです」

「なるほど、そう聞いてみるといかにも便利のようですが、そして残った卵はどうするのですか。まさかうで卵にして食っちまうわけではありますまいね」

「むろん、そんな馬鹿なことはしません。残りは全部国家に献納します。政府に蓄卵省といって、卵を保有する役所があります。また孵化局といって卵を孵化する係りもあります。平時においてはこれらの省や局は別に大して仕事はありませんが、一朝有事の際には大いに機能を発揮します。つまり天災や疾《しっ》病《ぺい》、あるいはまた戦争のために人口が激減したときには、政府は大車輪で卵を孵化して補充します。だから戦争のような危険な仕事に従事するには、全部この政府に献納された卵から孵化した男性です。いや、平時においても、筋肉労働のごとき仕事は、全部この連中にまかせて、われわれは頭脳労働で国家に奉仕します。つまりギリシヤ神話の蟻兵《マーミダン》を持っているようなもんで、何んと合理的な社会ではありませんか」

鼻眼鏡の紳士は滔々《とうとう》としてまくしたてたものであるが、その時である。突如、けたゝましい鈴の音とともに、号外屋がわれわれの側《そば》へ駆けつけて来たのである。この号外屋もきっと蟻兵《マーミダン》のひとりだったにちがいない。鼻眼鏡の紳士はこれを見ると、すぐその一枚を買いとって、おもむろに号外を読んだが、あっと真蒼《まっさお》になったのである。

――有翼人蓄卵省を爆撃す、貯蔵されたる卵十億八千万個全部破壊――

「あっ！」とたんに鼻眼鏡の紳士は胸をおさえてよろめいた。「駄目だ！　滅亡だ！　われわれは戦う階級を失った！」

悲痛な叫びとともに鼻眼鏡の紳士は鼻眼鏡を落して私の腕に倒れたのである。

私の夢はこゝで終った。そして私の見学したユートピアの示す教訓はこうである。

労働を嫌悪し、国家のために戈《ほこ》を取って立つ覚悟を失い利己的な安逸の怠惰《たいだ》を希求する限り、われわれの周囲には理想郷《ユートピア》はない。蟻兵《マーミダン》は堕落《だらく》したヘレニズムだ。さあ、私もペンを捨てゝ立上《たちあが》ろう。

空蟬《うつせみ》処女《おとめ》

一

今宵《こよい》は中秋《ちゅうしゅう》 名月である。

そして新聞のつたうるところによると、今日はあたかも二百二十日《はつか》に当っているという。しかし、天われら日本人をあわれみ給うたか、軽羅《うすもの》のような雲、空になびいてはいるけれども、颱風《たいふう》の余波とてもなく、まったくお誂《あつら》え向きのおだやかな中秋名月である。

いまともし火を消して茅屋《ぼうおく》の障子《しょうじ》をあけはなてば、松の影畳《かげたたみ》に落ちて、

　名月や畳のうへに松の影

という其角《きかく》の秀句が思い出され、さらにまた、山ふところに抱《いだ》かれたわが家《や》の縁側《えんがわ》に立って、稔《みの》りゆたかな吉備《きび》の平野を見渡せば、

　明月に麓《ふもと》のきりや田のくもり

という、芭蕉《ばしょう》の名句さながらの景色がそこにあるのだった。

私はふたゝび灯を点じて、月に向って筆をとる。

と、忽然《こつぜん》として私の耳にひゞいて来るかと思われるのは、あの、美しい歌声であった。

山のあなたの空遠く
　幸《さいわい》住むと人のいう。
噫《ああ》、われひとととめゆきて
　涙さしぐみかえりきぬ。
山のあなたになお遠く

幸住むと人のいう。

これは皆さんも御承知の如《ごと》く、上田敏《うえだびん》訳すところの、カール・ブッセの詩である。

去年の今月今夜中秋名月のもと、私はある場所でゆくりなくもこの歌をきいた。その時の一種異様な印象は、いまなおあざやかに私の脳裡《のうり》に生きており、そしてその時の感興が、いま私をかってこの一文を草《そう》せしめているのである。

去年の今夜もよい月であった。終戦によって、ようやく人間らしい感情を取戻《とりもど》していた私は、幾年ぶりかでしみじみと、中秋名月を賞《め》でる気になった。ひとつには、その年の五月にこちらへ疎開して来たばかりの私にとっては、はじめて住む農村の風物がことごとに物珍しく、田舎《いなか》で見るこの名月を、長く記憶にとゞめておきたいと、ステッキ片手にふらりと家を出たのであった。

いったい、岡山県というところは、西日本の穀倉《こくそう》といわれているが、わけても吉備郡はその岡山県の穀倉といわれるだけあって、よく耕された田が、毛《もう》細管《さいかん》のように複雑な地形をつくっている低い山脈《やまなみ》のあいまあいまに喰いこんで、見渡すかぎりつゞいている。そしてそういう低い山——というよりも人工の丘にも似た平地の突起部には、いたるところに灌《かん》漑《がい》用の池が掘ってある。私の家のちかくにもそういう池が二三あるが、その夜私の足を向けたのも、そんなふうな池の一つであった。

そこは私の家から五分あまりの距離で、周囲の水田のなかに、擂鉢《すりばち》をさかさに伏せたように盛りあがった丘があり、その丘の一部に、このへんとしては珍しく大きな池が掘ってあるのだった。そこはおりおりの散歩の途次、かよいなれた路《みち》であったし、名月は昼のように明《あか》かったので、私はなんのためらいもなく、丘へ通ずるだらだら坂を登っていった。

坂を登りきるとすぐ池がひらけ、とっつきに濡《ぬ》れ仏が立っている。濡れ仏の額《ひたい》も眉も唇も、しっとりと夜露《よつゆ》と月光に濡れて光っていた。左を見ると池の中に小さな島が突出していて、その島にまつってある祠《ほこら》が、水のうえにあざやかな影を落していた。
私はいつもこの池のほとりへ散歩に来ると、その祠で休むことにしているのだが、今宵はそこを後まわしにして、まず池をひとめぐりして来ようと、右のほうへ路をとった。そして約半分あまり池をまわった時であった。私はふいにあの歌声をきいたのであった。

山のあなたの空遠く
幸住むと人のいう……

私は思わず池のほとりに足をとめ、声するかたへ眼をやった。月はいま沖天《ちゅうてん》にさしかかり、池のおもては絵絹《えぎぬ》のようになめらかな光につゝまれている。その池をわたって歌声は、小島のうえのあの祠からきこえて来るのであった。

噫、われひとととめゆきて
涙さしぐみかえり来ぬ……

声はまだうら若い女性のものであったが、その旋律のなかにある、一種異様なものがなしさが、強く私の胸をうった。それは月にうかれての即興ではない。さぐりあげる魂の叫びのようであった。悲哀と痛恨のほとばしりのように思われた。

山のあなたになお遠く
幸住むと人のいう。……

月光のなかに長くふるえて尾をひいて、嫋々《じょうじょう》と消えていくその歌声のなかに、私は魂を破るような、若い女のすすり泣きがきけるように思われた。
歌声がとぎれるとともに、あたりはふたたび静かな名月の夜にかえった。私はロマンスの世界から、突如として俳句の世界にかえったような心易さをおぼえながら、またぶらぶらと歩き出した。

岩ばなやここにも一人月の友

これは芭蕉の弟子の去来《きょらい》の秀句であるが、今宵の月の友は、俳句の点景人物ではなさそうだと、私は微苦笑される心持ちだった。むろん私はその歌声の主に対して、かすかな好奇心をおぼえていた。しかし、皆さんが考えているほども、その人に会いたいとは思わなかった。私はもう四十を越している。しかも困難な戦争の数年は、私の心からいっそう若々しい弾力をうばっていた。好奇心というものは、この弾力から生まれるものである。だから私は五六歩もあゆまぬうちに、もうその人のことは忘れかけていたくらいである。

さて、池をひとめぐりして、あの小島のところへ行くには、どうしても途中竹藪《たけやぶ》のなかを通り抜けなければならない。それは大して広い藪ではなかったが、池のすぐ水際から堤《つつみ》いっぱい塞《ふさ》いでいるので、そこをよけて通ろうとすれば、土堤《どて》をおりてしまわなければならない。幸いその竹藪の中には、兎《うさぎ》の通い路ほどの小径《こみち》のついていることを私は知っていたし、月の光は藪の中までさしこんでいるので、怪我《けが》をするような心配はまずなさそうであった。

そこで私はステッキの先で、下草をわけながら藪の中へ踏みこんでいった。ステッキの先に草の露がほろほろこぼれて、すぐ私は素足の爪先《つまさき》から着物の裾《すそ》まで、ぐっしょりと濡れそぼれた。それにもかまわず竹藪の中を進んでいくと、ふいにその時、向うの方でがさがさと草を踏む音がした。

私がちょっと驚いて立止《たちど》まると、向うのほうでも立止まったらしく、足音がやんで、

「あら。……誰か来るのね」

と、ひくい呟《つぶや》くような女の声がきこえた。その声で私はすぐに、それがさっきの歌声の主であることをさとった。そこでまた私は五六歩藪のなかを突進《つきすす》んでいったが、急にはたとしてその場に立止まったのである。

その時、私が眼前に見た光景は、いまもなおあざやかな瞼花《けんか》となって、私の瞼《まぶた》のうらに残っている。それはいかに四十を越して、若々しい心の弾力をうしなっている私でも、なおかつ立止まらずにはいら

れないほど、強い美しい印象であった。

私の行手《ゆくて》数歩のところで、藪は一段小高くなっていた。その小高い段のうえに、彼女は立っていたのである。その人はゆるやかなワンピースを着ていた。そのワンピースにはなんの装飾もなく、また色合もさだかにわからなかったが、月の光でそれは銀色にかがやきわたっているのだった。そしてその銀色の地のうえに、竹の葉影が斑々《はんぱん》として、美しい斑《ふ》をおいていた。

しかし彼女の肩からうえは、すっくと月光の中にぬきんでていた。そして、ああ、その横顔の神秘なまでの美しさ！　彼女は片手でかるく青竹の幹を握り、それに頰《ほお》をよせるようにしてうっとりと月を仰《あお》いでいる。少し長目にカットした髪が、ふさふさと肩のあたりで渦を巻いている。そういう姿勢のためでもあろうが、白い頸《うなじ》は髪の重さにも耐えかねるほど長かった。

私はまた一歩足をはこんだ。と、女はゆっくり瞳《ひとみ》を転じて、私のほうを見下ろすと、

「あら……誰か来たのね」

さっきと同じことを呟いたが、その声にはほとんど何《な》んの感動もふくまれていないようであった。いや、声ばかりではない。まじまじと私を見下ろす瞳にも、こんな場合、若い女として当然持っていなければならぬ筈の、危懼《きく》も懸念《けねん》も警戒も見られなかった。それは赤ん坊のように無心——というよりは感情と理性のうつろを示しているように思われた。それでいて美しいことはこのうえもなく美しい。……

私は間もなく女のそばを通りぬけ、竹藪から外へ出た。

と、この時、藪の背後にある丘のうえから、また別の女の声がきこえて来た。

「タマキさん……タマキさんどこ……？」

私は立止まって藪のほうを振返《ふりかえ》った。さっきの女が返事をするかと思ったのだが、藪の中からは何んの声もきこえて来なかった。女はさっきの姿勢のまゝ、向う向きに立っている。

「タマキさん、タマキさんどこなのよ」

ばたばたと軽い足音がきこえて、若い女の姿が丘のうえに現れた。少女は丘のうえから私の姿を見おろすと、

「あら」

と、叫んで立ちすくんだが、すぐ快活な声で、

「あの、ちょっとお訊《たず》ねします。このへんで若い女の方、お見かけじゃありません?」

私は無言のままステッキをあげて竹藪の中を指さした。

「あ、そう、有難《ありがと》うございます」

少女は身軽に丘のうえから滑《すべ》りおりると、私にちょっと会釈《えしゃく》をして、すぐ竹藪のなかへかけこんでいった。

「まあ、タマキさん、こんなところにいらしたの。あたしさっきから探していたのよ。誰かゞお池のほうで歌声がするというものだから……さあ、帰りましょう。あらあら、大変、髪がぐっしょり濡れているわ。風邪《かぜ》をひくといけませんから帰りましょうね」

見たところ、後から来た少女のほうが、二つ三つ若いように思われた。それにも拘《かかわ》らず口の利方《ききかた》をきいていると、まるで妹をあやしているようであった。私は不審に思いながら、しかし、しだいに藪からはなれていった。……

二

私がこの二人の少女のことをはっきり知ったのはその翌日のことで、それを話してくれたのは私の娘である。私の娘は、こっちへ疎開して来るとすぐ、村役場へ勤務していたので、村の様子は私や私の妻などよりも、よほどよく知っていた。

彼女の話によると、その若いほうの少女は名を祥《さち》子《こ》さんといって、池の向うに大きなお屋敷のある本《ほん》堂《どう》家のお嬢さんであろうということであった。そしてタマキさんというのは、その本堂家へ寄食している娘さんで、タマキとは珠生《たまき》と書くらしかった。

「珠生さんという方、ほんとうにお気の毒な方なのよ。珠生と名前はわかっていても、苗字《みょうじ》は何んというかわからないんですって」

「苗字がわからない？」

私は驚いてきゝ返したが、すると娘はそれについてつぎのように説明してくれた。

あの本堂家というのは近在きっての物持ちだが、御主人はずっとまえに亡くなって、後には未亡人の綾乃《あやの》さんという人と、啓一《けいいち》祥子という二人の子供が残っていた。この啓一という青年は数年まえに応召《おうしよう》して、まだ復員していない。祥子さんは神戸《こうべ》にある有名なミッションスクールの高等部に席があって、戦争中もずっとそこに頑張っていた。むろん戦争がしだいに苛烈《かれつ》になっていくにしたがって、どの学校も勉強どころではなく、それぞれもよりの軍需《ぐんじゆ》工場などへ動員されていったが、祥子さんの学校では、学校の建物全体を一種のセツルメントみたいにして、戦災者や戦災孤児などの面倒を見ることになった。学生たちはノートや教科書を捨てゝ、保姆《ほぼ》兼見習看護婦みたいな役に早変りした。

祥子さんのお母さんはそれをとても心配して、一日も早く帰郷するようにと、幾度《いくど》となく祥子さんに言ってやったが、彼女は頑《がん》としてきかなかった。お友達や気の毒な戦災孤児を見捨てゝ帰郷するなんてこと、絶対に出来ないと頑張りつゞけていた。

ところがそこへはじまったのが、一昨年の三月十日の東京大空襲を皮切りとして、いよいよ切って落された一聯《いちれん》のあの本格的空襲であった。十二日には名古屋がやられ、十四日には大阪がやられたときくと、祥子さんのお母さんはもう居《い》ても立ってもいられなかった。そこで自分の弟の妹尾《せのお》さんという人に頼んで、無理矢理にでも祥子さんを連れてかえるようにと、出発してもらったのが三月十五日であった。

妹尾さんはこの村で開業しているお医者さんであったが、神戸へ急行すると姪《めい》にあって、姉の心配をうったえた。そして言葉をつくして帰郷するようにとすゝめたが、祥子さんはそれでもまだ帰郷するとはいわなかった。妹尾さんはその日のうちに祥子さんをつれてかえるつもりだったが、議論をしているうちに遅くなったので、仕方なしに一晩神戸へ泊《とま》ることになった。そしてその晩、あの大空襲に見舞われたのである。

「それで祥子さんと叔父《おじ》さんが、火の粉《こ》を浴びて逃げまわっているうちに、あのタマキさんという方を見付けたんですって。あの方、気を失って路傍《みちばた》に倒れ、防空服にも火がついていたそうです。それを揉《も》み消して、やっと安全な場所まで、お連れしたのですが……ほら、あのとおり記憶をうしなっていらっしゃるでしょう。御自分がどこのどういう方か、それさえ憶《おぼ》えていらっしゃらないのよ」

私は思わず呼吸《いき》をのんだ。

「それじゃ、あの娘さん、記憶喪失者なのかい?」

「えゝ、空襲のショックと、それに頭脳《あたま》にひどい怪我をしていらしたそうなのよ。それで三月十五日以前のことはまるで憶えていらっしゃらないの。身のまわりの持物《もちもの》もすっかりなくなっているし、それにねえ、防空服に縫《ぬ》いつけてあった名札の布も半分焼けて、御住所も苗字もわからなくなっていたんですって。唯《ただ》焼け残った布の端から、珠生というお名前だけがわかったんですって」

私は昨夜あったあの少女のうつろな瞳を思い出した。私がその少女から神秘な感じをうけとったのは、必ずしもあの時の月光のせいばかりではなかったのである。彼女のあの美しい肉体の中には、魂が宿っていなかったのだ。それは空蟬《うつせみ》にも似た、哀《あわ》れな、はかない、やるせない宿命の象徴だったのだ。

私は深い溜息《ためいき》をついた。

「それで、本堂さんで引きとってお世話をしているんだね」

「えゝ、そういう頼りない方を、見捨てゝしまうわけにはいかないでしょう。それに祥子さんがとても離さないのよ。あんな綺麗な方だから、祥子さん、すっかりチャームされていらっしゃるのね。でも、あの方決して気違いじゃないのよ。ひとのいう事よくわかるし、ふだんはちっともふつうの人と変りはないわ。たゞ、あの空襲よりまえの事がわからないだけね。たゞ……たゞ一寸《ちょっと》妙なことがあるの」

「妙なこと?」

「お父さま、あの方、お嬢さんに見えて? それとも奥さんに見えて？」

私は娘の顔を見直した。

「それじゃ、あの人奥さんらしいと思われるようなところがあるのかい」

「えゝ。ふだんは少しもふつうの人とお変りないんですけれど、ときどき発作を起すと、それはそれは淋《さび》しそうになるんですって。そんなときにはきまって、赤ちゃんをあやすような真似《まね》をなさるし、それから、坊や……坊や……って泣くんですって。その声の悲しそうなことったら、きいてゝも、腸《はらわた》がちぎれるような気がするって、本堂さんの女中さんがいってたわ」

「それじゃ空襲で坊やを失った、若いお母さんかも知れないね。そしてその悲しみのために、いっそう気が変になったのかも知れないね」

日本全国にそういう哀れな母がずいぶん沢山あることだろうと思うと、私は暗澹《あんたん》たる気持ちになったが、しかし何故《なぜ》か私には、月下の竹藪であったあの女が、人妻であるとはどうしても思われなかった。魂は抜けていても、空蟬のはかない身ではあっても、処女《おとめ》のみずみずしさと美しさは、まだ失われていないように思われてならなかった。

三

十月から十一月になると、この村にも外地からの復員者がしだいに多くなって来た。それは主として朝鮮からの復員であった。父や良人《おっと》や兄弟を朝鮮へ送っている人々は、よるとさわるとその話で持切《もちき》りだった。どこの誰それは昨日《きのう》かえって来たそうだが、家《うち》のはまだかえらない。南鮮《なんせん》は大丈夫だが北鮮《ほくせん》はいつになるかわからないなどと、戦争中はなかば諦《あきら》めていたけれど、こうなると一日が千秋《せんしゅう》の思いであるらしかった。私の家へもよく、朝鮮の何とか道《どう》というのは、南鮮か北鮮かなどときゝに来る人があった。

本堂さんの啓一君がかえって来たのは十一月も終りにちかい頃だった。それを最初に私につたえてくれたのは、やはりその時分まだ役場へ勤務していた娘であった。

「お父さま、本堂さんの啓一さんがかえっていらしたわ。あの方東京の商大なんですって。そしてきいてみると吉祥寺《きちじょうじ》の、うちのすぐ近所に下宿していらしたらしいのよ」

この奇遇《きぐう》に昂奮《こうふん》したのか、役場からかえって来た娘は、いきを弾《はず》ませて私の部屋へかけこんで来た。

「何んだ、お前話をしたのか」

「うゝん、そうじゃないけど、あの方おかえりの途中役場へお寄りになったのよ。あたし知らない顔でしょう？　じろじろ私の顔を御覧になるのよ。とても極《き》まりが悪かったわ。そしたら助役さんが紹介して下すったの。あの方お父さまのお名前よく知ってらしたわ。それからお家《うち》吉祥寺だと申上《もうしあ》げると、とても懐しがって、……快活な、ひょうきんな愉快な方よ」

娘はそのあとでふゝゝゝと思い出し笑いをしながらこんな話をした。

啓一君が役場を出ていったすぐ後で、娘は配給のことで、本堂さんへお伺《うかが》いしなければならぬ用事のあることを思い出したというのである。おおかた少女らしい好奇心から、だしぬけに息子を迎える本堂家の幸福な騒ぎを見たかったのであろう。彼女は啓一君のすぐうしろからついていった。

「ところが、本堂さんのお屋敷のよこまで来ると、珠生さんが竹箒《たけぼうき》をもってお玄関のまえを掃いていらっしゃるのよ。あたしにはすぐ珠生さんだとわかったけれど、後姿だったから啓一さんにはわからなかったのね。あたしの方を御覧になると、黙ってらっしゃいというふうに、ふいと首をすくめると、そっと珠生さんのうしろによって、両手でこう目隠しをなすったのよ。きっと妹さんの祥子さんと間違えたのね。あたしはっとしたけれど、いうわけにはいかないでしょう。黙って見ていると、当《あ》て御覧、誰だかわかる……なんていってらっしゃるの。でも、そのうちに変だってことがわかって来たのね、手をはなして顔を覗《のぞ》きこんだんですけれど、その時のお顔ったら……うっふゝゝ、人違いよりもあまり綺麗な方なので、びっくりなすったのね。狐《きつね》につまゝれたようにきょとんとしていらっしゃるのよ。珠生さんのほうでも真赧《まっか》になって、箒もなにもそこに投出《なげだ》して、お家《うち》の中へかけこんでおしまいになったわ。その騒ぎに祥子さんがひょっこり出ていらして……でも、あの時の啓一さんの顔、あたしいまでも忘れられないわ。ふゝゝゝゝふ！」

箸《はし》がころげてもおかしいという年頃の娘は、そういって腹をかかえて笑っていたが、私はその時ふと、この事が将来どういうふうに発展していくだろうかと、かすかな懸念のようなものを感じたのであった。本堂さんの未亡人は、たいへん優しい人ではあったが、気位《きぐらい》の高い、そして家柄《いえがら》自慢の人ときいている。

……

四

啓一君はその後間もなく私の家へ遊びに来るようになった。娘のいったとおり、気さくな、人懐《ひとなつ》っこい性質で、うちの者ともすぐ心易くなった。かれは学業の途中で応召したので、一日も早く上京したいのだが、食糧や住宅の関係で思うようにいかないとこぼしていた。しかし、啓一君の上京をさまたげているものは、都会の食糧事情や住宅問題のほかにもあるのではないかと私は危《あやぶ》んだ。

ある時、私がそれとなくその問題にふれると、正直な啓一君は太い首筋まで真赧になった。そしてこんな事をいうのであった。

「先生、先生はどうお思いですか。あの人、処女でしょうか、それとも……奥さんだったことがある人でしょうか」

「さあ……」

私は言葉を濁《にご》していた。よけいな事をいってこの青年をたきつけるような破目《はめ》になってはならぬと思ったからである。

啓一君はまた顔を赧《あか》くして、

「叔父さんはあの人の体を見て、どうも子供をうんだ人のようには思えないというんです。しかし、母はあの人のおりおり示す素振《そぶ》りや言葉から、きっと赤ちゃんがあったにちがいない、だから……」

啓一君はすっかりしょげ切っていた。珠生というあの美しい不思議な存在をとりまいて、ちかごろ本堂さんのお家がしだいにむつかしくなっているらしいという事は、私もほかから耳にしていた。私はそれを啓一君や珠生さんのために悲しむとともに、お母さんが危むのも無理ではないと思われた。

「珠生さんの病気はどうなんです。よくなる見込みはないのですか」

「それについては岡山や倉敷《くらしき》の病院でもみてもらったんですが、いまのところ適当な療法はないというのです。あの人の過去を知っている人が、ゆっくり昔を憶《おも》い出させるように指導していくよりほか、みちはないというんですが、それが問題で、あの人の過去を知ってる人があるくらいなら、こんなに心配しやあしないんですがねえ」

「それにしても妙ですねえ。神戸のほうをきゝあわせてみたんですか」

「えゝ、それはもう、終戦後手をつくして、ほうぼうきゝあわせているんですが、どうもはっきりした情報が得られないんですね。僕が思うのにあの人は神戸の者じゃないらしい。言葉などすっかり東京弁ですからねえ。東京から神戸へやって来て、そこをやられたとしたら……これは調べるのになかなか骨が折れますねえ」

「どうでしょう、一度珠生さんを、あの人が倒れていたところへ連れていってみたら？　そうすれば何か憶い出すかも知れない」

「それもやってみたんですよ。この間も祥子の発案で、あの人を神戸へつれていったんですが、一向反応がないのです。何も憶い出せないというんですよ。そういうときのあの人の、悲しそうな、絶望したような眼付き……あのへん一帯焼野原《やけのはら》になっていて、まるで様子がかわっていますから、考えてみると無理もないのです」

啓一君は暗いかおをして溜息《ためいき》をついた。私もこの青年の心中を察すると、暗然とせずにはいられなかった。この青年のためにも、珠生さんの記憶がよみがえるか、それとも彼女の過去を知った人物の現れることの、一日も早からんことを祈らずにはいられなかった。

ところがそういう日は思いのほか早くやって来たのである。しかもそれはかなり劇的な場面をもって。


……

五

去年の秋から今年の春の農閑期《のうかんき》へかけて、農村慰《い》安《あん》演芸団と称する芸能人の団体が、この村へもたびたびやって来た。はじめのうち私は、どうせ碌《ろく》なのはやって来まい。三流か四流か、あるいはそれ以下のものもあるのだろうとたかをくゝっていたが、よくよくきいてみると、一流とまではいかずとも、二流の上ぐらいの人たちがしばしばまじっていることがあるらしかった。

おそらく都会の食糧事情におわれたそういう人たちは、慰安かたがた農村から農村へと「白い飯《めし》」を食ってまわっているのだろう。だが、その人たちの動機が何にせよ、娯楽の少い農民たちの喜びようにかわりはなかった。映画館も劇場も持たない農村のことだから、そういう人たちを迎えると、いつも国民学校の講堂が開放される。そして当然プログラムとして、いつも村の青年男女の喉《のど》自慢競演会や、舞《ぶ》踊《よう》が演じられるのである。

今年の三月十四日にもそういう演芸団の一行がやって来た。私の家では誰もいかなかったが、その翌日の昼過ぎになって、娘が少からぬ昂奮の面《おも》持ちでかえって来ると、いきなりこんなことをいうのである。

「お父さま、珠生さんが昨夜からいなくなったんですって！」

「珠生さんがいなくなった？」

「えゝ、あたしいまそこで啓一さんと祥子さんに出会ったのよ。二人とも顔色がかわっていて、とても急いでいらっしゃるようなので、どうなすったのかと思ってお訊ねしたら、これから神戸へ珠生さんを探しにいらっしゃるんですって」

「ふうむ、それはまた急だね。昨夜、珠生さんに何かあったのかね」

「あゝ、そうそう、お父さまは昨夜のこと御存じないのね。昨夜とうとう珠生さんの素性《すじょう》がわかったんですって」

娘がきいて来たところによると、それはこういう事情らしかった。

珠生と祥子の二人も昨夜の演芸会を見物に出かけた。その時二人は、別にのど自慢競演会に加わろうなどとは思っていなかったらしいのだが、村の青年たちが二人を見付けると、無理矢理に舞台にひっぱりあげてしまった。

「そこで珠生さん仕方なしに、祥子さんにオルガンを弾《ひ》いてもらって、シューベルトのアヴェ・マリヤをお歌いになったんですって。するとその歌をきいて楽屋から、歌謡曲の浅原芳郎という人が……お父さま、浅原芳郎という人、御存じ?」

名前だけなら私もその男を知っていた。ひところは相当人気のあった流行歌手だが、無軌道《むきどう》な生活のために咽喉《のど》をいためて、すぐ凋落《ちょうらく》してしまった。素《そ》行《こう》のうえでもとかくよくない噂《うわさ》のあった男なのである。

「ほゝう、浅原が来ていたのかい」

「えゝ、その浅原さんが舞台へとび出して来て、珠生さんをつかまえ、あなたは村上さんじゃないかというわけなのよ。珠生さんのこと、村の人たちみんな知ってるでしょう? だもんだから、いっとき会場の中は、水を打ったようにしいんとしずまりかえったという話よ、そこで啓一さんがすぐとび出していって、ともかく楽屋へ行って話をきこうというわけで、……で、はじめて珠生さんの過去がわかったのよ」

娘はそこで急に悲しげに面《おもて》を伏せると、

「あの方……珠生さん、やっぱり人の奥さんだったんですって。何んでもあの方、官吏《かんり》かなにかのお嬢さんで、お父さまがお亡《な》くなりになった後、未亡人になったお母さまと二人で素人《しろうと》下宿みたいなことをしていたのね。そのうちに下宿していた学生さんと恋におちて、……でも、その学生さんのお家《うち》というのが、どっか田舎の、しっかりした家だもんだから、御両親が承知なさらなかったんですって。そうしているうちに、その学生さんというのが応召してしまって、……しかもその後で珠生さん、赤ちゃんが出来たんですって」

「ふうむ」

私はなにか苦いものでも嚥《の》まされたような感じだった。

「それで珠生さん、あの家にいられなくなったんだね」

「えゝ、そうなの。祥子さんのお母さまに何かいわれたらしいのよ」

「しかし、その事はほんとうだろうか。いえさ、浅原という男の話だがね、かりにその男が出鱈目《でたらめ》をならべているとしたところで、珠生さんには弁明出来ないのだからね」

「まあ。……そういえばそうね。だけど、そうすると珠生さん、いよいよお気の毒だわ」

娘はいたましさに顔をくもらせた。

「しかし、啓一君や祥子さんが神戸へ行ったのはどういうわけなの。なにか心当りがあるのかしら」

「あゝ、それはこうなの。今日は三月十五日でしょう。珠生さんが神戸であの大空襲にあったのは今夜のことなのよ。自分が倒れていたところは、この間啓一さんや祥子さんにつれていってもらって知っている筈《はず》でしょう。だから、ひょっとするとそこへ行きやしないかと……」

なるほどそれは筋道の立ったかんがえかただった。だが、同時にそれは何んという悲しいことだろう。私は珠生さんという少女の薄倖《はっこう》な運命に、胸をしめつけられるような気持ちだった。

その夜は春の朧月夜《おぼろづきよ》であった。

六

珠生さんは実際に、その夜神戸の焼跡《やけあと》を彷徨《ほうこう》していたのである。しかし、運命というものはわからないものだ。悲痛と傷心のどん底から来た、彼女の無心の彷徨が、やがて彼女を思いがけない方向へ持っていったのである。その事については、後日、啓一君からきいた話を、そのまゝこゝに書きとめておくことにしよう。

「汽車の都合で祥子と私が神戸へ着いたのは、その晩おそくなってからでした。私たちはすぐに目的の焼跡へかけつけたのですが、何しろ夜のことでしょう。道に迷ってずいぶん、あちこち探してまわりました。ところがそのうちに、ふときこえて来たのが……あゝ、先生もいつかおきゝになったとおっしゃいましたね。ほら、『山のあなたの空遠く』というあの歌なのです。『噫、われひとととめゆきて、涙さしぐみかえり来ぬ』……そこを聞いたとき、私は思わず泣きました。珠生さんは焼跡の煉瓦《れんが》に腰をおろして、両手で顔をおおい、呟くように歌っているんです。淡《あわ》い月の光でその姿を見つけると、私たちはすぐに駆出《かけだ》しました。ところが、珠生さんの歌をきいて、その場へ駆着《かけつ》けたのは私たちばかりじゃありません。もう一人あるんです。

ねえ、先生。先生も浅原芳郎という流行歌手が珠生さんについて語った話というのを御存じでしょう。あの話は半分ほんとうなのですが、半分は嘘《うそ》だったんです。珠生さんのお父さんが官吏であったこと、その人の亡き後、お母さんと一緒に素人下宿みたいなことをしていたこと、下宿していた学生と、未亡人の娘さんが恋におちたこと、学生の出征後、その娘さんが赤ちゃんをうんだこと、それはみんなほんとうなのですが、その娘さんというのは珠生さんではなく、珠生さんの姉さんの瑞穂《みずほ》さんという人だったんです。浅原という男が、何故あのような悪意にみちた嘘をついたのか、その理由もたいていわかりました。そいつ瑞穂さんに恋をしていて、こっぴどくはねつけられたことがあるんですね。瑞穂さんという人は音楽学校を出ていたそうですが、つまり姉に対する恨《うら》みを、妹で晴らそうとしたんですね。

さて、こういえば珠生さんの歌をきいて、その場へ駆着けて来た人が誰であるかおわかりでしょう。それは瑞穂さんの御主人になる人、つまりさっきお話した学生なのです。その人は加藤順吉《かとうじゅんきち》といって同じ岡山県の津山《つやま》の人でした。では加藤君がなぜそんなところにいあわせたかというと、それにはこういうわけがあるんです。

　珠生さんの姉さんの瑞穂さんという人は、去年の三月十日の東京の大空襲で亡くなったのだそうです。珠生さんのお母さんという人はそれよりだいぶまえに亡くなっている。だから珠生さんは姉さんの赤ちゃんと二人きりでこの世にとり残されたわけです。珠生さんは途方にくれた揚句、加藤君のお父さんのところへ手紙を書いたのです。瑞穂さんの亡くなった事を述べ、こういう事情だから赤ちゃんをひきとって貰《もら》えないか、それがいやならばせめて情勢がよくなるまで預かって貰えないかと、それはそれは涙の出るような手紙だったそうです。その手紙を出しておいて二三日してから、珠生さんは赤ちゃんを抱いて東京を出発した。返事なんか待っていられなかったんですね。ところが不幸にもその汽車が三《さん》の宮《みや》で動かなくなったんです。そして珠生さんは赤ちゃんを抱いたまゝ、神戸の町へ放り出され、途方にくれて深夜の町をさまよい歩いているうちに、あの空襲にあったわけです。その時の珠生さんの淋しい、心細い気持ちをかんがえると、私はいまでも泣けそうですよ。珠生さんは焼夷弾《しょういだん》の火の粉におわれてあちこち逃げまどうているうちに、破片に頭をやられて倒れてしまったんです。

　しかし、先生、捨てる神あれば助ける神ありとはよくいったものですね。ある親切な人が赤ちゃんの泣声をきいて駆着けて来てくれたのです。しかしその人は珠生さんはもう駄目だと思った。そこでせめて赤ちゃんだけでも助けようと、抱いて逃げてくれたんです。その人はその足で播州《ばんしゅう》へ避難していったんですが、後で赤ちゃんの着物をしらべると、所と名前が書いてある。その所というのは津山にある加藤君のお父さんのところなのです。それでその人はわざわざ津山まで赤ちゃんをつれて来てくれたそうですよ。

　ところで、加藤君のお父さんのほうではどうしていたかというと、珠生さんの手紙を見て、今日来るか明日来るかと、首を長くして待っていたというのです。その時分にはお父さん、すっかり気が折れていたんですね。だから赤ちゃんが来たことをとても喜んだのですが、つれて来てくれた人の話をきくと、赤ちゃんを抱いて倒れていたというのが珠生さんらしい。その人の話では、とても助からなかったであろうということなので、お父さん、涙をこぼして泣いたそうです。

さて加藤君も、今年の一月に復員して来ました。そしてお父さんから話をきくと、三月十日の妻の命日には東京へ行き、瑞穂さんの焼死したであろうと思われる跡をとむらい、三月十五日には神戸へ来て、珠生さんの倒れていたというあたりをとむろうていたんです。ところがそこへきこえて来たのがあの歌で……あれは瑞穂さんが一番好きな歌で、姉妹してよく歌っていた歌なのだそうです。

先生、これでなにもかもお分りになったことゝ存じます。珠生さんはいま、加藤君のところにいます。加藤君が責任をもって、珠生さんをもとゞおりにしてみせるといってくれたのです。私も珠生さんを送って津山まで行って来ましたが、早くも希望の曙光《しょこう》は見えて来たのですよ。あの赤ちゃんを見せると、珠生さんが急に泣き出しましてね。あの人、記憶を失っていても、赤ちゃんをなくした責任感だけは、強く脳裡《のうり》にのこっていたんですね」

以上が啓一君の話であるが、それからまた半年たった。そして今度は私がはじめて、あの藪かげの月光のもとで、珠生さんに出会った日である。私はいま、二三日まえ訪ねて来た啓一君が、欣然《きんぜん》として語った言葉を思い出す。

「先生、先生のおっしゃる空蟬処女《うつせみおとめ》はもう空蟬ではなくなりましたよ」

その時、私は啓一君の顔を見ながらにこにこして、こういったのである。

「そして、間もなく処女《おとめ》でもなくなるんじゃないのですか」

玩具店の殺人

一

「おもちゃ屋の店というもの〻持っている、なんとなく神秘的な、妙に薄気味悪い雰囲気を、あなたは御存じですか」と、こんな話をはじめたのは堀井《ほりい》君である。堀井君という人がどういう人であるか、この話を読んでいたゞければわかる。

「い〻え、戦争前までは私だってこんなこと、考えたことはありませんでしたよ。おもちゃ屋なんてどこにだってありましたから、よしそこにどんな奇妙なおもちゃがならんでいたところで、ははあ、おもちゃ屋か――ぐらいで通りすぎたもんです。ところが戦争がすんで、東京中が焼野原《やけのはら》になって、右を見ても左を見ても殺風景な焼跡ばかりという時代に、忽然《こつぜん》としておもちゃ屋の店がひらいたとしてごらんなさい。こりゃ大人だって眼を瞠《みは》らずにはいられませんよ。そしておもちゃという物の持っている不思議な魅力を、改めて見直さずにはいられませんよ。実はそういうおもちゃ屋の店をひらいたのはわれわれなんです。場所は上野《うえの》の山下《やました》で、そこがまだいちめんの焼野原だった時分に、いちはやくわれわれがおったてたのがそのおもちゃ屋のバラックなんです。名前はイロイロ玩具店とつけました。

　い〻え、あなたも御承知のとおり、どうせ画家《えかき》くずれのわれわれ仲間に、そういう才覚の出るわけがありません。才覚は出ても実行力のある奴なんて一人もありません。正直いって戦争中のわれわれの困りかたってありませんでしたよ。同じ画家《えかき》でも少し才気のある奴あ、軍だの情報局と結託して、わが世の春を謳《うた》ってましたが、われわれ仲間にゃそんな器用な真似《まね》の出来る奴はひとりもない。みんな困った揚句に、軍需《ぐんじゅ》工場なんかで慣れない仕事をしていたんですが、戦争がおわったとたんに、その方もあぶれちまって、さあその日から食う心配をしなきゃならなくなった。

昔ゃあわれわれ仲間、どんなに生活力のない奴だって、食うことぐらいはどうにかやっていけたもんです。いつも誰か景気のいゝ奴がいて、そいつにたかっていればどうにかしのげた。われわれ仲間はみんなだらしのない連中ばかりですが、そんな場合、物おしみする奴は、ひとりだってありませんからねえ。ところがこんどはそういうわけにはいかない。みんな焼出《やけだ》されのすっからかんなんですから、たかっていゝような奴は一人もない。そこで連中、顔を合せるごとに何かしなきゃ……何かはじめなきゃ……と、口癖《くちぐせ》みたいに言ってるんですが、さて、何をやってよいやら、そういう才覚の出る奴あ、まえにもいったとおり一人もありません。

ところがそこへ、三年ぶりかで復員して来たのが、あなたも御存じでしょう、武田武雄《たけだたけお》なんです。あいつはえらい男ですよ。昔からわれわれ仲間の中心人物だったんですが、それがかえって来て、われわれの窮状《きゅうじょう》を見ると、こんな事をいうんです。みんな遊んでちゃ駄目だ、いゝ若いもんが働きもせずに、愚《ぐ》痴《ち》ってばかりいるの見っともねえぞ——と、そこであいつが考えついたのが、いまいったイロイロ玩具店なんです。

もっともこれにはわけがあって、事変のはじまるまえ——ですから、十年ほどまえになりますね。やっぱり武田の音頭とりで、イロイロ人形ってのを作って売出《うりだ》したことがある。もっともその頃は必ずしも金儲《かねもう》けが目的じゃなかった。どうも世間に出てる人形なんておよそ俗悪でいかん、ひとつわれわれ仲間で、もっと芸術的な人形を作ろうじゃないかというので、土焼きの人形をこさえて、それをイロイロ人形と命名して売出したことがあるんです。ところがその時分はなにしろ、おもちゃや人形に不自由しなかった時代だし、それにわれわれの作る人形は、あまり芸術的でありすぎたんでね。結局、士族の商法で、まんまと失敗したことがあるんです。

ところが当時の工房、――これは田端《たばた》にあったんですが、そいつが不思議に焼けのこったんです。しかもそこには昔の材料がすっかりそのまゝ残っている。窯《かま》もあるし、絵具や染料も、これは慾ばって相当沢山仕入れてあったんですが、それがそのまゝ残っている。そこでもう一度人形をつくって、おもちゃ店を出そうじゃないか、しかしこんどはまえみたいに、あまり芸術的でないほうがよろしい、相当妥協することにしよう、また、土焼きだけじゃ変化がないから、木彫りやきれや紙の人形もつくろう、いや、人形ばかりではなく、ほかのおもちゃも作ろうじゃないか。――と、こうして音頭をとって動く奴があると、われわれ仲間だって、そう無能じゃない、いや、風変りな思いつきや、奇抜な細工にかけちゃ、人後に落ちぬ才物ぞろいです。それが面白半分に、しかし今度は道楽じゃなく、何《な》んとかこれで食っていこうというんですから、みんな一生懸命で、だからずいぶん面白いものが出来ましたよ。自慢じゃないが、ふつうの職人じゃ思いつけないような、奇抜な、風変りな、魅力にとんだおもちゃがつぎからつぎへと出来たんです。

さて、そういうふうに商品も出来たから、こんどは売店をつくらなきゃというので、そこでわれわれがおったてたのが、上野山下のバラックなんです。あなたは御存じかどうか知りませんが、昔そこに紅《べに》屋《や》という化粧品店があった。江戸時代からの古い老舗《しにせ》なんですが、これが武田武雄の親戚になっている。紅屋の一家は戦災をうけるまえから、田舎《いなか》に疎開していて、まだ当分、東京へかえる意志はないというので、その敷地を武田武雄が交渉して、借りることになったんです。

バラックの材料なんかもほうぼうから掻集《かきあつ》めて来たんですが、そこはズブの素人《しろうと》とはちがって、なかなか気の利いたのが出来ましたよ。赤や青のペンキで塗り立てゝね。ちょっと子供の絵本にある、きのこのお家《うち》といった感じなんです。中は店と奥の二間《ま》になっていて、奥のほうは武田武雄が寝泊《ねとま》りすることになりました。そして店のほうにはわれわれ仲間のつくったおもちゃや人形をずらりと並べたんですが、そこはお手のもので、飾りつけや陳列なども気が利いていて、中へはいるとバラックなんて気はちっともしない。そこでパッと開店したんですが、いや、これは大当りでしたよ。なにしろ、どちらを見ても灰色の、殺風景な焼跡ばかり、誰しもうるおいの欲しいところです。そこへ色彩の豊かな、いっぷう変って趣味のあるおもちゃが売出されたのですから、みんな大喜びで、羽根が生えて飛ぶように売れましたよ。

同人ははじめ六人でした。そのうちの武田武雄だけが、販売係りで、山下のバラックに寝泊りする。むろんかれもそこで試作品なんか作ってましたが、ほんとうの商品をつくるのは後の五人で、これが毎日田端の工房に集まって、大童《おおわらわ》でおもちゃや人形をつくったもんです。何しろ景気がいゝからみんな張合いがある。それに気のあった同志ですからね、面白おかしく、仕事に励みも出て、一同これで、ほっと蘇生の思いをしたもんです。

ところがそのうちに同人が一人ふえることになりました。それが古谷《ふるや》布留《ふる》三《ぞう》なんです。いったい、古谷布留三を仲間に入れることについては、田端組の五人はみんな反対したんです。それというのが、こいつ昔のイロイロ人形の仲間にゃちがいないが、われわれ仲間としちゃ出来そこない——と、いうのは妙に世才にたけている。戦争中どういう、つてがあったのか情報局へもぐりこんでたいそう羽振りをきかしていた。それはまあいゝとして、仲間のうちに困ったものがあって助力をこいにいくと、古谷布留三め、大きな椅子にふんぞりかえって、君たち、いまの時局をなんと心得とるんじゃ、あゝん、なんてことをいやあがって、洟《はな》もひっかけなかった。

その時の遺恨があるもんだから、かれが同人となることにゃ、みんな反対したんですが、武田という男はさすがに一方の旗頭になる人物だけあって、どこか大きなところがある。まあ、そういうな、困るときは相見《あいみ》互《たが》いだ。それに商売がうまく図にあたって来れば、こゝにどうしてもひとり、算盤《そろばん》のはじける奴がいる。失礼ながら君たち、人形やおもちゃを作るのは上手だが、それをいくらに売れば採算がとれるのやら、材料をどこで仕入れて来てよいのやら、わかる奴はひとりもあるまい。おれだってわからない。だからそういう仕事を古谷布留三にして貰《もら》おうと思うのだ。何も君たちと鼻つきあわして仕事をするというわけじゃなし、連絡係り——と、いえば上品だが、まあ小使《こづか》いのつもりで使ってやれ。と、こういわれると、根が気のいゝわれわれ仲間、それでもいやだという奴は一人もありません。そこでとうとう古谷布留三も同人のひとりにしたんですが、なるほど武田武雄はえらい、と、その当座みんな感服しましたね。何しろ古谷布留三が入って来てから、商売がちゃんと軌道に乗って来たからえらいもんです。それまではうわべの景気だけは上乗《じょうじょう》だが、果して儲かっているのかいないのか誰にもわかっていなかった。それが古谷布留三の入って来たおかげで、収支がはっきりして来たんだから、それだけでも大したもんです。

そういうわけでイロイロ玩具製造会社は、いよいよますます前途有望となって来た。ことに新円になってからは、われわれどんなにこの商売でたすかったか知れやしません。おかげで同人七人、大ほくほくで仕事にはげんでいたんですが、好事《こうじ》魔《ま》多しとはよくいったもんで、そのうちにたいへんなことが起った。人殺しが起ったんですよ。しかもイロイロ玩具店の店先で……」

二

堀井君もいうとおり、おもちゃ屋の店先ほど神秘的なものはない。そこには種々雑多な色彩で化粧された、人形や、動物のおもちゃや、仮面がならんでいる。お姫様もいれば黒ん坊もいる。象もいればカンガルーもいる。悪魔の仮面もあれば、おどけたピエロの仮面もある。ひょっとすると、それらのお姫様や黒ん坊や、象やカンガルーや、悪魔やピエロは、昼のあいだこそあゝして神妙にとりすましているけれど、夜になると、ひそかに唄いかつ踊り、おもちゃの国の饗宴《きょうえん》をひらくのではあるまいか、と、こういう幻想をいだくのは、必ずしもアンデルセン一人とは限るまい。

真夜中のイロイロ玩具店の店先は、ことに神秘的であった。なぜならば、周囲はまだ整理されない焼跡のがらくたの堆積《たいせき》であるのに、一歩このバラックの中へ入れば、そこにはおもちゃの国の宮殿が、香りたかい壮麗さをほこっているのであったから。

ところがある夜。――

それは時候はずれの、妙になまあたゝかい真夜中の三時頃のことだったが、このおもちゃ屋の店先へ、そうっと、しのびこんで来たものがあった。妙におどおどとして、バラックを撫《な》でていく風の音にも、いちいちぎくりと、とびあがるところを見ると、世の常の来訪者とは思えない。

泥棒――? そうなのだ。いま時分、あんなにそっと入って来るのは、盗人《ぬすびと》以外にある筈《はず》がない。それにしてもこの泥棒の、なんとビクビクしていることよ。暗がりのなかでひっきりなしにふるえているのが見えるし、はあはあという息使いが、本人に気の毒なほど、バラックのなかに響きわたるのである。この泥棒、きっと新米にちがいない。

それに――この泥棒、たいへん柄《がら》が小さいのである。背伸びして、やっとおもちゃの陳列棚にとゞくかとゞかぬくらいである。脚をまげて、腰をかゞめて、わざとあんなふうをしているのであろうか。いや、どうやらそうではないらしい。……

おもちゃ屋の店先は暗かった。店も奥も電気が消えていた。しかしそこはあやめもわかぬ真っ暗がりというわけではない。昼間こそ気がつかないが、夜になるとよくわかる。バラックは節穴や隙間だらけで、そこから表の月光が、滝のようにあらい縞目《しまめ》をつくって降りそゝいでいる。外はよい月夜なのである。

泥棒は陳列棚のそばにうずくまって、しばらく呼《い》吸《き》をとゝのえているふうだったが、気もようよう落《おち》着《つ》いて来たのか、じりじりと這《は》うように二三歩身動きした。と、そのとたん、ひと筋の月光が、矢のように顔をさしつらぬいたが、なんと、その顔を見るとこの泥棒、まだやっと十二か十三の子供なのである。柄が小さいのも道理であった。そしてまた、おもちゃ屋としてはまことにふさわしい泥棒だった。

少年の眼はおびえていた。小鼻がたえずぴくぴくふるえていた。しかしかれがおびえているのは、おもちゃ屋の主人に見附かりはしないかという懸念からではなかった。かれはこよいこゝの主人が留守であること、したがっていまこのイロイロ玩具店には誰もいないことをよく知っていた。

かれがおびえているのは、われとわが影におのの いているのである。自分で自分の冒険にスリルを味わっているのである。

だからそのスリルが去っていくと、少年の眼からはしだいにおびえの色が消えていった。そしてそれにとってかわって現れたのは、熾《し》烈《れつ》な渇《かつ》仰《ごう》のいろである。少年は、いつもそこにこの家の主人が、腰をおろして店番をしている腰掛《こしかけ》に腰をおろすと、生意気にも脚を組み、膝《ひざ》のうえに頬杖《ほおづえ》ついて、ゆっくり店のなかを見廻《みま》わしている。はじめのうちは、まだ何んとなくぎこちなく、落着かないふうであったが、だんだん慣れて大胆になって来たのか、その眼には幸福に酔ったものゝような、よろこびが溢《あふ》れて来る。

間もなく少年は、ポケットから煙草《タバコ》とマッチを取出した。いまどきはこんな少年でさえ煙草を喫《す》うと見えるのである。闇煙草らしい手巻きの一本を口にくわえると、少年はマッチを擂《す》りかけたが、そのときになってはじめて、この無断侵入者に気がついたのか、奥から小さな動物が、足音もなくやって来た。形から見ると猫らしい。しかしこの猫は、無断侵入者のすがたを見ても、別に怒りもしなければ、怪しみもしなかった。反対に少年の脚にからだをこすりつけると、ゴロゴロと咽喉《のど》の奥で甘えている。

「あゝ……トマ公……」

少年は膝のうえに猫を抱いてやる。それで猫のすがたがはっきりと、月光のなかに浮きあがったが、なんと、その猫は見事に赤と黄色のだんだら縞に染めわけられているのである。

「トマ公……おまえ、きょう、毛を塗りかえて貰ったんだね」

少年は猫のからだに頬ずりしながら、咽喉の奥でかすかに笑った。

このトマ公は、イロイロ玩具店の招き猫で、おもちゃ屋の猫らしく、いつも色美しく化粧されている。今日はまた塗りかえられたばかりと見えて、赤と黄と、染めわけられた毛並みが、とくに美しく鮮《あざや》かだった。

このおもちゃの猫を膝に抱いて、少年の心はいよいよ得意にふくれあがった。かれはきっと、おもちゃの国の王様になった気持ちなのだろう。胸をはって、煙草を口にくわえて、気取った手付きでマッチを擂る。マッチの焔《ほのお》がめらめらと、一瞬、ねっとりとした暗闇をひきさいた。

少年がきゃっと叫んでとびあがったのはその瞬間なのである。トマ公が膝からふり落されて、不平らしくニャーゴと啼《な》いた。

「ト、ト、トマ公、あ、あ、あれは何んだい。あれも、あれも、あれも、に、人形かい」

とびあがった拍子にマッチは消えて、またもとのねっとりとした薄暗がり、その薄暗がりのなかに、さまざまな人形や仮面が並んでいる。だが、そのなかに唯《ただ》一つ、人形でも仮面でもない顔が、髪ふりみだした白い女の首が、宙にうかんで、ギロリとうえから、少年を睨《にら》んでいる。しかも、片眼だけが異様なかゞやきをもって……。

少年の眼はおびえておのゝいた。薄い鼻翼《びよく》がぶるぶると痙攣《けいれん》した。

「わっ、首吊《つ》りだア！」

少年の心臓は咽喉のところまでふくれあがった。かれはすぐにも表へ跳出《とびだ》しそうな恰好《かっこう》をした。それにもかゝわらず、もういちどかれがそこに踏みとまったのは、恐怖のために足がすくんだせいばかりではない、好奇心がかれの脚に鎖《くさり》をつけたのだ。

あの眼は……あの片眼はどうしたのだろう。もう一方の眼は薄白くにごっているのに、片眼だけが宝石のように、キラキラ光っているのはどういうわけだろう。――少年はまた一歩あとへ引き戻す。腰掛けをひき寄せて、そのうえに爪先《つまさき》立って背伸びをする。好奇心が恐怖に打克《うちか》ったのだ。少年のおのゝく指が、宝石のようにキラキラ輝く片眼にふれた。

……

それから間もなく。

トマ公を抱いた少年が、こけつまろびつ、月下の廃墟《はいきょ》に逃げていったあとのおもちゃ屋の店先には、あいかわらず、髪ふりみだした女の顔が、ねっとりとした薄闇のなかにうかんでいたが、不思議なことには、さっきまで宝石のように輝いていたあの片眼は、もうそこには見られなかった。その眼のあった跡には、ぞっとするような薄気味悪い、醜《みにく》い洞穴《ほらあな》があいている。……

お姫様や道化師《どうけし》や、黒ん坊や悪魔が、眼ひき袖《そで》ひき、声のない忍び笑いをクスクス笑った――と、見えたのは、月光の魔術であったろうか。

三

「――で、今朝この店へかえって来た僕が、表の戸をひらこうとして、何気なくひょいと店の隅《すみ》を見ると、そこにユカリのからだがブランと天井からぶら下っているではないか。そのとき僕がどんなに驚いたか、いまさらいうだけ野暮《やぼ》だ。僕はすぐに警察へとゞけなければならぬと思った。事実僕はあの屍体《したい》を見ると、すぐさま表へ飛出《とびだ》して、お巡《まわ》りさんを探しにいったのだ。ところがその途中で、ふと僕の考えがかわった。というのは、ユカリは果して、みずから縊《くび》れて死んだのであろうか。いやいや、ひょっとすると誰かゞ絞殺《こうさつ》して、首縊りの真似《まね》をさせておいたのではあるまいかと、そういう疑問が起ったからだ。もし後の場合だとすると、これはうかつに警察へとゞけられぬ。何故《なぜ》ならば、昨夜僕はユカリとこゝで逢《お》うているのだ。そして喧嘩《けんか》同様に、あの女をこゝへおっぽり出して、僕は飛出していったのだ。他殺とすれば当然疑いは自分にかゝって来る。――と、そう気がついたから、僕はもう一度こゝへ引返《ひきかえ》し、首をくゝっているユカリの咽喉のまわりを、調べてみたのだ。すると果してユカリの咽喉には、ありありと紫《むらさき》色の指の跡がのこっていた。ユカリはやはり、自ら縊れて死んだのではなかったのだ。誰かに絞殺されて、あそこにブラ下げられたものなのだ。そこで僕は警察へとゞけることは止《や》めにして、その代り、君たちにこゝへ集まってもらったのだ」

焼跡に一軒ポツンと建っているイロイロ玩具店は、今日は朝から表があかない。いや、表のみならず、裏の木戸までぴったり閉めてあったから、ひとが見たら誰もいないと思ったろうが、実際は閉めきったイロイロ玩具店の奥の間では、いま、七人の若者が集まって、濛々《もうもう》と渦巻く煙のなかに、蒼白《あおじろ》い緊張が、研《と》ぎすました剃刀《かみそり》のように冴《さ》えかえっていた。

もし諸君が、この奥の間から中仕切《なかじき》りをとおして、表の玩具店を見られたら、そこにはまだ若い女の首つり死体が、ブランとブラ下っているのに気がついたろう。その女は粗末な、くたびれたワンピースを着ていた。断髪の髪が乱れて、白粉《おしろい》のはげた肌の色が、薄気味悪い鉛色《なまりいろ》をしていた。そして、片眼は依然として、黒い、醜いうつろとなって、どんな奇怪《きっかい》な仮面よりも、十層倍も気味悪い相貌を呈していた。

……

七人の若者の中央に陣取っていた、この玩具店のあるじの武田武雄は、ギラギラするような眼で、他の六人を見廻すと、ふたゝび言葉をついで語りはじめた。

「ユカリの死が自殺でなくて、他殺とわかると、なぜ警察へとゞけないで、君たちに来てもらったか、それを話すまえに僕はいちど君たちに、僕とユカリの昔の仲を思い出して貰いたいと思う。

三年以前僕とユカリは恋仲で、しばらく同棲《どうせい》していたくらいだ。ところが今度復員してみると、ユカリは行方不明になっている。しかもどういうわけか君たちは、ユカリの事を話したがらなかった。消息不明——と、たゞそれだけで、妙に奥歯に物のはさまったような口ぶりだった。君たちの話したがらない風情《ふぜい》を見て、僕もあえて追及せず、諦《あきら》めたようなふうを示していた。しかし、君たちも知ってのとおり、僕という人間は、物事を中途半端に出来ない性質なのだ。よし、君たちが話してくれないなら、ほかの方面からでもきっと突止《つきと》めてみせると決心したのだ。そこで僕は、昔ユカリがつとめていた喫茶店の朋輩《ほうばい》に手をまわして、だんだんきゝこんで見たのだが、その結果わかったところは……なるほど、これじゃ君たちが話したがらないのも無理はないと思った。

ユカリは僕が応召《おうしょう》してから、三月《つき》とたたぬうちに、豚のような軍需会社の親爺《おやじ》の思いものとなって、わが世の春を謳歌《おうか》していたという。なるほどこれじゃ君たちが言葉を濁《にご》すのも無理ではないと思った。いや、むしろ沈黙を守りつゞけてくれた君たちの友情に、僕はどんなに感謝したか知れない。自分でもこんな事、骨を折って調べるのじゃなかったと悔んだくらいだ。

だから僕はユカリの妾宅《しょうたく》が空襲で焼けたことや、終戦後のショックで戦争成金《なりきん》の旦那《だんな》が脳溢血《のういっけつ》を起して死んだことや、また、それ以来ユカリの消息がわからないという事をきいても、もう何んの感動も起らなかった。豚の餌《えさ》になった女に、僕はもう何んの未練もなかった。彼女のみちは彼女自身がえらんだのだ。よし現在、彼女がどんな不幸な境遇におちているとしても、それは僕の知るところではない。

君たちも知ってのとおり、僕はかなり情にもろいほうだが、一方、諦めも悪いほうではない。縁《えん》なき衆生《しゅじょう》とわかってみれば、僕はもうユカリの事に心を悩まされるようなこともなかった。それに幸い仕事のほうが急《いそ》がしくなってくれたのでユカリの事は忘れるともなく忘れていたのだ。ところがそこへ、昨夜ユカリがやって来た。荒《すさ》んで、くたびれて、野良犬のようによれ〳〵になって。………

ユカリが来たのは、むろん昔どおりになってくれというのだった。それに対して僕は太公望《たいこうぼう》みたいな返事をした。事実、僕はひとめ見て、もうこの女はいけないと思ったのだ。昔、僕が愛した純真さはあますところなく失われている。変に搯《す》れて、図々《ずうずう》しくなって、エロ仕掛けで僕を籠絡《ろうらく》しようとするのが、なんともいえず不愉快だった。ところが僕がとりあわないのを見ると、ユカリは今度は手をかえて、泣きながらこんなことをいうのだ。

自分が軍需成金に靡《なび》いたのは決して心からではない。暴力をもって無理矢理に征服されたのである。しかも、それには橋渡しをした男がある。その男が変な家へ自分をつれこみ、酒で自分を盛りつぶした。そして今度気がついたときには、自分は豚のような戦争成金の腕にいだかれ取りかえしのつかぬ体にされていた。それ以来、自分は自暴自棄《じぼうじき》におちたのだと。……それでもまだ僕が相手にしないのを見ると、ユカリはまたこんな事をいった。

その橋渡しをした男、自分を欺《あざむ》き、豚の餌に供した男はあなたの親友である。そしてその男は、いまもイロイロ玩具組合の仲間になっている……」

武田武雄はそこでまた、熱っぽい、ギラギラする眼で六人の仲間を見渡した。六人の若者たちは、シーンと押し黙ったまゝ、無闇矢鱈《やたら》と煙草を吹かしている。狭い部屋のなかには、お互いの顔も見えないほど、濃い煙の幕が立てこめていた。

「僕はむろん、そんな言葉を信じようとは思わなかった。……」

武田武雄はまた言葉をついだ。

「女という奴は自分に不利だと見ると、どんな嘘《うそ》でも吐《つ》くものだ。だから僕は鼻の先でせゝら笑っているつもりだったが、事が友人諸君に関するだけに、もう聴いているに耐えなかった。そこで僕が座を立って出ていこうとすると、ユカリは僕に武者振《むしゃぶ》りついて、最後にこんなことをいったのだ。

その男、自分を売った男は、自分が昔の秘密を打明けはしないかと思ってビクビクしている。もしその事をしゃべったら、自分を殺してしまうとおどかした。だから、自分はいつ殺されるかも知れない。もし、自分が殺されたら、どうか自分の体を隈《くま》なく調べてくれ。自分は体のある部分に、その男の名前を書いてかくしてある——」

六人の男のあいだに、突然、電流をかけたような衝撃がおこった。一瞬ザワザワとした動揺が若者たちを不安にさせ、ぎごちない疑惑がかれらの顔を強《こわ》張《ば》らせた。みんな怯《おび》えたような眼で、互いの表情を探りあっている。

「さあ、それだけいえば、僕が何故《なぜ》、警察へとゞけないで、君たちに来てもらったかわかるだろう。僕はその時、ユカリの言葉に耳をかそうともしなかった。ヒステリー女の囈語《うわごと》と嘲笑《あざわら》い、縋《すが》りつく彼女をふりはなして、こゝを飛出すと、田端の工房へいってそこで寝たのだ。だから、今朝かえって来て、あの死体を発見したときも、てっきり、僕を籠絡することに失敗したので、悲感の揚句、自ら縊れて死んだのだと考えた。ところが、お巡りさんを呼びにいった途中、ふと考えたのはくり抜かれたあの片眼のことだ。諸君も見られるとおり、あの眼窩《がんか》のうつろには、肉眼をくり抜いたような傷は少しもない。昨夜は僕も気がつかなかったが、いまから思えば、どうも片方の眼だけが、その輝きや瞳《ひとみ》のぐあいに尋常《じんじょう》でないものがあったように思う。そのとき僕は、ヒステリーのせいだとばかり考えていたのだが、ひょっとすると、あれは義眼ではなかったか。……そう気がついたから僕は急いでとってかえしたのだ。それが義眼であったにしろなかったにしろ、自分の眼玉をくり抜いてから自殺する奴もない。殺してから誰かゞくり抜いたにちがいない。と、そう気がついたからだ。そして引返して調べた結果は、やはり明《あき》らかに他殺だった。……

さて、こうなって来るとおのずから問題がちがって来る。ユカリが義眼をはめていたとしたら、誰が、何んのためにそれをくり抜いていったか。……そこで思い出すのはユカリが昨夜最後にいった言葉だ。自分を欺いた男は、いまイロイロ玩具組合員のなかにいる。そしてそいつは自分を殺すとおどかしている。自分はそいつの名を書いて、体のある部分にかくしてある……と、ユカリはそういった。体のある部分……それは義眼の中だったのではないか」

　武田武雄はそこで言葉を切ると一人一人、若者の顔を見ていった。それから咽喉の奥でかすかな、気味悪い笑いをあげると、

「さあ、白状したまえ。君たちのなかに昨夜、こゝへ来た人物がある筈なのだ。君は？　君は？　君は？　君は……？　はゝゝゝ、誰も昨夜こゝへ来た奴はないというのだね。古谷君、君も昨夜こゝへ来なかったというのだね」

　特別名をさゝれたので、古谷布留三はぎくりとしたように顔色をかえた。

「むろん、……僕は来やあしない……。僕はもう二三日、こゝへ一足踏みしたこともない」

「はゝゝゝ！」

　突然、さしとおすような鋭い、皮肉な笑い声を武田武雄があげたので、一同はぎょっとしてかれの顔を見直した。古谷布留三の顔色は、真《ま》っ蒼《さお》をとおり越して土色になっていた。武田武雄は一句一句に力をこめて、

「古谷君、君は昨夜こゝへ来なかったという。いや、二三日こゝへ足踏みもしなかったという。それだのに、どうして君のズボンに、赤と黄色の猫の抜毛《ぬけげ》がついているのだ。赤と黄色の猫なんて、世界中、どこを探したってトマ公よりほかにはいない筈だぜ。昨夜君はこゝへ来てユカリを殺した。そのとき、無心のトマ公が、君の脚に体をこすりつけたのだ。しかも、昨日までのトマ公は緑の一色に塗ってあった。その緑が剝《は》げて来たから、昨夜ユカリが来るまえに、僕が赤と黄色に塗りかえてやったのだ。……」

　古谷布留三は自分のズボンに眼をやったが、そこについている二三本の猫の抜毛を見ると、突然がっくりと、朽木《くちき》を倒すように前にのめった。……

四

「私の話はこれだけですが……」

と、堀井君は語るのである。

たゞ、妙なことには古谷布留三、かれが後に白状したところによると、ちゃんと代りの義眼を用意し

ていて、それをユカリの眼玉にはめていったんだそうです。更に妙なことには、古谷が持ちかえったユカリの義眼は、別に何んのからくりもない、あたりまえの義眼だったそうです。では、ユカリはどこに犯人の名を書いていたかというと、足の裏の土踏まずに、墨《すみ》くろ〴〵と書いてありましたよ。靴下《くつした》をはいていたから、古谷も武田もそれに気がつかなかったのですが、それよりも第一に、古谷布留三、あまりロマンチックに考えすぎた。そりゃ、義眼のなかに秘密がかくしてあったほうが、話としてはたしかに面白いが、ユカリはそれほどロマンチックじゃなかったんですね。それを古谷は一途《いちず》に義眼と眼をつけたから、足の裏まで調べなかったんです。はゝゝゝは、これも探偵小説中毒のせいかも知れませんね。

ところで、古谷が折角《せっかく》用意して来た代りの義眼はどうなったか、それは二三日してわかりましたよ。上野にたむろしている戦災孤児の史郎《しろ》ちゃんというのが、トマ公を連れて来てくれたんです。史郎ちゃん、別に盗みが目的でなく、たゞもう一途におもちゃの王国に憬《あこが》れて、あの晩、店へしのびこんだのですが、そのとき、ユカリの義眼にさわってみた。そしてそれをいじくっているうちに、ポロリと眼玉が抜出《ぬけだ》してどこかへ転がったので、史郎ちゃんびっくりして飛出してしまったんですね。その話をきいてから、一同総動員で店のなかを探したところが、なんとその義眼は、売物のビイ玉のなかにちゃんとおさまってましたよ。はゝゝゝは。史郎ちゃんはいま武田武雄に引取《ひきと》られています。そして憬れのおもちゃの王国の番人として、大得意でハリ切っていますから御安心下さい。

頸飾《くびかざ》り綺譚

山名耕作《やまなこうさく》は妻の頸飾《くびかざり》を到頭入質《とうとういれじち》して了《しま》った。差当《さしあた》って彼は、二千円という金がどうしても必要だった。

山名耕作といえば若いけれどかなり腕のある仲買人として相当人に知られている。その彼が、これならばという見込みをつけた儲《もう》け仕事があった。当る事は分りきっていたし、当ればかなり大きな仕事になりそうだった。

ところが、それにはどうしても二千円という資本が要《い》るのである。然《しか》しその二千円さえ注《つ》ぎこんで置けば、一ケ月と経《た》たぬうちに、その十倍にもなって返って来る事は分りきっていた。

「大丈夫ですよ、貴方《あなた》。二三日うちには必ず、これと寸分違わぬ頸飾をお届けしますから、なアに、素人《しろうと》には一寸《ちょっと》分りっこありませんよ。それで暫《しばら》く奥さんを誤魔化《ごまか》しておいて、そのうちに融通がおつきになったら真物《ほんもの》をお出しになるんですな」

質屋の主人はそう言って受合《うけあ》ってくれた。山名耕作はそれで安心すると二千円の金を受取った。

彼は頸飾を入質するについて、どうしてもそれを妻に打開《うちあ》けて相談する気になれなかった。打開ければ反対するのは分りきっている。言わばこれは一種の投機だった。耕作には必ず当る事は分っていたが、妻にそれを納得させるのはかなり骨が折《お》る。

丁度幸い妻が実家《さと》の方へ帰っていたので、だから、彼は到頭無断で頸飾を持出《もちだ》したのだった。

「じゃ、間違いなく二三日うちに贋物《にせもの》を届けてくれ給えね。何しろ妻が帰って来るまでに簞笥《たんす》の中へ入れて置かなきゃ、一騒動起るからね」

「かしこまりました。決して間違いはありませんから安心していらっしゃい」

山名耕作はそう言って贋《まが》い物《もの》の頸飾代として二十円置いて帰った。

質屋の主人の言葉に間違いはなかった。

それから三日目に届けられた頸飾を見ると、山名耕作は思わず感歎の声を放った。

「ほウ、成程《なるほど》こいつは素敵だ。これじゃ素人にゃ一寸分りっこないな」

耕作は大いに安心した。

実際それは素人の眼には一寸鑑別《みわけ》がつかないくらいうまく出来ている。真珠の光沢といい、粒の大きさと言い、二つ較《くら》べて見てもどちらが真物《ほんもの》か贋物か一寸見当がつかぬくらい上手に出来ていた。

これなら充分妻を欺《だま》せるだろうと彼は北叟笑《ほくそえ》んだ。

それから四日目に妻の類子《るいこ》は帰って来た。

何かのはずみに彼女は簞笥を開けて頸飾を取出《とりだ》したが、少しも気が附いた様子は見えなかった。

「ねえ、貴方《あなた》、近いうちに帝劇へ連れて行って頂戴《ちょうだい》な。あたし長い事この頸飾をかけて出ないんですもの。久し振りで一寸かけてみたいわ」

「あゝいゝとも、二三日すれば俺も暇になるから……」

「そう、嬉《うれ》しい！」

類子は頸飾をかけてみて独り喜んでいた。

耕作はそれを見るとおかしくて仕様がなかったが、強《し》いてそれを嚙《か》み殺していた。

妻は何も気が附いていないのだ。二十円の頸飾をかけて、得々《とくとく》と帝劇の廊下を歩いている彼女の事を考えると、彼は吹き出したい程おかしかった。

何も彼《か》もうまく行っている。

妻は頸飾の贋物である事に気附かない模様だし、金を注ぎ込んだ仕事の方もどうやらうまく行きそうだった。もう暫く辛抱《しんぼう》していれば、入質した真物《ほんもの》の方が受出《うけだ》せる位の見込みはついていた。

それから一週間程して、耕作は妻を伴って帝劇見物に出かけた。

ところがその帰途の事である。大へんな事が起った。

雇自動車《タキシ》を降りて、自分の宅の玄関へ上ってホッとした時である。

「アラ！」

と類子は突然大声を挙げて叫んだ。

「アラ〳〵、大へんだわ。あたしどうしましょう」

彼女は今にも泣出《なきだ》さんばかりの声で叫んだ。

「どうしたのだい、おい？」

「頸飾を――、頸飾を――」

見れば成程、夕方頸にかけて出て行った頸飾が見えない。

「おい、どうしたんだ」

「落したのよ、屹度《きっと》、あたし困るわ。大へんだわ」

「落したって？」

「そうよ。屹度あの自動車の中よ。帝劇を出る時には確かにあったんですもの」

頸飾が贋物だという事を知らない妻の類子はおろ〳〵していた。

「貴方、何《な》んとかして頂戴な。あたしあれがなくちゃ困るわ」

「何んとかするって、困るじゃないか。何処《どこ》へ落したのか分らないし……」

「極《きま》ってるわ。自動車の中に極ってるわよ」

「それにしたって、何処の自動車だか分らないし……」

「だから、何んとかしてそれを探すのよ！」

妻の類子は良人《おっと》があまり平然としているので、もどかしそうに地団駄《じだんだ》を踏んだ。

「探すったって、お前……」

「新聞に広告すればいゝわ。ね、広告費だってそうかゝらないでしょう。だって、あの頸飾は買う時には五千円もしたんですもの。少しぐらいかゝったって構わないわ」

「うむ、そうすればいゝね」

耕作は煮え切らない返事をした。

「そして、うまく頸飾を持って来てくれゝば、どのくらい礼をするんだね」

「そうね、一割だから五百円よ。ね、五百円礼をするからって新聞に広告を出して頂戴な。ね、お願いよ」

耕作は腹の中で困って了《しま》った。考えてみると、たった二十円の贋物の頸飾に五百円の礼をかけるなんて、どう考えてみても馬鹿々々しい事である。然し、それを打開けて妻を安心させる事も出来ない。今更になって、あの頸飾が贋物だったなんて言えば、妻がどんなにヒステリーを起すか分ったものじゃない。

「ね、そうして頂戴ってば！」

「うん、いゝよ、いゝよ」

耕作は遂にそう返事をしなければならなかった。

さて、新聞にその広告を出してから三日目の事である。

事務所にいる彼の所へ、人相のよくない運転手風の男が会いに来た。

「頸飾の事でおうかゞいしたのですが」

「あゝ、成程……」

耕作は相手の顔を見守りながら答えた。

「この間、夜晩《おそ》く車庫へ帰って車を掃除していたら、この頸飾が落ちていたんですが、何《なん》しろどなたがお落しになったものか分らないし、それにあまり大したものでも……」

そう言って運転手はにやりと笑った。

「それじゃ君はこの頸飾が贋物である事を知っているんだね」

「存知て居《お》りますとも。誰の眼にだって、直《す》ぐ分りまさア。だから新聞にあんな広告が出た時不思議に思ったんですよ。こんな贋物にどうして五百円も賞金がついているのかと思いましてね」

「実際馬鹿々々しい話だ。君だから打開けるがね、妻にその事を知られたくなかったもんだから」

「大方そんな事だろうと思っていました」運転手はにやりと狡《ず》るそうな微笑《びしょう》を浮べながら、「然し、お約束のものだけは頂《いただ》けるでしょうな」

「君は、じゃこの贋物で五百円の金を取るつもりなのかい？」

耕作は一寸顔色をかえた。

「お約束だから仕方がございません。そりゃ私もこいつが二三十円ぐらいの贋物である事はよく存知て居ります。然し、約束は約束でございますからな」

「そりゃ、君酷《ひど》いよ。こんな物に五百円も出せるもんか」耕作は呶鳴《どな》るように言った。「だけど、約束だから仕方がない。百円だけ奮発する事にしよう。百円だって実際馬鹿々々しい話だがね」

「それは御免蒙《ごめんこうむ》りましょう。お約束だけの額を戴《いただ》かなければ」

「じゃ、負けないと言うのかい？」

「えゝ、一銭だって……」

「勝手にしろ！」耕作は叫んだ。「じゃ僕はその頸飾を受取らないばかりだ。妻には出て来ないと言って諦《あきら》めさせるばかりだ」

「結構でございます」男は慇懃《いんぎん》にお辞儀をした。「それじゃ奥様の方へおうかゞいするばかりです」

「何？　妻の方へ？」

「そうです。そして奥さんに何も彼《か》もお話しして……」

「待ってくれ給え、君、そ、そんな事をされちゃ……」

「では、五百円頂けましょうか」

「君は足下《あしもと》へつけ込むんだね。仕方がない二百出そう。ね、それで堪忍《かんにん》してくれ給え」

男は黙って立上《たちあが》ると、出て行きそうにした。耕作はそれを見ると周章《あわ》て止めた。妻に饒《しゃ》べられちゃ何も彼もおしまいである。

「チョッ！　仕方がない。こんな下らない取引なんてあるもんじゃない」

耕作は渋々しながら、小切手帳を取出《とりだ》すと五百円の金額を記入した。

相手はそれを受取ると、にや〳〵笑いながら出て行った。

「チェッ！　畜生《ちくしょう》！　まんまと五百円ふんだくって行きやがった」

耕作は地団駄を踏むようにして口惜《くや》しがった。

ところがこの話はこれでまだ終らないのである。

それから三日目の晩、耕作の妻の類子は友人の相馬《そうま》夫人を訪れた。

「奥さん。これこの間トランプで負けた時の借金よ。三百五十円ね」

「まア、いつでもいゝのに……」相馬夫人は金を受取りながら「でも、よく出来ましたわね。旦那《だんな》様におねだりしたの？」

「そうじゃないの。こんな事良人《たく》に言えるもんですか。頸飾を種に五百円拵《こしら》えたのよ」

「まア、質に入れたの？　そんな事して旦那様に知れちゃ……」

「大丈夫よ」類子は意味ありげに笑いながら、「そんな下手《へた》な事をするもんですか、もっと悧巧《りこう》な方法なのよ」

類子はそう言うと大声を挙げて笑った。

結局彼女は良人《おっと》より悧巧だった。頸飾が贋物だという事を知った彼女は、まんまと一芝居打って良人の財布から五百円まき上げたのである。

劉《りゅう》夫人の腕環

一

それはほんの気まぐれからであった。

その日の午後のこと、いつものようにトーア・ロードを散歩していた私は、その坂の途中にある民国《みんこく》人《じん》協会という建物の壁に、真赤《まっか》な紙がはりつけてあるのを見た。

この民国人協会というのは、領事館とは又別な、いわゆる純民間的な本部であるらしく、そこの壁には、よくいろんな催《もよお》し物の報告などが貼られていた。その時私が見たのは、彼等の仲間へ、旅芝居か何かの一行が来たらしく、それの報告なのであった。これだけでは私の好奇心を煽《あお》る程でもなかったろうが、そこに書いてあった外題《げだい》というのが、

偵探判奇案《ていたんはんきあん》

というのである。

おや！　と私は思った。

支那《シナ》の言葉では、探偵というのを、逆に偵探というのかしら。いずれにしても、この五つの文字それぞれが、各々探偵小説に縁のありそうな意味をもっているのである。私はてっきりこれは、支那の探偵劇に違いないと思った。

丁度それは夕方の五時ごろのことであった。仕事を終えた西洋人たちが、二三人連立《つれだ》って、大股《おおまた》にトーア・ロードのゆるい傾斜を登って行った。足の小さい支那婦人が、ちょこ〳〵と私を追抜《おいぬ》いて、近所の横町へ消えたりした。

お伽噺《とぎばなし》のようなこの神戸《こうべ》の町でも、わけてこのト

ーア・ロードは最も私をひき附けるのだ。坂の真正面に建っている、トーア・ホテルからしてが、お伽噺の風景そのまゝだ。そこでは日本人と同じ位の数の西洋人が歩いている。自動車のタイヤが、心よい弾《はず》みを見せながら、私を追抜いたり、私と行違《いきちが》ったりした。

私は、さっきみた「偵探判奇案」という言葉を、しつこく頭の中で繰返しながら、ゆるい足どりで坂を下りて行った。

今夜八時。

於××倶楽部《クラブ》。

見たいな。と私は思った。

そうだ、泰《たい》の奴に話せば連れて行ってくれるかも知れない。

坂を下りて三《さん》の宮《みや》まで来ると、そこを真直《まっすぐ》に、突《つき》抜《ぬ》けて、私は埠頭《ふとう》の方へ足を運んだ。泰というのは支那人と日本人との混血児で、そして不良少年である。私はふとしたはずみから知り合いになったのだが、彼の親爺《おやじ》の徳泰《とくたい》というのは、神戸にいる支那人の中でも、有名な金持ちだという話だ。埠頭に面した××ビルディングの五階に大きな事務所を持っていて、そこで毛織物の輸入を大がかりにやっている。私の知っている不良少年の泰もそこに働いているのだ。

「泰さんいますか?」

と受付けにそういうと、背の低い、平たい顔をした支那人が、うさん臭《くさ》そうに私の顔を見ていたが、やがて黙って奥へ這入《はい》って行った。暫《しばら》く待っていると、

「やあ!」

と泰が手を拭《ふ》きながら顔を出した。

「一寸《ちょっと》待ってゝくれ給え。今丁度帰ろうと思っていたところだ」

一度引込んだ彼は、帽子と上衣《うわぎ》を小脇にかゝえ込んで、折上《おりあ》げたワイシャツの袖《そで》を直しながら出て来た。

「珍らしいね。どうしたってえんだい?」

カフスボタンをはめると、鏡の前へ行ってネクタ

イを直しながら、鏡の中の私の顔を見ながらそんなことをいった。

「いや、一寸《ちょっと》頼みがあってね」

「頼み——？　そう、どこかへ行こうか。飯はまだなんだろう？」

私たちは行きつけのカフェーへ行くと、そこで簡単な食事をすることになった。

「君は知ってるだろう、ほら、今夜××倶楽部にある君たちの芝居のことさ」

固い肉片をつゝきながら私がそういうと、

「うん、知ってるよ」

と彼は肉を頬張《ほおば》った口でビールを呷《あお》りながら、チラリと上眼《うわめ》使いに私の顔を見た。

「あれを見せて貰《もら》いたいと思ってね」

「下らんよ。あんなもの」

「君にゃ下らないだろうけど、僕一寸見たいんだがな」

泰は食事を終って口の辺りを拭きながら、

「お易いことだがね、そりゃ……。ありゃ俺んとこの親爺が興行主になってるんだ。だけど、要するに田舎《いなか》芝居だろ。それに君なんか見たって一寸も分りゃしないさ。それこそチンプンカンだ。それより今夜は久し振りだ。お馴染《なじみ》のを、片っ端《ぱ》しから撫切《なでき》りしようじゃないか」

「まあいゝよ。君には又この次《つ》ぎに附合《つきあ》うから、今夜だけは俺のいうことを聞いておくれよ」

二

そんなことから、私たちは××倶楽部へ行くことになったのである。

成《な》る程《ほど》、泰のいったのに間違いはなかった。時々低い声で彼が説明してくれるにも拘《かかわ》らず、私には何一つのみ込むことが出来なかった。たゞ無闇に騒々《そうぞう》しいばかりで、しまいには頭の芯が痛くなって来た。

しかしそうかといって、私にはそこにいることが、全然下らないことでもなかった。自分の周囲にいる人間という人間が、全部支那人なのだ。日本人というのは、おそらくこの私一人だったろう。耳馴れない彼等のおしゃべりを聞き、目馴れない舞台の光景を見ていると、私の頭は阿片《アヘン》でも飲んだように、不思議なしびれを覚えて来るのであった。

　芝居は半時間程で終った。それは実にあっ気ないものだった。ところが芝居が済んでも、見物の支那人たちは一向帰ろうとはしない。彼等は別の控え室みたいな所へ引上げると、そこで三々五々《さんさんごご》勝手なおしゃべりを初《はじ》めた。思うにこれは一種の社交的な集まりであって、芝居など寧《むし》ろ附足《つけたし》なのだろう。

「おい、一寸見給え」

　上気した頭で、ぼんやり、あたりの光景を眺めていた私は、ふと泰にそういわれて我れにかえった。

「ほら、あそこに太った大きな男がいるだろう。あれがおれの親爺さ。その親爺と話している女ね、あれがこの一座の座頭《ざがしら》といったところで、さっきも出てたろう？　劉《りゅう》夫人というのだ。舞台で見ていた時はそう思わなかったが、中々美人じゃないか」

　それから彼は声を低くして、

「今に親爺があれをどこかへ引張《ひっぱ》って行くんだよ。一寸行って見てやろうじゃないか」

　泰は臆面もなく人々を掻分《かきわ》けてその方へ近寄って行った。私は何となく気が進まなかったけれど、彼に取残《とりのこ》されてしまったら、どうにもならないので仕方なく後《あと》をついて行った。

「お父さん今晩は」

　大きな声で彼はそういうと、親爺が顔をしかめているのにも拘らず、

「お父さん、この婦人を僕にも紹介して下さいな」

　といった。

　親爺の徳泰は支那語で二言三言《ふたことみこと》、何か小さい声でいったが、すると劉夫人は泰と私とに向ってにこやかなお辞儀をした。それから彼等は、私には全《まった》く分らない言葉を以《もっ》て、盛んに何かしゃべり初めた。私はすっかりのけ者にされた気味で、泰の後《うしろ》の方に立って、ぼんやりと劉夫人の様子を見ていた。

　成程《なるほど》、それは中々の美人だった。年は二十七八、或《ある》いはもっと行っているのかも知れない。化粧のしかたにしろ、服の好みにしろ、全く支那人ばなれが

していた。この頃の新らしい支那婦人は、こんなに大胆なのだろうか？　私は内心感歎の声を放ちながら、眼も離さずに、彼女の様子をみていたのであるが、その時ふと、彼女の左の腕に嵌《は》めている、大きな腕環が目についた。それは巾《はば》二寸《すん》ぐらいもあろうか、実に奇妙な腕環だった。幾《いく》つもの腕環を並べてはめているように見えていて、その実、それは一つのものに違いなかった。わざとそういう風に、細工をしたのか、それとも偶然そうなったのか、五匹の蛇が並んでとぐろを巻いているところが、見ようによっては丁度五本の腕環のように見えるのだった。無論金《きん》に違いなかろうが、あれだけの太さがあれば、さぞ高価なものだろうな——、ぼんやりそんなことを考えていると、突然、眉根に痛いような視線を感じた。はっとして目を上げた瞬間、劉夫人の視線があわてゝ他へ逃げて行くのが見られた。

「おや！」と私は思った。

そして彼女の眼の色を追おうとしている時、泰がぐっと私の腕を摑《つか》んだ。

「おいく、君らしくもない」

とそこで彼はにやりと笑って、「実はこれから飯を食いに行こうというのだがね、親爺が君をどうしようというから、一緒に行くだろうとそういってやった。構わないから一緒に行こうよ。親爺の奴、君が若くていゝ男だもんだから心配してるんだよ。それに……」

と彼は私の耳に口をつけるようにして、

「劉夫人の方でもまんざらではなさそうだぜ」

そういうと彼は、急に大きな声を出して笑った。

三

支那人と一緒に食卓を囲んだのは、私にとっては初めての経験であった。

私は丁度劉夫人と向い合って腰を下ろしていた。彼女の左右には、泰の親子が腰を下ろしている。彼等の会話は、すべて支那語でなされるので、私にはさっぱり分らなかった。勢い、私は殆《ほとん》ど無言で、食卓の上のものをつゝいているか、でなければ、彼等の顔を順繰《じゅんぐり》に眺めているかより他に仕様がなかった。

何《な》んといっても、私の目は劉夫人に一番ひき附けられた。丁度正面をきって向い合っているので、と、もすれば二人の視線がかち合って、そのたびにどぎまぎしなければならなかった。

「おいく、何をぼんやり考えているんだい？」

何かの拍子で、私が食卓を離れて席を立った時である。後から追いかけて来た泰が、にやく しながら私の肩を叩いた。

「いや——、別に」

私は口ごもった。

「盛んに劉夫人と目くばせをしていたじゃないか。何かいゝ返事でもあったかい？」

「ナーニ」と私は軽くそれを受流《うけなが》して置いて、

「時に、妙なことを聞くがね。ほら、劉夫人の腕環さ。支那の婦人ってものは、みんなあんな太い腕環をはめているのかい？」

「どうして？」

「どうしてゞもないけど、一寸聞いてみるのだが」

「そんなことはないさ。多分成金《なりきん》の旦那《だんな》にでも買って貰ったんだろうよ」

「そうかね」私は廊下に一寸立止《たちどま》まると、「僕には一寸不思議だよ」

「何がさ、あの腕環かい？」

「ウン」

「馬鹿だね」

泰は大きな声で笑いながら、

「又君一流の物好きが始まったね。唯《ただ》の腕環だよ。何でもありゃしないさ」

私はそこにあった長い椅子に腰を下ろすと、煙草《タバコ》に火をつけた。

「そうじゃないんだよ。あれにはきっと秘密がある。君は気がつかなかったかね」

「何にさ？」

泰も私に並んで腰を下ろすと、足をぴんと前へ出して天井を眺めた。

「劉夫人はね。何をする時にでも、右の手しか使わない。僕はさっきから気を附けていたんだが、左の手は卓子《テーブル》にのっけたまゝ、しかもその上にはハンケチを置いて、なるべく腕環をかくすようにしている」

「フン」と泰が鼻の先《さ》きで笑った。

「それに、僕の目が腕環の方へ行くたびに劉夫人の眼の色が変るのだ。僕たちの視線が盛んにかち合っていたのもそのためだ」

「というと、あの腕環にどんな秘密があると君は思うのだね？」

「無論そこまでは分りゃしないさ。しかし僕が思うのに、何か秘密結社か何かの徽章《きしょう》じゃないかね、あれは？」

「ハゝゝゝゝ」

泰は突然面白そうに笑った。「君の話は愉快だよ。まるで小説そのまゝなんだもの……」

しかしその時である。

突然私たちがさっきまでいた部屋から、鋭い女の悲鳴が起こった。と思うと、どたんばたんと二三度格闘するような物音があって、それに続いて、前より一層鋭い女の悲鳴が起こった。

私たちは思わず椅子から腰を上げた。

「劉夫人の声だったね」

「ナーニ、親爺が又、何かいたずらをしかけたんだよ」

口でそう何でもないようにいいながら、それでも彼の顔色は蒼《あお》くなっていた。部屋の中はそれきり物音がやんで、しーんと静まり返っている。

私たちは恐る恐るその方へ近附いて行った。

そして一目その中を覗《のぞ》いた瞬間、私ははっと息を内へ吸いこんだ。心臓が氷のように堅くなった。

軟《やわらか》い羽根蒲団《はねぶとん》の中に、劉夫人は正体もなく倒れていた。その傍《かたわら》に親爺の徳泰があらわな姿でへたばっていたがその眼は石のように固くなってある一方を眺めていた。私たちを驚かしたのも実にそれなのだ。

そこにはまぎれもない劉夫人の左の手頸《てくび》が生白く床の上に転がっている。あの腕環をつけたまゝ。

私はふいにあることに気がついた。そして急いでその手頸を拾い上げると二人の泰にそれを差附《さしつ》けながらいった。

「ゴム細工だ。実にうまく出来ている」

するとと息子の方の泰が、何を思ったのか急に跳上《とびあが》った。そして気を失って倒れている劉夫人の側《そば》によると、手頸を失った左の腕を検《あらた》めていたが、ふいに、

「金《きん》だ。金に違いない」と叫んだ。

「金？　金というのは？」

「二三年前に上海《シャンハイ》で富豪を殺して宝石を奪った女なのだ。逃げる時に、富豪に手頸を斬落《きりおと》されたので、それを証拠にお尋《たず》ね者《もの》になっている女なんだ。何という恐ろしい女だろう」

「フン、そんな女なのか、じゃ君こゝに待っていてくれ給え、僕が警察へ電話をかけて来てやろう」

そういって、ゴム細工の手頸を握ったまゝ私が部屋を駆出《かけだ》そうとした時である。ふいにザム〳〵という音とゝもに、夥《おびただ》しい宝石類がその手頸の中からこぼれ落ちたものである。

路傍の人

一

其《そ》の頃の私は、毎日午後の二時頃になると、極《き》まってぶらりと家を出た。別に何処《どこ》へ行くというあてはないのだが、それが習慣になっていた。今日は一つそれをひかえて見ようと思っていても、時計の針が一時から二時の方へ進むに従って、全身が何故《なぜ》だかじり〳〵として来るようで、どうしても辛抱《しんぼう》が出来なくなって了《しま》う。何かの理由で其の外出を阻《はば》まれたりすると、其の日は一日頭がもや〳〵として、何か忘れ物をしたように、どうしても仕事が手に附かない。さて表へ飛出《とびだ》しても、さっきも言ったように、別に何処へと言うあてがあるわけではないのだから、唯《ただ》ぶら〳〵と一時間なり二時間なりを歩いて来るだけである。たしか漱石《そうせき》の「三四郎《さんしろう》」だったと思うが、其の中にそうした意味のない散歩の事を、ロマンチック・アイロニーと言うのだと言うような事が書いてあったが、私などはさしずめ其のロマンチック・アイロニストの大家《たいか》なんだろう。今日は一つ新開地の方面へ行って見ようかなと思って家を出ても、(断っておくが是《こ》れは神戸《こうべ》に於《お》ける話である)四つ角までやって来ると、ふいと気が変って元町《もとまち》の方へ行って了ったりする。或《あ》る時は電車の乗場までやって来て、急に電車に乗って見たくなり、其のまゝそれに飛乗《とびの》って、終点から終点まで二三時間も乗廻《のりまわ》って見たりする事がある。しかしそんな慾望の起る事はまあ稀《まれ》な方で、大抵の場合はどんなに遠くても徒歩で行く事になっている。実際四月から五月へかけて、どんなに、急いでも汗にはならず、袷《あわせ》一枚でも寒くはないという時候の午後一時頃《ころ》を、帽子を被《かぶ》らずにぶらぶら歩き廻る気分は何《な》んとも言えないものである。そして疲れるともよりの喫茶店へ這入《はい》る、是れが又楽しみなものだ。喫茶店と云《い》えば此《こ》の二三年に急に殖《ふ》えたようだが、此の流行は私などには嬉《うれ》しいものゝ一つである。私の畏友《いゆう》N氏の川柳《せんりゅう》に、「勘定《かんじょう》器《き》あいつもコーヒだけの客」という傑作があるが、カフェーなどだと確かにそのひけめがある。喫茶店となると其の心配がない、コーヒ一杯でも立派な客だ。コーヒに菓子をとっても五十銭を出るような虞《おそれ》は滅多《めった》にない。それに喫茶店のもう一つ好《よ》いところは馴染《なじみ》の附かない事である。カフェーなどだと、（何処でもそうだと言うのではないが）こちらから避けるようにして居《い》ても、余り屢々《しばしば》出入りをしている間《うち》には、向うの方から馴々《なれなれ》しく言葉をかけて来たりする。私にとっては、そうした応接がたまらなくわずらわしいのである。一人でいて、誰にも邪魔をされずにぼんやりと考えていたいが為にロマンチック・アイロニーをやる私なのだから、そうした場所で世俗的な応答をしなければならぬことは耐《たえ》られないのだ。だから喫茶店でも出来るだけ馴染を拵《こしら》えないように、代る代る行く先を変えるようにする。そして何処の喫茶店でも土間の一番隅《すみ》っこの卓子《テーブル》に陣取って、紅茶一ぱいで半時間位ぼんやりとしている。こうした楽しみは、実際其の経験のない者にとっては到底分らない程味《あじ》のあるものである。

扨《さて》つまらない事を大分《だいぶ》長々と述べて来たようだが、こうした事を書いて置くのも実は必要だったのである。と言うのは、是れ程気まぐれな私の散歩であるのに、何時《いつ》も極《き》まって何処かで出遇《であ》う一人の男があった。

一体私の散歩というのが、何処か一所《ひとところ》に定まっているのなら、何時も出遇う男があるといっても別に不思議ではない訳だが、前にも言った通り私の散歩の範囲と言うのは、実に種々雑多な方面にわたっているので、秋の空よりも其の気まぐれは甚《はなは》だしいのである。今日は元町を歩くかと思えば、明日は山手《やまて》の方を歩く、次の日には新開地、其の次は突堤《とってい》の出端《はな》でぼんやりと海と船を見て時間を消す、其の又次の日には山へ登って峠《とうげ》の茶屋で紅茶を飲む、(此の事は東京や大阪のような広い都会に住んでいる人達には分らないだろうが、山に近い神戸には僅《わず》か二時間か三時間の散歩に、誂向《あつらえむき》の自然山があるのだ、そこからは六甲山《ろっこうさん》や摩耶山《まやさん》の方へも連なっているので、足を延ばそうと思えばそれも自由だし、時間がないと思えば三十分位で切上《きりあ》げて来る事も出来る。是れは神戸市民に与えられている一番大きな天恵《てんけい》なのだ)と云う風に、自分では随分突飛《とっぴ》な方面へ散歩をしている心算《つもり》だのに、其のつど、矢《や》っ張《ぱ》り其の男に遇う。それが又、往来ばかりではなく、行きつけの喫茶店で鉢合《はちあわ》せをする事も珍らしくないのだ。パウリスタで熱いコーヒを啜《すす》っていると、よく彼が這入って来る事がある。そうかと思うと、紅茶でも飲もうと思ってエスペロの緑色の掛布《カーテン》をくゞると、何時も私の占領するところの卓子《テーブル》に彼が陣取っていて、私が這入って来ても知らぬ顔をしている。もっと酷《ひど》いのになると、市の中央から遥かに離れた、と言っても矢《や》張市中《はり》ではあるが、郊外電車に乗らなければ行けない筈《はず》の、須磨寺前《すまでらまえ》の喫茶店で彼と鉢合せをした事があった。しかもそれが日曜でも何でもない日なのである。

「あいつ、一体何んだろう」

私は軽い疑惑を覚えた。

自分と同じような人間が居ると云う事は、一面愉快な事でもあるが、又他面から見れば競争者に出会ったようで、何んとなくいらだたしさを感じる事でもある。博徒《ばくと》などがよくやる縄張争いなども、要するにこうした心理なのだろう、と思う。

其の男というのは、多分私と同じ年輩であろう、(こう言っても私の年齢を御存じない諸君には、お分りにならぬが、私は是れで二十七である)色の白い、細面《ほそおもて》の、鼻筋《はなすじ》の高過ぎない程度に通った、どちらかと言えば病弱らしい容貌で、頭は何時も五分《ごぶ》がり、服装は私と同じように構わない性《たち》らしく、時候外れのものでも平気で着て歩いている。あぶらで汚れた襟《えり》の合せ目から、黒ずんだシャツの前が覗《のぞ》いていようが、金紗《きんしゃ》の帯の端《はし》が二つに裂けてだらりと尻の上に垂れていようが、一向意に介さない風である。帽子など、被《かぶ》っているのを見た事がない。其の点も、極端に帽子嫌いな私とよく似ている。其のくせ、彼の家が決して貧しいのでない事は、彼の着ているものを見てもよく分る。それは何時も本場ものの、筋の通った、りゅうとした物である筈なのだが、一旦手を通すと、家にいる時も、外出する時も、寝る時も起きる時も、着更《きか》えるという事をしないものだから、いつもそんな風になって了うに違いないのである。要するにずぼらなのだ。

彼の歩きかたというのが、又変てこなものである。膝《ひざ》から上は竹のように真直《まっすぐ》に立っていて、くの字なりに曲った膝の関節から下だけが、ひょこりひょこりと外輪《そとわ》に歩いて行く。何んの事はない、ポストに脚が生えたらあんな調子だろうと思う。往来で出会って、行き過ぎてから振り返って、其の歩き振りを見ると、思わずにやりと笑って了う事がある。ところが其の男と来ては、決して後を振返《ふりかえ》った事がない。いつも、無表情な面《つら》を、真直に立てゝ歩いて行く。今度出会ったら一つ挨拶《あいさつ》をして見てやろうと思っていても、其の表情に出会うと、出かけた笑顔も思わず其のまゝ引込《ひっこ》んで了う。そこには、永久に近寄り難《がた》しと思わせる、一種の気品と威厳とがあった。「路傍《ろぼう》の人」

彼は私などより、もっともっと非世俗的な人間に違いない。

二

或る日、いつもの散歩の時間に私は活動写真を見に這入った。

活動写真は以前から私の好きなもの丶一つであったが、昼、それを見に這入るという事は滅多にない事だった。其の日、其の習慣を破ったというのも、実は、例の「路傍の人」が念頭にあったからである。

私達は其の三週間程、一日も欠かさず出会い続けに出会っていた。もうそろ〳〵「やア、今日は」とか、「どちらへ」とか、それくらいの軽い挨拶を交わしても宜《よ》い筈である。それだのに、私達の間は一向発展していなかった。彼は相変らず無表情な顔附きで、すた〳〵と摺違《すれちが》って行くばかりであった。まるで私の存在など眼中にないと云う風である。私は段々じり〳〵として来た。苦しくなって来た。遂には其の男が憎らしくなって来た。あの男と懇意になろうなどは、到底駄目な事だ。いっそ、彼と出会わないようにしてやろう。一週間程出会わずにいて、又ひょっこり出会ったら、あの男も少しぐらいは心の動揺を見せるだろう。私はそんな風に考えた。でいつもの散歩の時間を、私は暗い活動小屋の中で消す事になったのである。

其の時の出物《だしもの》は、「女性の敵」というかなりの大作だったが、恰度《ちょうど》其の日が其の興行の終りという日だったので、場内はそう雑《こ》んでいる方ではなかった。私が這入った時には、恰度呼物映画の第一巻目をやっていたが、私はくらがりの中を、うまく一番左の列の椅子に割込《わりこ》む事が出来た。映画は、亜米利加《アメリカ》式にとって附けたような戦争の場面を除いては、かなり感じの好《よ》いものだった。出演俳優の総《すべ》てが、(それは皆私の好きな役者ばかりだったが)地味に地味にと演《や》っているのにも好意がもてた。わけても、一番私を喜ばしたのは、モンテ・カーロのロケーションの美しさで、私はその美しい場面にすっかり酔わされて了った。映画はどし〳〵と進んで行った。そして愈々《いよいよ》最後の場面になって、戦争から帰ったリオネル・バリモアーの何んとか伯爵夫人の足下に膝まずいて、ーベンスの何んとか公爵が、アルマ・リューベンスの何んとか伯爵夫人の足下に跪まずいて、其の手に接吻《せっぷん》する。そしてENDという字が銀板《シルヴァシイト》の上に大きく映ると、ぱっと場内に明るく電灯が点《つ》いた。其の時である。私は思わず「やあ」と声を掛けて了った。くらがりの中とて、気も附かずに席を列《なら》べて見物していた男というのが、実に例の「路傍の人」だったのである。

彼も、私の他意のないその挨拶に釣込《つりこ》まれたものか、思わずにっこりと笑って見せた。割に人懐《ひとな》つこい笑顔であった。

恰度それが一回目の終りで、大部分の人が出て行く事になるので、狭い場内は押合《おしあ》いへし合いに立雑《たてこ》んでいた。従って私と例の男は、当然其の身体《からだ》をもみ合わなければならなかった。彼と私とは、脊《せ》の高さも殆《ほと》んど同じぐらいだったので、彼の顔はつい私の鼻先にあった。私達は睨合《にらみあ》いの気拙《きまず》さから逃れる為にも、何んとか口を利かなければならなかった。そうして二言《ふたこと》三言《みこと》、何んでもない事を言合《いいあ》っている間に、私の心にはふいと、相手に対する快《こころよ》い親愛の情が湧上《わきあが》って来るのを覚えた。

　表へ吐出《はきだ》されてからも、私達は惰性《だせい》の力でそのまゝ肩を並べて歩いていた。みちみち私の感じた事は、其の男は非常に親しみ難い人間であるが、そうかと言って別に排他的なところがあるという訳ではなかった。此方《こっち》から近附いて行こうとしなければ、何時までたっても親しくなれない性《たち》だが、そうかと言って、此方から近附いて行こうとする努力を、むりに反撥《はんぱつ》して了うというほどではなかった。

　私達は初対面の人間らしく、ぽつり〳〵当り触りのない事を話し合いながら、新開地を縦に通り過ぎて、いつの間にやら白木屋《しろきや》のエレヴェーターの中に立っていた。其処《そこ》の五階の食堂で、私達はよく出会った事があった。だから此の場合も、口に出して言わなくても、お互いに其処へ行こうとしているのだという事を、よく知り合っていたのだ。

　エレヴェーターが五階で停《とま》ると、五六人の人々に続いて私達も出た。エレヴェーターの出口が直《す》ぐ食堂の入口になっていた。彼は先に立って其処へ這入って行こうとしたが、何を思ったのかふと立止《たちど》まった。

「どうしたのです」

　彼の後《あと》に従《つ》いていた私は、同じように足を止めて彼に訊《き》いた。彼はそれに答えなかった。私達の前を、今食堂から出て来た一人の婦人が通過《とおりす》ぎた。彼女の姿は直ぐ階段の方へ隠れた。彼は其の婦人に気を取られていたのだ。

「御存じなのですか、彼《あ》の婦人を」私は訊いた。

　彼はふいに私の方を見て、

「行きましょう、今に面白い事が起りますよ」

そう言うと、ずん〳〵と先刻《さっき》婦人が降りて行った階段の方へ歩いて行った。

「どうしたのです、一体」

私は周章《あわて》て彼に追縋《おいすが》ると、早口でそう訊《たず》ねた。彼は私の方を振向《ふりむ》きもしないで、

「あの婦人によく注意して被居《いらっしゃ》い、気取《けど》られちゃ駄目ですよ。気取られないようによく注意して被居い、今に面白い事が起りますよ」

と言った。

私は何んの事だか訳が分らなかったが、ぼんやりと其の婦人を眺めた。三十前後の、山手辺《へん》によく見かける中流の家庭の奥様然とした婦人であった。彼女は、夏物のお召《めし》だの浴衣《ゆかた》だのが出ている呉服部の辺を、うろ〳〵と歩き廻っていた。時々顔をしかめて、左の手で横腹を抑えて、身体《からだ》をくねらすような姿勢をした。

「気分でも悪いのじゃないですか、変に青い顔をしていますよ」

私がそう言うと、彼は叱《し》ッと小声でそれを制した。婦人は愈々苦しそうに見えて来た。彼女は時々隅の方へ行って、横腹《よこっぱら》を抑えながら痰壺《たんつぼ》の中へ唾《つば》を吐いたりした。しばらく、そうしてぐる〳〵と呉服部の辺を廻っていたが、何んと思ったのか軈《やが》て又階段を下りて行った。

三階は雑貨部だった。手布《ハンケチ》だのタオルだの、ネクタイだのというような類がごた〳〵と列《なら》べてあった。例の婦人は然《しか》しそんな物には眼も呉《く》れずに、三階へ下りると直ぐ便所へ這入って行った。

「お腹でも悪いらしいですね。大分苦しそうです」

私は連れの男を顧《かえりみ》ながらそう言った。

「今に分ります。よく注意して被居いよ」

彼は表情のない声でそう答えた。

間もなく例の婦人は便所から出て来た。彼女の顔色は少しもよくなっていなかった。気の毒な程青い顔をして、右手に、薬指を包むようにして持っている手布《ハンケチ》で、絶えず額《ひたい》の生際《はえぎわ》に浸出《にじみで》る汗を拭《ふ》いていた。よく見ていると、面長《おもなが》な顔の頬《ほお》の筋肉が、恰度小児《しょうに》

のひきつけのように時々痙攣《けいれん》するのであった。

「どうしたんだろう、体の調子が悪いのなら、愚図《ぐず》愚図《ぐず》せずに直ぐ帰《か》えりゃ宜《い》いのに」

私はそう思った。然し其の婦人は一向その容子《ようす》もなく、又そろ〳〵と商品台のぐるりを廻り始めた。

間もなく彼女は、安全剃刀《かみそり》を山のように積上《つみあ》げた商品台の前に立った。丁度その隣りには、化粧品台があって、其処に若い芸者が五六人たって、きゃっきゃっと騒ぎながら最前から掛りの者を手古摺《てこず》らせていた。私達は其の芸者の一群の背後《うしろ》の方に立って、ネクタイを選《よ》るような風をしながら例の婦人を注意していた。彼女は右の手で安全剃刀に触って見たり、其処に置いてある説明書を開いて読んで見たりしていた。其処には少しも怪しい素振《そぶり》は見えなかった。が、しばらくすると、商品台の端に置いていた左の手が、ふいにすらりと伸びて、其処にあったグレーの一函《はこ》を摑《つか》んだ。それは昆虫を捕らえる蛙《かえる》の舌のような早業《はやわざ》であった。「おや」と思う間《ま》には、其の手は袂《たもと》の中に隠れていた。

「行きましょう」

ふいに耳許《みみもと》で私の連れがそう言った。私は、自分が悪い事をしている所を見附かったように、ぎょっとして振返った。いつもは青白く澄んでいる彼の面《おもて》に、何かしら燃えるような輝きがちらりと横切った。

三

それから半時間程後《のち》の事である。

私達は新開地筋《すじ》もずっと上手《かみて》の、香具師《やし》だの夜店だのが根拠地にしている空地の中を歩いていた。五時少し前であったが、日の長い時分だったので未《ま》だ日中《ひなか》を少し過ぎたぐらいのものであった。空地の中は相変らず、種《いろ》んな香具師たちで盛んに賑《にぎ》わっていた。フェノール・ナフタレンを酸やアルカリで赤くしたり青くしたりして、××丸《がん》の効能を面白く饒舌《しゃべ》っている者、ニコチン中毒の表を大きく書いた紙を敷物にして、其の上で怪しげな水薬《みずぐすり》を売っている者、豊臣秀吉《とよとみひでよし》や徳川家康《とくがわいえやす》や、あるいは犬養木堂《いぬかいぼくどう》や加藤高明《かとうたかあき》を引張《ひっぱ》り出して、姓名判断に就《つ》いて見識ぶった説明をしている者、焼継薬《やきつぎやく》を売る者、ホローメン金屋《きんや》、活花《いけばな》の師匠、山椒魚《さんしょううお》の干したのを粉にして売ってい る山伏《やまぶし》姿の男、実に種々雑多な香具師たちが、ほこりっぽい其の空き地の中に、ごみ〳〵とした一種の気分を作り出していた。其の香具師の人だかりの合間々々には、一冊五銭、十銭などと書いたボール紙を立てた古雑誌屋があったり、むかつきそうな強《きつ》い臭《にお》いをさせている天ぷら屋の屋台があったりした。天ぷら屋の腰掛けには、是れも香具師か何からしい男が二三人腰を下ろして、コップ酒を呷《あお》りながら、辺《あたり》はゞからぬ大声で、昨夜逢《ゆうべお》うたとか云う女のことを露骨な調子で話合《はなしあ》っていた。まるで切って放たれた駒のように自由で、奔放《ほんぽう》で、猥雑《わいざつ》な小天地であった。

私達はその空地を取囲《とりかこ》んでいるバラック建ての、古本屋へ立寄《たちよ》って、列《なら》べられた本の背の文字《もんじ》を読みながら何かゞ起こるのを待っていた。

あの万引事件を目撃してから直ぐ後《のち》の事であった。私達は五階の食堂で紅茶を飲んだ。眼《ま》のあたり忌《いま》わしい事件を見せられたので、私の心はひどく不愉快になっていた。私の連れはと見ると、彼も青白い顔をしてぼんやりと壁の方を見ていた。

しばらく経《た》ってから私は言った。

「あの婦人を御存じなのですか」

「いゝえ」

「何処かで、矢張《やっぱ》り万引きをしている所を御覧になった事があるんじゃないのですか」

「いゝえ」

私は口を噤《つぐ》んだ。しばらく経ってから今度は彼の方から口を開いた。

「あの食堂の入口で出遇う迄《まで》、私は一度もあの婦人を見た事はありません」

「では、どうして――」

「分るのです。どうしてだか知りません、しかし一目あの婦人の顔を見た時、あゝ、此の女は万引をやるぞ、と感じて来るのです」

私は不思議な思いをした。何んだか夢を見ている男と話をしているような気持ちがした。私は黙っていた。

「貴方《あなた》はシャーロック・ホームズの物語をお読みになった事がありますか」

大分たってから彼はそう訊ねた。

「あります」

「ではその中《うち》で、ホームズが屡々所謂《いわゆる》推理力なるものを働かせて、友人のワトスンを驚かす場合をお読みになった事があるでしょう。ホームズがワトスンに、君とこへ今度来た女中はせっかちだね、と云うような事を言います。するとワトスンが驚いて、何《ど》うしてそんなことが分ると訊く。するとホームズが、君の靴《くつ》の磨《みが》きかたがぞんざいだからと云うような事を言います。読者はそこで成程《なるほど》とワトスンと一緒に感心して了うのです。しかしあれは小説だからあゝうまく行っているので、実際の場合あんな事が言えるものじゃありませんよ」

「では、君は、いや貴方は、推理力というものの存在を否定なさるんですか」

「いや、そうじゃありません、推理力というものは有《あ》ります。ホームズがワトスンの女中がせっかちである事を言い当《あて》る、あゝ云う事はあり得ます。然し、ワトスンに『何故《なぜ》』と訊かれて、君の靴の磨きかたがぞんざいだからというような事は、全《まった》く小説家の出鱈目《でたらめ》なんです」

彼の言おうとしている所が私にはよく呑込《のみこ》めなかった。彼は言葉を続けた。

「人間の推理力というものは、殊《こと》に天才の推理力というものは、そんなに階段的な、言いかえれば三段論法式なものである筈がありません。もっと霊妙な、刹那《せつな》的なものである筈です。ホームズがワトスンを見た刹那、今度来た女中はせっかちだなと感じる。勿論《もちろん》そう感じる迄には、靴の磨きかたがぞんざいだという観察が潜在意識の中《うち》にあるには違いありません。しかし、ホワイと問われた場合ビコーズと其の事を口に出して言える物じゃないのです。若《も》し小説に書かれてあるように、あゝだからこうだ、こうだからあゝだと、三段論法的に押して行かなければ結論に到着出来ないようじゃ、ホームズは決して天才じゃない、唯熟練家に過ぎないのです」

「では貴方は、ホームズより寧《むし》ろリュパンにより多くの人間味を見出《みいだ》されるわけですね」

「そうです、そうです」

彼は少し早口に言った。

「リュパンはよく直覚というような事を言います。読者はそれを、作者が合理的な説明が出来ないから〈直覚〉で逃げるのだと言います。然し実際の場合あの方が本当なんです。私があの婦人を見た刹那、此の女は万引をするぞと直覚しました。其の結論に到着する迄には、多分私の潜在意識は目覚ましく働いて、いろんな観察や推理の過程を経《へ》て来たのでしょう。しかし其の過程の順序を口に出して説明しろと言われても、到底出来るものじゃありません。丁度光は目に見えていても手で摑む事が出来ないように」

彼はそれを超推理力だと言った。私には彼の言葉を其のまゝ信用して宜いのかどうか、よく分らなかった。此の青白い顔をした服装《みなり》を介《かま》わぬ青年が、その超推理力の具有者なのだろうか。

「貴方は未《ま》だお疑いの様子ですが、何んでしたらもう少し私と一緒にお歩きになりませんか。そうすればも一度、超推理力の力を実地にお眼にかけます」

食堂を出る時、彼はこう言って誘った。

「そうですね」

時間は未だ早かった。其の青年と一緒に歩いて、所謂超推理力のお手並《てなみ》を見せて貰《もら》うのも面白いと思った。

「では私の方から注文しましょう。何処か思いきり俗悪な所へ行こうじゃ有りませんか」

彼は頷《うなず》いた。

四

古本屋を出ると私達は、一つ一つ香具師を覗《のぞ》いて歩いた。超推理力を示すべき事件は未《いま》だ起らないと見えて、彼の様子には何んの反応も見えていなかった。彼は決してあせらなかった。何時も往来で摺違う時の彼と同じように、無表情な青白い顔をして人々の背後《うしろ》から背伸びをして中を覗いたりした。

一体香具師の話を聞いて廻るというのも、時には中々面白いものである。香具師というものはあれで中々生優しいものではないと思う。彼等には人を惹《ひき》附《つ》けるような魅力がなければならない。そのためには与太《よた》も飛ばさなければならないが、それで居て又見くびられて了ってもならぬ。面白い事を言って人を惹附けると同時に、俗衆《ぞくしゅう》をして信ぜしめるようにしなければならないのである。

××丸を売っている男など、此の点では最も理想的な香具師だ。堂々とした体格と容貌とで、押出《おしだ》しから言えば政党の総裁と言っても恥しくない程である。其の話振りを聞いていると何んという事なしに惹附けられてしまう。自由自在な機智《ウイット》で時事問題などに就いて巧《たくみ》な解剖を試みる。こうなると香具師も一種の芸術だと思わせられる事が度々ある。其の時も私は彼の話を聞いていた。その日は何んでも彼は、最近にあった情死事件の批判をしていたようだった。露骨な話振《はなしっぷ》りの中へ時々うまくユーモアを織りまぜる。聞いて了うと結局、性慾というものを讃美しているのか罵倒《ばとう》しているのか、さっぱり分らないような調子なのだが、それでいて面白い。露骨な事を言われる度に、群集はあはあはと馬鹿見たように喜んで笑っている。

其の時である。ぐいぐいと私の背中を突くものがあった。びっくりして背後《うしろ》を向くと、四十格好の薄汚い乞食《こじき》女が立っていた。

「おっさん、一銭お呉《く》れ」

錆鉄《さびがね》のような声でそう言いながら、汚い手を出す。わたしは本能的に体を背後《うしろ》へ引いた。

「よう呉れんのかい。けちん、えゝ年して一銭もよう呉れへん、お前らあくかえ」

乞食女は貝の身のような片方の眼で私を睨《にら》みながら、二三歩背後《あと》へ寄ると、ぺっぺっと唾を私の方へ吐きかけた。私は横へ逃げながら、

「何んだい、ありゃ」

と誰にともなく言った。

「気違いだんが。お春《はる》さん云うて此の辺の名物女だ

っせ」

私の直ぐ側《そば》にいた男がそう言って教えて呉れた。

其のお春さんは今度は私の連れの男に同じように一銭お呉れと強請《せび》っていた。彼は例によって無表情な顔でぽかんと相手を見詰めていた。別に逃げようとも避けようともしなかった。それには逼《さすが》の狂女も参ったらしく、却《かえ》って彼女の方から照れくさそうに手を退《ひ》いた。

「何んや、こいつ、気違いかいな、阿呆《あほ》」

唾を又ぺっぺっと吐きかけながら彼女は向うの方へ行った。廻《まわり》にいた人が二三人へら〳〵と笑った。私もその対照がおかしかったので思わず笑った。

それから二つ三つ又ほかの香具師を覗いて、其の空地から出て行こうとしていると、天ぷら屋の屋台の前に例の狂女が立って、男たちから何《か》や彼やとからかわれていた。あまり好《い》い図ではないので、わたしは其の側を急いで通過ぎて了ったが、どうしたものか連れの男はわたしに従《つ》いて来なかった。振返って見ると天ぷら屋の隣にある古雑誌屋の前に蹈《かが》んで、雑誌を選《よ》るような風をしながら、それとなく狂女の方に注意しているようであった。

「何かありますか」

已《や》むなく私は彼の側へ引返《ひきかえ》して行った。彼は心持ち顎《あご》をしゃくって狂女の方を示した。

「ははあ、彼の超推理力が働出《はたらきだ》したのだな」

私はそう思ったので、彼の側に同じように蹈んで、見たくもない雑誌の頁《ページ》をぱら〳〵繰《く》っていた。

「お春さん、こないだの晩、えらいお楽しみやったそうやな」

一人の男がそんな事を言出《いいだ》した。狂女はにや〳〵しながら、大きな天ぷらの一片《きれ》を下から掬《すく》い上げるようにして口の中へ入れていた。

「どないしてん、吉《きっ》ちゃん、お春さんどないぞしたんかいな」

若い、赤ら顔の男が鼻の頭にあぶらを浸《にじ》ませ乍《なが》ら訊いた。

「お前知らんのかい。お春さん言うてもえゝか」

其の男の眼はみだらに輝いていた。

「知らん、知らん」

　狂女はむしゃむしゃと天ぷらを頬張《ほおば》りながら、錆《さび》鉄《がね》のような声で言った。何んと言われても平気らしく、にや〳〵笑っていた。

「わいが塩梅《あんばい》知らん思《おも》てそない言うとんねんやろ、わいは何んでも知ってんねぜ。助《すけ》やんに何も彼も聞いてんさかいな」

　それから二言三言聞くに耐えないような言葉が、大声で話された。若い男はげら〳〵と笑い出した。

「そらえゝがな、助やんとお春さんやったら似合いの夫婦や。どやお春さん、一つ俺《わい》と浮気せんか。わいかてそない嫌《きろ》たもんやないぜ」

　若い男は一寸腰掛《ちょっとこしかけ》から腰を上げて、女の手を握ろうとした。

「嫌い！」狂女はその手を振払《ふりはら》うと、どろりとした片方の眼で恐らしく彼等を睨みつけた。

「助平《すけべい》。何んや其の顔。助平面《づら》さらして。鏡とよう相談して来いよう」

　辺《あたり》に居合わせた五六人の男たちが一様にどっと笑い出した。

「えらい嫌われたもんやな三公《さんこう》、あかんぜ」

「三公も吉公《きちこう》も皆嫌い、皆皆嫌い」

「好きなんは助やんだけか」

「知らん知らん」

「何んぼ好きやかて、余《あん》ま《ま》り可愛《かわい》がったりなや。そやさかい、そない眼が悪なんね」

　狂女は左の眼にあてゝいる、顔半分隠れて了う程大きな片眼帯《へんがんたい》に手をやった。

「何んにも知らん癖《くせ》につべこべ言いな。甲斐性《かいしょう》があったら一銭呉れて見い」

「一体何んです、ありゃ」

　狂女が向うの方へ行くと、其の後《あと》を目送《もくそう》しながら私の連れの男は古雑誌屋の主人にそう訊ねた。

「気違いだんが。あれでも元は灘《なだ》の何んとかいう造《つくり》酒屋《ざかや》の娘やったそうだすが、二三年前に家は倒れる、親父は首を吊《く》って死ぬ、その揚句亭主に棄《す》てられて、到頭《とうとう》あんな姿になったんやそうだす。あないになったらもう誰も構《かも》て呉れしまへん。親類にはだいぶ好《え》えのがあるんやそうだすがどうせ薄情なもんだっさかいなあ」

「じゃ、今の所一人で暮しているんですか」

「へえ、何んでも荒田《あらた》の方に居るちゅう話だす。あんじょうは知りまへんけど。あれで、気違いは気違いなりに大分溜《ため》てるちゅう話だっせ」

「眼が悪いらしいですね」

「さあ、此の頃時々あんなもん眼に当てゝ来まんな。別に悪いちゅう程の事はおまへんのやろけど、誰かにまた騙《だま》されたのを真《ま》に受けてまんねやろ」

私達は間もなく肩を並べて其の空地からぶら〳〵と往来のほうへ出た。

「何処へ行きます?」

「あの女を従《つ》けてみましょう」

半町程先を、例の狂女が通りすがりの人毎《ごと》に、一銭お呉れと手を出していた。呉れないで行き過ぎると、たいていの人はそうであるが、彼女は後《あと》からぺっぺっと唾を吐きかけながら悪口《あっこう》を吐《つ》いていた。

「何か分りましたか」

「ありゃ気違いじゃありませんね」

「どうして?」

「どうしてとお尋《たず》ねになっても駄目です。そこが超推理力ですから」

彼の青白い顔には、先刻《さっき》白木屋で万引を目撃した時と同じような輝きが浮んでいた。何んとなくそれは陰険で惨忍《ざんにん》で不気味だった。

「しかし」

私は、ぼろ〳〵の着物を丸くなる程着込んだ狂女の後姿《うしろすがた》を見ながら言った。

「正気とすればよく長い間、化けの皮を剝《は》がされずにあんな馬鹿々々しい真似《まね》が出来たものですね」

「さあ」彼も同じく女の方を見ながらいった。

「多分あれは、其のお春さんとか言う女とは違うのでしょう」

私は思わず「どうして?」と言いかけたが、また超推理力で逃げられちゃ詰まらないと思ったので、其の代りに、

「と、言う意味は?」と訊いた。

「お春さんという気違いは本当に居るんでしょう。まあしかし彼《あ》の女はそのお春さんじゃ有りません。まあ身代りを務めてるんですねえ」

「どうして又其《そん》慝《な》事をやるんでしょう」

「さあ、其処迄は未だ分りませんがね、いや、大体の見当は附いていますが、其の話は結果をよく確かめてからする事にしましょう」

狂女は湊川《みなとがわ》公園を斜《なな》めに突切《つっき》って、其処にある勧《かん》業館《ぎょうかん》の東側に出た。丁度K造船所の退出時間《ひけどき》と見えて、其処に店を出している関東煮《かんとうに》屋の屋台に、青い菜《な》っ葉《ぱ》服《ふく》を着た三人の男が首を突込《つっこ》んで何か食っていた。

「おい、お春さん、何か食うて行きんか」

一人の男が彼女の姿を見附けて呼びかけた。

「おおけに。今日はえらい気前がえゝな。ははあ扨《さて》は勘定日《かんじょうび》やな」

「はゝゝゝゝゝ、行かれてるがな」

三人の職工は歯をむき出して笑った。

「折角《せっかく》やけど今日は預けとくわ。わて今日は一寸急いでまんね」

「まあえゝがな、誰も待っとる訳やあろまいし」

すると一人の男が横から口を出した。

「そうやないなアお春さん。此の頃好《え》えのが出来とるちゅう話やがな」

「ほお、そうか、そんなら余計の事ちゃ、惚気《のろけ》でも聞かさんか」

「知らん知らん、皆《みんな》してあんな事言いくさる。助こなんか大嫌いじゃ」

何時の間にやら彼女を取巻《とりま》いていた大勢の職工達が声を揃えて笑い出した。青い菜っ葉服の波が其処に揺《ゆら》いだ。

五

「どうも受取《うけと》れませんね、彼《あ》の女の真偽を疑う者は一人もなさそうじゃありませんか」

肩を並べて狂女の後《あと》を追いながら、私はそう連れの男に言った。彼女の後を尾行するという事は可成《かな》り困難な事だった。彼女は至る所で道草を喰った。

其の度に私達は、耳を被《おお》い度《た》い程の猥雑《わいざつ》な言葉を聞かなければならなかった。連れの男は割に平気だった。却ってそうした応答を、一句も聞落《ききおと》すまいと耳を傾けているように見えた。

「此処《ここ》らに住んでいる人達は、毎日お春さんという女を目撃しているんでしょう。人が変っていれば気が附きそうなものですね」

「いや、慣れ過ぎているから却って気が附かないのですよ」

彼は言った。

「リュパンの話に案山子《かかし》を種にしたのがありましょう。一人の男が案山子に化ける。其の村の人達は其処に案山子のある事をよく知っているから、深い注意を払おうともせず、却って看過《みすご》して了う。ところが他処《よそ》からやって来たリュパンは其の辺の事情にうといものだから一応は何にでも当ってみる。で直ぐに其の男を摑まえるという話です。紛失物を自分で探すと仲々見附からないものだが、却って他人に探して貰うと、つい鼻の先から出て来る事があるというのも、同じ理《わけ》です」

そろ〳〵辺《あたり》は小暗《こぐら》くなってきた。狂女は湊川に沿うて、すた〳〵砂塵《さじん》を上げながら歩いていた。大分足が捗《はかど》って来たので、こちらも助かる訳である。

「それに彼《あ》の女を御覧なさい、姉《あね》さん冠《かぶり》に片眼帯に太い首巻き、顔の露出している部分といえば右の眼の辺《ふち》の僅かな部分だけです。それに体の格好だって、あゝぶく〳〵丸くなる程着ていちゃ、一寸分るものじゃありません」

狂女は小学校の角を右へ曲ると、だらだら坂をしばらく下りて、又左へ曲った。それから二三度まるで迷宮のような細い道を曲り曲りしたが、お終《しま》いに漸《ようや》く、じめ〳〵とした汚い袋陋路《ふくろろうじ》の一番奥の家へ這入った。

「割に立派な家じゃ有りませんか。電気が附いていますよ」

私は気違い乞食の家だというから、お定まりの蒲《かま》鉾小屋《ぼこごや》のようなものを想像していたので、一寸意外だった。私の連れは黙って立っていた。

「少し此処らで待って居なければなりませんが、貴方はどうします」

「さあ」

私はそう言いながら空を仰《あお》いだ。底の底まで澄切《すみき》った空には、淡《あわ》い星が二つ三つ輝いていた。とても私は帰る気にはなれなかった。

「しばらく、お附合いをしましょうか」

と言った。

陋路の出口に一軒のたばこ屋があった。私の連れは其処へ這入って敷島《しきしま》を一つ買った。

「此処で友達と合う約束をしてあるんですがね」

彼は其処のお主婦《かみ》さんにそんな事を言った。

「そうやったら貴方《あんた》、お這入りやしたらどうだす。汚い所だっけど」

お主婦《かみ》さんは親切にそう言った。

「有難《ありがと》う、此の店先に立たせていて貰いましょう。気が附かずに行って了われては何んですから」

此の男は、こんな場合になると驚くべき程の気転を利かすのであった。私など、とても斯傛《こんな》に如才《じょさい》なく出られようとは思えなかった。彼のその気転で、私達は怪しまれる事なしに其の陋路の出口に張番《はりばん》している事が出来るのであった。

陋路の奥は段々薄暗くなって来た。其の袋陋路には左右三軒宛《げんずつ》の平家が建っているのだったがどうしたものか、狂女の這入った一番奥の家と、その向い列《なら》びの一番手前の家との他は、何《ど》の家も電気が点《つ》いていないで真暗《まっくら》であった。

「小母《おば》さん、此の陋路の中は真暗ですが、空家があるんですか」

私の連れは又たばこ屋の店の中を覗きながらそう訊いた。

「そうだす、そうだす、今度電気が附きまんのでな、茲《ここ》一月《つき》の間に立退《たちの》かんなりまへんの、此処らで残っているの私とこと此の奥の二軒だけになってまんのやわ」

店先で一人茶漬《ちゃづけ》を掻込《かっこ》んでいたお主婦《かみ》さんが言った。

陋路の奥には何事も起らなかった。私達が来てからもう二十分になっていた。辺《あたり》はもうすっかり真暗に黄昏《たそが》れて了った。私は退屈で馬鹿々々しくなってきた。気違いの後を追うて、気違いのお供をして来たのじゃないかしらと思ったりした。何度、もう退《ひき》上《あ》げようかしらと思ったか知れなかった。しかし其の度に、何かしら確固たる自信がありそうな連れの男の顔色を見ると、未練が出て来るのであった。

　ふいにがら〳〵と格子《こうし》を開ける音がした。辺が静かだったので、それが例の狂女の家である事が直ぐに分った。一人の女が出て来た。暗いのでよく分らなかったが、見すぼらしい服装《みなり》をした三十前後の、其の辺の山《やま》の神《かみ》といったいでたちの女であった。彼女は何かを恐れるように、そろそろと辺を見廻していたが、軈《やが》て早足でこちらへ出て来た。私達は直ぐたばこ屋の店先へ身を躱《かわ》して、彼女の視線を避けるようにした。彼女はちらりとこちらへ眼を呉れたが、そのまゝすた〳〵と行過《ゆきす》ぎて了った。何か非常に周章ている風で、上《うわ》ずった眼を落着《おちつ》きなくきょろ附かせていた。

「小母さん、あの女の人を知っていますか」

　わたしの連れは訊いた。

「どの人だす」たばこ屋のお主婦《かみ》さんは一寸店から膝を伸ばして外を覗いたが、「あれだっか、あれは此の奥にお春さんちゅうて気違いが住んでまんね、其のお春さんの親戚や云うて此の頃時々出《で》入《いり》をする人だすわ」

「行こう」

　皆まで聞かずに私の連れの男は強い声で言った。

「幾《いく》ら待っていても来そうにないや、もう行こうじゃないか」

　私達はそこのお主婦《かみ》さんに礼を述べてぶら〳〵その家の店先を離れた。二三軒来ると、ふいに私の連れが私の腕に手を触れた。

「お願いですから、貴方彼《か》の女を見失わないように後を従けて呉れませんか、私、一寸行って来るところがありますから」

「行くって何処へ行くんです」

　私は少なからず狼狽《ろうばい》した。何んだか彼と離れるのが心細いような気持ちがした。彼は低い声で囁くように言った。

「気違いの家へ行ってみるのです。何事かゞ彼処《あすこ》で起っているのに違いないのです」

彼の声は慄《ふる》えていた。ふと見ると彼の青白い頬《ほお》の筋肉が、興奮の為に痙攣しているのが見えた。

「直ぐ帰って来ます、二分と掛《かか》りません。それまで決してあの女を見失わないように」

早口にそう言棄《いいす》てると、私の返事も聞かずに彼は今来た道をもとへ取って返した。私は当惑した。お春さんの家から出て来た女は、一町《ちょう》程先をうつ向き加減に足を急がせていた。暗くはあるし煩雑《はんざつ》な道筋だから何時撒《ま》かれて了うとも限らなかった。私自身は撒かれない迄も、連れの男とはぐれて了うかも分らなかった。彼がやって来なければ、私は何時迄あの女を従けて居れば宜いのだろう。

幼い時に、隠れん坊でよくそのまゝ置きざりにされた事があったが、そんな時の淋《さび》しい頼りない気分が胸の中《うち》に甦《よみがえ》って来た。


幸い、私の連れはあまり待たせる事もなく、間もなく後から追着《おいつ》いた。

「有難う、で、あの女は？」

やゝ急込《せきこ》んだ調子で彼は言った。

私は黙って顎で女の後姿を示した。恋人にでもめぐり遇ったように、何んとも言えず其の時の彼が懐しかった。そうした自分の感傷的な気持ちを隠すために、私は強《し》いて落着いた声を出すように努めた。

「早かったですね、で、何かありましたか」

私の連れは、さもさも何んでもない事を、何んでもない時に言うような調子で、言った。青白い、表情のない声であった。

「殺されていましたよ。お春さんが」

六

彼の話によると斯《こ》うであった。

狂女の家は三畳と四畳半の二間《ま》になっていた。赤黒く汚れた、じめ〳〵とした気持ちの悪い畳だった。狂女は奥の間《ま》から縁側へかけて倒れていた。今脱いだばかりの、まだぬくもりの残っている着物が、表の三畳一杯に散らかっていた。狂女は割にさっぱりとした襦袢《じゅばん》と腰の物一つになって、縁の方へ頭を置いて伏向《うつむ》きに倒れていた。火を点けたらめら〳〵と燃え上がりそうな赤ちゃけた髪の毛が、血汐《ちしお》と縺《もつ》れあって縁の上を匐《は》うていた。血汐はまだよく乾き切っていなかった。一寸抱き起して見ると、左の額《ひたい》から左の耳の下へかけて、唇のように断割《たちわ》られていた。ぶく〳〵と、未だ腥《なまぐさ》い血汐が吹出《ふきだ》していて、顔半面は真紅《まっか》に染まっていた。薄桃色《うすももいろ》の肉の附いた一握《ひとにぎり》の頭髪が、縁の端《はし》からだらりと垂れ下がっていた——。

こうした聞くさえ恐ろしい情景を語って聞かせるのに、私の連れは不思議な程平静だった。まるで日常の茶飯事《さはんじ》に就いて話をしているように、いや、それよりももっと気のない調子だった。私など、平常なら犬や猫の死骸《しがい》を見てさえ心が騒ぐ程臆病だのに、其の時は、いつの間にか彼の気持ちが伝染していたと見えて、わりに落着いた態度でいられた。

それにしても、彼の其の態度はどうしたと言うのだろう。人殺しと言えば、犯罪事件のうちでも一番重大に見られている事である。それだのに彼は、それを警察へ届けようともしなければ他人に語ろうともしない。誰か他の者によって発見される迄放って置く心算《つもり》だろうか。それで宜い事なのだろうか。

彼は、かちゃ〳〵と言わせて熱いコーヒーを掻廻《かきまわ》すと、ぐっと一息に飲みほした。先刻《さっき》からそれで、三杯目のコーヒーだった。

「出来るだけ熱くしてね」

彼はそう言って注文していた。

「もう少しのところなのです。今頭が疲れて了っちゃって」

私の気持ちを察したものか、彼はそう言って弁解した。私はソーダ水を吸っていた。

頭の上にある鳩時計が、クックウ、クックウ、クックウ、と八時を打った。私達はもう三十分も、其処でそうして例の女を待っていたのである。

私達の卓子《テーブル》の直ぐ傍《そば》がショウ・ウインドウになっている。蛇腹《じゃばら》のようになった其の硝子《ガラス》を通して、外からは見えないが、中からはよく外が見える。四間《けん》程の往来を隔《へだ》て向いに薬局がある。其の薬局の隅《すみ》に、直ぐ往来から上れるようになった階段があって、それを上ると薬局の二階へ行けるようになっている。二階は美容館である。下の薬局はあまりはやっていないらしく、極めて閑散《かんさん》だが、二階へは可成りの人の出入がある。勿論、大抵は若い婦人である。白いすり硝子《ガラス》の二階の障子《しょうじ》は、其処だけが活動写真のスクリーンのように、くっきりと明るく輝いている。其処へ時々女の影などが映るのであった。

お春さんの家を出た例の女は、平野《ひらの》から滝道《たきみち》行きの電車にのって、三《さん》の宮《みや》停留場で電車を乗り棄《す》てると、真直ぐに其の美容館へやって来たのである。私達は、其の美容館を見張っているには、誂向《あつらえむ》きの其の喫茶店へ這入って、先刻から三十分あまりも彼女の出て来るのを待受《まちう》けていたのだった。

彼女は仲々出て来なかった。ひょっとすると、私達の監視の眼をうまく逃れて、もう其処を出て行ったのじゃないかしら、と私は思ったりした。彼女が其処へ這入ってから、五六人の女が盛装をこらして其処から吐出《はきだ》されている。其の中に彼女も混っていたのじゃなかろうか。裏長屋の山の神然とした女と一流の美容館、どうも調和が変である。わたしがそんなロマンチックな考え方をするのも無理はなかった。

「で結局、私達が今尾行している女が、お春さんを殺した犯人なのでしょうか」

私は美容館の方から眼を離さないでそう訊いた。

「そうです、あの女が殺したのです」

彼は答えた。

私はその時間に就いて考えてみる。どうも変である。あの女は、お春さんが帰る前から来て待っていたに違いない。そしてお春さんが着物を脱いで一休みしているところを殺したのであろう。しかしそれにしては、私達に何かの物音が聞えて来なければならない筈だ。辺はあんなに静かだったのだし、私達は体中を耳にしてあの家の様子を覗《うかが》っていたのだ。叫声《さけびごえ》も立てずに殺されたとはどうしても思えない。

尤《もっと》もあの家の近所は殆んど全部空家になっているし、残っている家でもかなり隔《へだた》っている事だから、何か他の事に気を取られていては其の騒ぎは分らなかったかも知れない。しかし、私達は前にも言った通り体中を耳にして其の家にばかり気を取られていたのである。分らなかったというのはどうも不思議である。此の事に就いて、私の連れはどう考えているのだろうか。

其の時、美容館の表に一台の自動車が着いた。誰も乗っている者のない所からみて、誰かを迎えに来たに違いないが、其の自動車の為に、大切な階段の出口が私達の眼界《がんかい》から遮《さえぎ》られて了った。

「出ましょう」

私の連れは言った。彼は銀貨をちゃらちゃら言わせて卓子《テーブル》の上へ投出《なげだ》すと少し急ぎあしで表の戸を押《お》し開《あ》けて出て行った。私もそれに続いた。彼は道を横切って薬局へ這入って行った。

「仁丹《じんたん》を下さい」

「はい」

主人が仁丹を出している時、階段の方にがたごとと言う跫音《あしおと》がして、けばけばしい服装《みなり》をした婦人が、二三人の女達に送られて下りて来た。

「では、是れで失礼します」

其の女が言った。

「又、どうぞ」

美容館の主人らしい四十格好の女が、相手の腰の辺《あたり》まで頭を下げて、叮嚀《ていねい》な言葉で言った。婦人を乗せた自動車は静かに出て行った。多分、トーアホテルの舞踏会へでも行くところなのだろうと私は思った。

「どうします。又あの喫茶店へ這入って待っていますか」

と私は言った。

如何《いか》に何でも、あの薄汚い服装をした女が自動車を呼んで帰ろうなどという考えからして、間違っているのだと、私はおかしくなって来た。

「もう、それには及びません」

自動車の後を見送っていた私の連れは、がっかりしたような調子でいった。

「どうして？　ではあの女を逃がしてやるのですか」

私の其の言葉には、幾分《いくぶん》相手を愚弄《ぐろう》するような調子が含まれていた。

「大丈夫です。私はもう、しっかりと相手の尻尾《しっぽ》を摑んで了いました。是れから愈々敵陣へ乗込む事になるのですが、少し晩《おそ》くなるかも知れません。それでも貴方宜いですか」

「こうなれば何処迄もお供します。まさか、泊《とま》りがけと言う程の事はありますまい」

「いえ、そんな大袈裟《おおげさ》な仕事じゃありません。危険な事もありますまいから、是非《ぜひ》一緒に行きましょう」

「しかし、其の前に腹を拵えて置きたいですね、先刻からお茶ばかり喫《の》んでいるので、腹がだぶだぶなんです」

「じゃ、パウリスタへでも行きましょうか。なあに、少しぐらい遅くなっても、逃げる心配はないから大丈夫です」

七

間もなく私達は、須磨寺行きの電車の中に自分を見出した。三の宮から兵庫駅前迄市電に乗って、それから又郊外電車に乗換《のりか》えたのである。一体何処まで引張《ひっぱ》って行かれるのか、私にはさっぱり分らなかった。彼に尋ねようとも思わなかった。其の男の極端な迄に自信に満ちた態度は、私に不安を起《おこ》させる隙も与えなかった。是れだけ引張り廻した以上、何か私を満足させるような結果を見せて呉れるに違いないと思った。若し彼が失敗したとしても、それはそれで宜《い》いではないか。もう今迄の事だけでも、充分一つの面白い事件になっているではないか。

月見山《つきみやま》で私達は電車を乗棄《のりす》てた。

「何処へ行くのです」

「さあ」

彼は一寸とまどいしたらしい様子であったが、直ぐに、停留所の側にある小間物屋《こまもの》の方へ足を向けた。

「一寸お尋ねしますが、此の辺《あたり》に青野《あおの》子爵の別邸がある筈ですが、何方《どちら》へ行ったら好《よ》いのですか」

小間物屋の娘さんが何か言おうとした。然し私の言葉がそれを遮って了った。

「青野子爵の別邸でしたら、僕がよく知っていますよ」

「あゝ、そうですか」

私達は変な顔をしている娘さんを後に、踏切りを渡って山手のほうへ歩いた。月見山にわたしの友人の宅があって、其処へ時々遊びに行くが、いつか其の友人と散歩の途次、此処が青野子爵の別邸だよと教えて貰った事があった。

私達は其の邸《やしき》の玄関に立って、お嬢様に面会したいと申込《もうしこ》んだ。勿論、最初はうまく断られてしまった。しかし其那事《そんなこと》にめげる男ではなかった。

「ではもう一度取次《とりつ》いで下さい。お春さんに就いてお話したい事がありますからと言って下されば、屹度《きっと》承諾して下さるに違いないのですから」

女中は変な顔をして引込んだが、直ぐに又出て来た。

「どうぞ此方《こちら》へ」

私達は応接室へ通された。

私の連れは、青白い顔を愈々青白くして、口をへの字なりに曲げていた。大分興奮して来たらしい事が、其の眼の色によって分った。

それは鼠《ねずみ》を弄《もてあそ》ぶ猫のように、残忍な快《よろこび》をむさぼっている時の輝きであった。そうした眼附きは、私を幾分不愉快にした。

令嬢は仲々出て来なかった。一体、此の家《うち》の令嬢と狂女殺しとにどんな関係があるのだろう。青野子爵の令嬢芳子姫《よしこひめ》と言えば、素人《しろうと》音楽家として相当聞こえている人である。二三年前に何かわけがあって此の月見山の別邸に引越して来て以来、神戸の社交界に美しい花が殖《ふ》えたと噂《うわさ》をされているくらいである。慈善音楽会などだと、いつもプログラムの中に青野芳子の名前が見えるのであった。そうした社会の第一線に立っている婦人と、あのごみ〳〵とした貧民窟《ひんみんくつ》の一角《いっかく》に起った事件との間に、何かの引懸《ひっか》りがあろうなどと考えられる事だろうか。

そんな事を考えているところへ、漸《ようや》くのことで令嬢が出て来た。彼女の顔を一目見た刹那《せつな》私の胸はどきっと躍った。それと言うのが、其処へ出て来た婦人と言うのが、実に、三の宮のあの美容館から、自動車に迎えられて帰って行った、見覚えのある婦人だったからである。

私は、令嬢だというからもっと年若い婦人を想像していた。ところが其処へ出て来た其《その》婦人は、どう見ても、もう三十に近い年頃としか見えなかった。大柄《おおがら》な、健康そうな肉体の所有者だった。

「何の御用で御座《ござ》いますかしら、貴方の仰有ったお言葉の意味は、一向あたしには呑込《のみこ》めませんが」

いらいらとした、ヒステリックな調子であった。大儀そうな体をぐったりと椅子の中に埋《うず》めて睨《にら》まえるように私達の顔を見較《みくら》べた。

「少し内密にお話をしたい事があるのですが、此の部屋で大丈夫ですか」私の連れがいった。

「え丶、此処で承《うけたまわ》りましょう。外へ洩《も》れる気遣《きづか》いはありません」

「そうですか、では率直にお尋ねする事にしましょう、奥さん、貴方《あなた》は何故気違いの真似なんかなさるのです」

令嬢の全身が、電気にか丶ったようにぴくりと動いた。彼女は敵意に満ちた眼を据《す》えて、凝《じっ》と彼を睨らんでいた。

「何を仰有るのですか、あたしにはよく分りませんが――」

「そんなに焦《じ》らしっこをするのは止《よ》しましょう。私には何も彼も分っているのですから」

相手を抑えつけるような調子で彼は言った。それは氷のような冷酷な声音《こわね》であった。側に聞いていた私でさえ、思わず反感を高まらせないではいられない程であった。への字なりに曲げられた彼の口角《こうかく》に漂《ただよ》うている微笑《びしょう》には、何の同情も仮借《かしゃく》もなかった。

「それでもまだ貴女が仰有りたくないようでしたら、私の方から言いましょう。貴女は五六時間ほど前に、新開地の上の空地で、一銭お呉れと私の前に手を出したじゃありませんか。思い出せませんか。それで思い出せなければもう一つ言いましょう。荒田の、あの狂女の家《うち》から出て被居《いらし》った時、たばこ屋の前に立っていた私達の方をちらりと御覧になりました。どうです、まだ思い出せませんか。ではもう一つ言いましょう。三の宮のあの美容館から出て被居《いらし》って、自動車の踏台に片足をお乗せになった時、貴女は此処にいる私の友人の顔をはっきり御覧になった筈です。あの時私は薬局の奥の方で仁丹を買っていましたが、貴女の顔色が一寸変ったのを見逃しはしませんでした。貴女は、荒田のたばこ屋の前に立っていた私達の姿を思い出したので、一寸吃驚《びっくり》なすったのです。どうです、是れだけ言えばも早《はや》知らないとは仰有りますまいね」

令嬢の顔は紫《むらさき》色になった。しかし彼女はそれでも負けようとはしなかった。

「あたしには何の事だか分りません。貴方がたは夢を見て被居《いらっしゃ》るのです」

「奥さん」私の連れは叱《しか》りつけるように言った。「貴女は御自分の今の立場に気がお附きにならないのです。仮りにも貴女は、殺人事件の渦中に立って被居るのですよ」

令嬢の顔面がぎゅっと歪《ゆが》んだ。しかし彼女は頑固に黙込《だまりこ》んでいた。

「若し貴女が、飽迄白《あくまでしら》をお切りになるのでしたら、私も止むを得ません。警察へ万事を届けて出るつもりです」

「それも宜いでしょう」令嬢は毒づくように言った。「何を証拠に貴方はそんな事を言えるのです。あたしは是れでも子爵の娘です。気違い婆《ばばあ》に化けて新開地を歩いていたと言って、誰が信用するものですか」

「其の事で貴女はたかをくゝって被居るのですか」

彼は憐《あわ》れむように言った。

「よくお聞きなさい。私が貴女にお眼にかゝったのは、新開地のあの空地が初めてだったのですよ。それからたった五六時間しか経っていないのに、私はこうして貴女のところへやって来ている。貴女はこうした私を恐ろしいとは思いませんか。私には今のところ証拠がない。私は別にそれを隠そうとは思いません。私に言わせれば証拠とはそも何物ぞやです。若し貴女が強いて要求なさるなら、三十分の間に動かす事の出来ない証拠を見附け出してお目にも掛けます。それが出来ない私だとお思いになるのですか」

二人は凝《じっ》と睨合っていた。其の間には火花と火花がかち合って散った。それは寧ろ凄惨《せいさん》な一騎打ちの光景であった。間もなく、令嬢の方の息使いが次第に荒くなって来るのが感じられた。明らかに彼女が破れたのである。

「宜《よ》ござんす、お話をしましょう。一体、貴方がたは何をする人間なのです。刑事ですか、新聞記者ですか。いえ、お答えしなくても宜ござんす。お見受けしたところどちらでも無さそうですわね、仮令《たとえ》又、貴方がたが刑事であろうと新聞記者であろうと、あたし少しも構いません。別に悪い事をした覚えはないのですから。喋《しゃべ》りたければ喋って下すっても結構です。勿論社会はあたしを責めるでしょうよ、擯斥《ひんせき》するでしょうよ。だがそれが何です。あたしは其の矢面《やおもて》に立ってやります。自分を罵《ののし》った者に対して罵り返してやります。あたしの罪じゃありません、みんな不合理な人間の作った社会というものゝ罪なのですから」

彼女は細いきい〳〵声を振絞《ふりしぼ》って一気に喋りたてた。それは明らかに、彼女が極度のヒステリイである事を示していた。喋っているうちに彼女は段々と興奮して来て、殆んど私の連れに喰ってかゝろう程の勢いであった。

今こゝに、其の時の彼女の言葉をそのまゝ写す可《べ》きであろうけれど、私は気の毒で、とてもそんな事が正面から書けないのである。で、彼女の話の要点を、搔抓《かいつま》んで此処に述べる事にする。

一口に言えば彼女は立派な変態心理者だった。もう少し詳しく言うならばこうだ。

彼女は三度結婚して三度とも不縁になった。種《いろ》んな風評が彼女に就いて流布された。それは女にとって実に無慈悲な風評であった。その結果は、彼女を独身で暮すべく余儀なくして了った。然し彼女はまだ若いのだし、人一倍健康な肉体の所有者でもある。

満たされない慾望を持余《もてあま》す夜が、幾年となく続いた。そうして真正面から享楽《きょうらく》する事を許されなかった慾望は、変にこじれて了って、何時の間《ま》にか彼女は、立派な変態性慾者になっていた。

彼女がお春さんという狂女と馴染《なじみ》になったのは、月見山の別荘へやって来てから半年程経った日であった。或る日聚楽館《じゅらくかん》に音楽会があって、其の帰るさに、彼女の自動車が破損した。それを修繕する間、彼女は路傍で待っていなければならなかった。其の時、彼女の側を例の狂女が通過ぎたのである。狂女の周囲《まわり》には若い男達が群がって、口々に卑猥《ひわい》な言葉を浴《あび》せていた。狂女は平気で一々それ等《ら》に応答した。

彼女は、自分の今の身の上に較《くら》べて、其の狂女の生活が此の上もなく自由で享楽に満ちたもののように思えた。

其の日は其のままで帰ったが、一度狂い出した心は流れて止《とど》まる所を知らなかった。間もなく彼女は、狂女の身代りとなって街頭に立っている自分の姿を見出したのである。

それは大して難しい仕事ではなかった。例の狂女は、世間で考えている程、気が違っている訳ではなかったので、金を摑ます事によって容易《たやす》く話を纏《まと》めることが出来た。

合議の上で彼等は、世間を誤魔化《ごまか》すに都合の宜いようなところへ家を移した。そして彼女は、本当の自分と狂女の家《うち》との間に、もう一つ階段を作る事にした。それが三の宮の美容館であった。其処で彼女は一旦服装を変えた後《のち》狂女の家《うち》を訪れるようにした。狂女にも自分の本当の身分を知られたくなかったからである。勿論美容館の主人にも本当の事を言う必要はなかった。新派悲劇まがいの話をでっち上げて、巧《たくみ》に相手の同情に附込《つけこ》んで行けばよかったのである。

十日に一度か一週間に一度くらい宛《ずつ》彼女はそうして狂女の家《うち》に走った。そして男達の野卑《やひ》な態度や猥《わい》雑《ざつ》な言辞《げんじ》に取巻かれる事によって、変態的な満足を覚えていたのであった。

狂女の殺された事に就いては、だから彼女は少しも知る所ではなかった。彼女が狂女の家《うち》に帰った時には、既にあの兇行《きょうこう》が演ぜられた後であった。一足違いで彼女は、其の犯人と摺違ったに違いないのである。何故ならば彼女が帰った時には、狂女はまだ死にきってはいずに、びく〳〵と身体を痙攣させていた所だったから。多分、彼女が与えた多額の金子《かね》が犯人を誘導したのであろう。其の意味で、彼女が狂女を殺したのだと言われても仕方がなかった。

八

「で？」私が言った。

「で？」彼が言った。

彼はコクテイルを飲んでいた。少しも酔わなかった。青白い憂鬱《ゆううつ》な顔をしていた。それは或る苦悶《くもん》に近い表情であった。私は黙って彼の顔面に起る変化を読んでいた。

新開地附近の、安っぽいカフェーの一隅《いちぐう》であった。夜の十一時過ぎであった。

「貴方は私をさぞ残酷な人間だとお思いになったでしょう。いえ、お隠しになっても駄目です」

私が何か言おうとするのを制して、彼はべら〳〵と立て続けに喋り始めた。そうして喋っている事が幾分でも内心の苦悶を和《やわ》らげるものかのように見えた。

「是れが私の病気なのです。私自身此の病気を持て余して、苦しくて苦しくて仕様がないのです。今日の午後、私は超推理力という事を貴方にお話したでしょう。あんな事、嘘《うそ》っぱちです。私に在るものと言えば、超推理力じゃなくて、人一倍激しい好奇心だけなのです。私は好奇心というものゝ悖徳的《はいとくてき》である事を知っているので、出来るだけそれを圧《おさ》えようと努めています。だが一週間も辛棒《しんぼう》していると耐《たま》らなくなって来るのです。そうなると体じゅうがいら〳〵として、何をしても手に附かない。すると不思議にも、それに伴って頭がはっきりとしてくるのです。今日、白木屋で万引婦人を見たでしょう。あの婦人なども、たぶん良家の奥様なのでしょうが、××か何かの工合であゝした衝動が起るのでしょう。ところが、あゝした衝動が起ると同時に一方に其の

「ところで、肝腎《かんじん》の狂女殺しの犯人はどうなるのです」

彼は首を横に振った。「それは警察にまかして置きましょう。私の好奇心は今日は満腹の態《てい》です。是れでこゝ数日は、私も普通の人間の生活が出来るわけです」

彼は例によって、ひょこり〳〵とくの字なりに曲がった膝から下を、外輪に向けて歩いて行った。私は其の後ろ姿が見えなくなる迄見送った後《のち》、自分の家《うち》へ足を向けた。

是れが私と、「路傍の人」石田徳太郎《いしだとくたろう》とのそも〳〵のなれそめである。

衝動を満足させて呉れるだけの手腕が伴って来るのです。あの手際は実際、とても素人とも思えない程だったでしょう。私のもそれと同じです。激しい、苦痛に近い程の好奇心が起ると、それと同時に、其の好奇心を満足させるに至極《しごく》都合のいゝ所謂《いわゆる》超推理力が生じて来るのです。こんな時私の眼に止《とま》った人々こそいい迷惑です。私は一目で其の人達の秘密を見破って了うのです。そして冷酷に近い興味で、じり〳〵とその犠牲者を追いつめて行くのです。そんな時の快感は、とても他人に話せる事じゃありません。さて、そうして充分に犠牲者を苛《せ》めながら、自分の好奇心に満足を与える。そしてすっかり満足して了うと、今迄尖《とが》りきっていた不自然な好奇心や超推理力は、まるで退汐《ひきしお》のように退《しりぞ》いて了います。私はそこで初めて蘇生したような思いになれるのです。考えて見れば私自身、立派な変態心理者なのですね」

間もなく私達は其のカフェーを出て、聚楽館の前で右と左とに別れた。別れる時私は言った。

帰れるお類

私の友人の山野三五郎が、どんなに好人物であるかという事を、私は前から書いて見たいと思っていた。が、一体どういう風に書けば、彼の好人物さを、諸君に紹介する事が出来るのか、実際彼は、好人物であればあるだけに、挿話《そうわ》だの逸話《いつわ》だのという物を一切持ちあわさない男なのである。従って私は、如《い》何《か》にして彼の好人物さを紹介し得るか。山野三五郎は好人物であると、鉦《かね》と太鼓《たいこ》で触《ふ》れ廻《まわ》っても、だから、諸君もそれをどの程度に信用して宜《よ》いのか、一《ちょ》寸《っと》困った事に違いない。

しかし、最近私は、彼に就《つ》いて、しかも、彼の好人物さを遺憾《いかん》なく描写し得て、感に耐えた程の、ある一つの逸話を耳にしたのである。実際それを聞いた時には、それを私たち仲間が、始終集《あつま》る、あるカフェーの一隅《いちぐう》で、一人の男が話し出した事なのであるが、話した男も、聞いていた仲間のうちの二三人も、ふいに、酔っていたせいもあるだろう、そして、話した男は、たしかに恋人に逃げられて、そうでなくても、センチメンタルになっていた時だったから、そのせいもあるだろう、とに角《かく》、ふいに、カフェーの一隅で、さんさんと、涙を流して泣き出した事なのである。むろん、かくいう私も、泣き出したその一人だったのである。

……だが、最初に、こんな風に書くのはいけなかったかも知れない。こんなに大きな前書きを書いて置くと、諸君は、どんなに悲しい話だろうと、ある種の期待を以《も》って、従って、読んだ後では、著《いちじる》しく期待を裏切られて、失望されるに違いない。

だが、だが諸君よ、此《こ》の話こそ、尤《もっと》もこの話は、此の頃流行《はや》るゴシップとやらで、あの晩話したあの男が、山野三五郎にあてはめて、創作した物語なのかも知れないが、それにしても、此の話程、如実に山野三五郎の好人物さを、描写し得ている物はないと思うのである。だから、仮令《たとい》根のないゴシップにしろ、これを以って、私の親友、山野三五郎の好人物さを一つ、諸君に紹介して見ようと思いたった私は、まんざら間違った事ではないと思うのである。

　さて山野三五郎という男は、この名は無論、今私の書こうとしている男のほんとうの名前ではなく、彼の本名と、極めて語呂《ごろ》の合った名前として、私が勝手に附けたのであるが、従って諸君の中には、その百分の一、或《ある》いは千分の一位ひょっとすると、あの男の事ではなかろうかと、思い当る人があるかも知れないが、そうだ実際、山野三五郎という男は、諸君のうち、百分の一、乃至《ないし》は千分の一ぐらいに知られているかも知れない、という程度の有名さを持った、それでも、それで飯を食っているところの小説家なのである。（神よ、彼を憫《あわれ》み給え！）だから、他に収入の道とてはない彼の事だから始終生活に追われがちなのも無理からぬ話だし、従って又、彼の細君が、彼女とて決して、悪い女などではなく、いやいや、寧《むし》ろその反対なのだが、それ程の彼女が、とうとう彼に愛想《あいそう》をつかして、彼を置きざりにしようとしたのも、これ又、ゆめ〲無理からぬ話なのである。（神よ、彼女をも共に憫み給え！）

　そうだ、彼女は、お類《るい》というのが彼女の名なのだが、そのお類は、彼をすんでの事に置きざりにしようとしたのである。いやいや、正しく言えば彼を置きざりにして了《しま》ったのだ。

「さようなら」

　と、彼女は、取《とり》あえず原稿紙に走り書きしたのである。

「さようなら、もう駄目よ、遅いわ、あたしもう、つく〲とこんな貧乏ぐらしがいやになったの。今迄《まで》は、あなたの好人物さに引《ひき》ずられて、一日々々と自分自身をごま化して来たけれど、昨日今日《きのうきょう》、結局好人物だけでは生活して行けない事を発見したの。さようなら。この方がお互いの為よ。あたしSさんが誘って下さるので、しばらくあの人と一緒に、塩原《しおばら》へ行って来ようと思います。それから後はどうなるか、今のところまだ分らないけれど。さようなら。汽車は四時二十分の約束、逃げると思われるのはいやだから、ちゃんと、こう打明けて置きますけれど、追って来ちゃいやよ。来たって駄目よ。もう、あかの他人なんですもの。さようなら！」

こういう文章を、良人《おっと》の万年筆で、良人の原稿紙に、習慣というものは不思議なものだ、彼女も亦《また》、不甲斐《ふがい》ない良人にばかり頼っては居《お》られないので、日ごろ、お伽噺《とぎばなし》みたいなものを書いて稼《かせ》いでいたのだが、それ等《ら》の原稿と同じように、心急《こころせ》きな中を一つ一つ原稿紙の枠に嵌《は》めて書き上げた。そして、それを読んだ時の、良人の態度を、なるべく想像しないように努めながら、四時二十分の汽車に間に合うようにと、停車場へ急いだのである。

併《しか》し、前にも言った通り、根が善人の彼女の事だ、停車場が近くなるに従って、どうした事やら、段々と不安と心配と後悔とが、雨雲のように、彼女の心の中に拡《ひろ》がるのである。思うまい、思うまいとしても、自分の今書いて来た置手紙《おきてがみ》を見、そして取り散らかされた簞笥《たんす》や、部屋の様子を見た時に良人がするであろう態度が、最初は、丁度ピントの合わぬ写真のように、そしてそれが漸次《だんだん》はっきりと、彼女の頭脳《あたま》の中に思い浮んで来るのである。もう三年越しにもなる同棲《どうせい》生活を続けて来たのだから、彼女には、良人の癖《くせ》が手に取るように分っているのだが、そうだ、こういう時にとる良人の態度というのは、いつかも、彼が一番親しく往来していた友人から、ふいに、何の故《ゆえ》とも分らぬ絶交状を（後で分った事にはその友人というのは、絶交状を書くのが道楽だったそうな）叩きつけられた事があったが、あの場合と今の場合とは、かなりよく似ているようだ、従って、今頃、良人の山野三五郎はきっと、あの時と同じように、手紙を見た最初の瞬間、ベソを掻《か》くように、眉根をしわ〳〵と顰《ひそ》め、そして、物をも言わず立上《たちあが》

ったかと思うと、縁側の柱を両手で抱え、その角《かど》に頭をゴワン、ゴワンと叩きつけながら、

「俺は……、俺は……」

それを思うとお類は、何だか取返《とりかえ》しのつかぬ事をしたような気がして来たのである。

「あの人は決して悪い人ではない。唯《ただ》、ちょっぴりと、意気地なく出来ているだけなのだ」

併し、これは何とした事であろう。新しい愛人と一緒に、駈落《かけお》ちをしようという間際になって、前の良人の事に心を占領されるとは、馬鹿々々しい事である。こういう自分の心の弱さが、今まで自分を引《ひき》摺《ず》って、あんな貧乏ぐらしの中を泳がせたのだ。そうだ、そうだ、あんな意気地なしの良人なんか、何《ど》処《こ》かの河の中にさらりと流して了って……と、彼女の別の心が叫ぶのである。

彼女が停車場へ着いた時には、丁度四時五分過ぎ、約束の時間より十五分早かった。それにしても、彼女が著しく失望した事には、相手のS——笹木《ささき》金之《きんの》介《すけ》はまだ来ていないらしいのである。こういう場合、先へ来ている方が恋愛に於《おい》てより深く進んでいるという言葉が本統《ほんとう》であるならば、相手の笹木金之介は明《あきら》かに、お類が思っている程も、彼女を思っていない事になるのである。お類は何とも知れぬ不安に、一寸心が曇《くも》るのを覚えたことである。

一体笹木金之介とは何者であるか、私はまだ彼の素性《すじょう》に就いて、一言《いちごん》も説明らしい事を言わなかったが、本統を言うともと〱、山野三五郎の好人物さを、諸君に紹介しようと思い立って筆を執《と》ったこの小説に於ては、笹木金之介なる人物は、どんな男であろうが、一向差支《さしつか》えない事なのである。併し諸君よ、それでは小説にならないと仰有《おっしゃ》るであろうか。では……。笹木金之介というのは、お類の良人の山野三五郎と同じしょうばいをしている所の、しかし、最近めき〱と売出《うりだ》して、昔は山野三五郎などにも充分迷惑をかけた事もあったそうだけれど、今ではなか〱、彼などとは較《くら》べものにもならない程、羽振りを利かせている、所謂《いわゆる》、流行児《はやりっこ》なのである。私も彼をよく知っている。そしてこれは、かくいう私

自身も文筆に志しながら、未だに、山野三五郎と同じく、いつ芽が出る事やらあてさえなく、従ってその昔、仲間であった、笹木金之介からとかく軽蔑《けいべつ》され勝ちなのであるが、八百万《やおよろず》の神も照覧《しょうらん》あれ、決して嫉妬《しっと》や怨恨《えんこん》から言うのではない、世に笹木金之介程いやな男はない、と私は声を大にして言いたいのである。

閑話休題《あだしごとはさておき》、お類は汽車が出る四時二十分迄、つまり十五分間というものを、どんな思いをして待った事であろうか。希望やら悔恨《かいこん》やら、不安やら夢想やら、しかし、これはどうした事やら、多くの場合、希望三分《ぶ》に、悔恨七分、不安七分に夢想三分という、その場合にとっては、甚《はなは》だ似つかわしからぬ心の状態で、それでも笹木金之介の姿が見えるのを、今か今かと待受《まちう》けていたのである。だが時刻は徒《いたずら》に、彼女の悔恨と不安との部合《ぶあい》を助長させる為に過ぎ行き、そして今や汽車は着き、今や汽車は、無慈悲な汽笛を鳴らして発車し、そして後《のち》には、無残に心を打挫《うちひし》がれたお類だけが残ったのである。

(読者よ、かく筆を省略せる事を、枚数の加減なりと許し給え)

お類は、塩原行きの切符を二枚、汗ばんだ手に握りしめ、そして呆然《ぼうぜん》と汽車の後を見送っている自分自身を発見した。それ程馬鹿でない彼女は、自分が欺《あざむ》かれていたという事実《こと》をたちどころに覚《さと》ったのである。

と其処《そこ》へ、車夫らしい男があたふたと構内へ這入《はい》って来たのであるが、しばらく彼は、何人《なんぴと》かを物色するらしく、きょろ〳〵と辺《あたり》を見廻していたが、やがてお類に目星を附けたらしく、つか〳〵彼女の方へ歩みよった。

「山野さんの奥様と仰有るのは貴女様《あなたさま》で……」

と、小腰《こごし》をかゞめながら、彼は言うのである。そしてお類が頷《うなず》くのを見て、彼は腹掛けの丼《どんぶり》の中から、一通の手紙らしいものを取り出して彼女に渡した。

「返事は要らないそうです」

お類は車夫の後姿と、手紙とを五分《ごぶ》々《ごぶ》に眺めていたが、やがて気のない手附きでその封筒を開いた。

言う迄もなくそれは笹木金之介からの手紙なのである。

「類子さん。まさかあなたは、かりにも近代女《モダンガール》を気取っていらっしゃるあなたは、酒の上の冗談と、真剣とを混同なさりはしないでしょうね。僕があなたにどんなお約束をした事か、生憎《あいにく》あの時、僕はひどく酔っていたものだから、はっきりとその内容を覚えていないのですが、何でも今日の四時二十分に××駅で落合う約束をしたように思います。併し、あなたも近代女《モダンガール》だ、あの冗談を真《ま》に受けて、のこ〳〵と約束の場所へ出かけるような事はまさかありますまい。だが、万が一にも、万が一にでもですよ、あなたが下らない感違いをされているようだと気の毒だから、此のお手紙を差上《さしあ》げます。若《も》し、何遍《なんべん》も言うように、万が一、あなたが此の手紙を受取《うけと》られるべく、××駅へ来ていらっしゃっても、少しも恥《は》じる事はありません。何故《なぜ》ならば、僕はこの手紙を、見も知らぬ路傍《ろぼう》の車夫に託《たく》する心算《つもり》ですし、従って、あなたに手渡しする事が出来たかどうかを訊《ただ》すよすがもありません。だから、万一あなたが××駅へ来ていたとしても、大威張《おおいば》りで、素知《そし》らぬ顔をしていて宜《よ》いのです。併し、これは僕の取越苦労《とりこしくろう》というものでしょうか、近代女《モダンガール》でいらっしゃるあなたが、冗談と真剣を混同される筈《はず》がありませんから。尚《なお》念の為、あなたが見附からぬ節には、勝手に手紙を破りすてゝよいと、車夫に申添《もうしそ》えて置きます」

と凡《およ》そこう言った風の意味の事を、こればかりは、笹木金之介でなくては書けない事だ、彼一流の思わせ振りな文章で書いてあるのである。

お類はしかし、それを読んだ時には、不思議な程にも心を動かされなかった。彼女は恰《あたか》も、機械のようにそれを読み、機械のようにそれを破り捨てたのである。そして彼女も心はこれを少しハイカラに云《い》うならば、まるで木枯《こがらし》の吹荒《ふきすさ》む十二月のたそがれのように、灰色で、そして冷かった。しばらく彼女は、待合室のベンチに携《たずさ》えて来た小さなバスケットに寄りかゝって、何をするともなく、又何を考えるともなく、ぼんやりと、急《いそ》がしそうに出たり入ったり、見送ったり、見送られたり、そして彼等の中には、あるいは良人を捨てゝ、他の愛人と逃げる人妻もいるのではなかろうか、併し、彼女みたいに、その瀬戸際になって、背負投げを喰わされるような、愚《おろ》かな女はいないと見えるのである。二《ふた》汽車も三《み》汽車も、そして、終《しま》いには、中売りの番台に坐っていた主人が、そろそろ怪しむ程も、つくねんと、いつまでも其処に腰を下ろしていたのは、お類たった一人だったのである。

　お類はしかし、何時《いつ》迄も果しない冥想《めいそう》に耽《ふけ》っている訳には行かなかった。中売りの主人だの、駅員の少し慣れた男だのは、経験で、お類のような立場にいる人間を、直《す》ぐに見抜いて了うと見えるのだ。或いは通りすがりに、或いは遠くの方から、それとはなしに、じろり、じろりと見られる事の苦痛に、彼女は間もなく、それでもかなり元気よく立上った。街にはもう灯《ともしび》が入っていた。時間を見ると、六時少し前である。

　駅を出た彼女は、あてもなく、綺麗に飾られた洋品店の飾窓《かざりまど》を覗《のぞ》いたり、石けりをしている子供にぼんやりと見入ったりすると、其《そ》の時ふいに道行く人々が、ざわ〱と、騒ぎ出したのである。見ると空の方を向いているのである。彼女も又釣《つ》られるように上を向いた事であるが、おゝ、これは何という事だろう、たそがれ初《はじ》めた夕空をついて、折から一《いち》群《ぐん》の雁《かり》が、静かに、粛々《しゅくしゅく》と、あだかも皇族方の行啓《ぎょうけい》のように、渡っているのである。人々はそれを、一種の感動なしに見る事が出来なかった。お類もまた、思わず襟《えり》をかき合せるような心持ちで、やがて、それが、向うの高い銀行のビルディングの蔭《かげ》にかくれて了うまで見送っていたのであるが、ふいに彼女は、そうだ、彼女が小学校の六年生だった時だ、彼女はその級《クラス》の級長だった。そして其の年に明治天皇が崩《ほう》御《ぎょ》されたのだったが、その御大葬《ごたいそう》の日に、全国のどの小学校でもやった事であろうが、彼女の学校でもまた、校庭に祭壇を設けて、遠く東へ向って、（彼女の故郷は岡山だった）遥拝《ようはい》式をしたのであった。その時、彼女は女子の側《がわ》からの総代となって、男子側の総代の少年と、(おゝ、あの少年は今どうしている事か!)二人並んで、祭壇の前に立ったことであるが、其の当時まだやっと十四になったばかりの彼女は、どんなにその大帝《たいてい》の死を歎《なげ》いていた事であろうか、二人並んで頭を下げそして拍手をパン〳〵と小さい音をさせて打った時、無限の悲しみが、喰い入るように、全身に染《し》み渡ったのである。其の時、彼女の後《うしろ》に、静かに、つゝましやかに、整列していた生徒たちが、ふいにがや〳〵と騒ぎ出したのである。どうしたのだろうと思いながら、何気なく空を見ると、丁度その時一群の雁が渡っていたのだった。それが何と感動的な場面であった事か、町に養《そだ》った彼女が雁の渡るのを見たのは、その時が始めてゞ、そして今日が第二度目なのである。彼女は思わず、その時の事を思い出して、ホロ〳〵と恥かしげもなく涙を流し出したのは、まことに無理からぬ話なのである。

それにしても、彼女は、それによって、何となく気分が清々《すがすが》しくなったのを覚えた。迷っていた決心が、何んとなく定《き》まって来たように思えるのである。結局山野三五郎の許《もと》に帰るより他に、道はないのだ、そして、あの好人物の良人は、そんなにとがめ立てする事はないであろう。……

それから一時間程後《のち》の事、何処をどうしていたのか、お類はひょっこりと家《うち》の前迄帰って来た。見ると彼女は、携えて出たバスケットはどうしたのやら、その代りに何やら小さい紙包みを持って、それでも、さすがに、直ぐには這入りかねて、しばらく、中を覗いていたが、すると、予期していた事ではあるが、家の中が真暗《まっくら》で灯《あかり》もついていないのである。しかも誰もいないのでない事は、長い間この家の主婦として暮して来た彼女の直覚がよく知っているのだ。何となく彼女は心を打たれて、いっそ又もや逃げ出そうか、それとも、これから自分が試みようとする、無反省な出鱈目《でたらめ》なんか止《よ》す事にして、何も彼《か》も打開《うちあ》けて、良人《おっと》の許しを乞《こ》おうか、併し、いや〳〵やっぱり彼女にはそれが出来ない性分《しょうぶん》なのである。思いきって、目をつむるようにして、彼女はガラ〳〵と格子《こうし》戸《ど》を開いた。すると、奥の方で、こそ〳〵と寝返りでも打ったらしい物音がするのである。

「どうしたの、誰もいないの？」

女というものは、併し、何という生れながらの名優揃いなのだろうか、格子戸を開いた瞬間に、彼女は一度何かしら、熱い、固いものでも飲み込むような思いをしたが、それと同時に、しっかりと決心が定《き》まって了った。彼女はいかにも、よくあるショッピングの帰りらしい明《あかる》さを以って言ったことである。

「電気も点《つ》けないで、一体どうしたのだろう」

そういいながら、奥の襖《ふすま》を開くと、果して其処には、良人の山野三五郎が真暗がりの中にだらしなく寝そべっているのである。彼はお類の声を聞きお類の姿を見た時、何かしら、信じられないものを見たように、しわ〴〵と眼をしばたゝき乍《なが》ら、まぶしそうに彼女の方を見上げた。その、例によって、無精《ぶしょう》髭《ひげ》の伸びた、梳《く》しけずらない髪の、もじゃもじゃとした良人の顔を見た瞬間、お類は一寸の間、ばつの悪さを感じたが、でも、これではならないと、わざとばた〳〵と足音を高く、部屋の中に這入って、電気のスイッチを捻《ひね》った。

「又寝てるのね、厭《いや》になっちゃうわ。御飯はどうしたの、まだなの、どうせ、そんな事だろうと思っていた。今何時《なんじ》だと思って？　八時を廻っているわよ」

と一旦喋《しゃべ》り出すと、その言葉がと切れたが最後、何か恐ろしい事でも起りそうに、彼女は唯出鱈目に、訳の分らぬ事を喋り散らし乍ら、そこいらを立ったり座ったり、でも、出来るだけ良人の方を見ないようにしていた。山野三五郎は又、彼は彼で、不思議な物をでも見るように、しばらく妻の姿を眼で追っていたが、やがて、おず〳〵と、言いにくそうに口を出したのである。

「どうしたのだ、お前、行かなかったのか」

お類はどきんと、胸を突かれた思いで、唾《つば》をつっと飲み込んだが、これではいけないと気を取直《とりなお》した。

「何処へ？　あたし？」

「シ、塩原さ」

山野三五郎はまるで、悪い事をしたのは自分の方でゝもあるように、顔を紅《あか》らめて、吶《ども》りながら言った事だ。

「塩原？　いゝえ、何の事？　それは」

お類は、もう度胸が極《き》まったらしく、何の渋滞もなく言葉が喉《のど》から出て来た。山野三五郎は眼をぱちく〳〵としょぼつかせながら、妻の顔色を読むように、上半身を起して、頭をがし〳〵と五本の指で掻《か》いた。そして腫物《はれもの》にでも触るように、

「だって、だって、お前は、笹木と塩原へ行く筈じゃなかったのか」

「あら、いやだ。笹木さんと？　塩原へ？　何を言ってるのあなたは？」

お類はそんな事に構ってはいられないという風に、向うを向いて、足袋《たび》を脱いだり、鏡台に向って、髪の形を直したりしていた。

「だって、お前、そう書いてあったじゃないか」

山野三五郎はおずおずと、探るように、然《しか》し出来るだけ相手の意に逆らわないように、一体これはどうした事だろう、笹木と、いざとなって、喧嘩《けんか》でもしたのだろうか、それとも、相手が来なかったのだろうか、いや〳〵、それにしても、お類は何故にこんなに平気でいるのだろうか、彼は少なからず不気味にさえ感じながら、訊《たず》ねるのであった。

「書いてあったって？　何の事？　あたしちっとも分らないわ。もっとはっきり仰有いよ」

髪の形を直して、今度は着物を着更《きか》えようとした彼女は、ふと、隣の間へ通ずる襖を開いたが、其処で、何と千両役者でも、真似《まね》の出来なそうなしぐさを以って立止《たちどま》った。

「どうしたの？　こんなに簞笥を引掻《ひっか》き廻して？　誰がしたの？　あなたがしたの？」

と、これ又、千両役者でも、真似の出来なそうな、巧みなせりふを以って叫んだのである。

「おれ？」

と、山野三五郎は、お類のヒステリックな声に、早くもおびやかされて、すると、彼自身の不平や、言いたい事なども忘れて了って、あわてゝ立上ると、

彼女の側《そば》までやって来たのである。

「お前が、お前が、お前が……」

「あたし？　知らないわ。あたしが……」

彼女はそして、飛附《とびつ》くように、箪笥の抽斗《ひきだし》を検《しら》べ始めたことだが、やがて、わっという様な声を以って叫んだのである。

「ないわ、ないわ、お召《めし》も、金紗《きんしゃ》の羽織も、あら、此の間拵《こしら》えたばかりのコートもなくなってるわ。どうしたの？　どうしたのよ？」

山野三五郎は、愈々《いよいよ》訳が分らなそうに、くん〱と、癖《くせ》で鼻を鳴らしながら、ぼんやりと、お類に怒鳴りつけられるべく立っていた。

「何をしてるのよ。さあ、あたしの着物を一体何処へやったのよう。あなたが持出《もちだ》したの、そうだ、金田さんがやって来たのに違いない。やっと、やっと、それだって、あなたから鐚《びた》一文貰《もんもら》った事じゃない、みんなあたしの稼《かせ》いだお金で、やっと、やっと拵えたと思ったら、直ぐにあんたが持出して了うのだ、意気地なし。お馬鹿さん」

「でも、でも」

好人物の山野三五郎は、一体何と言って好《よ》いのか、形勢がどの方向に向いているのか、従って、どんな風に物を言って宜いのか、少しも分らないのだ。彼は吶りながら、哀願《あいがん》するような調子で、

「まあ、そんなに大きな声を出さなくても分ってるよ。だけど、着物の事、おれは一寸も知らないよ。おれは、お前が持出した事だとばかり思ってたんだもの」

「あたしが？　どうして？　何故？　何のために？」

「でも……、でも……」

三五郎は、さっきから、懐《ふところ》の中で握っていた、果して、出してい丶ものか悪いものか、出したら、又もや、一層機嫌が悪くなるのではなかろうか、とつおいつ、思案していた、あの書置《かきお》きの紙片を、恐る〱お類の前にさし出した。

「お前、こんな書置きを残して、だから、おれは、お前が笹木と一緒に、塩原へ、着物もだから、お前が持ちだした事だと思っていたんだが」

お類は一寸たじろぎ気味に良人の顔を眺めた。彼女の此のお芝居の中で、こゝが一番難しい所に違いなかった。此の歴《れき》とした証拠を、まるで、代官所に呼び出された悪賢《わるがしこ》い被告のように、さぎをからすと言いくるめなければならないのである。

「何？」

お類はひったくるようにそれを奪うと、良人の方に背を向けて、一眼《ひとめ》それをみたが、すぐにくるりと彼の方へ向直って、そして、さも〳〵、呆《あき》れ果てゝ、物が言えぬという程の意味を、眼の動きによって、暫《しばら》く良人に嚥《の》ませる事に努力した。

そして、山野三五郎が、愈々もって、これはどうしたのだ、この証拠を見せても、びくともしない彼女は、鬼か蛇《じゃ》か、それとも、おれの方が飛んでもない感違いをしているのだろうかと、今更のようにそわ〳〵と、あわて出したのを見計《みはから》って、彼女は、精一杯の努力を以って怒鳴りつけたのである。

「馬鹿!!　やきもちやき!!　意気地なしの癖に、あんたみたいなやきもちやきをあたしはもう見た事がない。呆《あき》れ果て物も言えない。これは、これは」と其処で、彼女は身振《みぶり》たっぷりに唾を飲込《のみこ》んで、「あたしの創作の原稿じゃないの！」

「原稿？」

「そうよ。考えても御覧なさい。書置きを、こんなに叮嚀《ていねい》に一字々々枠に入れて、書くやつがあるもんですか。そうよ。あたし一つ、ほんとうの、今迄みたいなお伽噺《とぎばなし》じゃなしに、ほんとうの創作を書いてみたいと思って、これが最初の書出しなんだわ。これを見て、じゃ、あんた今迄、やいていたのね。お馬鹿さん、電気も点けないで、真暗がりの中で煩悶《はんもん》していたの」

「でも、でも」

「でもゝ何もないわ。だけど、あたしの着物をどうしたの。その腹癒《はらい》せに、どこかへ隠したんでしょう、男らしくもない。分ってるわよ」

「知らないよ、おれは。おれが帰って来た時、やっぱりこんなになっていたんだが――」

彼等はしばらく、そんな押問答《おしもんどう》をしていたが、やがて、これはきっと泥棒が這入ったのに違いない、という結論に到達した。

「あなたがぼんやりしてるからだわ。何故すぐに交番へ届けて出ないのよ」

「でも、お前が……」

「あたしじゃないわよ。やきもちばかりやいてるからだわ。どうして下さるの？　あたしの着物をさ。駄目よ。今から届けたって遅いわ。それにお巡《まわり》さんがやって来て、いろんな事を聞いたり、おまけに、碌《ろく》な着物ってありゃしないのだ。あたし、泥棒にだって恥しいわ」

何も彼もうまく行ったという安堵《あんど》に、お類はもうそんなに、強い事は言えなかった。これ程に言っても、腹一つ立てない良人の山野三五郎を、平常《へいぜい》の彼女は、限りなく頼りない事に感じるのだったが、今日はその反対に、何とも言えない親愛を感じるのである。おろ〳〵と、ほんとうに泥棒が這入ったのだと思って、心配している良人の態度をみると、滑稽《こっけい》を通り越して、悲哀《ひあい》を感じさゝれるのである。これ以上苛《せ》めたって仕方のない事だ、それに、悪いのはゆめ〳〵良人ではなく此のあたしなのだ、彼女はうっかり涙が出そうにさえなるのを、ようやくに耐えて、そして優しい声で言った。

「失《な》くなったものはもう仕方がないわ。それよりその代り少し奮発して、新しいのを拵える事だわ。あなたもそのつもりで馬力を出して頂戴《ちょうだい》」

「う、う」

山野三五郎は曖昧《あいまい》な声で返事をしながら、上眼使《うわめ》いにお類の顔を眺めた。そして、

「宜《よ》かった」

と溜息《ためいき》と共に、心から言った。

「宜かったたって、何が？」

「いえさ、お前が帰って来てくれて宜かったというのだよ。おれはもう、二度と、お前がこの家の敷居《しきい》を踏むような事はあるまいと思っていたのに」

「だから、あなたは馬鹿のやきもちやきだと言うんだわ」

彼女は、こみ上げて来そうな笑いを飲み込みなが

ら、

「さあ、あの騒ぎですっかり御飯の事を忘れていたわ。あたし急に腹が減った。あなた減らない？」

「減った」

「そう、じゃ、もう今から御飯を焚《た》いていちゃ間に合わないから、あなたうなぎでも行って来て頂戴な、ね」

「それがいゝ、それがいゝ」

山野三五郎は立上った。

お類も立上って、着物を脱ぎ始めた。

「あたしね、今日ほんとうは銀座へいってたのよ。あんたに、ほら、お土産《みやげ》を買って来たわよ」

「有難《ありがと》う」

三五郎はまめ〳〵しく、衣桁《いこう》にかけてあるお類の平常着《ふだんぎ》を取って、彼女の背後《うしろ》から着せかけてやろうとした。その時、お類が、帯を解《と》くひょうしに、パラリと畳の上に落ちた、ああ、それはまちがいもなく塩原行きの二枚の切符なのだ、早くもそれを見附けた彼は、まるで、自分がお類の立場にいてそれを落したかのように、真紅《まっか》になって、狼狽《ろうばい》しながら、でも、お類がそれと気が附く前に、右の足でしっかりとそれを踏まえつけたのである。

「どうしたのよ」とお類が振り返った。

「いや、何でもないのだ。でも、でも、宜かったねえ」

彼は額《ひたい》に汗をさえにじませながら、好人物らしい笑いと共に、そう言った。

いたずらな恋

「君は知ってたかしら、ほら、あの五十嵐《いがらし》夫人を――」

と、絵を描くことを職業としている私の友人、磯《いそ》部《べ》富郎《とみろう》が、ある晩、あるカフェーの隅《すみ》っこで、例によってコクテイルの盃《さかずき》を舐《な》めながら、私を前にして語りだしたことがある。

彼はたしか、私より一つ年上になるのだから、今年二十六になっている筈《はず》だ。色の浅黒い、眼の三方《ぼう》白なのが鳥渡艶《ちょっとつや》っぽく見える、口許《くちもと》の可愛《かわい》い、そして――エトセトラ、エトセトラ。

だが、こう一つ一つに就《つ》いて説明するよりも、こう言った方が分り易かろう。此《こ》の頃、貴族的タイプを売物にして、大へん認められて来た活動俳優のＹ・Ｈ――、あの男に彼は瓜二《うりふた》つなのである。現にこういう話がある。それはたしか、何処《どこ》かの学校の運動会であった。友人に誘われて彼はそれを見に行ったのである。ところがそこに大勢の女学生たちが来ていた。彼女たちは彼の姿をみると忽《たちま》ちに騒ぎ出した――。と彼は思ったのである。いや、これは彼の己《うぬ》惚《ぼ》ればかりではなく、本当だったらしい。その時彼と一緒だった友達も保証した事である。

彼女たちは彼と摺違《すれちが》うたびにきゃっきゃっと小鳥のように騒ぎ立て、しかも、しば〱彼と摺違う事を希望しているらしいのである。むろん彼は、孔雀《くじゃく》のような誇らしさを以《も》って、悠々《ゆうゆう》とグラウンドの周囲を闊歩《かっぽ》していたに違いない。

ところが、これにはさすがの彼も驚いた事であるが、摸擬店で休憩している時である。ふとポケットの中に手を突込《つっこ》むと、其処《そこ》から数通の、思いもよらぬ艶書《えんしょ》が出て来たのだ。それを彼が、自分一人になる迄《まで》こっそりと隠して居《お》れば宜《よ》かったのだが、まさかそこに、そんな間違いがあろうとは思わなかったものだから、これ見よとばかりに友人の前に取出《とりだ》してみせたのである。そして二人でそれを披見《ひけん》してみたのだ。ところが、驚いた事には、それ等《ら》の手紙には、むろん書方《かきかた》はそれぐ〵違っていた事だろうが、その意味はというと、一様に、「わたしを映画女優にして下さい」とあるのだ。そして更に驚いた事には、宛名のところをみると、これ又一様に、「わたしの恋しきY・H様」だとか「わたしのハートなるY・H様」だとか、兎《と》にかくあの活動俳優のY・Hの名がそこに書いてあるのだ。そこで哀《あわ》れな磯部富郎は、忽ちにしてぺしゃんこになって了《しま》ったのである。

だが、此の話は別としても、こういえば又彼に憤《ふん》慨《がい》されるかも知れないが、有名なY・Hと間違えられる程の彼であるから、好男子である事は論を俟《ま》たないし、それに私などと違ってお金は持っているし、至って気軽な性質ではあるしするので、それはそれは、私などからみれば、実に羨《うらや》ましい程にもよく女から惚《ほ》れられるのである。

「君は知ってたかしら、ほら、あの××嬢を――」

と、そんな調子で今迄に、彼の口から聞いた艶聞《えんぶん》の数というものは、実に、私の両方の手と両方の足の指に、彼の両方の手と両方の足の指を、足しても尚《なお》数え切れない程であろう。ところが、これが人間についている徳とでも言うのだろうか、彼の口から聞く場合には、それがどんな話であろうとも、決して気障《きざ》に聞えたり、淫《みだ》らしく感じられたりはしないのだ。それは多分、意識して彼が、自分をよく見せようと努力するような事がないからだろう。

彼にしてみれば又、私ほど素直に彼の惚気話《のろけばなし》を受《う》け入《い》れてくれる友人はいないので、つまり私は、彼のよい惚気《のろけ》台《だい》になっている訳なのだ。

で、例によってその晩彼は、私を前に、彼らしいへんな艶聞のお話を始めたのである。

「君は知ってたかしら、あの五十嵐夫人を、なに、知らないって、知らないって筈はないんだが、ほら、いつか、そう〱、三ケ月程前に、S——館で音楽会があった時、ふた葉会の幹事だという婦人に紹介された事があったじゃないか。あの時たしか君も一緒だったと思うが、思い出した？　そう〱、あの婦人さ、君が岡田嘉子《おかだよしこ》に鳥渡似ていると言った——、そうさ、あの女が五十嵐夫人なんだ。僕が今お話しようと思っているのも、つまり、あの女と僕との間に最近起った、へいんな事件なんだよ。なに？　驚いたって？　いや、別に驚く程の事件でもないんだが、そう〱、君には言わなかったね、と言って、別に隠していたわけじゃないんだけど、あれ以来、君とは始終かけ違っていて、滅多《めった》に顔を会わさなかったろう。だから自然、話すチャンスもなかった訳なんだが、実は、あの音楽会があってから暫時《しばらく》して、僕はまた、偶然ある場所で、あの夫人と落合《おちあ》ったんだ。その時は、前の時と違って、とに角《かく》一度紹介された間柄だし、それに君という邪魔者もいなかったたし——、いや、失敬！　失敬！」

と、こういう風に出《で》たら目《め》な、彼一流のおしゃべりを以って、面白おかしく話すのだ。若《も》し、彼のおしゃべりをそのままここに写しだす事が出来ると、此の話は一層面白味があるのだが、それでは長くなり過ぎそうだから、で私は、柄《がら》にもなく、彼のそのおしゃべりを骨子《こっし》として、ここに一篇の小説を綴《つづ》ってみようと思うのである。読者よ、幸いに終りまで読んで下さらん事を。

——でその時彼等は、かなり親しく言葉を交したのである。話してみると彼女は、相当頭もしっかりしているらしい、それに又、なかなかコケッティッシュな面白さを持った女なのである。

別れ際に彼女は言うのだ。

「一度是非《ぜひ》、宅の方へ遊びに入《い》らっしゃいな」

「わたしこういう女ですから、宅の方はしょっちゅう、あなた方のような若いかたの遊び場所になって居《お》りますの、ね、遠慮のない宅《うち》なんですから是非入らっしゃいな。月、水、金の此の三日のうちなら、そしてお昼の一時から三時までの間なら、大てい宅《うち》に居りますから、是非、一度ね」

むろん彼は、早速その招待に応じた。そして次《つ》ぎの月曜には必ず訪問するという約束をしたのである。

ところが、彼女の宅《うち》を聞くに及んで始めて気が附いた事なのだが、そして気が附くと同時に少からず驚いた事なのだが、彼女の良人《おっと》というのは、有名な船成金《ふななりきん》の五十嵐仙太《せんた》なのである。一体五十嵐仙太というのは幾歳《いくつ》ぐらいの男だろうか。新聞の写真板などで屢々《しばしば》見うけるところでは、頑健なようではあるが、五十の坂はとくに通越《とおりこ》した年輩に違いない。ところで夫人はと云《い》えば、美容術の効果もあろうが、三十にはまだ二三年間《あいだ》のある年頃に違いないのである。

だから彼女が、好んで華《はな》やかな場所へ出入りをしたり、そして又、磯部富郎みたいな若い異性に近附こうとしたりするのも、まんざら同情の出来ない訳でもない。と、彼、磯部富郎は忽ちにしてそう考えたのである。

さて、次ぎの月曜日には、むろん約束通り彼は夫人の宅《うち》を訪問した。成程《なるほど》夫人も言っていた通り、彼女の応接室というのは、まるで若い男たちの倶楽部《クラブ》のようなものである。彼はそこに、予《か》ねて見知りごしの数人の顔を発見した。彼等は大てい画家だとか、小説家だとか、そういった芸術に携《たずさ》わる仕事をしている人々なのである。彼女はそれ等の男性に取囲《とりかこ》まれて、きっと女王みたいな生活をしているに違いない。

だが磯部富郎はそんな男だから、それ等の相当知名な人々の間に混《まじ》っても、別に人みしりをするでもなく、ずんずんと自分の思う事を口に出す事が出来るのである。そして忽ちにして彼は、その応接室の中での一番おしゃべりな話《はなし》てになったのだ。

その日を最初として、彼は屢々夫人の宅《うち》を訪問する、間もなく彼はその応接室での一番熱心な常連になった。そして、初めての訪問の日から数えて、まだ三週間になるやならずに、彼は夫人の好意が、自分にだけ特別に働いている事を感じ始めたのである。

夫人は言うのである。

「わたし次ぎの金曜日には、鳥渡した差支《さしつか》えが御座いますの、ですから、残念ながら皆様のお相手をする事は出来なかろうと思いますわ」

だが夫人は、別の鳥渡した隙を掴《つか》んで、磯部富郎にだけ言うのだ。

「あなた、金曜日には何か御用がありまして？」

「いゝえ、別に」と無論彼は答える。

「そう、じゃS——の展覧会へ入らっしゃらない。わたしあなたに分らない絵の説明をして頂《いただ》きたいと思いますの、そして一緒にお茶でも飲みましょう」

おゝ、恋をする者にとってそれはなんと嬉《うれ》しい好意であろう。経験のある者なら誰でもが知っている事だろうが、そうした好意は、受ける側の者にとっては、示して呉《く》れる人の思っている、二倍にも三倍にも有難《ありがた》く感じられるのだ。しかも夫人は、屢々こうした機会を磯部富郎の前に投出《なげだ》して呉れるのである。——

だが読者は言うだろう。なんだこれは極《ご》くありふれた恋の話ではないか、然《しか》も退屈極まる恋ではないか——。そうだ、それに違いない。だが読者よ、話はこれからなのだ。

さてある晩の事である。

磯部富郎は彼の行きつけの玉突屋《たまつきや》で玉を突いていたのである。そこに電話がかかって来たのだ。出てみるとそれはまぎれもなく五十嵐夫人の声なのだ。

「あなた今何か御用がありまして？」

「いゝえ、別に」と無論彼は答えるのだ。

「そう——、わたし大へん困った事が出来まして、弱って居りますの、是非どなたかのお力を借りなければならないような——」

「どんな事です、奥さん、もし僕のようなもので宜《よ》ろしいのでしたら、どんな事でも致します」

「有難《ありがと》う——、でも、でも、御迷惑ですわ」

「いゝえ、鳥渡も。僕、却《かえ》って嬉《う》れしいくらいですよ、奥さん」

「どんなお頼みだか御存じないからそんな事を仰有《おっしゃ》

るのです。後できっと後悔なさいますわ」

「そんな事あるものですか、誓っても宜《い》いですよ。僕奥さんのためなら泥棒でもする覚悟でいますよ」

「本当ですか、それは」

「本当ですとも、ですから早く、その用事というのを仰有って下さい」

「でもこれは、電話の上では申されない事柄ですの」

「そう、では、これから早速お宅へお訪《うかが》いしましょうか」

「いゝえ、それは可《い》けません。ではこういう事にして下さいな。パリジェンヌ、御存じでしょう。あすこでお待ちして居ります。それから言うまでもありますまいが、此の事はどなたにも仰有らないでねえ」

「むろんです」

そして磯部富郎は、子供のように胸をときめかせながら自動車を駛《はし》らせた。途々《みちみち》彼は考えるのだ。一体頼みというのはどんな事だろう、困った事というから何か夫人が失策をしたに違いない。然しその失策とはどういう種類のものかしら、金銭に関係のある事かしら、それとも――、それとも恋愛事件かしら、いや〳〵、夫人のようなお金持ちが金で困るという事はあり得ない、それはやっぱり後の方の事に違いない。しかし、――と彼は考えるのだ――、後の方の事だと、自分も力の貸しようがないではないか、そうするとやはり前者かな、そうだ、あゝいう家庭は却って金銭問題に就《つ》いて厳重なものだ。

そこで彼はふと夫人の良人《おっと》なる五十嵐仙太の事を思い出した。彼はあんなに度々夫人の宅を訪問しながら、未だ一度も彼女の良人に遇《あ》った事がないのだ。それというのが、彼の訪問するのはいつもお昼だし、彼女の良人が帰宅するのは、いつも八時を過ぎるという事だから、顔を合わさないのも無理ではないのである。然し聞くところによると、彼女の良人というのは、一職工から身を起して、何百万、いや何千万という財産を拵《こしら》えた男だけあって、何かにつけてきちょうめんな男なのだが、わけても金銭問題に就いては、一層厳重なのだ、という話を聞いた事がある。だから令夫人の身に起っている問題というのも、きっとそれに関した事に違いない。——

丁度その時、彼の乗った自動車はパリジェンヌの表に着いた。

奥まった一室に通されると、そこにはもう五十嵐夫人が先に来て待っているのだ。彼女は鳥渡蒼《あお》い顔をしていたが、さすがに取乱《とりみだ》した様子はなかった。

「よく入らっして下さいましたわねえ」

「えゝ、もう飛ぶようにして参りました」

「何かおあがりになります？」

「別に何も欲しくはありません」

「そう、じゃ、何か飲みものでも註文《ちゅうもん》しましょうか」

「えゝ、どうぞ」

そしてそこに緑色の、きら〳〵と光った液体が運ばれるのである。

「おたばこを召上《めしあが》らない？」

「えゝ、持って居ります」

「いゝえ、珍らしいのが此処《ここ》にありますのよ」

そして夫人の手によって、細巻の香《か》の高い一本に灯がともされるのだ。

「だが奥さん」

と、これは磯部富郎が遂に勇を奮《ふる》って切出《きりだ》した言葉である。

「お話というのを承ろうじゃありませんか、でないと僕、落附《おちつ》いた気持ちになれませんから」

「えゝ」と、夫人は、でもいつになく煮え切らない態度で、

「わたし、あなたに御迷惑じゃないかと思いますわ」

「そんな事ありませんよ、迷惑だと思ったらこんなに飛んで来る筈がないじゃありませんか」

「そりゃ、御好意はよく分って居りますけれど」

「それなら宜《い》いじゃありませんか、さあ、早くお聞かせなさいよ」

「でも——」

だが、これ等の押問答《おしもんどう》の末、結局夫人は打開《うちあ》ける事になるのだ。

「ではあなた、誰にも仰有らないで下さいましね」

と、それを冒頭に、その時彼女の話した話というのは、つまりこうなのである。これは誰一人知る者

はいないのだが、夫人には一人の秘密の恋人があるーーいや、あったのだ。ところが彼等の間にひそかにやりとりしていた手紙の一通が、最近ふとした事から、他の男の手に這入《はい》ったのである。むろんそんな手紙が、良人の知るところとなっては一大事なのだ。その男ーー手紙を手に入れた男は、それを知っているものだから、それを種にさかんに夫人を強請《ゆす》るのである。それも初めの二三回は金品を要求して来たものだが、段々厚顔《あつかまし》くなって来て、とうとう最近夫人の体そのものを要求して来たのだ。言う事を聞かなければ、夫人の秘密を彼女の良人の前に発《あば》くというのだ。

「わたし、で、とも角《かく》もしばらく考えさせて呉れといって、一週間の猶予《ゆうよ》をとって置いたのですの。それがもう、三日前の事ですから、後《あと》四日より期限はありません。むろんわたし、あんな男に自由にされるくらいなら、いっそ死んだ方が増しだと思いますわ」

夫人はそう言って、平常《ふだん》の彼女にも似げなく、小娘のようにさめ〴〵と泣くのである。言う迄もなく磯部富郎は、話の始めの間は、あまり事が意外なので、少からず面喰《めんくら》い、それと同時に、一種の嫉妬《しっと》と腹立たしさとをさえ感じたものだが、そうして夫人に泣かれると、至って善人の彼の事であるから、忽ちにして心は直るのである。そして彼は考えるのだ。いや、いや、数ある男たちの中から、わざ〳〵自分といって目星《めぼ》しを附けて呉れた夫人に対して、彼女を裏切るような事があっては済まない訳だ。第一彼女に恋人があるというのを聞いて、急に彼女に不愉快を感じるようでは、あまり現金と言わなければならないし、それでは自分の男がすたれる訳だ、自分はもっと心を大きく持たねばならぬ、そしてもっと広い意味で夫人を愛さねばならぬ、そうだ、そうだーー、だが、むろんこれは体《てい》のいい自己欺瞞《じこぎまん》なのだ。その証拠には、そういう考えの下から、彼は聞くのである。

「しかし奥さん、あなたの、そのーー、恋人《リーベ》と仰有るのは、誰なのですか」

むろん、それは彼とても平静に聞かるべきものではない。それを聞く時彼の額《ひたい》にも、少からぬあぶら汗が浸出《しみで》ていたに違いないのだ。

「どうかそれは聞かないで置いて下さいな。しかし、これだけの事は言って置きましょう。それはもう過去の恋なのです。ええ、女学生時代の、ほんの気まぐれな恋なのです。あなたもよく御存じでしょう。若い、何も知らぬ時代の鳥渡した過失のために、生涯取返《とりか》えしのつかぬ悲境に陥る――、ああ、わたし今になってみれば、つくぐ〳〵と自分の愚かさを後悔して居りますわ」

なんと人間というものは現金なものではないか、この言葉によって磯部富郎の心は、忽ち以前の如《ごと》く弾《はず》み出したものだ。

「だが、奥さん」と彼は言うのだ。「その男というのは誰ですか、奥さんを脅迫《きょうはく》する不都合な男というのは」

「ええ」と夫人は口ごもりながら、「名を言えばきっと吃驚《びっくり》なさいますわ」

「え、では僕の知っている人間なんですか」

「ええ」

「誰です、それは」

「神森《かみもり》さん、ピアニストの、御存じでしょう」

そこで磯部富郎はアッと驚嘆したのだ。

知るも知らぬもない、ピアニストの神森というのは、現に夫人の応接室の常連の中でも、一番古顔なのだ。

「あの男が――？」

「ええ、お驚きになったでしょう」

「だって、あんなに温厚そうな顔をしている男が」

「あれがあの人の仮面なのです。あなたは御存じありますまいが、あの人の脅迫を受けているものは、わたしばかりじゃありませんのよ。随分有名な御婦人たちで、あの人の毒牙《どくが》にかゝって、散々悩まされて居らっしゃる方を、わたし五六人も存じて居りますわ」

「だって奥さん、それじゃ何故《なぜ》、そんな男に弱点を握られるような事をなすったのです」

「でも、わたしその時分、まだ何も知らなかったのですもの。皆さんと同じように、十分信用の置ける方だとばかり思っていたものですから、つい、誰にも見せられないものを見せて了ったのです。それが一生の不覚だったのですわ」

「そうですねえ」

だが、こうして何もかも打開けられたからには、磯部富郎たるもの、否《いや》が応《おう》でも夫人のために力を藉《か》さなければならないのだ。しかし一体どうしたら宜《い》いのだろう。相手が普通の悪党ではなくて、そんなに奸智《かんち》にたけた男なら、よっぽど要心してかゝらなければならないのだ。夫人を救う途《みち》といって、それはたゞ一つよりない。即《すなわ》ち、相手がたゞ一つの武器として頼んでいるその証拠品を、彼の手から取上《とりあ》げて了う事だが、しかし、そうするにはどんな手段をとれば宜いのか、抑《そもそ》もそれからが問題なのだ。相手が慾にくらんでいるのなら、話は至って易しい訳だが、何しろ夫人の貞操と交換にしようというのだから、仲々どうして事が面倒だ。とても尋常《じんじょう》一様の手段では、此の場合夫人を救う事は出来そうにもない。

そこで、彼がふと思い出したのは、さっき電話の上で思わず彼の口走った言葉である。

「奥さんのためなら、僕、泥棒だって敢《あえ》て辞《じ》しませんよ」

成程《なるほど》、その言葉通りに、彼はとうとう泥棒をしなければならなくなった訳だ。彼はきっと、へんな苦笑を洩《もら》した事に違いない。

「奥さん、大丈夫ですよ、僕に委《まか》せてお置きなさい。決して悪いようには致しませんから」

そして、その晩の会見はそれで終ったのである。

だが磯部富郎は根が至って楽天的な男であるから、そんな風に、へんてこな責任を背負わされても、別に大して困らなかったに違いない。「どうにかなるさ、君――」と、どんな事に出遭《であ》っても、にや〳〵と薄笑いを洩している彼の事だから、その時だってきっと、例によって「どうにかなるだろう」ぐらいにたかをくゝっていたに違いない。

しかし今度の事だけは、夫人に対して立派に引受けた責任があるので、いつものようにべん〳〵と手をつかねて放《ほ》って置くわけには行かなかった。で、ある晩とうとう彼は、決心の臍《ほぞ》を固めて、ピアニストの神森の邸《やしき》に忍びこんだのである。だがこういえば話が大袈裟《おおげさ》になる。覆面をし、兇器《きょうき》を懐《ふところ》中に忍ばせ、そして窓をこじあけて抜足差足《ぬきあしさしあし》忍びこむような場面を、読者が想像されたらそれは大違いである。何事によらず、そんな風に真剣になれる男ではないのだ。その時だって彼は、失敗したらそれ迄だ、ぐらいの至って暢気《のんき》な気持ちで、だから少しも、昂奮《こうふん》したり、胸をときめかしたりする事なしに、悠々と、しかも表玄関から這入って行ったのだ。多分、茶でも飲みに行くぐらいの気分だったのだろう。

ところが、天は却って彼のような暢気な男に与《く》みし給うのだろうか、別に忍びの術を心得ている彼でもないのに、首尾よく磯部富郎は、目差す書斎へとまぎれ込む事が出来たのである。

神森という男は未だ独身なので、彼の邸には彼の他に、年寄った召使いの夫婦が住んでいるだけなのだ。邸の建物は殆《ほと》んど洋風なのだが、不思議な事には彼《あ》のような男だのに、どうした事か西洋流の寝台《ベッド》で寝る事が嫌いで、だから別に一間《ま》だけ日本座敷を拵えて、其処で彼は寝るのだ。従って書斎と彼の寝室の間には、かなりの距離がある訳だ。暢気と言っても磯部富郎は、さすがにそれ位の事は探ってあるのだ。

で、書斎へ忍び込んだ磯部富郎は、まず義務的に、手近《てぢ》かな方から探し始めた。むろんそう容易《やすやす》と見附かるような所に、大切な物を置いてある筈はなかった。でも暫時《しばらく》彼は、退屈そうに口笛なんかを低く吹きながら、そうしてこそ〳〵と探していたが、結局それは、錠《じょう》の下りた机の抽斗《ひきだし》に蔵《しま》ってあるに違いないと見当を定めた。だが、残念ながら彼に、錠前破りの手腕のあるべき筈がなかった。で、不器用な手付きでガチャ〳〵とやっていたのだが、そこに、廊下の方から足音が近附いて来たのだ。さすがに彼はハッとして、あたふたと部屋の隅に立てゝあった西洋屏風《びょうぶ》の影に姿を隠した。と、その途端扉《ドア》が開いて二人の男女がその部屋へ這入って来たのである。

「十時半です、約束の時間より半時間遅れていますよ」

「…………」

「十分遅れると十円の約束でしたねえ、三十分遅れたから、罰金として三十円よけいに頂きますよ」

「だってあなた」女はおど〳〵とした声で言うのだ。

「わたしの方にだっていろ〳〵と都合がありますわ」

「そんな事を僕が知るもんですか、だから、一週間も前から言ってあるじゃありませんか」

男は机の前の安楽椅子にどっかりと腰をおろした。女の方は、男から二三歩離れたところに、肩をすぼめてしょんぼりと立っているのだ。磯部富郎が屏風の影から、こっそり覗《のぞ》いてみると、男の方は言うまでもなく、此《こ》の家の主人、ピアニストの神森に違いなかった。彼は既に寝床の中へ這入っていたものとみえ、夜着《やぎ》の上からどてらを重ねていた。女の方はというと、若い、美しい、たしかに彼女は女優か何かに違いなかった。磯部富郎は忽ち好奇心に胸をときめかし、そして全身の注意力を耳の方へ集中するのである。

「だが、まあ宜《い》い」

女があまり黙っているので、神森はしかたなく言うのだ。

「三十円の事はなんなら負けて置いても宜《よ》ろしい。だが、約束の金は持って来たでしょうね」

すると女は、力なく頷《うなず》きながら懐中から紙幣束《さつたば》を取出して、それを机の端《はし》に置いた。神森はそれを、いかにも事務的な態度で勘定するのだ。

「確かに千円あります。では、約束通り手紙はお返ししましょう」

そして彼は、鍵をがちゃ〳〵言わせながら、さっき磯部富郎のいじっていた机の抽斗を開くと、その中からゴムのバンドで縛ってある、一束の手紙を取出すと、しばらくあれかこれかと撰《よ》っていたが、やがてその中から一通抜きとって、それを女の方へ差《さ》し出《だ》した。

「間違っていると面倒ですから、よく調《あらた》めてから、破るなり、焼きすてるなりしたが宜《い》いでしょう」

女は幾分昂奮《いくぶんこうふん》した手付きでそれを受取《うけと》ったが、男の言うように念を入れて中味を調めた。すると忽ち彼女は、ほっとしたように溜息《ためいき》を洩し、そして袂《たもと》からマッチを取出すと、その手紙に、火をつけるのだった。手紙はまたゝく暇《ひま》に、めら〳〵と燃え上って灰になった。

「では神森さん」女は言うのだ。「もうこれで取引はすっかり済みましたわねえ」

「いゝえまだ、少々ばかり――」

神森は椅子から立上って女の方へ寄って行くと、どうするのかと思っているひまに、女の肩に手をかけ、すばやく彼女の唇から接吻《せっぷん》を盗んで了った。そして澄ました顔で言うのである。

「遅刻代三十円の代りです」

女は烈火の如く憤《いきどお》って、そのまゝぷいと部屋から出て行った。すると、何と思ったのか神森も、にや〳〵と笑いながら、彼女の後《あと》を追っかけて出て行った。

二人の姿がみえなくなると、磯部富郎は屏風の影で、思わずくすりと笑いだした事だ。そして尚しばらく屏風の影に隠れて、耳を澄していたが、別に誰も帰って来そうにないので、こっそりと其処から足を踏み出した。そして先《さ》っきの机の側《そば》へ寄って行ったのだが、お誂《あつら》え向きな事には、神森はよっぽどぼんやりしていたとみえて、例の抽斗の鍵穴には、まだ鍵が突差《つきさ》したまゝになっているのだ。で磯部富郎は、天の助けとばかりに早速その抽斗を開くと、中から例の、ゴムバンドで縛ったやつを取出した。すると五十嵐夫人のは、別に探すまでもなく忽ち見附かった。それというのが、夫人のは特別に大型な封筒だったし、それに、神森の筆蹟《ひっせき》なのだろう、よく目につくように、「五十嵐夫人の件」と表に書いてあるのだ。

磯部富郎はそれをポケットへ蔵《しま》い込むと、悠々としてその部屋から出て行こうとした。ところが扉《ドア》のところでばったりと彼は引返《ひきかえ》して来た神森と顔を突《つき》合《あわ》せて了ったのだ。

たものだ。

「やあ神森さん」

磯部富郎はハッとすると同時に、思わずそう言っ

「さっきはどうも、大へんな所を見せて戴《いただ》いて」と仕方なしに彼はそう誤魔《ごま》化《か》した。

すると神森はさっと顔色を変えたが、忽ち机の抽斗の開いているのに気が附いて、つか〳〵とその方へ歩いて行った。その隙をみて磯部富郎は、廊下を一跳《ひとと》びにすると、早《はや》もう表の玄関を外へ跳出《とびだ》していた。ところが、間《ま》の悪い事には、彼が門外へ一歩踏み出したとたんに、直ぐ側の横町からひょっこりと警官が出て来たのだ。そして彼がはっとしてひるむ間に、背後《うしろ》から神森が彼の腕を捉えた。

「どうかしましたか」

警官は彼らの側へ寄って来ると、警官一流のアクセントでそう聞くのだ。

「泥棒なんです、此の男は！」

神森は息をぜい〳〵切らせながら言った。

すると警官は不審そうな眼で、じろ〳〵と磯部富郎を見廻すのである。こういう時には彼の貴公子然とした風采が大いに物を言うのだ。で彼は、すかさず口を開いた。

「どう致しまして、警官！」それから彼は神森の方へ振り向いて言うのだ。「どうしたのです。神森さん、僕ですよ、磯部富郎じゃありませんか、だしぬけに背後《うしろ》から呶鳴《どな》りつけたりして、吃驚《びっくり》するじゃありませんか」

すると又、神森はやっきとなって警官に訴えるのである。

「嘘《うそ》ですよ、警官！　此の男は今私の書斎から大切な書類を盗み出したのです」

そこで警官は、途方に暮れたように二人の顔を見《み》較《くら》べていたが、結局、彼の手によって磯部富郎は身体検査をされる事になったのだ。これにはさすがの彼もはっとした。もう駄目だと思った。神森の方を見ると勝誇《かちほこ》ったような顔をしている。警官は長く探すまでもなく、忽ちポケットの中から例の封筒を取出したのだ。

「これですか」

「そうです、そうです」

「本当にあなたは、これを盗んだのですか」

此の警官は明《あきら》かに最初から磯部富郎に好意を寄せていたに違いない。そう言って親切な調子で彼に聞くのだ。

「どう致しまして、それは僕のものですよ」

警官はまた途方に暮れたような顔をした。そしてしばらく考えていたが、やがてこういうのだ。

「では、こう致しましょう、一度私が中味を調べてみましょう。それからあなた方のうちのどなたの物か判断致しましょう」

するとどうしたものか、それには磯部富郎より却って神森の方が狼狽《ろうばい》しはじめたのだ。

「それは可《い》けません、警官！」

しかしその時には既に彼は封を開いていた。そして中の物を取出してしげ〳〵と眺めていたが、やがてそれを元へおさめると、なんと思ったのかその封筒を又磯部富郎のポケットの中へ入れるではないか。そして親切そうに言うのだ。

「あなたの物に違いありません。多分此の方《かた》の間違いなんでしょう」

そして呆気《あっけ》にとられている磯部富郎の手をとって、向うへ行けという合図をするのである。そこで磯部富郎はこれ幸いと、後《あと》をも見ずに逃げて帰ったのだ。

だが考えてみると、彼は不思議でたまらなかった。警官は一体、何を感違いしたのだろうか。一体此の封筒の中には、どんなものが這入っているのだろう。すると忽ち彼の心の中には、押《おさ》えきれぬ好奇心が頭を擡《もた》げて来た。で、家《うち》へ帰ると早速彼は、夫人には決して中を見ないという約束だったけれど、到頭《とうとう》その封を開いてみたのだ。と忽ち彼は、あっと驚愕《きょうがく》し、次いで呆然《ぼうぜん》とし、終《つい》には喜びのために、部屋の中を躍り廻ったのである。

読者よ、その中から何が出たと思います？　それはまぎれもなく、磯部富郎自身の写真だったのですよ。しかもその写真には、疑いもなくS夫人の筆蹟でこう書いてあるのです。

「成程、素敵だ！」

私は磯部富郎の言葉のまだ終らない間《うち》から叫んだのである。

「これじゃコクテイル一杯では済まされないぞ！」

すると彼は、何と思ったのか唯《ただ》にや〳〵と笑っているばかりだったが、やがて、ふいにぷっと吹出《ふきだ》した。

「どうしたのだい、一体？」

「なにさ、何でもないんだよ、だがね、話はそれだけじゃないのだ。まだ後日譚《ごじつものがたり》があるんだよ」

　そして彼は牝鹿《めじか》のような優しげな眼を、ちら〳〵光らせ乍《なが》ら再び話し出したのだ。

「それから一週間程してね、むろんそれ迄に、例の写真は何気なく夫人の方へ返して置いたのだが、何しろ嬉しくて仕様のない時だろう、誰かに此の話をしてのろけてやろうと思っている時さ、あいにく君はいないし、で、いつも夫人の応接室へやって来る遠藤《えんどう》という男を摑《つか》まえて、あの晩、到頭この話をしてやったのさ。むろん、だからお前達はいくら騒いでも駄目だぞ。という気持ちも含んでいたのだ。ところが、君、その男は、僕が話をして了うと、君のように、『コクテイル一杯じゃすまされないぞ』というような事は言わないで、その代り、唯黙って笑っているのだ。で僕、奴《やっこ》さんやきもちを焼いているのだなと思ったものだから、どうです、と一本突込《つっこ》んでやったのだ。すると彼は急に気の毒そうな顔になって、そして何と言ったと思う。『到頭君もやられましたね』だとさ。僕、なんの意味だか分らなかったものだから、あっけにとられてさ、ぼんやりと、唯もう眼ばかりぱちくりさせていたのだ。するとその時彼が言ってくれたのだがね、それによると、そういう経験に遇ったものは此の僕ばかりじゃないと言うのだ。夫人の応接室へやってくる常連の殆んど全部が、一度はきっとそういう経験に遇うんだとさ。つまり夫人は、ほかの女たちなら、『わたしはあなたに好意を持っています』と言葉で言うだろう場合に、そういう代りに、それを芝居にしてみせてくれるのだ。なんと素敵じゃないか。むろん神森というのも、その女も、それから警官もみな知合《しりあ》いなんだ。尤《もっと》も役割は始終変わるそうだがね。ところで、僕の場合に警官の役を勤めたのは、どうやらそれが夫人の良人の五十嵐仙太らしいんだよ。つまり夫婦共謀なんだが、これは少々痛いやね」

そう言って磯部富郎は、なんの屈託《くったく》もなさそうに、晴々《はればれ》として笑ったのである。

上海《シャンハイ》氏の蒐集品《コレクション》

第一部　台地の上

一

上海太郎《シャンハイたろう》氏はきょうもまた、わずかに残る丘のうえの草原に腰をおろして、悲しそうにあたりを見回しながら、マドロス・パイプをくゆらしていた。

二年ほどまえまでこのへんはちょっとした雑木林であった。雑木林にはよく鳥が来た。林のなかでいちばん高い杉の木には、百羽くらいのムクドリが巣を作っていて、あらゆる枝に鈴なりになっていた。一羽が飛び立つと連鎖反応を起こしたように九十九羽が飛び立って、たがいに鳴きわめきながら林のうえを旋回《せんかい》するのが壮観だった。雨の日や曇《くも》った日に限ってオナガが群をなしてやってきた。銀灰色のタキシードに、黒い帽子をかぶったこのしゃれものは、姿に似合わず声が悪かった。ギーギーとハスキーな声をあげながら、ムクドリと縄張り争いにファイトを燃やした。

四季おりおりにウグイスが来た。ヒワが来た。オナガが来た。モズが来、ヒヨドリが来て上海氏を慰《なぐさ》めてくれた。春のおわりになると楢《なら》の新芽があざやかな緑の点描《てんびょう》をえがき、それがどくどくしい色になって林をおおうと夏が来た。早春の暖かい日をえらんで林の中を歩いていると、ひっそりと椿《つばき》の花が咲いていた。秋が深まると下草のなかに石蕗《つわぶき》の花の黄色が鮮《あざや》かだった。

もとここは御料林《ごりょうりん》だったそうである。それが戦後付近の農民に分譲され、開墾《かいこん》されて麦畑や野菜畑になった。雑木林のままで残っているのが、昔の御料林の名残《なご》りである。上海太郎氏がこの地に住みついた昭和三十三年ごろはそういう姿であった。なんの変哲もない雑木林なのだけれど、孤独な上海氏にとってはついこのあいだまで、このうえもないよい憩《いこ》いの場所だった。

それがいまはどうだろう。微風《びふう》が梢《こずえ》をそよがせていた林のあとには、他を威嚇《いかく》するような四階建ての建物である。ヒバリが賑《にぎ》やかな囀《さえず》りを聞かせていた麦畑のあとにも、傲慢不遜《ごうまんふそん》の面構《つら》えをした、鉄筋コンクリートの建物があたりを睥睨《へいげい》している。かつて楢の新芽がうつくしいつづれ織りをくりひろげていた林のあとには、オシメの満艦飾《まんかんしょく》が臆面もなく展開されて人間の生活力の旺盛《おうせい》さを誇示している。

上海太郎氏がこの地へ定住した昭和三十三年ごろ林の端《はず》れに一宇《いちう》の辻堂《つじどう》が立っていた。辻堂はそのころすでに忘れられた存在だったらしく、軒《のき》も柱も荒れ果てていた。破れた格子《こうし》のなかを覗《のぞ》いてみると、白い埃《ほこり》をかぶった木像が薄暗い壇のうえに立っていた。板の壁には古びた絵馬《えま》が一枚ぶらさがっていた。絵馬のおもてには墨《すみ》くろぐろと男の手型が捺《お》してあり、二十五歳未《ひつじ》年の男と書いてあった。祈武運長久と書いてあるところを見ると、戦争中応召《おうしょう》した二十五歳の男が奉納したのであろう。軒端《のきば》にはなんの願掛《がんか》けか女の黒髪がひと房《ふさ》ぶらさがっていて、風に吹かれて揺れていた。こけら葺《ぶ》きの屋根も朽《く》ち果てて、人間の指に似た青白い隠花《いんか》植物が簇生《そうせい》していた。

その辻堂も取り払われて、また新しくなにかが建つらしく土がひろく掘り返されている。大きな甲虫《かぶとむし》のような掘削機《くっさくき》が二台けたたましい音を立てて這《は》いまわっている。甲虫の顎《あご》でしゃくいあげられた赤土が、かつては池であったがいまは干上がってしまった大地の窪《くぼ》みを埋め立てている。コンクリートを吊《つ》りあげる鉄のタワーが三本立ちかけていた。

わずかに残された草地に腰をおろして古ぼけたマドロス・パイプをくゆらせながら、上海氏は眼で団地建設予定地を探してみた。かれの求めるものは見当たらなかった。いまはお八《や》つの時間だ。二台のショベル・カーの運転手をのぞいて、ほかの作業員たちはみんな飯場へいっているのである。飯場は上海氏の背後に聳《そび》えている十二棟《とう》の団地の向側になっている。上海氏の眼はそこを離れて台地の下へ這っていった。

いま上海氏のうずくまっているところは、K台地の西の端《はず》れに当たっており、大地はそこで大きく陥没していた。陥没した台地の下には畑や水田がつづいていて、そのあいだを武蔵野《むさしの》特有の雑木林が点綴《てんてい》している。畑や水田や雑木林のはるかむこう、台地から三キロほどへだてたところに多摩《たま》の流れが乳灰色にうねっている。多摩川の向側に、まゆずみ色の丘陵《きゅうりょう》がながながとつづき、丘陵のむこうにかすんでいるのは南アルプスの連峯《れんぽう》である。よく晴れて空気の清澄《せいちょう》な日にはその連峯のさらにむこうに、クリームをまぶしたケーキのように、真っ白な富士《ふじ》が望まれるのである。

上海氏がその場所をこのうえもなく愛したのは、小鳥や花や草や木とともに孤独を楽しむことが出来たからだが、もうひとつにはこの眺望に心を惹《ひ》かれたからでもあった。東京の近郊としては珍しくそこにはのどかな田園風景がひろがっていた。たとえ殺風景なトラックが砂埃《すなぼこり》をあげて、その田園のなかを貫く道路を疾走していったとしても、竹藪《たけやぶ》に取り囲まれた荒壁《あらかべ》の土蔵や、こわれかかった土橋のひなびた風情をそれほど損《そこな》うものではなかった。茅葺《かやぶ》きの屋根にそよぐ雑草にも趣《おもむ》きがあった。

しかし、上海氏が愛したそれらの風景も一昨年まででのことであった。一昨年台地の上に団地が出来はじめると同時に、台地の裾《すそ》を走っている舗装《ほそう》道路ひとつへだてたその農村にも大きな変化が起こりはじめた。茅葺きの農家は取りこわされて、あとには近代的な塗料で塗装された新建材の家が建った。竹藪は伐《き》り払われて荒壁の土蔵のあとにギャレージが出来た。柴《しば》の垣根のかわりにブロックの塀《へい》がめぐらされ、かつては毀《こわ》れかかったラジオがキーキー声をあげていた家の屋根に、テレビのアンテナが立ちステレオの音が聞こえはじめた。

それではかつての住人はそこを立ちのき、新しい住人がやってきたのか。そうではなかった。容器は変わっても内容は昔と同じであった。ただ経済的に充実したのである。台地の上の畑や林を公団に売り払うことによって、一躍巨万の富をつかんだ農民たちはきそって家を建てかえた。トラックを購入し、なかには乗用車を手に入れたものもある。心掛けのよいのは敷地内に二階だてのアパートを建設した。

上海氏の物思わしげなうつろな眼は、一軒《けん》々々それらの家を追っていたが、いつもその視線が落ち着くのはすぐ眼下に見える一軒である。

その家だけが周囲の変貌から取り残されていた。細い溝をへだてて舗装道路に面した柴垣はいまも毀れかかったままである。垣根の内側には樫《かし》や椎《しい》や栗《くり》の木が枝をまじえて繁《しげ》っていて、その葉がくれに見える平家の屋根は瓦《かわら》こそおいてあるが、そのあいだから一面にひょろひょろとした雑草が生えている。荒壁の納屋も物置きも軒が傾いて、土の落ちた壁のなかから古縄《ふるなわ》が簾《すだれ》のように垂れ下がっている。見るからに日当たりの悪そうな家の中は、畳《たたみ》にキノコでも生えているのではなかろうか。便所の匂いが鼻をつくだろう。おりおりラジオの聞こえてくることがあるが、いまも調子の狂ったままである。上海氏はその家の苗字を知っていた。古池《ふるいけ》というのである。

足音が聞こえたので振りかえると女の子がそこに立っていた。いま上海氏のいるところより、少し小高いところに立っているのでひどく背が高く見えた。紺《こん》のスカートに白いブラウス、赤いカーディガンを着ていて、手に鞄《かばん》をさげているところを見ると学校帰りだろう。団地を抜けてきたのに違いない。少女はそこに上海氏がいることを知っていながらわざと無視した。小高いところに立ったまま、いま建ちかけている鉄のタワーを見ているのだが、その姿勢にはどこかギゴチないところがあった。年齢からいって高校生だろう。上海氏はその少女を知っているのだが、強《し》いて声をかけようとはしなかった。

お八つの時間が終わったとみえ、団地のあいだからゾロゾロとヘルメットをかぶった作業員がやって来た。なかには猫車を押しているのもいる。猫車というのはコンクリートを運ぶ車で、表面が浅い皿になっており、高いところに組み立てられた、狭い板の上を渡るので一輪車になっている。掘削機によって掘られた大きな穴の一方には、すでに枠板《わくいた》と鉄骨を組合わせて深さ二メートル、幅五十センチの溝が作られ、コンクリートを流し込むばかりになっている。

作業員の何人かは溝を完成するために穴へ跳《と》びおり、他の何人かは鉄のタワーへ登っていった。一番あとからやってきたのが現場監督である。現場監督も鉄のヘルメットをかぶっていた。鼠色《ねずみいろ》のセーターの上にカーキー色の上衣《うわぎ》を着て、ゴルフ・パンツのような半ズボンに黒いゲートルを巻き、地下足袋《じかたび》をはいているのが野性的に見えた。広い肩と厚い胸板と野獣のような顔をもった男である。年齢は四十前後だろう。

現場監督は遠くのほうから少女の姿を見ると擽《くすぐ》ったそうにニヤリと笑った。日焼けした顔からのぞく真白《まっしろ》な歯がひどく肉感的だった。しかし、すぐ気がついたようにわざとむつかしい顔をすると、鉄塔の上にいる男に何かわめいた。上海氏の耳にはなんとなくそのわめき声がそらぞらしくひびいた。少女はいちどもそのほうへ眼をやらなかった。眩《まぶ》しそうな眼で鉄塔のうえにいる作業員を見ていたが、やがて無言のまま上海氏のまえを、通り過ぎるとだらだら坂を降りはじめた。少女は突然坂の途中で立ちどまった。あわてて崖《がけ》のほうへ身を寄せた。

古池家の入口は舗装道路の反対側にある。柴垣の端れに細い露地《ろじ》があり、そこから舗装道路へ出られるようになっている。いまその露地から黒い鞄をさげた若い男が跳び出して来た。露地を出るまえちょっとあたりを見まわしたようである。濃紺《のうこん》の背広を身だしなみよく着こなしているが、ネクタイがあわてて締めたようにひん曲がっていた。いま少女のいる坂の下にはバスの停留所があるのだが、そこから乗る気はないのか、髪の毛を掻《か》き上げながらスタスタと反対側のほうへ歩いていった。

男のうしろ姿がよほど遠くなってから少女は崖の下から出てきた。男のうしろ姿を見送る少女の横顔には、怒りからくる硬さが見られた。崖の上には現場監督が立っていた。少女は崖の上を振りかえった。崖の上には現場監督が立っていて、かれもまた鞄の男のうしろ姿を見送っていた。少女が振り返ったとき現場監督も下を見た。ふたりの視線が合ったとき、そこに合図めいたものがかわされたかどうか、そこまでは上海氏も見ていなかった。

二

団地の正面には十メートル道路が、団地と平行に走っていて、それを突っ切ると上海氏の住んでいる町である。昭和初年にひらけた高級住宅地として知られていた。道路を突っ切るとムベの蔓《つる》を垣根にからませた家がある。ムベはアケビによく似た植物だが、アケビは落葉するのにムベは年中葉が落ちない。幾度《いくど》か水をくぐって色褪《いろあ》せた浅葱《あさぎ》のジーパンをはいた左脚を引きずるように、上海氏がそのまえを通りかかると、

「上海さん、上海さん」

と、垣根のなかから声がかかった。声をかけたのはこの家のあるじで小説家である。土いじりをしていたとみえて手に小さなシャベルを持っている。小説家が垣根のそばへやってきたので上海氏もスケッチ・ブックを小脇に抱えたまま立ちどまった。鼠色のセーターにベレーをかぶっていて、ベレーの下からはみ出した上海氏の髪は真っ白だ。

「どうです。その後お作は？」

小説家がニコニコしながらたずねた。いたわるような調子である。よく肥《こ》えた恰幅《かっぷく》のよい人物であった。小説家というより大会社の専務取締役といった風格である。

「はあ、それが一向に……」

上海氏は破れた靴《くつ》の爪先《つまさき》に眼を落として、すまなそうにもぐもぐ答えた。

「いけませんねえ、そう懶《なま》けちゃ……」

「すみません。もうひとつ気が乗らんもんですから

……」

「なにもわたしに謝ることはないが……それであのほうは大丈夫ですか」

「あのほうとは……?」

「いや、暮らしのほうのことですよ」

「ああ、そのほうならまだ当分。困ったらなにか画《か》きます」

「困らなければ画かないんだ、あなたというひとは。まあ、よろし、よろし、困ったらいつでもいってきてくださいよ。じゃ、失敬」

上海氏がいきかけると、

「ああ、ちょっと、ちょっと」

と、また小説家が呼びとめて、

「あなた、こないだ三国屋へいかれたそうですね」

「ええ、ちょっと……」

上海氏は伏眼《ふしめ》がちの眼をいよいよ落とした。なにか心に刺さるものがあるらしかったが、小説家は気がつかず、

「あそこもすっかり変わってしまいましたね。わたしも久しぶりに仕事を持っていったんですが、連れ込み宿同然になってしまって……」

「はあ……」

「いや、失敬、失敬、お引きとめして」

「じゃ……」

上海氏の住居はそこから三百メートルほどいったところにある。そこはK台地の東の端れに当たっており、大地はそこでまた数メートルの断層をなして陥没している。崖の下の平地には幅四メートルくらいの川がうねりくねって流れているが、その川をなかに取りいれてK映画の撮影所がひろい面積をしめている。崖は六十度くらいの角度で傾斜しているが、その斜面にはいちめんに櫧や櫟《くぬぎ》や椎の木が生えていて、それが崖崩れを支えているのである。上海氏の住居はそういう雑木を伐り払ったあとのけわしい斜面に建っていた。

崖縁《ぶち》を走っている狭い道路とおなじ平面に屋根を持つこの風雅な家は、ごく一部分をのぞいて上海氏の手によって建てられたものである。材料は撮影所

のセットに使った古材木だった。上海氏はごくわずかのあいだだがその撮影所に勤めていたことがあり、皆から愛されていたので土地なども撮影所から借りているのである。

古材を集めて作った十畳《じょう》ひと間《ま》ほどのその住居は、お世辞にも豪華とはいえないが、決して不潔な印象をひとに与えなかった。むしろアブストラクトの絵を描く上海氏の住居としては、打ってつけとも思われた。さりとて上海氏ははじめから奇をてらったわけではなく、大工仕事に対するかれの能力と経済力とが、これを建てるのに精一杯だったというわけである。

しかし、よく設計されていて台所も食堂もそこにあった。いわゆるダイニング・キッチンというわけである。おまけにここは寝室も居間もかねている。上海氏は背後の崖を削《けず》ったその土で部屋の前にかなり広いテラスを造った。テラスの表面は古瓦《ふるがわら》や古煉《ふるれん》瓦《が》、コンクリートの破片などをたくみに配して、そのあいだをセメントで塗りかためたので、ちょっと気の利いたモザイクになっている。テラスのすぐまえにはKスタジオのダーク・ステージの大きな建物が、鼻をつきそうなところに建っているし、上には楢の大木がからかさをひろげたように覆いかぶさっているので、上海氏はそこでだれにも見られずに絵を描くことが出来るのである。

部屋のなかは上海氏の奇妙なコレクションで埋まっていた。自動車の古タイヤがあるかと思うと鳶《とび》職《しょく》の印袢天《しるしばんてん》がかかっていた。古い蓄音器《ちくおんき》の機械だけがむき出しにされているかと思うと大きな桝《ます》と漏斗《じょうご》があった。柄《え》のない鶴嘴《つるはし》があるかと思うと小さな鼻欠け地蔵が飾ってある。鼻欠け地蔵には色の褪《あ》せた涎掛《よだれか》けがかかっていた。昭和三十三年上海氏がこの土地へ住みついたころ、古びた辻堂の中で見つけた武運長久を祈る絵馬もそこにある。べったりと手型を捺したやつだ。しかし、その辻堂はいまはない。

上海氏はこのほかこれに類するコレクションを無数に持っていて、ときどきそれらのコレクションで部屋の飾りつけを変えるのだが、そんなときにはまる一日かかるのがふつうであった。

小説家と別れた上海氏は洞穴《ほらあな》のようなその住居へかえってくると、部屋の窪みになっているベッドの端《はし》に腰をおろした。その窪みの壁には船の舵輪《だりん》が飾ってあるが、そういえば天井の低いこの部屋全体が船室のような感じであった。上海氏の顔色はなんとなく沈んでいた。皺《しわ》のふかい顔にいよいよ皺が深くなっている。パイプの煙草《タバコ》を詰めかえてしきりになにか案じていたが、やがてやおら立ちあがると、押し入れのなかから一枚のカンヴァスを取り出してきた。ベッドの端に腰をおろすと身じろぎもせずカンヴァスの表を視詰《みつ》めている。

カンヴァスは枠に貼ってあり大きさは二十号くらい、赤だの青だのの原色が強いタッチで叩きつけてある。この物静かな上海氏のどこにこういう情熱が秘められているのかと、疑われるばかりの強烈な色彩の配合だったが、それはそれで不思議な調和を保っていた。それぞれの色彩の美しさはこのひと独特のものである。

アブストラクトだから、ちょっと見たくらいではなにが画いてあるのかわからないが、長く視つめていると女の顔が強いタッチのなかから浮きあがってくる。さらに瞳《ひとみ》を定めてよく見るとその顔はさっきのあの少女らしかった。少女の顔は非常に大きくデフォルムされていて多分に肉感的で、コケティッシュだった。絵の具の落ちつきかげんからして相当まえに画かれたものらしい。

上海氏の眼に涙がにじんで来た。それは苦い思いを嚙《か》みしめる涙らしかった。上海氏はそのカンヴァスを裏返しにしてベッドの下へ突っ込むと、両手で頭を抱えこんだ。

上海氏の住む町を南北にわかって走っている私鉄に乗って、多摩川を渡ると遊園地がある。遊園地は近年に出来たものだが、昔そのへんは鎌倉《かまくら》街道に当たっていて街道筋には、二、三軒割烹《かっぽう》旅館がある。それらの割烹旅館はもと旅の行商人たちのための旅籠《はたご》だったが、昭和の初期にそこを私鉄が走るようになってから釣《つ》り客のために繁昌《はんじょう》した。どの旅館でもそれらの客のために表に面した旅籠の背後に、ちょっと小ましな二階建ての座敷を建てた。さらに戦後赤線《あかせん》が廃止されてから、それらの旅館はアベックたちに利用されるようになった。そこでそれらの客の需《もと》めに応じるために、どの旅館でも四畳半くらいの小座敷をたくさん作って、それを渡り廊下で母屋《おもや》になっている二階建てとつないだ。さっき小説家がいっていた三国屋というのはそういう割烹旅館のひとつである。

都心へ出ることを好まぬ上海氏はときどき遊園地へ出掛けることがあった。ことに団地のためにお気にいりの散歩コースや休息場を奪われてから、遊園地へ足を向けることが多くなっていた。だいぶんまえ上海氏は小説家に教えられて三国屋を識《し》った。小説家はときどきここへ仕事を持ってくるらしいのである。

十日ほどまえの午後二時ごろ上海氏は三国屋の二階の座敷へ通された。二階は十二畳ふた間と十畳が並んでいて、襖《ふすま》をぶちぬくと宴会も出来るようになっていた。ほかに客もなかったのと紹介者の小説家がここではよい顔らしく、上海氏も優遇されてこのときも二階の十二畳に案内された。もっともこんなときの上海氏はさすがに小ざっぱりとした背広を着ている。

鰻《うなぎ》が焼けてくるあいだ上海氏は立ってトイレへいった。このトイレは三間並んだ座敷の裏側を走っている廊下の端にあり、どういう設計の誤ちからかこのトイレの窓から階下の小座敷へ通ずる渡り廊下が、すっかり見下ろせるのである。しかも、その渡り廊下の中途にアベックたちのための浴室がある。

上海氏が用をたしてそこを出ようとしたとき浴室のガラス戸が開く音がして女が出てきた。女は宿の浴衣《ゆかた》を着て細帯を締めていた。なんとなく挙動がソワソワしていて落ち着きを欠いていた。女はガラス戸を出ると廊下のあちこちを見回したのち、渡り廊下の外を覗き、上を仰《あお》いだ。そのとたん上海氏は胃の腑《ふ》に強いパンチを喰らったような衝撃を感じた。

女はあの少女であった。少女の頬《ほお》は朱《しゅ》をそそいだように燃えており、キラキラとうるんだような眼は、誘発されたまま、まだ充足されていない欲望に対する強い渇きのためにうわずっていた。少女の姿はすぐ視界から消え去った。どこか近くの部屋の襖が開かれてまた閉ざされる音が聞こえた。しかし、いま一瞬かれのまえを横切ったその影像がいつまでも上海氏の網膜《もうまく》に焼きついていて、この人を嘲弄《ちょうろう》するかのように躍動していた。ふだん見なれた服装とちがって派手な浴衣に細帯姿でいるところを見ると、彼女がもはや十分成熟していることを認めざるをえなかった。

浴室のガラス戸が開く音がしたので、上海氏はあわててトイレのなかで首をすくめた。出てきた男の女とお揃いの浴衣を着た肩幅の広さを見て、上海氏は強い恐怖を感じた。それが嫉妬《しっと》であることに上海氏はまだ気がつかない。男は帯をしめていなかった。合わせた浴衣のまえを右手でおさえ、左手で細帯や直接肌につけるもの一切をまとめて抱えていた。

浴室を出ると男もちょっと前後を見回し、渡り廊下の外を覗き、上を仰いだ。男の顔も燃えるように紅潮しており、双眸《そうぼう》は少女と同じ渇きでうわずっていた。しかし、少女とちがって日焼けした顔から白い歯がこぼれているのは、罠《わな》に落ちた獲物を料理するときの猟人《りょうじん》たちが期待と歓《よろこ》びに舌なめずりをしているのと同じように見えた。男は征服者としての自信に溢《あふ》れており、またそれだけの価値があるように思われた。

しかも、上海氏はこの男を知っていた。そのことが上海氏を一層不幸にしたのだ。現場監督であった。現場監督がものなれた狩人《かりうど》の落ち着きを見せて視界から消え去ったとき、上海氏ははげしい悪寒をおぼえ、さっきとおなじ方角から襖を開き、かつ閉じるピシャッという冷酷な音を聞いたとき、上海氏の膝《ひざ》頭《がしら》はガクガクふるえた。それは掌中《しょうちゅう》の珠《たま》を奪われたような空虚な絶望感から来ているのだが、上海氏はそれに気づいていただろうか。

三

上海氏が少女と親しくなったのは四年ほどまえのことだった。上海氏がこちらへ定住してから一年ほどのちのことだから、昭和三十四年ごろのことである。当時畑と林に占められていたこの台地の端れは、上海氏にとってはよい散策の場所だった。足の悪い上海氏はあまり遠くまでは歩けないのである。畑の端れにある林は上海氏にとってはこのうえもなくよい休息の場所だった。林の端れの草叢《くさむら》に腰をおろして上海氏は何時間でもボンヤリ過ごした。たまに気がむくとスケッチ・ブックを開くぐらいであった。

上海氏のお気に入りのその場所のすぐ足下から、坂が斜《なな》めに走って、崖裾《すそ》の舗装道路へ降りている。その坂をへだてた向側にはこちらより少し低い位置になだらかな傾斜地があり、春から夏のなかばにかけてはいちめんの甘藷畑《かんしょばたけ》だった。不規則な形をしているので面積ははっきりわからなかったけれど、千坪《つぼ》くらいはあったかもしれない。

八月の上旬から中旬にかけて毎日ほど、その畑へ薯掘《いもほ》りにくる母と娘のふたりづれがあった。娘はまだ中学生らしく学校が退《ひ》けてから駆《か》け着けてきた。ふたりともよく働いて通りがかりの農夫が声をかけても、ちょっと振りかえってありきたりの挨拶《あいさつ》をひと言ふた言交わすだけであった。うっかりお愛想を振りまいて話しこまれては困るというふうだった。少女のほうが話に乗ろうとすると母が鋭い声でたしなめた。娘はちょっと舌を出すと仕方がないというふうに首を振って、またせっせと薯を掘りはじめた。母親のほうはお世辞にも美人とはいいかねたが、娘のほうはちょっと眼につく器量で可愛《かわい》かった。

上海氏の存在はだいぶんまえからこの母と娘の、関心の的になっていたらしい。しかし、寸暇《すんか》を惜《お》しむ働きものの母親は、そんなことにはかかずらってはいられなかった。彼女は薄気味悪そうな顔色で、上海氏の存在を無視してかかろうと努めているらしかった。薯掘りに疲れた少女が上海氏に関心を示そうとでもしようものなら、頭から口汚くののしった。

上海氏は上海氏でだれにも孤独を妨《さまた》げられたくなかったので、少女がひそかに微笑《びしょう》を送ってきてもわざと気づかぬふうをしていた。

とうとうその少女が坂の上の道を突っ切って、上海氏のほうへやってきたのは甘薯掘りの作業も八分どおり進捗《しんちょく》した八月下旬のことだった。むろん母親の姿は見えなかった。少女はときどき微笑を送ることをもって、すでに仲よしになっていると信じて疑わぬ親しさを示しながら、上海氏のそばへ来て坐った。

「小父《おじ》さんはエカキさんなの」

「ええ、うん、まあね」

上海氏は眩しそうな眼をあわててほかへ反《そ》らしながら口のうちでもぐもぐ答えた。小説家の世話で上海氏はつい最近個展を開いた。批評家のあいだで案外評判がよく、小説家の顔もあったろうがボツボツ絵が売れはじめていた。しかし、まだまだ一人前の画家として見得を切る自信もなく、それに上海氏にはいくらか言語障害の気味があった。上海氏の厭人《えんじん》癖《へき》はひとつはここから来ているのである。

「うちの父ちゃんも絵が上手だったんですって」

「父ちゃんて？」

「死んだ父ちゃん、ほら、戦争で死んだ父ちゃんのことよ」

「ああ、そう、お父さん戦死したの」

「ええ、そうよ」

「それじゃ、いつもお嬢さんといっしょにくるお母さん未亡人なのかね」

「あら、お嬢さんだなんて、うっふっふ。あたし亜《あ》紀《き》というのよ。亜細亜《アジア》の亜と紀州《きしゅう》の紀と書くの」

「なかなかハイカラな名前だね」

「だって父ちゃん芸術家だったんですもの」

「父ちゃんエカキさんだったの」

「ううん、そうじゃないわ、ただの百姓よ」

「でも、絵を画くのが上手だったんだね」

「ええ、そういう話よ」

「亜紀ちゃんのうちにはそういう絵がたくさん残ってるの」

「ううん、一枚もないわ。母ちゃんが焼いちまったんですもの」

「母ちゃんがなぜ焼いちまったの」

「母ちゃんとっても父ちゃんを憎んでるのよ」

と、いいかけて少女はお尻から針を突き刺されたように跳びあがった。

「あら、いけない、母ちゃんがやって来たわ。小父さん、また来るわ。仲好《なかよ》ししましょう」

そこからすぐに道を横切ると母親の眼に触れると思ったのか、少女ははるかに道を迂回《うかい》してじぶんの畑のいちばんてっぺんへいって働きはじめた。幼いけれどそれだけ頭の回転する少女らしかった。

それからちょくちょく少女がそばへやってくるようになった。少女はいつも汗ばんでおり、そばへ寄ってくるとむっとするほど日向臭《ひなたくさ》かった。はじめのうち上海氏はこの匂いに圧倒されるような気持ちだったが、慣れてくると少女がそばへ来ない日は淋《さび》しかった。少女の問わず語りによってなぜ彼女の母親が、戦死した夫を憎んでいるのかわかってきた。


亜紀の母の類《るい》は結婚前の道楽は別として、結婚後は自分だけが夫に愛されていた、ただひとりの女だと思いこんでいた。だから類にとっては夫の信太郎《しんたろう》はかけがえもない大事なひとだった。ところが戦後いろんなことがわかってきた。結婚後も夫は少なくとも三人の女と交渉を持っていた。しかも、入隊するとき類はこの土地の私鉄の駅まで送っていったに過ぎないのに、女のひとりは部隊の所在地まで同行して入隊まえの一夜を夫とともにしたというのである。さらに類の許せないのは部落の多くのひとがそれを知っていたということである。ただ戦争中は忠勇無双《むそう》の皇軍兵士を傷つけることを懼《おそ》れて、だれもそれを口に出さなかったのだそうである。戦後それがわかってきたとき、類の心は大いに傷つき、その晩彼女は夫の形見になりそうなものをことごとく焼き捨てた。

「なるほど、それゃ悪いお父さんだね」

「あら、どうして?」

「じゃ、亜紀ちゃんは悪いと思わないのかい」

「男のひとってみんなそうだというじゃない？　うちの父ちゃんとっても甲斐性《かいしょう》もんだったんですって。そうそう、父ちゃんのことをいつか芸術家っていったでしょ」

「うん、それで……？」

「でも、青白きインテリというんじゃなかったんですって。相撲《すもう》なんか村中でいちばん強かったという話よ。それに思いやりがあって、義侠心《ぎきょうしん》があって、困っているひとがあるといつも一番に駆け着けるのはうちの父ちゃんだったんですって。その上絵が上手だったでしょう。だから村の女のひとみんな父ちゃんが好きだったんですって。いまでも村のひとだれだって父ちゃんの悪口いうひとないわ」

どうやら少女は亡き父に対して理想像を作りあげているようである。

「亜紀ちゃんはその父ちゃんを憶《おぼ》えている？」

「あら、あたしがどうして？」

亜紀は呆《あき》れたように円《つぶら》の眼を視張《みは》ったが、急におかしそうに笑い出して、

「あのね、小父さん、父ちゃんが兵隊にとられたとき亜紀はまだ母ちゃんのお胎《なか》のなかにいたのよ。でも、父ちゃん赤ちゃんが出来ること知ってて、男の子が出来たら亜紀夫《あきお》、女の子が出来たら亜紀と名をつけるようにといっていったんですって」

「それじゃ亜紀ちゃんは父ちゃんが恋しいだろうね」

「そりゃ……」

と、亜紀は円の眼をくるくるさせたが、やがて悲しそうに眼を伏せると、

「それだのに母ちゃんたら、父ちゃんの写真をみんな焼いちまったんですもの」

ちょっと不平らしく鼻を鳴らしたが、すぐまた悪戯《いたずら》っぽく目玉を回転させると、

「でも、母ちゃんが憤《おこ》ったのも無理ないのよ。あたしの名前亜紀でしょ。ところが入隊のとき父ちゃんを送っていっていっしょに泊まったひと、お秋さんというのよ」

ケラケラと笑って草の上から跳びあがった亜紀は、よく伸びた脛《すね》を屈伸させて五、六歩ピョンピョン跳《は》

ねていったかと思うと、そこでくるりと振りかえって、

「でも、父ちゃんの写真二、三枚持ってるの。父ちゃんのお友達のところから貰《もら》ってきたのよ。母ちゃんに内緒にしてあるんだけど、そのうち持ってきて見せてあげる」

これが一番父ちゃんの感じが出てるんですって……と、その後亜紀が持ってきて見せた写真というのは、草相撲に優勝したときの記念撮影だとかで、化粧廻しをして横綱を締めている古池信太郎の二十二歳のときの写真であった。なるほど筋肉質のよい体をしており、腕なども丸太ン棒のように太かった。顔は丸顔で、屈託《くったく》のなさそうな表情をした童顔だったが、それでも角刈《かくが》りにした額《ひたい》が狭くて眉の太いところに精悍《せいかん》そうな野性味を感じさせた。下唇のぼってりと肉の厚いところが淫蕩《いんとう》的である。

「亜紀ちゃんはお父さん似なんだね。口許《くちもと》なんかそっくりじゃないか」

言ってから上海氏はヒヤリとしたが亜紀は嬉《うれ》しそうにニコニコしていた。

四

その後ふたりの仲はますます親密の度を加えていった。とはいえふたりの会見の場所は林の端れの例の草地ときまっており、亜紀の母のいないときに限られていた。甘藷の収穫がおわり麦蒔《むぎま》きがすむと亜紀の母は姿を見せなくなった。亜紀の話によると彼女は野良仕事以外はほとんど外出することはないのだそうである。村の集会にも絶対に顔を出さないので、意志の伝達に困ることがあっても彼女のほうでは平気らしい。亜紀の表現によると薄暗い家のなかでモグラモチみたいに閉じこもって、自分を裏切った亭主に対する憎悪と、それをよい笑いものにしている村のひとたちに対する敵意と反感を、じっと胸のなかで温めつづけているらしいのである。

「それで亜紀ちゃんに対してはどうなの？　そのお母さん」

「べつに苛《いじ》めたりはしないわ。あたしがいなきゃ困

ることわかりきっているんですもん。だけど可愛くないことは決まりきっているわね」

「どうして？」

「だってあたしの名が亜紀ですもん」

亜紀は体をうしろに反らしてケラケラと笑いとばしたが、急に上海氏の顔を覗きこむと、

「小父さんの名前上海っていうんですって？　それ、ほんとの名前？」

「ううん」

「じゃ、やっぱりペン・ネームというの？」

「うん、まあ、そうだね」

「変な名つけたもんね。なぜなの？」

「上海で生まれたからさ。まあ浦島太郎《うらしまたろう》のようなもんさ」

「ああ、それで髪の毛が真っ白なのね」

亜紀が真面目《まじめ》くさっていったので上海氏の唇に渋い微笑が浮かんだ。いつも灰色の霧につつまれたようなこのひとの顔に、微笑が浮かぶなどということは滅多《めった》にないことである。


それは昭和三十五年ごろのことであった。上海氏もことし昭和三十五年だということは知っていたが、自分が何歳になるのか知らなかった。終戦直前上海の陸軍病院で意識を取り戻した上海氏の頭脳から、それ以前の記憶はすべて、黒い霧のかなたに混濁《こんだく》してしまっていた。

そのころの亜紀の大きな悩みは大学までいってみたいのだが、家が貧しいので高校さえやってもらえそうにないということだった。

「亜紀ちゃん、学校の出来はどうなんだね」

「まあまあというところね」

亜紀は投げ出すようにいったが、あとでわかったところによると彼女は終始トップで通しているのであった。そのころ上海氏は大真面目で亜紀のために学資を出してやろうかと考えたことがあった。小説家の宣伝よろしきを得たせいか上海氏の絵にもおいおいファンが増えていくようだった。亜紀の学資くらい捻出できないことはなかった。しかし、亜紀に笑いとばされるのを懼れて切り出すことを躊躇《ちゅうちょ》して

いるうちに亜紀の運命が大きく変転した。

「小父さん、小父さん、亜紀、高校へいけるかもしんないのよ」

いつものとおり林の端れの草地で早春の日溜《ひだ》まりを楽しみながら亜紀の現われるのを心待ちにしていると、逞《たく》ましい脛をとばして跳んできた亜紀がそばへ来るのも待ちかねたように大声で叫んだ。父に似て丸顔のいくらか野性味をおびた顔が歓《よろこ》びではちきれそうだった。

「そりゃ結構だね」

上海氏はなぜか咽喉《のど》のおくに魚の骨でもひっかかったような曖昧《あいまい》な声で、

「お母さんがいってもいいといったのかい？」

「ううん。母ちゃんまだなんにも言わないけど、うちお金持ちになるかもしれないんだ」

亜紀はちかごろときどき男の子のような口の利きかたをすることがある。上海氏にすっかり打ちとけてきた証拠だが、それと同時にご機嫌でもある証拠だった。上海氏は真紅に上気した少女の頰を心許《こころもと》なさそうに見て、

「それ、どういうこと？　どっからか遺産でも転げこんだのかい。それとも宝籤《たからくじ》にでも当たったのかい」

「そうじゃないんだ。そんなんじゃないんだ」

絶叫してから亜紀は急に気がついたのか、うっふっふと極《き》まり悪そうに笑ってから、

「小父さん、ごめんなさいね。バカねえ、亜紀ったら、まだどうなるかわかりもしないのに。あのね、小父さん、ここ団地になるんですって」

「団地……？」

「そうよ、この畑も林もみんなつぶして団地を作るんですって。それでいま公団から土地を買いにきてるのよ。わりによい値だけれど、もっともっと吊りあげるんだって、村のひとたち大騒ぎしてるわよ。それでみんなして母ちゃんのご機嫌取りに夢中よ」

「団地がねえ」

亜紀とは反対に上海氏は浮かぬ声で、

「でも、なぜみんなして母ちゃんのご機嫌取りに夢中なのかね」

「だって、うち、この畑は端っこだけど、このむこうのちょうどこの畑地のまんなかに百坪ほど持ってんのよ。母ちゃんがそれ売らないといえば、村の人みんな困るのね」

亜紀はその話に興奮していて、このまえの畑が何百坪あるから坪当たり何万円としてもこれこれしかじか、この林も半分はうちのものだから、少し安いとしても何万円くらいは出すだろう。これが何坪としてこれこれしかじかと、まるで酔ったような顔色で細かく計算しはじめたから、上海氏は呆《あき》れたようにその顔を見守っていた。亜紀もとちゅうで気がついてさすがに鼻白《はなじろ》んだような顔をすると、

「いやだわ、小父さん、なぜそんなに亜紀の顔をジロジロ見てるの」

「ああ、いや、あんたの頭のいいのに感心していたんだよ」

「ひやかしちゃいやよ。それに小父さんたらちっとも嬉しそうな顔してくれないのね。亜紀がお金持ちになるかもしんないというのに」

「ああ、ごめん、ごめん、それはよかったね。だけど、小父さんいま自分勝手なことを考えていたんだ。ごめんよ、亜紀」

「自分勝手なことって?」

「ここが団地になってしまうと、小父さん散歩するところがなくなるからね」

「散歩ならどこだって出来るでしょ」

亜紀の語気には突っ放すような冷酷さがあり、上海氏はこの瞬間ふたりの距離が急に遠くなったのを淋《さび》しく胸に嚙みしめた。

それから約一年、村のひとたちと公団とのあいだには種々様々な駆け引きが演じられたらしい。上海氏はときどき亜紀から交渉の進展状態について聞かされることがあったが、そんなときどうかすると人間の貪欲《どんよく》の浅ましさに吹き出しそうになることがあった。すると亜紀はひどく不機嫌な顔になり、

「小父さんはひとのことだと思って笑ってるけど、みんな一生懸命なのよ。こんなこと一生に二度とはないんですもの。小父さんにはそれがわからないの

よ」

「ごめん、ごめん、亜紀、まあ、しっかりやることだね、そして公団からうんとふんだくってやりゃいい。そしたら亜紀も学校へいけるんだからね」

上海氏は慰めるようにいったが、この少女の思いのほか打算的な性情になんとなく心が寒くなるのだった。

一年かかって交渉はやっと円満に妥結《だけつ》した。農民たちは畑から手を引き、かわりに技師たちがやってきて測量を開始した。亜紀は希望どおり高校へ進学し、台地の上にも下にも大きな変化が起こりはじめた。

高校へ進学した亜紀は急におとならしくなった。以前ほどなれなれしく上海氏のそばへ寄って来なくなったが、それでも高校へ通学するには上海氏のお気に入りの場所のすぐ足下にあるだらだら坂を登って、台地を突っ切っていくほうが便利なので、どうかするとそばへ来て草のうえに坐ることがあった。

秋になると測量もおわったらしく、まず飯場が建ち、おおぜいの作業員にまじって技師たちや現場監督がやってくるようになり、いよいよK団地の建築工事がはじまった。工事は四段階にわかれて行われることになっており、さいわい上海氏のお気に入りの場所はさいごの段階に当たっていたので、あたりの騒々《そうぞう》しいのさえ我慢すれば、あと一年くらいその場所から追われることはなさそうだった。そのころになって亜紀の顔色がなんとなくすぐれないのに上海氏は気がついた。

ある日久しぶりにそばへ来て坐った亜紀にむかって上海氏が訊《たず》ねた。

「ねえ、亜紀ちゃん」

と、眼下に繰りひろげられている目ざましい変化の進展ぶりに眼をやりながら、

「どの家もああして建てかえたり増築したりしてるようだけれど、亜紀ちゃんちはどうするの」

亜紀はしばらく黙っていたのちに、

「ねえ、小父さま」

「うん」

「人間てお金持ちになるとかえってケチンボになるんでしょうか」

「それ、どういう意味?」

「うちの母ちゃん、そりゃせんは貧乏だったから倹約しなきゃならなかったわね。でも公団からたくさんお金貰ったでしょ。なんでも利息だけでも月十万円くらいになるはずなんですって。親戚の小父さんそういってたわ。それだのにせんよりずっとずっとお金のことに細かくなったわ」

「それじゃ家を建てかえたりしないのかい」

「そんなこととっても、とっても。それでいて家中雨漏《あまも》りだらけなのよ」

「お母さんお金をどうしてるの。後生大事《ごしょうだいじ》に銀行へ預けてるの」

「そんなことあたしが知るもんですか。でも、うっふっふ」

「どうしたの」

「ひょっとするとお類さん、お金を瓶《かめ》かなんかにいれてどこかへ埋めてるんじゃないか。そしてときどき掘り出しては一枚二枚と勘定しながら、ニタリニタリしてるんじゃないかっていうひともあるわ、まさかね」

亜紀はおかしそうに笑ったが、その笑いかたはなにかしら上海氏をおびやかすようなところがあった。村の改築工事も亜紀の家をのぞいてあらかた完了し、亜紀は高校三年になった。団地の建設も第二段階をおわりこの春から第三段階に入っていた。亜紀はますます上海氏から遠い存在になっていったが、この春の終わりごろひさしぶりにそばへ来て黙って坐った。なにか聞いてもらいたいことがあるらしかったが、彼女のほうから切り出さないので上海氏のほうから口を開いた。

「ちかごろ亜紀ちゃんちへよく出入りする若い男のひとね、あれ、亜紀ちゃんちの親戚?」

上海氏はなにげなくいったまでのことだけれど、そのとたん亜紀は弾《はじ》かれたように上海氏のほうを振りかえった。その視線のけわしさに上海氏はおもわずたじろいで、

「どうしたの、あのひとのこと聞いちゃいけないの」

「いいえ、そうじゃないけど、小父さんまさかうちのことスパイしてるんじゃないでしょうね」

「スパイ……？　どうして？　ひどいことというじゃないか」

「あら、ごめんなさい。でも、小父さんも気がついていたのね。あのひとのこと」

「いや、よくあの家へくるようだからね」

と、上海氏は眼下に見えるただ一軒、周囲のはなやかな変貌から取り残された陰気な家を見下ろしながら、

「でも、聞いてはいけないことなら、返事をしてくれなくてもいいんだよ」

「いいのよ、そんなこと、構わないのよ。近所ではみんな知ってるんですもの。小父さんは母ちゃんがちかごろ急におめかしはじめたの気がつかない」

「さあ……お母さんはここしばらくお見かけしないが、それどういう意味？」

「愛人が出来たのよ。いま小父さんのいったひとが母ちゃんの愛人なの」

しばらく黙っていたのちに口を開いたとき、上海氏の声はのどにひっかかっていた。

「なにをするひとなの、そのひと？」

「保険の勧誘員なのよ」

「お母さんよりだいぶん若いようだが……」

「二十くらいちがうでしょう」

ふたりとも黙りこくってしまった。上海氏もそれについて自分の意見をのべようとしなかったし、亜紀もそれ以上その問題に触れたくなかったらしい。

しばらく沈黙がつづいたのち、急に亜紀が悪戯っぽい眼つきになって、

「それはそうと小父さまにいつかパパの写真をお見せしたことがあったわね。憶えてらっしゃるパパの顔を」

「ああ、はっきりと……亜紀ちゃんによく似ていたからね」

「じゃ、あのひとパパに似てると思わない。ほら、あの現場監督のひと……」

一昨年の秋以来上海氏は毎日ほどその現場監督に会っている。孤独を愛する上海氏は滅多にひととコを利くことはないから、まだいちどもその男と話し合ったことはないが、いつのまにやら会えばどちらからともなく頭を下げるていどの仲になっていた。しかし、いままでいちども亜紀のいったようなことを考えたことはなかった。

「亜紀ちゃんはやっぱりパパが恋しいんだね」

「そりゃア……パパが生きていてくれたらと思うことはしょっちゅうよ。でも、あのひとほんとにパパに似てるわ。パパも生きていればちょうどあれくらいの年齢《とし》よ。口許《くちもと》なんかそっくりだと思わない？」

遠くから現場監督の動きを眼で追うている亜紀の眼には、なにか強いかぎろいのようなものが浮かんでいることに、そのとき上海氏も気がついていたが、まさかそれがいかに危険な感情であるかということには、このあいだ三国屋の浴室を出るふたりを瞥見《べっけん》するまで上海氏も気がつかなかった。

五

空気が乾燥して天気のよい日がつづいた。毎日のように空は濡《ぬ》れタオルで拭《ぬぐ》いとったように碧《あお》く晴れ、南アルプスのむこうに顔を出す富士の山肌の白い襞《ひだ》がいちにちいちにち濃くなっていった。上海太郎氏お気に入りの草地のそばにわずかに数本残った樹々の葉も、あるいは黄ばみあるいは赤茶けて、上海氏がおりおり焼き捨てるカンヴァスの燃えがらのようにちりちりと縮みはじめた。

しかし、上海氏は二度ともうあの草地へ寄りつこうとはしなかった。台地の上の世界と台地の下の人生とがひとつに結合していることはいまや明らかである。上海氏はまえになにかで読んだような気がするのである。都会と農村が錯綜《さくそう》し、絡み合っている地帯こそ危険な犯罪圏地帯であるということを。それはおそらく都会人の持つ打算的奸智《かんち》と、ある種の農民特有の無智《むち》な狡智《こうち》が衝突して発する不協和音のごときものをいったのであろうが、いまK台地の上と下とがそれに相当するかどうかわからない。しかし、古池類とその娘がそれぞれ情人――それもともに年齢的に不調和だと思わざるをえない――を持っているということはなにかしら不安定である。暗い危険な未来を暗示しているように思われてならない。いわんや古池類が莫大な金を瓶に入れてどこかの地中へ埋めているのではないかという風説があるにおいてをやである。

上海氏もいちど類の情人の保険勧誘員というのに会ったことがある。もうそのじぶん崖下のいつまでたっても改築しない家の守銭奴《しゅせんど》みたいな寡《か》婦《ふ》とその勧誘員との関係は、台地のうえの作業員のあいだでもボツボツ話題にのぼりはじめていた。それを識らずにのこのこだらだら坂を登ってきた勧誘員こそよい面《つら》の皮であった。勧誘員は学校を出て二、三年という年頃らしく、小柄で華奢《きゃしゃ》な体のなかに小生意気な小児《しょうに》の思いあがりと傲慢な大人の尊大とが同居しているような感じで、猫撫《ねこな》で声《ごえ》や甘ったれ声をそのまま人格化すればこういうタイプになるのではないかと思われた。勧誘員はこちらのほうを通ったほうが早いと思ったのか、それとも建築現場を見たいと思ったのかだらだら坂を登ってくると、ぶらぶらと現場の付近を歩きはじめた。

だれだって汗水垂らして働いているところを高みの見物を極《き》めこまれるのは有難《ありがた》くない。それにこの勧誘員の癖《くせ》らしくいつもニヤニヤ笑いを口許に浮かべているのだが、それが思い出し笑いとすれば猥褻《わいせつ》だったし、そうでないとすると自分たちが軽蔑《けいべつ》されているようで嬉しくなかった。作業員のひとりが遠まわしにかれの情事を皮肉った。しかし、この艶福《えんぷく》家《か》は案外血のめぐりが悪いのかニヤニヤ笑いは消えなかった。べつの作業員がこんどはいくらかはっきりとかれの艶福を羨《うらや》ましがって聞かせた。勧誘員のニヤニヤ笑いが口許から消えた。はじめて自分のことかと気がついたように相手の顔を見直した。そこをすかさず第三、第四の作業員が矢つぎばやに野次を放った。野次はおいおい露骨になってきて、口々にかれとかれより二十も年上の後家さんとの情事を諷《ふう》した。

　勧誘員は蒼《あお》ざめた。白いいくらか女性的な額にねっとり汗が吹き出してきた。勧誘員は逃げ道を求めるように前後左右を見回した。しかし、逃げ道は塞《ふさ》がれていた。行手にはさらに多くの作業員が立ち働いていた。しかもかれの周囲から降ってくる野次はますます辛辣《しんらつ》になってきて、しまいにはちかごろ流行の未成年者お断わりという成人向き映画の台詞《せりふ》でさえ、へきえきしそうなほどえげつなくなってきた。

　とつぜん勧誘員は踵《きびす》を返した。脱兎《だっと》のごとく上海氏のいる草叢のまえを駆けぬけると、まえへつんのめるような恰好《かっこう》でだらだら坂を転がりおりた。いや、一度ならず二度までもつんのめって転がった。そのたびに台地のうえでわっと歓声があがったので、崖裾の舗装道路をいくひとたちが、何事が起ったのかと立ちどまったくらいだから、とうとう古池家の横の露地《ろじ》から亜紀の母がとび出してきたのも無理はない。上海氏が亜紀の母を見るのはひさしぶりだが、このまえ見たときとはたしかに大きくかわっていた。無愛想で味も素《そ》っ気《け》もない表情は以前と少しも変わりがないどころか、坂のほうから転がりおりてくるみじめな情人の姿を見て、いちはやくことのなりゆきを覚《さと》ったらしく、彼女のおもては怒りでかたく硬《こわ》ばっていっそう容貌を醜《みにく》くしたが、羞恥《しゅうち》の色がみじんも見られないのは、二十も年下の男と情事におぼれた中年女の厚顔《あつかま》しさというよりは、彼女はそれによって自分を裏切った夫や村のひとたちや、さらに夫の情婦の名を名乗っている娘にまで復讐《ふくしゅう》しているのではあるまいか。

　勧誘員が舗装道路をいくトラックにあやうく跳ねられそうになりながら、やっと類のところまで駆けよると、類は恥も外聞もなく若い情人のズボンの泥を払ってやり、崖上に集まった作業員たちをたけだけしい眼で睨《にら》みかえすと、近所のひとたちを尻眼にかけ、勧誘員の肩を抱くようにして、椎の葉におおわれた暗い露地のなかへ引っ込んだ。

第二部　台地の下

六

気象庁の予報官の説によると高気圧がどうとやらで、一年中でいちばん天気の安定するのが十月の終わりから十一月のはじめだそうである。台風の季節も過ぎたそのころになると局地的に時雨《しぐ》れることはあっても、大きく天気がくずれることは珍しいのだそうな。

めったに都心へ出ることのない上海氏だがその日珍しく日本橋《にほんばし》のほうへ用事があって、私鉄のK駅へおりたったのは夜の九時頃のことだった。このK駅から外へ出るにはプラット・フォームからいったん階段を登り、ブリッジを渡ってまた階段を降りるのである。改札口は階段をあがったところにあった。

上海氏が改札口で切符を渡して外へ出たとき、四人連れの少女が駅前広場からの階段を駆け登ってきた。あやうく衝突しそうになったので上海氏は階段の手《て》摺《す》りのほうへ身をよけたが、そのとき少女のひとりが階段の下へむかって叫んだことばが上海氏の耳をとらえた。

「亜紀ちゃん、なにをぐずぐずしてンのよう。早くしないと遅れちまうわ」

階段の下を見るとそこに置いてある大きな植木鉢《ばち》のふちに片脚をおいて、亜紀が靴の紐《ひも》を結び直していた。

「まあ、待ってよ、せわしないひとねえ」

とかなんとかいったようだが、俯向《うつむ》いているので言葉の意味はよくわからなかった。

「君たちこの時間にどこへいくんだ」

「卒業旅行よ、小父さま」

少女のひとりが無邪気に答えて、

「亜紀ちゃん、早く、早く。東京駅の集合十時半よ、ぐずぐずしてると遅れちゃうわ」

なるほどみんな小ザッパリとした服装をして、手に手に大きくふくらんだ鞄を提《さ》げていた。鞄も鞄の中身もみなこの楽しい卒業旅行にそなえて新調したのにちがいない。色とりどりに美しく、少女たちはみないちように興奮して頬を染めていた。亜紀がやっと靴の紐を結びなおして階段をあがってきた。

「なによ、まだ一時間半もあるじゃないの。せっかちな……」

いいかけて亜紀は上海氏の姿を見つけた。一瞬、亜紀の顔から血の気が引いたようになり、階段の途中で立ちどまりそうになったが、すぐまた手摺りに身を支えるようにしてあがってきた。その間ふたりの視線は絡み合ったまましいっときも離れなかった。

「卒業旅行だそうだね」

上海氏の声の調子はのどにひっかかるようなものがあった。

「ええ」

亜紀はまだ上海氏の眼を視《み》すえたままだった。固く凝視しながら眼はふるえているようだ。上海氏の方から眼を反らして、

「どちら？　旅行は？」

「関西方面よ」

「何日くらい？」

「三泊四日……」

とつぜん亜紀の眼がやさしくわらったかと思うと、

「小父さん、お土産《みやげ》買ってきてあげるわ。みんな待ってよ」

と、身をひるがえして改札口を抜けると、友達のあとを追って階段を駆け下っていった。

上海氏は手摺りに身を寄せたまま、亜紀たちを乗せた電車が出ていくのを見送っていた。それからゆっくり階段を降りはじめた。上海氏は左脚に故障があるので歩行に気をつけなければならないのだが、ことに階段の昇《のぼ》り降りには細心の注意を払わなければならなかった。手摺りに片手をおいて、一歩一歩階段を下るとそこに大きな植木鉢がおいてある。このK駅にはとかく荒《すさ》みがちな通勤者の神経に、多少なりとも潤《うるお》いを与えるようにとの駅長の配慮から、あちこちに植木鉢だの花筒《はなづつ》などが配置してある。階段の下の植木鉢には一メートル半くらいの棕櫚《しゅろ》の樹が、鋭い葉の切っさきを逆立てていた。

上海氏はやっとそこまで降りていくと、いたわるように悪い左脚を植木鉢の縁《ふち》にのっけた。黄褐色《おうかっしょく》をした滑《なめ》らかな植木鉢の縁に、うっすらと泥の跡がついているのは亜紀の靴の跡だろう。おなじところへ靴をのせ紐を結びかえながら、上海氏の指先は棕櫚の根本を探っていた。植木鉢の表面にはよく磨《みが》かれた碁石《ごいし》のようにきれいな小石が敷いてある。上海氏の指先になにやら固い金属製の触感があった。植木鉢の土深くなにかが押し込まれていて上からのぞいたその端《はし》が小石のなかに隠されていた。上海氏はそれを植木鉢のなかから抜き取ると、掌《てのひら》のなかに隠したまままゆっくりと身を起こしてこの場をはなれた。上海氏の背後をそうとう多くのひとが通り過ぎたが、だれもこの奇妙な動作に気がついたものはなさそうだった。

駅のすぐそばに喫茶店があり二階が麻雀《マージャン》クラブになっている。上海氏はときどきその麻雀クラブへ遊びにくることがある。ここのご常連にとって上海氏はよい鴨《かも》だったが、上海氏は勝っても負けても時間さえたてばよいというふうだった。テーブルはみんな塞《ふさ》がっていた。サーヴィス係りの女の子や顔見識《かおみし》りのご常連が声をかけるのを聞き流して、上海氏は椅子を窓のそばへ持っていって腰をおろした。オーヴァーのポケットからマドロス・パイプを取り出すと、ガスライターで火をつけた。そこから斜め下にあの植木鉢が見えるのだが上海氏はあせらなかった。何時間でも待つつもりなのだが、事実はそれほど待つ必要はなかったのである。

駅前広場のむこうから黒眼鏡《くろめがね》をかけた男がやってきた。オーヴァーの衿《えり》をふかく立てていた。ソフトの縁をまぶかに垂れていた。階段の下までやってきたときその男は足下に眼を落とした。うつむいて靴の紐を結ぼうとしたとき、ふと気がついたように階段の下にある植木鉢に眼をやった。亜紀の情夫が植木鉢のふちに片脚をのっけてうつむいたとき、上海氏はオーヴァーのポケットのなかで、土にまみれて湿《しめ》りけをおびた鍵を強く握りしめていた。

七

どこかでコオロギが啼《な》いていた。いや、ほんとに啼いているのかどうかわからなかった。あるいはそのコオロギは上海氏の頭のなかにいるのかもしれなかった。上海氏はなにか大きなショックを受けたり、精神的な緊張が度を越すと、脳細胞のあちこちで虫が啼くような不快な音響に悩まされるのである。近年だいぶん快《よ》くなっていたのだが、このあいだの三国屋の一件以来いやなその現象がぶりかえしていた。

空は息を吹っかけて拭いをかけたように濃紺色に晴れていた。星がいっぱいまたたいていた。星というものは空にあってただ光っているだけでなく、なにかを囁《ささや》きかけるようにまたたくものだということを、上海氏はいま強く感じている。それだけ上海氏が孤独だということかもしれない。風がなかったので上海氏の背後にある数本の、ほとんど葉をふるい落とした木々が、細い網《あみ》の目のような枝々をひっそりと星空にむかって逆立てていた。おりおり舞い落ちる残りの葉が上海氏を慰めるようにふっさりと肩を撫《な》でた。

あの崖裾の舗装道路は昼間はそうとうの交通量なのだが、夜も十二時を過ぎると自動車の往来もほとんど絶える。さっき終バスが通過してから人通りも絶えてしまった。舗装道路をひとつ越えたあの荒果てた柴垣の家は樫の繁みにおおわれて、星空の下で押しつぶされそうな恰好で地面にくろくうずくまっている。樫の繁みをとおして灯の色が洩《も》れているところを見ると、亜紀の母はまだ起きているのだろうか。ひょっとすると若い情人の保険勧誘員が来ているのかもしれない。

上海氏の腕時計は夜光性である。鬼火《おにび》のように青白い光りを発する文字盤と二本の針は十二時二十分過ぎを示している。

いまから約一時間半まえ、上海氏がいつものお気に入りのその場所へ席をしめてからというもの、樫や椎の繁みをとおして洩れる灯の色は微動だにしないのだが、そのことは些《いささ》か異常ではないかと上海氏が考えたのも無理はない。お金持ちになってからかえってケチンボになったという亜紀の母が、電灯を点《つ》けっぱなしで寝るとは思われない。亜紀が旅行に立ったのを幸いとして若い情人を引っ張りこんで酒宴でも張っているのだろうか。いや、亜紀の母が飲酒家だという話は聞いたことがないし、そんな場合むしろもっと早く電灯が消えるほうが自然ではないか。

上海氏はポケットのなかであの鍵を握りしめている。掌のなかで鍵は温められ、ぐっしょり汗に濡れていた。

上海氏はさいしょその鍵を亜紀とその情夫がひそかに交歓の場所ときめている、どこかのアパートの一室のドアの鍵ではないかと考えてみた。しかし、それではいささか不条理である。ドアの鍵というものはたいてい二つあるものだ。かれらがどこかに睦《むつ》言《ごと》の部屋を持っているとしても、鍵はふたりが一つずつ持っているべきはずではないか。もしかりに現場監督が鍵を紛失したのだとしても、亜紀が旅行に立ってしまえばその部屋には用がないはずである。

上海氏は卒然としてつぎのようなことを思い出していた。

いくらか物が出来ると不便なものね、と、あるとき亜紀がいった。いままでは家を留守にするとき戸《と》締《じ》まりにそれほど多くの神経を使ったことはなかった。泥棒が入ったところで盗まれるようなものはなかったから。しかし、ちかごろは違う。台所の入口をドアに改造して母とふたりで鍵をひとつずつ持っていると。いま上海氏の掌のなかにあるのはひょっとするとそのドアの鍵ではないか。と、するとこれはなにを意味するのであろう。

夜光時計の針が一時を指したとき上海氏はやっと草叢から腰をあげた。背後に聳《そび》える団地の窓もいまはすっかり灯を消している。その団地のむこうにある飯場でも作業員たちはもう寝たにちがいない。崖裾の舗装道路でも、もう半時間あまり人通りが途《と》絶《だ》えている。上海氏はそれでも注意ぶかく崖のほうへ身を寄せながら、のろのろ坂を下っていった。

坂下にバスの停留所がありそこに明るい街灯がついている。上海氏はその街灯の光りのなかへ入るまえ、立ちどまって道の前後を見廻し、念のために崖のうえやいま降りてきた坂の背後を振りかえった。呼吸をととのえると上海氏はひと息に光りの輪を突っ切り、古池家の横の露地へ駆け込んだ。露地をおおう樫や椎の繁みが、上海氏の心臓をつきやぶりそうな動悸を整調するのに恰好だった。上海氏はそこでひと呼吸すると同時にあたりのようすに気を配った。さいわい舗装道路に人影もなく、隣近所も寝しずまっているらしい。もっとも隣近所といったところでそうとう遠く離れているのだが。亜紀の家にもひとの気配はさらにない。それでいて欄間《らんま》や雨戸の隙間をもれる灯の色は、さっきとおなじ光度をたもって微動だにしない。それが上海氏を不安にするのである。

上海氏の夜光時計は一時十二分を示している。樫や椎の繁みの下で気息をととのえた上海氏は、しずかに行動を開始した。半ばこわれた柴垣をまわっていくと形ばかりの門がある。門といっても腐れかかった皮つきの樫の丸太が二本、立っているだけという貧しい農家の構えなのだ。繁みの下を出ると空には満天の星だった。星の下で屋根の夜露《よつゆ》が光っていた。

玄関を避けて台所のほうへまわると途中に鶏舎《けいしゃ》があり、上海氏が通り過ぎるとき金網のなかで鶏《にわとり》どもがカタコトと居《い》ずまいをなおす音がきこえた。古びて板の反っくりかえった雨戸を締め切ったところがあり、その雨戸のおびただしい割れ目や隙から洩れる灯が、庭に幾何学《きかがく》的な平行線を投げていた。雨戸のうえの欄間から放出されたひと幅の光りが、樫の葉裏をつやつやと濡らしている。雨戸に耳をこすりつけたがものの気配はさらにない。外部に知られたくない秘密を守って厳粛《げんしゅく》な沈黙を守っているかのようである。

台所へまわるとはたして西洋風のドアがついており、鍵穴へ鍵をさしこむとぴったり合った。把手《とって》を握ってドアを手前へひらくとき、背後に当たってコトコトという音がきこえた。上海氏の心臓ははげしく鳴ったが、振りかえるとそこに鶏舎があって、とまり木にとまっている鶏どもが居坐《いずま》いをなおしただけのことだった。上海氏はドアのなかへ滑《すべ》りこむとしばらく呼吸をととのえていた。開放的な日本家屋の一部分に明るく灯がついているのだから、台所の灯は消えていても真っ暗というわけではなかった。眼が慣れてくるとほのかな薄明《はくめい》のなかに流しや戸棚《とだな》のたたずまいが浮きあがってくる。貧しい農家のみじめさの見本のような台所だが、そのわりに小ざっぱりとしているのは、母ではなく、亜紀が奇麗好きなせいである。しかし、便所の匂いが鼻をつくのは亜紀にも如何《いかん》ともしがたいのだろう。

　上海氏は靴をぬいで板の間へあがった。妙に落ち着いているのは、この家のなかにはもはやだれもとがめるものがないことを知っていたかのようである。

　台所のつぎが四畳半の茶の間になっており、そのつぎの寝室から明りが洩れている。茶の間と寝室のまえを縁側が走っており、その端に便所がついている。上海氏はなんのためらいもなく寝室のまえへいき、障子にはまったガラス越しになかをのぞいた。思わず音を立てて息をうちへ吸いこむと、身を起こしてあたりを見まわしたのち、静かに障子を開いて一歩なかへ滑り込んだ。

　そこは六畳の座敷になっており、向かって左側に床《とこ》の間《ま》と押し入れがならんでいた。寝床《ねどこ》は縁と平行に敷かれていて、床の間のほうを枕にして女がむこう向きに寝ていた。枕のうえにおいた女の後頭部が、髪の乱れも見せずにこちらをむいて静かである。その女を寝具のうえから抱《いだ》くようにして男の背中がこちらを向いていた。男はパンツをはいた以外は裸で華奢な肩胛骨《けんこうこつ》が明るい電灯の下で寒そうな白さを露出していた。掛《か》け蒲団《ぶとん》の裾のほうが半分まくれあがっていて、そのためにフランネルの寝間着《ねまき》を着てむこう向きに寝た女の背後から、男が右脚を絡みつけているのが隠見している。男の右手は女の下腹部のほうへ伸ばされていたが、肘《ひじ》から先は掛け蒲団のなかへ飲みこまれていた。男の左腕は背後から女の枕の下へ通されて、上半身が掛け蒲団のうえから女にのしかかり、男の頭は女の肩のあたりで首の骨が折れたようにがっくりしていた。

上海氏はまた音を立てて息をうちへ吸い、それから足許《あしもと》に気をつけながら裾をまわって寝具のむこうへいって女の顔をのぞきこんだ。亜紀の母はきれいに髪を撫でつけていた。薄化粧さえしているのが哀《あわ》れでもあり浅ましいようでもあった。眼を半分開いていたがその眼にうかんだ表情といい、少し開いた唇といい、いかにも訝《いぶか》しそうな顔色だった。なぜこんなことが起こったのか、いや、いま自分の身辺になにが起こりつつあるのか、不思議でならないといった顔色だった。締《し》め殺されているのである。のどのまわりに残っている鬱血《うっけつ》したような紐の痕《あと》がそれを物語っている。そのうえからのしかかっている保険勧誘員の後頭部には明らかな打撲傷が見受けられた。その一撃がかれの生命を奪ったのか、それとも昏倒《こんとう》させただけなのか、素人《しろうと》が外部から見ただけではわからなかったが、男の首のまわりにも紐の痕が黒ずんでいる。

灰色の霧につつまれた上海氏の頭脳でも、だいたいつぎのような情景が想像されるのである。

犯人はまず亜紀の母を絞殺《こうさつ》した。起きているところを絞殺してあとから寝間着に着かえさせたのか、それとも寝床のなかにいるところを絞め殺したのか、とにかく殺しておいてその死体をまだ生けるもののように寝床のなかに横たえておいた。そこへ勧誘員が忍んできた。勧誘員は女が死んでいることに気がつかなかった。声をかけても返事のないのを、すねているかあるいは自分を焦《じ》らせているのであろうと気にもとめなかった。情事に関するかぎり勧誘員は自信を持っていた。パンツ以外のものを脱ぎ捨てると男が身を横にして側に体を倒した。それでも女が夜具に顎《あご》をうずめたままこちらを向かないので、勧誘員は背後から身を乗り出して女の顔をのぞきこもうとした。そこを隠れていた犯人に一撃をくらったのだろう。そのへんに兇器《きょうき》は見当たらないがほんのちょっぴり血がこびりついているだけなのを見ると、犯罪用語でいう鈍器《どんき》というやつだろう。犯人はしかしそれだけでは安心出来なかった。男が昏倒《こんとう》しているところを紐様のもので絞めたのであろう。

上海氏はとつぜんはげしく身慄《みぶる》いをした。上海氏が身慄いをしたのはこのときがはじめてである。水から這いあがった犬のように体をふるわしてやまなかった。いま改めてきびしい寒気が爪先から這いあがってくるのを覚えた。

とつぜん犬が吠《ほ》えはじめた。上海氏はやっとわれにかえって外の物音に耳をすました。犬の吠えている方角から足音がこちらへ近づいてくる。冴《さ》えかえるような夜の底だから、なんでもない靴音でもひどく異様にひびくのかもしれない。その靴音はアスファルトの舗装道路をこちらへ近づいてくるのである。落ち着いた狂いのない歩調だが、上海氏はなおかつ危険なものを感じた。

上海氏は部屋を出ると障子を締め、縁側から台所を抜けてドアの外へ出た。靴音はますますこちらへ近づいてくる。ドアを締めたところで上海氏はちょっと躊躇したのちに錠《じょう》に鍵をかけた。カチッという金属的な音が上海氏にとっては警鐘《けいしょう》のように耳にとどろいた。靴音はもう柴垣の外まできていた。上海氏は鍵穴に挿《さ》した鍵を手にしたままドアの外に立ちすくんでいた。靴音が横の露地へ消えたとたん、上海氏は鍵穴に挿した鍵をそのままにして鶏小屋の背後に身をかくした。鶏がコトコトと身動きをし、ク、ク、クと不平らしい声をあげたとき、上海氏は全身の毛穴という毛穴に疼痛《とうつう》をおぼえた。

湿った土を踏む音をさせて男の影が門のところへ現われた。上海氏の眼にはそれが雲つくばかりの大入道のように見えた。男は長いレーン・コートの襟《えり》を立て、形のくずれた帽子をまぶかにかむり、感冒《かんぼう》よけのマスクをかぶっていたが、しかし、それでも上海氏の眼は誤魔化《ごまか》されなかった。ひそかに心待ちしていた人物であることを知っていた。

鶏小屋の騒ぎはまだおさまらなかったけれど、現場監督は自分のふいの侵入のせいだとして疑わなかったらしい。門のところでちょっと立ちどまってい

たのちに、まっすぐに台所のドアへいって把手に手をかけたが、

「なんだ、こんなところに……」

マスクの下でつぶやく声がして鍵をまわす音がきこえ、現場監督の姿は台所のなかに消えた。現場監督は手袋をはめていて、ひどく事務的なうしろ姿だった。現場監督はこの家のなかになにがあるかを知っているのだ。

六畳の寝室のなかで現場監督がなにかやっていた。かれが身動きするたびに欄間から洩れる灯に浮きあがった庭の柿《かき》の実が、赤く照ったり暗く翳《かげ》ったりした。雨戸から放射された幾何学的な平行線がおりおり搔《か》き乱された。十分ほどして台所から現場監督が現われた。肩に勧誘員の死体をかついでいた。すっかり服装をととのえた勧誘員はオーヴァーまで着て、頭と両手をだらりと現場監督の背中に垂れていた。現場監督は紐で結びあわせた勧誘員の靴をぶらさげていた。

さすがに台所を出るときの現場監督の顔は緊張していた。帽子の廂《ひさし》の下からあたりをうかがう眼は、文字どおり猛獣のようにたけだけしく光っていた。現場監督はあわてなかった。ゆっくりと落ち着きはらった態度で門を出ていった。鶏小屋の蔭《かげ》にいる上海氏の頭のなかではまた虫の音が大きくなった。

露地を出るときさすがに現場監督も強い決断を必要としたらしい。音もなくしばらくそこに立っているらしかったが、やがて一気に街灯の光りを抜けてだらだら坂へ駆け込む足音がした。やがて一歩一歩坂を登る足音に耳をすませて、上海氏は鶏小屋のかげから出た。台所のドアへ寄ると鍵はなかったが把手に手をかけてみるとなんなく開いた。上海氏はもういちど六畳の寝室をのぞいてみたが、思わず大きく眼を見張った。わずか十分ほどのあいだにあの現場監督はよくもこれだけのものに手をつけたと思われるばかりであった。どこか近所に火事でもあって大急ぎでなにもかも持ち出そうとしたが、力及ばず諦《あきら》めて体だけ逃げ出したという恰好だった。なにもかもさっきのままではなかった。納戸《なんど》の箪笥《たんす》の抽斗《ひきだし》

という抽斗が抜き出したままになって、なかが引っ搔きまわされていた。仏壇の下の抽斗さえ抜かれたままになっている。驚くべきは死体のよこたわっている寝床さえさっきの場所から移動していて、その下の畳や床板がひっぺがされていた。暗い孔《あな》をのぞいてみるとどこから持ってきたのかシャベルと十能《じゅうのう》が転がっていて、床下の土が大きくこねくり返されていた。こねくり返された土のなかに壺《つぼ》のようなものが転がっている。上海氏は床の下から壺をかかえあげた。昔消炭《けしずみ》をつくるのに使った黒い土製の壺である。きっちり合った蓋《ふた》には封蠟《ふうろう》が施《ほどこ》してあったらしいがむろんいまは破られていた。壺のなかには油紙と古新聞が突っ込んであるが、その油紙や古新聞や壺の外部にまぶれついた土の湿り気から、その壺がそうとう長く土中に埋められていたことが想像されるのである。壺のなかには油紙と古新聞以外なにもなかった。

上海氏が時計を見るとまさに二時。灰色の霧に閉ざされたこのひとの脳細胞をもってしても、現場監督があの死体をどこへ持っていったかわかるような気がするのである。上海氏は亜紀の家を抜け出すと、街灯に照らされた舗装道路を突っ切ってだらだら坂の崖へ身をひそめた。さいわいだれにも見つからなかった。悪いほうの脚を引きずるように上海氏は坂をのぼっていった。少し風が出たのか崖上の林で木々の梢が騒ぎはじめた。濃紺の空に星は依然としてまたたいていたが、靄《もや》の面積がひろがって空の半分をおおうている。

坂の上まできたとき上海氏はかすかな物音を聞いた。それは上海氏の予想していたとおり団地の第四期建設工事が進行中の現場付近からであった。そして注意ぶかく耳を傾けると、それが厚いトタン板のうえで、コンクリートをこねまわすシャベルの音であることがわかるのである。

現場監督は三本立っている鉄塔のひとつの根本で、黙々としてコンクリートをこねていた。かれの足下には板枠と鉄骨を組み合わせて作った深さ二メートル、幅五〇センチくらいの溝が作られていて、その一部はすでにコンクリートで埋められている。その溝の底に保険勧誘員の死体がうつむけに横たわっており、すでにその上半身はコンクリートのなかに埋まっていた。厚いトタン板のうえで砂利とセメントをこねあわせた現場監督は大きなシャベルでひと掬《すく》いふた掬い、コンクリートを溝のなかへ流し込む。現場監督の額に汗が光っていた。

八

上海氏は卒然として思い当たった。本来ならばこの任務は自分に課せられるべきものであったろうことを。

現場監督に関心を示しはじめる以前のある期間、亜紀は上海氏に対してひどくコケティッシュだったことがある。

丘のうえのいつもの草原に並んで腰をおろしていても、身をすりよせてくるようなことがちょくちょくあった。意味ありげな流し眼で上海氏の横顔を視ながら、

「小父さん、それでお年はいくつなの」

と、聞いてきたことがある。それを聞かれると上海氏はヨワイのである。記憶喪失者であるところの上海氏は自分の年を知っていない。

「さあね、亜紀ちゃんには幾《いく》つくらいに見えるかね」

「おツムを見ると六十くらいね、真っ白ですもんね。でも若くても白髪《しらが》の人だってあるわ。非常な苦労をしたとか、大きなショックを受けたりした場合ね。小父さんはそのどっちかなんでしょ」

亜紀はどうやら上海氏が記憶喪失者であることを知っているらしかった。

「でも小父さんの体を見ているとまだとってもお若いわ。小父さんは痩《や》せていらっしゃるけれど、とっても逞《たくま》しい筋骨をしていらっしゃる。まだ五十とはいってらっしゃらないんじゃない？　四十代よね、きっと。小父さんは両の頰《ほ》っぺに深い縦皺《たてじわ》があるわね。それとおツムの白髪でお年寄りに見えるけど、本当はまだうんと若いのね。きっと亜紀の父ちゃんくらいの年頃よ。そしてねえ、小父さん」

と、亜紀はいよいよ身をすりよせてきて、

「亜紀ったら父ちゃんの年頃の人を見ると妙に心がひかれるの。こういうのをファーター・コンプレックスというんですって」

上海氏は身内に疼《うず》くようなものを感じながら、眼前に迫ってきた亜紀の唇からあわてて顔をそむけたことがある。あのとき衝動にかられて唇を重ねていたら、三国屋における亜紀の相手は自分であり、そして、いま現場監督のやっている任務も当然自分に課せられていたことだろう。

それだけに上海氏はいま現場監督のやろうとしていることに大きな責任みたいなものを感じていた。

「いけないいよ、監督さん、そんなことをしてはいけません」

上海氏の態度があまり落ちつき払っていたので、かえって現場監督は当然感ずべき身の危険や恐怖を一瞬忘れたくらいであった。シャベルの柄《え》を両手に握りしめたまま、呆気《あっけ》に取られたように近づいてくる上海氏を見守っていた。わずか残った木立を背に、悠々《ゆうゆう》と丘を降りてくる上海氏の姿がこんどは逆に現場監督に巨人のように映った。

「いけないいよ、監督さん、そんなことをしてはいけません」

上海氏はもういちどおなじことばを繰り返しながら、それでも十分団地のひとたちを起こさぬようにとの配慮と細心の注意を払いながら、板枠や丸太や鉄材や、その他さまざまな建設機具のゴタゴタと設置された、足場の悪い建築現場を監督のほうへ近づいてきた。

「わたしにはあんたがたの計画はよくわかっている。あんたはその保険勧誘員をコンクリートの底へ埋めてしまおうとしている。やがてその基礎工事のうえに鉄骨が建ち、さらにコンクリートが流し込まれ、四階建てのビルが建つだろう。そうすれば勧誘員は永久にこの世から姿を消してしまう。それであんたがたの思う壺ということになるのだろう」

言語障害のある上海氏としては珍しく雄弁だった。語りながら上海氏は足場の悪い建築資材のあいだを、びっこの脚をひきずりながら鉄骨で組まれたコンクリート・タワーの麓《ふもと》までやって来た。現場監督は怯《おび》えたように両手にシャベルを握ったまま二、三歩うしろへたじろいだ。いまや主客転倒していつも灰色の霧につつまれて惨《みじ》めで哀れな上海氏は、いまや征服者のように巨大な存在にみえ、その反対に日頃自信満々でそれゆえにこそボスとしての貫禄を誇ってきた現場監督だが、いまではまるで空気の抜けたゴムマリのようにひとまわりもふたまわりも萎《しぼ》んで小さくなったようにみえたことである。

「いまあんたがこの死体を担《かつ》ぎ出してきたあの崖下の家では、女がひとり殺されている。しかも、家のなかは床の下まで掻きまわされている。ほんとに床の下の壺のなかに現金がかくされていたのかどうか、そこまではわたしは知らぬ。しかし、この勧誘員とあの女の関係は崖うえでもしたでも知られている。だからその勧誘員が姿を消せば、そいつが女を殺して壺のなかの金を奪って逃げたということになるのだろう。それがあんたとあんたの情婦、あの悪賢《わるがしこ》い小娘の計画だろう」

「どうしてあんたはそんなことを知っているんだ。女が殺されていることや、地中に埋められていた壺のことを……」

「わたしはあの家のなかにいたんだ。あんたがあそこへやってきたとき」

「じゃ、あの鍵は……?」

「わたしが、植木鉢のなかから手に入れたんだ。あんたよりひと足さきにな。わたしはなにもかもこの眼で見ていた。だからわたしにはあんたがたのやろうとするからくりが、はっきり読めているんだ。いや、わたしが見ていたのは今夜のことばかりじゃない。あんたとあの小娘が三国屋で逢《お》うていることも、わたしはちゃんと知っている」

現場監督の眼に殺気がほとばしったのに上海氏は気がついているのかいないのか、

「あんたがたはあそこへいくとき、いつも顔をかくしているようだ。だからあんたとあの悪賢い小娘の関係はだれにも知られていないと思っとるようだがそうはいかない。わたしがちゃんと知っている。さあ、もうそんなバカなまねはよしたほうがいい。そしてあの小娘から手を引くんだ」

上海氏のことばはおだやかで、相手を諭《さと》すような優しさと威厳に満ちていたが、それを聞く現場監督は白い歯を出してにやりと笑った。いつもは人懐っこい愛嬌《あいきょう》のある笑顔にみえるのだが、このときはひとを小馬鹿にしたような、世にも毒々しい笑顔に見えた。

「上海先生、あんたわたしらの仲を妬《や》いてるんだね。あの娘とわたしの仲を……」

「妬いている……？　わたしが……？　君たちの仲を……？」

「白《しら》ばくれるのはよしてくれ。あんたはまえからあの娘に気があったんだ。あの娘もいつかそんなことをいってたぜ。それだのにあの娘がおれのものになったもんだから、あんたは妬いてわれわれの仲を裂こうとしているんだ」

「馬鹿なことをいうもんじゃない。わたしが君たちの仲を妬くなんて、そんな馬鹿なことが……」

上海氏はつとめて威厳をとり繕《つくろ》おうとしたが、その声には力がなかった。いや、狼狽《ろうばい》したような曖昧《あいまい》さがあった。少なくとも上海氏の威厳が大いに傷つけられたことだけはたしかである。しかし、上海氏はすぐまた体勢を立て直すと、

「つまらないことをいわないで、とにかくその死体をもういちど掘り出しなさい。そして……」

「いやだ、いやだ、邪魔しないでくれ」

「あんたはあの悪賢い、悪魔のような小娘に利用されてるだけだということに気がつかんのか」

「馬鹿いえ、あの娘はおれに夢中になってるんだ。あの娘はおれに惚《ほ》れてるんだ。首ったけに惚れてるんだ。だからあの娘の頼みとあればどんなことでも聞いてやらにゃならんのだ。上海さん、放せ、放せ、放せといったら放さねえか」

一本のシャベルの柄をふたりの男の四本の腕がつかんでいた。現場監督としては当然だが、上海氏のほうでも声を立てて団地の住人や、さらに団地のむ

こうにある飯場のひとたちの眼を覚まさぬようにとの配慮があるらしいのが不思議であった。しかも、そのことが現場監督を図に乗らせた。

「放せったら放せ、余計なまねはしてくれるな」

逞ましい現場監督の腕に突かれて上海氏の体はゴムマリのように弾《はず》んで飛んだ。うしろ向けのまま三、四歩土を蹴って後退したかと思うとコンクリート・タワーの鉄骨に第三脊椎《せきつい》のあたりをいやというほどぶっつけたうえ、仰向《あおむ》けにひっくり返《か》えりそうになった。上海氏は悪いほうの脚で大きく虚空《こくう》を蹴りながら、溺《おぼ》れるものが藁《わら》でもつかむように、コンクリート・タワーのハンドルに手を掛けた。ハンドルが大きく廻転《かいてん》するひょうしに鉄塔の頂上へ吊り上げられていた巨大なバケツが、物凄《ものすさ》まじい勢いで落下してきた。団地全体を震動させるようなその音響のために、上海氏の悲鳴や上半身の砕ける音は消されてしまった。

九

「つまりそのバケツの落下する音で団地のひとびとや団地の反対側にある飯場に寝ていた作業員たちも眼をさましたというわけですな。団地のひとたちはともかく作業員たちは何事が起こったのかと駆け着けてみると……」

と、K署の捜査主任はアブストラクト芸術みたいな部屋のなかを見回して、

「この家の主人がバケツの下敷きになって死んでいたんですね。しかも、すぐ足下のコンクリートの基礎工事のなかに、若い男の死体が半分コンクリートのなかに埋められていたというわけです」

「なるほど」

小説家はおもてをくもらせて、

「その若い男が崖下に住む戦争未亡人の愛人だったというわけですか」

「そうです、そうです。保険の勧誘員なんですがね。団地の作業員たちもみんなその男をしってたんです

が、なにしろ俯向《うつむ》けに埋められていたもんですから、掘り出すまでに相当時間がかかりましたし、掘り出してからも顔面からコンクリートを落とすまでにはいっそう暇《ひま》がかかったというわけです。ですからその死体が崖下の未亡人の愛人じゃないかといい出したのは、むしろ崖下の住人たちなんですね」

「崖下の住人が惨劇《さんげき》を発見したのは何時ごろ？」

「朝といいたいが午後の二時頃のことなんです。崖上で他殺死体が見つかった。しかも崖下の後家さんの家じゃ何時になっても起き出してこない。しかも電気がつけっぱなしになっている。そこで近所のものが二、三人いってみたところが台所のドアに鍵がかかっていない。入ってみると後家さんが寝床のなかで縊《くび》り殺されている。しかも、家のなかは大掃除を途中で止《よ》したみたいに引っ掻きまわされ、畳から床板までひっぺがされているんですね」

「これは御用聞きから聞いたんですが、床下から壺が掘り出されていたそうじゃありませんか。その後家さんは、床下に金でも埋めていたんですか」

「そういう噂《うわさ》は以前からあったそうですが、いまのところ正確にはわかっていません。しかし四つの信託銀行に金をわけて預けておりますから、床下に金を埋めていたとしてもごく僅《わず》かなものだったでしょうね」

「母ひとり娘ひとりの家庭で、娘のほうは修学旅行か卒業旅行で留守だったとか……」

「卒業旅行です。娘が旅行に立った直後、それから一時間足らずのあいだの犯行とみられているんですがね」

「その娘というのはいまどこに……？」

「昨夜かえってきました。亜紀というんですがね。旅行先に電話をかけて呼び戻したんです。それで……」

と、捜査主任は鋭く小説家の顔を視据《みす》えながら、

「先生にお尋《たず》ねしたいんですがあの上海太郎というのはどういう人物なんです。先生が面倒を見ていられるということですが、いったいどういう関係なんですか。上海太郎という名前からしておかしなもん

ですが、聞けば記憶喪失者だそうですな」

どこかの大会社の重役タイプに見える小説家は、二重顎の首をちぢめて、終始浮かぬ顔をしていたが、いま捜査主任の質問を訊《き》くと、いっそう傷《いた》ましそうに顔をしかめて、

「そうです。まあいってみればあの人こそこんどの戦争のもっとも悲惨な犠牲者の一人でしょうな。あの人は自分の名前も年齢もしらない。すべての記憶は中支の戦線のかなたに消滅してしまって、戦後のあの人はまあ生きている屍《しかばね》も同様ですね。私も詳しいことは知らないんですが、私の友人で私とおなじように小説を書くことを仕事としている者が、戦争中報道班員として陸軍に徴用《ちょうよう》されて、中支戦線へ派遣されていたんですね。その友人、健康を害して上海の病院に収容されていたんですが、そこへ転げこんできたのがあの人なんです。言葉つきからしてあきらかに日本兵なんですが、そのときパンツ一つの丸裸という状態で、身分も階級も所属部隊も全然わからない。それを証明出来るようなものはなにひとつ身につけていなかったばかりか、本人の記憶にも全然ないわけです。なにかよほど大きなショックを受けて、記憶が空々漠々《くうくうばくばく》として失われてしまったらしいんですね。そうそう、そのときすでに頭髪は真っ白だったそうですし、骨と皮に痩せ衰えて見るも悲惨な状態だったそうですよ」

「そして、それっきり記憶は戻らなかったんですか」

「そうです。現在にいたるまでも」

「上海太郎とはだれが命名したんですか」

「その病院の院長さんだそうですよ。なにしろはじめは薄気味悪がられていたそうですが、気質のいい人でしてね、根はカラッと明るい性格なんじゃないでしょうか。自分の健康状態が回復すると、よく他の患者さんの面倒を見る。その時分から言語障害があり、片脚が不自由だったそうですし、それに記憶喪失者としての自分の立場に対する自覚もあり、ときどき深く考え込むようなこともあったそうですが、それだけにまめまめしく立ち働く。私の友人なんかもずいぶん世話になったといってます」

「それで復員するときだれが面倒を見られたんです」

「私の友人ですよ。それというのが上海氏の言葉を聞いているとどこか関東訛《なま》りがある。それでこちらへ連れてくれれば、だれか識った人物に遇《あ》えるかもしれないというわけですね。それともうひとつ上海さん、病院にいる時分から閑《ひま》があると絵を描き出した。その絵に心をひかれたんですね。それで終戦後こちらへ連れてかえると、K撮影所へ世話をしたが、それもうまくいっていたようですよ。上海さんどこへいっても、人に愛される人物でしたからね」

「それで職業はやっぱり絵描きさん……？」

「そうです、そうです。友人や私の世話で個展を開いたりしましてね、ちかごろそうとう売り出していたんですが、先生欲のない人ですからね、よくよく困らなきゃ絵筆を執《と》ろうとしない」

「と、すると古池家の床下に埋められた壺の中身に、食指を動かすようなことはなかったでしょうかね」

「まさかね」

小説家は苦笑して、

「第一上海氏が床下の壺のことなどしってるはずがないでしょう」

「いや、それが知っていたんです。亜紀という娘が冗談半分に話したことがあるんだそうです。それればっかりか上海氏は亜紀という娘が三泊四日の卒業旅行に立つということも知っていたそうです。K駅で遇っているんです。その直後の犯行ですからね。それに上海氏にとって致命的な証拠は、古池家のドアの把手や簞笥や抽斗、さらに問題の壺にもベタベタと上海氏の指紋がいっぱいついているんですよ」

どうだといわぬばかりに捜査主任は小説家の顔を視た。

小説家は顔をしかめて、

「しかし、動機はなんなんです。まさか壺の中身に心を奪われたとおっしゃるんじゃないでしょうね」

「義憤《ぎふん》じゃないかといってるんですがね。上海氏と亜紀は亜紀が中学二年ごろからのつきあいだったそうです。ふたりはよく丘の草原に肩を並べて坐っていたそうです。このことは団地の作業員も崖下の住人もよく知っています。中学二年以来というともう五年にわたるつきあいですから、その間亜紀がおりにふれて、自分の境遇なり身辺の変化などを、ただなんとなく話していたといいますからね」

「つまりその娘があんまり愛していなかったその母と、母の若き情人を亡きものにしてしまえば、亜紀という娘が幸福になれるという、一種の自己犠牲というわけですか」

「自己犠牲という言葉は正確には当たらないでしょう。まさかああいう事故が起こって自分も命を落とそうとは思ってもいなかったでしょうからね。しかし、上海氏の計画どおり保険勧誘員の死体があのコンクリートの底に埋められ、そのうえに団地が建っていてごらんなさい。われわれは古池類殺しの犯人として、もうこの世に存在しもしない勧誘員を、血まなこになって追っかけていたことでしょうからね」

結局この事件は捜査主任が小説家に語ったような意見のもとに解決した。

亜紀はにわかに孤児になったけれど、亡父古池信太郎のいとこになる人物に引き取られていって、あの忌《いま》わしい家は取り毀《こわ》された。亜紀はまだ未成年者だから古池家の財産は父のいとこになる人が管理することになったが、この人は誠実な人物だから、亜紀も将来物質的には幸福になるだろう。アタマのよい亜紀はその翌年東京でも有名な大学へ進み、将来は自活するつもりでいる。

ちょうどその頃K団地の第四期工事も完了し、そこに働いていた作業員たちも現場監督とともにほかへ移った。その建設会社は日本でも有数の大会社なので、すぐ東京都下に大きな団地を建てはじめたが、その団地の六階建ての鉄骨が組み立てられたとき、どういうあやまちからか現場監督が、六階の足場から顚落《てんらく》して地上に叩きつけられ、肉も骨も砕けて死んでいるのがある朝発見された。そのことは新聞にも出たが建築現場にままある事故なので極《ご》く簡単にしか報道されず、したがってそれを読んでもあの捜査主任や小説家もなんの気もつかなかったであろう。

十

「あなた、この絵馬どうしたんですの」

小説家の妻が書庫の奥から持ち出してきたのは一枚の絵馬である。絵馬の表には墨くろぐろと男の手型が捺してあり、そのうえに祈武運長久と書いてある。裏を返すと二十五歳未年の男とある。

「ああ、それ……」

小説家は眼尻に皺をたたえながら、

「上海さんの形見だよ。あの人の蒐集品からそれだけ取っておいたんだ」

「こんなもん捨ててしまいましょうよ」

「いや、そうはいかんよ。あの人のたった一つの遺品だからね。おお、そうだ。それ応接室の壁にかけておこう。ちょっと古風で風流でいいじゃないか」

柔順な妻はまた夫の物好きがはじまったと思いながら、あえてその発案に反対しなかった。だからその絵馬はいまでも小説家の応接室にかかっている。

しかし、もしだれかがこの絵馬の指紋と警察に保存されているであろう上海太郎氏の指紋とを照合するならば、ぴったり一致することに気がついたであろう。そして亜紀の父の古池信太郎は未年であり、応召したとき二十五歳であった。

その亜紀はちかごろますます美しくなり、ちかく莫大な遺産を相続することになっている。

付録①　しゃっくりをする蝙蝠《こうもり》

海野《うんの》さんの処女作は、一般には昭和二、三年ごろ、新青年に発表された『電気風呂の怪死事件』と、信じられているようだが、そのまえに二、三篇の作品があるらしい。私はその中の、『しゃっくりをする蝙蝠《こうもり》』と、いうのを知っており、それが海野十三《じゅうざ》を探偵小説壇へ、ひっぱり出すよすがとなった。

その頃、『新青年』の編輯《へんしゅう》をしていた私は、当時の『新青年』のもっとも有力なる寄稿家であった延《のぶ》原謙《はらけん》と、向いあわせの家に住んでいた。その延原謙に見せられたのが『しゃっくりをする蝙蝠』で、当時、逓信《ていしん》省の電気試験所につとめていた海野さんが、その方面の専門雑誌へ寄稿した、二十枚くらいの短篇であった。この小説は、海野十三のどの短篇集にも入っていないらしく、極《ご》く最近、この小説の話を海野さんにしたところ、あなたは物憶《ものおぼ》えがいゝ、私自身そんな小説のあることを忘れていましたよといわれた。いま、詳しい筋は忘れたがだいたい、つぎのようなものであったと思う。

ある有名な学者が死ぬ間際に、『しゃっくりをする蝙蝠』と、叫んで死ぬ。この言葉の意味を解こうと、弟子がいろいろ研究する。蝙蝠が果してしゃっくりをするであろうか。しゃっくりをするからには、横隔膜がなければならぬが、蝙蝠には果して横隔膜ありや、と、いうようなことを、海野十三一流の筆で書いてあり、最後の下げとして、学者のいった蝙蝠とは動物の蝙蝠ではなくて、蝙蝠傘のことであった。学者の持っている蝙蝠傘のバネが狂っていて、さしていると、始終、ガクン、ガクンとゆるんでくる。それがいかにもしゃっくりをするようである、と、いうことを弟子が発見する――と、いう筋なのである。

私はこの小説が気に入ったので、延原さんに頼んで作者にあわせて貰《もら》った。

いまでも私はハッキリおぼえている。延原さんから、いま『しゃっくりをする蝙蝠』の作者が来ているからという話に、出向いていくと、そこに色白の小柄な紳士が腰をおろしていた。それが当時の逓信省技師佐野昌一《さのしょういち》、後年の探偵小説界の異れる星、海野十三で、その時頼んで書いてもらったのが『電気風呂の怪死事件』である。

海野さんは五月十四日拙宅を訪問された。そして、十七日の夜急逝《きゅうせい》されたのである。してみれば、作家としての海野さんに最初にあったのは私であり、また、海野さんに最後にあった作家も私である。

そしてまた、海野さんを最初に私に紹介して、文筆界に送り出す起縁をつくった延原謙と私のふたりが、いま、海野さんのお葬《とむら》いのお世話をしている。

因縁の深きを想うや切《せつ》である。

付録②

高木彬光君の作風

高木彬光《たかぎあきみつ》君にはじめて会ったのは昭和二十三年の秋であった。

昭和二十年の春、わたしは倉皇《そうこう》として東京をあとにして、岡山県の片田舎《いなか》へ疎開したまま、終戦後も東京へかえるにかえれず、二十三年の夏まで疎開先《さ》きに頑張っていたのだが、その疎開生活の末期に高木君の処女作「刺青《しせい》殺人事件」が世に出たのであった。

疎開先きでこれを読んだとき、その着想の奇想天外ともいうべき奇抜さと、材料に対する調査のよく行きとどいているのにすっかり感心してしまった。しかも、これが戦後わたしの目標としていた、いわゆる論理的な本格探偵小説として問題することなき傑作であるだけにわたしの喜びは大きかった。

中央を遠く離れた岡山県の片田舎で、まるで手探りみたいな気持で本格探偵小説なるものを書きはじめていたわたしは、果してこういう傾向の小説が、われわれ日本の読書界に受け入れられるものかどうか、われながらおぼつかない気持ちを抑えることが出来なかったのだが、「刺青殺人事件」の出現とその成功によって、西欧風の本格探偵小説なるものが日本にも十分花咲きうることをしって、たいそう心丈夫に感じたことをいまでもハッキリ記憶している。

昭和二十三年の夏、東京へ帰ってきてからまもなく高木君がわたしのところへ訪ねてきてくれた。それ以来の交際なのだが、会って話を聞いているときの高木君の印象は、まず恐ろしく頭脳のいいひとであるということ。それから上方《かみがた》のことばでいうバリキの強い性格であるということ。つまり万事につけて熱っぽい性分なのである。

この頭のよさと熱っぽさとが本格を書く場合、ときには災《わざわ》いして書くものが空廻《からまわ》りに終っている場合があって、わたしはまえまえから残念に思うことがあったが、「誘拐《ゆうかい》」以来高木君の作風も少し変ってきたようだ。いわゆる社会派にちかい傾向になってきているようだが、この場合は頭のよさとその熱っぽさ、バリキの強さがたくみに生かされているうえに、骨格のたしかさはさすがに社会派の作家にないものがあり、高木君にはこのほうがよいのではないかと思うこともある。

しかし、一方本格不振のきょうこのごろ、高木君にはたまにはしっかりとした骨組みの本格的傑作も書いてもらいたいと思う気持ちも切《せつ》なるわたしなのである。

付録③

木々高太郎の探偵小説

文芸手帖の年表によると、木々高太郎《きぎたかたろう》が「人生の阿呆《あほう》」によって直木賞を受賞したのは、昭和十一年の下半期ということになっている。してみると、その小説が雑誌「新青年」に連載されたのは、昭和十年かあるいは十一年の上半期ということになるのだろう。

当時信州上諏訪《かみすわ》で病気療養中だった私は、これは大変な探偵作家が現われたものだと思ったことをいまでもハッキリ記憶している。

当時の探偵文壇にあっては、それはひじょうに文学的香気の高い作品であった。いや、当時のみならず、戦後いちど読みなおしてみたことがあるが、初読のときの感銘はすこしも薄れることなく、現代にあっても堂々とその存在を主張しうる傑作であることを、私はあらためて再認識したことがある。

木々高太郎の作家活動のいちばん活発だったのは、なんといっても、そのころから太平洋戦争へ突入する、昭和十六年ごろまでであろう。その間彼は長篇「折蘆《おれあし》」のほか、多くの短篇を発表しているが、いずれも探偵小説としては文学的香気ゆたかなもので、それだけに彼は探偵小説文学論者の旗頭であった。

医家としての林髞《はやしたかし》は、措《お》くとして、作家としての木々高太郎は、単なる作家にとどまらず、論客としてもファイト満々であった。当時、探偵小説は必ずしも文学である必要はないと主張する、甲賀三郎《こうがさぶろう》相手に繰りひろげられた論戦の花々しさは、おそらく日本の探偵文壇史に長く残るものであろう。

戦後のある時期、漢字の制限から、探偵小説の探の字が、当用漢字からはずされたことがある。そのとき、探偵小説という呼称にかえて、推理小説という呼びかたを提唱したのは木々高太郎であった。漢字の制限のみならず、以前から探偵小説という呼びかたに、あきたらぬ思いを抱くむきが少なくなかったようだが、そこへもってきて木々高太郎のこの提唱である。これは作家、ジャーナリストをはじめ、あらゆる方面から歓迎され、受け入れられた。そして、いまや推理小説一式に塗りかえられ、しかも、推理小説全盛期へはいっていった。

ところが皮肉にもその時期にあたって、推理小説の名付け親ともいうべき木々高太郎の作家活動はしだいに鈍化し、果ては停止してしまった。

しかし、彼はまだまだ書くつもりであったのだ。なにかの定期刊行物に、

「横溝正史《よこみぞせいし》におだてられたから、自分はちかく大作に取り組むつもりである」

と、いうようなことを書いていたから、彼の脳裡《のうり》にはなにか雄大な構想があたためられていたにちがいない。それを果たさずに逝《い》ったことは、彼としてもさぞ心残りであったろうし、また彼の晩年における「人生の阿呆」を期待してやまなかった私としては、くやしさいっぱいというところである。謹んで哀悼の意を表するゆえである。

付録④
頼みになる人物

人間というものはほんの僅《わず》かのあいだの交際で、相手がどういう人物であるかわかる場合があるし、その反対に、長い期間をかけなければ、なかなか真価を噛《か》みしめられない人物の場合もある。しかし、こういう人物はいったん味を噛みしめてしまうと、もう絶対に間違いはない。私にとって角田喜久雄《つのだきくお》君というひとは後者に属する人物である。

それでいて角田君と私とは、たがいに名を識《し》り合うことじつに久しい。大正九年ごろ創刊された「新青年」では、毎月十枚の短篇探偵小説を募集していたが、角田君も私もその御常連であったから、じつにいまから半世紀の昔のこととなる。それでも私はすでに専門学校へ進んでいたが、私よりたしかかぞえで四つ年少の角田君はまだ中学生であった。早熟の秀才だったのであろう。

大正十四年、当時大阪在住の江戸川乱歩《えどがわらんぽ》氏の主唱で探偵趣味の会が結成され、われわれ関西在住の同好の士は、月に一回相集まって関西探偵趣味の会なるものを持っていたが、そのころ「サンデー毎日」の増刊の懸賞小説に一等当選して、あっとわれわれを驚かせたのが角田喜久雄君であった。ずいぶん昔のことなので、題も詳しい内容も忘れてしまったが、これは相当長いもので五十枚、あるいはそれ以上あったのではないか。純粋の探偵小説ではなく、いまの言葉でいえばスリラー、あるいはサスペンス物というべき種類の作品に属していたが、その筆の練達にして、ぐいぐいと読者を引っ張っていく筆力には、われわれの舌をまかせるものがあった。当時私は二十四歳だったから、彼はまだ二十でしかなかった。角田喜久雄恐るべしという印象を、私が最初にもったのはじつにこの時だった。

ちかごろ角田君が書いたものを読むと、私が「新青年」の編集に携《たずさ》わっていたころ、同君を引っ張りだして、水谷準《みずたにじゅん》君と銀座で飲んだ記事が出てくる。

そういわれれば私も思い出すのだが、そのときのほかもういちど、江戸川乱歩氏と浅草で遊んだとき、当時浅草の山の宿に住んでいた角田君を引っ張り出しにいったことがある。角田君は会ってくれたことは会ってくれたが、引っ張り出しには応じなかった。私はおりあらば同君をわが党の士に引っ張りこもうとしていたらしいのだが、私みたいなオッチョコチョイとちがって、角田君はそれに応じなかった。応じなかったはずである。おそらく角田君は後日に期するところがあったのだろう。

大正九年の七月から同十四年の十二月末日まで、私は信州上諏訪《かみすわ》で療養生活を余儀なくされたが、その間のある朝、私は新聞をひらいてみて、思わず大きく目玉をひんむいた。当時新潮社から出ていた看板雑誌「日の出」の新聞一ページ広告に、角田喜久雄の「妖棋伝《ようきでん》」なる長篇連載小説の広告が、どの読物よりも大きく出ているのである。

「やりゃアがったな、角田喜久雄め！」

これがそのときの私の本音であった。

「妖棋伝」を読み進んでいくにしたがって、こういう調子で時代小説を書かれたら、おそらくだれの模倣も追従も許さないだろうと私は思った。それは時代小説と探偵小説の巧妙な混淆《こんこう》であり結婚であった。角田君の小説がいつまでも飽かれることなく、常に新らしい読者を獲得していく秘密もじつにここにあるのだろう。

角田君と私とのほんとの交際は戦後にはじまる。そのことをこそ私はもっと詳しく書きたかったのだが、与えられた紙数もつきたから、残念ながらまたの機会に譲らざるをえなくなったが、私はいまお世辞ぬきで角田君のことを、侠気《きょうき》のある頼みになる人物だと思っている。附き合えば附き合うほど味のある人柄だと信頼している。私も来年はかぞえで七十歳になる。この年になってこういう味のある人物のほんとうの人柄に接しえたじぶんを、果報者だと思わざるをえない。

付録⑤

長篇で勝負を

木々《きぎ》さんの著作年表を見てもわかるとおり、木々さんと私とは作家としては完全にすれちがっている。『木々高太郎《たかたろう》全集』収録予定作品のうち、第一巻の巻頭に入る「網膜脈視症《もうまくみゃくししょう》」が、木々さんの処女作であろうが、発表年月を見ると、昭和九年二月号の「新青年」とある。

一方、私が突然の大喀血《かっけつ》に見舞われたのが、昭和八年五月上旬、一年ほどマゴマゴしていたのちに、意を決して一家をあげて信州上諏訪《かみすわ》へ転地したのが昭和九年七月下旬。そして、昭和十四年の暮れもおしつまって、私は子供の学校の関係で、東京へ引き揚げてきているのであるが、さて、諸君よ。木々さんの著作年表のなかから、戦後はべつとして、昭和十五年以降の作品をさがしてみたまえ。たった四篇しかないことを発見するだろう。木々さんと私がすれちがい作家だったという意味が、わかっていただけたことと思う。

戦後は戦後で木々さんは、長いこと探偵作家クラブの会長をやられたのだが、私はほとんどその集会に顔を出すことがなかった。

世に飲み打つ買うの三拍子というが、私の場合は飲み喫《す》い書くの三悪である。戦争中は飲むに酒なく、喫うにモクなく、書くに仕事なしで、私は疎開先《さ》きの農村でも健康体そのものだった。

ところが昭和二十三年夏、疎開先きから東京へ引き揚げてくると酒は地に満ち、洋モクは世に氾濫《はんらん》し、仕事ときたら、某々先生は月に六百枚は消化なさるそうですという世相である。私はさっそく飲む、喫う、書くの三悪の誘惑に負けて、ストレプト・マイシンが千円台にさがっていなかったら、あいつはあのまま、あの世行きだったろうといわれるくらいのだらしなさである。

こうみてくると、戦前戦後をつうじて木々さんと私は、いつもすれちがっているみたいだが、それにもかかわらず私が木々さんに対して、終始一貫よき兄貴分に対するような好印象を持ちつづけることができたというのは、初対面の印象がいかに大切であるかということだろう。

木々さんは私が上諏訪へいってから世に出た作家なのだが、その噂《うわさ》はいろいろ耳にしていた。当時「新青年」の編集長をやっていた水谷準《みずたにじゅん》君の配慮からであろう、ヨコセイ（私のことである）を淋《さび》しがらすなとばかり、毎月、だれかが、なんかの口実でやってきてくれていたものだが、このひとたちの口から木々さんのことは耳に入っていた。私みたいな戯作《げさく》者《しゃ》的作者ではなく、エライ学者であること。これには作家としての私は大いに恐れをなしたが、私のなかにはもうひとり、編集者としてのヨコセイが同居していて、「ふうん、水谷君、えらい作家を掘り出したもんだな」と、「新青年」のために祝福したりしていたものである。

昭和十四年暮れ、私は正式に東京へ引き揚げてきたのだが、その前年所用あって上京してきたことがある。そのとき「新青年」関係のひとたちが集まって、私のために会を開いてくれた。当時のことだから出席者はせいぜい十人くらいだったろうと思うが、思いがけなくそのなかに一面識もなく、また一回の文通もなかった木々さんの顔があったのが嬉《うれ》しかった。

いまでもそのときの木々さんをよく憶《おぼ》えているが、それは晩年の木々さんとちっとも変わってなかったように思う。あのひとは作家としては私より後輩だが、年齢はたしか二つか三つ上であった。ゆったりとした人柄で私の健康を気使い、当時私の書いたものにたいして、好意的な批評をしてくれた。そういえば木々さんは、晩年まで私にたいしてはいつもそうだったのだが。……

木々さんについて私がいまでも残念でならないのは、亡くなる少しまえどこかの新聞に、「横溝正史《よこみぞせいし》におだてられたから、自分もちかく長篇に着手するつもりである、云々《うんぬん》」と、書いていた。したがって木々さんにはなにか、大作の腹案があったにちがいない。木々さんの著作目録を見て気がつくことは、長篇が案外少ないことである。しかも、戦後は長篇で勝負をする時代なのだ。野心家であると同時に自信家である木々さんが、新聞で堂々と宣言した以上、なにかあったにちがいない。

木々さんに長篇で勝負を！

この期待が木々さんの突然の死によって、陽の目を見ずに終わったということが、私にとっては千載《せんざい》の恨事《こんじ》なのである。

付録⑥

謎解き探偵小説の戦士たち

三月二日の各紙の朝刊はいっせいにディクソン・カーの死を報じていた。アガサ・クリスティーの訃《ふ》が報じられたのが、去年の一月十三日だから、二年連続して秀《すぐ》れた謎《なぞ》解き探偵作家が世を去ったことになる。

私はクリスティー、ヴァン・ダイン、クイーン、カーのことを謎解き探偵小説の四天王、クロフツのことを一人武者と考えていたのだが、ヴァン・ダイン早く世を去り、クイーンは共作者のひとりが死亡し、去年クリスティーが逝《い》き、ことしはカーである。これで四天王はほとんど鬼籍に入ったのだが、一人武者のクロフツはどうなのか。

江戸川乱歩《えどがわらんぽ》はいみじくもいった。これらの謎解き探偵小説のことを、シャーロック・ホームズの短篇の長篇化であると。ではいつごろだれがこういう試みに手を着けたのか。私がこういう傾向の探偵小説を読んだのはミルンの「赤い家の秘密」が最初で、それは私の大阪薬学専門学校在学中のことである。

ここでちょっと断わっておくが私は西暦一九〇二年のうまれである。したがって西暦から一年引くと私のかぞえ年が出る。だから西暦と比較する場合、かぞえ年で語るほうがなにかにつけて便利なので、以下かぞえ年で筆を進ませていただく。

私は十九歳で中学を出て一年銀行員を勤めたのち、二十歳で大阪薬専へ入った。薬専は三年制だから卒業したのは二十三歳である。したがって私が「赤い家の秘密」を読んだのは、一九二一年から二四年のあいだのことになるのだが、それは単行本ではなく雑誌であった。たしかRedといったと思うが、型はいまの『太陽』よりもうひとまわり大きかったように思う。"The Red House Mystery"はそういう雑誌に三回にわたって分載されたのである。

当時神戸の三《さん》の宮《みや》へんの古本屋には、入港する汽船の船員さんが売り払っていくのか、そういう外国の古雑誌が山のように積んであった。私はそのなかからその三冊を見つけ、幸い全冊揃ったので読みはじめた。もちろんAlan Alexander Milneというのがどういう作家かしりもしないし、気に入っても自分で翻訳する気は毛頭なかった。第一その力もなかった。当時『新青年』はもう出ていたが、私はまだまだ探偵小説に飢えていたのである。

ただここで非常に残念でならないのは、なぜその雑誌を手許《てもと》に保存しておかなかったかということである。なぜならばその雑誌では赤い家を斜め上から俯瞰《ふかん》した、非常に詳細な立体的見取り図が出ていたのである。この小説はその後日本でもいろんな形で翻訳紹介されたが、どの本でもその見取り図が出ていない。私はその見取り図からして、これは探偵小説らしいと見当をつけたのである。

当時私は神戸から汽車で大阪の学校へ通っていたのだが、汽車のなかで読み、学校の教室ではいちばん後ろの席に陣取って、教師にかくれて読み耽《ふけ》った。さて、読み終わった幼い私の感じでは、これはまあ、なんという奇妙な探偵小説だろうということであった。それはいままで読んだどの長篇探偵小説ともちがっていた。長篇といえば山あり谷あり、かのとき早くかのとき遅くのサスペンスあり、テームス河上の追跡というようなスリルやアクションありと思い込んでいた私は、そういう興味を一切無視したこの小説を読了したとき思ったのは、

「なんや、けったいな小説やなあ、まるでクロスワード・パズルみたいな小説やなあ」

であった。

いま中島河太郎《なかじまかわたろう》氏の解説を読み直してみると、この小説が刊行されたのは一九二一年だとある。すると私の読んだ雑誌は一九二〇年頃のものだったろう。ところがその一九二〇年にはクリスティーの処女作「スタイルズ荘の怪事件」が刊行されている。さらにそれよりさき一九一三年に、おなじような傾向の探偵小説、ベントリーの「トレント最後の事件」が刊行されているそうである。この小説を日本でいちばん早く翻訳したのは延原謙《のぶはらけん》氏だったが、当時『探

偵小説』という雑誌の編集に携《たずさ》わっていた私に、この原稿を渡すとき延原謙氏はこういった。

「これはイギリスでも、非常に貴重視されている探偵小説なんだから、ぜひ紹介してほしい」

延原氏はこの小説が謎解き探偵小説に果たした役割をしっていたのであろう。私が「赤い家の秘密」が掲載されている雑誌を発見したころ『プレミヤー』という雑誌にフィルポッツの「灰色の部屋」が連載されていた。しかしこの雑誌、古本で全部揃うかどうか疑問なので、見送ってしまったのが残念である。

いまから思えば一九一〇年代へ入ってコナン・ドイルが再認識され、しかし、短篇ではとうていシャーロック・ホームズ物語には及ばないので、おなじ傾向の小説を、長篇で書いて見ようという気運が盛りあがってきたのであろう。それが一九二〇年代に入ってアメリカへ飛び火して、ヴァン・ダインが「ベンソン殺人事件」を書き、その成功に刺激されてエラリー・クイーンが国名入りミステリーを書きはじめたのが、一九二九年であった。クイーンは同時にバーナビー・ロスの筆名で「Yの悲劇」という名作をあとに遺《のこ》している。カーの処女作「夜歩く」が刊行されたのは一九三〇年だそうだから、おそらくヴァン・ダインやエラリー・クイーンの成功に刺激されたのであろう。

こうして一九三〇年代に入って謎解き探偵小説は絢爛《けんらん》たる花を開いたが、それらの戦士たちがおおむね世を去り、世界の探偵小説に対する嗜好《しこう》も変わった。今後こういう七面倒《しちめんどう》なトリックに取り組もうという、奇特な作家が現われるかどうか疑問のように思われる。だから私はいつも思うのである。トリックを中心とした謎解き探偵小説はふたつの世界大戦のあいだの、束《つか》の間《ま》の平和がうんだ妖《あや》しい徒花《あだばな》ではなかったかと。

なお、ここに書いた作家の年代は、全部中島河太郎氏の研究によるものであることを付記しておく。

付録⑦

一人武者カー

私はちかごろカーの「帽子収集狂事件」と「プレーグ・コートの殺人」を読み返してみた……と、こういう書き出しからして、私がいかに蕪雑《ぶざつ》な読者であるかを告白しているみたいなものであろう。なぜならば「帽子収集狂事件」のほうはたしかにディクスン・カー名義だが、「プレーグ・コートの殺人」のほうはカーター・ディクスン名義で書かれている。しかし、私にはそんなことはどうでもよいのである。著作者の名義がディクスン・カーであろうが、カーター・ディクスンであろうが、そこに横溢《おういつ》しているタ妖《あや》しい怪奇趣味に酔うていれば私は満足なのである。私はいまだにカーの主人公がギデオン・フェル博士なのか、それともヘンリー・メリヴェール卿、即《すなわ》ちH・Mなのか区別がつかない。どちらもおなじ人物のように感じられ、自分もそれでよしとして読んできた。

それにしても一人の作家がふたつのペン・ネームを使う場合、いくらか作風を変えようとするのが普通であろう。少なくとも主人公のタイプや性格ぐらいは区別すべきであろう。たとえばエラリイ・クイーンがバーナービー・ロスの名義で発表した「X」「Y」「Z」の「悲劇」の主人公ドルリイ・レーンは、エラリイ・クイーンのエラリイ・クイーンとはタイプも性格も全然ちがっているし、作風もエラリイ・クイーンの国名入り小説とは、対照的な相違を見せている。

それにもかかわらずカーに限って、おなじようなタイプの主人公を使って、おなじような怪奇を追究する作風にもかかわらず、なぜふたつのペン・ネームを使いわけたのか。そのことについて私は生前の江戸川乱歩《えどがわらんぽ》に問い糺《ただ》したことがあるが、乱歩はただ、

「出版社の関係なのではないか」

と、だけで明確な答えは返って来なかった。

しかし、ほんとうをいうとそんなことはどうでも

よいのである。作者の名義がカーであれ、ディクスンであれ、また主人公がギデオン・フェルであれ、H・Mであれ、私はただ作者が提出するインポシブル・クライムと、それを説明するために持ち出される、オドロオドロしき道具立てやお膳《ぜんだ》立てに、ただ酔い痴《し》れていればよいのである。こういうのを心酔者というのであろう。

　私はまえに謎《なぞ》解き探偵小説の四天主として、アガサ・クリスティー、ヴァン・ダイン、エラリイ・クイーン、ディクスン・カーの四人を挙げ、クロフツを一人武者に見立てたことがあるが、そのときはべつに深い考えがあったわけではなかった。ところが今度「帽子収集狂」と「プレーグ・コート」を読み返してみて、カーこそは一人武者であろうと思い直した。かくも執拗《しつよう》に密室殺人に取り組んだ作者はほかにいない。一人武者の面目躍如たるものをそこに感じたからである。

　それにしてもなぜ最近私が「帽子収集狂」と「プレーグ・コート」を読み返したかというと、私が目下某誌に連載中の長篇はいままさに完結しようとしているが、私はそれに引き続きもう一篇長篇を書こうと目論んでいる。ところがそれがあまりにも現代ばなれのした絵空事的探偵小説になりそうなので、さすがに私も気恥ずかしくなり、カーに救いを求めたのである。世間では私はカーによって啓発された作家ということになっている。じっさいそのとおりで、いまから思えば戦前のカーはこの国ではまことに不遇な作家であった。一、二翻訳はあったけれど、ひどい悪訳だったり、言語《ごんご》道断《どうだん》の抄訳だったりして、この国の海外探偵小説通もだれひとりとして、カーを問題にするものはなかった。そのころ私が巡《めぐ》りあったのが“The Plague Court Murders”であり、“The Mad Hatter Mystery”であり、この二作が私の本格探偵小説を書いてみようという意欲に火をつけた。そして現在の私があるのである。つまりいま私が新しい長篇に手をつけようとするに当たって、この二篇を読み返してみたというのは初心に返れともいうべきであろうか。

さすがに私も昭和三十年代にこの国に興《おこ》った、リアリズムを基調とした推理小説なるものに、いくらか洗脳されているとみえて、いま読み返してみるとあまりにも絵空事である。これはカーに限らずクリスティーもヴァン・ダインもエラリイ・クイーンもクロフツも、大なり小なりみんなそうである。しかし、私はそんなことは構わない。

私は散歩の途次よく本屋へ立ち寄る。書店に翻訳物のコーナーがあるが、そのコーナーの筆頭を占めているのがアガサ・クリスティーであり、そのつぎにヴァン・ダイン、エラリイ・クイーン、コナン・ドイル、ディクスン・カー、モーリス・ルブラン、クロフツと順に並んでいる。ドイルとルブランを除いては私のいわゆる四天王と一人武者である。私はこのひとたちの書いてきた謎解き探偵小説のことを、第一と第二の世界大戦のあいだの束《つか》の間《ま》の平和が生んだ文学上のあだ花と呼んでいる。いまのところこのあだ花は後継者をつくらなかったが、それ自体はいまもって熱烈に支持されているようである。

私の読者も私に妖しいカー的雰囲気に装飾された、トリッキーな絵空事的探偵小説を期待しているようである。

付録⑧
暗い旅籠《はたご》

私は乗物恐怖症である。「ストップ」と自分の意志の通ぜぬ乗物は絶対にダメである。と、いうことは自動車以外の公共乗物は私にとっては無縁のものである。その自動車でさえ数年以前まではおミキを召し上がって、神経を麻痺《まひ》させておかなければダメであった。しかし、そのほうは数年以前から卒業して、ちかごろは自動車だけはアルコールなしで乗れるようになったが、他の公共乗物は依然としてダメである。なぜそのような因果な身になったかということは、いままでたびたび書いてきたし、ここではそのことを書くのが目的ではないので省略するが、公共乗物恐怖症ということは、旅行不能者であるということである。

その旅行不能者であるところの私に、旅籠《はたご》について書けというのだから、ドダイ無理な注文なのである。それをいろいろな事情でつい引き受けてしまった私は、いま古い昔の思い出話で責めを果たそうと思っている。

あれは昭和三年のことだからいまから約五十年、時も秋のことだったから、ちょうど半世紀ほど昔の古い物哀《ものがな》しい思い出話なのである。

当時私は「新青年」という雑誌の編集に携《たずさ》わっていた。相棒は愛称温《おん》ちゃんこと渡辺《わたなべ》温君といって、いまでいえばショート・ショートの元祖みたいな作家であった。年齢はおない年で当時のかぞえかたでいえば二十六歳、いまのかぞえかたでいえば二十五歳であった。

われわれはたいへん仲がよかった。仕事のうえでのみならず、私生活でもウマがあっていた。その仲好《よ》しのあいだでこの秋はひとつどこかへ旅行しようではないかという相談が持ち上がったのは、夏のはじめごろのことだったろう。いうまでもなく当時の私には乗物恐怖症というような厄介《やっかい》な病気はなかったのである。

さて、旅行するには旅費がいる。その旅費の調達からしてくめんしなければならなかった。当時のわれわれはたいへん貧乏であった。いや収入はそうとうあったのだけれど、金さえあれば社からまっすぐに銀座へ出て、あちらのバー、こちらのカフェと飲み歩いていたので、ふたりともいつも金欠病患者であった。ことに温ちゃんはまだ独身だったからいいようなものの、私はその前年の正月に結婚して世帯《しょたい》をもっていたにもかかわらず、家を外に飲み歩いていたのだから、私の金欠病はことにひどかった。

そこで旅費の調達を「新青年」の増刊でやろうということになった。当時の「新青年」は春と夏に二回増刊を出していたが、どの増刊も探偵小説の翻訳が満載されており、これが「新青年」の呼びものになっていた。戦後は翻訳ひとつにもいちいち原作者の許可をとり、原作料を支払わなければならない。その手続きもそうとう厄介になっており、それは当然のことなのだが、戦前わが国はベルヌ条約に加入しておらず、翻訳の類は一切自由勝手で、まことにノンキな時代であった。だからこそあの時分「新青年」の増刊は繁栄したのであろう。

さて、当時「新青年」を発行していた博文館《はくぶんかん》ではこういう掟《おきて》になっていた。「新青年」なら「新青年」の編集担当者が普通号に書いた場合、原稿料は請求できないことになっていた。しかし、年二回の増刊や年三回あるいは四回出る増大号ではそれが許されるのである。しかし、いかに許されるからといって、自分の雑誌に自分が書いて稼ぐということは、あまり褒《ほ》められたことではないので、私は出来るだけ控えるようにしていたが、こんどはひとつ旅費を捻出するためにも、ひとつやってみようではないかということになり、温ちゃんと私とで四十枚の翻訳をやった。前半の二十枚を温ちゃんがやり、後半の二十枚を私がやったうえ、全体の文体を私が整理したのである。当時から私はたいへん小器用であった。

いま昭和四十五年立風書房から刊行された「新青年」傑作選の第五巻、読物、資料編を見ると、昭和三年の夏季増刊探偵小説傑作集に、『深夜の晩餐《ばんさん》』〈ビーストン・霧島《きりしま》クララ訳〉とあるのがそれである。私がなぜこんなことを記憶しているかといえば、いざ訳者のペン・ネームをつけるだんになって、

「温ちゃん、前半はあんたがやったんやよって、苗字はあんたがつけえな。だれか好きな女優さんでもいないか」

温ちゃんは当時あった築地小劇場のファンだったので、そこの主演女優級の霧島直子《なおこ》（後の映画界の大スター伏見直江《ふしみなおえ》）の霧島をとり、私は当時イットで騒がれたクララ・ボウのクララをとった。かくて霧島クララというペン・ネームが出来上がったので、私はいまでもよく憶《おぼ》えているのである。

さて、原稿料は一枚二円。キッチリ四十枚に翻訳したので、しめて八十円を請求し無事に払い出された。こうして旅費のくめんはついたが、さて今度はその行き先である。神戸うまれの神戸育ちの私は海といえば明るくて穏《おだや》かな瀬戸内海と、上京や帰神の途次汽車の窓から見る太平洋しかしらなかった。瀬戸内海にくらべると太平洋はいくらか荒々しかったが、明るさは瀬戸内海と大差はなかった。それに反して裏日本の海は暗くて荒々しくて陰鬱《いんうつ》だという。その日本海を私はまだしらなかった。だから親不知《おやしらず》あたりはどうだろうというと、ロマンチストの温ちゃんはすぐ賛成した。

かくして二人が上野から直江津行きの夜行列車に身を投じたのは、秋もそうとう闌《た》けたころだったのだろう。スキーを持った客が一杯乗っていて、われわれは坐る場所もなかった。それでも長野あたりからボツボツ席もあいて、私たちはやっと束《つか》の間《ま》のまどろみを味わうことが出来た。

直江津へ着いたのは朝方のことだったろう。われわれはすぐ海辺へ赴《おもむ》いて日本海を見た。それは秋のよく晴れた日だったと思うが、それにもかかわらずその海は暗くて陰鬱に感じられて、気が滅入りそうであった。海のむこうに佐渡が、これまた陰鬱な姿を見せていた。

われわれはそれから駅へ引き返し、北陸線で親不知へむかった。車窓から見るその海は瀬戸内海や太

平洋とまったくちがった印象を私に与えた。くどいようだがその海は暗くて、荒々しくて陰鬱そのものだった。車内にはひともまばらだったが、そのうちに気がついたのは年頃の娘さんが数名いたのが、みんな服装は貧しくとも美人だということだった。

「ヨコさん、このひとたちみんな秋田美人とおなじ血を引いてるんですぜ」

温ちゃんが耳許《みみもと》でささやいたので、私も無言のまうなずいた。

ところでかんじんの親不知では、どうして時を過ごしたか記憶にない。ただ断崖《だんがい》のうえに立って遥《はる》か眼下に荒々しく泡立つ波を見たように憶えているのと、そこからでも佐渡が見えたように思われたということだけである。

その当時親不知には宿屋が二軒しかなかった。これを旅籠というべきかどうかしらないが、私たちはその一軒に泊まったのだが、いまではその名前さえ忘れてしまっているその宿屋の、灯りの暗さだけはよく憶えている。電灯はついているのである。しかし、その明るさは温ちゃんと私、たがいの顔を辛うじて識別できるか出来ないかというていどの光度しかなかった。

「やっぱりここらはなにもかも貧しくて遅れてるんだね。これでもまだ電気がきているからましなくらいのもんだ」

温ちゃんの言葉に和して私もいった。

「そうだ、そうだ。芭蕉《ばしょう》が奥の細道を旅したころの旅籠はもっともっと暗かったんだろう」

そこへ女中さんが横綴《と》じの古風な宿帳をもってきたので、たがいに記帳をすませたのちに、なにげなく古いページを繰《く》っているうちに、私はとつぜん深い驚きを感じずにはいられなかった。平井太郎《ひらいたろう》という名前を暗い電灯の下で発見したからである。平井太郎といっても、いまのひとにはピンと来ないかもしれないが、江戸川乱歩《えどがわらんぽ》の本名である。

温ちゃんは乱歩とこれという縁もなかったので、平井太郎という名を発見しても、かくべつの感慨はなかったようだが、私はそれより三、四年前、上方《かみがた》で乱歩と相識《あいし》り、乱歩が東京へ居を移すとまもなく、かれの奨《すす》めで上京し、またかれの口利きで博文館へ入社したのだから、かれは私にとっては恩人だった。

その乱歩は当時躁鬱《そううつ》病患者そのものであった。あるときはいやに社交的で私の世話をしたりするのだが、それがいったん鬱病に取りつかれると、テコでも筆を執《と》ろうとはせず、いやに厭人《えんじん》的になり、単身ふらりと旅に出るのである。そういうときの乱歩はいつも着流しで鼻紙袋をひとつぶら下げているだけである。鼻紙袋のなかには洗面用具が入っているだけ。下着類はいくさきざきの宿屋の風呂場で洗濯するんだよと聞いていた私は、いつもそういうときの孤独な乱歩の姿に胸を痛めていたので、はからずも親不知の暗いくらい電灯の下で、古風な宿帳のうえにその名を発見したとき、深い感慨を覚えずにはいられなかった。文字も乱歩の筆蹟《ひっせき》だった。

そういえば私が「新青年」へ入った餞《はなむけ》に、『パノラマ島奇談』を書いてくれたが、その書き出しが佐渡と新潟を結ぶ連絡船のなかだった。あのとき乱歩はここを旅し、この宿屋へ泊まったのかと、私の感慨はなかなか去りそうにもなかった。

乱歩はそれより二、三年後、『押絵《おしえ》と旅する男』という傑作を発表しているが、その舞台がやはり北陸線の汽車のなかである。あれもそのときの旅から着想したのではなかったろうか。

いずれにしてもあの旅籠の暗い電灯の下で、宿帳のなかに平井太郎の名を発見しなかったら、あのささやかな旅の思い出は、とっくの昔に私の脳裡《のうり》から忘れ去られていたことであろう。

付録⑨

エラリー・クイーンと私

一九七七年即《すなわ》ち昭和五二年の九月にエラリー・クイーンの生みの親のひとり、フレデリック・ダネイさんの来日があった。そのとき某週刊誌の企画でダネイさんと私を会わせて対談をやらせようという話があり、私も大いに乗り気であったが、ダネイさんは過密スケジュールで縛られている身、私は私でトシのことはいわないまでも、近来とかく健康に自信のない体とて、とうとう最後まで時間的に折り合いがつかず、この会談、お流れになってしまったのは、いまから考えると残念でならない。そのとき会っていろいろ話を聞いておけば、私はともかくこの国における海外推理小説の研究家にとって、参考になるような話が聞き出せたのではないかと思うと、そういう意味でも残念千万であった。

昭和七年ごろ私は当時の大出版社博文館《はくぶんかん》から出ていた雑誌『探偵小説』の編集に携《たずさ》わっていた。この『探偵小説』という雑誌は当時博文館の編集局長という地位にあった森下雨村《もりしたうそん》の主唱で発刊された雑誌である。森下雨村はすなわち『新青年』の生みの親で、この国にはじめて海外の探偵小説をやや正確に紹介しはじめ、それによってその存在を世にしられた人物である。その『新青年』も二代目編集長であるところの私、三代目編集長であるところの延原謙《のぶはらけん》、四代目編集長であるところの水谷準《みずたにじゅん》と、しだいに代が移りかわるにしたがって、おいおい探偵小説ばなれしていったので、それを惜しんで森下雨村が編集局長の権力を発揮し、文字どおり探偵小説の専門雑誌を創刊したのである。それは昭和六年ごろのことで初代編集長は延原謙、その創刊号に森下雨村自身が翻訳したクロフツの『樽《たる》』が一挙掲載されている。

しかし、この雑誌ははじめからその存在に無理があった。当時『新青年』は探偵小説ばなれしていたとはいえ、春夏二回にわたって出す増刊は、相変わらず探偵小説を満載して確固たる読者層を持っていたし、発行部数の関係で『探偵小説』がはるかにそれに及ばないことはいうまでもない。それに延原謙は水谷準や私よりはるかに英米探偵小説に通じていたかもしれないが、しかし、現代のように海外探偵小説の消息にツーといえばカーというほどではなかったにちがいない。

森下雨村がその創刊号に『樽』を一挙掲載の形で持ってきたことでもわかるように、毎号海外の名作を『新青年』で紹介するより、より原作にちかい枚数や形式で一挙掲載していこうというのが『探偵小説』の理想だったが、そうそうは名作もあとがつづかず、いやにショッキングでセンセーショナルな雑誌になってしまった。そのうち延原謙が退社のやむなきにいたったので、私はみずからその編集を買って出た。私とてこの雑誌が短命であろうことはしっていた。それにもかかわらずそういう雑誌を引き受けたのは、『新青年』から『文芸倶楽部《クラブ》』という雑誌の編集を経《へ》て、私は雑誌編集というものに、ホトホト倦《う》み疲れていたし、わりに先のヨメる私は、私を『新青年』に採ってくれた大恩ある森下雨村の博文館における命運も、あまり長からぬように思われた。森下にもしものことがあれば自分も進退をともにするつもりで、それまで気持ちの整理の場として、社内で一番低く評価されている『探偵小説』の編集を買って出たのである。

とはいえ私は決して『探偵小説』の編集をなおざりにしていたわけではない。私は私なりに能力の及ぶ限り力を尽くしていたつもりだが、そこへ某翻訳家の持ち込んできたのが、エラリー・クイーンなる全然未知の作家の『オランダ靴《ぐつ》の秘密』の原書である。その翻訳家の曰《いわ》くに、この作家は日本ではまだ全然しられていないが、アメリカではいま人気のあることとヴァン・ダイン以上である。ひとつこれを読んで私に翻訳させてもらえないかと。

私はすぐにその本を借りて読んだが、すっかり感服したことはいうまでもない。明らかにヴァン・ダインに刺激されての作品だと思われたが、トリックその他本格の構成力はヴァン・ダインよりうえだと思わざるをえなかった。私はさっそくその翻訳家に請《こ》うて翻訳してもらうことにしたが、そのとき私の作戦は間違っていたかもしれない。私はこれを一挙掲載にすべきだったかもしれないが、それにはあまりにも惜しいような気がしてならなかったので、一回を五〇枚にしてたしか八回連載にするつもりだったと憶《おぼ》えている。このとき私がこの小説にいかに力《ちから》瘤《こぶ》を入れていたかということは、原書を江戸川乱歩《えどがわらんぽ》ほか二、三の作家に読んでもらって、その推セン文を仰《あお》いだくらいである。

ところがこれが連載開始されてからまもなく、案の定、森下雨村は博文館を勇退し、私は私で『探偵小説』の廃刊を吉谷専務から申し渡された。そのとき私は専務に請うて廃刊を三カ月延期してもらった。私が三カ月に固執したのは、それだけあれば『オランダ靴の秘密』が完結するからである。私の申し出《い》でが一も二もなく受け入れられたのは、森下雨村をクビにした直後でもあり、雨村直系と目されている私の申し出でをむげに退けて、また事新しくトラブルを招きたくないという意味もあったのかもしれないが、博文館という会社がことほどさように大きかったということなのであろう。

ハッキリと廃刊の時期がきまってしまえば、月々の雑誌の売れ行きなど顧慮する必要はまったくなくなった。私はメーソンの『矢の家』、ベントリーの『トレント最後の事件』、ミルンの『赤い家の秘密』など、矢継ぎばやに海外の名作を紹介して、探偵小説雑誌の編集者としての、有終の美を飾ったと自負している。これもひとえにエラリー・クイーンのおかげというべきか。

付録⑩
「空蟬処女《うつせみおとめ》」に寄せて

横溝孝子

今から三十八年前、私どもは太平洋戦争のため、親子五人悲愴な思いで、東京をのがれ、親戚のすすめで、岡山県吉備《きび》郡岡田村字《あざ》桜部落（現在は真備町岡田）へ疎開しました。

ここは岡山市の西北部にあたり、岡山駅より倉敷を経《へ》て米子を結ぶ伯備線の清根駅で下車します。吉備平野をつらぬき、南北に走る高梁川《たかはしがわ》の長い橋を渡り、約四キロの田圃《たんぼ》にせまられた道をてくてく行くと、目指す伴家の廃屋があります。

それが私どものあしかけ四年住んだ家でありました。

見かけは瓦葺《かわらぶき》の二階屋で、坪庭もあり、築地塀《ついじべい》で囲んではありましたが、中は大変な荒れかたで、一か月を要する手入れでやっと住めるようなありさまでした。

この我が家の縁側に立って南方を見渡しますと、なるほど京阪神の穀倉《こくそう》といわれるだけあって、広々と田圃が続き、食糧難など考えられないその田圃の我が家に近い西側の、一山ほどもあろうかと思われる加藤家の屋敷に、本家分家がどっしりと棟を並べているのです。

もとは高梁川のたもとの川辺村で本陣として構えていた加藤家だったのですが、明治二十六年の高梁川大氾濫《はんらん》で、桜部落の小高いところへ移ったということです。えんえんと白壁造りの築地塀が隣り部落までもめぐらしてある家で、村人たちはこの加藤家を大加藤と呼んでいました。

このあたりを主人は散歩径《みち》として毎日のように歩きまわり、家に帰れば読書をし、また畑の野菜作りを楽しみつつ常に構想を練り続けていたようでした。

待ちに待った終戦により長い鬱憤《うっぷん》をはらさんと書いたものが「本陣殺人事件」でありました。

それはいうまでもなく、大加藤家の本家を中心にした架空のものでした。

「空蟬処女」というのは、分家の加藤家が発生の地と思うのです。

「本陣殺人事件」を書き上げた後も主人は相変らず、散歩径をかえることなく歩くのが常でありました。

ある日、主人が分家の前を歩いていた時、奥まったその家より聞こえて来た歌声にひかれて垣間《かいま》見たのが、令嬢とも夫人ともいうべき田舎《いなか》には珍しい女性であったのです。

その女性の印象に戦争の悲愴さをまじえて、当時の雰囲気の一齣《ひとこま》として、短いものを依頼のままに書き送ったものと思うのです。

それが三十七年を経て主人の一周忌二か月前にある人の誠意により見出され、私の掌に戻って来たのです。

長い長い歳月をどこかにひそんでいた憐《あわ》れさと、主人は亡くとも我が家に無事に戻った喜びとにこみあげるものがございます。

編者解説

日下三蔵

とうとう最終巻である。ここまでお付き合いいただいた読者の皆さまに、心からお礼申し上げます。読者といっても、このシリーズで初めて横溝《よこみぞ》作品に出会ったという幸運な方から、昔、角川文庫を読んでいたから懐かしくて手にとってくださったという方、角川文庫は表紙絵違いまですべて蒐《あつ》めて読んでいるぞ、という横溝マニアの方まで、さまざまだろう。どなたにも楽しんでいただける本を目指したつもりだが、何よりもまず、編集作業に当たった私自身が、横溝作品の魅力を再確認することが出来た。

八十九冊もの作品が刊行され、そのことごとくがベストセラーという角川文庫版の存在が全集の代わりのような役割を果たしていた訳だが、角川文庫に収められたノン・シリーズ短篇を再編集したこの「横溝正史《せいし》ミステリ短篇コレクション」が、出版芸術社や論創社などの角川文庫を補完する作品集と角川文庫の作品集を改めて接続し、横溝正史再評価の第一歩となることを願っている。

シリーズ第六巻の本書には、『青い外套《がいとう》を着た女』（78年11月）、『血《ち》蝙蝠《こうもり》』（81年8月）、『空蝉処女《うつせみおとめ》』（83年12月）の三冊を合本にして収め、『死仮面』（82年1月／カドカワノベルズ　↓　84年7月／角川文庫）に併録された「上海《シャンハイ》氏の蒐集品《コレクション》」を加えた。

ただし、例によって『青い外套を着た女』所収の「木乃伊《ミイラ》の花嫁」、『血蝙蝠』所収の「銀色の舞踏靴」「血蝙蝠」、『空蝉処女』所収の「菊花大会事件」「三行広告事件」は由利《ゆり》・三津木《みつぎ》ものなので、本書には収めていない。厳密には「菊花大会事件」の主人公は新日報社の「宇津木《うつぎ》俊助《しゅんすけ》」だが、表記のゆれの範囲内と判断して由利・三津木ものに分類している。

本書に収めた各篇の初出は、以下の通り。

白い恋人　「オール讀物」昭和12年5月増刊号
青い外套を着た女　「サンデー毎日」昭和12年7月特別号
クリスマスの酒場　「サンデー毎日」昭和13年1月特別号
花嫁富籤《とみくじ》　「婦人倶楽部」昭和13年3月号
仮面舞踏会　「オール讀物」昭和13年6月増刊号
佝僂《せむし》の樹　「サンデー毎日」昭和13年6月特別号
飾窓の中の姫君　「モダン日本」昭和13年8月号
覗機械倫敦綺譚《のぞきからくりろんどんきだん》　「新青年」昭和10年2月号　※トム・ガロン名義
花火から出た話　「週刊朝日」昭和13年4月特別号
物言わぬ鸚鵡《おうむ》の話　「新青年」昭和13年10月号　※阿部《あべ》鞠哉《まりや》名義
マスコット綺譚　「オール讀物」昭和13年11月号
恋慕猿　「現代」昭和14年5月号
X夫人の肖像　「サンデー毎日」昭和15年1月特別号
八百八十番目の護謨《ゴム》の木　「キング」昭和16年3月号
二千六百万年後　「新青年」昭和16年5月号

空蟬処女　「月刊カドカワ」昭和58年8月号
玩具店の殺人　「トップライト」昭和22年1月号
頸飾《くびかざ》り綺譚　「朝日」昭和4年8月号
劉《りゅう》夫人の腕環　「サンデー毎日」昭和3年3月特別号
路傍の人　聚英閣『広告人形』大正15年6月へ書下し
帰れるお類　「探偵趣味」大正15年11月号
いたずらな恋　「苦楽」大正15年9月号
上海氏の蒐集品　「野性時代」昭和55年7、9月号

「白い恋人」から「覗機械倫敦綺譚」までの八篇が『青い外套を着た女』、「花火から出た話」から「二千六百万年後」までの七篇が『血蝙蝠』、「空蟬処女」から「いたずらな恋」までの七篇が『空蟬処女』に、それぞれ収録されている。

このうち「帰れるお類」は改造社の「日本探偵小説全集」第十巻『横溝正史集』(29年9月)、「頸飾り綺譚」は春陽堂の「探偵小説全集」第五巻『横溝正史・水谷準《みずたにじゅん》集』(29年12月)、「覗機械倫敦綺譚」は春秋社版『鬼火』(35年9月)、「八百八十番目の護謨の木」「二千六百万年後」は奥川書房版『孔雀屏風《くじゃくびょうぶ》』(42年3月)、「上海氏の蒐集品」はカドカワノベルズ版『死仮面』(82年1月)、に初めて収録された。「路傍の人」は最初の著書『広告人形』に書下しで収録された後、改造社「日本探偵小説全集」第十巻『横溝正史集』に再録。それ以外の作品は、すべて角川文庫で初めて単行本化された。

それでは各篇の異同について触れておこう。

「白い恋人」は「特選短篇怪奇小説集」として、海野《うんの》十三《じゅうざ》「泥棒街」、水谷準「悪魔と花束」とともに発表された。後に改作された「生ける人形」（第三巻所収）の原型である。

「仮面舞踏会」は戦後に同じタイトルの金田《きんだ》一《いち》ものの長篇があるが、例によって内容的な関係はない。角川文庫版で一ヶ所、語句の脱落があったので、初出どおり補った。

「飾窓の中の姫君」には一ヶ所修正があったが、修正後のものが適当なので角川文庫版を採用した。

「覗機械倫敦綺譚」は初出では、トム・ガロン作　蓼科三訳として翻訳の体裁で発表されたが、春秋社の短篇集『鬼火』に収録されたために横溝作品と判明した。蓼科三名義では、昭和九年にオルチー（バロネス・オルツィ）「ブリタニーの古城」「ひと夜の戯れ」、昭和十年にヘルマン・ランドン『灰色の魔術師』、バロネス・オルチー「砂嚢」を、それぞれ「新青年」に訳載している。

『青い外套の女』
角川文庫版カバー

「X夫人の肖像」には一ヶ所修正があったが、修正後のものが適当なので角川文庫版を採用した。

「八百八十番目の護謨の木」では、初出にあった「O八八〇」の図版を復活させた。初刊本以降、直前の「それは次《つ》ぎのような格好だった」の文章とともにカットされていたもの。

「二千六百万年後」は角川文庫版で「小学校」に変更された箇所を、初出の「国民学校」に戻した。

「空蟬乙女」は著者の日記によると、昭和二十一

『空蝉処女』
角川文庫版カバー

年、雑誌「紺青《こんじょう》」に送ったことになっているが、いかなる事情か未掲載に終わった作品である。角川文庫版の中島河太郎《なかじまかわたろう》氏の解説には、こう書かれている。

　横溝氏の戦後の日記は、昭和二十一年三月一日から始まっている。それは日記というより、執筆や通信の覚え書きがほとんどだが、昭和二十一年分は、生前「桜日記」と題して公表されている。桜は二十年から四年ほど疎開しておられた岡山県吉備《きび》郡岡田村の字《あざ》の名から採ったものである。

　日記の九月十四日の項に、

「空蝉処女　七十二枚、紺青。」

とある。「紺青」は雄鶏社《おんどりしゃ》発行の若い女性向きの雑誌で、木々高太郎《きぎたかたろう》の推理小説を載せたこともあった。ところが「空蝉処女」が同誌に掲載されたことに私は気づかなかったし、横溝氏の単行本にも収録されていない。

　日記には稿料を受け取ったことまで記されているので、私は国会図書館でその頃の「紺青」にあたってみたが載っていなかった。あいにく全冊揃っていないので、もっとあとになって載ったかもしれぬという懸念があった。

　昨年の秋、思いがけなく「空蝉処女」の原稿を所持しているという人が現われた。それには雄鶏社の二十一年九月十六日の受付印が捺《お》してあった。同社所蔵の雑誌を調べてもらったが、やはり掲載されていないという。どういう経緯で未発表に終ったか分からないが、これほどの珠玉篇が三十数年も埋もれていようとは、まったく思いがけなかった。

こうして発掘された作品は、横溝孝子《たかこ》夫人の「「空蟬処女」に寄せて」（本巻に付録⑩として収録）、中島河太郎氏の「「空蟬処女」解説」とともに「月刊カドカワ」に「未発表遺作」として掲載された。中島氏の「解説」は、角川文庫版の解説の冒頭に、ほぼそのまま再録されている。前出の引用部分は、その前半に当たる。雑誌では、同一人物のセリフが分割されて二人の発言のようになっていた箇所があったが、文庫で修正されていたので、これを活かした。

「玩具店の殺人」は収録漏《も》れだった戦後作品の一つ。「トップライト」は後に「探偵実話」を発行することになる世界社の月刊誌である。「頸飾り綺譚」のタイトルは初出では「頸飾綺譚」だったが、角川文庫で表記が変更された。主人公の山名耕作は、横溝作品ではおなじみのネーミング。「劉夫人の腕環」は探偵趣味の会の編による年度別アンソロジー『創作探偵小説選集　第四輯　一九二八年版』（29年2月／春陽堂）に採られている。

「帰れるお類」は佐々木のイニシャルが文庫ではなぜかBとなっているが、初出どおりSに直した。また、一ヶ所、語句の脱落があったので初出どおり補った。「路傍の人」は角川文庫版で時間の整合性を取る修正があった。他に語句の修正が一ヶ所あり、いずれも文庫版が適当と思われるので、これを活かした。

「上海氏の蒐集品」は昭和四十年十月二十七日から十一月十八日にかけて執筆され、完成しないまま眠っていた作品である。二松学舎大学に所蔵されている生原稿によると、「野性時代」に新作として発表する際に、結末が書き加えられたもののようだ。

　二回分載の予定だったが、八月号には「「上海氏の蒐集品（下）」は、横溝正史氏急病のため、石原慎《いしはらしん》太郎《たろう》氏の「亡国」は作者の都合により、休載しました」との断り書きがあり、後篇は九月号に掲載された。なお、作品は休載となったが、八月号には加納典明《かのうてんめい》氏によるグラビア「横溝正史は夜歩く」が、そのまま掲載されている。

　本書に付録として収録したエッセイの初出は、以下の通り。手元に集めたものの中から内外のミステリ作家について書いたものを中心に選んでみた。

しゃっくりをする蝙蝠　「宝石」49年8月号
高木《たかぎ》彬光《あきみつ》君の作風　集英社『新日本文学全集　第21巻』月報30（64年7月）
木々高太郎の探偵小説　「日本推理作家協会会報」264号（69年12月）

『血蝙蝠』
角川文庫版カバー

『死仮面』
カドカワノベルズ版カバー

『死仮面』
角川文庫版カバー

頼みになる人物　講談社『角田《つのだ》喜久雄《きくお》全集　第4巻』月報3（70年10月）
長篇で勝負を　朝日新聞社『木々高太郎全集　第2巻』月報2（70年11月）
謎《なぞ》解き探偵小説の戦士たち　「問題小説」77年5月号
一人武者カー　「ミステリマガジン」77年7月号
暗い旅籠《はたご》　「太陽」77年12月号
エラリー・クイーンと私　「EQ」78年1月号

「しゃっくりをする蝙蝠」は昭和二十四年五月に亡くなった海野十三の追悼特集のために書かれたもの。その他の執筆者は、江戸川乱歩《えどがわらんぽ》「深夜の海野十三」、大下宇陀児《おおしたうだる》「海野十三の夢」、森下雨村《もりしたうそん》「少年文学への功績」、野村胡堂《のむらこどう》「追悼」、水谷準「ガデン・インスイ」、角田喜久雄「追悼」、木々高太郎「何よりも悲しい」、埴野一郎《はにのいちろう》「佐野君を憶《おも》う」、西田政治《にしだまさじ》「襖《ふすま》の絵の印象」、城昌幸《じょうまさゆき》「思い出」であった。

横溝は他にも海野の追悼文、回想記を書いており、「日本探偵作家クラブ会報」昭和二十四年六月号の「断腸記」と「宝石」昭和三十八年一月号の名作リバイバルコーナーに海野の「俘囚」が再録された際に書かれた「海野十三氏の処女作　「しゃっくりをする蝙蝠」について」は『探偵小説五十年』（72年9月／講談社）、「日本探偵作家クラブ会報」昭和三十年五月号の海野十三追悼記念特集に書かれた「日《ひ》文矢文《ぶみやぶみ》」は『横溝正史自伝的随筆集』（02年5月／角川書店）に、それぞれ収められている。内容的な重複はあるが、これはご容赦いただきたい。

集英社『新日本文学全集』の第二十一巻は、高木彬光・島田一男《しまだかずお》集。高木作品は「わが一高時代の犯罪」『破戒裁判』、島田作品は『上を見るな』「顔のある車輪」『鉄道公安官』が収録されていた。

「木々高太郎の探偵小説」は昭和四十四年十月に亡くなった木々高太郎の追悼特集のために書かれたもの。その他の執筆者は、角田喜久雄「木々さんの想出」、松本清張《まつもとせいちょう》「追悼」、城昌幸「悼」、永瀬《ながせ》三吾《さんご》「健たん家で意気高太郎」、日影丈吉《ひかげじょうきち》「惜枯」、椿八郎《つばきはちろう》「木々高太郎の大望」、多《た》岐川恭《きがわきょう》「木々さんと私」、渡《わた》辺啓助《なべけいすけ》「孤独（EINSAMKEIT《アインザムカイト》）」など。

「頼みになる人物」は『角田喜久雄全集』、「長篇で勝負を」は『木々高太郎全集』の、それぞれ月報に書かれたもの。昭和四十三年以降の大衆小説リバイバルブームで、主要作家の個人全集が次々と出た時期であった。

「謎解き探偵小説の戦士たち」は徳間書店の月刊誌「問題小説」の特別エッセイコーナーに、山田《やまだ》風太《ふうた》郎《ろう》「本格推理小説の未来学」、鮎川哲也《あゆかわてつや》「〝ミミっちい〟小瓶党」などとともに掲載された。

「一人武者カー」は早川書房「ミステリマガジン」のジョン・ディクスン・カー追悼特集に、鮎川哲也「カー雑感」、都筑道夫《つづきみちお》「私のカー観」、江戸川乱歩「カー問答」（再録）などとともに掲載。

「暗い旅籠」は平凡社の月刊誌「太陽」の特集「街道の旅籠」に、山田風太郎「今昔はたご探訪」などとともに掲載された。「新青年」編集部の同僚だった渡辺温《わたなべおん》との北陸旅行の顚末《てんまつ》を綴《つづ》ったもの。

「エラリー・クイーンと私」は光文社の翻訳ミステリ雑誌「ＥＱ」創刊号の特集「エラリー・クイーンの世界」のために書かれた。

本稿の執筆にあたっては、浜田知明、黒田明の各氏から、貴重な資料と情報の提供をいただきました。ここに記して感謝いたします。

本選集は初出誌を底本とし、新字・新かなを用いたオリジナル版です。漢字・送り仮名・踊り字等の表記は初出時のものに従いました。角川文庫他各種刊本を参照しつつ異同を確認、明らかに誤植と思われるものは改め、ルビは編集部にて適宜振ってあります。なお、今日の人権意識に照らして不当・不適切と思われる語句や表現については、作品の時代的背景と価値とに鑑み、そのままとしました。

横溝《よこみぞ》正史《せいし》ミステリ短篇《たんぺん》コレクション6

空蟬《うつせみ》処女《おとめ》

二〇一八年六月五日　第一刷発行

著　者　横溝《よこみぞ》正史《せいし》
編　者　日下《くさか》三蔵《さんぞう》
発行者　富澤凡子
発行所　柏書房株式会社
東京都文京区本郷二－一五－一三（〒一一三－〇〇三三）
電話（〇三）三八三〇－一八九一［営業］
（〇三）三八三〇－一八九四［編集］
装　丁　芦澤泰偉
装　画　大竹彩奈
組　版　有限会社一企画
印　刷　壮光舎印刷株式会社
製　本　株式会社ブックアート

ISBN978-4-7601-4909-4